NIMITZ

Patrick Robinson, journaliste anglais, a publié des ouvrages de sport et un livre sur la guerre des Malouines. *Nimitz* est son premier roman. Ce technothriller catastrophe, qui a inspiré le film du même titre, est un best-seller aux États-Unis.

PATRICK ROBINSON

Nimitz

ROMAN TRADUIT DE L'AMÉRICAIN
PAR CLAUDIE LANGLOIS-CHASSAIGNON

ALBIN MICHEL

Titre original :

NIMITZ CLASS

Nimitz *est respectueusement dédié aux officiers et aux hommes de la marine des Etats-Unis et de la Royal Navy... à tous ceux qui prennent la mer sur des navires de guerre et qui affrontent de grands dangers sur l'immensité des mers.*

PONT D'ENVOL D'UN PORTE

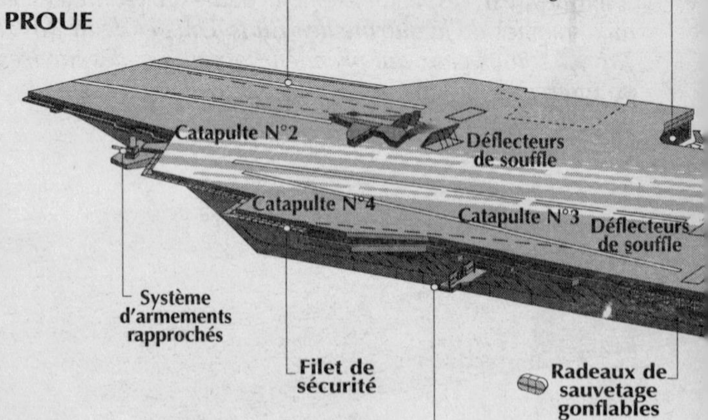

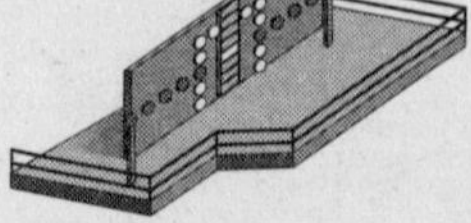

.VIONS CLASSE NIMITZ

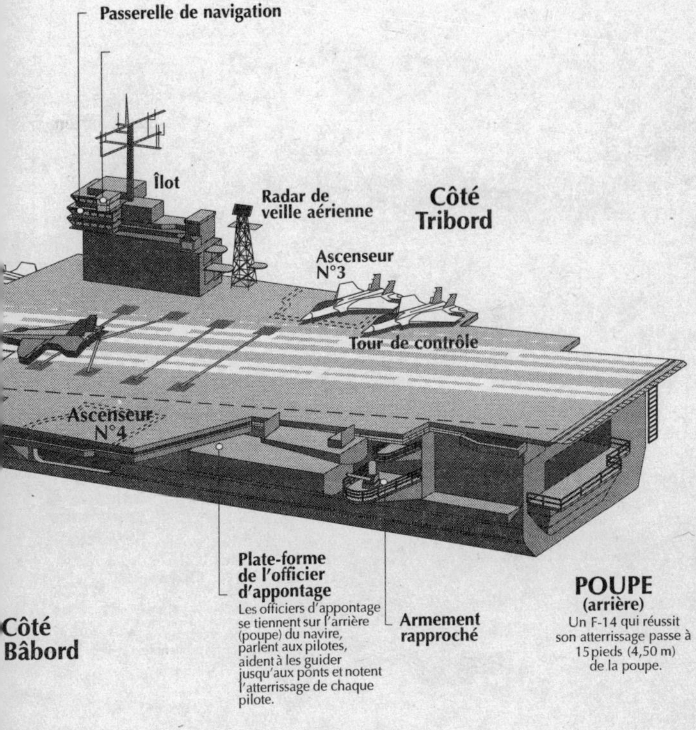

Avant-propos de l'auteur

Imaginez l'Empire State Building de New York, couché sur le côté, traversant l'océan à 30 nœuds[1] *environ, avec une grosse vague d'étrave blanche précédant sa tour radio. Cela vous donnera une petite idée de ce que représente un porte-avions de 100 000 tonnes de la marine américaine.*

Cet énorme navire de guerre de quatre milliards de dollars mesure 380 mètres de long. Il est propulsé par sa propre énergie nucléaire, fabriquée à son bord. Ce colosse appartient à la classe Nimitz, du nom de Chester W. Nimitz, le fameux amiral de la Seconde Guerre mondiale, né au Texas. Celui-là même qui a envoyé par le fond la flotte japonaise lors de la bataille de Midway, en juin 1942, et coulé quatre des meilleurs porte-avions de l'amiral Yamamoto et trois cent trente-deux de ses avions.

Aujourd'hui, ces porte-avions américains modernes écument les océans en son nom, régentant une zone de près de huit cents kilomètres sur terre, sur mer et en l'air, où qu'ils aillent. Mais les géants de la classe Nimitz ne voyagent pas seuls. Ils sont généralement accompagnés d'une flottille de croiseurs lance-missiles, de contre-torpilleurs et de frégates ainsi, probablement, que de deux sous-marins nucléaires d'attaque.

---

1. 1 nœud = 1 mille marin (1 852 m ou 1 nautique) à l'heure.

Naviguant en formation lâche selon une disposition opérationnelle classique, cet ensemble constitue un groupe de combat aéronaval (GCA).

Le Groupe est le maître incontesté du ciel, des océans et du royaume sombre et menaçant des abysses sous-marins. Seul sur sa passerelle, l'amiral américain qui le commande a sous les yeux le plus gros, le plus rapide, le plus meurtrier navire de guerre jamais construit. C'est le seigneur de la guerre du vingt et unième siècle.

Au cœur de son groupe de surface de dix navires, sur le pont, il dispose de quatre-vingts avions de chasse et d'attaque, rangés non loin de leur escorte d'engins téléguidés. Les sous-marins de l'amiral portent, loin devant, leurs armes mortelles.

De plus petits pays militairement significatifs et évolués — Royaume-Uni, France, Allemagne — n'ont pas la capacité de mettre en œuvre une seule force comparable. Même la Russie ne peut, avec sa marine gigantesque mais moribonde, rivaliser avec la puissance du groupe de combat aéronaval américain. Les Etats-Unis en possèdent *douze,* et chaque porte-avions coûte à lui tout seul quatre cent quarante millions de dollars par an rien que pour rester opérationnel.

Cinquante-cinq pour cent de tout l'argent dépensé annuellement pour la « défense » de tous les pays du monde sont dépensés par le Pentagone. Chaque porte-avions emploie un gigantesque équipage de six mille hommes, dont près de six cents officiers.

Tout au fond des entrailles du navire, les cuisiniers préparent dix-huit mille repas par jour, plus les en-cas pour les équipes du quart de minuit à quatre heures, ceux qu'on appelle les « rats de nuit ». Trois fois toutes les vingt-quatre heures, une sonnerie retentit et on commence à déballer des caisses de nourriture en quantité à peine croyable. Parfois, des centaines de boîtes brillantes de raviolis ou de boulettes de viande passent des mains expertes des déballeurs dans celles des aides-cuisiniers puis des cuisiniers.

Un grand porte-avions mesure à peu près la hauteur d'un immeuble de vingt-quatre étages, de la quille au haut des mâts, avec un pont d'envol de 86 mètres de large. Son tirant d'eau est de 13,50 mètres. Avec ses deux réacteurs nucléaires G.E. PWR, son rayon d'action et son autonomie en mer sont pratiquement infinis, limités seulement par l'endurance de l'équipage. Il possède quatre turbines à vapeur générant 260 000 CV. Quatre hélices, chacune de la taille d'un séquoia centenaire, le propulsent vers le large.

Sur les six mille hommes de son équipage, trois mille cent quatre-vingt-quatre ont pour seule tâche de faire naviguer sans problème le grand vaisseau de guerre à travers les océans. Deux mille huit cents hommes à bord sont responsables des opérations aériennes et de la maintenance des avions. L'amiral, qui s'occupe essentiellement de la stratégie des groupes de combat, de la tactique, de l'efficacité de la puissance de feu et de la surveillance d'un hypothétique ennemi, voyage avec une équipe de vingt-cinq officiers et quarante-cinq hommes. Son aire opérationnelle se situe là où se trouve la ligne offensive et défensive de la marine américaine.

Car l'amiral peut, s'il le décide, rapprocher le lourd fer de lance des Etats-Unis des frontières ennemies plus que n'a jamais pu le faire aucun commandant dans toute l'histoire navale du pays. Il peut se déplacer librement dans les eaux internationales. Il est totalement mobile, autonome et représente une menace mortelle pour un opposant éventuel. Dans les entrailles du navire sont entassés des missiles à tête nucléaire.

Le porte-avions est flanqué de croiseurs lance-missiles AEGIS dont les armes, contrôlées par ordinateur, peuvent frapper et anéantir n'importe quel attaquant aérien, même volant à deux fois la vitesse du son. Les escorteurs de protection rapprochée du groupe de combat peuvent se charger de n'importe quelle menace, aérienne, de surface ou sous-marine. Les frégates lance-missiles et leurs hélicoptères LAMPS fournissent un filet anti-sous-marin qui peut s'étendre sur des centaines de milles nautiques dans toutes les directions.

Les sous-marins nucléaires d'attaque, capables de rester si c'est nécessaire des années sous l'eau, patrouillent sur des milles et des milles en avant du groupe pour s'assurer que la voie est libre pour le porte-avions et ses bâtiments satellites. Armés de torpilles filoguidées diaboliquement précises et de missiles de croisière, leur tâche principale consiste surtout à détruire leurs homologues ennemis.

Un système électronique étendu, traitant constamment les ordres, observations et tactiques, unit le groupe en un réseau serré de transmissions, diffusant par relais, minute par minute, de central opérations à central opérations, de navire à navire, la situation opérationnelle de cet organisme mobile d'une puissance quasi inconcevable. Le GCA est parfaitement capable d'éliminer *simultanément* des menaces provenant du ciel, de la terre et des profondeurs sous-marines.

Le fer de lance de son action est, bien entendu, l'aéronef de combat — vingt appareils mortellement précis, capables de voler par tous les temps, ennemis jurés de tout bateau hostile aux Etats-Unis, plus vingt Hornets FA-18 supersoniques d'attaque et de combat. Pour défendre le GCA et/ou assurer la couverture de ses bombardiers, il y a vingt avions de combat supplémentaires — principalement les lourds Tomcats F-14 armés de missiles et les Super-Tomcats F-14 D. En cas d'urgence, deux énormes catapultes à vapeur feront jaillir par paires ces avions des deux hectares et demi du pont d'envol, de zéro à 250 kilomètres/heure en deux secondes.

Il y a généralement aussi quatre Prowlers EA-6 B, autres puissants cogneurs qui possèdent la particularité unique de brouiller les radars ennemis, ce qui rend l'opposant aussi impuissant qu'un canard face à la ligne aérienne offensive des Etats-Unis. L'autre grand spécialiste de l'électronique parmi les avions du navire amiral, c'est le Viking S 3, un avion détecteur lanceur de torpilles qui peut « voir » sous la surface des eaux et détruire un sous-marin ennemi à des centaines de kilomètres du groupe.

Sur le pont et dans les hangars situés dessous stationnent généralement huit hélicoptères — des Cobras, des Sea-Kings et souvent un transporteur CH-53 capable de transporter et de déposer des équipes d'attaque ou de sauvetage de cinquante-cinq *marines*[1].

Le porte-avions lui-même a une capacité de feu — missiles ou canons — car les navires de la classe Nimitz sont les plus lourdement cuirassés à flot. Sa double coque, ses compartiments parfaitement hermétiques le long de la ligne de flottaison, en font le navire de guerre le plus apte à survivre de toute l'histoire navale.

Toutes les équipes sportives importantes doivent avoir un bon arrière-centre. Ici, au sein du groupe de combat aéronaval, les grands mouvements sont initiés par l'avion-radar E 2 C, l'Early Warning and Control, dit Hawkeye[2].

Avec le grand dôme de son radar qui envoie et reçoit les rayons électromagnétiques au-dessus du centre opérations informatisé de l'avion, ce poids-lourd de l'aéronavale interdit formellement à l'ennemi de bouger sans être repéré dans un rayon de 1 800 kilomètres autour du porte-avions.

Les avions d'assaut du porte-avions volent à vitesse supersonique et, sur mer, le navire lui-même peut couvrir 1 000 km par jour, contrôlant la mer partout où il va. Etant donné que quarante des quarante-deux alliés

---

1. Soldat de la Marine américaine.
2. Hawkeye : Œil d'Aigle.

de l'Amérique résident de l'autre côté des divers océans mouillant les côtes américaines, il est heureux que quatre-vingt-cinq pour cent de toutes les terres de cette planète soient à la portée d'un groupe de combat. Comme le sont quatre-vingt-quinze pour cent des habitants de cette terre.

Cependant, peu parmi ces centaines de millions de citoyens réalisent que leurs vies se déroulent dans une paix relative grâce à la capacité de défense de la Marine des Etats-Unis. La plupart d'entre eux pensent que la paix et l'harmonie dont a joui l'Occident depuis la Seconde Guerre mondiale ont été orchestrées par les Nations unies ou l'OTAN ou encore, récemment en Europe, par des projets de défense quasi européens. Mais quand les choses font mine de se gâter, c'est aux groupes de combat américains, aux forteresses des mers de revenir au premier plan. Ils représentent l'unique force capable de se trouver là au bon moment pour repousser des agresseurs éventuels.

Invincibles à toute attaque aérienne ou navale, virtuellement insubmersibles, à l'abri de toute arme sous-marine conventionnelle, entourés d'une muraille de missiles et d'espions électroniques, protégés jour et nuit par un champ de radars informatisés, balayant tout autour d'eux, abritant leurs propres forces d'attaque aérienne supersonique...

Aucun mot ne peut décrire avec assez de précision l'invincibilité des porte-avions de la Marine américaine. Sauf un. Imprenable.

Ou presque.

Prologue

Au cœur de la mer Egée, à mi-chemin entre le continent grec et le long promontoire occidental de la Crète, s'étend l'île rude et rocailleuse de Kithira. C'est un amas de roches de trente kilomètres de long qui surgit au milieu d'une mer brillante comme un joyau.

Tout au long de la pointe orientale de la Méditerranée, la lumière pure et transparente semble émerger des profondeurs marines. Pour les plongeurs qui la visitent, c'est un paradis. Mais pour les pêcheurs de la région, la mer bleue qui les entoure se montre impitoyable et dure. Il n'y a plus assez de poissons et la vie est aussi pénible qu'elle l'a toujours été.

Il était cinq heures du matin, par un beau jour chaud de juillet. Le soleil venait de se lever et la barque de pêche longeait la côte rocheuse du sud de l'île. A tribord à l'avant, le jeune Dimitrios Morakis, âgé de seize ans, laissait traîner ses pieds dans l'eau. Il réfléchissait à ses ennuis.

L'après-midi précédent, il avait perdu le seul bon filet que possédait sa famille et maintenant son père, Stephanos, était assis à la barre, fâché et mal rasé. Pourtant, au fond de lui, Stephanos était fier de son fils à la peau dorée. En regardant le nez étrusque du garçon, en tout point semblable au sien, ses larges mains presque trop puissantes pour son corps svelte et juvénile, il retrouvait l'image de toutes les lignées des pêcheurs de Kithira.

Ils repérèrent le filet à peu près à l'endroit où Stephanos s'attendait à le trouver et où l'avaient entraîné les courants habituels de la mer Egée, dans une petite crique rocheuse. Depuis des siècles, les filets perdus allaient se nicher dans ces rochers-là.

Malheureusement, il était coincé. Malgré ses efforts, les pieds dans l'eau depuis presque une demi-heure, Dimitrios ne réussissait pas à le libérer.

— Il est coincé plus bas, cria-t-il à son père. Je vais remonter dans la barque et plonger avec un couteau de pêche.

Trois minutes plus tard, le garçon sautait dans l'eau la tête la première, battant des jambes pour descendre. Les profondeurs étaient claires comme du cristal. Il trouva le fond du filet, emmêlé et retenu dans une crevasse entre deux rochers. Il n'y avait pas d'autre solution que de le couper.

Il tendit la main gauche pour trouver un appui et agita latéralement le couteau. Le filet se libéra et Dimitrios tira sur la corde tordue dans la crevasse en V. Il était en plongée depuis vingt-quatre secondes maintenant et devait remonter à la surface.

Un grand poids sur ses épaules le bloqua. En pivotant, il écarta deux grosses bottes noires et vit avec horreur que les bottes tenaient au corps d'un homme, très grand et tout ce qu'il y a de noyé, retenu par un bras dans les très anciens rochers de Kithira.

L'autre bras du mort flottait librement, squelettique. A moitié dévoré par les poissons, il bougeait au rythme de la marée du matin. Dimitrios, sidéré, considéra la tête blanche et boursouflée, les orbites vides, la chair arrachée d'un côté, les dents visibles dans une moitié de bouche étirée en un sourire grotesque dans la clarté de l'eau. Ça devait être un cauchemar né de l'imagination du diable.

Etouffant de dégoût, Dimitrios ne pouvait détourner

son regard du sinistre cadavre qui ne cessait de danser un ballet hideux, comme au ralenti, presque à la surface. Son bras libre et ses jambes montaient et descendaient au gré des vagues légères, et le corps était éclairé par les rayons du clair soleil égéen convergeant sous les vagues.

Dimitrios se retourna enfin et battit des jambes, terrifié, au bord de l'asphyxie, en proie à l'idée absurde que le spectre pourrait le poursuivre. Il baissa les yeux et remarqua un reflet brillant sur le pull-over bleu marine qui recouvrait l'horrible ballon blanc du corps plein d'eau. La lueur qui montait vers la surface semblait provenir d'un petit badge de cinq centimètres représentant un sous-marin d'argent serti d'une étoile rouge à cinq branches.

La mer d'Arabie et la zone d'opérations du Groupe de Combat Aéronaval

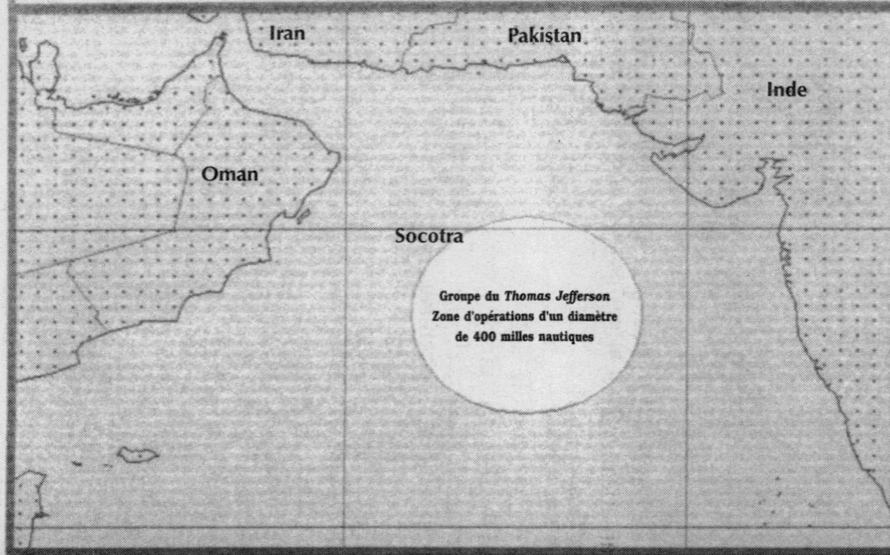

Chapitre premier

22 avril 2002, océan Indien, à bord du porte-avions américain *Thomas Jefferson*. 9 S, 92 E. Vitesse 30 nœuds.

On l'avait déjà fait dégager à deux reprises. Et chaque fois, le lieutenant de vaisseau William R. Howell* avait mis les gaz de son gros Tomcat F-14 d'interception et d'attaque et s'était écarté en montant par tribord, surveillant l'aiguille de l'indicateur de vitesse qui glissait sans heurt de 150 à 280 nœuds. L'accélération était presque imperceptible, mais le lieutenant vit les six étages de l'îlot du porte-avions d'abord au niveau de son cockpit puis, quelques secondes plus tard, pas plus gros qu'un dé à coudre noir haut d'un demi-pouce contre le bleu du ciel.

La voix traînante à l'accent de l'Utah de l'officier d'appontage, debout à l'arrière du porte-avions, était toujours calme.

— Tomcat deux-zéro-un, notre pont est encore indisponible. Faut qu'on vous fasse dégager une fois de plus. C'est juste une fuite d'huile, il ne s'agit pas d'une urgence — je répète, il ne s'agit pas d'une urgence.

---

* *Voir, en fin de volume, la liste des principaux personnages. (N.d.T.)*

Le lieutenant Howell répondit calmement aussi, lentement, avec, quant à lui, l'accent de Virginie.

— Tomcat deux-zéro-un. Bien compris. Je refais un tour. Prochaine approche de douze milles.

Il redressa le nez de son appareil de combat, juste un peu, et sentit son estomac se serrer. Ce n'était jamais plus qu'une impression fugace, mais il se rappelait chaque fois que poser un appareil en mer sur l'aire d'appontage étroite, décalée, longue de 220 mètres et tanguant sans cesse, demeure pour un pilote un test d'habileté et de maîtrise de soi mettant sa vie en jeu. Il faut bien deux mois à la plupart des bleus pour cesser d'avoir les genoux qui tremblent après chaque atterrissage. Les pilotes dépourvus de cette habileté — ou de cette assurance — travaillent généralement au sol, ou pilotent des avions de fret. Ou alors ils sont morts. Chaque année, environ vingt avions s'écrasent sur les porte-avions américains.

Du siège arrière, l'officier d'interception radar (OIR), le lieutenant de vaisseau Freddie Larsen, murmura :

— Merde ! Ils sont au moins cent, là-bas, et ça fait une demi-heure qu'ils nettoient les taches d'huile. Mais qu'est-ce qui se passe, bon Dieu ?

Les deux aviateurs n'avaient pas trente ans, mais ils avaient déjà acquis cette feinte nonchalance des pilotes de l'Aéronavale face à la perspective d'une mort instantanée à vitesse supersonique. Tout particulièrement Howell.

— J'en sais rien, dit-il, projetant son Tomcat comme un boulet à travers les nuages éparpillés fouettant ce monstre au double empennage qui volait maintenant à près de 9 kilomètres par minute. T'as déjà vu un gros chasseur à réaction se poser sur une flaque d'huile, sur le pont d'un porte-avions ?

— Ouais.

— C'est pas joli. Si jamais il s'écarte de la bonne ligne, il a toutes les chances de tuer pas mal de monde.

Surtout s'il heurte quelque chose et qu'il prend feu, ce qui est presque certain.

— Essaie d'éviter ça, tu veux ?

Freddie sentit le Tomcat ralentir tandis qu'Howell virait sur la gauche. Il éprouva le freinage familier des moteurs descendant en régime et se pencha de côté, comme lorsqu'il faisait de la moto autrefois, chez lui, à Durham, en Caroline du Nord.

De toute façon, le F-14 n'est pas loin de la moto. Seulement 20 mètres d'envergure, sensible au vent à vitesse lente, deux sièges durs comme de la pierre, aucun confort, et avec ça un moteur assez puissant pour en faire une fusée fonçant à Mach 2 — 1 400 nœuds, sans problème — et à bord un pilote de chasse qui vit sur le fil du rasoir.

Gardant une vitesse voisine de 280 nœuds, Howell prit ensuite un grand virage. Le Tomcat s'inclina sur presque quatre-vingt-dix degrés, les moteurs hurlant derrière lui comme si le son tentait de le rattraper et de l'avaler. Au-dessus, droit devant lui, il ne voyait plus le porte-avions à cause d'un nuage blanc qui lui en cachait la vue par intermittence et qui lançait des ombres noires sur le bleu de la mer. En dessous d'eux, il n'y avait qu'une des voies maritimes les plus désertes du monde, plus de cinq mille kilomètres d'océan Indien, entre l'île africaine de Madagascar et la côte rocheuse de l'ouest de Sumatra.

Le porte-avions américain et ses escorteurs, formant un groupe de combat complet de douze navires dont deux sous-marins à propulsion nucléaire, faisaient route vers la base navale américaine isolée de Diego Garcia, un petit atoll situé à cinq cents milles au sud de l'équateur qui était le seul refuge anglo-américain de toute la zone.

Là était le véritable environnement maritime du groupe de combat américain, un endroit où les amiraux les plus pointilleux et leurs états-majors expérimentaient en situation réelle de nouveaux systèmes de missiles, de nouveaux navires de guerre et catapultaient sans relâche leurs as de l'aviation de 0 à 168 nœuds en moins de trois secondes. L'endroit n'était pas fait pour les poules mouillées. C'était un théâtre de guerre simulée, strictement réservé aux meilleurs que la nation pouvait produire... des hommes qui possédaient ce que l'écrivain américain Tom Wolfe a immortalisé par l'expression « l'étoffe des héros ». Là, chacun servait sans relâche pendant six mois interminables.

Le lieutenant de vaisseau Howell, descendant à 1 200 pieds, s'adressa une nouvelle fois aux contrôleurs de vol du porte-avions :

— Tour de Tomcat deux-zéro-un à huit milles. Je me présente à nouveau.

Il n'en dit pas davantage et amorça sa descente, perdant de l'altitude, réduisant les gaz de ses moteurs dont le hurlement était assez aigu pour briser tout un service de verres en cristal.

Howell, bien isolé derrière ses lunettes protectrices et les écouteurs de son casque, chercha à l'horizon la silhouette du porte-avions de 100 000 tonnes.

Son interphone grésilla.

— Bien compris, Tomcat deux-zéro-un. Le pont est dégagé pour atterrissage. Je vous ai en visuel. Amenez-vous, surveillez votre altitude et votre alignement. Vent de sud-est par rafales de 30 nœuds. Vous êtes bien dans l'axe. Tout baigne.

— Bien compris, la tour... six milles.

Tous les pilotes de la Navy et de l'Air Force ont une façon particulière, détendue, impressionnante, de communiquer les nouvelles depuis leurs véloces aéronefs de combat. On dit qu'ils imitent le héros le plus célèbre de l'aviation américaine, le général Chuck Yeager, le premier pilote d'essai à avoir passé le mur du son dans son Bell X-1 ultra-secret, en 1947.

Pour s'adresser à la tour, presque tous les jeunes aviateurs de la Navy affectent un accent identique à celui qu'ils imaginent être celui du général Yeager, très lent, glacial à force de calme face au désastre. « J'ai une petite flamme qui sort du moteur tribord, alors je vais le couper et atterrir sur une seule patte. Soyez sympas, faites dégager le pont, je vais faire de mon mieux en arrivant par vent de travers. C'est pas un problème, les gars !... »

Le lieutenant William R. Howell imitait le général « mieux que tous les autres ». Et plus facilement. Parce qu'il n'était pas le lieutenant William R. Howell, mais Billy-Ray Howell, dont le papa, un ancien mineur de fond, un méthodiste du Sud, tenait maintenant le bazar, là-bas, dans la ville même où était né Chuck Yeager, dans l'une des cuvettes occidentales des Appalaches, à Hamlin. C'était une bourgade de moins de mille âmes, traversée par la rivière Mud, non loin de la frontière est du Kentucky, dans le comté de Lincoln. Comme Chuck Yeager, Billy-Ray pêchait dans la Mud et était le fils d'un homme qui, en son temps, avait tué plusieurs ours. « Vivement que j'rentre à la maison pour voir mon vieux !... »

Quand il tenait le manche d'un F-14, Billy-Ray Howell *était* le général Yeager. Il pensait comme lui, parlait comme lui et faisait ce qu'il *savait* que le général aurait fait en cas d'urgence. Peu lui importait que le grand Chuck ait pris sa retraite en Californie. Pour lui, en vol, Chuck Yeager et Billy-Ray formaient une bonne équipe : les Virginiens de l'Ouest, et lui, Billy-Ray, était en quelque sorte son parent et son héritier. Il pensait que le bon vieux pays et son mode de vie dans les bois d'hickorys et de noyers du comté de Lincoln faisaient d'un gamin du cru un vrai dur à cuire. Et il était tout à fait certain que M. Yeager serait parfaitement d'accord sur ce point.

Et la stratégie avait payé. Billy-Ray avait réalisé l'ambition de son enfance en devenant aviateur de la Navy. Au cours de ses années d'études, de ses années d'entraînement, il avait toujours été en tête de sa classe. Chacun savait, au sein de l'aviation navale, que le jeune Billy-Ray Howell ne cesserait de grimper. Ils le savaient depuis qu'il avait passé avec succès le diplôme d'ingénieur de l'Académie navale des Etats-Unis.

Personne ne fut surpris par ses performances lorsqu'il commença son entraînement sur avion à réaction et qu'il poussa le vieux Buckeye T-2 dans le ciel au-dessus de Whiting Field, à l'est de Pensacola, au nord-ouest de la Floride.

Et maintenant, la voix qui arrivait au centre de contrôle était presque identique à celle du général Yeager, avec son accent des collines — une voix, comme d'habitude, imperturbable.

— Tour de Tomcat deux-zéro-un, quatre milles... il y a quelque chose de bizarre, ici... on dirait que le voyant du système d'atterrissage clignote... Je n'ai pas senti le verrouillage du train. Mais c'est peut-être juste la loupiote qui débloque.

— Tomcat deux-zéro-un, bien compris. Continuez et faites un passage au-dessus du pont à cinquante pieds, à 200 nœuds. Comme ça les gars pourront jeter un coup d'œil à votre train.

— Bien compris, la tour... j'arrive.

Sur le pont du porte-avions balayé par le vent, l'officier d'appontage, passant par radio ses instructions au pilote, constatait que le Tomcat 201 était à 42 secondes du pont. Un sacré appareil de 20 tonnes fonçant dans les rafales imprévisibles du vent au-dessus de l'océan Indien, le pilote s'efforçant de le tenir sur sa trajectoire de descente deux degrés au-dessus de l'horizontale. Il y avait une grande houle à la surface et le pont se déplaçant à 15 nœuds montait et descendait d'un degré et demi par rapport à l'horizontale — jusqu'à trois degrés —, soit presque vingt mètres toutes les trente secondes. N'importe quel avion aurait un mal de chien à faire son approche dans ce vent fort et chaud. Bien choisir le moment de l'impact mettrait à l'épreuve l'habileté et la compétence de n'importe quel pilote. Et cela, AVEC un train d'atterrissage...

Le lieutenant de vaisseau Rick Evans, responsable des procédures d'atterrissage, un pilote de chasse dégingandé originaire de Géorgie, se tenait maintenant en plein vent, à bâbord du porte-avions. Ses jumelles étaient rivées au Tomcat 201. De là où il était, il pouvait constater que le train n'était pas sorti et les volets non plus. Son esprit tournait à toute vitesse. Il savait mieux que quiconque que Billy-Ray Howell avait un gros problème. Un train qui ne descend pas, ç'avait toujours été le cauchemar des pilotes, qu'ils soient civils ou militaires. Mais là, c'était cent fois pire...

Un avion de combat ne suit pas la trajectoire de descente presque rectiligne des avions de ligne, qui planent, puis coupent les gaz quelques pieds au-dessus des kilomètres de pistes des aéroports internationaux. Ici, ils n'ont pas le temps. Ni beaucoup d'espace. Les pilotes de l'Aéronavale balancent leurs Tomcats de 22 tonnes sans ménagement, à 160 nœuds, les dirigent droit sur le pont à 160 nœuds, crosse sortie, en priant pour qu'elle croche le brin d'arrêt.

La force vive verticale qui s'exerce sur le train d'atterrissage est colossale. Celui-ci est doté d'amortisseurs monstrueux, construits pour absorber toute la force d'écrasement de l'avion. Si la crosse ne prend pas le brin, le pilote ne dispose que d'un vingtième de seconde pour changer de tactique, faire un « bolter », pousser à fond la manette des gaz, et jaillir au-dessus de la proue, grimpant vers tribord tout en annonçant d'un air dégagé :

— Je reprends...

Le moindre problème dans le mécanisme hydraulique de verrouillage peut faire rater l'atterrissage et entraîne presque toujours la destruction de l'avion. Parce que la Navy préfère perdre un jet de trente-cinq millions de dollars que de tuer deux aviateurs qui lui ont coûté chacun deux millions en formation. Elle préfère encore voir l'avion se crasher dans la mer, évitant ainsi le risque terrible d'un incendie sur le pont d'envol en cas d'atterrissage sur le ventre. Sans parler de la destruction de la quarantaine d'avions qui y sont garés, voire de l'incendie du navire tout entier si le feu atteint les millions de litres de carburant.

Sur le pont, tout le monde savait que Billy-Ray et Freddie devraient presque certainement abandonner l'appareil et utiliser leurs sièges éjectables. Procédure dangereuse et terrifiante qui pouvait coûter au pilote un bras ou une jambe, sinon la vie.

— Doux Jésus ! murmura le lieutenant de vaisseau Evans d'un ton navré.

Déjà, l'officier d'appontage et son équipe se dirigeaient vers le « puits » profond et protégé dans lequel ils plongeraient pour se mettre à l'abri si Billy-Ray perdait le contrôle et si le Tomcat tombait à pic sur la poupe du porte-avions. Toutes les équipes de pompiers étaient en alerte rouge.

— Commandant à officier de quart, la barre à droite quatre. Gouvernez au deux-unité-zéro. Je veux au moins 30 nœuds de vent sur le pont. Ajustez la vitesse en conséquence.

Maintenant, chacun entendait le rugissement des moteurs du Tomcat qui se rapprochait et le téléphone arabe du navire marchait plein pot. Presque tout le monde avait de l'affection pour Billy-Ray. Il s'était marié moins d'un an auparavant et la moitié du personnel de la base aéronavale de Pax River, dans le Maryland, avait assisté à la noce. Sa femme, Susie Danford, était une grande brune et la fille de l'amiral Skip Danford. Elle avait rencontré Billy-Ray, un grand jeune homme aux yeux sombres et aux cheveux bouclés, avec des épaules de mineur et un sourire enjôleur, bien avant qu'il ne devienne l'un des pilotes d'élite de la Navy, alors qu'il finissait son instruction à Pensacola.

Et maintenant, elle était seule dans le Maryland, attendant la fin des six interminables mois du premier tour de service en mer de son mari. Comme toutes les épouses d'aviateurs, elle craignait toujours d'entendre frapper à la porte et de se trouver face à un étranger de la base aérienne qui lui expliquerait d'un ton navré que Billy-Ray avait fait le grand plongeon dans l'océan Indien. A peu près vingt pour cent des pilotes de la Navy mouraient pendant les neuf premières années de leur service. A vingt-six ans, Susie Danford Howell savait bien ce qu'était la mort. Comme elle savait qu'il était possible que son mari rejoigne Jeff McCall, Charlie Rowland et Dave Redland, et cette pensée hantait ses nuits. Quelquefois, elle croyait en devenir folle. Mais elle essayait de cacher sa peur.

Pour l'heure, elle ignorait le danger mortel que son mari courait. Il n'y a pratiquement aucune procédure en cas de panne du train d'atterrissage. Rien ne marche sauf un coup de chance, si le pilote réussit à piquer vivement puis à redresser. Et si, alors, le train tombe et se bloque, on voit enfin s'éteindre la sale petite loupiote de l'alarme. Mais ce moment est court. Si le carburant vient à manquer à ce Tomcat F-14, il tombe comme un pavé de vingt tonnes de béton et va frapper les longues vagues de l'océan Indien, tel un météorite.

« Billy-Ray Howell et Freddie sont dans la merde... » Le message courait d'un bout à l'autre du porte-avions.

Sur le pont d'envol, du côté de la tour, l'enseigne de vaisseau deuxième classe Jim Adams, un immense Noir du sud dc Boston, vêtu d'une jaquette jaune fluorescent, s'adressait par radio aux opérateurs hydrauliciens chargés de contrôler les câbles d'arrêt dont l'un agripperait le Tomcat et ralentirait sa course jusqu'à l'arrêt total de l'appareil, en deux secondes tout juste.

Big Jim, l'officier de quart aux dispositifs d'arrêt, avait déjà prescrit les réglages destinés à contenir les 50 000 livres de force vive dégagées par le Tomcat lorsqu'il heurterait le pont à 160 nœuds précisément, lorsque son pilote pousserait de toutes ses forces la manette des gaz au cas où il manquerait le crochet d'appontage. Mais Jim connaissait le problème.

— Billy-Ray est dans un vrai merdier, là-haut.

Big Jim adorait Billy-Ray. Ils parlaient sans cesse de base-ball, tous les deux. Jim parce qu'il croyait qu'il aurait pu être un joueur presque légendaire dans l'équipe des Red Sox de Boston, Billy-Ray parce qu'il avait été un assez bon lanceur à Hamlin High. L'année prochaine, leurs permissions de printemps devaient coïncider et ils avaient prévu une virée de quatre jours pour aller voir les Red Sox s'entraîner en Floride. Pour l'instant, Big Jim aurait souhaité pouvoir aller contrôler et réparer le système hydraulique d'atterrissage du Tomcat et il se mit à murmurer la prière très ancienne de tous les marins travaillant sur le pont d'envol d'un porte-avions :

— Je vous en prie, je vous en supplie, Seigneur, faites qu'il ne meure pas, je vous en conjure, sortez-le de là...

En haut, sur la passerelle, le commandant Carl Rheinegen s'adressait au chef de l'équipe des officiers d'appontage qui se tenait à la poupe.

— A-t-il une panne du système hydraulique ? Ne le laissez pas se poser. Qu'il reste là-haut et à bonne distance !

De nouveau, le gros téléphone étanche que tenait le lieutenant Rick Evans grésilla. La voix était toujours aussi calme.

— Ici Tomcat deux-zéro-un. J'ai toujours un bide, ici. J'ai essayé de secouer un peu le zinc mais ça n'a pas marché. La loupiote est toujours allumée. Je peux passer sans problème au-dessus de l'arrière mais je ne crois pas que l'hydraulique soit en très bon état. J'aimerais mieux laisser la vitesse à 250 et garder l'avion en ligne. J'ai un peu de turbulence en dessous. Rien de très grave. Le manche est seulement un peu dur. Mais on a du carburant. Qu'est-ce que vous en dites ?

Le F-14 fonçait maintenant en rugissant vers l'arrière du navire, deux fois plus rapide que le métro qui traverse le New Jersey à 130 kilomètres/heure et dix fois plus assourdissant. Trop vite mais à la bonne hauteur.

— La tour à Tomcat deux-zéro-un. Mettez les gaz et tirez à fond. Laissez tomber le passage. Je répète, laissez tomber le passage.

— Bien compris, dit Billy-Ray Howell.

Il rabattit violemment la manette des gaz vers l'avant et tira sur le manche. Mais il ne se produisit pas grand-chose, à part l'accélération. L'appareil sembla s'aplatir puis soudain plongea vers l'extrémité du pont d'atterrissage, avec ses deux missiles Phoenix bien accrochés sous ses ailes. De quoi faire sauter la moitié du pont.

Toujours décontracté, Billy-Ray annonça avec son accent traînant :

— Tomcat deux-zéro-un, je vais faire un petit saut sur ma gauche et dégager sur bâbord.

Il fixa intensément le pont d'envol qui se ruait à sa rencontre dans un vacarme infernal. Il luttait pour rester en l'air, mais le Tomcat paraissait avoir des idées bien arrêtées. Des idées meurtrières.

Rick Evans, regardant le F-14 se précipiter vers la droite du pont, hurla au téléphone :

— ÉJECTE-TOI, BILLY-RAY, VAS-Y !

Pendant une fraction de seconde, Freddie Larsen pensa que son pilote pourrait prendre une éjection pour un signe de faiblesse ou un manque de sang-froid. Alors, il cria, pour la première fois de toute sa carrière aéronautique :

— APPUIE SUR CE TRUC, BILLY-RAY, POUR L'AMOUR DU CIEL, ON S'ÉJECTE !

Le Tomcat frôla le mât du porte-avions juste au moment où le lieutenant de vaisseau William R. Howell, de son poing droit, écrasait le levier. La charge compacte explosa sous son siège et le précipita la tête la première hors du cockpit. Freddie suivit moins d'un cinquième de seconde après, la violence des deux explosions les rendant momentanément inconscients. Freddie reprit ses esprits le premier et vit le Tomcat s'écraser, six mètres à gauche de l'étrave du porte-avions, faisant jaillir une gerbe d'eau de quinze mètres de haut, presque au niveau du pont d'envol.

Mais ils étaient saufs. Quand Billy-Ray reprit à son tour conscience, il vit la corolle de son parachute se balancer au-dessus de sa tête et le blanc sillage houleux du porte-avions au-dessous de lui. Quand Freddie et lui touchèrent la surface de l'eau, un hélicoptère Seaking décollait dans un tourbillon d'air assourdissant. Les hommes des équipes du pont d'envol quittèrent leurs abris. Tous les atterrissages et tous les décollages furent interrompus. En bas, dans la mer houleuse, à moitié noyé malgré sa combinaison étanche de survie, luttant pour retrouver son souffle, Billy-Ray Howell entendit la voix miraculeusement proche du chef de l'équipe de secours crier dans son porte-voix :

— Calmos, les gars, restez tranquilles, larguez les parachutes et ne bougez pas. On arrive.

Le gros hélico arriva. Un midship [1] de dix-neuf ans sauta à l'eau avec les lignes de vie et nagea vers les deux aviateurs en détresse.

— Ça va, les gars ? demanda-t-il.

— Ça va rudement mieux que si on était resté dans le F-14, dit Billy-Ray.

Trente-cinq secondes plus tard, on les remontait tous les deux, tremblants et choqués, Freddie Larsen avec le bras droit cassé, Billy-Ray avec une arcade sourcilière éclatée et le visage en sang, ce qui rendait son grand sourire un peu contraint.

L'hélicoptère revint se poser sur le pont, à tribord. Trois toubibs étaient là avec des brancardiers. L'en-

1. Aspirant.

seigne de vaisseau Rick Evans y était, tremblant lui aussi et ne cessant de répéter :

— Bon Dieu ! Je suis désolé, les gars, je suis vraiment désolé.

Un petit comité d'accueil morose souhaita la bienvenue aux deux rescapés. Big Jim Adams se rua à travers le groupe, au mépris de toute réglementation de la Marine. Il extirpa Billy-Ray de l'appareil, le berçant dans ses bras massifs.

— Ne me fais plus jamais un coup pareil, vieux, tu m'entends ?

Chacun put voir les larmes ruisseler sur le visage de Big Jim.

Les médecins prirent le relais. Ils firent aux blessés une piqûre analgésique et les allongèrent sur les civières roulantes. Et toute la procession, forte maintenant de quatorze personnes, se dirigea vers l'ascenseur. Ces hommes étaient liés par l'étroite camaraderie de ceux qui ont regardé ensemble la mort en face.

Freddie fut le premier à parler.

— T'es un vrai cinglé, Billy-Ray. T'aurais pu appuyer sur ce bouton quinze secondes plus tôt.

— Foutaises, Freddie. Je savais ce que je faisais. Si j'avais appuyé plus tôt, tu serais sans doute assis en haut du mât à l'heure qu'il est.

— Ouais, et une seconde plus tard, on serait tous les deux assis au fond de ce putain d'océan Indien !

— Merde ! dit Billy-Ray. Tu n'es qu'un salopard sans la moindre reconnaissance. Je t'ai sauvé la vie. Et tu n'es pas mon problème principal pour le moment. Est-ce que tu réalises que Susie va au moins faire une crise cardiaque quand elle apprendra ça ? Je suppose que je vais te mettre tout ça sur le dos.

— Ça, c'est pas croyable ! dit Freddie en essayant de sourire et en étendant son bras gauche pour serrer la main encore tremblante du pilote. Faudra qu'on recommence une fois, pour voir.

La perte d'un gros chasseur Tomcat est généralement synonyme d'une suite de carrière difficile pour un pilote. Dans la Navy, après un accident qui coûte environ trente-cinq millions de dollars à l'Oncle Sam, il importe de trouver un bouc émissaire. Le commandant et l'amiral allaient devoir tous les deux répondre de la catastrophe et ils se posaient des tas de questions. S'agissait-il d'une erreur du pilote ? D'une erreur du pont d'envol ? Qui avait vérifié et préparé l'avion avant qu'il ne monte sur le pont pour son dernier voyage ? L'officier chargé des dernières vérifications, quelques instants avant le décollage, avait-il raté quelque chose ? Y avait-il un détail que l'officier de lancement aurait dû voir ?

Le Pentagone allait réclamer un rapport préliminaire dès que possible. L'enquête officielle fut donc immédiatement déclenchée. On appela d'abord les experts en hydraulique. Selon la routine, ils parlèrent à Billy-Ray et à Freddie le soir même, dans l'hôpital brillamment équipé du porte-avions, après que le chirurgien eut plâtré le bras du jeune navigateur.

Aucun des aviateurs ne croyait que le pilote ait pu commettre la moindre erreur et tous savaient que le lieutenant de vaisseau William R. Howell avait tenu bon, là-haut, jusqu'à la dernière seconde, pour conduire en sécurité, à 200 nœuds, sa bombe à retardement au-delà du navire. Les officiers supérieurs ne pouvaient pas manquer d'arriver à des conclusions favorables, mais le service d'entretien des avions et ses mécaniciens spécialistes de l'hydraulique allaient devoir répondre à des questions réellement désagréables...

Cependant, tandis que se déroulait l'enquête préliminaire relative à cet accident, la routine quotidienne d'un groupe de combat aéronaval à la mer suivait son cours. Normalement, en l'absence de l'amiral, le commandant Jack Baldridge, officier opérations du groupe, assurait la permanence du commandement et se tenait sur la passerelle amirale. Pour l'heure, il conférait à l'étage inférieur, dans le centre nerveux des radars et de l'électronique, avec l'officier de quart opérations et le chef de la lutte anti-sous-marine (ASM). Comme toujours, c'était l'endroit le plus animé du porte-avions géant. Toujours dans la pénombre, éclairé surtout par les écrans ambrés des ordinateurs, c'était un monde à part, un peu fantomatique, peuplé de jeunes techniciens très concentrés, collés aux écrans tandis que les systèmes radar balayaient les océans et les cieux.

Jack Baldridge était un homme du Kansas, massif et irascible, né dans les grandes plaines du Middle West, dans une petite ville appelée Burdett, au nord du comté de Pawnee, au nord-est de Dodge City. Jack venait d'une famille de marins américains qui envoyait ses fils combattre en mer mais finissait toujours par les ramener dans le vieux ranch d'élevage des Baldridge. Le père de Jack avait commandé un escorteur dans l'Atlantique Nord pendant la Seconde Guerre mondiale. Son jeune frère Bill était capitaine de corvette près de Washington et travaillait pour les Services de renseignements de la Marine. De façon un peu mystérieuse, pensait Jack, le jeune Billy avait été reconnu comme un expert en matière d'armes nucléaires — sûreté, stockage et déploiement.

La plupart des gens considéraient que Jack, maintenant âgé de quarante ans, serait un jour contre-amiral, car la guerre navale était toute sa vie. Il était le meilleur capitaine de frégate du groupe, endossant d'énormes responsabilités en tant que bras droit de l'amiral. Quant à Bill, avec son allure de cow-boy (il montait à cheval comme un cow-boy et conduisait les voitures de la Navy comme un cow-boy), il était allé aussi loin que lui. Il n'était peut-être pas un commandant-né, mais ses performances scientifiques dans le domaine de la physique nucléaire et de l'armement étaient si impressionnantes que les autorités de la Marine s'étaient senties obligées d'en faire un officier supérieur. Bill était l'homme des crises, un scientifique calme, raisonnable, capable de trouver des solutions auxquelles, souvent, personne n'avait pensé. Certains des amiraux les plus anciens ne le portaient pas dans leur cœur à cause de ses méthodes peu orthodoxes, mais Bill Baldridge avait aussi de nombreux supporters.

Alors que Jack était un commandant de grande valeur, solidement marié, et les pieds sur terre, Bill était une véritable énigme. Personne ne savait jusqu'où il irait, sinon dans un nombre de lits extravagant, dans tout Washington et ses environs. A trente-six ans, il ne semblait pas décidé à abandonner sa vie de célibataire et traînait derrière lui une nuée de maîtresses éplorées, de Dodge City à Arlington, en Virginie. Jack considérait son jeune frère avec une immense bienveillance.

Dans son domaine des opérations électroniques, le commandant Baldridge agissait sur plusieurs fronts. Le capitaine de vaisseau Rheinegen, commandant effectif du navire, venait d'ordonner un léger changement de cap alors qu'ils naviguaient au-dessus de la dorsale océanique du quatre-vingt-dix est, orientée nord-sud à l'est du bassin médio-indien. A cet endroit, l'océan n'a guère qu'un mille de profondeur mais, tandis que le porte-avions faisait route au nord-ouest, celle-ci s'accrut rapidement jusqu'à près de quatre milles sous la quille.

Le commandant Baldridge avait déjà calculé que le Tomcat avait probablement heurté la crête en coulant et qu'il devait reposer à 5 000 pieds par le fond.

Il contrôla la tenue du poste de tous les navires du Groupe, convint avec la lutte ASM que les quatre « contacts » sous-marins étaient faux. Il dit quelques mots au contrôleur sonar et aux opérateurs des liaisons de transmission de données puis vérifia la concordance de ses opinions avec la situation du coordinateur surface. Il entendit le directeur des armes discuter avec l'opérateur surface et prit un appel sur la ligne codée.

Le capitaine de vaisseau Art Barry, un New-Yorkais, commandait le croiseur *Arkansas,* un navire lance-missiles de 11 000 tonnes qui naviguait alors à environ huit milles sur leur flanc tribord. Le message était sibyllin : « Kansas City Royals 2, Yankees 8. Cinq dollars. Art. »

— Salaud ! dit Baldridge. Je suppose qu'il trouve ça drôle ! On vient de balancer un zinc de trente-cinq millions de dollars au fond de cet océan de malheur et il m'envoie les résultats de base-ball par satellite !

Bien sûr, les choses auraient été différentes si le message avait dit : « Royals 8, Yankees 2. »

— C'est un grand bonhomme, ce Art. Il sait toujours ce qui est le plus important. Ha ! ha ! ha !

Il jeta un coup d'œil à sa montre et commença à noter quelque chose sur son carnet, sans réfléchir. Pas un rapport officiel, juste la conséquence de toute une vie dans la Marine. Il mit la date comme on l'écrit dans la Marine : « 221700AVR02 », (le jour, 22, l'heure, 17h00, puis le mois et l'année). Ensuite il nota la position du navire — au centre de l'océan Indien, 9 S (neuf degrés de latitude sud), 91 E (quatre-vingt-onze degrés de longitude est). Enfin il écrivit : « Putain de temps. Royals 2, Yankees 8. Perdu Tomcat. Billy-Ray et Freddie blessés mais vivants. » Lui aussi avait un faible pour Billy-Ray Howell.

221709AVR02. 41 30 N 29 E. Cap au 180. Vitesse 4.

— Possible au 030, 10 milles. Viens voir, Ben. Ça pourrait être bon.

— Merci... Oui... Pointe-le, Georgy. C'est un charbonnier, probablement pas très rapide. S'il continue à aller vers l'entrée du détroit et si sa vitesse est compatible avec notre horaire, on l'utilisera. Vas-y... mais reste bien derrière lui, Georgy.

— Ça prendra deux heures.

221912.

— Ils commencent à nous chercher. Temps dépassé depuis une heure. Le premier signal vient d'arriver, Ben.

— Bien. Qu'est-ce que tu as dit aux gars ?

— Ce que nous avons décidé de dire. Couverture pour exercice spécial. On ne répond rien. Ils vont bientôt s'arrêter. Nous n'existons plus.

— OK. Il fera nuit dans une heure. Maintenant, il faut nous organiser pour le transit. Surveille la lumière sur la forteresse Rumineleteri, là-haut sur le promontoire nord-ouest, et puis fonce... Suis la cible d'aussi près que tu le pourras.

— Très bien. Bien que personne n'ait jamais fait ça, n'est-ce pas ? Hein, Ben ?

— Mon Prof m'a dit un jour que c'était faisable.

— Ben, je ne parle pas votre langue et mon anglais n'est pas aussi bon que le tien. Mais je sais que c'est vachement épineux. Il y a de méchants courants de travers par ici. Des petits fonds sur la rive droite, dans l'étranglement, près du gros pont. Merde ! Et si on les cogne et qu'on reste en rade ? On ne sortira plus jamais de prison !

— Georgy, si tu fais exactement ce que nous avons décidé, on ne heurtera rien du tout.

— Mais tu dis toujours qu'on doit traverser le port à 9 nœuds avec cette saloperie de gros sillage blanc que nous traînons derrière nous. Ils le verront, Ben. Bon Dieu, ils ne peuvent pas le manquer !

— Faut-il que je répète encore une fois ? Ils ne le verront pas si tu restes bien près, juste au centre du sillage du Grec. Il n'aura pas plus envie que toi de revenir au sec. Il ne forcera pas la chance dans ce coin peu profond. Allons-y, Georgy.

— J'aime pas ça.

— Je ne te demande pas d'aimer ça. Fais-le !

— Rappelle-toi que si ça foire, ça sera ta faute !

— Si ça foire, ça n'aura plus d'importance.

222004.

— Je veux arriver tôt sur les lieux et m'installer avant qu'on atteigne l'entrée. Ce qu'il nous faut, c'est une marque bien visible de nuit. Sa loupiote de dépassement fera l'affaire.

— Ces couillons de Grecs la laissent allumée toute la journée.

— J'ai remarqué. Compte dix mètres de hauteur pour le feu de poupe.

— Et pour son radar, Ben ?

— Il ne nous verra pas dans son retour de mer et s'il nous voit, il pensera qu'il s'agit de son propre sillage. Ce type n'est pas Gorschkov. Il ne se rappelle même pas qu'il doit éteindre ses feux.

— Et les autres navires dans le chenal ?

— Tous ceux qui voudront le dépasser resteront bien sur le côté. Les bateaux qui arrivent restent de l'autre côté. Mon seul vrai souci, ce sont les navettes. C'est pour ça que nous devons traverser la partie la plus étroite entre 2 heures et 5 heures. J'espère n'en rencontrer aucune à ce moment-là. Ça serait un sale coup si une navette traversait au cul de notre Grec et qu'on lui rentrait dedans.

— Comment ça se fait, Ben, que tu en saches tellement plus que moi ?

— C'est parce que je ne peux pas me permettre une gaffe. Et aussi parce que j'ai eu un Professeur exceptionnel... brillant, impatient, intelligent, arrogant... doté de la plus belle fille que j'aie jamais vue...

— Dieu du ciel ! Je crois bien que tu es cinglé !

— Reste cool, Georgy. Et fais ce que je te dis. Il fait assez sombre, maintenant. Aligne sa loupiote et rapproche-toi.

281400AVR02. 9 S, 74 E. Cap au 010. Vitesse 12 nœuds. Huit milles au large de Diego Garcia, océan Indien. Pont d'envol du porte-avions américain *Thomas Jefferson*. Le temps s'était dégradé et le vent chaud qui se levait et retombait sans cesse rendait la vie dure aux aviateurs. Profitant d'une légère accalmie, les officiers d'appontage s'étaient, comme toujours en pareil cas, regroupés à l'extrême bord du pont d'envol et parlaient aux pilotes des sept avions revenant de leur patrouille de défense aérienne. Quatre d'entre eux étaient regroupés sur une orbite d'attente, à 8 000 pieds d'altitude, 20 milles au large.

Tout au long de la journée, les exercices avaient exigé des essais à vitesse supersonique, beaucoup d'appontages et de décollages. Déjà on avait dénombré deux éclatements de pneus dont l'un avait fait déraper sur la gauche le long du brin d'arrêt un chasseur d'assaut Hornet FA-18 qui avait manqué de peu de percuter un bombardier Intruder A-6E au parking.

Le carburant baissait dans les réservoirs et la tension montait. Avant l'arrivée des six chasseurs, toute l'équipe du pont d'envol se préparait à accueillir l'arrière central Hawkeye, le très gros avion d'alerte avancée et de contrôle, aisément reconnaissable à l'énorme radôme placé au-dessus du fuselage.

C'était maintenant à Jim Adams d'entrer en scène. Les écouteurs sur les oreilles, la jaquette jaune visible de très loin, il déroulait à toute vitesse sa check-list mentale, hurlant dans son téléphone à l'intention de l'équipe qui, en bas, travaillait sur les systèmes hydrauliques.

— Attention Hawkeye, deux minutes !

Il savait que son système hydraulique était bien réglé et ses yeux balayaient le pont à la recherche de la plus petite trace de saleté. Ici, on n'a jamais droit à une seconde chance. Le moindre détritus aspiré par un moteur à réaction peut le faire exploser. Le coup de fouet d'un brin d'arrêt rompu peut tuer une douzaine de personnes et expédier un avion par-dessus l'étrave.

Jim leva les yeux, sous le vent. Là, le Hawkeye arrivait en hurlant. Les brins d'arrêt bien tendus sur le pont attendaient la prise de la crosse. Tout en bas, le piston hydraulique géant était en position, prêt à retenir et à arrêter un avion de 37 tonnes en une collision contrôlée entre l'avion et le pont.

— GROOVE ! hurla Jim à l'équipe de l'hydraulique.

C'était le mot de code pour : « Très proche. Paré à manœuvrer. »

Seconde communication.

— SHORT !

Le mot clé : tout le monde doit s'éloigner de la machinerie.

Et, tandis que le Hawkeye se rapproche de l'arrière dans un bruit de tonnerre, Jim Adams crie : « RAMP ! »

Tous les regards, sur le pont, sont rivés sur le crochet déployé à l'arrière de l'avion. Impossible de parler dans le fracas des moteurs. Le souffle des réacteurs fait trembler l'atmosphère. A 160 nœuds, les roues s'abattent sur le pont et, juste derrière elles, la crosse saisit le brin d'arrêt qui s'élève d'un coup en dessinant un V parfait. Une seconde plus tard, le Hawkeye s'arrête à quelques mètres de l'extrémité du pont d'envol et le son de ses moteurs s'éteint rapidement.

Tout à coup, le désordre semble s'abattre sur le pont lorsque les équipes de manutention avion se ruent sur le Hawkeye pour le tirer vers son emplacement de parking. Jim Adams braille dans son téléphone pour faire modifier les réglages du système hydraulique, les officiers d'appontage regagnent leurs postes, l'un d'eux articulant très soigneusement vers le pilote du premier Tomcat :

— OK, un-zéro-six, venez. Rafales de vent au 35, contrôlez votre trajectoire d'approche, ça a l'air bien vu d'ici... volets sortis... crosse basse... je vous ai en visuel... tout est clair pour vous.

Le lieutenant William R. Howell était de retour dans le circuit. Avec un nouvel avion RIO et un gros sparadrap sur l'arcade sourcilière. Son copain Jim Adams vérifiait tout plutôt deux fois qu'une, comme toujours. Il cria ses ordres l'un après l'autre : « GROOVE... SHORT...

RAMP ! » jusqu'à ce que Billy-Ray se soit posé sous les acclamations générales : « Beau boulot ! »

— Allons-y, Billy-Ray !

Il y a toujours une certaine tension lors du premier appontage d'un pilote après un crash. Là-haut, dans la tour de contrôle, Freddie Larsen avait eu le droit d'assister à la manœuvre et, si son bras ne lui avait pas fait si mal, lui aussi aurait applaudi quand Billy-Ray avait touché le pont sans encombre.

— Bien, mon vieux ! cria-t-il sans réfléchir. C'est bien, Billy-Ray !

Même le commandant du *Thomas Jefferson,* le capitaine de vaisseau Rheinegen, lui-même ancien aviateur comme tous les commandants de porte-avions, s'autorisa un petit sourire.

A présent, un entraînement de nuit étant sur le point de commencer, on procédait à la relève du personnel du pont d'envol. Les équipes de lancement gagnaient leurs postes, des avions émergeaient du hangar sur les énormes ascenseurs. Tout autour, de jeunes officiers vérifiaient les chasseurs-bombardiers, des pilotes grimpaient dans leurs cockpits, une autre série de moteurs hurlaient, des hommes en uniforme, dont beaucoup effectuaient leur première campagne, étaient à leurs postes. Déjà, le premier Hornet était paré pour le décollage. Les lumières rouges du signal de l'îlot indiquaient « quatre minutes avant le lancement ».

Deux minutes plus tard, les lampes passèrent au jaune. Un homme d'équipage, accroupi près des roulettes de nez d'un chasseur, fit signe à l'avion d'avancer et verrouilla l'élingue de catapultage.

Maintenant, la lumière passe au vert. Le lieutenant de vaisseau Skip Martin, le « lanceur », pointe sa main droite vers le pilote, lève sa main gauche et montre deux doigts.

— Pleine puissance !

Puis, la main ouverte, paume tournée vers le pilote :

— Postcombustion !

Le pilote salue réglementairement, puis se penche, tendu, pour affronter le choc de la catapulte.

Le lanceur, le regard fixé sur le cockpit, rend le salut, plie les genoux et touche le pont avec deux doigts de sa main gauche. Le geste du chef Martin signifie « en avant ». Un homme d'équipage, agenouillé sur le passavant, très à gauche du gros chasseur à réaction, enfonce le bouton de la troisième catapulte et se tasse lorsque le monstrueux système à vapeur pousse en hurlant le Hornet qui file sur le pont, ses moteurs à fond, laissant dans son sillage un souffle d'air atomique. Tout le monde regarde, même les vétérans retiennent leur respiration, tandis que l'appareil part comme une fusée, quitte le porte-avions, et s'éloigne au-dessus de l'océan en grimpant vers la gauche.

— La tour à Hornet un-six-zéro, beau décollage... cap zéro-cinq-quatre, 400 nœuds, montez à 8 000 pieds.

— Hornet un-six-zéro, bien compris.

281835AVR02. 35N, 21E. Cap au 270. Vitesse 5 nœuds.

— Ben, on a un bruit. A l'avant, en haut !

— Merde ! Va falloir arrêter, tout de suite, et arranger ça. Je ne peux pas me permettre de parcourir un mille de plus dans ces conditions.

— Pas de problème, je m'en occupe. Dès qu'il fera sombre. C'est très calme, par ici, de toute façon.

290523AVR02.

— Au moins le bruit de ferraille a disparu. Je suis désolé pour votre gars. J'ai eu l'air d'être sans cœur mais ce n'est pas vrai. J'espère seulement qu'on ne trouvera jamais son corps.

— Pas le temps de chercher davantage. Je ne blâme personne. C'est juste la faute à pas de chance. Nous dirons seulement une petite prière catholique pour lui.

— *J'aimerais me joindre à vous pour ça.*

041900MAI02. 7S, 72E. Cap 270. Vitesse 10 nœuds. Le *Thomas Jefferson* est toujours au large de Diego Garcia, dans l'océan Indien. Au carré, Big Jim Adams donne une petite fête dans la partie réservée aux officiers pilotes. Quatre heures auparavant était arrivé un message disant que sa femme Carole venait de donner naissance à leur premier fils, un bébé de neuf livres qui porterait le nom de Carl Edward Adams. Jim avait expliqué qu'ils avaient choisi ces prénoms deux ans plus tôt, le premier en hommage à un joueur des Red Sox, Carl Yastrzemski, et le second à cause du légendaire frappeur Ted Williams.

Et maintenant, le petit Carl Edward était là, et les aviateurs du porte-avions mettaient en œuvre deux de leurs principaux talents : faire durer leurs deux canettes de bière (autorisées à partir du soixantième jour de service et non plus du centième, comme c'était le cas auparavant) pendant au moins quatre heures en clamant leur sincère compassion pour les êtres humains qui, sur la planète Terre, ne connaîtraient jamais le bonheur de faire décoller des chasseurs à réaction depuis le pont du plus gros porte-avions du monde.

Le commandant de l'une des frégates, le capitaine de vaisseau Roger Peterson, qui essayait de déjeuner en paix dans un coin reculé en compagnie du capitaine de vaisseau Rheinegen, remarqua, au milieu des éclats de rire venant du fond de la salle :

— Quand je pense qu'il faut un équipage de plus de trois mille hommes pour faire voler ces héros ailés avec leurs foulards blancs !

Personne ne l'entendit et, même si quelqu'un l'avait fait, ça n'aurait eu aucune importance. Car s'il y a une chose dont un pilote est sûr, c'est que tous les autres, y compris dans les sous-marins (et surtout dans les sous-marins), les experts de guidage des missiles, les officiers canonniers, les responsables des combats stratégiques et de la navigation, sont et demeureront ses inférieurs.

Pendant ce temps, Big Jim sirotait debout sa seconde et dernière canette de bière glacée en prononçant un petit discours pour annoncer que le lieutenant de vaisseau Howell serait le parrain de Carl Edward. Ceci provoqua des hurlements de rire sous prétexte que Billy-Ray n'était qu'un péquenot sans foi ni loi et que le pauvre petit Carl Edward ne recevrait aucun soutien moral de toute sa vie.

Mais Billy-Ray fit face et répondit qu'à son avis, leurs opinions ne valaient pas un clou parce que son père était méthodiste pratiquant, là-bas, à Hamlin, et qu'il n'y avait pas mieux que lui pour remplir cette fonction.

Big Jim reprit la parole pour admettre que Billy-Ray n'était qu'un second choix puisque Yaz lui-même n'avait pas pu se rendre libre, mais qu'il était néanmoins heureux qu'un péquenot remplace le joueur de base-ball. De toute façon, il avait demandé à Carole d'accoucher pendant qu'il était en mer parce que cela lui permettrait d'être le premier à quitter le *Thomas Jefferson* quand il rejoindrait son port, en septembre.

041500MAI02. 36 N, 3 W. Cap au 270. Vitesse 5 nœuds.

— OK, Ben, c'est bien l'île. Je ne vois pas grand-chose, par bâbord 40, visibilité pas terrible.

— Quelqu'un y habite ?

— Je ne sais pas. Peut-être quelques pêcheurs espagnols mais ça a l'air désert. Ton Prof a peut-être parlé d'une ville de la taille de Moscou mais on ne voit rien de tel.

— Non, lui aussi a dit que c'était vide.

— De toute façon, tu sais quoi faire en cas de pépin ?

— Aucune instruction particulière, sauf de ne pas

se faire prendre. Je suis sûr que tu es déjà venu souvent dans ce coin-là ?

— Ouais, mais il y a longtemps... Et les Américains exercent une surveillance plus sévère, maintenant. La dernière fois, ils se doutaient de quelque chose. Peut-être à cause des photos satellites. Comment vas-tu faire un nouveau miracle, Ben ? Comment allons-nous passer inaperçus ?

— Fondamentalement, mon vieux Georgy, nous n'avons qu'une seule façon de faire. Très lentement, très doucement, en priant Dieu que personne ne nous voie.

— Pour ça, il n'y a pas de problème. Je suis d'accord. Tu attends un message du patron ?

— Pas encore. Pas avant la phase finale. Peut-être même pas avant qu'on ait récupéré le carburant. Et peut-être même jamais.

— D'accord. Je vais faire en sorte que l'équipage avale cette histoire. Mais ça va être un long voyage.

— Ils seront bien récompensés quand tout sera fini. En attendant, il faut redoubler de prudence. On avance en silence à 5 nœuds pendant quarante-huit heures. Silence total, compris, Georgy ?

061200MAI02. Fort Meade, Maryland. Bureau du directeur de l'Agence nationale de sécurité. Le vice-amiral Arnold Morgan, un Texan courtaud au regard dur, le visage surmonté de cheveux blancs soigneusement peignés, était assis tout seul à sa table de travail, une expression un peu narquoise sur le visage. C'était un événement car il était généralement occupé avec ses trois téléphones, hurlant des ordres à un satellite qui les relayait en temps utile à toutes ses agences de par le monde.

La réputation de l'amiral était celle d'une araignée vorace et dangereuse au centre de la vaste toile électronique des renseignements de la Marine. La plupart du temps, il se contentait de regarder. Mais quand l'amiral

Morgan parlait, des hommes s'agitaient sur quatre continents et sur toutes les mers du globe.

Pour l'heure, l'amiral était curieux. Grand ouvert sur son bureau s'étalait le pesant volume de la dernière édition du *Jane's Fighting Ships,* la bible anglaise répertoriant tous les navires de guerre du monde. Il ne s'attendait pas à y trouver une réponse et, d'ailleurs, il n'en trouva pas. Pas plus que dans les trois autres livres très secrets de références navales également empilés sur son bureau.

La veille, tard dans la soirée, il avait reçu un message par satellite. Pas un message urgent ni alarmant, ni même particulièrement instructif. Mais insatisfaisant d'une certaine façon, voire irritant pour Arnold Morgan. L'histoire était simple.

« Installations Gibraltar capté très court contact de passage d'un navire très silencieux à 050438MAI02. Données enregistrées insuffisantes pour classification ferme — cavitation audio de compression, une ligne d'arbres, cinq pales, probablement non nucléaire. Aucune concordance avec les transits amis connus. »

Ce que l'amiral Morgan déduisait de ce message, c'est que quelqu'un possédant une ouïe extrêmement fine, de l'autre côté de l'Atlantique, avait entendu un bruit dans l'eau pendant vingt ou trente secondes, un bruit qui ressemblait beaucoup à celui d'un sous-marin non nucléaire. Cet engin devait n'avoir qu'une seule ligne d'arbres avec une hélice à cinq pales. Il était sans doute loin en mer et presque certainement sous la surface. Il avait probablement fait ce bruit soit en accélérant avec une certaine inconscience, soit en naviguant avec une immersion trop faible pour le nombre de tours requis. Peut-être avait-il momentanément perdu son assiette, songea l'amiral, lui-même ancien sous-marinier et ancien commandant de boomer[1].

Au bon vieux temps, il était possible de repérer un

1. Boomer : rugissant. Nom donné aux sous-marins nucléaires.

bateau construit par les Soviétiques parce qu'ils avaient la manie d'installer des hélices à quatre ou à six pales alors que toutes les nations occidentales en tenaient pour des pales en nombre impair, trois, cinq ou sept. En fermant bien les yeux, l'amiral Morgan se revoyait, vingt-trois ans plus tôt, dans la salle du sonar de son boomer. Il entendait à nouveau le chuintement caractéristique — swish, swish, swish, swish — des pales d'un vieux sous-marin soviétique dans le lointain. On ne risquait pas de les manquer, après quelques années d'expérience. Maintenant, il était bien difficile d'identifier un sous-marin. Même des chalutiers modernes et silencieux peuvent faire ce genre de bruit quand ils accélèrent soudain et flanquent sans le savoir la panique parmi les églefins. Mais les pêcheurs n'intéressaient pas l'amiral Morgan. Le seul machin sournois à cinq pales capable de retenir son attention, c'était un sous-marin. Et il allait très vite voir de quoi il retournait.

L'amiral était une encyclopédie vivante — et rugissante — quand il s'agissait d'identifier des navires de guerre étrangers. Cette fois, il voulait savoir de quelle sorte de contact il s'agissait. Et puis qui pouvait bien le commander. Et finalement, où diable il pouvait bien aller. La simple idée qu'il puisse s'agir d'un sous-marin lui faisait toujours cet effet-là.

Il lui fallut à peu près cinq minutes sur l'ordinateur pour comprendre qu'il ne pouvait s'agir d'un bateau américain ou anglais. Et un peu plus pour découvrir qu'il ne s'agissait pas non plus d'un français ni d'un espagnol.

Israël possédait un sous-marin d'origine russe, il le savait, mais un rapport indiquait que ce bateau était dans l'Atlantique depuis quatre semaines. Donc, ce ne pouvait être lui. Ces bon Dieu d'Iraniens en avaient aussi acheté trois aux Russes, mais on les avait récemment contrôlés dans le Golfe — assez consciencieusement pour être sûr qu'aucun n'était loin de sa base. Pas eux non plus.

Il savait que les Indonésiens possédaient quelques vieux bateaux russes d'un âge canonique qui auraient eu bien du mal à franchir les jetées de leurs eaux territoriales. Même les Algériens avaient un ou deux Kilos, tout neufs en 1995 et actuellement en carénage, il le savait, à Saint-Pétersbourg. Les Polonais en avaient un en Baltique, les Roumains un en mer Noire, tous deux en mission et récemment observés. Le Kilo des Libyens ne valait pas beaucoup mieux que les six Foxtrots qui l'avaient précédé — deux avaient coulé à quai — et il n'avait pas pris la mer depuis un an. Les Chinois en possédaient quelques-uns, de conception plus moderne. Mais aucun de ces gens n'avait quoi que ce soit à faire dans le Détroit. Il avait joué l'outsider en appelant son homologue dans la marine russe, à Moscou. Tout se passait gentiment et au grand jour maintenant, aussi les Russes lui avaient affirmé sans hésitation n'avoir envoyé aucun de leurs navires diesels dans le Détroit depuis dix-huit mois.

En fait, le seul diesel russe manquant avait disparu au cours d'un accident dans la mer Noire trois semaines auparavant et reposait maintenant sous sept cents mètres d'eau avec les cadavres de tout son équipage. Ils le cherchaient encore mais avaient trouvé ses bouées de marquage à la dérive, ainsi qu'un certain nombre de débris.

Tout cela laissait l'amiral Morgan perplexe. Il ne cessait de se rejouer le même scénario. Si l'un des petits génies des sonars de la Navy affirmait avoir entendu une hélice silencieuse, l'amiral était sûr que l'opérateur en question devait nourrir quelque soupçon.

Très peu d'individus sont vraiment capables de détecter ces vibrations lointaines et ténues, et encore moins de les reconnaître. Et si ce type de Gibraltar prétend avoir entendu une ligne d'arbres et cinq pales, alors c'est bien ce qu'il a entendu. Seulement, non seulement il a pris la peine d'en faire le rapport mais de plus il a ajouté un avis personnel voilé en disant qu'il ne « s'agissait probablement pas d'une propulsion nucléaire ».

— Je pense que notre homme soupçonne qu'il s'agissait d'un engin sous-marin, conclut-il.

Le contact a été très court. Et les contacts très brefs posent le même problème que les codes secrets... Si vous n'avez capté qu'un petit échantillon, vous ne savez pas grand-chose... Juste assez, en tout cas, pour souhaiter en savoir davantage. Comme par exemple à quel type de bateau vous avez affaire, et qui commande ce salopard.

— Mais nos nouveaux copains de Moscou ont dit non. Pourquoi mentiraient-ils ? Non seulement nous sommes en paix, mais nous n'en aurions rien à cirer si l'un de leurs diesels patrouillait l'Atlantique toute l'année en appelant toutes les stations possibles. Et s'il faisait escale à Norfolk, en Virginie, on offrirait sans doute une tasse de café à l'équipage.

La première fois qu'il avait vu le message, il ne l'avait pas saisi. Et il le saisissait encore moins maintenant. Les « faits » semblaient contradictoires — un vrai casse-tête. A cinquante-sept ans, Arnold Morgan était un homme encore dynamique, exigeant l'ordre et l'harmonie des choses. Il n'était nullement partisan de la « théorie du chaos ». Ce trait de caractère lui avait coûté deux mariages et des relations très distendues avec ses enfants. En revanche, la Marine le considérait comme le meilleur chef des renseignements qu'elle eût jamais possédé. Si l'on devait lui faire une seule critique, c'était qu'il avait tendance à s'investir dans certains détails que d'autres considéraient comme sans importance.

Et précisément en cet instant, il prononça pour la salle vide sa phrase favorite : « Je n'accepte pas que des faits soient incompatibles. Ceci, messieurs, est une question de principe. »

Sur quoi, il confia le signal, et tous les résultats des nombreuses questions qu'il se posait à propos de ce contact fantôme, à son très efficace système de classement électronique. Son seul réconfort était de savoir que, s'il s'agissait bien d'un sous-marin, il faudrait qu'il fasse surface quelque part à un moment donné, après quoi le problème serait résolu.

En attendant, il décida de le mettre de côté comme... une embrouille un peu glauque.

Et l'amiral détestait toutes les embrouilles, surtout sous l'eau, parce qu'elles s'avéraient, sans exception, coûteuses et embarrassantes.

— En fin de compte, c'était peut-être ça, annonça-t-il à la salle vide. Rien d'autre qu'un chalutier de pêche. Peut-être notre informateur a-t-il juste fait un peu trop de zèle. Hum.

Puis, visiblement soulagé :

— A moins qu'un salopard ne soit en train de mentir !

Chapitre II

271300MAI02. 6 S, 73 E. Route au 340. 12 nœuds.

Entouré des officiers les plus anciens de son état-major, le contre-amiral Zack Carson, l'un des quelques officiers de haut rang de la Marine des Etats-Unis à avoir un poste à la mer, se colletait méthodiquement avec des millions de détails touchant à la conduite des opérations sur une échelle encore jamais observée sur cette planète.

Il était assis dans un vaste fauteuil de cuir dans la salle des opérations amirales, au troisième étage de l'îlot, dix mètres au-dessous des dix-huit mille mètres carrés du pont d'envol de son navire amiral, l'USS *Thomas Jefferson.*

Pendant les deux dernières semaines, ils avaient suivi une route ouest-nord-ouest sur l'océan Indien et l'énorme porte-avions faisait maintenant route vers le nord de l'atoll tropical le plus éloigné de Diego Garcia. Au nord-nord-est, à huit cent cinquante milles de là, se trouvait le promontoire de cap Comorin, le point le plus au sud du sous-continent indien. Si, cependant, le *Thomas Jefferson* suivait l'étoile Polaire vers le nord, il lui faudrait couvrir mille six cents milles avant de pénétrer dans sa zone de patrouille de la mer d'Arabie. Des eaux bleu sombre infestées de requins, à quatre cent cinquante milles à l'ouest du port grouillant de Bombay.

A huit jours de là, l'amiral Carson devait être à poste dans cette zone maritime de tensions en quelque sorte imprévisibles. Sa présence massive là-bas, à la porte même du golfe Persique, servirait d'avertissement à quiconque envisagerait de mettre les pétroliers du monde entier au défi d'exercer leur métier le long des appontements pétroliers qui s'échelonnent du détroit d'Ormuz jusqu'à l'Irak. Sa présence ne manquerait certes pas non plus d'exacerber la haine qui bouillonnait au cœur de nombreux Etats islamiques.

Mais cela faisait partie du domaine d'un commandant de groupe de combat. Et, à cinquante-six ans, Zack Carson, le grand Américain (un mètre quatre-vingt-treize) natif du Kansas, s'était depuis longtemps résigné à ce que tout le monde ne manifeste pas sa joie lorsque son navire géant apparaissait sur un horizon quelconque du Moyen-Orient.

Il avait à sa disposition des missiles de croisière, des armes téléguidées de toutes sortes capables de frapper des cibles en l'air, à la surface et dans les profondeurs, une petite flotte aérienne répondant à tous ses besoins, des batteries d'artillerie pouvant envoyer des milliers d'obus par heure. Et, dans les entrailles de ce grand navire et dans ses deux sous-marins nucléaires, d'autres missiles. Des missiles d'une force de destruction tellement colossale que Zack Carson lui-même ne se sentait pas très à l'aise en y pensant. L'amiral et ses supérieurs du Pentagone pouvaient, si on le leur ordonnait, anéantir ou presque une grande partie du monde. Très vite.

Cela ne fait pas vraiment partie de son programme mais un groupe de combat américain doit, à tout moment, se trouver au sommet de la courbe d'efficacité militaire, laquelle est d'autant plus escarpée que le matériel en cause a plus de valeur. L'opinion des gros bonnets des états-majors — pour ne rien dire de celle de ces Républicains impitoyables du Sud-Ouest qui occupent en général la Maison-Blanche —, c'est, cha-

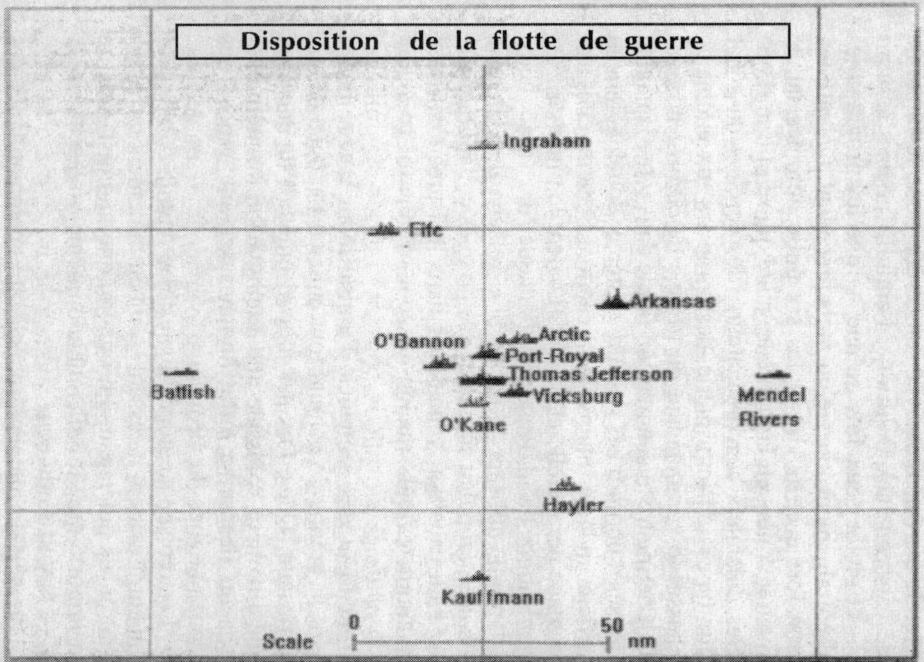

2103, 8 juillet 2002

cun le sait, qu'« à ce prix-là, ça a intérêt à marcher quand il le faut et à ne pas déconner ».

C'est pourquoi, à cette minute particulière, en grande conversation avec son compatriote, le capitaine de vaisseau Jack Baldridge, l'amiral Carson s'assurait — et plutôt deux fois qu'une — que les programmes d'entraînement intense du mois précédent avaient bien transformé ce navire et les six mille hommes qui le manœuvraient en la meilleure unité qui se puisse rêver. Des cuisiniers aux navigateurs, des sorciers du sonar aux types de l'imprimerie, des pompiers aux pilotes de chasse, le commandant du groupe de combat ne pouvait permettre aucun maillon faible dans toute la chaîne de ses subordonnés, aucun système douteux, aucun officier indécis, aucune inefficacité. La guerre était une menace perpétuelle et ils constituaient le pivot de l'organisation de défense et d'attaque des Etats-Unis. L'amiral, utilisant le parler plus relâché des Grandes Plaines, rappelait souvent à ses proches collaborateurs : « Si un canasson venait ruer dans le Bureau ovale, il y aurait toujours quelqu'un pour me mettre ça sur le dos. »

Pendant des semaines, l'amiral avait amené peu à peu le groupe de combat tout entier à l'apogée de son efficacité. Deux fois par jour, il émettait un message détaillant les exercices qui impliquaient en définitive chacun des seize mille hommes servant à bord des douze navires du Groupe.

Les croiseurs équipés du système AEGIS subissaient un entraînement incessant — un entraînement qui assurait qu'ils pouvaient, à n'importe quel moment, abattre n'importe quel missile ennemi, même voyageant à six fois la vitesse du son.

Il était fermement rappelé aux commandants des sous-marins disposés loin devant le groupe de combat que l'amiral portait un intérêt tout particulier à leur travail. Non seulement il croyait aux capacités offensives de ces chiens de chasse sous-marins construits pour tuer, mais il leur attribuait un rôle essentiel en tant que première ligne de défense anti-sous-marine du groupe de combat : détruire leurs homologues ennemis. Après plusieurs semaines en mer passées à s'entraîner et à patrouiller sans cesse dans les eaux profondes de l'océan Indien, les mots « mortellement précis » s'appliquaient parfaitement à l'ensemble de leurs méthodes, mais surtout à leurs torpilles filoguidées, aussi efficaces contre les navires que contre les autres sous-marins.

Zack Carson, habitué aux navires de surface et aviateur dans sa jeunesse, aurait aimé choisir les sous-marins. Il n'était cependant pas certain qu'il aurait subi avec succès le processus exigeant de sélection auquel sont soumis ces marins-scientifiques avant de se voir confier le commandement d'un sous-marin nucléaire de l'US Navy... l'examen de physique, ceux d'électronique, de mécanique, d'hydrologie, le contrôle des compétences de navigation en grande immersion, les cours d'ingénierie nucléaire. De nos jours, les commandants de sous-marins représentent l'élite de toutes les marines occidentales et Zack Carson se demandait s'il avait toutes les capacités intellectuelles exigées.

Il s'était fait un nom comme stratège de ligne de bataille, expert en aviation, missiles et canons, tacticien à grande échelle, comme un commandant traçant les grandes lignes de l'action sans trop s'éloigner des aspects triviaux de sa charge. Tout le monde aimait l'amiral Carson parce qu'il parlait encore comme une sorte de bandit armé des Hautes Plaines du Kansas — ce qu'avaient été, du reste, plusieurs de ses ancêtres directs — et faisait preuve d'une nonchalance étudiée tout à fait trompeuse en période de tension. Mais c'était une qualité enviable dans le centre opérationnel de n'importe quel navire.

Tout cela était très impressionnant de la part d'un garçon de ferme du Middle West ayant grandi dans la petite ville de Tribune, au milieu des champs de blé s'étendant à perte de vue, dans le comté de Greeby, près de la frontière entre le Kansas et le Colorado. « Nulle part », c'est ce qui définit le mieux ce coin du monde. Les étendues plates du comté n'abritent que deux petites villes au cœur de leurs seize mille kilomètres carrés. Toutes deux s'étendent le long de la Route 96, qui commence à l'est, près de la grande courbe que dessine la rivière Arkansas, puis s'achemine vers nulle part.

Ce sont les terres les plus reculées de l'Amérique, avec une population cent fois moins nombreuse que la moyenne des campagnes aux Etats-Unis. Des kilomètres et des kilomètres de blé et de pâturages, de plaines balayées par le vent et remarquables, dans un certain sens, par leur monotonie même. Là-bas, sous le ciel immense, vierge de toute intrusion du modernisme, les prénoms d'Elija, Zacharie, Jethro, Willard, Jérémie et Ethan sont très courants. Mince et élancé, Zacharie Carson était le fils de Jethro Carson, un fermier exploitant des milliers d'hectares, comme l'avaient fait ses ancêtres avant lui. Le père et le fils avaient les cheveux couleur de paille sèche, décolorés par le soleil, et des yeux bleus et brillants, de ce bleu qu'on trouve souvent chez les fermiers et les marins.

Peut-être était-ce à sa jeunesse passée à regarder le vent balayer les étendues infinies d'épis mouvants que Jack Carson devait son attirance précoce pour l'océan. Mais du plus loin qu'il s'en souvenait, il avait eu ce désir tout simple de s'engager dans la marine des Etats-Unis. Il y avait deux autres fils dans la famille pour prendre la suite de la culture du blé, pourtant le vieux Jethro avait eu le cœur brisé quand son fils aîné avait fait son sac, à l'âge de dix-huit ans, et traversé le pays, quittant le plus rural des Etats pour rejoindre l'Académie navale d'Annapolis, dans le Maryland. Son entrée dans cette école historique représenta le plus grand triomphe scolaire de toute l'histoire du lycée de Tribune.

Zack Carson, avec sa démarche chaloupée, son sourire en coin et sa façon paysanne de s'exprimer, s'attacha à ébahir ses jurys d'examen par sa connaissance des détails les plus complexes de la guerre navale. Il dut abandonner l'aéronautique navale après avoir passé par-dessus bord un chasseur à réaction défectueux. Il avait alors vingt-six ans. Avant son trente-sixième anniversaire, il commandait une frégate. A trente-neuf ans, on lui confiait un escorteur armé d'engins téléguidés. Et à quarante-huit ans, Zack était le commandant d'un porte-avions géant, le *Dwight D. Eisenhower,* du nom d'un autre type du Kansas.

Il fut promu contre-amiral quatre ans après et, en l'an 2000, il eut l'honneur de commander le tout nouveau porte-avions américain, le *Thomas Jefferson*, son navire amiral. Quelques mois plus tard, il demanda pour le seconder en tant qu'officier opérations du groupe de combat un autre paysan du Kansas, le capitaine de vaisseau Jack Baldridge, né à Burdett, près de Tribune, également située sur la Route 96. Comme Jack, il était marié et père de deux filles. Les deux familles habitaient maintenant San Diego, en Californie, où le *Thomas Jefferson* avait sa base.

Mais là cessaient leurs ressemblances. Baldridge était un homme fortement charpenté, strict en matière de discipline, qui réagissait avec décision et rapidité à toute menace ou tout danger pour ses navires. L'amiral Carson avait un peu tendance à parsemer ses phrases de « euh... » et de « laissez-moi réfléchir un peu à ça, les gars... si on se panique, on aura toutes les huiles sur le dos comme des mouches autour d'une charogne... ».

En cas de tension, l'amiral se montrait prudent, réfléchi, cynique et soupçonneux. Le commandant Baldridge, lui, était un homme d'action, du style « réglons ça tout de suite, allez me chercher ceci, apportez-moi cela, trouvez les plans, vérifiez le système de ce missile, envoyez une patrouille de combat aérien... je n'ai pas confiance en ces abrutis ».

En fait, ils formaient une équipe vraiment exceptionnelle. Quand l'un d'eux parlait, le centre opérations bondissait. Car lorsque le commandant Baldridge donnait un ordre, cet ordre émanait de l'amiral lui-même. Et, sur un grand porte-avions, un tel ordre était rarement contesté.

Pour l'instant, ils discutaient de l'opportunité d'un programme lourd de vols de nuit à intégrer dans le grand exercice qu'ils n'allaient pas tarder à jouer contre le groupe de combat américain qu'ils allaient bientôt remplacer en mer d'Arabie. On dressait déjà les plans de bataille et, comme toujours, ces phases d'entraînement étaient prises très au sérieux par tous les intéressés. Ils trouvaient là l'occasion d'affûter leurs talents de combattants dans un théâtre d'opérations presque réel.

Ces exercices pouvaient mettre un terme à certaines carrières et en lancer d'autres. Ils coûtaient affreusement cher et représentaient pour la Marine américaine la seule façon de simuler des conditions de combat, de juger certains joueurs clés et leurs réactions devant l'accélération et le danger de l'action. Dans la zone de combat prévue, le *Thomas Jefferson* attaquerait le groupe de combat résidant et bientôt sortant, le groupe de combat mené par un autre porte-avions de 100 000 tonnes, lui aussi de classe Nimitz, l'USS *George Washington*.

Une heure est arrêtée pour le début des « hostilités » et, à partir de là, l'agresseur utilise toutes les astuces électroniques, tous les équipements et toute la ruse possibles pour s'approcher du porte-avions « ennemi » et le « couler ». En réalité, aucun obus n'est tiré, aucun missile lancé, pas même une bombe larguée, mais l'effet est analogue sur les défenseurs lorsqu'ils attrapent un téléphone pour entendre la communication fatale :

— Amiral, nous avons le regret de vous informer

que notre sous-marin est à trois milles sur votre tribord. Il y a trois minutes, nous avons lâché deux torpilles, toutes deux nucléaires. Vous appartenez au passé. Bonne journée. Nous viendrons tout à l'heure prendre une tasse de café.

Entre le début et la fin de cet exercice de trois jours, il y a de constantes attaques aériennes sur les navires porte-missiles. Les ordinateurs et les systèmes radar sont programmés pour enregistrer chaque détail. Chaque service, dans tout le groupe de combat, est étroitement surveillé. Normalement, les premières actions ont pour objet, par reconnaissance et coups de sonde, d'établir la situation du groupe adverse, sa formation et sa composition. Action numéro deux : en déduire les intentions de l'ennemi et son plan probable de bataille tout en lui cachant le sien. Le résultat normal est la « victoire » des défenseurs parce que, en réalité, il est *presque* impossible de s'approcher d'un porte-avions. Ses servants de missiles se paient les raids attaquants en peu de temps. Pendant qu'ils y sont, ils « coulent » aussi quelques navires et quelques sous-marins.

L'avion-radar Hawkeye a un champ de vision tel que la non-détection d'un raid au-dessus de l'eau est extrêmement rare. Il y a cependant toujours, dans ces exercices, des cas où les lignes de défense les plus avancées d'un groupe de combat aéronaval sont pénétrées avec des conséquences très dommageables pour les commandants « perdants ». Aucune mesure purement défensive n'est efficace à cent pour cent. L'infiltré de service arrive parfois à passer.

La question vitale est : peut-il causer quelque dommage une fois entré ? Si c'est le cas, il y aura, à n'en pas douter, une sérieuse analyse rétrospective et la menace latente d'un examen de l'événement au très haut niveau, destinée à identifier les futurs commandants supérieurs. Les huiles de la Marine se consolent, bien sûr, en se disant qu'il a fallu tout un groupe de combat de l'US Navy pour en couler un autre. Personne d'autre ne peut jouer dans la même cour. Malgré tout, les autorités en lice dans ces jeux de guerre à plusieurs millions de dollars la partie ont l'impression de passer en jugement et n'attendent aucune clémence de la part de leurs antagonistes.

C'est essentiellement pour cette raison que l'amiral Zack Carson et le capitaine de vaisseau Jack Baldridge étaient pour l'heure enfermés avec quelques-uns de leurs officiers parmi les plus anciens, se demandant s'ils devaient ordonner une autre nuit de vols d'entraînement avec décollages depuis le porte-avions, sachant à quel point les pilotes et les équipes du pont d'envol étaient fatigués.

Les avis étaient partagés mais le commandant Baldridge connaissait bien son homologue du *George Washington*.

— Ce salopard attaquera de nuit, dit-il. Peu importe le temps qu'il lui faudra attendre, il nous tombera dessus dès qu'il fera sombre. Je le connais. Il est rusé comme un renard, il chasse la nuit et il nous faudra des CAP[1] là-bas de bonne heure, à cent milles en avant de la menace. Presque tous les problèmes que nous avons eus sur le pont, ces dernières semaines, ont eu lieu la nuit et je pense que nous devrions passer la prochaine semaine à endurcir les pilotes.

L'amiral Carson réfléchit puis dit d'une voix traînante :

— Eh bien, je vais vous dire, messieurs, j'ai connu un amiral, il y a dix-huit ans, qui a perdu une de ces manœuvres de simulation, battu par un petit groupe de frégates de la Royal Navy avec lesquelles on collaborait, juste là, dans le golfe Persique. Les Anglais avaient illuminé une frégate comme un arbre de Noël. Ils avaient trouvé un gars qui parlait bengali et s'étaient fait passer pour un bateau promenade. Peu après, ils se

1. Combat Air Patrols, ou patrouilles de chasse.

sont trouvés sur la ligne, à deux milles du porte-avions, par temps clair, annonçant qu'ils venaient de lancer une demi-douzaine de leurs Exocets, en plein dans l'endroit critique. Un tas de gens ont trouvé ça très marrant. Mais pas à Washington. Je ne vous raconte pas l'embarras de l'amiral. Et je vous avouerai que je me passerais volontiers de ce genre de merdier ici.

— Dans ce cas, je me range à l'avis de Jack. On recommence à voler ce soir. Prévenez l'*Arctic* que nous voulons que tous les pleins soient faits avant la nuit.

Quelques minutes plus tard, pendant que l'on préparait les nouveaux plans de vol de nuit, le téléphone arabe du navire, qui fonctionne tout au long du pont supérieur principal où vivent les pilotes, allait bon train. Des escadrilles se regroupaient, les pilotes se mettaient en boîte les uns les autres, commentant des appontages de nuit hésitants. Les officiers d'appontage vérifiaient les programmes. Certains ingénieurs et spécialistes des systèmes hydrauliques se dirigeaient déjà vers les gigantesques hangars de l'étage inférieur — une zone de 10,50 mètres de haut et de 250 mètres de long, à peu près la taille de trois terrains de football.

C'était le garage des avions de chasse et d'attaque, des bombardiers et des appareils de surveillance. A cet étage se trouvaient aussi les ateliers de maintenance des avions et de réparation des moteurs à réaction. Juste au-dessus de la partie la plus avancée, il y avait les énormes cylindres des catapultes hydrauliques. Au-dessus, c'était le domaine de l'enseigne de vaisseau Jim Adams, qui assurerait le premier quart, responsable des dispositifs de freinage ce soir-là.

Tandis que résonnait la plainte stridente et lointaine des moteurs en cours de vérification, dans la chaleur tropicale oppressante du pont d'envol, les Tomcats, les Hornets, les Intruders A-6 E, redoutables bombardiers tous temps, le EA-6 B brouilleur de radars et l'omniprésent Hawkeye se préparaient une fois encore à se mettre au travail.

271600MAI02. 15 S, 3 W. Route au 165. Vitesse 8 nœuds.

— OK, Ben, je dirais que Sainte-Hélène est maintenant à environ cent milles sur tribord. Il vaudrait mieux commencer à chercher le tanker. On va manquer de carburant. Il a intérêt à se montrer, celui-là.

— Il va venir, Georgy, dans une heure ou deux, je suppose. Juste avant la nuit. On n'a pas vu de bateau depuis une semaine, alors on aura les lieux pour nous tout seuls.

— C'est grand, l'océan, Ben. Tu te sens seul, hein ? Si quelque chose tourne mal, il faudra au moins six mois pour qu'on nous retrouve.

— Si quelque chose tourne mal par ici, j'espère que personne ne nous retrouvera. Mieux vaudra nager jusqu'en Afrique. Tu te rappelles ce que je t'ai dit de Sainte-Hélène ? C'est là que les Anglais ont emprisonné Napoléon pendant six ans, après Waterloo. Il y est mort. On pourrait se retrouver dans sa cellule. Alors, reste tranquille.

— Je reste tranquille, Ben. Tu dois l'admettre. Pas de bêtises, hein ?

— Une toute petite, Georgy. Rien qu'une, dans le Détroit, tu te rappelles ? J'ai failli sauter en l'air !

— Tu aurais vraiment sauté si nous avions heurté ce tanker. J'ai dû filer en vitesse, tu sais.

— Je ne me plains pas, Georgy, mais dans ce coin, les Américains sont très très pointilleux. Quelqu'un a pu nous entendre.

— Seulement pendant vingt secondes, Ben.

— Ça suffit aux Américains. Ils sont très vigilants quand ça concerne les erreurs des autres. J'espère seulement que personne n'a rien remarqué.

— Si quelqu'un a remarqué quelque chose, il a

laissé tomber depuis longtemps. Je n'ai vu aucun avion depuis une semaine.

— Oui, c'est vrai. Il faut faire attention, garder cette vitesse et commencer à surveiller le carburant dans deux heures.

— OK, Ben. C'est toi le patron.

290900MAI02. USS *Thomas Jefferson*. 5 N, 68 E. Route au 325. 30 nœuds. A mi-chemin entre la dorsale de Carlsberg et les Maldives. 2500 brasses [1].

— OK. Heure d'exercice confirmée. Le *George Washington* à environ cinq cents milles plein nord. Ce qui signifie que ses SNA [2] peuvent être déjà à trois cents milles. Que nos deux sous-marins gagnent immédiatement les secteurs nord-est et nord-ouest. Et tout le monde sur le pont à 10 heures. Je ne fais pas plus confiance à leur officier opérations qu'il ne me fait confiance. Il est bien capable de foncer et de commencer l'opération dès maintenant et personne n'aura rien à faire de nos jérémiades. Alors, on ne prend pas de risques.

Le capitaine de vaisseau Baldridge lançait un regard irrité depuis la passerelle amirale, offrant un contraste frappant avec l'attitude de son patron qui était plongé dans les mots croisés de l'édition dominicale du *Wichita Eagle,* que quelqu'un lui avait envoyée.

— Du calme, Jack, dit Carson d'une voix tranquille. Ils ne nous tomberont pas dessus avant l'heure du départ. Nous sommes dans une zone étroitement surveillée. Tout le monde les verrait. Que diriez-vous d'une autre tasse de café ? Nous sommes prêts.

— En fait, je ne m'attends pas à une attaque aérienne avant la nuit, mais je ne me fie pas à leurs sous-marins. Je n'ai jamais fait confiance aux sous-marins, sauf quand ce sont les nôtres. Ces types sont

---

1. 1 brasse = 1,83 mètre.
2. SNA = Sous-marin nucléaire d'attaque.

entraînés à être les plus fourbes des emmerdeurs de la Navy. Ils ne peuvent pas s'en empêcher. Et ils savent à peu près où nous sommes. Alors, on ferait bien d'adopter une attitude plus active et de mettre tous nos capteurs en alerte, active ou passive.

L'amiral Carson leva les yeux et dit seulement :

— Un mot de six lettres commençant par T. Un empereur romain sournois.

— Mussolini, grogna Jack, peu obligeant.

— Vous n'êtes pas loin. Mais je crois que Tibère conviendra mieux. Il a été un sacré vieux con en son temps.

— Il aurait dû être sous-marinier, alors, répondit Baldridge, en cachant son étonnement constant devant tout ce qui se dissimulait sous les cheveux de paille de cet ancien garçon de ferme. De toute façon, je ne veux pas prendre de risques avec les sous-marins ennemis et, avec votre permission, je vais renforcer l'action de l'ASM pendant les premières trente-six heures.

— Allez-y, Jack, on ne doit pas se faire prendre par surprise. Mais bien sûr, n'oubliez pas d'appuyer un peu à l'ouest puisque nous volerons dans cette direction. Leurs SNA restent toujours la menace principale. Vous l'avez compris.

010430JUN02. Billy-Ray Howell et Freddie, remis à neuf, avaient déjà ramené les huit Tomcats après avoir « balayé » toute la force d'attaque du *George Washington*. Ils les avaient repérés à deux cent cinquante milles d'eux, en dehors du secteur de l'avion-radar Hawkeye, mais n'avaient pas tiré avant d'être bien sûrs. Les deux sous-marins ennemis avaient été localisés et « torpillés », l'un d'eux étant encore à cent milles du porte-avions. L'autre avait été expédié par deux hélicoptères anti-sous-marins après que le radar l'eut détecté, en immersion périscopique, vingt milles plus loin.

— Ils étaient salement proches ! grogna le commandant Baldridge au téléphone, avec quelque ingratitude pour les opérateurs sonar.

Puis, se tournant vers l'amiral :

— De sales faux-jetons, ces sous-mariniers. Je vous l'avais dit. Il ne faut jamais prendre de risques avec ces salopards.

— Inutile de me le rappeler, commandant, répondit l'amiral. Ça fait des années qu'ils me donnent des cauchemars. Je suis toujours sacrément content quand on les vire de ce genre de manœuvres. Mais je les admire, alors que vous les détestez.

— Des salopards, confirma Jack Baldridge.

L'exercice était fini, et le *Jefferson* avait remporté une écrasante victoire. Les faisceaux du radar avaient balayé le ciel et l'océan de part en part durant les heures nocturnes et, sous la surface, les équipages des SNA s'étaient traqués sans relâche. Les deux sous-marins de l'amiral Carson en étaient sortis sains et saufs et le grand marin du Kansas avait déclaré les opérations terminées juste avant l'aurore. Il était à moins d'une heure d'anéantir le porte-avions ennemi avec des missiles et des torpilles. Il ne resterait plus au *George Washington* qu'un seul navire escorteur valide.

— Vous devriez tous les couler ! marmonna Baldridge.

— Ce n'est pas nécessaire, dit l'amiral. Le rapport sera assez clair. J'ai trouvé nos gars, surtout les pilotes, rudement bien, cette nuit.

Le temps s'était dégradé peu après minuit. Il y avait eu beaucoup de vent et des nuages bas et lourds qui avaient rendu les appontages plus périlleux que d'habitude. Mais, l'un après l'autre, les pilotes avaient ramené leurs avions dans un bruit de tonnerre, sans un seul incident. Les crosses les avaient saisis et accrochés sans problème.

Le vent augmentait et une pluie drue frappait la piste oblique. Ils attendaient le dernier appareil — le Hawkeye rentrant pesamment de son poste à haute altitude de vigie nocturne. L'enseigne de vaisseau Adams, à nouveau de quart et responsable des brins d'arrêt, était à son poste sur le pont qui tanguait sur la houle. Il surveillait les faibles feux de route du gros radar.

L'officier d'appontage, debout sur la hanche bâbord du navire, était en contact radio avec le serveur du Hawkeye, le lieutenant de vaisseau Mike Morley, un ancien arrière de football de la Navy, un Géorgien. Morley était bon en toutes occasions mais la nuit, en pleine tension et par temps difficile, il se surpassait. Pour l'instant, il suivait les procédures d'atterrissage de nuit par mauvaise visibilité. « Il arrive à mille deux cents pieds, il est encore à six milles. »

L'officier d'appontage a aussi pour mission de donner confiance à l'équipe qui se prépare à atterrir. Il répète sans cesse : « OK, Mike. Quatre-huit-zéro, vous êtes parfait... Surveillez votre altitude... Surveillez votre alignement... »

A un mille, le gros E-2 C Hawkeye était toujours bien placé sur le faisceau d'appontage et l'officier entendit Morley dire tranquillement :

— OK. Miroir. 9 000 livres.

On pouvait voir maintenant les rayons puissants des phares d'atterrissage sur les ailes de l'avion arrivant à toute vitesse vers l'arrière du porte-avions montant et descendant à chaque rafale de vent debout. Tout le monde était sur les nerfs tandis que le dernier chasseur de nuit du *Jefferson* rentrait à la maison.

Jim Adams hurla dans l'obscurité : « GROOVE ! » On entendait maintenant le cri strident des turbopropulseurs liés aux vingt-cinq mètres d'envergure du Hawkeye qui se portait vers le navire, comme un extraterrestre lumineux venu de l'espace, toléré seulement à cause du dessin à l'arrière de son fuselage, une étoile blanche dans un cercle bleu, les rayures rouges et le seul mot : « Navy ».

— SHORT ! hurla Adams.

Puis, quelques secondes plus tard : RAMP !

Et Mike Morley amena l'arrière central de l'équipe du *Thomas Jefferson* à quatre mètres cinquante au-dessus de la poupe, puis l'abattit sèchement vers le pont. Il se maintint en équilibre, prêt à mettre les gaz, quand ses roues heurtèrent le sol, et les coupa lorsqu'il sentit la crosse le saisir. La vitesse tomba de 180 nœuds à zéro en moins de trois secondes. Le hurlement des moteurs se noya dans le bruit des applaudissements spontanés qui éclatèrent de tous les coins du pont.

Il y avait des gouttes de sueur sur le front de Mike Morley, mais jamais il n'avouerait à quiconque le rythme des battements de son cœur.

— Ça a été facile, se vanta-t-il avec son accent du Sud en s'éloignant du Hawkeye. Et vous avez fait un sacré bon boulot en m'aidant à me poser. Merci, les gars.

171430JUN02. 26 N, 48 E. Route au 040. Vitesse 8 nœuds.

— Tu es sûr qu'on doit dépasser la grande île, Ben ? Ça devient agité, par ici.

— Pas autant que si tu te faisais piquer entre l'île et le continent, je t'assure. La flotte Atlantique patrouille par là, ces jours-ci. Je ne crois pas qu'il y ait de surveillance aérienne, mais je ne prends pas le risque de nous faire repérer par un navire de guerre américain. Le moins qu'on puisse dire, c'est qu'ils sont nerveux. S'ils nous repéraient, ils se montreraient très curieux.

— Des saloperies de Yankees, hein ? On reste hors de leur portée ?

— Oui, Georgy. Pour le moment, on reste hors de leur portée. Et de celle de tous les autres, pendant qu'on y est.

— Et pour le prochain plein ? Il nous reste un peu moins de la moitié des réservoirs.

— Ça nous suffira pour un peu plus de sept mille milles à cette vitesse. Nous sommes à peu près à mille

sept cent cinquante milles de Carlsberg Ridge. Et il n'en restera que deux cent cinquante à parcourir avant notre point de ravitaillement final. Ça ira, Georgy.

— OK. Ça fait... quoi, dix jours, avant de chercher le pétrolier ?

— Exactement. L'équipage va bien ?

— Pas mal. C'est long et chiant, mais ça va bientôt changer, hein ?

— Rappelle à nos gars, aux cinquante, qu'ils accomplissent une mission capitale pour notre Mère la Russie. Il faut peut-être le leur rappeler.

— Mais le risque est gros, Ben. Je ne crois pas que je reverrai jamais ma maison. Quoi qu'il arrive.

— Peut-être pas ta maison, mais tu en auras une autre ailleurs. On s'occupera de tout.

261200JUN02. A bord du *Thomas Jefferson*. 21 N, 64 E. Cap au 005. Vitesse 10 nœuds. Trois semaines depuis le début de la mission. Quatre cents milles au sud-ouest de Karachi, six cents milles au sud-est du détroit d'Ormuz, la porte du Golfe et le domaine de la base navale iranienne de Bandar Abbas. A l'ouest du groupe de combat de l'amiral Carson s'étend la côte d'Oman, et au nord, la sinistre chaîne de montagnes qui s'étire jusqu'à la côte du Baluchistan.

Sur ordre de l'amiral, le capitaine de vaisseau Baldridge avait convoqué une réunion des principaux chefs de section de conduite de guerre. Ils étaient tous là, assis autour de la grande table du PC-OPS de l'amiral : les officiers chargés des informations du centre de combat, l'officier chargé de l'action tactique, le contrôleur des sous-marins militaires, l'officier de la lutte antiaérienne, le commandant des Renseignements sous-marins, le capitaine de vaisseau Rheinegen, le principal du porte-avions lui-même, le commandant Bob Hulton, patron de l'aviation. Pour le reste du groupe de combat, il y avait six officiers supérieurs parmi lesquels le capitaine de corvette Art Barry, du croiseur lance-missiles *Arkansas,* fan des New York Yankees[1] et grand ami de Jack Baldridge. Il avait dû parcourir trente milles en avion depuis sa position à l'ouest du groupe de combat.

Pour certains des participants, ces six mois en mer d'Arabie constituaient leur première affectation et Zack Carson considérait qu'il était important de leur faire bien comprendre la raison de leur présence sur cette zone et d'expliquer en profondeur à ces officiers la nature critique de cette affectation particulière.

— Maintenant, je sais que ça barde par ici, même si apparemment il ne se passe pas grand-chose, commença-t-il. Mais je suis là pour vous dire, messieurs, que nous sommes au centre d'événements très sérieux. Les tensions au Moyen-Orient n'ont jamais été pires, en tout cas pas depuis 1990. Comme d'habitude, la possession des champs de pétrole est l'enjeu de tout ceci — et je n'ai pas besoin de vous dire que le moindre baril provient du coin. Seigneur, il y a plus de navires pétroliers que de poissons, dans ce secteur, comme vous avez dû le remarquer. Bon. De toute façon, la politique du Département d'Etat est très simple. Tant que nous serons là, forts, beaux et impressionnants, personne n'essaiera de faire du grabuge, personne ne cherchera à faire l'imbécile pour empêcher la libre circulation du pétrole dans le Golfe ou hors du Golfe.

« Mais si nous ne montrons pas une présence américaine dans ces eaux, un véritable enfer se déchaînera. Les Iraniens détestent les Irakiens qui le leur rendent bien. Les Israéliens haïssent les Irakiens plus encore que les Iraniens. Les Irakiens sont assez fous pour tenter une nouvelle incursion contre le Koweit. Les Saoudiens, malgré leur taille et leur richesse, sont très mal organisés et contrôlent le plus important champ de pétrole du monde — celui-là même que ce vieux Sad-

---

1. Equipe de base-ball de New York.

dam convoitait en 1990. Je suppose que je n'ai pas besoin de vous rappeler combien il serait dangereux pour la paix du monde que tout ce pétrole ne soit plus soumis aux lois du marché. Mais je peux vous en rappeler les conséquences, si vous voulez : les Etats-Unis, la Grande-Bretagne, la France, l'Allemagne et le Japon seraient obligés de joindre leurs forces et de faire la guerre pour ce pétrole, même si l'on devait arracher tout ça aux nations arabes. Et ça créerait une sacrée perturbation. Je pense que vous vous rappelez qu'en 1991, les Etats-Unis ont envoyé *cinq* groupes de combat dans la zone, assez pour conquérir, si nécessaire, la péninsule Arabique tout entière.

« Pourtant, messieurs, tant que nous sommes ici, au large, que nous faisons de temps en temps une tournée dans les détroits, personne, je dis bien personne, ne tentera quoi que ce soit de précipité. Et si quelqu'un était assez fou pour faire la moindre tentative d'agression, je serais sans doute obligé de lui rappeler, au nom de notre commandant en chef, que pour trois fois rien nous pourrions être tentés de rayer de la carte les crétins qui auraient essayé. La dernière fois que j'ai entendu le Président en parler, il disait, je cite, qu'"il ne supporterait pas la moindre connerie de quelque enturbanné que ce fût, quelle que soit la tribu à laquelle il appartiendrait".

« Votre tâche est d'assurer que les eaux où nous patrouillons sont claires, que l'air et que la mer autour de nous sont clairs. Pas de menaces. Pas de menaces *de quiconque*. Pas de menaces *envers quiconque*. C'est pourquoi le Hawkeye demeure en alerte presque sans interruption. C'est pourquoi nous surveillons le ciel vingt-quatre heures sur vingt-quatre. C'est pourquoi les satellites surveillent, pourquoi nous devons être sûrs que les relèvements en l'air et sur mer ne laissent soupçonner aucune action inconnue et hostile. Parce que, messieurs, ceci est réel. Sans nous, tout ce sacré bataclan pourrait sauter. Et nos patrons n'aimeraient pas ça. Pis encore, ils nous en blâmeraient sans hésiter. En résumé, nous apportons une contribution essentielle au maintien de la paix dans ce trou à rats. Alors, soyons les meilleurs, prêts à tout instant à frapper si nécessaire. C'est ce que le Président attend de nous. C'est ce que nos chefs attendent de nous. Et c'est ce que moi j'attends de vous. Je considère que vous formez la meilleure équipe avec laquelle il m'ait été donné de travailler. Alors, restons très attentifs. Surveillez le moindre mouvement, fait par n'importe qui, dans cette zone. Et vous rentrerez chez vous dans six semaines la tête haute. Je sais bien qu'il y a des tas de gens qui ne comprendront jamais ce que nous faisons. Mais nous, nous comprenons, et c'est tout ce qui compte. Merci, messieurs. Et maintenant, je vous serais très reconnaissant d'accepter de déjeuner avec moi. J'ai commandé des steaks.

Chacun des hôtes, autour de la table de l'amiral, connaissait parfaitement toutes les ramifications politiques du Moyen-Orient et le danger potentiel qu'encouraient tous les militaires américains dans cette zone. Mais ils avaient besoin, de temps en temps, qu'on leur confirme personnellement l'importance de leur position sur ce grand échiquier. Ce qui, si l'on considère la relative modicité de leur salaire, n'était pas une exigence démesurée. Zack Carson, avec sa façon un peu tranchante, assez impressionnante, de leur offrir cette confirmation, devenait un héros imposant pour tous ceux qui servaient sous ses ordres. Pas pour la plupart. Pour *tous*.

271500JUN02. 5 N, 68 E. Cap au 355. Vitesse 3 nœuds.

— Je peux tenir cette position trois heures, Ben. Mais j'espère que le pétrolier va bientôt se montrer. Le niveau du carburant est bas et l'équipage le sait. C'est pas terrible, hein ? Ils s'inquiètent.

— Ils s'inquiéteraient davantage s'ils connaissaient

le but précis de notre mission, tu ne crois pas, Georgy ? Dis-leur de ne pas se faire de bile. Le pétrolier sera là dans moins de quatre heures et il arrivera par tribord. Il a dû passer le chenal huit degrés tôt ce matin et file régulièrement à 12 nœuds. On aura fait le plein à 21 heures et on se mettra en route vers le nord.

280935JUN02. 21 N, 62 E. Cap au 005. Vitesse 10 nœuds. Salle des opérations du *Thomas Jefferson.*

— Quelqu'un a-t-il vérifié le COD[1] de Diego Garcia ? Il est supposé avoir une recharge de « mission critique » à bord pour le miroir d'appontage.

— J'ai vérifié à 6 heures mais je recommencerai avant qu'il ne décolle. On a utilisé une autre pièce de rechange hier soir. C'était la dernière.

281130JUN02. 9 N, 67 E. Cap au 355. Vitesse 8 nœuds. Deux cents milles du point de ravitaillement.

L'officier de quart :

— Capitaine ? Ici salle de contrôle.

— Qu'y a-t-il ? demande la voix de Georgy.

— Je viens de repérer un bimoteur, à environ neuf mille mètres, probablement un zinc à turbopropulseurs. Cap identique au nôtre. Je suppose qu'il est de la Marine américaine. Il n'est pas menaçant. Mais comme vous avez dit mission secrète...

— C'est bien, lieutenant. Je vais venir voir...

— Salut, Ben. On vient de repérer un avion. Il vole très haut et fait cap au nord, mais mon officier de quart pense qu'il est de la Navy et il a probablement raison. C'est bien un turboprop militaire américain.

— Bon. Qu'est-ce que tu vas faire ?

— Moi ? Rien, Ben. Le pilote n'est qu'un camionneur. Pas une menace pour nous.

— Ça, Georgy, c'est l'opinion d'un homme dont la

1. Central Operation Department.

nation n'a jamais participé à une guerre de sous-marins. Je vais te dire quelque chose et j'espère que tu ne l'oublieras pas. Que tu ne l'oublieras jamais. Du moins, tant que tu travailleras avec moi. C'est mon Professeur qui me l'a appris... Dans ce jeu, tout homme est un ennemi. Dis-toi toujours que tout contact, même lointain, t'a repéré. Dis-toi qu'il va t'envoyer quelqu'un après. Et en général, plus vite que tu ne le penses. Et particulièrement si c'est un Américain.

— *Attends, je vais jeter un nouveau coup d'œil, Ben.*

— NE FAIS PAS ÇA *! Je suppose que nous avons déjà été repérés par un avion de la Navy.* MAINTENANT, *il faut* QU'ON DISPARAISSE *! On ne prend pas de risques, Georgy. On va directement au zéro-cinq-zéro. On va au nord-est vers la côte de l'Inde. Là, s'ils nous repèrent à nouveau dans les deux jours qui suivent, ils verront que nous allons à Bombay et penseront que nous sommes indiens, donc neutres, et non autre chose, donc hostiles. Ce détour va nous coûter un jour et demi. Mais on sera toujours dans les temps. Tiens ce cap jusqu'à ce que je te dise d'en changer.*

281400JUN02. 21 N, 64 E. Le *Thomas Jefferson* en patrouille dans la mer d'Arabie.

Le groupe de combat est déployé sur un rayon de cinquante milles. Sur la proue, un des officiers d'appontage parle avec un avion en instance d'atterrissage, le COD de la base de Diego Garcia. Il transporte la poste pour tous les navires du groupe de combat, plus deux colis assez gros pour un des systèmes radar de missile, plus deux rechanges pour le miroir d'appontage. Le pilote est un ancien aviateur de Phantom, un vétéran qui a plus de trois cents atterrissages à son actif.

Avec un vent exceptionnellement léger, une mer calme et une parfaite visibilité, le lieutenant de vaisseau Joe Farrell, originaire de Pennsylvanie, posa son appareil sur le pont d'un air apparemment indifférent tandis que la crosse l'attrapait et le retenait.

On le remorqua vers la place qui l'attendait sous l'îlot et on posa la cale tandis que le jeune Farrell s'apprêtait à aller faire un bref rapport avant de manger quelque chose après son vol de quatre heures. Il arrivait à la cloison quand il s'entendit appeler :

— Hé ! Joe ? Comment ça a marché ?

Se tournant, il vit le visage souriant du lieutenant de vaisseau Rick Evans, l'officier d'appontage qui venait de l'aider à se poser.

— Alors, Ricky, vieux frère, comment vas-tu ? Viens prendre une tasse de café. Ça fait longtemps que je ne t'ai pas vu. On ne t'a pas encore nommé amiral ?

— La semaine prochaine, d'après ce qu'on raconte, plaisanta le lieutenant.

Farrell et lui avaient fait un bon bout de chemin ensemble, quatorze ans auparavant.

Les deux aviateurs se dirigèrent vers la salle de rapport et se cognèrent presque au lieutenant de vaisseau William R. Howell qui venait de l'autre côté en échangeant une plaisanterie avec le commandant Baldridge.

— Salut, Ricky ! dit Billy-Ray. Tu crois qu'on en a fini pour aujourd'hui ?

— A peu près. Tu connais le lieutenant Joe Farrell ? Il vient d'arriver de Diego Garcia avec le courrier et quelques pièces de radar.

— Je crois qu'on s'est déjà rencontrés, dit Billy-Ray chaleureusement.

— C'est vrai, répondit Farrell. J'étais à ton mariage, avec le reste de la Marine des Etats-Unis.

Tout le monde rit et le commandant Baldridge lui tendit la main.

— Content de vous connaître, capitaine. Je suis l'officier de ce groupe de combat, Jack Baldridge. Vous avez eu un vol agréable ?

— Oui, monsieur. Un paquet de nuages de mousson

vers le sud, mais aussi de grandes zones claires, pas de problème. Il y a des tas de pétroliers, en dessous.

— Eh bien, je vais vous laisser bavarder. Je vous verrai plus tard.

— Oh ! Juste un mot, monsieur, dit soudain Farrell. Est-ce que vous trouveriez bizarre que je vous dise avoir aperçu — ou cru apercevoir — un sous-marin, à environ cent milles d'ici, quelque part à l'ouest des Maldives ?

Le capitaine de vaisseau Baldridge fit demi-tour. Son sourire avait disparu.

— Vers où se dirigeait-il ?

— Vers le nord, monsieur, comme moi.

— Pourquoi pensez-vous qu'il s'agissait d'un sous-marin ?

— Eh bien, je n'en suis pas sûr, monsieur. J'ai seulement remarqué une courte cicatrice blanche sur l'eau. Mais pas de bateau. Rien qu'un sillage. Et je ne pouvais pas en être tout à fait certain.

— Des Pakistanais, je suppose, répondit Baldridge. Probablement en route vers Karachi. Mais vous avez raison. On ne voit pas souvent de sous-marins, par ici — à part les nôtres — et il est évident que ce n'était pas le cas.

— De toute façon, monsieur, j'espère que vous ne m'en voudrez pas de l'avoir mentionné.

— Pas du tout, capitaine. Les aviateurs qui gardent les yeux ouverts sont essentiels, dans la Marine. Je vous en suis reconnaissant.

— Une dernière chose, monsieur... Je pensais qu'il avait disparu mais, deux minutes plus tard, juste avant que je le dépasse, je l'ai à nouveau remarqué. Mais peut-être n'était-ce qu'une grosse baleine.

— Oui, c'est possible. Mais merci quand même, capitaine, dit le commandant. Avant d'aller déjeuner, laissez un message au PC-OPS et donnez votre position exacte au moment où vous avez vu ce rafiot, d'accord ? Vous dites qu'il naviguait lentement vers le nord ?

— Oui, monsieur. Je vais leur donner tout de suite le renseignement.

291130JUN02. 11 N, 68 E. Cap au 050. Vitesse 7 nœuds.

— OK, Georgy, je pense qu'on est assez loin. S'ils ne sont pas venus à notre recherche maintenant, je pense qu'ils ne viendront plus. D'ailleurs, notre petit détour nous a éloignés de la route de cet avion américain si, comme je le suppose, il est sur le chemin du retour vers Diego Garcia.

— Tu veux que je me déporte sur tribord, cap au trois-trois-zéro ?

— Trois-trois-zéro, c'est ça.

012000JUL02. A bord du *Thomas Jefferson,* 21 N, 63 E. Route au 215. 10 nœuds.

Le nez dans le vent, à l'écoute du premier décollage des exercices de nuit, Jack Baldridge et Zack Carson partagent un repas rapide dans la chambre de l'amiral. Celui-ci sourit.

— Allons, ne vous excitez pas trop pour quelques simples incertitudes. Primo, on n'est même pas sûrs que ce soit un sous-marin. Secundo, on ne sait pas à qui il appartient. Tertio, nous ne connaissons ni sa vitesse, ni sa direction en ce moment précis. Quarto, nous n'avons aucune idée de ses intentions. Et enfin, qu'est-ce qu'on en a à foutre ? Tout ce que je sais, c'est que nous ne sommes en guerre avec personne. En tout cas à ce jour. La seule nation musulmane qui possède plus d'un sous-marin dans ce coin, c'est l'Iran. Et notre satellite dit qu'ils sont tous sagement dans leur bassin de Bandar Abbas. Du moins, ils y étaient il y a trois jours et vous pouvez être tranquille qu'on serait au courant s'ils en avaient bougé un. Il y a deux autres nations qui bordent cette partie de l'océan Indien.

Toutes deux possèdent des sous-marins, mais toutes deux sont tout ce qu'il y a de plus amicales envers les Etats-Unis. Alors, à moins que cette belle nana aux grands yeux et aux gros nénés qui dirige le Pakistan ne nous soit soudain devenue hostile, je ne crois pas qu'il y ait là grand-chose qui nous concerne. Bon sang ! Elle a fait ses études à Harvard, non ? Elle est de notre côté. Vous voulez un autre cheeseburger ?

— Mon Dieu, amiral, dit Baldridge en riant, s'il est nucléaire et qu'il se dirige vers nous, on l'attrapera quand il s'approchera. Le dernier exercice a montré que nous pouvions repérer même les plus silencieux. Et je reprendrais bien volontiers un de ces burgers.

051700JUL02. 19 N, 64 E. Cap au 045. Vitesse 4 nœuds.

— Tu vois, Georgy, ce n'était rien. Malgré notre petit voyage vers l'Inde, nous sommes à l'heure. Les vents de mousson aussi, et le temps paraît excellent pour notre affaire. Je ne crois pas que nous ayons été repérés et pour l'instant, il est à cent vingt milles vers le nord. On a des tonnes de carburant et, si on ne se fait pas prendre à l'aller, il y a peu de chances qu'ils nous piquent au retour. Il est même possible qu'ils ne réalisent même pas que nous existons.

— Je suppose que tu as raison, Ben. Tu as toujours raison. Mais je m'inquiète... Pourquoi sont-ils si affairés ?

— Ils ne le sont pas, Ben. Nous captons seulement les échanges normaux des opérations, c'est tout ce que je peux en dire. Restons à moins de 5 nœuds en silence total et on se faufile discrètement. Vérifie les couches pour améliorer un peu les sonars. Le temps devient si épais qu'on ne voit plus grand-chose.

071145JUL02. Salle des opérations d'un vieil escorteur de 8 000 tonnes, de la classe Spruance, à sonar remorqué, l'USS *Hayler,* positionné à vingt-cinq milles à tribord du *Thomas Jefferson.*

Dans cette caverne d'électronique de guerre, la pièce sombre, éclairée seulement par les lumières orangées des consoles, tangue et roule au rythme de la mer agitée sous la quille de kevlar blindée. L'officier des opérations anti-sous-marins est en conversation avec le rédacteur des images de surface quand une nouvelle trace apparaît sur son écran tactique, 5136 UNK.

L'officier des OASM, le capitaine de corvette Chuck Freeburg, dit rapidement :

— Rapporteur de surface, de l'officier OASM, sur quoi est basée la trace 5136 ?

— Le bureau 3 rapporte disparition du contact radar. Quatre balayages. Pas de cap, pas de vitesse.

— Ici officier OASM. Bien compris. Référence établie sur dernière connue, référence 5136. Mettez ça sur le bulletin de liaison.

071146JUL02. Passerelle amirale sur le *Thomas Jefferson.* 22 N, 64 E. Cap au 035. Vitesse 12 nœuds.

L'état de la mer a fait annuler tous les vols d'ailes fixes. Le capitaine de vaisseau Baldridge est en train de parler sur la ligne interne.

— Amiral, j'ai une disparition du contact radar à cinquante milles sud-est. La référence établie est la dernière connue.

— Ça en fait combien aujourd'hui, Jack ?

— C'est la quinzième, je crois, amiral. Ça doit être le temps.

— On ne peut pas se permettre de les ignorer. Mettez le PIM[1] en deçà de la ligne d'approche limitée de 10 nœuds. Abaissez une barrière sonore de ce côté-ci de la référence. S'il s'agit d'un sous-marin, nous l'entendrons accélérer. S'il reste en vitesse lente, c'est qu'il n'est pas menaçant. Et si ce n'est pas un sous-

1. Système de détection sous-marine.

marin, on s'en fiche. Je ne tiens pas à gâcher des munitions sur des mouettes.

— Compris, monsieur. On en a beaucoup dans ce coin. Je suppose qu'il peut y avoir un courant quelconque responsable de tout ceci.

— Ouais. On ne va pas paniquer à cause de quatre balayages sur un écran radar. Continuons mais ouvrez l'œil. Faites-moi savoir si quelque chose se prépare, Jack.

071430JUL02. 20 N, 64 E. Bau à la mer. Vitesse 3 nœuds.

— Merde ! Tu vois ça ? Seigneur Dieu ! Je viens de voir une bouée sonore sur tribord. On a failli rentrer en plein dans cette saloperie. Ils ont dû nous entendre. Oh ! Seigneur ! BEN *! Il y a une barrière sonore juste là, à quarante mètres. Il doit y avoir des avions anti-sous-marins en l'air. Seigneur ! Ben, on ne va pas se battre contre un groupe de combat américain ! Ils nous tueront !*

— Du calme, Georgy, du calme ! Baisse la vitesse à 3 nœuds, ce qui nous rendra silencieux. Et continue à écouter. Et puis essaie de calmer l'hystérie que j'entends dans ta voix. Ça rend tout le monde nerveux, même moi. Continue à avancer en douce. Et, pour l'amour du ciel, calme-toi. Maintenant, on va bavarder quelques minutes dans ta cabine...

— Tu me demandes de me calmer ! Bon Dieu, Ben, ils amènent des frégates et des hélicos, ils nous encerclent et on sera faits comme des rats dans un piège ! Oh ! Merde ! Ben ! Ces salauds de Yankees — ils nous tueront et personne ne le saura ! Oh ! Merde !

— GEORGY, LA FERME *! Permets-moi de te rappeler que nous avons autant qu'eux le droit de naviguer par ici. Ils ne nous feront rien du tout, à moins d'être sûrs que nous allons leur faire quelque chose. De toute façon, je peux passer pour un officier indien. Mon urdu est moyen mais mon anglo-indien est parfait, sûrement* *suffisant pour baiser un commandant américain en tout cas. Ils n'ont pas le droit de fouiller ce bateau et nous n'avons commis aucune offense contre qui que ce soit. Alors, cesse de paniquer, je t'en prie.*

— Tu es un dur, Ben. Mais tu oublies une chose. Les Américains peuvent tout se permettre. Ce sont des cow-boys à la gâchette facile. Ils vont appeler partout pour savoir qui nous sommes. On ne sortira jamais de prison. Comme ce bâtard français de Napoléon.

071600JUL02. 21 N, 64 E. Salle des opérations du *Thomas Jefferson.*

— Ouais, j'ai appris que les Sea-Hawks sont rentrés et qu'ils n'ont rien trouvé. Ce qui veut au moins dire que nous ne sommes pas suivis par une quelconque saloperie de bateau nucléaire.

— Ça veut probablement dire que personne ne nous suit. Ils n'ont rien entendu sur les barrières. Ce qui n'est pas étonnant avec un temps pareil. Je parie que ce n'était qu'un gros poisson. S'il y avait un SNA fouinant quelque part, nous l'aurions entendu. C'est sûr, nous l'aurions entendu.

— A condition qu'il soit bien nucléaire. Mais je ne crois pas que le commandant Baldridge soit tranquille. Il est descendu trois fois ici depuis deux heures et a posé des tas de questions.

072300JUL02. 20 N, 64 E. Cap au 340. Vitesse 3 nœuds. Aller et retour sur une ligne de patrouille de quatre milles.

— On attend ici, Georgy, et on garde le silence. Inutile de s'approcher des barrières sonores qu'ils ont descendues. Je pense que le gros navire reviendra nous chercher demain ou un peu plus tard. Pour le moment, nous avons le temps de tout recharger. Nous sommes à peu près au milieu et je doute qu'ils nous cherchent ici. Ensuite, on sera tranquilles pour deux ou trois jours et on arrivera où il faut à peu près au bon

moment. L'équipage va bien ? Qu'est-ce que tu leur as dit ?

— Ce qu'on avait décidé de leur dire, Ben. Ils croient toujours que nous faisons un exercice spécial et qu'on teste une nouvelle arme. Je leur ai dit qu'on blâmerait les Indiens pour avoir violé le traité interdisant les essais nucléaires. Après, il y aura peut-être du pétard avec l'équipage, mais ça sera trop tard et ils ne savent pas ce qui se passe. Même André, il ne sait rien. Mais je mettrai les officiers au courant juste après. Ils contrôlent l'équipage. Ils seront peut-être inquiets au début, quelques minutes, mais je pense que ça ira. De toute façon, ils n'ont pas le choix.

081758JUL02. A bord du *Thomas Jefferson*, 21 N, 62 E. Cap au 220. Vitesse 10 nœuds. Temps abominable. Très fortes rafales de vent de mousson.

Sur la passerelle amirale, Zack Carson et Jack Baldridge scrutent la nuit à travers les fenêtres du pont battues par la pluie. Ils n'aperçoivent que quelques milles de mer trouble hachée d'eau. Tous les vols fixes sont annulés pour la nuit.

— Curieux temps, Zack. On risque de prendre froid quand c'est aussi gris et humide. Quand ça ressemble à ça au Kansas, il fait généralement aussi froid que dans le derrière d'un puisatier.

— C'est la mousson du sud-ouest, Jack. C'est un vent chaud qui passe au-dessus de l'équateur et qui rapporte avec lui toute la putain de pluie que l'Inde recevra cette année, de maintenant au printemps prochain. Est-ce que ça ne serait pas une calamité pour toi, si tu étais fermier ?

Ils restèrent un moment silencieux. Tout, sur le porte-avions, paraissait curieusement silencieux, avec le pont d'envol quasi désert. Seules, de temps en temps, quelques mouettes se heurtaient contre l'îlot du navire et brisaient le silence tandis que le géant tanguait lourdement dans les rouleaux interminables, quarante mètres au-dessous des officiers. Elles avançaient vent debout à travers les cent vingt mille milles carrés de la zone de patrouille du porte-avions.

En plissant les yeux, Zack pouvait presque imaginer qu'il contemplait un grand champ de blé du comté de Greely dans la lueur grisâtre d'un soir d'été pluvieux. Il n'était pas allé très souvent dans un pays vallonné au cours de sa vie. Ses paysages à lui étaient strictement plats. Hautes plaines et hautes mers. Il pensa à son père, le vieux Jethro Carson, toujours vert en dépit de ses quatre-vingts ans. Veuf depuis dix ans maintenant, mais toujours maître de ces centaines de centaines d'hectares. Et il se promit d'emmener toute la famille le voir à l'automne, au moment où les chaudes terres de son enfance étaient, pour lui, d'une insupportable beauté.

— Vous ne croyez pas vraiment qu'il y ait quelque chose là-bas en train de nous suivre, Jack ?

— Non, amiral, je ne crois pas. Mais quand on a un contact, il faut bien vérifier. Il n'est pas dans mes habitudes de faire les choses par-dessous la jambe. Surtout avec ce genre de salauds. Mais je suis sûr que si un étranger reniflait dans la zone, on lui aurait déjà mis la main dessus.

— Je le suppose aussi, Jack. Mais ces diesels russes sont presque silencieux au-dessous de 5 nœuds.

— Ouais, mais ils ne sont pas habiles à ce point-là. Et par ce temps, on ne manquerait pas de les entendre.

081800JUL02. 20 N, 64 E. Cap au 155. Vitesse 3 nœuds.

— Il est là-bas, Georgy, au large sur bâbord avant, revenant du nord-est.

— Trois ou quatre heures, je suppose. Tu es sûr de ça, Ben ?

— J'en suis sûr, mon pays en est sûr et Dieu en est sûr. Et je suppose que ton banquier aussi en serait sûr. Je veux une distance de cinq mille mètres, pas plus

près. Ce truc est aussi idiot qu'il est gros. Travaille seulement sur le temps. Avance quatre minutes. On pourra peut-être avoir une distance visuelle plus précise. Mais peut-être que non. Vérifie tous les systèmes, Georgy. Pour la dernière fois. On a parcouru un long chemin pour ça. J'aurais seulement aimé qu'on ait pu en finir il y a quatre jours. Ç'aurait été plus poétique...

082103JUL02. A bord du croiseur lance-missiles *Port-Royal,* de 9 500 tonnes, classe Ticonderoga, opérant non loin du porte-avions. Le premier-maître Sam Howlett avait décidé de souffler un peu. Quand il arriva sur le pont bâbord, le ciel ténébreux s'embrasa soudain. Un grondement assourdissant retentit quelques secondes après. Tandis qu'Howlett s'accrochait machinalement au bastingage, un énorme souffle d'air le prit par surprise, l'envoyant valdinguer, et son crâne se fracassa en heurtant le pont. Avant de perdre conscience, Howlett vit au-dessus de lui le mât SQ 28 du système de données de combat se détacher de sa base et s'écraser non loin de lui. Le grand vaisseau prit de la bande sur bâbord et le mât géant roula avec lui, écrasant un jeune officier sur la passerelle supérieure, au-delà du pont.

A l'arrière, sur le pont d'envol, l'explosion arracha l'hélicoptère LAMPS, attaché sur la demi-dunette, tuant deux membres de l'équipage de pont. Ses rotors brisés, tournoyant dans la bourrasque, se cassèrent en deux et décapitèrent un jeune mécanicien de vingt-trois ans. Deux autres marins furent projetés à cent mètres dans la mer.

En dessous, le mât du petit radar avant, heurtant le bord gauche de la passerelle, se cassa à son tour. Sous le choc, la passerelle alla frapper violemment un collecteur d'incendie et le brisa. Le collecteur alla s'écraser contre une échelle de descente, coinçant deux marins tandis que s'échappaient des centaines de litres d'eau comprimée qui les noyèrent tous les deux. Un premier-maître de vingt ans, le visage ruisselant de sang et trois côtes cassées, pleura de rage et de frustration devant son impuissance à les sauver.

Sur le pont, c'était un carnage. Le haut du mât principal s'était complètement cassé et il tomba, démolissant au passage le plafond du pont et tuant l'officier en second, le capitaine de corvette Ted Farrer. Toutes les fenêtres tribord éclatèrent sous la puissance du souffle de l'explosion. L'une d'elles arracha le bras droit d'un jeune officier de navigation, le lieutenant de vaisseau Rich Pitman. Le visage de l'officier de quart n'était plus qu'un masque sanglant. Le corps du jeune enseigne de vaisseau Ray Cooper, marié depuis peu, était allongé dans un coin. Les cris et les râles des soldats grièvement blessés devaient hanter le capitaine de vaisseau John Schmeikel jusqu'à la fin de sa vie.

La soudaineté du désastre surgi de nulle part paralysa un moment le *Port-Royal*. Personne ne savait s'il s'agissait ou non d'une attaque. Le commandant Schmeikel ordonna de mettre le navire en état d'alerte. Tous les serveurs valides de canons et de missiles cherchèrent en vain l'ennemi invisible, tâche que l'absence de radar et de communications rendait impossible. Il n'y avait en effet aucun contact possible avec les autres navires de surface du groupe de combat.

082103JUL02. A bord de l'escorteur de 8 000 tonnes *O'Bannon*, de la classe Spruance, opérant lui aussi près du porte-avions, personne n'avait eu le temps de réagir. L'énorme souffle d'air se propagea d'un bout à l'autre du navire, le faisant pencher au point de l'envoyer par le travers, précipitant les marins contre les cloisons. Mais ce fut l'énorme vague qui suivit, presque aussi forte qu'un raz-de-marée, qui fit les plus gros dégâts. Le navire n'avait pas encore retrouvé son assiette quand la montagne liquide le frappa au centre. Cette fois, il manqua de peu se retourner et, en bas, dans la cuisine, de l'huile bouillante se répandit sur le sol, déclenchant un terrible incendie. Deux bidons d'huile explosèrent et les trois cuisiniers furent gravement brûlés par des flammes atteignant le plafond — Alan Brennan, vingt-quatre ans, devait mourir peu après de ses blessures, et son aide, Brad Kershaw, dix-neuf ans, perdit la vue.

Huit hommes furent catapultés par-dessus bord quand la vague frappa. Trois d'entre eux, assommés après avoir été précipités contre une cloison, étaient inconscients en atteignant l'eau. Ils ne reprirent pas connaissance, malgré les tentatives rapides et héroïques de l'équipage pour les sauver.

Dans la salle des machines, c'était la catastrophe. Le premier-maître Jed Mangone fut gravement brûlé au visage par l'éclair électrique dû à l'explosion d'un panneau et deux jeunes mécaniciens furent écrasés par l'énorme générateur qu'ils étaient en train de réparer. Ni l'un ni l'autre ne pourraient jamais plus marcher. Sur le pont, la scène était presque identique à celle qui s'était déroulée sur le *Port-Royal*. Les morceaux de verre des fenêtres explosées avaient transformé les lieux en un grotesque cauchemar de verre et de sang, dans lequel il n'y avait pas un homme qui ne fût blessé.

Le commandant Bill Simmonds, à qui on ferait plus tard soixante-trois points de suture rien qu'au visage, prit lui-même la barre trempée de sang, mit le navire en état d'alerte et, maudissant le manque de communications, s'époumona à demander que quelqu'un joigne le navire amiral.

082103JUL02. 20 N, 64 N. A bord de l'USS *Arkansas*. Cap au 230. Vitesse 25 nœuds. A vingt-quatre milles au nord-est du porte-avions, il se rapprochait de sa précédente position dans la zone intérieure, comme décidé par l'amiral qui avait pour habitude de changer souvent la disposition de son groupe de combat pour cacher le porte-avions aux éventuels radars étrangers.

— Commandant ? Ici les liaisons. Je viens de repérer un très curieux éclair dans la brume vers le sud. Ça pourrait être un orage mais c'est peu probable en ce moment.

— Ici le commandant. OK, j'arrive sur le pont.

— Liaison à commandant en chef... Le sonar indique une grosse explosion sous-marine... Relèvement un-six-cinq... Je me cale dessus.

— C'est bon. Que se passe-t-il ?

Tandis qu'il parlait, une explosion gigantesque déchira la nuit et un immense souffle d'air épais fit éclater les vitres du pont. Le reste se perdit dans le rugissement du vent et le chaos inattendu sur le pont, tandis que l'officier de quart essayait de remettre de l'ordre dans l'amoncellement dangereux de verre brisé et de marins blessés.

Juste après la première explosion, un autre vent se leva, un vent bizarre, peu naturel, chaud et brutal, tel un typhon balayant l'océan, soufflant à travers les œuvres mortes et les installations radar du grand croiseur lanceur de missiles AEGIS, ralentissant la masse de 11 000 tonnes du navire de guerre sur sa route.

— Seigneur ! Mais que se passe-t-il là-haut ? Un tremblement de terre ?

— Commandant, c'était une sacrée rafale ! Mince, alors ! Vous sentez le navire tituber ? Et pourquoi le vent a-t-il viré à l'arrière de vingt degrés ? Même la mer a l'air bizarre. Elle roule du mauvais côté !

— Ça me dépasse... mais ça doit être une fameuse perturbation ! Je crois que je vais... Attendez une minute...

« Ne prends pas de risques, Al ! » se dit-il.

Puis :

— OK. Passez au plan 1 A, officier de pont !

Le commandant resta sur le pont, mais en bas, au PC sonar, on repassait les données de cette apparente éruption de surface qui avait eu lieu à plusieurs milles de distance, quelques secondes plus tôt. Au moins n'entendait-on pas le bruit effrayant du verre qui se brise, revenant en écho à travers les eaux sous-marines et qui, quand un très gros navire s'enfonce, résonnera toujours dans les mémoires. Au lieu de cela, il y eut juste un curieux grondement qui mourut peu à peu dans un silence fantomatique. Personne ne put y trouver de réponse. Personne.

Quelle que fût la cause de ces événements violents et insolites, elle avait aussi déchaîné un certain chaos dans le centre opérationnel de l'USS *Arkansas*. Les communications cessèrent partout de fonctionner. Le gros écran rond du radar qui montre en permanence l'image de la surface du groupe de combat était lui aussi en panne et l'officier de combat aérien essayait de le ramener à la vie. Il semblait plus noir que d'habitude parce que les autres écrans étaient blancs.

Le commandant Barry se dirigea vers sa chaise haute et saisit le téléphone UHF fonctionnant sur le réseau internavires qui le reliait directement au centre d'informations de combat du porte-avions. La ligne était muette. Personne ne répondit sur le vaisseau amiral. Mais il entendit une voix affolée venant d'une des frégates périphériques, à presque soixante-dix milles vers le sud. Apparemment, ils tentaient aussi de joindre le porte-avions.

— *Jefferson*... Ici le *Kauffmann*... Contrôle radio... Terminé.

Mais le lointain *Kauffmann* lui non plus ne recevait aucune réponse. Art Barry essaya la ligne chiffrée de la salle des opérations de l'amiral. Pas de réponse.

Alors il essaya la ligne directe de son coéquipier au base-ball, Jack Baldridge. Là encore, silence total. Le commandant Barry pria les communications de lui passer une ligne par satellite et de joindre le porte-avions.

— Monsieur, nous avons un gros problème avec le Satcom[1]... stabilisation aérienne, dysfonctionnement intermittent. J'essaie depuis plusieurs minutes... J'ai eu

1. Satellite de communication.

quelques contacts avec le satellite mais il n'y en a aucun avec le *Jefferson*. Si j'ai bien compris, toutes les communications normales avec le navire amiral sont coupées pour nous.

— Que quelqu'un essaie de joindre la salle des opérations du *O'Kane*. Il n'est pas loin, aujourd'hui, pas plus de deux milles à bâbord du porte-avions. Ils doivent en savoir plus que nous...

— Pas de réponse là non plus, monsieur, nous venons juste d'essayer.

— D'accord, alors essayez le *Hayler*. Il était à environ vingt milles quand nous avons perdu l'image de surface. Appelez leur commandant — oui, par VHF normale.

— ON LES A ! On les a, monsieur. Le commandant Freeburg, en codé.

— Allô ! Chuck ?... Ici Art Barry. Pouvez-vous me dire ce qui se passe dans le coin ? On ne peut pas joindre le porte-avions. Presque tous mes réseaux de communication sont HS et on n'a même pas pu joindre le *O'Kane*... Vous non plus ? Seigneur !... Qui ?... Vous avez eu l'un des SNA ? Oui, en effet, ça a été une sacrée explosion... Dieu seul le sait... Vous allez essayer de vous approcher du porte-avions ? Non... ne faites pas ça. Gardez votre place dans la formation et allez-y. Je vais, moi, me rapprocher du *Jefferson* pour voir ce qui se trame... En attendant, je me suis mis en alerte 1 A et je vais activer mes détecteurs de radiations... Vous feriez bien d'en faire autant. Il se passe des choses étranges dans le coin... Je vous tiens au courant.

— Attention, commandant ! La plus grosse vague que j'aie jamais vue vient par ici !

Tandis que l'officier de quart criait, presque au ralenti une muraille liquide de près de dix-huit mètres de haut sembla se matérialiser, venue de nulle part. Elle frappa l'*Arkansas* de front, se brisant juste au-dessus du pont avant et de la superstructure. Des milliers de tonnes d'eau verte s'écrasèrent sur les canons et les lance-missiles, semblant submerger tout le navire et faisant exploser dans un grondement énorme les fenêtres du pont.

Mais, comme tous les bateaux de guerre modernes, il reprit son équilibre, parut se secouer pour débarrasser ses ponts de toute cette eau et se remit en route malgré les cascades tombant de sa coque. L'officier de quart suivait des yeux la vague colossale qui poursuivait son chemin et ce vent étrange s'éloignant vers le nord-ouest et les rivages d'Arabie.

La vague suivante ne fut pas aussi grosse mais recouvrit pourtant elle aussi le navire. Celle qui suivit en fit autant. Peu à peu, elles diminuèrent et, tandis que la mer reprenait lentement un aspect normal, l'officier commença à s'assurer que personne n'avait été balayé ou jeté par-dessus bord.

Vingt-six minutes s'étaient écoulées maintenant depuis l'effrayant éclair qui avait coupé le ciel, vers le sud, et que l'officier de pont avait à peine eu le temps de signaler à son commandant. Mais seuls quatre des dix bâtiments du groupe de combat avaient réussi à reprendre leurs communications avec l'*Arkansas*. Art Barry se trouvait apparemment en charge du groupe de combat jusqu'à ce que les radios du porte-avions reprennent l'air. Il nota que les deux frégates lance-missiles, l'*Ingraham* et le *Kauffmann*, de 4 000 tonnes chacune, paraissaient intactes, de même que le *Fife*, un 8 000 tonnes de la classe Spruance. L'autre Spruance, le *Hayler,* semblait être dans le même état que l'*Arkansas,* balayé par la mer et le vent, mais à peu près en mesure de reprendre ses activités.

Les deux SNA, le *Batfish* et le *L. Mendel Rivers*, firent savoir qu'ils n'avaient pas d'avaries et se tenaient en immersion périscopique. Les commandants des deux sous-marins indiquèrent leur intention de rester sur leur position d'origine à cinquante milles du porte-avions, respectivement sur bâbord et tribord, avec le cap et la vitesse prévus, et de maintenir un contact radio permanent.

— Les arrières vont bien, murmura Barry, mais où diable est passé le lanceur ?

Sur les ondes, tout le monde racontait le même violent cataclysme sous-marin. L'*Ingraham* et le *Kauffmann* avaient d'abord été touchés par une vague plus petite, de neuf mètres de haut. Tous deux étaient à cinquante milles de Zoulou-Zoulou (le centre du groupe de combat) à ce moment-là. Le *Hayler* et le *Fife,* eux, se trouvaient à vingt-cinq milles au large. Comme l'*Arkansas,* ils avaient pris la vague de dix-huit mètres. Mais, contrairement à ce dernier, elle les avait frappés de côté et il s'en était fallu de peu qu'ils ne chavirent.

Des six navires manquants, que l'on n'avait pas encore pu joindre par radio, il n'y avait apparemment que cinq contacts radar de surface, près de Zoulou-Zoulou. Ils étaient immobiles ou presque. A 21 h 45, l'imagerie de surface de l'*Arkansas* était réparée, ce qui permit au commandant Barry d'avoir une idée plus claire de la situation.

Il put apercevoir douze autres contacts sur son image de liaison et son propre radar. Il y avait deux SNA et cinq bâtiments de surface apparemment en bon état. Cinq autres flottaient, sans qu'il puisse les identifier. Ils faisaient cap vers le sud-ouest mais leurs systèmes de communications ne fonctionnaient pas.

Et il en manquait un.

A 21 h 50, la radio de bord de l'*Arkansas* hurla : « Alarme aux radiations ! Alarme aux radiations ! Dégagez le pont supérieur ! Mettez-vous en alarme A 1. Activez le préarrosage. Fermez les zones de décontamination ! »

Cet ordre impératif se termina par le ronronnement traditionnel de la marine américaine, fait de questions non posées, d'ordres, d'urgences... « Et pas de conneries ! »

En quelques secondes, tous les ventilateurs s'arrêtèrent net. Mais il fallut dix minutes au moins pour que l'opération soit achevée et que le navire soit parfaitement isolé de l'air ambiant et des particules radioactives qui s'étaient déposées sur les moniteurs. Le bateau était maintenant aussi hermétiquement clos qu'une boîte de conserve.

Tous les hublots, tous les volets, toutes les portes des cloisons externes, toutes les ouvertures sur l'air extérieur furent bouclés. Alors seulement on put mettre en marche la ventilation étanche au gaz fournissant l'air pur par des filtres spéciaux qui retiendraient les particules nocives. Le système augmentait la pression dans la citadelle un peu au-dessus de la pression atmosphérique, ce qui garantissait contre toute entrée éventuelle de la radioactivité mortelle de l'extérieur, vers où tous les courants d'air étaient dirigés.

Tandis que le navire s'éloignait en se balançant dans le vent de mousson et renvoyait le panache radioactif vers le nord, les équipes de nettoyage commençaient à passer les ponts à l'eau salée et à la javel, ce qui était la procédure normale pour éliminer les particules radioactives de toutes les zones susceptibles d'avoir été contaminées lors d'une explosion nucléaire. Une équipe de surveillance vérifiait le moindre recoin.

A 21 h 55, le commandant Barry décida de faire une pause. Il avait besoin de réfléchir à ce qui était arrivé. De toute évidence, une explosion nucléaire s'était produite et il avait désespérément besoin de savoir quel navire avait disparu. Aucun des six ne pouvait ou ne voulait répondre, et il n'y en avait que cinq sur son radar.

Pendant une minute ou deux, il contempla l'écran, souhaitant de tout son cœur apercevoir le sixième contact, au centre du groupe de combat. Mais l'appareil électronique, pourtant ultra-moderne, était incapable de lui dire ce qu'il avait besoin de savoir : qui avait disparu.

Il savait qu'il allait devoir retourner à l'essentiel, à

ce que les marins appellent « l'œil numéro un ». Il ordonna un changement de cap.

— Communications ? Ici le commandant. Virez à gauche au deux-trois-cinq... Vitesse de déploiement... Je me prépare à établir un contact visuel sur celui le plus au nord-est du groupe, en avant... C'est la route 6031... peut-être n'a-t-il aucune lumière... Vérifiez visuellement les feux de signalisation.

A 23 h 09, le commandant Barry avait vu de ses propres yeux ce qu'il avait besoin de voir. Il examina les eaux sombres, fouillant l'obscurité pour s'approcher de chacun des cinq navires représentés sur le radar.

A la fin, il put identifier, les uns après les autres, d'abord l'énorme pétrolier de 49 000 tonnes aux flancs pleins, l'*Arctic*. Peu de dégâts, le radar et le système de communications en panne mais opérationnel à soixante-dix pour cent. Puis le formidable *Port-Royal*. Ils avaient dix morts, vingt blessés, de gros dégâts d'antennes, des dommages structurels importants dans la zone arrière, entre autres les batteries des harpons et une hélice, ainsi qu'une importante inondation des hangars.

Il trouva aussi l'USS *Vicksburg,* son jumeau, qui avait reçu la grosse vague en plein bau tribord. Pas de gros dégâts, quelques antennes cassées, pas de dommages structurels importants. Puis le *O'Kane,* machines stoppées, gîtant sur l'eau comme une épave flottante et qui avait grand besoin d'aide. Et il trouva le jumeau du *Hayler,* classe Spruance DDG, le *O'Bannon*. Beaucoup de dégâts dont l'importance n'était pas encore établie. Le navire avait presque chaviré sous le coup du raz-de-marée. Des dommages internes et dans les hauts.

Le commandant Barry ne quittait pas son écran des yeux. Sous le choc, il fixait l'endroit où aurait dû se trouver le porte-avions. Le radar accomplit son balayage familier, circulaire, sans état d'âme. Il n'y avait rien là où se trouvait auparavant le puissant navire de guerre. Personne ne pouvait le voir. Personne ne pouvait lui parler. Le *Thomas Jefferson* avait disparu.

En tant qu'officier responsable du second navire de guerre le plus important du groupe de combat, le commandant Barry ordonna à son service de communication de lui passer, sur la ligne directe par satellite, le quartier général de la Marine américaine à Pearl Harbor, l'amiral Gene Sadowski, commandant en chef de la flotte du Pacifique (CCFP).

Les deux hommes échangèrent pendant près de trois minutes des phrases tendues. Officiers et marins depuis de longues années, ils employèrent cette langue économe, précise, de leur métier. Immédiatement, l'amiral Sadowski ouvrit sa ligne personnelle pour demander le Pentagone. Il était 13 h 18 à Washington, DC, quand le chef des opérations navales [1], l'amiral Scott F. Dunsmore, décrocha.

— J'ai le regret de vous informer, monsieur, dit l'amiral Sadowski, que le porte-avions *Thomas Jefferson* s'est perdu au cours de ce qui paraît être un accident nucléaire. Il semble que les six mille hommes du bord aient tous péri.

1. Equivalent du chef d'état-major de la Marine, le CNO a des fonctions un peu différentes de celles de son homologue français. Nous garderons le terme CNO.

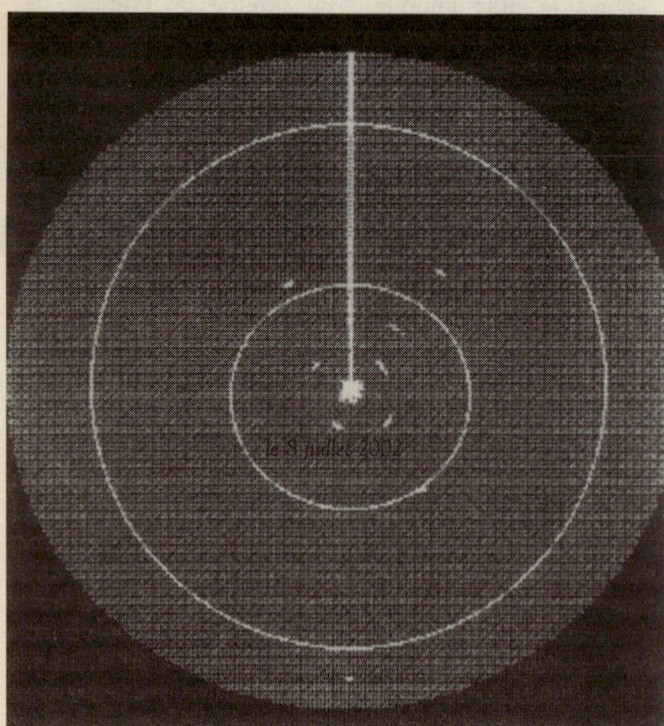

Image radar, du Thomas Jefferson,
montrant sa position au sein du groupe de combat aéronaval
le 8 juillet 2002

Chapitre III

L'amiral Scott Dunsmore était officier de la Marine des Etats-Unis depuis quarante ans. Il avait servi sur des navires de guerre dans le monde entier. Son dernier commandement, il l'avait effectué sur un porte-avions de la classe Nimitz pendant la guerre du Golfe, face aux missiles de Saddam Hussein.

Il occupait maintenant un poste qui le mettait à la tête de la Navy, et ce, avec la plus grande distinction. Fils d'une famille d'illustres banquiers de Boston, on voyait en lui le successeur de l'actuel président du Conseil général des armées.

Pourtant, rien, au cours de toutes ses années de commandement militaire de la flotte, rien, pendant ses études, rien, lors des récentes années au cours desquelles il avait côtoyé les politiciens les plus éminents d'Amérique, n'avait préparé l'amiral Dunsmore, de quelque façon que ce fût, à encaisser l'énormité des paroles que venait de prononcer l'amiral Gene Sadowski... *Il semble que les six mille hommes du bord aient tous péri.*

Pendant dix secondes, vingt peut-être, il resta silencieux, essayant de reprendre ses esprits. Le silence se prolongea tellement que l'amiral Sadowski se demanda si cette ligne-là aussi n'avait pas été coupée.

L'amiral Dunsmore se racla la gorge, chercha ses mots. C'est à cet instant précis que des coups secs retentirent à la porte de son sanctuaire qui s'ouvrit brusquement pour laisser entrer son assistant, un jeune capitaine de corvette.

— Amiral, dit-il, j'ai eu l'ANS à Fort Meade au téléphone. Morgan en personne. Nous avons un gros problème dans la mer d'Arabie. Il faut que je vous parle. Voulez-vous que je fasse transférer cet appel vers quelqu'un d'autre ?

— Pas pour l'instant, répondit l'amiral. Dites à l'amiral Morgan que je le rappellerai dès que j'aurai terminé.

Il s'adressa alors pour la première fois à l'amiral Sadowski sur le ton officiel, de commandant à commandant, en usage dans la Navy.

— Etes-vous absolument certain de la véracité de cette information, amiral ?

— Je ne vous aurais pas appelé à moins d'en être sûr à cent pour cent, monsieur. L'un de nos croiseurs-lanceurs de missiles, l'*Arkansas,* est allé dans la zone entourant la dernière position connue du porte-avions. Il l'a fait parce que son centre opérations a observé cinq contacts sur l'écran radar là où il aurait dû y en avoir six. Il s'est approché des cinq navires, qui tous avaient été plus ou moins endommagés dans ce qu'il faut bien considérer comme une explosion nucléaire. Il y a beaucoup de retombées radioactives. Le commandant Barry, de l'*Arkansas,* a déjà comparé ses conclusions à celles d'autres navires du groupe de combat. Elles sont identiques. Le *Thomas Jefferson* a disparu dans une zone lourdement contaminée par des retombées nucléaires. Personne n'a relevé de signe de naufrage mais les opérateurs sonar ont été extrêmement intrigués par l'impact d'une explosion qui a eu lieu à 21 h 03. Nous avons d'autres pertes humaines, monsieur, probablement vingt ou trente. Mais rien de comparable à la catastrophe concernant le porte-avions.

— Et voilà ! Dans la vallée de la mort chevauchaient six mille hommes, entonna l'amiral d'une voix sombre, suggérant ainsi qu'il tenait le CCFP[1] pour responsable de toute la catastrophe.

Gene Sadowski ne trahit aucune irritation. Refoulant la peine qu'il éprouvait d'avoir perdu plusieurs de ses amis personnels, il répondit :

— Oui, monsieur. Je suppose que c'est bien cela.

L'amiral Dunsmore ne put discerner l'émotion dans la voix de Sadowski car les deux hommes se connaissaient peu et leurs priorités étaient différentes. Le chef des forces navales, dans son bureau de Washington, devait maintenant faire face à la tâche la plus difficile qui puisse tomber sur les épaules d'un commandant en temps de paix — dans la demi-heure suivante, il allait devoir affronter les membres de l'état-major des armées, puis sans doute aussi le Président des Etats-Unis. A chacun il allait devoir expliquer comment *sa* marine avait pu perdre inexplicablement, en ce jour du 8 juillet 2002, deux fois plus d'officiers et de marins qu'il n'en était tombé à Pearl Harbor le 7 décembre 1941.

— Amiral, dit-il, je vous remercie pour la rapidité et la discrétion de votre appel. Restez en ligne en attendant des instructions complémentaires. Informez le groupe de combat que toutes les communications doivent être suspendues avec la flotte et le quartier général de Pearl Harbor. Et merci encore pour la clarté de votre exposé.

Il raccrocha et murmura une phrase invraisemblable, des mots qu'il ne se rappelait pas avoir jamais prononcés auparavant.

— Nom de Dieu de bordel de merde ! cria le chef des opérations navales des Etats-Unis.

L'amiral appuya sur un bouton pour faire revenir le capitaine de corvette Jay Bamberg dans son bureau. Le jeune homme revint plus vite que l'amiral ne l'avait

1. Commandement en chef des forces du Pacifique.

jamais vu faire à ce jour. Il traversa la pièce en deux enjambées et prononça la nouvelle atterrante, vieille de quatre minutes seulement :

— L'amiral Morgan, là-bas, à l'Agence nationale de sécurité, est « pratiquement certain que nous avons perdu un gros navire de guerre dans une explosion nucléaire, quelque part dans la partie nord de la mer d'Arabie ».

Jay Bamberg était sous le choc et ça se voyait. Il était trop bien entraîné pour se permettre des phrases confuses mais il ne cessait de parler.

— Morgan en a eu la preuve grâce au satellite, monsieur, poursuivit l'assistant. Ils l'ont relevée sur l'un des KH-11 qui photographiaient toutes les approches dans le Golfe depuis les dernières paniques. Ils ont une image très claire d'une élévation évidente de la température de l'eau, qui ne peut se produire qu'en cas d'essai nucléaire, en plein milieu du groupe de combat entourant le *Thomas Jefferson*. Il pense que nous avons peut-être perdu le porte-avions. Il dit qu'il ne voit pas d'autre raison pour expliquer une explosion de cette ampleur. Il veut que vous le rappeliez tout de suite. Il espère que vous lui en apprendrez davantage. Dieu du ciel ! Pouvez-vous imaginer ça... heu... excusez-moi, monsieur.

L'amiral Dunsmore hocha la tête.

— L'appel que je viens de recevoir émanait du CCFP, dit-il d'un ton résigné. Nous avons perdu le porte-avions, et presque certainement au cours d'un accident nucléaire. On pense qu'il n'y a pas de survivants.

— Mon Dieu ! Monsieur...

— Oui, mon Dieu ! Maintenant, appelons l'amiral Morgan puis le CCFN[1]. Dites à l'ANS que nous sommes au courant et voyez s'ils ont quelque chose d'important que je doive connaître. Puis suggérez à

1. Commandement en chef des forces navales.

l'amiral Morgan d'appeler directement le CCFN. Et pendant ce temps, débrouillez-vous pour que je puisse rencontrer le président des états-majors interarmes dans moins de dix minutes. C'est une priorité absolue.

Le capitaine de corvette Bamberg quitta la pièce et l'amiral Dunsmore essaya d'empêcher son esprit de s'attarder sur l'image du porte-avions américain sur lequel étaient rassemblés six mille hommes parmi les meilleurs de la nation, pulvérisés à plus de dix mille milles de chez eux. Il est toujours fatal de se concentrer sur des individus, mais pour le moment il ne pouvait croire qu'il ne reverrait jamais Zack Carson. Et la mort de Jack Baldridge était plus qu'il n'en pouvait supporter.

Il se leva et marcha dans la pièce, enfila sa veste, fit encore quelques allers et retours. Puis on frappa à la porte et Jay Bamberg passa la tête.

— Le président va vous recevoir immédiatement, annonça-t-il d'une voix calme.

Scott Dunsmore avait rarement autant renâclé à la perspective d'une rencontre.

— Descendez avec moi, dit-il.

Les deux hommes empruntèrent le couloir sept, tournèrent à gauche, salués par le jeune marin de garde puis, par le rond-point E, prirent le grand couloir circulaire du Pentagone où sont installés les trois services du Haut Commandement, l'Armée de terre au troisième étage, la Marine et l'Aviation au quatrième. Le bureau du président des états-majors est situé au deuxième étage, juste au-dessous de celui du ministre de la Défense. Chacun des cinq couloirs qui traversent le Pentagone, sur les cinq étages supérieurs, mesure plus de 90 mètres. Le plus grand immeuble de bureaux du monde contient plus de 27 kilomètres de corridors et a trois fois la taille de l'Empire State Building.

On dit qu'il ne faut pas plus de sept minutes pour aller d'un point à un autre de ce monstrueux labyrinthe militaire. Pour sa part, l'amiral Dunsmore aurait préféré sept heures. Le court trajet par l'ascenseur jusqu'au bureau de l'officier le plus important des Etats-Unis lui parut ne durer que sept secondes. Il se trouva enfin dans l'antichambre du général cinq étoiles à l'allure massive qui dirigeait l'endroit, Joshua R. Paul, cinquante-cinq ans, new-yorkais, vétéran du Viêt-nam, ex-commandant d'un pétrolier lors de la guerre du Golfe et probablement le meilleur arrière qui ait jamais joué dans l'équipe de football de West Point.

Dunsmore murmura à l'adresse de Jay Bamberg :

— Je ne suis pas très impatient d'avoir cette entrevue. Attendez-moi, voulez-vous ? J'aurai peut-être besoin d'aide.

— Bonjour, dit le président. Asseyez-vous. Voulez-vous une tasse de café ? Moi, j'en prendrai une.

Il lui adressa un sourire chaleureux. Les yeux bleus brillant par-dessus la monture de ses lunettes en demi-lune notèrent immédiatement l'inquiétude peinte sur le visage généralement impassible du grand et distingué chef de la Marine.

— Que se passe-t-il ?

— Eh bien, monsieur, je voudrais d'abord suggérer que nous buvions un cognac plutôt qu'un café.

— Oh ! Merde ! Des problèmes ?

— De très très gros problèmes, monsieur. Je suis pratiquement certain que nous avons perdu un porte-avions.

— Je vous suggère de faire en sorte qu'on le retrouve, et vite !

— Non, monsieur. Je parle de la destruction totale d'un porte-avions de la Marine américaine et de la disparition des six mille hommes qui étaient à son bord. Un accident nucléaire dans la mer d'Arabie...

Le général Josh Paul retint son souffle puis siffla entre ses dents :

— Seigneur Dieu ! Dites-moi que c'est une blague ! Vous ne pouvez pas parler sérieusement ! Vous êtes assis là, en train de me dire que nous sommes confrontés à la plus grosse crise en temps de paix de toute l'histoire de l'Amérique ? Vous êtes sûr qu'en tant que chefs des états-majors interarmes, nous ne partageons pas une sorte de cauchemar ?

— Ai-je l'air de rêver, monsieur ?

— Non, Scott, dit Paul doucement. Non, vous n'en avez pas l'air. Vous avez l'air de quelqu'un qui vient de voir un putain de fantôme.

— Six mille fantômes, en fait, monsieur.

— Seigneur Jésus !... OK. Maintenant, racontez-moi ça lentement et en détail.

— Bien monsieur. Le *Thomas Jefferson*, un porte-avions de 10 000 tonnes, est stationné dans la mer d'Arabie, à environ quatre milles au sud-est du détroit d'Ormuz. Il est entouré de son groupe de combat, pas trop rapproché, de croiseurs, de destroyers, d'une demi-douzaine de frégates, et de deux sous-marins nucléaires. Sans compter la flotte aérienne, sur ses ponts et dans ses hangars. Environ quatre-vingt-quatre avions. A vingt-cinq milles au large, ils aperçoivent un éclair soudain, les opérateurs sonar dans tous les bâtiments auraient eu l'impression que leurs oreilles explosaient sans le système coupe-son. Une série de vagues gigantesques sont alors arrivées et quatre navires ont bien failli chavirer. Le vent de l'explosion a causé des dégâts, toutes les communications se sont interrompues et, vingt minutes plus tard, une demi-heure peut-être, deux des plus gros navires ont dû se rendre à l'évidence : le porte-avions avait disparu. Il n'y avait aucune communication. Et quand les systèmes radar ont redémarré, on s'est aperçu qu'il avait effectivement disparu. Et toute la zone sous le vent grouillait de particules radioactives. Le commandant Barry, à bord de l'*Arkansas,* a réussi à joindre le CCFP. C'est un officier supérieur. Il a fouillé personnellement la dernière position connue du porte-avions et pris le commandement du groupe de combat en tant que plus haut et plus ancien gradé. Il affirme être sûr à cent pour cent. L'amiral Morgan, de l'Agence nationale de sécurité, a reçu une photo satellite montrant une élévation de la température de l'eau caractéristique d'un essai nucléaire.

— Je suppose qu'il est inutile de vous demander si le porte-avions était équipé de missiles nucléaires, n'est-ce pas ?

— Oui, monsieur, c'est en effet inutile.

— D'accord. Retournez là-haut et commencez à rassembler toutes les informations dont nous disposons. Moi, je vais contacter la Maison-Blanche et demander une entrevue personnelle et urgente avec le Président. Il décidera lui-même qui y assistera. Mon opinion est que moins il y aura de gens au courant au cours des deux prochaines heures, mieux cela vaudra. Redescendez dans un quart d'heure, nous prendrons mon ascenseur privé et une voiture nous attendra.

— Vous voulez que je vienne aussi ? demanda l'amiral Dunsmore d'une voix mal assurée.

— Je ne crois pas être capable de supporter l'épreuve tout seul, répondit le président des états-majors d'un ton désabusé. Le Président va probablement sauter au plafond. Je préférerais que sa colère retombe sur nous deux, pas seulement sur moi.

— Oui, bien sûr, je comprends, dit l'amiral. Il va lui falloir faire une déclaration à la nation. Et il ne va pas aimer cela du tout. Dans combien de temps mettrez-vous la presse au courant ?

— Eh bien, ça dépendra de la Maison-Blanche qui décidera dans combien de temps *vous* allez l'annoncer à la presse.

— Je me doutais bien que vous diriez ça, monsieur.

— Il y a un certain nombre de corvées que je prends toujours grand soin d'éviter. Armez-vous de courage, amiral. Nous allons naviguer dans les eaux les plus dangereuses que vous et moi ayons jamais traversées.

La nature relativement virile de la conversation fit que l'esprit de l'amiral passa à la vitesse supérieure.

Ce scénario abominable cessa d'être un accident irréel, distant, sinistre, pour prendre l'allure d'un cauchemar immédiat, vrai, exigeant une réaction urgente et drastique. Il devait annoncer le désastre, trouver le moyen de l'expliquer avec lucidité au Président des Etats-Unis, de façon raisonnable et, surtout, trouver des solutions. « Rien n'est insoluble pour un esprit intelligent, ne cessait-t-il de se répéter. Mais que Dieu me vienne en aide si je ne suis pas à la hauteur. Parce que, si je me plante, le Président me fera pendre par les pouces ou pis encore. Au plus tard six minutes après l'annonce, il y aura des gens qui exigeront que l'on ne permette *plus jamais* à la Navy de naviguer autour du monde en transportant des armes aussi absurdement autodestructrices. »

Le CNO et le capitaine de corvette Bamberg reprirent le chemin du quatrième étage, emportant avec eux le secret gigantesque qui allait très bientôt pousser les médias à poser le genre de questions affreuses que les chefs détestaient... Cet accident était-il évitable ?... Ces gros porte-avions doivent-ils transporter ce type d'armes ?... Est-ce que *quiconque* a le droit de les transporter ?... Maintenant que la menace nucléaire des Russes a diminué, pourquoi faisons-nous ceci ?... N'est-ce pas précisément ce contre quoi le lobby antinucléaire ne cesse de nous mettre en garde depuis trente ans ?... Aura-t-il fallu la mort de tant de jeunes Américains pour démontrer ce que les Démocrates libéraux savent depuis des années ?... Etes-vous l'homme qu'il faut pour diriger ce pays ?... Ne devrait-on pas dissoudre le Pentagone puisque c'est, de toute évidence, le repaire d'une bande de cinglés ?

La vraie question, l'amiral n'était pas encore prêt à l'envisager. Il renâclait devant l'annonce à la presse qui se préparait et qui n'aurait certainement pas lieu à la Maison-Blanche. Mais il savait que ce qui attendait le Président dans la soirée serait encore plus difficile.

De retour dans son bureau, il demanda à Jay Bamberg de rappeler l'amiral Sadowski pendant que lui-même rappelait l'amiral Morgan à l'ANS. Le chef des renseignements était calme et se dominait parfaitement. Il conseilla de faire l'annonce très vite. Il y avait déjà eu un appel du directeur des services de renseignements de la Marine russe. Il avait feint l'ignorance. A son avis, il fallait dire quelque chose officiellement, dans l'heure qui suivrait, ou quelqu'un le ferait à leur place.

Le CNO prit rapidement la ligne et parla brièvement avec le CCFP. Il n'y avait pas grand-chose de nouveau. La nuit était encore noire et le temps empirait. Les frégates considéraient qu'il serait dangereux de retourner sur la « dernière position connue », encore très contaminée. On ne pouvait plus douter du sort tragique du *Thomas Jefferson*. Le grand navire était parti dans une grande boule de feu nucléaire, rendue moins aveuglante par les nuages bas et chauds, le brouillard et la pluie qui abondent en juillet et en août dans la mer d'Arabie quand arrive la mousson du sud-ouest.

Scott Dunsmore rassembla ses forces et son courage et pria le capitaine de corvette Bamberg d'appeler encore une fois le CCFP et d'informer l'amiral Sadowski qu'à son avis le reste du groupe de combat du *Thomas Jefferson* devrait retourner à Diego Garcia, se regrouper, effectuer les premières réparations et se diriger dès que possible vers son port d'attache de San Diego.

Après quoi, il reprit en sens inverse le large couloir de l'aile E et se prépara à assister à la réunion au cours de laquelle, il le supposait, allait se mettre en place une insidieuse réduction politique de la puissance de feu de la Navy... une puissance de feu qui n'avait cessé d'augmenter depuis l'époque des sous-marins Polaris jusqu'aux Tridents et aux groupes de combat imposants de l'ère moderne.

Nul ne remarqua, en le croisant le long de l'aile E,

qu'il frottait, de la manche de son uniforme bleu marine, son visage bronzé par le vent du large.

Il rejoignit le général Paul dans le bureau du deuxième étage et les deux chefs, accompagnés de leurs deux aides de camp, empruntèrent l'ascenseur jusqu'au garage souterrain du Pentagone.

La voiture de service était garée à quatre pas de la porte. Seuls le général Paul et l'amiral Dunsmore y embarquèrent. Le chauffeur militaire, informé de l'urgence du trajet, lança le véhicule dans la chaleur humide de cet après-midi de juillet à Washington, l'air conditionné à fond, le pied droit prêt à enfoncer l'accélérateur.

— Avez-vous averti le Président ? demanda l'amiral.

— Non. J'ai interrompu une réunion et je lui ai dit que je venais le voir pour un problème d'une telle importance que je ne me fiais même pas au standard de la Maison-Blanche pour lui dire par téléphone de quoi il s'agissait. Vous savez à quel point il est vif. Il m'a seulement répondu : « Très bien, venez ici. Je vous attendrai. Dois-je annuler mes rendez-vous ? » Je lui ai dit qu'à mon avis, il n'aurait pas vraiment l'occasion de penser à autre chose pendant au moins deux heures. Si j'avais été tout à fait honnête, j'aurais dû dire deux mois, voire deux ans.

— Vous êtes passé par le chef du protocole de la Maison-Blanche pour avoir ce rendez-vous ?

— Non. Avec ce Président, il y a une ligne directe entre le général interarmes et le chef de l'Exécutif. Quelqu'un d'autre a répondu et j'ai annoncé : « Ici le président des états-majors interarmes. J'appelle du Pentagone. Je dois parler au Président d'un sujet d'extrême urgence. Tout de suite. » Ça a suffi. Il a répondu en moins de sept secondes.

La voiture traversa rapidement le Potomac et ses pneus crissèrent en prenant le virage de la 395e Rue à la sortie de Maine Avenue, continuant vers l'ouest le long des quais puis à droite, à angle droit, pour remonter la grande avenue qui coupe le haut du Mall, passe devant le Monument et arrive sur Constitution Avenue.

Pendant qu'ils passaient entre les bâtiments du gouvernement, l'amiral Dunsmore posa deux questions : « Sera-t-il seul ? » et : « Qui parle le premier ? »

— Oui à la première question. Du moins au début. Et c'est moi qui parlerai le premier. Après quoi je passerai le ballon à vos mains expertes.

— Où serez-vous pendant les explications ?

— A côté de vous, je le crains.

— Nous arrivons à l'entrée de West Executive Avenue, monsieur, annonça le chauffeur en freinant.

Il était clair qu'on les attendait. Le garde leur montra le chemin sans attendre et, à la porte, des agents des services secrets leur remirent immédiatement des badges de laissez-passer. Deux d'entre eux accompagnèrent les chefs militaires directement dans l'aile ouest puis à l'angle sud-ouest jusqu'au Bureau ovale. Le plus âgé frappa une fois et ouvrit la porte. Puis son collègue et lui les précédèrent, faisant signe au général et à l'amiral de les suivre. Le Président se leva, serra gravement la main de ses visiteurs, qu'il connaissait bien tous les deux, et les pria de s'asseoir dans les lourds fauteuils devant son bureau.

Scott Dunsmore jeta un bref coup d'œil au portrait du général Washington, admira la magnifique arcade au-dessus des rayonnages de livres puis tourna son regard vers la pelouse ensoleillée de la Maison-Blanche. Mais il entendit parler le général Paul.

— Monsieur le Président, il est de mon pénible devoir de vous informer que nous avons perdu un porte-avions de la Marine des Etats-Unis au cours d'une sorte d'accident nucléaire, dans la mer d'Arabie, il y a environ trois heures. Il y avait six mille hommes à bord et l'on peut considérer qu'il n'y a pas de survivants.

Le Président hésita, tentant de saisir l'énormité de ce qu'on venait de lui annoncer.

— Dois-je comprendre qu'il n'y a aucune possibilité d'erreur, général ?

— Aucune, monsieur.

— *Seigneur Dieu ! Six mille morts ? Six mille soldats américains morts ? Comment une chose pareille a-t-elle pu se produire ?*

— Monsieur le Président, je voudrais bien le savoir. Mais cela s'est passé à dix mille milles dans la mer d'Arabie. Il n'y a jamais eu de morts *par accident* nucléaire à ce jour. Je ne peux fournir aucune explication. L'amiral Dunsmore pourra peut-être éclairer la situation un peu mieux que moi.

— D'accord, d'accord, restons calmes, en dépit du fait que les Etats-Unis vont s'attirer les sarcasmes autant que la sympathie du monde entier lors des prochaines vingt-quatre heures. Alors, Scott ? Une idée ? Une excuse ? Une lumière ? Pouvez-vous me donner un résumé des faits ? Je suppose que nous allons devoir annoncer la chose très vite. Mais mettez-moi d'abord au courant. Après quoi, je demanderai de l'aide.

L'amiral exposa rapidement les faits... la position du *Thomas Jefferson* et du groupe de combat, l'explosion sous-marine inopinée, les vagues énormes, les retombées nucléaires, l'absence de confirmation sonar d'un gros navire en train de se briser. La disparition soudaine, inexplicable, du porte-avions. Et la conclusion accablante, irrévocable... L'USS *Thomas Jefferson* parti en fumée dans une sorte d'holocauste nucléaire.

Le gros homme de l'Oklahoma assis derrière le bureau présidentiel resta silencieux un moment, le menton appuyé sur ses mains.

— Qui était l'officier en chef ? demanda-t-il soudain.

— Zack Carson, monsieur.

— Je craignais d'entendre ça, dit-il. Nous étions lui et moi de la même partie du pays.

Les deux chefs militaires le savaient déjà. Tout le monde, en Amérique, connaissait les origines rurales du Président, qui venait du « manche de pelle » de l'Oklahoma, près de la frontière du Kansas. Le ranch de bovins de sa famille était célèbre, comme l'était son ascension éclair au poste le plus élevé — le petit collège de Goodwell, la bourse pour l'université d'Oklahoma, la carrière académique brillante à la faculté de droit d'Harvard.

— Eh bien monsieur, je suppose que l'annonce doit être faite d'ici, étant donné l'ampleur de ce désastre national. Je crois que le chef des opérations doit faire une annonce officielle à la presse de la Maison-Blanche d'ici trois quarts d'heure. Ensuite, vous devriez vous adresser à la nation vers 21 heures ce soir même. Ou plus tôt.

— Je suis d'accord avec vous, répondit le Président. Mais j'ai une question à vous poser. Etes-vous sûr qu'il s'agisse d'un accident ?

L'amiral Dunsmore leva les yeux, surpris du caractère direct de la question à laquelle, pourtant, il s'attendait. Tôt ou tard. Il resta un instant silencieux, regardant derrière le Président les drapeaux des *marines*, de la Navy et de l'Armée de l'air qui flanquaient les grandes fenêtres.

— Non, monsieur, dit-il enfin. Je ne peux pas en être certain. A ce stade, personne ne peut rien affirmer. On ne peut pas éliminer la possibilité d'un acte de sabotage. Cependant, tant que nous n'aurons aucun indice dans ce sens, monsieur, je ne vois pas la nécessité d'alarmer le public.

Le Président parut pensif.

— Il est assez difficile de savoir de quel côté pencher, dit-il. Un accident, c'est faire passer la Navy pour une bande d'incompétents, et ça, j'aimerais beaucoup l'éviter. Une attaque réussie contre un porte-avions américain, peut-être par un type à peine vêtu d'un simple drap, risque de répandre une immense consternation, voire la panique. Cette saleté de presse libérale adorerait ça... Je pense qu'il faut choisir le moindre mal. Quoique, dans les deux cas, la Navy doive en prendre un sale coup...

— A mon avis, dit le général Paul, interrompant la conférence entre le marin et le Président, si ce navire a été attaqué, je suppose que nous finirons par le savoir. Mais je ne vois aucune raison, au point où nous en sommes, d'en suggérer la possibilité à la presse ou au public. Pour l'instant, nous devons faire face à une énorme manifestation de douleur, de récriminations, de mépris et de dérision. Il est inutile d'ajouter la peur générale à un problème déjà bien épineux.

— Je suis de cet avis, dit l'amiral Dunsmore. N'ajoutons pas à nos problèmes. Pour l'instant, je pense que nous devons annoncer sans plus de précisions qu'un tragique accident a détruit l'un de nos porte-avions. Il n'y a rien à gagner à suggérer qu'une escadre américaine a essuyé une attaque et que des inconnus ont coulé un milliard de dollars. Mon Dieu, si l'on n'est plus à l'abri sur un porte-avions protégé par toute une escadrille de chasseurs, par une flottille de frégates porte-missiles et deux sous-marins nucléaires, comment voulez-vous que quiconque se sente à l'abri n'importe où ?

— C'est exactement ce que je pense, messieurs, dit le Président. (Il eut un sourire las.) Et j'espère que vous me pardonnerez d'avoir évoqué l'impensable.

Scott Dunsmore fit un signe de tête courtois. Il pensa : « Chaque fois que je vous rencontre, je comprends mieux pourquoi vous occupez ce fauteuil. Si vous aviez été dans la Navy, c'est le mien que vous occuperiez. Ou plutôt celui du général. »

Au cours de la demi-heure suivante, le personnel de la Maison-Blanche organisa la conférence de presse. Les deux chefs militaires s'installèrent dans l'ancien bureau du Président Reagan, au rez-de-chaussée de l'aile ouest, avec le secrétaire chargé des relations publiques, Dick Stafford, et deux rédacteurs.

Le général commença à rédiger le rapport tandis que l'amiral, dans un angle du bureau, discutait au téléphone avec le Pentagone, convoquant les plus hauts officiers de la Navy à une conférence au quatrième étage, couloir E, pour 22 heures précises, juste après l'allocution du Président à la nation.

Il confia à son second, chef adjoint de la Marine, l'amiral Freddie Roberts, la charge de tout cela tandis qu'un avion de la Navy faisait déjà le plein à la base de San Diego pour amener tous ces officiers à Washington. A bord se trouvaient le commandant en chef de la flotte du Pacifique et le chef de la flotte de surface du Pacifique. Le commandant des forces navales des Etats-Unis (commandement central et Moyen-Orient), en visite à San Diego, ferait également partie des passagers. On devait récupérer le commandant des systèmes militaires navals et aériens, actuellement en tournée d'inspection à Dallas, où il visitait les installations électroniques.

L'amiral Dunsmore exigea également la présence à la réunion de l'amiral Morgan et d'un jeune capitaine de corvette des services de renseignements de la Marine, le meilleur spécialiste des armes nucléaires de cette agence, dont le frère avait trouvé la mort sur le porte-avions : Bill Baldridge. Tandis que l'énorme cellule de crise s'organisait à la Maison-Blanche, le jeune homme poussait sa Ford Mustang de 1991 dans Suitland Parkway à 130 kilomètres/heure, en bavardant au téléphone avec l'élégante épouse aux cheveux très bruns d'un sénateur notoirement rasoir du Middle West.

— Ouais, je ne sais pas de quoi il s'agit, mais nous ne partirons pas avant 22 heures. Je pourrais être au Watergate vers 2 h 30... Oui, j'ai toujours ma clef... ouais, je sais qu'il est à Hawaii, je l'ai lu dans le journal.

Pendant ce temps, le Président conférait dans le Bureau ovale avec Sam Haynes, son conseiller de la Sécurité nationale, Louis Fallon, le chef du personnel de la Maison-Blanche et le ministre de la Défense, qui venait d'arriver par hélicoptère de Norfolk, en Virginie. Le problème était à la fois d'éviter que l'on puisse attribuer au Président une quelconque responsabilité, de protéger la Navy et de faire en sorte que la capitale politique ne se sente pas concernée au point de paniquer.

Dick Stafford allait et venait du Bureau ovale à la salle de réunion, essayant de mettre au point les phrases doucereuses qui modéreraient le terrible dommage que la presse allait infliger à la Marine des Etats-Unis et à la Présidence.

Celles qu'il écrivait en ce moment pour l'amiral Dunsmore étaient plus faciles. A 16 h 30, celui-ci se tenait devant les journalistes de la Maison-Blanche qui avaient envahi la salle de briefing. Il lut la déclaration préparée qui commençait par ces mots :

— « J'ai le triste et malheureux devoir d'annoncer la perte du porte-avions de la Marine des Etats-Unis *Thomas Jefferson...* »

La déclaration se terminait par « il y avait six mille hommes à bord et il n'y a aucun survivant ».

Pendant une dizaine de secondes, il y eut dans la pièce un silence stupéfait, comme si personne ne pouvait accepter la réalité de cette nouvelle paralysante. Mais quand le tohu-bohu éclata enfin, on aurait presque pu l'enregistrer sur l'échelle de Richter. Les deux cents journalistes rassemblés là parurent se lever en même temps, agitant leurs blocs-notes, leurs micros, hurlant pour demander des détails. L'amiral Scott Dunsmore évita soigneusement de répondre au déluge de questions qui fusaient de toutes parts : « Quand est-ce arrivé exactement ? », « Y aura-t-il un dossier concernant le navire perdu pour la presse ? », « Quand disposerons-nous d'une liste des victimes ? », « Comment savez-vous qu'il n'y a pas de survivants ? », « Est-ce le plus gros désastre en temps de paix de l'histoire militaire des Etats-Unis ? », « Est-ce que le chef de la Navy va démissionner ? »

Les aides de camp de la Maison-Blanche vinrent immédiatement se ranger aux côtés de l'amiral tandis que le secrétaire en charge de la presse essayait d'imposer un peu d'ordre.

— *Messieurs ! Messieurs ! Ce jour est un jour tragique... Je vous en prie ! Essayez de vous conduire avec dignité !*

Trop tard. Cela dépassait la conférence de presse. C'était devenu un hallali frénétique, les requins des médias avaient flairé le sang. Peu importait le sang de qui. Et ils tournaient autour de Scott Dunsmore comme s'il était la réincarnation d'Adolf Hitler. Les flashes illuminaient la pièce, les cameramen se battaient pour filmer sous le meilleur angle, essayant de saisir l'image du chef de la Marine accablé. Personne n'entendait rien dans le vacarme qui ne s'apaisa un peu que lorsque les correspondants d'UPI, d'Associated Press et de Reuters cherchèrent un coin tranquille, leurs téléphones portables vibrant sous l'énormité de l'histoire qu'ils allaient envoyer à leurs bureaux respectifs.

Le responsable du personnel de la Maison-Blanche ordonna aux gardes de la Marine de se placer devant les journalistes. Le secrétaire aux Relations publiques fit évacuer la salle.

Alors que quatre *marines* escortaient l'amiral Dunsmore hors de la pièce, les journalistes présents échafaudaient les titres de leurs articles : « Six mille marins américains morts... »... « La Navy s'envole en fumée »...« Holocauste nucléaire sur un porte-avions américain »... « Un porte-avions américain se désintègre tout seul »... « La Navy désintègre 6 000 Américains ».

Ce serait le rôle du Président de rétablir l'équilibre, d'essayer de convaincre un public déjà hystérique que la Marine n'était pas dirigée par un groupe de fous meurtriers. Il avait quatre heures pour peaufiner son discours. Le dîner qui réunit les dix participants chargés de l'aider à rédiger son allocution — et auquel participeraient Scott Dunsmore et Josh Paul — se résuma à des sandwiches au jambon et à du café, sur une table du Bureau ovale. Avant que le dernier morceau de pain eût disparu, le public américain avait déjà reçu le coup de massue des nouvelles, nouvelles de mort et de destruction dans un océan lointain, nouvelles traitant de l'incompétence massive de la Marine américaine, nouvelles évasives des chefs de service, nouvelles promettant une grande enquête, nouvelles destinées à semer la consternation, le malaise et, pardessus tout, nouvelles incitant les lecteurs, les auditeurs, les téléspectateurs à en vouloir davantage. Bien davantage.

Pendant ce temps, les chefs de service se dirigeaient vers le Pentagone. Il était 20 h 30. Au même moment, un jet de la Navy, venant de San Diego et de Dallas, se posait sur la base aérienne d'Andrews. Un hélicoptère de la Marine attendait les passagers pour les conduire directement au Pentagone.

Vingt-cinq minutes plus tard, le Président, vêtu d'un costume bleu marine de bonne coupe et d'une cravate noire, quitta le Bureau ovale en compagnie de Dick Stafford et longea le corridor au bout duquel l'attendait la presse. Stafford, pour la seconde fois ce jour-là, le Président pour la première fois depuis six semaines. Il se sentait tout ensemble méfiant et méprisant. Certes, son parti dominait au Sénat. Mais lui ne dominait nullement la meute qui l'attendait. Il devrait lui faire face tout seul, avec toute son intelligence, toute sa renommée ; seul face à ces rusés serpents à sonnettes sous pression.

Stafford annonça qu'il pourrait y avoir quelques « questions et réponses » à la fin de l'allocution. Mais on savait encore trop peu de choses et l'enquête des professionnels de la Navy ne faisait que commencer. De toute façon, il y aurait un important briefing au Pentagone, le lendemain matin à 11 heures.

Puis il demanda le silence pour le Président des Etats-Unis qui marcha d'un pas ferme jusqu'au dais et s'immobilisa devant une forêt de micros. Les caméras ronronnaient. La lumière était aveuglante, et il régnait une feinte révérence.

Le Président s'exprima avec soin, sur le ton pensif qui ne manquait jamais de fasciner le grand public. Il avait ce soir-là une des plus grosses audiences de l'Histoire. Probablement *la plus grosse.*

Mes chers compatriotes, commença-t-il, *je m'adresse aujourd'hui à vous au soir d'un des jours les plus tristes de toute l'histoire des Etats-Unis — un jour au cours duquel nous avons perdu plusieurs milliers de nos meilleurs hommes dans ce qui paraît avoir été un monstrueux accident, qui n'avait pas une chance sur un milliard de se produire et qui plonge dans l'incompréhension nos meilleurs scientifiques militaires.*

Il n'y a jamais eu le moindre accident nucléaire au sein de nos forces armées et l'ampleur de celui-ci, qui a, cet après-midi, dévasté le grand porte-avions Thomas Jefferson, *nous a tous frappés de stupeur. De stupeur et de peine pour les familles angoissées des hommes qui y servaient, de profonde tristesse pour nos collègues et amis.*

Cet abominable événement touchera, dans les jours qui viennent, tous les coins de notre pays parce que l'énormité de ce désastre atteindra des communautés pour lesquelles la mort n'était jusqu'alors qu'un malheur intime et local, ne concernant que leurs proches et leurs parents.

Le deuil auquel nous sommes tous confrontés aujourd'hui est d'une tout autre dimension. J'avais moi aussi des amis très chers à bord du Thomas Jefferson. *Et je ne suis que trop conscient de la tristesse que leur mort apporte aux communautés agricoles isolées des Hautes Plaines de l'Etat du Kansas. L'un de leurs membres était un amiral très aimé, un autre, un capitaine de vaisseau de très grande valeur, promis aux plus hauts postes de la Marine.*

Je sais qu'il y aura des chagrins personnels également dans bien des petites villes le long de la côte du Maine, dans le New Hampshire, le Massachusetts, à Rhode Island, New York, dans le New Jersey, le Maryland, la Virginie, la Virginie-Occidentale et dans les Carolines... toutes ces terres où se sont toujours recrutés certains de nos meilleurs officiers de marine.

En Géorgie et en Floride, aussi. Dans le Sud et dans le Midwest et, peut-être plus qu'ailleurs, tout au long de la côte de Californie... en particulier dans le grand port de San Diego où le Thomas Jefferson *avait son port d'attache et d'où venaient bien des hommes qui naviguaient à son bord.*

Maintenant, je voudrais solliciter toute votre patience pour ce que je vais dire. Car je ne suis ici que pour les louer, tous ces merveilleux patriotes américains, qui ont accompli le sacrifice suprême de la façon la plus imprévisible. Mais la mort, pour eux, cette fraction de seconde inconsciente où le cœur s'arrête de battre, n'a pas été ce qu'une mort semblable aurait pu être pour nous, qui courons des risques si infimes, dont les vies se déroulent presque sans connaître la peur et la tension qui, pour eux, furent toujours présentes.

Pour ces hommes qui sont morts sur le Thomas Jefferson, *la mort — et sa menace invisible — était une compagne de tous les instants. Car la paix, pour nous, ne signifiait pas la paix pour eux. Nous ne bénéficions de la paix que grâce à eux. Ils ne jouissaient pas de cette bénédiction. Ils en étaient la cause. Ils étaient ses gardiens et ses serviteurs. Pas plus dans la vie que dans la mort, ils n'étaient des hommes ordinaires, ces hommes qui affrontaient la mer dans leurs navires, qui patrouillaient les mers du globe sous le drapeau de notre grande nation. Des hommes qui exigeaient la paix.* Pax americana *— une paix imposée par la main ferme des Etats-Unis d'Amérique. La paix* parce que nous avons affirmé *qu'elle régnerait,* parce que nous affirmons *que rien ne doit s'opposer à la liberté du commerce dans le monde... et ceci dans des eaux pacifiques.* La paix parce que nous l'exigeons.

Combien de fois, au cours de tensions internationales, avez-vous lu ces mots : « Les Etats-Unis ont mis en garde... » ? Les Etats-Unis ne peuvent lancer des avertissements que grâce à des hommes tels que ceux qui sont morts sur le Thomas Jefferson. *Non, ce n'étaient pas des hommes comme les autres. Ils plaisantaient même à propos de la mort que l'on côtoie dans les batailles : « Tu n'aurais pas dû t'engager si tu n'avais pas le sens de l'humour. » Ces mots-là, nos militaires les répètent depuis des temps immémoriaux.*

Chacun des hommes qui naviguaient sur ce grand bateau de guerre savait qu'au fond de ses cales, il y avait des armes de destruction dont l'efficacité n'était pas uniquement destinée à mettre en pièces n'importe quel ennemi. Elles étaient la barrière derrière laquelle le monde libre tout entier pouvait jouir de la paix. Les hommes du Thomas Jefferson *savaient cela. Et quand ils regardaient décoller de leur pont d'envol les effrayants bombardiers, ils savaient quel feu et quelle fureur nous pouvions déchaîner contre tout agresseur. Ils savaient cela.*

Mais ces hommes s'étaient engagés dans la Marine des Etats-Unis. Et ils savaient aussi une autre chose. Ils savaient que, dans leurs plus dangereuses missions, on pourrait leur demander le sacrifice suprême n'importe quand, en temps de guerre comme en temps de paix. Ils l'ont toujours su. Pour eux, il se passait rarement un jour sans que quelque chose ne leur rappelle que la mort rôde partout. Car le lieu même de leur travail était meurtrier — avec les chasseurs-bombar-

diers volant à Mach 2 rugissant sur la poupe de leur porte-avions, avec les engins téléguidés, avec les gros canons et les bombes de la Navy, avec les sous-marins nucléaires. Ces hommes, les hommes du Thomas Jefferson, *connaissaient les effrayantes responsabilités de leur profession. Et ils connaissaient le grand honneur qui en rejaillissait sur eux — et sur leurs familles — tous les jours de leur vie. Ils sont morts en un instant, tous dans la fleur de l'âge... C'est pour ces hommes-là que nous chantons « Pour ceux en péril sur la mer... » qui est l'hymne des marins.*

Ce qui m'amène, comme beaucoup d'autres occupants de ce bureau avant moi, aux vers écrits par le poète anglais Lawrence Binyon :

Ils ne vieilliront pas, comme nous à qui on a permis de vieillir,
L'âge ne leur pèsera pas, les années ne les marqueront pas,
Et quand viendra le crépuscule, et quand le jour se lèvera,
Nous nous souviendrons d'eux.

J'aimerais demander à chacun d'entre vous de réfléchir, en mémoire de ces hommes, à une idée que chacun d'eux a nourrie dans son cœur jusqu'à la fin. Les Etats-Unis doivent-ils continuer à maintenir la paix sur les océans du monde ? Est-ce que ce danger, l'effrayant danger que tout cela représente, exige trop ? Je sais ce que moi, je répondrais et je crois connaître la réponse qu'auraient faite l'amiral qui commandait le Thomas Jefferson *ainsi que chacun des six mille hommes, jusqu'au plus jeune des officiers responsables des missiles. Est-ce que ça n'en vaut pas la peine ? Les Etats-Unis doivent-ils endosser des obligations et des risques importants afin que notre nation et la plupart des nations du monde puissent vivre sans craindre quelque ennemi que ce soit ?*

Est-ce que cela en vaut la peine ? Est-ce juste ? Devons-nous continuer à le faire ? Chaque fois, dans le futur, chaque fois que quelqu'un posera cette question, le souvenir chéri des hommes du Thomas Jefferson *se dressera devant nous. Et chaque fois, nous devrons nous demander ce qu'ils auraient répondu, quelle aurait été la réponse de ces six mille hommes.*

Chers compatriotes, ces hommes étaient des soldats. Ils étaient les plus grands des Américains. Des patriotes. Des hommes d'honneur. Des hommes de devoir. Ce n'étaient pas des hommes ordinaires. Et ils nous auraient répondu sans hésiter. Est-ce juste ? Oui. Leur réponse aurait toujours été oui.

Ainsi, dans la plus sombre des nuits, ne trahissons pas leur idéal. Ne pensons même pas qu'ils sont morts en vain. Pensons seulement qu'ils sont morts pour nous, au cours d'une de leurs très dangereuses missions — des missions qu'ils aimaient et, par-dessus tout, en lesquelles ils croyaient.

Permettez-moi donc de vous demander très simplement de prier pour eux, pour leurs familles, en cette nuit terrible. Permettez-moi d'assurer à ces familles endeuillées qu'aucune ne sera seule ce soir. Car ce soir nous serons tous unis par la pensée. Comme nous l'avons toujours été. Les prières de ma famille et les miennes, bien sûr, seront avec vous, non seulement maintenant, mais tout au long des jours que je passerai dans ce bureau.

Permettez-moi enfin de souhaiter que la paix soit avec vous tous ce soir et qu'une aube nouvelle ramène un rayon de lumière et d'espoir pour tous ceux qui ont aimé et admiré les Américains qui ont servi sur le Thomas Jefferson.

Sa voix s'était brisée sur les derniers mots, aussi ajouta-t-il d'un ton plus calme :

— Je crois que je serai incapable de répondre à des questions.

Puis il redescendit de l'estrade avec une dignité infinie, laissant les médias du monde entier, et une partie de la nation, stupéfaits.

Quand Dick Stafford atteignit le lutrin pour déclarer l'allocution du Président officiellement terminée, le standard de la Maison-Blanche, qui reçoit environ quarante-huit mille appels par jour, était près de sauter. Comme, du reste, les standards de toutes les stations du réseau de télévision. Des milliers d'Américains ordinaires appelaient, non seulement pour exprimer leur soutien inconditionnel aux militaires des Etats-Unis, mais aussi pour demander où ils pouvaient envoyer leurs dons et leurs couronnes.

Dick Stafford, ancien condisciple et ami du Président depuis Harvard, se hâta de retourner au Bureau ovale. Il parlait avec l'accent du Nebraska car il était originaire de Valentine, sur la Snake River.

— Monsieur le Président, vu les circonstances présentes, je pense que ça s'est raisonnablement bien passé.

La réponse fusa avec l'accent profond du nord-ouest de l'Oklahoma.

— Dick, je vous remercie. J'ai beaucoup apprécié votre aide. J'aurais pourtant bien voulu annoncer quelque chose pour les familles.

— Pas encore. Pas encore. Nous devons d'abord laisser les choses se calmer. Je sais ce que vous souhaitez. Et je pense que vous avez raison. Mais faites-moi confiance. Laissez passer quatre jours puis faites une nouvelle allocution. Laissez l'enquête démarrer. Laissez la Navy reprendre son souffle jusqu'à la fin de la semaine. Alors, nous irons à Camp David pour préparer trois nouvelles initiatives présidentielles distinctes : des pensions spéciales pour les familles, un jour de deuil national et un édit présidentiel qui instaurera, sur tous les navires américains et dans toutes les bases navales, un service et un dîner annuels à bord à la mémoire du *Jefferson*. Les gens parleront de leur participation au « dîner Jefferson » comme la Royal Navy, en Angleterre, a toujours organisé un « dîner Trafalgar » sur tous ses navires et dans toutes ses bases.

— Dites donc, c'est pas mal, ça ! J'espère y être invité. Vous ne croyez pas, pourtant, qu'il soit un peu gênant que Trafalgar représente une immense victoire pour les Anglais alors que l'accident du *Jefferson* est loin d'être un triomphe pour nous ?

— Non, pas du tout. La bravoure, c'est la bravoure. Mourir au service de son pays est glorieux en soi. Et je suis tout à fait sûr que les Américains le comprennent et qu'ils apprécient ce que font nos forces armées. Je crois sincèrement que la presse libérale et tous les Démocrates libéraux se sont trompés en rejetant les militaires pendant des années. Rappelez-vous que le Président Ronald Reagan, dans ce même bureau, a augmenté le budget militaire de près de quarante pour cent et qu'il a été réélu dans l'un des contextes politiques les plus incertains de notre histoire. Nous devons aussi nous souvenir que les grosses dépenses de Reagan pour l'armée ont finalement rayé l'Union soviétique du nombre de nos opposants militaires sérieux — qu'il a abattu le Rideau de fer. Je crois sincèrement que les gens ont suffisamment de bon sens pour comprendre que les forces armées américaines savent toujours ce qu'elles font et qu'il ne faut pas que des trous-du-cul de gauche leur mettent des bâtons dans les roues.

Le Président sourit au discours de son secrétaire à la Communication, courtaud et exalté. La combinaison piquante de l'esprit « professeur d'Harvard » et du vocabulaire incluant des mots tels que « trous-du-cul » lui plaisait beaucoup, comme la transparence de ses idées. Il aimait Dick Stafford et sa transparence cristalline.

— Et maintenant ? demanda le secrétaire.

— Eh bien, je pense qu'il faut laisser l'amiral Dunsmore se remettre un peu puis que vous, Sam Haynes et moi allions ensemble au Pentagone pour discuter un moment. Nous devons connaître toutes les circonstances de la catastrophe. Faites-leur savoir que nous y serons vers minuit, voulez-vous ?

Le général Paul décida que la réunion d'information, prévue pour 22 heures, devrait se tenir dans la salle de conférences privée puissamment gardée et utilisée pour les réunions hebdomadaires des chefs d'état-major avec le ministre de la Défense. Situé au-delà du neuvième corridor du deuxième étage, le sanctuaire des armées américaines était assez grand et assez imposant pour recevoir toute la direction de la Navy. Sans compter qu'il était assez sûr pour que le Président et ses proches conseillers puissent y faire une apparition. Pour l'amiral Dunsmore et le général Paul, cette visite était prévisible.

Autour de la table luisante l'attendraient cinq amiraux quatre étoiles, deux vice-amiraux et un contre-amiral. Il y aurait en plus deux capitaines de corvette, l'un appartenant à l'Agence nationale de sécurité de l'amiral Morgan, l'autre étant Bill Baldridge, du service de renseignements de la Marine. Le général Paul avait demandé à Scott Dunsmore de présider la réunion et, à l'autre extrémité de la table, on avait installé six fauteuils pour le président des états-majors interarmes, le Président des Etats-Unis, le ministre de la Défense et quelques membres du personnel de la Maison-Blanche.

La commission d'enquête était déjà formée quand le Président arriva. Elle serait basée à San Diego le temps que les données préliminaires soient établies et qu'on évalue les dégâts infligés aux autres navires. Le commandant en chef de la flotte du Pacifique en serait le président et il avait demandé au commandant Art Barry de quitter Diego Garcia le plus tôt possible pour venir en Californie. Le commandant Barry avait déjà répondu, par la voie du satellite, demandant l'autorisation d'amener avec lui son officier de quart qui avait assisté à tout ce qu'il y avait à voir, aussi maigre que puisse être cette observation. Il avait immédiatement reçu un feu vert à sa requête.

On présenta rapidement au Président les hommes assis autour de la table. Il prit grand soin de saluer par leur prénom ceux qu'il connaissait déjà.

Lorsqu'on lui présenta le capitaine de corvette Baldridge, il fit le tour de la table et serra la main du jeune expert en armes nucléaires.

— Mon Dieu, Bill, dit-il, je ne saurais vous dire à quel point j'ai été désolé d'apprendre la mort de votre frère. Je suppose que vous savez que nos familles se connaissent depuis des années... Je vous en prie, n'oubliez pas d'exprimer à chacun ma très profonde sympathie.

Baldridge lui aussi tentait de toutes ses forces de contrôler son émotion. Cette réunion était sans aucun doute la plus importante à laquelle il lui avait été donné d'assister. Sans doute même la plus importante à laquelle il assisterait jamais, et il essaya de se concentrer et de ne pas penser qu'il ne verrait plus jamais son frère Jack.

Pour l'heure, il écouta l'amiral Dunsmore résumer les ultimes conclusions auxquelles ils étaient arrivés. Les derniers renseignements provenant du Moyen-Orient ne faisaient que confirmer ce qui était déjà évident. Une très forte quantité de particules radioactives relevées sur les navires, rien sur les sonars au moment des chocs, aucun écho de bateaux qui se cassent ou qui coulent. Seul le bruit assourdissant d'une éruption sous-marine. Tout semblait confirmer que la source de l'explosion provenait de *l'intérieur* du grand porte-avions, quelque part sous la ligne de flottaison, là où étaient stockés les grosses ogives nucléaires et les missiles. Dans une zone de stockage des armes, à environ trente mètres à l'avant de l'hélice de 6,50 mètres, il y avait une section de cinq étages, de la taille d'une grande maison.

— Si l'une des ogives nucléaires a explosé là-dedans, ça a suffi pour faire sauter tout le porte-avions, dit l'amiral Dunsmore. J'ai tendance à croire que l'accident a eu lieu dans cette partie du bateau.

— Mais comment une ogive nucléaire peut-elle exploser comme ça ? demanda soudain le Président. Comment fonctionnent donc ces machins ?

— Je crois que le capitaine de corvette Baldridge est le plus qualifié pour répondre à cette question.

— Eh bien, monsieur, il faut une sorte d'impulsion électrique. En fait, il faut que les ogives soient programmées. Les plus simples ne fonctionnent qu'avec un minuteur muni d'une petite horloge assez sophistiquée. Elles sont étudiées pour ne pas se déclencher lors d'un impact, comme pour une bombe traditionnelle. Par exemple, une ogive nucléaire du type de celles que l'on utilise sur une torpille sera réglée pour exploser à un instant précis, déterminé, pour coïncider avec la vitesse et la durée du meilleur parcours de son guide. Cela pour s'assurer que l'ogive explosera aussi près que possible de sa cible. Honnêtement, monsieur, je n'arrive pas à imaginer comment l'une de ces ogives pourrait exploser sans l'aide très experte d'une main humaine.

— Ceci nous amène-t-il à la possibilité d'un sabotage ? demanda le Président d'une voix sèche.

— A vrai dire, monsieur, répondit Baldridge, estimant que c'était à lui que la question venait d'être posée, j'ai retourné ce problème dans tous les sens. Ces armes sont étroitement gardées. Rien que pour s'en approcher, il faut un laissez-passer signé par Dieu sait combien d'officiels. Après quoi, il faut passer devant les deux *marines* qui gardent l'entrée de la zone de stockage puis être escorté dans la zone à visiter par trois ordonnances dont un officier. Si quelqu'un essaie d'entrer là-dedans illégalement, je suppose que les deux gardes l'abattront comme un coyote. Sans se poser de questions.

— Y a-t-il *une personne* autorisée à entrer là-dedans toute seule ? demanda le Président.

L'amiral Morgan intervint :

— Non, monsieur, sauf l'amiral et le commandant — et je ne crois pas que quiconque dénierait ce droit aux dirigeants du groupe de combat. Mais il aurait été inimaginable, jamais vu, que l'un de ces officiers visite la zone des munitions sans au moins deux, voire trois officiers pour l'accompagner. Ce serait comme si vous essayiez de pénétrer tout seul dans la chaufferie de la Maison-Blanche.

« Une idée bizarre. Et, de toute façon, il faut deux experts pour amorcer une ogive et eux-mêmes devraient posséder des autorisations signées. A moins d'imaginer une conspiration de fous parmi les plus hautes autorités du navire, résolues à se faire sauter en même temps que leurs collègues, je considère toute cette idée de sabotage comme totalement improbable.

— Moi aussi, dit l'amiral Dunsmore, déclenchant un murmure de soutien autour de la table. En vérité, il n'y a aucune preuve de quoi que ce soit, ajouta-t-il. Rien que l'éruption venue des profondeurs et la disparition. Je ne crois pas qu'il y ait lieu de s'attarder sur la théorie d'un sabotage. Mais je pense qu'il faut maintenant considérer la possibilité que le navire ait été la cible d'un ennemi inconnu.

Un lourd silence s'abattit autour de la table, que le capitaine de corvette Baldridge rompit une vingtaine de secondes plus tard :

— Bon, nous savons que le porte-avions a été coulé par une charge nucléaire d'une magnitude produisant tant de chaleur que les atomes du navire sont tout simplement partis en fumée sans laisser la moindre trace. Alors, si vous voulez discuter de cette théorie, il serait sage de chercher d'abord à savoir comment cette ogive a pu arriver.

— Il n'y a que trois solutions possibles, dit l'amiral Dunsmore. Dans un engin téléguidé lâché par un appareil volant. Dans un engin téléguidé rasant, lâché depuis un bateau. Ou dans une torpille lâchée par un sous-marin.

L'amiral Albie Lambert, commandant en chef de la flotte du Pacifique, lui-même ancien commandant d'un groupe de combat, participa à son tour à la discussion, au plus grand soulagement du CNO.

— J'estime impossible qu'un missile ait pu être lancé d'un avion, et tout à fait impensable qu'il soit venu d'un navire de surface ou d'un sous-marin. Pour ce qui concerne la théorie de l'avion, rappelez-vous qu'il y avait au moins cinq navires porteurs d'engins filoguidés qui ne cessaient de balayer le ciel de leurs radars à ce moment-là et que, trois heures et demie auparavant, le Hawkeye rapportait que le ciel et la mer étaient vides à trois cents milles alentour, dans toutes les directions. Et rien ne pouvait lui échapper. Dans l'hypothèse d'un missile arrivant de très loin, les navires n'auraient pas pu le manquer. Ils l'auraient anéanti en trente secondes. D'ailleurs, qui aurait pu le lancer ? Personne n'en a la possibilité dans cette partie du monde.

— Pour ma part, je pense qu'il est encore plus invraisemblable d'envisager un missile de navire à navire, dit l'amiral Dunsmore. Nous savons qu'il n'y avait aucun autre navire de guerre à cent milles autour du groupe de combat. S'il y en avait eu un, Zack Carson et Jack Baldridge lui auraient enjoint de quitter la zone. Et même s'il avait été complètement invisible, ils auraient repéré un missile venant dans leur direction sur cinq écrans différents. Ces types sont capables de repérer une mouette, alors, vous pensez, une ogive nucléaire !

— Bon, dit le Président, alors un sous-marin ?

— Bill ? dit l'amiral Dunsmore en s'adressant au capitaine de corvette qui avait fait toute la première partie de sa carrière en qualité d'officier d'armement sur un sous-marin nucléaire.

— C'est possible mais hautement improbable, à moins d'avoir été entraîné ici ou en Grande-Bretagne, répondit Baldridge. Les torpilles sont connues pour leur stupidité. Elles sont très difficiles à programmer et il n'est pas facile du tout de leur coller une ogive nucléaire. Quand on y arrive, il y a de grandes chances pour qu'on rate la cible. Il faut l'amorcer et avoir une idée aussi précise que possible du moment où elle atteindra la cible, puis régler le minuteur sur le moment exact. Il faut s'approcher très près, aussi près que possible, autour de quatre mille cinq cents mètres, mais pas trop, parce que là vous auriez toutes les chances de vous faire sauter en même temps. A mon avis, il est pratiquement impossible de viser juste, sauf si vous êtes très sérieusement entraîné. Il faut que le sous-marin qui attaque s'approche très près du groupe de combat sans se faire repérer. Je dirais qu'il existe une chance sur un million, mais je suis sûr qu'il y a autour de cette table des officiers bien plus qualifiés que moi pour expliquer combien il est difficile de s'approcher à ce point-là. Je ne m'y risquerais pas moi-même.

— En tant qu'ancien commandant d'escadre, dit l'amiral Albie Lambert, je crois que le porte-avions est pratiquement imprenable. Il est entouré de tout un système de détection, tant de surveillance que de radars. Et pourtant, nous avons eu des exemples d'autres bateaux, au cours d'exercices, qui se sont approchés plus que nous ne l'aurions cru possible. J'ai connu autrefois un amiral de sous-marins de la Royal Navy qui m'a raconté qu'une nuit il avait pu pénétrer les défenses d'un groupe de combat américain. Lui aurait probablement pu couler le porte-avions. En vérité, c'est le même type qui a déboussolé toute une escadre dans la mer d'Arabie en prétendant être un Indien. Il commandait alors un navire de surface. Mais je crois qu'il était le meilleur sous-marinier qu'ait jamais eu la Royal Navy. Il a fini comme amiral du service des sous-marins de Sa Majesté. Ça vous montre que rien n'est impossible.

— Je pense que pour cette réunion, dit le CNO, il convient de réserver notre jugement quant à la possibilité d'une frappe nucléaire contre nous, tant que nous n'aurons pas reçu les rapports de surveillance détaillés des autres navires du groupe. Il nous faudra aussi le rapport sur les dommages subis par les autres bateaux. Nous l'aurons demain matin à la première heure. Je propose que nous nous retrouvions ici à 14 heures, si monsieur le Président est d'accord. Entre-temps, nous continuerons à explorer la théorie la plus probable et de loin la plus satisfaisante, politiquement et professionnellement, à savoir que nous avons affaire à un accident nucléaire majeur, que nos meilleurs scientifiques sont toujours en train d'étudier.

Le Président leva les yeux et fit signe qu'il était d'accord. Dick Stafford se pencha vers lui.

— N'encourageons pas ces types à chercher quelque chose de sinistre là où il n'y a probablement rien, dit-il. S'il y avait une fuite, les médias deviendraient dingues.

Le Président fit un nouveau signe de tête et ajouta :

— Pour l'instant, nous n'avons aucun ennemi sérieux. Je suis content que Scott veuille coller au scénario de l'accident.

L'assemblée se sépara. Des voitures attendaient les hôtes de marque pour les conduire à leurs hôtels. Bill Baldridge jeta un coup d'œil à sa montre avant de se diriger vers le garage et de s'engouffrer dans l'interminable couloir en compagnie de Dick Stafford et de Sam Haynes. Le Président suivit le jeune scientifique du Kansas et essaya encore une fois d'exprimer sa sympathie.

— A vrai dire, Bill, parmi tous les accidents que j'ai vus se produire, je crois que celui-ci est le pire que nous ayons jamais connu et que nous connaîtrons jamais.

— A ce propos, monsieur le Président, permettez-moi de vous dire que je considère cette théorie de l'accident comme une connerie totale et manifeste.

— Qu'est-ce que vous dites ? s'écria le Président, surpris.

— Ce navire a été frappé par un gros missile avec une ogive nucléaire, affirma Bill. Les armes nucléaires n'explosent pas toutes seules, par accident. Ce n'est pas seulement invraisemblable, monsieur, c'est *impossible*. Quelqu'un, je ne sais comment, a bombardé ce navire, monsieur le Président. Cela ne fait aucun doute pour moi.

Chapitre IV

Mardi 9 juillet, 2 h 10.

Confirmant la mort des six mille hommes à bord, un porte-parole de la Navy au Pentagone a admis, tard la nuit dernière, qu'il n'y avait pas encore de théorie solide concernant l'origine de l'explosion du porte-avions géant.

New York Times

Dick Stafford aperçut le Président en conversation avec le capitaine de corvette Bill Baldridge. Les deux hommes marchaient vite et Stafford ne pouvait entendre ce qu'ils disaient. Il les vit s'arrêter un moment — ce qui entraîna l'arrêt de ceux qui suivaient eux aussi le corridor du second étage, par ailleurs désert. Puis le Président se retourna et dit :

— Dick, je voudrais poursuivre cette conversation avec le capitaine Baldridge. Il rentrera avec moi dans ma voiture. Sam et vous viendrez avec nous. Faites conduire la voiture de Bill à la Maison-Blanche, voulez-vous ?

Baldridge lança les clés que Stafford attrapa gauchement.

— Bon arrêt des Huskers de l'université du Nebraska, 1961 ! dit-il.

Cinq minutes plus tard, mené par la limousine des

services secrets, le cortège des trois voitures présidentielles, traversant la nuit, franchit le Potomac. Le Président insista :

— Bien, Bill, comment pouvez-vous être tellement sûr que l'explosion nucléaire n'a *pas* été accidentelle ?

— Je n'en suis pas *tellement sûr,* monsieur le Président, j'en suis sûr à cent pour cent. Pour mettre en route le processus d'explosion, il faut que quelqu'un prenne la peine d'amorcer ces armes et d'actionner une impulsion électrique... C'est une opération très délicate, qui déclenche une réaction en chaîne comprenant des atomes, des neutrons et des électrons. Ces armes sont spécifiquement étudiées pour *éviter* que le processus se déclenche par accident. Une fois, l'une de ces armes est tombée dans l'océan alors qu'un avion s'était crashé. Elle y est toujours et *elle n'a jamais explosé*. On pourrait lancer une petite bombe dans la salle de stockage des armes sans qu'il se passe rien. Toute la zone des munitions d'un navire est, je le répète, spécifiquement étudiée pour résister à de sérieux dommages sans risque d'explosion mortelle. Si on lançait une torpille munie d'une ogive nucléaire et si le système de détonation tombait en panne, pour quelque raison que ce soit, elle n'exploserait pas et continuerait à avancer jusqu'à ce qu'elle n'ait plus d'énergie. Ensuite, elle tomberait au fond de l'eau et pourrait y rester sans danger, indéfiniment. Une fois, on a même récupéré une bombe nucléaire que l'Air Force avait laissée tomber par erreur dans la mer. Quand ces bébés explosent, c'est uniquement parce que quelqu'un les a réglés pour exploser. C'est pourquoi on n'a jamais, jamais entendu parler de bombes nucléaires qui explosent par erreur. Elles n'explosent que quand on leur *dit* d'exploser.

— Seigneur ! s'exclama le Président. Et vous excluez le sabotage ?

— Bien entendu, monsieur. D'une part, on ne peut pas entrer dans la zone de stockage. Si on y entrait, soyez sûr que ce ne serait pas tout seul. Il faut deux hommes et un équipement particulièrement performant pour amorcer une tête nucléaire. Cela ne pourrait pas arriver, sauf si tous les membres de la hiérarchie du navire étaient subitement devenus fous et avaient pris ensemble, consciemment, la décision de tuer tout le monde à bord. Et même si cela était arrivé, mon frère Jack l'aurait arrêté... je sais qu'il l'aurait fait.

Pour la première fois, la maîtrise de soi du capitaine de corvette parut craquer. Le Président lui tapota l'épaule.

— Je n'en doute pas, Bill. C'était un grand bonhomme et je ne saurais vous dire à quel point je suis désolé.

Baldridge fut heureux qu'il fasse nuit car les larmes qui coulaient silencieusement sur ses joues étaient aussi troublantes pour lui que pour le Président.

Ils roulèrent quelques minutes en silence puis le Président dit d'une voix douce :

— Bill, s'il existait une ogive nucléaire assez puissante pour détruire un porte-avions, est-ce qu'elle pourrait entrer dans une torpille ?

— Oh ! sans problème, monsieur ! Vous rappelez-vous ce morceau de Semtex qui a fait sauter la Baltic Bank plus une ou deux rues, à Londres, il y a quelques années ?

— Oui. Des terroristes de l'IRA, je crois ?

— C'est ça. Eh bien, je pense que cette petite quantité de Semtex équivalait à 90 tonnes d'explosifs. Une ogive nucléaire dans une torpille de 21 pouces, de la taille de celle qui a coulé le *Belgrano* — un vieux deux étoiles Mark 8 —, aurait une puissance équivalente à *soixante mille tonnes* d'explosifs, assez pour anéantir New York.

— Seigneur Dieu !

Les voitures virèrent au 1600 Pensylvania Avenue. Il était un peu plus de 2 h 30 du matin. Le Président demanda à Dick d'organiser un petit déjeuner pour 8 heures, à la Maison-Blanche.

— C'est une réunion politique. Je veux vous y voir,

ainsi que Sam, le ministre de la Défense, le secrétaire d'Etat, l'amiral Morgan et personne d'autre de la Navy... sauf Bill, qui nous aidera sur le plan technologique. Et puis, trouvez-nous un ou deux gus de la CIA qui aient quelques bonnes notions sur le Moyen-Orient.

Le Président entra et alla se coucher, au troisième étage. Bill retrouva avec reconnaissance sa fidèle Mustang et reprit Pennsylvania Avenue. Il roula jusqu'à Washington Circle et tourna à gauche pour emprunter le raccourci allant au Watergate. C'est alors qu'il se sentit obligé de ralentir, sans vraiment y penser. Il n'avait pas souvent, au cours de sa vie, résisté à une petite aventure sexuelle, surtout quand il s'agissait des mains expertes d'une ravissante tentatrice comme Mme Aimée Chapman. Et ce soir il ne résisterait pas. Il ne voulait pas être seul. Il espéra qu'elle comprendrait. A propos de Jack et de l'immense vide que laissait dans sa vie la perte de son frère.

La femme du sénateur se révéla un modèle de compréhension. Elle l'emmena dans le bureau de son mari et le laissa seul pendant qu'il appelait Margaret, la veuve de Jack, à San Diego. Personne ne dormait dans la famille Baldridge. Pas cette nuit. Bill resta près d'une demi-heure au téléphone et Aimée ne put que deviner la peine de sa correspondante, à l'autre bout du fil. Elle entendit Bill élever la voix une fois et saisit ses paroles assourdies : « Tu devrais y aller... dès que possible... San Diego doit ressembler à une ville fantôme... je t'en prie, appelle maman... elle s'occupera de tout... tu dois emmener les filles dans le Kansas... »

Aimée vit la petite lampe témoin du téléphone se rallumer quand Bill appela sa mère. Lorsqu'il revint dans la pièce, elle remarqua que son visage était baigné de larmes. Elle lui servit un verre et, cette nuit-là, elle ne voulut pas obliger son jeune amant à autre chose qu'à un chaste baiser pour lui souhaiter une bonne nuit. Elle le tint entre ses bras jusqu'à ce qu'il s'endorme, comme elle l'avait fait quelques années auparavant quand il avait perdu son père. Aimée était la petite amie de Bill depuis qu'elle avait dix-sept ans, quand il était venu pour la première fois à Annapolis, puis sa maîtresse au fil des années, depuis qu'il avait failli épouser la fille de l'amiral Dunsmore. Elle l'était restée après qu'elle eut épousé le très riche mais assez indifférent politicien qui devint bientôt sénateur, mais pas grand-chose d'autre.

Jack Baldridge avait toujours pensé que Bill épouserait Aimée. Très belle, petite et brune comme sa mère française, elle adorait ce grand jeune homme mince du Middle West. Elle l'avait rencontré lors d'une soirée de l'Académie navale. Comme beaucoup d'autres jeunes étudiantes de Washington, elle le trouvait irrésistible, intelligent et réfléchi, ce qui s'harmonisait bien avec un corps de jeune athlète, affûté par les longues vacances d'été de sa jeunesse passées à manier un marteau-piqueur et à réparer les piquets des barrières autour du ranch.

En tant que cadet de la Marine, cette endurance lui avait été utile. Il courait plus vite que n'importe qui, s'entraînait plus vite, pensait plus vite que le reste de sa classe. Il aurait probablement pu jouer *wide receiver* s'il avait été plus assidu au football.

Mais le football ne l'avait jamais vraiment passionné. Il était toujours trop original, trop porté à hausser les épaules et à laisser tomber, à refuser la compétition, comme si rester un outsider était le but de sa vie. Cela l'avait empêché de gravir beaucoup d'échelons dans la Marine. Et cela l'empêchait aussi de prendre un engagement durable avec les filles, quelles qu'elles soient. De sorte qu'il était toujours célibataire, risquant Dieu sait quoi en restant dormir au Watergate, dans l'appartement de l'épouse d'un sénateur des Etats-Unis, quelques heures avant d'aller prendre son petit déjeuner non loin de là avec le quarante-troisième président des Etats-Unis.

Bill Baldridge était néanmoins un jeune officier assez remarquable. Son milieu d'origine le mettait sur le même pied que certains des plus grands noms du pays. Ses connaissances professionnelles de la Marine et ses réussites universitaires le distinguaient de ses pairs. Et ses qualités propres lui permettaient très souvent de relier ces deux avantages et de démolir un poids lourd bien au-dessus de sa catégorie.

En fin de compte, Bill Baldridge était une sorte de renégat. Il ressemblait à Robert Mitchum en plus jeune et en plus mince, avec ces yeux bleus perçants qui sont souvent l'apanage des marins et des hommes des grandes plaines. Mais il était difficile de lui coller une étiquette.

En uniforme, il était l'image même de l'officier de marine décontracté d'un mètre quatre-vingt-huit. Mais, de retour au Kansas, on l'aurait pris pour un cow-boy du cru qui n'aurait jamais quitté les Plaines.

Les journaux du matin ne parlaient que du porte-avions disparu. Le *Washington Post* avait bordé sa une d'un grand rectangle noir et étalé son titre sur cinq colonnes : UN PORTE-AVIONS AMÉRICAIN PERDU DANS UNE EXPLOSION NUCLÉAIRE — 6 000 MORTS — LA MARINE EST PERPLEXE.

Bill jeta un coup d'œil au compte rendu, redressa sa cravate et se hâta vers sa Mustang. Jetant sa mallette sur le siège arrière, il retourna à la Maison-Blanche.

Les deux officiers qui commandaient le porte-avions disparu Thomas Jefferson *étaient originaires du sud-ouest du Kansas. L'amiral Zack Carson, commandant du groupe de combat, était né et avait grandi dans une famille de fermiers, près de la ville de Tribune, dans le comté de Greely. Son officier en second, le capitaine de vaisseau Jack Baldridge, venait de Burdett, sur la Route 96, au sud-ouest de Great Bend. M. Jethro Carson, quatre-vingts ans, père de l'amiral, aurait subi une attaque en apprenant la nouvelle et serait actuellement sous calmants.*

Garden City Telegram

On avait préparé un petit déjeuner pour dix personnes dans la salle de conférences de l'aile ouest de la Maison-Blanche. Le Président ayant dit qu'il ne souhaitait pas que l'on prît des notes, il ne devait se tenir qu'une conversation privée entre gens de confiance.

Il s'assit à la tête de la table, entre le ministre de la Défense, Robert McPherson, et le ministre des Affaires étrangères, Harcourt Travis. Dick Stafford, Sam Haynes et l'amiral Morgan prirent place sur la gauche de la table. A droite, s'installèrent l'amiral Schnider, le chef des services de renseignements de la Marine, les deux experts de la CIA pour le Moyen-Orient et Bill Baldridge, qui arriva juste avant Sam Haynes.

Le supérieur direct de Bill, Schnider, sembla un peu surpris de le trouver là, surtout lorsque le Président l'accueillit d'un sympathique : « Salut, Bill, avez-vous bien dormi ? Je suis content de vous voir. »

Quand les deux serveurs eurent quitté la pièce, le Président prit immédiatement la parole.

— Messieurs, dit-il, cette réunion n'a rien d'officiel. Et je veux mettre cartes sur table avant même que nous n'envisagions de parler au président des états-majors interarmes. Vous voyez, je crois qu'il est possible que le *Thomas Jefferson* ait été en réalité frappé par une torpille ennemie armée d'une tête nucléaire.

Il fit une pause pour laisser ses paroles faire leur chemin.

— Avec Bill Baldridge ici présent, poursuivit-il, nous avons l'un des meilleurs spécialistes de physique nucléaire de ce pays — un officier de marine possédant un diplôme du MIT[1]. Bill m'a affirmé qu'il était *impossible* qu'une ogive nucléaire explose par accident, surtout lorsqu'elle est stockée, au repos, dans la zone où sont entreposées les munitions d'un porte-avions. Alors, quelle hypothèse reste-t-il ? Il n'y a que

1. Massachusetts Institute of Technology, la plus célèbre université scientifique des Etats-Unis.

celle d'une attaque contre nous et le but de cette discussion est que vous me disiez de qui, comment et pourquoi.

— Eh bien, dit McPherson, peu d'Etats, dans cette zone, en auraient la capacité. Notre bureau de renseignements affirme qu'aucun groupe terroriste ne pourrait exécuter une telle attaque sans l'aide d'un Etat doté de l'arme atomique.

— Bob, je préférerais qu'on procède par élimination. Commencez par nous dire qui le pourrait sans pour cela souhaiter le faire.

— Eliminez les Anglais. Eliminez la France. Oubliez le Pakistan. Oubliez Israël. Tous ont l'arme nucléaire mais ne l'utiliseraient pas et ne la fourniraient à personne d'autre. Oubliez l'Inde aussi. Leurs armes sont assez peu sophistiquées et la protection n'est pas leur principale préoccupation. Cela nous laisse les Russes, source possible d'armes nucléaires, et les Chinois, que nous éliminerons pour diverses raisons. Evidemment, nous n'avons aucune certitude quant au dispositif de sécurité qui entoure ces armes en Russie et en Ukraine. Mais si une arme a détruit le porte-avions, elle devait être compatible avec le système qui l'a lancée. Cela signifierait que les Russes aient fourni et l'arme et le système de lancement.

— Que pensez-vous de petits bonshommes avec des sous-marins — l'Algérie, la Roumanie, la Pologne ? suggéra l'amiral Morgan. Sans parler de l'Iran.

— Oui, qu'en dites-vous ? dit Dick Stafford. Je pense qu'on peut les considérer comme des ennemis potentiels des Etats-Unis.

— Cherchons d'abord qui, ensuite nous passerons à comment et pourquoi, interrompit le Président.

— Monsieur, dit Harcourt Travis, ancien professeur de Harvard grand et gris de poil, le *Jefferson* était en opération dans la mer d'Arabie et, de là, allait probablement entrer dans le Golfe, au moins une fois. Il nous faut chercher quelles nations souhaiteraient voir les

Américains hors du Golfe, quelle qu'en soit la raison. Je suggère l'Iran, qui veut dominer cette zone, et l'Irak, pour des raisons plus évidentes : un régime dément et une animosité connue contre les Etats-Unis. Je ne peux penser à aucun autre Etat qui nous détesterait suffisamment pour se livrer à cet acte proche du génocide qu'a été la destruction de notre porte-avions.

L'amiral Morgan l'interrompit :

— Je crois comprendre que vous pensez tous que ceci doit avoir été accompli par un sous-marin plutôt que par un navire de surface.

— Je pense en effet que c'est l'opinion actuelle de la Marine, répondit le Président en songeant aux discussions de la nuit précédente. Ils estiment que le groupe de combat aurait facilement arrêté, ou tout au moins signalé, un missile lancé d'un avion ou d'un navire de surface. Nous le saurions.

— Je suis sûr que c'est exact, dit l'amiral Morgan. Je dois vous dire, monsieur, que j'ai moi-même vérifié ce matin. Aucun navire étranger ne s'est approché du porte-avions ni n'a été vu sur *aucun* écran radar. Nous avons ces rapports-là chez nous. Le commandant Barry est en ce moment dans un avion en provenance de San Diego. Il devrait arriver à Washington demain après-midi.

— D'accord. Quelque chose sur la théorie d'un sous-marin ?

— Monsieur, si je peux parler en tant qu'ancien officier chargé des armes sur un boomer, dit Baldridge, je dirais qu'une ogive nucléaire doit être lancée dans une torpille plutôt que par un missile air-sol. Qu'elle a dû être tirée d'environ cinq mille mètres. Comme je crois l'avoir expliqué hier soir, si l'on s'approche davantage du lieu de l'explosion, on risque de sauter avec. Il est également impossible à un gros sous-marin nucléaire de s'approcher du centre de l'escadre sans être repéré. Nous avons essayé. A grande vitesse, on les repère lorsqu'ils sont passifs en profondeur. S'ils naviguent lentement, nos sonars repèrent toutes les grosses quilles. C'est tout. Dans de bonnes conditions météo, le groupe de combat les repère à environ trente milles sans problème. Ce n'était pas un accident. C'était un navire diesel de haute mer, très silencieux.

— Qui en possède ? demanda le Président.

— Des dizaines de pays, répondit Baldridge. Les Anglais, les Français, les Russes, les Chinois. Et Dieu sait qui encore. Mais je suis sûr que l'amiral Morgan connaît l'emplacement de chacun de ces bateaux en ce moment même.

L'amiral leva les yeux sans sourire.

— C'est vrai qu'on les suit à la trace, dit-il. Et en ce qui concerne la faisabilité, le seul pays qui aurait pu essayer de lancer un truc de ce genre — et réussir —, c'est l'Iran. D'abord, ils veulent que nous quittions le Golfe et leur gouvernement est plein de fondamentalistes islamiques. De plus, ils possèdent effectivement trois sous-marins fabriqués en Russie, de la classe Kilo, tous stationnés dans leur base navale de Bandar Abbas, à seulement quatre cents milles de l'endroit où patrouillait le *Thomas Jefferson*. Les Iraniens font l'impossible pour acheter et organiser une flotte sous-marine depuis plusieurs années déjà. Ils ont acheté deux Kilos d'occasion à la flotte russe de la mer Noire puis ont mis la main sur un troisième, beaucoup plus moderne, en 1996. Nous les avons repérés tous les trois par satellite, il y a cinq jours, à Bandar Abbas. Les dernières images sont actuellement au Pentagone. J'ai vérifié. Personne n'en a vu un bouger. Alors, je suppose que les photos les plus récentes les montreront tous les trois à la même place.

— Et si ce n'est pas le cas ? S'il en manque un ? demanda le Président.

— Alors, nous aurons un suspect, répondit l'amiral. Ils ont le motif. Et le sous-marin.

— Et l'Irak ? dit le Président. Peuvent-ils posséder un de ces Kilos ?

— En théorie, oui, je pense. Mais ils ont un sérieux problème de port. Aucune infrastructure pour entretenir des sous-marins. S'ils en avaient, nous les aurions vus. Il n'y a rien. En supposant qu'ils aient réussi à en acheter ou à en louer un à la flotte russe de la mer Noire, ils auraient dû le sortir du Bosphore, sous le regard de nos satellites et sous les yeux des Turcs. Ensuite, il aurait fallu lui faire traverser la Méditerranée, tromper notre surveillance à Gibraltar puis continuer cinq mille milles au sud pour faire le tour de l'Afrique, trouver un moyen de se ravitailler en carburant, ensuite, cap sur l'océan Indien et remonter au nord jusqu'à la mer d'Arabie, traverser les défenses de notre groupe de combat et faire sauter le porte-avions avec une torpille chargée d'une tête nucléaire. Ensuite de quoi, messieurs, ils n'auraient pas trouvé de port puisqu'ils n'en ont pas chez eux. Il leur aurait fallu se débarrasser du sous-marin. Auquel cas nous — ou quelqu'un d'autre — trouverons quelque chose ou, au moins, quelqu'un.

L'auditoire était fasciné. Enfin, le ministre de la Défense, McPherson, reprit la parole.

— Arnold, est-ce que ça signifie que vous rayez l'Irak des attaquants possibles ?

— Pas tout à fait. Je suppose qu'ils *auraient pu* — mais tout juste — passer outre à tout ce que je viens de décrire, cela dit j'en doute fort. Les sous-marins sont des machines très complexes. Pour une opération de cette envergure, il faut un véritable expert. Je ne vois pas un Irakien capable de mener à bien ce genre de chose. Voyez-vous, nous ne parlons pas là d'experts relativement doués. Nous parlons d'un vrai petit génie. J'espère que nous serions capables de trouver chez nous un ou deux commandants de cet acabit. Les Anglais doivent en avoir, eux aussi, un ou deux. En dehors de ça, personne ne fait le poids. L'Irak ? Non, oubliez ça.

— Vu sous cet angle, je suppose que vous avez raison, dit le Président. Il faudrait un hasard extraordinaire. Quelles sont les probabilités pour que ce soit l'Iran ?

— Eh bien, dit l'amiral Morgan, je dirais que si leurs trois sous-marins connus sont sagement au port quand nous aurons les dernières photos du satellite, cela voudra dire qu'ils sont probablement en dehors du coup. Parce qu'ils auraient dû parcourir le même trajet que j'ai décrit pour les Irakiens — et parce que je ne peux pas imaginer un capitaine iranien dans la salle de contrôle d'un sous-marin pour une mission comme celle-là.

— Très bien, dit le Président en avalant une bouchée d'œufs brouillés. Alors, qu'est-il arrivé au *Thomas Jefferson* ?

La ville de San Diego était en état de choc, hier soir, en apprenant la nouvelle de la perte du porte-avions. La base navale a été abasourdie — plus de trois mille familles ont soudain perdu un père, un fils, un mari. Pour presque tous, cette nuit ne finira jamais. Le pire désastre en temps de paix qu'ait connu la Marine a fait payer à cette ville un tribut dont elle ne se remettra peut-être jamais. Rien qu'à San Diego, on compte quatre fois plus de familles endeuillées qu'à San Francisco le jour du tremblement de terre de 1906.

San Diego Chronicle

— Cela n'a pu être qu'un accident ! Il n'y a pas d'autre explication, dit Harcourt Travis.

— D'accord... pas d'autre explication... ça a dû être un accident... rien d'autre ne tient.

Les hommes réunis autour de la table penchaient pour cette conclusion, une conclusion politiquement raisonnable. Il n'y eut qu'une seule opinion différente. Celle du plus jeune officier présent.

— Ce n'était pas un accident, dit Bill Baldridge d'une voix posée.

Le Président leva les yeux. Mais ce fut McPherson qui parla :

— Bill, j'apprécie votre inquiétude et tout le monde ici apprécie votre avis et vos connaissances techniques. Mais vous devez comprendre que nous ne pouvons pas nous permettre de lancer de pareilles accusations contre un autre Etat sans l'ombre d'une preuve. Nous n'avons même pas un scénario plausible qui pourrait correspondre à l'agression d'un ennemi potentiel. Nous aurions l'air absolument ridicules.

— C'est vrai, admit Baldridge. Mais nous le serions encore plus si ces salauds nous frappaient encore.

Le Président des Etats-Unis, parfaitement immobile dans son fauteuil, regarda fixement le capitaine de corvette Baldridge. Puis il détourna les yeux et dit :

— J'ai bien entendu. Mais le bon sens politique m'oblige à ignorer la théorie non accidentelle.

— Et rappelez-vous, messieurs, dit McPherson doucement, ceci est une discussion politique. Nous essayons de décider de ce que nous allons *dire,* pas de ce que nous allons faire. Chacune de nos paroles aura d'énormes répercussions, ici comme dans le monde entier. Nous ne devons parler qu'avec la plus grande prudence. Nous devons protéger le Président, le gouvernement, la Marine et le moral de la nation. Sans parler de la défense du pays — un mot de notre part laissant entendre que nous avons été vulnérables à une attaque, à n'importe quelle attaque, pourrait... euh... disons, encourager certaines personnes.

— Je n'ai pas à discuter de tout cela, monsieur, remarqua le capitaine de corvette. Mais je suis ici en tant que scientifique et mon travail consiste à mettre ensemble plusieurs faits connus pour en tirer une conclusion. Je n'ai pas à m'occuper de ce que l'on *dit*. Les questions que, je le suppose, vous souhaitez me voir étudier sont « quelqu'un a-t-il fait sauter notre porte-avions ? Et si c'est le cas, qui ? Et *comment ?* » Ensuite, je suppose que nous devrons savoir si cela peut se reproduire. Si c'est ce que vous voulez, messieurs, je serai tout à fait satisfait de travailler dans le silence le plus absolu et de rester dans l'ombre. Si quelqu'un nous frappe, nous *devons* le découvrir, même si nous ne devons jamais admettre que nous enquêtons.

— Je pense que cette analyse est juste, dit l'amiral Morgan. Nous allons opérer dans deux sphères bien séparées. En mon âme et conscience, je sais que Bill a raison. Nous *devons* savoir s'il se passe quelque chose, et je vais mettre mes services en branle pour chapeauter cette enquête, peut-être pour la coordonner, pour répondre à Scott Dunsmore. Je voudrais travailler en étroite collaboration avec l'amiral Schnider et je voudrais que Bill Baldridge travaille avec nous. Il est assez jeune pour que ça ne fasse pas de vagues et assez intelligent pour ne pas se laisser tromper. Il est aussi assez arrogant pour nous emmerder tous, ce qui n'est pas plus mal, étant donné que nous n'avons pas vraiment envie d'apprendre ce qu'il découvrira. De cette façon, les officiels, le Président, Dick, Sam, Bob et l'équipe du ministère de la Défense pourront consacrer leur temps à l'enquête officielle, tenir le public au courant et distiller intelligemment les informations — j'hésite à dire à les manipuler, parce que ce n'est pas mon affaire. Mais je mesure l'importance de la manière dont cette catastrophe sera présentée au monde. Pendant ce temps, nous pourrons tranquillement remuer la boue sans rien dire à personne. Ainsi, avec un peu de chance, nous pourrons peut-être découvrir ce que ces salopards d'étrangers sont en train de fabriquer.

Dick Stafford prit à son tour la parole.

— Je ne saurais trop souligner qu'il vaut mieux pour nous accepter les railleries des médias avec la thèse de l'accident plutôt qu'admettre que nous avons été attaqués. Ce serait cent fois pire parce que, alors, ces mêmes médias nous tomberaient dessus à bras raccourcis. Un accident nous garantit une sympathie générale muette parce que nous sommes tous humains, en quelque sorte. Mais la presse et la télévision déchaîneraient la fureur publique si l'on parlait d'incompétence aveugle. Ils s'en prendraient au Président, au moindre sénateur républicain, aux membres des comités des services armés, sans oublier la Marine et le Pentagone. Je ne peux que vous recommander de ne jamais laisser filtrer la possibilité qu'un porte-avions de la Marine américaine ait été frappé par un missile. Si vous voulez donner à quelqu'un une bonne leçon, allez-y, faites-le avec ma bénédiction, mais, je vous en prie... si vous le faites, n'admettez jamais pourquoi vous l'avez fait.

— Que voulez-vous dire par *si vous le faites* ? demanda le Président.

— Ne dites rien, dit Stafford. Occupez-vous des intérêts de ce pays comme vous pensez tous pouvoir le faire... Vous voulez flanquer la trouille à quelqu'un ? Très bien. Vous voulez que quelqu'un dérouille ? Très bien. Mais rappelez-vous que les journalistes n'hésiteraient pas à pousser le gouvernement à démanteler la Marine, même si cela s'avérait complètement dingue. Ils pendraient quiconque est au pouvoir si on leur en donnait la moindre occasion.

Au cours de la terrible catastrophe qui a eu lieu hier sur le porte-avions Thomas Jefferson*, la ville de Hamlin a perdu l'un de ses meilleurs enfants. Le lieutenant* de vaisseau *Billy-Ray Howell, un pilote de chasse de la Marine, âgé de vingt-huit ans, fut l'une des six mille victimes. Il pilotait un Tomcat F-14 et décollait du pont du porte-avions depuis le début de sa mission de patrouille. Les parents du lieutenant de vaisseau Howell, M. et Mme Bobby Howell, propriétaires du Village Store, à la sortie de Main Street, étaient trop bouleversés hier soir pour répondre à nos questions. Ils attendaient l'arrivée de leur belle-fille, Mme Susie Howell, venant de la base navale du Maryland.*

Huntington Herald Dispatch

— On peut dire une chose de l'administration des Républicains, dit le Président : La Maison-Blanche est peuplée de types très sages et très érudits. Je pense que nous avons pris la bonne décision, mais il y a un danger que je tiens à vous signaler. Et je veux que vous gardiez cela en tête pour tout ce que vous ferez au cours des prochaines semaines. Je ne veux pas qu'on déconne à propos de la Navy... Je ne veux pas que ces imbéciles puissent dire à la nation qu'il faudrait bannir les armes nucléaires. La seule liberté qu'il reste, sur cette foutue planète, dépend de l'énorme puissance qui est transportée par les groupes de combat américains. Même les Russes, à l'époque de leur puissance, avaient peur de nous. Et je ne veux pas que nous soyons affaiblis par un tas de crétins gâteux. Gardez ça en tête, voulez-vous ?

Autour de la table s'éleva un murmure approbateur. Le Président se prépara à lever la séance.

— Je suis d'accord avec la proposition de l'amiral Morgan de diligenter une enquête dans la plus grande discrétion, en réponse à Scott Dunsmore. Et je serais reconnaissant à l'amiral Schnider de son soutien aussi longtemps que cela sera nécessaire. Le capitaine Baldridge secondera cette action en tant qu'homme de terrain. Veuillez prévenir le général Paul de mon intention d'assister à la réunion militaire du Pentagone, en fin d'après-midi, pendant environ une heure. Je ferai probablement une nouvelle allocution demain soir. Merci, messieurs, tenez bon.

Il était 10 heures du matin quand le petit déjeuner s'acheva. L'amiral Morgan proposa à Baldridge et aux deux hommes de la CIA de l'accompagner au Pentagone pour discuter avant le début de la réunion de l'après-midi. Les quatre hommes s'engouffrèrent dans la grande voiture de la Marine qui attendait devant la porte de la Maison-Blanche. L'amiral Morgan pria le chauffeur de se diriger vers le chantier naval de la Marine à Washington.

La course ne dura que quelques minutes, après quoi l'amiral dit au chauffeur d'aller tout droit jusqu'au musée de la Marine, où le public pouvait regarder, à travers les périscopes, l'horizon autour de la capitale.

Déjà, les hommes de la CIA, Jeff Zepeda, né à Brooklyn et spécialiste de l'Iran, et le major Ted Lynch, l'un des meilleurs experts financiers pour le Moyen-Orient, commençaient à se demander quel mystère cachait cette longue promenade.

Mais le suspense ne dura pas. L'amiral Morgan appela l'un des gardes qui les escorta jusqu'à l'un des gros périscopes de la zone entourée de forts cordages de velours rouge.

— Avez-vous jamais regardé dans un périscope, messieurs ? demanda-t-il d'un ton enjoué.

— Pas moi, dit Jeff.

— Ni moi, ajouta Ted.

— Bon. Je vais faire régler ce machin puis je vais le passer à Jeff. Et je vous expliquerai ce que vous voyez.

Il régla lui-même le périscope avec la facilité d'un homme qui en sait long sur le sujet.

— Très bien. Maintenant, jetez un coup d'œil.

Jeff Zepeda s'avança, saisit les poignées et se pencha pour regarder les toits de Washington.

— Vous voyez le bâtiment du Capitole ?

— Oui, je l'ai. Mince ! Il a l'air énorme dans cet engin, bien que très loin.

— Maintenant, je vais vous demander d'imaginer quelque chose... Je voudrais que vous imaginiez que cet énorme bâtiment est le porte-avions *Thomas Jefferson,* d'accord ? Maintenant, imaginez que vous êtes sur le point de lâcher un missile nucléaire en plein dedans et d'anéantir tous les gens qui y travaillent. Des milliers de gens...

Les quatre hommes étaient absolument silencieux.

— Je veux que vous compreniez que vous êtes sur le point d'ôter la vie à des milliers de personnes tout à fait respectables — de parfaits étrangers pour vous... qui ont des épouses, des enfants, des mères, des pères —, des jeunes gens au faîte de leur carrière. L'image que vous avez sous les yeux en ce moment est celle qu'il avait lorsqu'il a donné l'ordre final. « Relèvement un-trois-cinq — portée sept kilomètres. Maintenant... FEU ! » Comprenez-vous quel *salaud* vous devez être pour tirer un truc pareil ? Jeff, si j'ai raison et si Bill a raison, nous sommes à la recherche de l'un des plus impitoyables assassins de l'histoire de l'humanité. Et je crains qu'il ne soit aussi diablement malin. Quoi qu'ils en disent à la Maison-Blanche et au Pentagone, *nous devons le trouver* parce que, comme Bill, je crois vraiment que cet enfoiré pourrait recommencer.

Quand Jeff Zepeda lâcha le périscope, il était très secoué. Il avait servi à l'ambassade de Téhéran jusqu'à ce qu'elle tombe aux mains des Gardiens de la Révolution, en 1979... Il s'en était échappé, déguisé en Arabe, et avait fait le voyage Téhéran-Damas et retour par le train pendant trois ans. Jeff Zepeda avait tout épié, caché dans des embrasures de portes, dans des maisons sûres, tandis que les milliers de fanatiques des ayatollahs brandissaient leurs bannières qui proclamaient : « Ni l'Est ni l'Ouest mais la République islamique. »

Il connaissait tout des soulèvements à très grande échelle car il avait lutté des mois, prenant des contacts avec les hezbollahs, essayant de se faire un ami d'un des mollahs, cherchant à libérer les otages. Parfois, au cours de sa longue carrière d'agent de la CIA, sous de fausses identités, il avait entendu des mots qui l'avaient glacé jusqu'aux os, des mots comme ceux de l'amiral Morgan.

Il se contenta de hocher la tête, mais ce geste fut celui d'un professionnel comprenant parfaitement ce qui était en jeu.

L'amiral régla à nouveau le périscope et se tourna vers Ted, sans plus de menace dans la voix.

— Allez-y, Ted, regardez dans ce périscope. Devant

nous, c'est le haut du Washington Memorial... Imaginez qu'il s'agit du grand mât-antenne qui surplombe le pont du *Thomas Jefferson*. Juste en dessous, il y a l'un des plus grands hommes de la Navy, l'amiral Zack Carson. A côté de lui se tient le copain du Président, le commandant Jack Baldridge, le frère de Bill. Tous les deux ont pour tâche de maintenir la paix dans ces mers oubliées de Dieu, autour du Golfe. Mais ils n'ont plus que quelques secondes à vivre parce que vous allez lancer votre ordre. Vous allez réduire tout le monde en fumée. Regardez encore un moment, Ted. Essayez d'imaginer la pure cruauté de ce fils de pute dans son sous-marin. Il est là-bas, quelque part, Ted. Et, même si ce doit être notre dernière victoire, nous allons le retrouver et nous allons le détruire. Je veux que nous comprenions très clairement cela. La destruction de ce porte-avions *n'était pas un accident*. Nous le savons. Le Président le sait et Scott Dunsmore le sait aussi très bien. J'ai voulu faire cette rapide visite ici pour que nous réalisions mieux la situation, que nous saisissions bien l'importance du salaud que nous cherchons.

Parmi les officiers de premier rang qui ont perdu la vie sur le Thomas Jefferson *se trouvait l'enseigne de vaisseau Jim Adams, un officier de pont. Sa femme Carole vient de donner naissance à leur premier fils à Boston, il y a deux mois. L'enfant a été baptisé Carl Edward, du nom des joueurs des Red Sox, Carl Yastrzemski et Ted Williams, mais le jeune officier du sud de Boston n'a jamais vu son fils. Hier soir, un porte-parole des Red Sox a annoncé que tous les membres de l'équipe de cette année 2002 assisteraient dans quelques jours au service funèbre à la mémoire de l'enseigne Adams, à l'Old North Church, l'église des patriotes.*

Boston Globe

Les quatre hommes reprirent la route, traversèrent le pont qui enjambe l'Anacostia River et retrouvèrent Parkway. Ils tournèrent vers l'ouest en traversant le pont du Woodrow Wilson Memorial et pénétrèrent dans le port historique d'Alexandria qui, au dix-huitième siècle, faisait le commerce du tabac et avait vu naître deux grands généraux américains, George Washington et Robert E. Lee.

L'amiral Morgan demanda au chauffeur de les conduire vers la zone du port, où ils entrèrent dans un café-restaurant au bord de l'eau.

On leur avait réservé une table offrant une belle vue sur le Potomac. Une brise agréable soufflait sous la marquise du porche. Protégée par trois cloisons, elle était placée à environ quatre mètres des autres tables.

— C'est assez tranquille, ici, dit l'amiral. Personne ne nous verra, personne ne nous reconnaîtra et personne ne nous entendra. C'est balayé une fois par semaine. En partant, nous passerons par cette porte, là-bas, marquée « Entrée interdite ». Il y a un escalier de bois en bas duquel nous attendra la voiture.

Morgan commanda du café et sollicita l'attention de son équipe.

— Messieurs, réexaminons la situation. Si quelqu'un nous a tiré dessus, c'est avec une torpille et depuis un sous-marin, d'accord ? Et nous sommes d'accord aussi sur le fait que le coup vient probablement de l'Iran.

Bill Baldridge et l'amiral avaient entendu dire, au cours des premiers rapports provenant de la mer d'Arabie, que le *Thomas Jefferson* suivait un cap sud-ouest au moment de sa disparition. Si le sous-marin avait attendu dans ce coin-là, le porte-avions aurait pu surgir sur sa proue bâbord. Le sous-marin aurait alors pu virer sud-est afin de diriger sa torpille à un angle de 90 degrés de la course de l'énorme navire — en plein dans le cœur du porte-avions, bien en dessous de la surface.

Or, quand l'amiral avait évoqué l'ordre final du

sous-marin imaginaire, Bill avait remarqué que celui-ci avait dit très clairement : « Relèvement un-trois-cinq, portée sept kilomètres. »

« Il a même tenu compte des deux kilomètres que le porte-avions aurait parcourus pendant que la torpille se dirigeait vers lui, se dit-il. Ce vieux crocodile est plus fort que moi. »

— Très bien, dit l'amiral. Supposons que nous soyons iraniens. Notre projet est de faire sauter un porte-avions américain pour tenter de faire partir l'Oncle Sam du Golfe. Nous possédons trois sous-marins classe Kilo, dont deux doivent sans cesse être réparés mais dont le troisième est en bon état. D'abord, avons-nous des torpilles armées de têtes nucléaires à bord ? Réponse : non. Nous pourrions avoir des torpilles venues de Russie avec le bateau, mais les Russes ne nous auraient pas fourni de têtes nucléaires déjà assemblées, bien qu'ils en possèdent. On peut les accuser de ventes peu judicieuses, mais ils ne supporteraient pas qu'on les accuse d'armer un autre Etat pour qu'il déclenche une attaque contre la Marine américaine. Ils sont peut-être bêtes, mais pas à ce point-là ! Alors, où ont-ils pu se procurer les ogives nucléaires ? poursuivit l'amiral.

— En Chine ? suggéra Ted. Ils ont pu les acheter là-bas et les acheminer par mer.

— C'est très risqué, ça ! dit Morgan. Il existe un truc qui s'appelle Traité de non-prolifération. Notre marine et nos satellites surveillent ces choses-là de très très près. Et de toute façon, les armes chinoises ne s'adapteraient sûrement pas à un Kilo d'origine russe. Si ça avait été le cas, les Iraniens auraient dû rester dans un chantier naval chinois pendant au moins deux mois. Et nous savons qu'ils ne l'ont pas fait. Alors, supposons que les armes chinoises aient été compatibles et n'aient nécessité aucune modification sur les bateaux iraniens. Il y avait deux façons de les apporter à bord du Kilo... soit en les envoyant par avion-cargo chinois jusqu'à Bandar Abbas... pas l'ombre d'une chance. Mais nous avons vérifié. Soit un transport clandestin par mer, d'un cargo au sous-marin. Là encore, impossible parce que *nous savons* que leurs sous-marins étaient tous sagement à Bandar Abbas vendredi dernier. Même les Iraniens n'auraient pas osé essayer d'embarquer des ogives nucléaires dans leurs chantiers navals sous notre nez, sachant que les satellites les surveillaient de là-haut et qu'il y avait des soldats américains à terre. Ça, ils le savent, ça risquerait de nous rendre très méchants.

— Ouais, dit Jeff Zepeda. Je suis d'accord avec vous. Je ne crois pas qu'ils auraient pris le risque de traiter avec les Chinois. C'est trop compliqué, trop loin et trop risqué. Sans compter que la Chine est un Etat qui vit avec des interdictions à tous les niveaux. Je ne les vois pas tenter quelque chose d'aussi tordu, qui comporte une telle marge d'erreur et potentiellement un énorme risque pour leurs propres intérêts.

— Si j'étais un ayatollah et que je voulais frapper la Marine américaine, dit Baldridge, je sais ce que je ferais. Je reprendrais mes relations avec la Russie. J'achèterais ou je louerais un quatrième sous-marin classe Kilo quelque part dans la mer Noire, je le paierais comptant, en dollars américains. Un rafiot qui contiendrait tout un lot de torpilles dont deux au moins munies d'ogives nucléaires. J'enverrais mon équipe là-bas pour traiter directement avec un de ces capitaines russes qui n'ont pas été payés depuis deux ans. Je le suborneraiss avec une somme d'argent dépassant ses rêves les plus fous, ensuite de quoi mon meilleur commandant se rendrait sur place et ramènerait secrètement le sous-marin par le Bosphore, en plongée, avec pour couverture une histoire abracadabrante pour que l'équipage ne se doute de rien. Rappelez-vous qu'une centaine de millions de dollars représentent une manne pour la Mafia, mais que c'est une goutte d'eau pour le gouvernement d'un des pays qui comptent parmi les plus gros producteurs de pétrole du monde. En tout cas, c'est ce que moi je ferais.

— J'en ferais autant, dit l'amiral Morgan.

— Il n'y a qu'un petit problème, intervint Ted Lynch, ancien officier de l'armée de terre ayant passé plusieurs années en tant qu'attaché des ambassades et consulats américains au Moyen-Orient. C'est illégal. Il faut prévenir les Turcs deux mois à l'avance si l'on veut faire traverser le Bosphore à *n'importe quel* navire de guerre. Les deux rives sont en territoire turc.

— Si vous touchez le fond et que vous y restez, les Turcs peuvent très officiellement réclamer des droits de renflouage, lever les bras au ciel et dire : « Mais vous n'avez pas le droit d'être là, surtout avec des armes nucléaires, dans les eaux territoriales turques, sans vous être déclarés ! » Il y a un vieux dicton militaire qui remonte à l'Empire ottoman. En fait, je ne me le rappelle pas exactement mais, en gros, ça signifie, traduit du grec ou du latin : « Ne joue pas au plus malin avec tes frères turcs. Parce qu'ils se mettent très facilement et très vite en boule. » Croyez-moi, heurtez un haut-fond dans le Bosphore et on ne vous rendra jamais votre bateau.

— Oui, ces enturbannés sont des fanatiques, approuva l'amiral Morgan. Ils croient en leur Dieu, Allah. Ils croient que son royaume attend les justes et que c'est un privilège de mourir pour sa cause. La mort a moins de sens pour eux que pour nous. Elle est beaucoup plus spirituelle. Ils seraient *très capables* d'essayer un truc comme ça s'ils voulaient vraiment assener un coup formidable au « Satan américain » car, en substance, c'est ce qu'ils pensent de nous.

Les quatre hommes restèrent un moment silencieux, chacun soupesant la possibilité que quelqu'un ait osé braver les Turcs.

— Il faut également vous rappeler, dit Baldridge, qu'un pareil voyage vous amènerait à passer juste au milieu du port d'Istanbul ! Vous imaginez un peu ?

Traverser la route des ferries avec l'immense sillage blanc que laisse votre périscope ?

— Il y a des moyens de le contourner, dit l'amiral.

— Ouais, admit Baldridge, mais pas quand vous glandouillez dans cent mètres d'eau avec de vieilles épaves et Dieu sait quoi d'autre au fond de l'eau.

— Oui, c'est vrai, dit Morgan. La question clé c'est : est-ce que l'Iran — ou n'importe quel Etat arabe — pourrait trouver un homme capable de mettre sur pied une telle opération ? Il y a bien peu d'officiers sous-mariniers au monde qui sauraient s'en sortir. Et tous sont probablement britanniques. Il y a déjà quelques années que la Navy n'a pas fait fonctionner de petits sous-marins diesels.

— Ça fait beaucoup de zones d'ombre tout ça, dit Zepeda. Et toutes mènent à un Arabe très malin dont nous ne sommes même pas sûrs qu'il existe.

— Eh bien, cela fera plaisir à ces messieurs du Pentagone cet après-midi, dit Lynch. Vous savez que les huiles veulent s'en tenir à la théorie de l'accident. Et que les politiciens n'en démordront pas. Vous pouvez leur dire que le Président n'y croit pas, mais qu'il n'a pas d'autre choix, en réalité. Un accident, c'est déjà une vraie saloperie, mais une attaque nucléaire sur un navire américain... Seigneur ! Ça pourrait signifier la guerre, et la populace risquerait de paniquer. Les médias paniqueraient, eux, c'est sûr. Ou du moins ils feraient semblant de paniquer.

— Je pense que vous avez raison, dit Morgan. Et, d'une certaine façon, ça nous arrange. Parce que nous allons poser des tas de questions. Je coordonnerai toutes les données sur le lieu où se trouvait le moindre sous-marin du monde au cours des trois derniers mois. Nous ferons un gros travail d'élimination — je sortirai tous les dossiers de tout ce qui a été aperçu. Il y aura pas mal de baleines, sans doute, mais nous tomberons peut-être sur quelque chose. Il y a deux mois, il s'est produit un incident qui m'a laissé perplexe. Et j'aimerais reprendre des recherches de ce côté-là. Mais auparavant, je voudrais demander à Ted de rechercher la trace de grosses sommes d'argent qui auraient pu changer de mains.

— Ça devient plus difficile chaque année. Il y a tant de banques étrangères, tant de transferts télégraphiques auxquels personne ne fait attention !

— C'est vrai, dit Morgan. Mais je pense que nous devrions parler de dix millions de dollars au minimum, en billets verts. Une telle somme devrait venir de quelque part.

— C'est certain, amiral. Je ne peux pas vous promettre des records de vitesse mais je suis sûr qu'on doit pouvoir mettre la main sur ce genre d'information.

— Par quoi pensez-vous commencer, Ted ?

— Je vais faire quelques enquêtes discrètes dans les ports navals autour de la mer Noire, surtout dans ceux où nous savons qu'il y a des sous-marins. De grosses sommes d'argent tombant sur ces petites communautés ne manquent jamais de remonter au grand jour. Mais, si nous ne nous trompons pas dans nos hypothèses, il ne serait pas surprenant de trouver quelques bénéficiaires. Le plus dur sera de trouver l'origine de cet argent et, plus précisément, celui qui l'a distribué. Mais c'est un sacré magot, et il est toujours difficile de cacher un magot de cette importance.

Jeff Zepeda dit qu'il allait s'enquérir auprès de divers contacts iraniens et quelques agents pour voir s'il pouvait découvrir un complot quelconque visant à démolir un porte-avions américain.

Bill Baldridge paraissait préoccupé par le problème du mystérieux donneur d'ordres arabe.

— Voici ce que je pense, dit-il. Je me trompe peut-être, mais je ne crois pas vraiment que les Iraniens auraient utilisé un de leurs sous-marins officiels — un des trois Kilos russes de Bandar Abbas — pour attaquer un groupe de combat américain. Je veux dire : bon Dieu, ça ne serait plus du terrorisme mais une tentative pour déclencher une putain de guerre. Je crois beaucoup plus vraisemblable qu'ils aient cherché un quatrième bateau, acheté ou loué dans la mer Noire, et qu'ils aient rampé silencieusement dans toutes les mers du globe jusqu'à ce qu'ils trouvent le *Thomas Jefferson.* Je comprends bien qu'à partir de là, le problème devient presque insurmontable, sur une simple base technique. Mais il y a un problème auquel je ne cesse de penser. Vous savez quoi ? Ils ont dû avoir *quelqu'un* — un brillant sous-marinier arabe, un type capable de traverser le Bosphore en douce, puis le détroit de Gibraltar sans se faire repérer, un type capable de passer à travers toute la surveillance américaine sur l'eau, sous l'eau et dans le ciel. Il s'agit sûrement d'un type extrêmement brillant. *Qui cela a-t-il pu être ?* Il leur a fallu quelqu'un pour organiser tout cela, forcément un des leurs, dans le sous-marin, dans la salle de contrôle, pour ordonner les tirs. Mais qui l'a formé ? S'agit-il d'un traître américain ? D'un traître britannique ? Il est *presque impossible* de croire qu'un tel homme existe. Mais pas aussi impossible, messieurs, que d'essayer de prouver que cette saleté d'uranium ait sauté par erreur.

Plus l'amiral écoutait Baldridge, plus le garçon lui plaisait. En fait, il aimait les trois hommes assis avec lui dans ce coin du petit restaurant près du port colonial d'Alexandria. Mais c'était Baldridge qu'il préférait. Parce que ce jeune homme était un vrai chien de chasse, avec un esprit clair. Il s'était lancé à la poursuite d'un rat et il y avait mis toute son énergie, prenant tout seul le problème à bras-le-corps, assumant la responsabilité qu'il avait prise.

— Un Einstein avec un torchon à vaisselle rouge et blanc autour de la tête ! plaisanta-t-il. C'est ça que je cherche.

L'amiral Morgan eut un petit rire et nota au passage que le scientifique du Kansas avait dit « je » et non pas « nous ».

— Ne laissez pas la haine vous envahir, fiston, dit-il. Cela pourrait affecter votre jugement.

Le capitaine de corvette Baldridge ne répondit pas. Il avala son café et murmura d'une voix sourde :

— La vérité, d'après ce que je vois, c'est que ce salopard est encore là-bas.

*Les Américains ont le droit de savoir si les risques qu'un tel accident puisse se reproduire existent. Pendant que ces messieurs du Pentagone, pleins d'autosatisfaction — surtout ceux de la Navy — pérorent et donnent des explications absurdes sur la catastrophe, il y a là-bas des pères et des mères dont les fils essaient d'intégrer l'Académie navale d'Annapolis. Et ces parents américains veulent connaître les risques de nouveaux accidents. En vérité, ils ont le droit d'*exiger *de connaître ces risques. Déclarer qu'il y a « un risque sur un milliard », comme l'a fait le Président, c'est une chose, mais quelle est la réalité ? Pour combien de nos fils la Marine américaine représente-t-elle le piège d'une mort nucléaire ?*

Editorial, San Diego Times

Sans se laisser entraîner dans la discussion, l'amiral Morgan commanda une grande salade César, quatre assiettes, quatre fourchettes et du pain français.

— Avalons ça et retournons au Pentagone, dit-il. Là, nous passerons quatre heures à écouter les grosses têtes militaires du pays discuter d'un accident dont ils ne croient même pas qu'il ait eu lieu.

Tout le monde sourit. Et un silence gêné s'installa tandis qu'ils dévoraient la laitue superbement assaisonnée et le pain chaud en buvant leur café. Quand ils eurent terminé, Bill vit l'amiral griffonner sa signature au bas d'un chèque. Avec l'habitude des hommes discrets par nécessité, ils passèrent la porte marquée « Entrée interdite », descendirent l'escalier et s'engouffrèrent dans la voiture de service, le tout en moins de cinquante secondes. Puis ils se dirigèrent vers le nord de Washington Parkway, en direction du Pentagone.

Dans la salle de conférences du Président, la réunion n'avait pas encore commencé. L'amiral Dunsmore lisait un rapport que lui avait adressé d'Hawaii le commandant Barry, détaillant les dommages et le nombre de morts et de blessés sur les autres navires. Le plus touché, et de loin, était le *Port-Royal,* qui patrouillait à quatre milles environ du porte-avions. Dix autres personnes avaient trouvé la mort dans le carnage de débris de verre et d'acier qui se produit toujours quand un gros navire de guerre manque de chavirer. Il y avait aussi vingt blessés, dont neuf sérieusement. Seuls les angles insolites des vagues avaient réussi à remettre le *Port-Royal* sur son assiette, autrement, il aurait coulé en peu de temps. Pour l'heure, il se dirigeait tant bien que mal vers la base américaine de Diego Garcia.

On ne comptait que des dommages mineurs sur le *Vicksburg* mais le *O'Kane* et le *O'Bannon*, qui naviguaient eux aussi dans le secteur, avaient quatre morts et quarante hommes à l'hôpital avec des brûlures graves, des coupures, des contusions, des côtes, des bras et des clavicules cassés, résultant du coup violent de la première lame de fond déclenchée par l'explosion. Eux aussi avaient échappé de peu à la mort et, comme le *Port-Royal,* ils rentraient lentement à Diego Garcia.

Selon le commandant Barry, la contamination nucléaire avait évolué de façon classique, s'abattant vers la surface puis s'ouvrant en forme de trompette sur cinquante milles alentour. Les navires n'avaient pas été sur le chemin de la radioactivité mortelle.

La nuit avait été extrêmement difficile. Le commandant Barry avait opéré dans le brouillard et le noir absolu, avec des communications peu fiables.

Il avait cependant réussi à rassembler deux hélicoptères en bon état pour envoyer des chirurgiens sur les navires frappés. Deux de ces médecins avaient dû opérer avec la seule énergie de quelques groupes électrogènes de secours. On avait manqué de personnel infirmier étant donné que les installations de l'hôpital principal se trouvaient, comme c'était normal, sur le porte-avions lui-même. Aucun des officiers supérieurs du Pentagone n'enviait le moins du monde le rôle qu'avait dû assumer le commandant Barry cette nuit-là.

L'amiral Dunsmore déclara la réunion ouverte et résuma brièvement le rapport préliminaire qu'il venait de lire. Barry confirmait que l'explosion nucléaire avait détruit le porte-avions et failli emmener avec lui deux autres navires de guerre. Le rapport contenait également des informations du commandant en chef de l'USS *Hayler*. L'officier y rapportait le contact fugitif, à 11 h 45, au matin du 7 juillet, c'est-à-dire la veille de l'explosion, qu'avait eu un de ses opérateurs. Celui-ci avait noté une nouvelle trace 5136, un contact radar qui avait disparu, relevé sur quatre balayages mais dont il n'avait pu déduire ni le cap ni la vitesse.

Lorsque le CNO énonça cette dernière information, l'amiral Morgan leva vivement les yeux.

— L'a-t-il noté sur le rapport de liaison ? demanda-t-il avec brusquerie.

— Bien sûr, répondit Dunsmore. Le commandant Baldridge a également réagi. Il a envoyé deux Sea-Hawks, passé au peigne fin toute la zone jusqu'à l'arrière du porte-avions, fait mettre à l'eau une barrière sonore — selon le rapport, il y a même eu dix-huit bouées en activité. Tous nos navires dans cette zone ont été alertés, mais la ligne n'a jamais été brisée. Rien ne l'a traversée, ce qui laisse à supposer qu'il s'agissait probablement d'une baleine.

— A moins que cela n'ait été un sous-marin diesel électrique fonctionnant sur batteries, en immersion périscopique ! intervint Bill Baldridge. Un peu plus loin en arrière que nous ne le pensions. Ils ont probablement vu une des barrières et ont fait demi-tour. Pour attendre.

— Un instant ! S'ils avaient été en immersion périscopique, nous les aurions vus sur nos radars, dit Jeff Zepeda.

— On les a vus, répondit Baldridge avec calme. Trace 5136, si je ne me trompe.

Un profond silence s'abattit soudain sur les hommes assis autour de l'immense table, au cœur du Pentagone. Les paroles du jeune capitaine de corvette avaient quelque chose d'irréel. Comment diable un quelconque sous-marin avait-il pu s'approcher à ce point du porte-avions sans être repéré ? Les deux hommes de la CIA échangèrent un regard sombre. Les commandants de la flotte du Pacifique fixèrent leurs rapports. L'amiral Morgan resta silencieux et Scott Dunsmore fronça les sourcils.

Le CNO était sur le point de reprendre la parole quand un garde ouvrit vivement la porte, claqua des talons et annonça :

— Le Président des Etats-Unis.

Le chef de l'Exécutif entra en compagnie de son chef de la Sécurité et du ministre de la Défense. Ce Président particulier entrait et sortait du Pentagone plus souvent que ne l'avaient fait ses prédécesseurs. Jamais depuis Eisenhower aucun occupant de la Maison-Blanche n'avait montré autant d'intérêt pour les affaires militaires. Et aucun n'avait dû faire face à une crise aussi éprouvante que celle qui venait de se produire ici, à Washington, au cœur de l'année 2002.

— Je suis désolé, j'ai au moins deux heures d'avance, dit-il. Mais ce qui se passe a priorité sur tout le reste. Je ferai peut-être une allocution ce soir ou demain et je veux m'assurer que j'ai la situation bien en tête. Donnez-moi les dernières conclusions, voulez-vous ?

— Eh bien, monsieur, dit l'amiral Dunsmore, nous

étions en train d'étudier le rapport du commandant Barry qui fait état d'un contact radar la veille de l'explosion, relevé par l'un de nos escorteurs et vérifié par nos hélicoptères. Rien de très probant. Les opérateurs ont noté quelque chose qui n'a duré que le temps de quatre balayages.

— C'est ce qu'on peut attendre de la part d'un type très fort, dit Baldridge avec une soudaine énergie dans la voix et sans la moindre considération pour le protocole.

Le Président s'était déjà habitué aux façons décontractées, mais passionnées, du jeune frère de Jack Baldridge.

Tous les regards se tournèrent vers le capitaine de corvette mais le Président prit la parole :

— Expliquez-vous, Bill.

— Voilà, monsieur le Président, n'importe quel sous-marin, lors d'une mission comme celle-ci, doit opérer de façon clandestine. Je suppose qu'il naviguait à 3 nœuds maximum et, à cette vitesse, un Kilo russe est absolument silencieux. Mettez-vous à sa place. Il écoute les bruits de l'escadre. Il entend les échanges radio, note le son des hélices, surtout celui de celles du géant qui dominent les autres et qui appartiennent au porte-avions.

Là, l'amiral Morgan, ancien commandant de sous-marin, intervint :

— Le sous-marin sait dans quelle direction vont les navires de surface, mais pas exactement à quelle distance se trouve le porte-avions. Avec le temps, il va se faire une idée précise de leur cap et de leur vitesse. Mais ce n'est que lorsqu'il pense qu'il va peut-être voir quelque chose qu'il se met en immersion périscopique. Le commandant examine attentivement les relevés du sonar en moins de sept secondes. Par ce temps de mousson, la visibilité est mauvaise. Il est probable qu'il ne distingue rien. Il essaie peut-être même l'ESM[1] pour voir s'il y a un radar *n'importe où* sur le relevé, ceci seulement pendant trois secondes. C'est très dangereux pour lui car il peut être repéré. Il baisse le mât, très vite, plonge à nouveau et, dès lors, disparaît sans laisser de trace. Rappelez-vous, je vous prie, que le mât de sa radio n'a *jamais* été exposé plus de sept secondes. Ce qui correspond, en gros, à quatre balayages du radar du *Hayler*. C'est à ce moment-là qu'il a relevé un mètre du gros périscope de recherche du sous-marin émergeant de l'eau. Puis plus rien... mais pourtant, il était toujours là.

— Merde ! s'exclama le Président.

— Oui, et ce n'est pas tout, ajouta l'amiral Morgan. Rappelez-vous qu'il avance très lentement, silencieusement, à 3 nœuds, il tourne probablement sur environ quatre milles. Si son commandant est aussi malin que je le suppose, il va se positionner sous le vent du porte-avions, toujours sous le vent... parce que si le porte-avions a des appareils en l'air, il *doit* se diriger vent debout pour les décollages et les atterrissages. Si le sous-marin se tient au vent du porte-avion, celui-ci finira par venir vers lui. Quand le commandant Jack Baldridge a ordonné qu'on fasse décoller les hélicoptères et qu'on lance des barrières sonores, le commandant du sous-marin les a peut-être entendus. Il les a peut-être même vus faire. Mais il est plus probable qu'il est revenu environ deux heures plus tard, qu'il s'est mis en immersion périscopique et qu'il a *vu* une des barrières, ou même qu'il l'ait entendue transmettre. Et il a refait demi-tour. Et il a attendu, peut-être vingt heures, que les bouées épuisent leur vapeur et coulent par le fond. Alors, il a pu revenir et s'approcher encore du porte-avions.

— Seigneur Dieu ! murmura le Président.

— Oui, monsieur, dit Morgan. Je ne vous raconte pas là un conte de fées, je me contente de décrire des

1. Electronic System Missile, système de détection radar.

procédures opérationnelles suivies par un commandant sous-marinier d'élite. Le problème, au début de cette histoire, a été le même que maintenant. Où diable les Arabes ont-ils pu dénicher un type pareil ? J'ai bien peur qu'il ne soit américain. Ou britannique. Personne d'autre ne pourrait être aussi fort.

L'amiral Dunsmore l'interrompit :

— Merci, Arnold. Je suis sûr que le Président préférerait maintenant mettre au point son plan de bataille car, je vous le rappelle, en ce qui concerne les informations au public, il s'agit *d'un accident*. Je tiens à ce que personne ne l'oublie.

— C'est juste, Scott, dit le Président. Mais je trouve tout ceci très instructif. S'il y a certains points que vous souhaitez faire connaître, allez-y. Pour le moment, j'aimerais que vous meniez cette réunion comme vous l'entendez.

— Très bien, monsieur. Quelqu'un a-t-il un point significatif à éclaircir concernant les procédures et les actions des navires ?

L'adjoint de Dunsmore, l'amiral Freddie Roberts, était jusqu'ici demeuré pensif et silencieux.

— Juste un point, monsieur, dit-il. J'ai jeté un coup d'œil à la liste des contacts radar relevés et transmis ce jour-là, comme l'a rapporté le commandant Barry. Il y en a eu quinze au total dont certains correspondent à de gros poissons ou peut-être à des vols d'oiseaux. Cinq émanaient d'un bateau, quatre d'un autre bateau. Mais rien d'autre venant du *Hayler*. Les navires, qui notent *tout* dans leurs rapports, ont — c'est un fait avéré — des opérateurs très pointilleux. Mieux vaut prévenir que guérir. Mais je connais personnellement l'officier des communications du *Hayler,* un type très bien, très expérimenté, le capitaine de corvette Chuck Freeburg. Et le problème, c'est qu'*il pense avoir entendu quelque chose*. C'est pourquoi il l'a mentionné et noté sur le bulletin de liaison. Et c'est aussi pourquoi nous devrions envisager qu'il a effectivement entendu *quelque chose*. Chuck n'est pas un type nerveux.

— Très bien, Freddie, merci. Monsieur le Président, je n'oublie pas, bien entendu, que nous n'allons annoncer qu'un *accident*. Mais, pour l'autre théorie, il y a un point sur lequel j'aimerais que l'amiral Roberts s'exprime car il a trait à la météo et aux horaires.

— Oui, monsieur. Comme vous le savez, j'ai servi un temps sur un escorteur et je peux vous assurer qu'à la fin du mois de juin, la mousson du sud-ouest commence à souffler, venant des côtes africaines. Pendant tout les mois de juillet et d'août, il y a des conditions climatiques très mauvaises dans le nord de l'océan Indien et dans la mer d'Arabie. Il pleut souvent, on a une brume marine chaude et dense transportée par un vent étrange, très chaud, qui abaisse sacrément la visibilité et déclenche une grosse mer. Alors, si je devais démolir un navire de guerre américain, je me débrouillerais pour le faire précisément en juillet ou en août. Si j'étais un vrai fondamentaliste, *détestant* les Etats-Unis, j'essaierais de le faire sauter un 4 juillet[1]. A mon avis, il a agi avec quatre jours de retard. A ceci près, leur timing était parfait. La nuit tombe vite au Moyen-Orient, vers 18 heures 30. Le sous-marin a dû arriver vers cette heure-là, vérifiant la position du porte-avions toutes les vingt minutes en immersion périscopique, pendant à peu près deux heures. A 20 heures 30, ils étaient en position, n'attendant plus que de voir sa proue tribord. Nous savons qu'ils ont frappé à 21 heures. A ce moment-là, ils savaient pouvoir compter sur encore huit ou neuf heures d'obscurité totale qui empêcherait les recherches, surtout avec le brouillard prévisible. Une telle perfection me rend nerveux. Et ces types, quels qu'ils soient, ont agi avec une perfection exceptionnelle.

— J'aimerais que quelqu'un me dise exactement

1. Fête nationale américaine.

pourquoi la théorie de l'accident est si difficile à avaler pour un expert, dit le Président, pensif. Amiral Morgan, votre avis ?

— Nous revenons à ce qu'a expliqué le commandant Baldridge. Bill, reprenez l'argument technologique pour le Président, voulez-vous ?

— Bien sûr... Monsieur, je vais tout d'abord supposer que vous avez une connaissance limitée de la façon dont fonctionne une ogive nucléaire. En gros, nous avons deux morceaux de matériau radioactif, probablement de l'uranium 235. Comme tous les métaux, celui-ci est composé d'atomes — il s'agit d'une très petite particule mesurant à peu près 400 centièmes de millionième de pouce de diamètre, qui se conduit comme dans un minuscule système solaire. Son cœur s'appelle le noyau, il est composé de neutrons et de protons. C'est ce noyau qui nous intéresse.

« Le truc est de démolir l'équilibre des atomes de ce noyau et de trouver le moyen de le faire éclater. Pour ce faire, nous nous débrouillons pour que des neutrons supplémentaires frappent le noyau, ce qui le rend instable et le fait éclater. Ceci, à son tour, génère de l'énergie et dégage d'autres neutrons qui vont bombarder d'autres noyaux, enclenchant ainsi une réaction en chaîne mortelle, car ce processus de bombardement se renouvelle quatre cents milliards de fois en une seule seconde. Pendant que tout cela se produit, l'ensemble est tenu par le mécanisme du déclencheur juste assez longtemps pour que s'amoncelle une énorme énergie qui s'achève par une gigantesque explosion. Nous réalisons cela dans une tête nucléaire en plaçant deux blocs d'uranium 235 hautement radioactif à une distance idoine, sur les parois de l'ogive. Il suffira de les heurter l'un contre l'autre avec une force suffisante pour que les morceaux se rejoignent en un seul, extrêmement critique, tandis que la réaction en chaîne puis l'explosion deviennent incontrôlables.

« Pour ce faire, nous disposons de deux charges

explosives qui doivent partir très exactement en même temps, c'est-à-dire dans un délai d'un millième de seconde, afin de faire se heurter les deux blocs d'uranium avec une force extrêmement précise. Si jamais l'une des deux charges n'explosait pas au bon moment ou si l'explosion se faisait mal, l'ogive ne fonctionnerait pas, tout simplement. L'impulsion électronique doit activer l'explosif des deux côtés très précisément en même temps. Une demi-charge qui frappe l'autre ne suffit pas pour obtenir le résultat escompté. *Elles doivent être lancées l'une contre l'autre suivant des calculs très précis.* Il y a de nombreuses causes d'erreur, et le mécanisme du déclencheur est très délicat. Il doit être monté et activé avec une précision absolue. Et le matériau radioactif doit être fabriqué et assemblé de façon très soigneuse. Les non-spécialistes ont tendance à croire que tout cela se produit par hasard... Un accident ? *Oubliez ça !* Ça ne peut pas se produire et ça ne s'est pas produit.

— Merci, commandant, dit le Président. Je vous remercie de vos explications. Néanmoins, je sais que tout le monde ici comprend la gravité de tout ce que ceci implique. Nous ne dévierons pas de la théorie de l'accident. C'est évidemment ce que ferait n'importe quelle autre nation à notre place.

Pendant quelques secondes, le grand homme hésita, comme s'il allait ajouter quelque chose. Puis il leva les yeux avec un demi-sourire.

— C'est drôle, mais au moment où Bill a expliqué qu'il pensait que nous avions été canardés, j'ai eu l'impression de voir une sorte de sous-marin ennemi traquer notre porte-avions géant et trouver la bonne portée pour lancer sa torpille. Mais ça ne se passe pas du tout comme cela, n'est-ce pas ?

— Non, monsieur, dit l'amiral Morgan. Ça ne s'est pas passé comme cela. Ce commandant de sous-marin connaissait la zone de deux cents milles par deux cents milles dans laquelle devait opérer le porte-avions. Il s'y est installé avant que le *Jefferson* n'arrive, après quoi, il a attendu... attendu que le navire vienne à lui... naviguant silencieusement et à la vitesse la plus faible... prenant bien son temps afin d'être sûr de le toucher du premier coup. C'est une approche froide et professionnelle. Je dirais même un terrorisme militaire, une embuscade sur la plus grande échelle possible.

— Oui, je suppose, en effet, dit le Président. Et pour l'instant, une seule chose compte. Il va falloir que quelqu'un paie... quelqu'un, quelque part, va payer un prix terrible. Les gens de ce pays ne m'ont pas élu pour présider à la destruction de la Marine... par la main d'un quelconque fanatique ! Et s'il s'avérait qu'il y avait deux, ou même trois suspects... je les descendrais tous, sans qu'ils aient la moindre chance de s'en tirer.

Il regarda l'amiral Dunsmore qui semblait secouer la tête.

— Scott ? demanda-t-il très vite, est-ce que cela vous pose un quelconque problème moral ?

— Oh ! Je suis désolé, monsieur le Président, absolument pas. Je pensais seulement à l'ironie de la situation. L'amiral Chester Nimitz était un champion du traquenard. Lors de la bataille de Midway, il a ordonné à la flotte américaine d'attendre, d'attendre que les porte-avions de Yamamoto viennent jusqu'à nous et ensuite nous avons frappé, vite et fort, nous en avons coulé quatre avec des bombardiers-plongeurs décollant des ponts de l'*Enterprise*. Et maintenant, tant d'années après, nous perdons le plus beau des porte-avions de la classe Nimitz, naviguant au nom du grand homme, exactement de la même façon, dans une embuscade tendue par un ennemi furtif.

— Hum... ! murmura le Président. Nous avons aussi perdu un porte-avions, à Midway, n'est-ce pas ?

— A vrai dire, monsieur, le *Yorktown* a été sévèrement bombardé et brûlé mais il a survécu au massacre.

— Ah ? Je croyais qu'il avait coulé ?

— Il a coulé, monsieur, mais trois jours plus tard.

— D'autres bombes ?

— Non, monsieur. Ils l'ont eu grâce à un sous-marin.

Chapitre V

Mercredi 10 juillet, 19 heures.

Le groupe du Président pénétra dans l'ascenseur privé utilisé par le président des états-majors interarmes, accompagné par deux *marines* et deux agents des services secrets. Le reste des participants à la réunion resta dans la salle de conférences, sauf Bill Baldridge qui arriva au garage quatre minutes plus tard. Il atteignit sa Mustang au moment où l'escorte des trois voitures de la Maison-Blanche quittait le parking et se dirigeait vers la sortie brillamment éclairée.

Quand les grosses limousines passèrent près de lui, le capitaine de corvette recula d'un pas et salua cérémonieusement son commandant en chef. Le Président, seul sur la banquette arrière, lui rendit machinalement son salut. Il se retourna pour regarder l'officier du Kansas, toujours immobile, silhouette solitaire, pleine de défi, au milieu des milliers de voitures.

— A bientôt, Billy, murmura-t-il. Dieu vous protège... et qu'Il me protège aussi.

Il était un peu plus de 19 heures 30 quand Bill quitta enfin Washington en direction de la Virginie, traversant à nouveau le Potomac et fonçant vers le sud, le long de la rive ouest du fleuve. La circulation était encore importante et il lui fallut une trentaine de minutes pour couvrir les vingt-six kilomètres qui le séparaient du tournant vers Mount Vernon.

Après une vingtaine de kilomètres, il quitta l'autoroute pour une petite route de campagne et, dans le crépuscule de ce soir de juillet, s'engagea dans une allée bordée d'arbres menant à une maison majestueuse de style colonial ornée de colonnes blanches, construite sur une éminence d'où elle dominait l'estuaire du Potomac et les hauteurs du Maryland. C'était une propriété grandiose dont l'acquisition avait nécessité les sommes énormes ayant résulté de la vente d'une des plus grandes maisons de Beacon Hill à Boston. Malheureusement pour lui, le propriétaire avait un poste exigeant tant de travail qu'il avait rarement l'occasion de l'habiter. Ces jours-ci, il vivait presque continuellement dans la très officielle résidence du ministère de la Marine, bourrée de systèmes électroniques de sécurité et d'un très nombreux personnel. Mais il ne se passait pas un jour sans que le grand homme ne songe avec envie à ce superbe domaine.

Un garde de la Marine américaine, de service dans le vestibule, ouvrit l'immense portail à Bill, prit son sac de voyage et le conduisit jusqu'à une grande pièce brillamment éclairée, décorée de chintz anglais semé de roses. La jolie dame blonde d'environ cinquante-cinq ans qui s'avança vers lui portait une robe fourreau toute simple, en soie vert foncé, éclairée d'un simple rang de perles. Son sourire paraissait fatigué et elle tendit les bras vers lui comme pour accueillir un petit garçon. D'un seul coup, la discipline de fer qu'il s'était imposée depuis deux jours tomba comme un manteau sombre. Il posa la tête sur l'épaule de la femme et pleura sans retenue.

— Mon petit Billy, murmura-t-elle, je suis tellement, tellement désolée !

Il lui fallut plusieurs minutes pour se reprendre et, quand il put parler, il se contenta de répéter :

— Mon Dieu, Grace, c'est si injuste... si monstrueusement injuste... Pourquoi Jack ?... Pourquoi a-t-il fallu que ce soit Jack ?

A ce moment, le mari de Grace entra, portant un petit plateau d'argent avec trois verres de scotch. Il en tendit un à son épouse, en choisit un pour lui et donna le troisième à leur hôte. Puis il entoura de son bras les épaules de Bill Baldridge en disant d'une voix douce :

— J'ai pensé qu'un petit verre te ferait du bien, Billy. Tu as été très, très courageux.

— Merci, Papy, dit le capitaine de corvette à l'amiral Scott Dunsmore.

Tous trois s'assirent et gardèrent un silence fait d'affection, comme trois vieux amis, liés depuis de longues années — depuis 1990, lorsque tout le monde avait espéré que Bill épouserait Elizabeth Dunsmore, la grande et blonde fille de l'amiral, la prunelle de ses yeux.

Leur histoire d'amour avait duré sept ans, minée par tous les problèmes que rencontrent toujours les amours de marins — des absences de plusieurs mois, surtout lorsque Bill essayait de décrocher à la fois le commandement d'un sous-marin et son doctorat du MIT.

La Marine américaine se montre traditionnellement coopérative quand l'un de ses officiers parmi les plus prometteurs essaie d'obtenir de brillantes qualifications universitaires. Mais pour Elizabeth, qui avait seulement deux ans de moins que son fiancé, cela signifiait soit que Bill naviguait quelque part au fond de l'Atlantique, soit qu'il était assis derrière une énorme pile de bouquins, dans une bibliothèque de Boston.

Quand, par hasard, il se libérait, elle prenait quelques jours de congé auprès de la société d'avocats pour laquelle elle travaillait à Washington et l'accompagnait au Kansas, où ils passaient quelques jours idylliques, parcourant à cheval les terres immenses du ranch des Baldridge. De temps en temps, l'amiral se joignait à eux. Il allait chasser la caille avec le père de Bill, assister à des ventes de bestiaux ou boire de la bière à l'abri de la véranda. Ils étaient tous là quand le vieux Tom Baldridge était mort d'un cancer après une agonie rapide mais douloureuse. Ils étaient tous là pour le mariage de Jack, comme ils l'avaient été pour tous les triomphes et tous les drames familiaux depuis plus de sept ans.

Quand Elizabeth Dunsmore avait soudain annoncé, cinq ans auparavant, qu'elle était lasse d'attendre son marin cow-boy et qu'elle épousait un collègue avocat de Georgetown, les membres des deux familles en avaient éprouvé une grande tristesse. La mère de Bill avait plaidé la cause de son fils, Grace l'avait suppliée, l'amiral Dunsmore et Jack Baldridge avaient tenté de la faire changer d'avis. Bill n'avait rien dit, n'avait pas supplié, ne lui avait même pas offert de l'épouser. Il avait simplement dit à tout le monde qu'il supposait qu'elle « savait ce qu'elle voulait ». A son frère Jack, il confia qu'elle ne serait « jamais vraiment heureuse avec quelqu'un d'autre que lui ». Ce qui poussa le grand frère à appeler Grace au téléphone pour lui dire qu'il restait peut-être un espoir, après tout.

En réalité, il n'y en avait pas. Bill Baldridge n'était pas prêt à faire le grand saut. Elizabeth épousa son avocat et Jack finit par traiter son cadet de « grand couillon de paysan ». Lui et sa femme passèrent de longues heures avec Grace Dunsmore, au cours de leurs dîners en commun à Washington et à San Diego, à déplorer les absurdités du plus jeune des fils Baldridge.

Les liens entre les Dunsmore et les Baldridge restèrent très étroits malgré tout. Durant toutes ces années, à l'automne, l'amiral continua à aller chasser la caille au Kansas avec Jack et Bill tandis que Grace faisait de longues promenades à cheval avec les sœurs et les cousines des jeunes Baldridge.

Au sein de la Marine, cependant, les habitudes rigides du protocole et de l'ancienneté ne souffraient aucune exception. Bill appelait l'amiral Dunsmore « monsieur » ou « amiral » en toutes circonstances. L'amiral ne l'appelait Bill que très rarement. Mais leur amitié était si ancienne et si durable que le chef des opérations navales ne sourcillait jamais quand le capitaine de corvette l'appelait « Papy » dans l'intimité de leurs maisons respectives.

Maintenant, tous trois étaient assis, silencieux, dans la grande maison surmontant le Potomac, unis dans le chagrin partagé que leur causait la mort du commandant Jack Baldridge, le frère tant aimé de Bill, l'ami très cher, presque un fils pour l'amiral et Grace. Le commandant avait tenu une telle place dans leurs vies parce qu'il était, quoique le deuxième fils de Tom, le véritable chef de famille. Leur frère aîné, Ray, qui n'avait jamais quitté le ranch, était marié et père de quatre enfants, mais il avait trouvé normal d'envisager qu'un jour Jack reviendrait de ses voyages en mer et reprendrait la responsabilité de l'immense empire agricole.

S'il avait vécu, Jack aurait été le quatrième Baldridge, sur quatre générations, à avoir servi dans la Marine des Etats-Unis avant de reprendre la gestion compliquée de l'immense ranch du Kansas. Comme l'avait un jour affirmé le vieux Tom : « Cet endroit n'appartient à aucun d'entre nous. On l'a confié à chacun de nous pour toute notre vie. Et comme mon arrière-grand-père, mon grand-père et mon père, je désigne le futur chef de l'entreprise familiale. Et ce sera Jack, évidemment. Alors, il est inutile d'en reparler. »

Et personne n'en avait reparlé. En dehors de la famille, personne ne pouvait comprendre pleinement l'affreux sentiment de perte que chacun ressentait. Personne ne pouvait, autant que Grace Dunsmore, mesurer la profondeur de la désolation de Bill Baldridge.

Ils burent leur scotch en silence puis le téléphone sonna dans le hall et Grace alla répondre. Quelques instants plus tard, elle revint en disant :

— C'est Elizabeth. Elle veut te parler, Billy. Tu n'es pas obligé de répondre si tu n'en as pas envie.

— Oh ! Non, ça va, je serai heureux de lui parler.

Il disparut un moment et revint en souriant.

— Elle voulait parler de Jack. A part ça, elle a l'air en forme.

Il ne rapporta pas la fin de la conversation. « Au revoir, Billy, je t'aime, et ça, ça ne changera jamais. » Avant qu'il ait pu répondre, elle avait raccroché. Le sourire de Bill Baldridge était celui d'un homme à qui on n'avait pas demandé de prendre un engagement.

Le sourire de Grace était celui d'une mère qui a tout deviné, du moins ce que vient de dire sa fille obstinée. Mais pour le moment, elle s'excusa, expliquant qu'un léger dîner attendait les deux hommes dans le bureau de l'amiral, avec une carafe de Johnnie Walker Black Label, une bouteille de château-haut-brion et une demi-carafe de porto.

— Choisissez votre poison, dit-elle avec un sourire en les quittant pour le reste de la soirée.

— Maintenant, Billy, dis-moi ce que tu as en tête. Comme si je l'ignorais.

— Puis-je considérer que vous êtes d'accord avec moi sur le fait que le porte-avions a été bombardé ? Pas d'accident, pas de sabotage ?

— A condition que nous soyons d'accord pour que cette conversation, comme toutes celles que nous pourrons avoir, ne sorte pas de ces quatre murs.

— Naturellement.

— *Je sais* que le porte-avions a été touché. *Je le savais* environ une heure avant que tu ne risques de donner une attaque au Président, l'autre soir, dans le couloir E. Il n'y a pas d'autre explication, et tu le sais bien. Mais je ne peux l'avouer qu'en privé et il se peut que le Président ne puisse *jamais* l'avouer, quoi qu'il en pense. Pourtant il le sait, ne t'y trompe pas. De même que chacun des membres du haut commandement naval. Nous le savons tous et le fait que tu sois un jeune officier plein de fougue et que, toi, tu l'affirmes convient parfaitement à tout le monde. Tes opinions, ton avis et tes arguments sont tous très utiles, mais pas irremplaçables, Bill, alors ne te monte pas trop la tête. C'est ta position au sein du système qui nous est utile, en vérité, et elle est peut-être irremplaçable, après tout. Tu peux faire et dire des choses que nous, qui travaillons si près du sommet, ne pourrons jamais faire ni dire. Heureusement, ta voix n'est pas celle d'un officier assez haut placé pour inciter le peuple à la rébellion. Mais sois extrêmement attentif si jamais tu te trouves à moins d'un mille du moindre journaliste.

— Oui, monsieur. Personne ne m'avait aussi bien éclairé sur la situation jusqu'ici. En tout cas, pas comme ça. Mais ce dont je souhaite vous parler, c'est de quelque chose qui me tracasse depuis le début. Tout le monde est d'accord pour dire qu'il n'y a que deux vrais suspects dans cette affaire. L'Iran, qui a les moyens, et l'Irak, qui ne les a probablement pas à cause de son manque de fonds et qui n'a aucun savoir-faire en matière de sous-marins. D'accord ?

— Ou...i, dit l'amiral. Bien que je me sois personnellement posé des questions à propos du Pakistan.

— Ah ! Oui ? Vous ne me l'aviez jamais dit.

— J'ai un poste trop important pour me permettre de dire des choses dont je ne suis pas sûr. Je suppose que tu as remarqué que les gens ont tendance à se précipiter pour agir dès que je suggère quelque chose. J'appelle cela le « syndrome du oui-monsieur ». C'est comme ça, dans l'armée. C'est pour cela que nous avons des capitaines de corvette pour exprimer des idées, et des amiraux pour prendre des décisions à la lumière de leur grande expérience !

Bill sourit. Ce bon vieil amiral était parfois très avunculaire mais, en privé, on comprenait très vite pourquoi il occupait ce poste à la tête de l'US Navy, et pourquoi il serait sans doute un jour président des états-majors interarmes.

— Pourquoi le Pakistan ?

— Eh bien, il y a neuf ans, en janvier 1993, deux

agents de la CIA ont été abattus devant le quartier général de l'Agence, en Virginie. Le type longtemps recherché pour ce double meurtre appartenait à une tribu du Baluchistan. Celui qui a mis une bombe, un mois plus tard, au World Trade Center, était aussi originaire de ce pays. Ils avaient tous deux des contacts dans la capitale de l'Etat, à Quetta. En mars 1995, trois officiers du consulat américain sont tombés dans une embuscade et leur voiture a été criblée de balles, dans une rue commerçante de Karachi. La CIA pense que ces trois attaques sont liées.

« Le Baluchistan occupe un triangle à la jonction du Pakistan, de l'Iran et de l'Afghanistan. C'est un lieu désolé, pratiquement sans loi, dirigé depuis des siècles par des chefs de tribus riches et puissants. Il y a eu une grande activité de la CIA dans le coin après que l'Union soviétique a envahi l'Afghanistan, en 1979. Des milliers de membres des tribus du Baluchistan se sont mis à travailler pour la CIA, faisant passer des armes et des munitions dans le Nord, aux forces de la résistance, les moudjahidin. Et, bien sûr, il y a eu des contrecoups. Des étudiants ont brûlé le drapeau américain, un très fort mouvement nationaliste a pris naissance parmi les Pathans — la plus militante des tribus locales. Bon nombre d'entre eux se sont baptisés « les enfants du Djihad anti-CIA ». Le type du World Trade Center était l'un d'eux. J'ai personnellement étudié la possibilité que ces hommes aient tenté d'organiser l'attaque d'un navire de guerre américain. Mais à la fin, j'ai laissé tomber : même en tant qu'Etat, le Pakistan n'en a pas les capacités. Toute leur Marine ne compte que sept sous-marins, plus ou moins susceptibles de lancer des torpilles. La plupart sont français et assez vieux... bien qu'ils aient récemment mis au point un programme tendant à en construire un ou deux nouveaux sous licence française, de classe Hashmat Agosta.

« De toute façon, toute cette histoire de sous-marins

construits par des puissances étrangères, sous licence, est un peu branlante. Ou bien ils ne fontionnent pas, ou ils tombent tout le temps en panne. Si tu me demandais si la Marine du Pakistan aurait pu couler le *Thomas Jefferson,* je dirais probablement non. Est-ce qu'un groupe d'enturbannés du Baluchistan a pu réquisitionner un sous-marin à Karachi et le faire ? Absolument pas. On les aurait attrapés et démolis sans que ça fasse un pli avant qu'ils ne s'approchent à moins de cent milles de l'escadre. Dans la mesure où ils ne se seraient pas tués tout seuls auparavant. L'escadre de Zack Carson aurait pu couler toute la Marine pakistanaise. Alors, pense un peu, deux vieux sous-marins français tout rouillés ! Faire un trou à la bombe dans les garages du Trade Center et flanquer le feu en douce à quelques Cadillac, c'est une chose. Mais *réduire en fumée* le plus puissant navire de guerre du monde en est une autre. N'oublie pas qu'il était en pleines manœuvres de simulation ! Mes conclusions sont donc les mêmes que celles de l'amiral Morgan. C'est l'Irak. Mais plus probablement l'Iran.

— Cela, répondit Bill, m'amène au point suivant. Que ce soit l'un ou l'autre, ils ont dû utiliser au moins un, ou au plus six officiers supérieurs à bord, tous de leur pays. L'un d'eux doit être un officier sous-marinier de premier plan — un homme connaissant parfaitement le diesel électrique moderne, un tacticien de haut niveau. Alors, permettez-moi de vous poser la question clé : qui lui a appris tout cela ? Répondez-moi.

— Dieu seul le sait, dit Scott Dunsmore sans rien laisser paraître.

— Moi, je le sais, dit lentement le capitaine de corvette.

— Tu le sais ?

— Je le sais.

— Vas-y, étonne-moi !

— Les Anglais. L'homme que nous cherchons a été

entraîné à Faslane, en Ecosse, à la base de sous-marins de la Royal Navy, sur la Clyde.

— Comment peux-tu savoir ça ?

— Parce qu'il n'y a pas d'alternative. Regardez, il est plus que probable que ce type a fait sortir un sous-marin de la mer Noire, lui a fait traverser le Bosphore puis l'a mené sur plusieurs milliers de milles. En traversant la Méditerranée, l'Atlantique, en contournant l'Afrique et en remontant jusqu'à la mer d'Arabie. Il a dû refaire le plein au moins deux fois, peut-être trois, ce qui est très technique, très dangereux et demande beaucoup d'attention au milieu de l'océan agité. Et pendant tout ce temps, il a fait tourner les machines, parfois en plongée, parfois en immersion périscopique, quelquefois en schnorchel pour recharger ses batteries géantes. Il a navigué en permanence, à vue de nez à 8 nœuds, ralentissant à moins de 5 quand quelqu'un s'approchait. Et il a probablement couvert deux cents milles par jour. Et d'après ce que nous savons, il n'a pas dû faire beaucoup d'erreurs. Peut-être même aucune.

« Et maintenant, nous arrivons à la partie la plus difficile. Ce salaud a pénétré le groupe de combat. Il a percé nos défenses et, s'il a tiré sur le *Jefferson* avec une torpille à tête nucléaire, il a réussi ça aussi. Nous ne pensons pas qu'il en ait tiré plus d'une... mais celle qu'il a envoyée, il l'a mise exactement où il fallait pour faire exploser notre porte-avions. Tout ça sans que personne n'ait le moindre indice, parce que si nous en avions eu un, on l'aurait retrouvé sur le bulletin de liaison plus vite que vous ne pourriez dire “keffieh”. On a affaire à un salaud rudement fort, je vous le dis. Parce que personne ne peut avoir de la chance à ce point-là. Alors, je vous le demande encore une fois, Papy : *qui l'a formé ?*

— Je ne sais pas, Bill. Vraiment, je ne sais pas. Dis-le-moi.

— Très bien. Ce n'est certainement pas Ali Shamkhani, enfin, le type qui dirige la Marine iranienne. Seigneur ! Ces types seraient incapables de faire traverser le port de New York à un sous-marin sans heurter la statue de la Liberté. Ça ne peut pas être non plus un de ces pays plus petits qui possèdent des sous-marins. La plupart ne sont même pas capables de garder un bateau en bon état plus d'un mois. Et les Français n'aiment pas dire quoi que ce soit à un autre Etat. Ils ne forment même pas leurs meilleurs clients, les Pakistanais, du moins pas sérieusement. Non, monsieur. Ce type a été formé soit par nous, soit par les Anglais. Je doute que nous l'ayons fait, pour diverses raisons. D'abord parce que ça fait des années que nous n'utilisons plus de bateaux diesels électriques et je ne sais même pas si nous saurions encore les faire fonctionner. Deuxièmement, nous ne formons pas d'étrangers qui pourraient se retourner contre nous au maniement des sous-marins. Alors, si ce type a été formé ici, ce doit être un traître. Les Anglais, eux, ont formé des étrangers. Et leur cours de qualification est le meilleur du monde. *Et* ils utilisent des diesels. J'ai entendu dire qu'ils avaient formé deux officiers saoudiens il y a deux ans, alors qu'ils envisageaient de vendre des sous-marins au vieux roi Fouad. Je n'en suis pas sûr, mais je crois qu'ils ont aussi formé quelques Israéliens et des Indiens pour la même raison. A mon avis, nous devrions parler aux Britanniques.

— Je suppose que tu as raison, Bill. J'admets que j'ai essayé d'éviter le sujet. Parce qu'une fois qu'on en aura parlé à un autre gouvernement, qu'on lui aura dit ce que nous recherchons, à savoir le plus grand terroriste de l'Histoire, nous risquons des fuites dans la presse et Dieu sait quoi encore. Tu sais, les spéculations préjudiciables de ces journalistes « spécialisés » qui en savent toujours juste assez pour devenir extrêmement dangereux et nous enfoncer sans aucune pitié.

— Oui, je sais bien.

— Malgré tout, j'ai bien peur que nous ne devions

aller au cœur du problème, comme tu viens de le faire. A propos, pourquoi as-tu choisi Faslane, en Ecosse, comme siège de cette saloperie ?

— J'allais y venir. Que diriez-vous de passer à côté pour manger un morceau et nous servir un autre verre ? Je vous dirai ensuite ce que je suppose.

— Bonne idée, Bill. Veux-tu un autre scotch ou un verre de vin ?

— Du vin, s'il vient de votre cave.

Les deux hommes traversèrent l'immense hall du rez-de-chaussée où le garde, toujours en service, se mit au garde-à-vous en voyant arriver l'amiral et le capitaine de corvette, tous deux en uniforme.

— Bonsoir, Johnny, dit le CNO.

Dans le bureau aux murs tendus de rouge et en partie couverts de rayonnages pleins de livres — les amis des Dunsmore appelaient la pièce le night-club écarlate —, Bill Baldridge prit la bouteille de vin et murmura :

— Doux Jésus ! Haut-brion 61 ! Le vin préféré de votre compatriote de Virginie, Thomas Jefferson ! Un sacré cru !

L'amiral emplit généreusement deux verres, oubliant de rappeler au jeune officier que c'était lui qui lui avait parlé de l'amour de Jefferson pour le haut-brion. Il leva son verre d'un air triste.

— Je ne crois pas que nous puissions boire à la mémoire de Jack avec un vin de moindre qualité, tu ne crois pas ?

— Vous avez raison, monsieur. Rien que le meilleur.

Ils trinquèrent en heurtant légèrement leurs verres.

— A la mémoire d'un très grand officier de marine, le capitaine de vaisseau Jack Baldridge, dit sobrement Dunsmore.

Et pour les deux marins, la pièce se remplit de milliers de souvenirs. Ils burent en silence ce vin de quarante et un ans, d'une belle couleur pourpre, qui venait tout droit de la région des Graves, près de Bordeaux.

— Et, dit le capitaine de corvette, je jure d'écumer la terre entière si nécessaire pour retrouver le type qui a osé prendre la vie de mon grand frère.

Scott Dunsmore était sur le point de demander à nouveau pourquoi Faslane quand le téléphone posé près de son fauteuil se mit à sonner. Bill n'entendit que des bribes de la conversation tandis que le CNO prenait des notes sur un calepin.

— Salut, Arnold, tout va bien ?... Ils ont quoi ?... Où ?... Il était mort ?... Ouais, je suppose qu'il devait l'être... Tu en as déjà parlé à quelqu'un ?... Oh ! Oui, 4 heures du matin... Qu'est-ce qui correspond ?... Oui... Oui... sacrément intéressant... Appelle-moi tout de suite, d'accord ?... Oui... Super... Salut, Arnold.

« Mon petit Billy, le mystère s'épaissit.

— Qu'est-il arrivé ?

— C'était l'amiral Morgan. Il est encore à son bureau. Il vient de recevoir un coup de fil d'un des techniciens du bureau des renseignements de Suitland qui venait lui-même de recevoir des nouvelles de nos hommes à Athènes. Il y a une petite histoire qui court dans les journaux grecs... Le corps d'un marin russe s'est échoué sur la côte sud d'une petite île appelée Kithira, à soixante milles au nord-ouest de l'extrémité orientale de la Crète. Selon Arnold, les journaux disent que le corps a dû séjourner environ deux mois dans l'eau — ils ont pensé, en fait, que le type était mort depuis à peu près dix semaines. Dieu sait comment on peut calculer ça ! De toute façon, ce marin avait encore sa plaque d'identification. L'attaché naval de l'ambassade russe à Athènes a apparemment confirmé qu'il s'agissait d'un sous-marinier. Ils n'ont pas vraiment eu le choix — le flic de Kithira avait noté le grade et le numéro et il avait photographié l'insigne métallique du sous-marinier encore attaché à son pull.

« Arnold dit qu'il est assez étonnant qu'on l'ait trouvé. Le corps était apparemment dans un endroit peu fréquenté, coincé entre deux rochers. Des marins l'ont découvert en cherchant un filet de traîne qui s'était pris justement dans ces rochers.

— Je ne suis absolument pas sûr que ceci ait à voir avec notre affaire, dit Bill. Les Russes ont des sous-marins partout dans ces eaux-là, n'est-ce pas ? Ça n'a rien d'extraordinaire qu'un homme passe par-dessus bord dans cette marine, non ?

— Pas vraiment. Mais les hommes d'Arnold en place à Gibraltar croient avoir entendu un mystérieux bateau diesel électrique dans le détroit, le 5 mai, très tôt le matin. Ils ont un rapport détaillé. Très éphémère. Mais à leur avis, il s'agit d'une visée concernant un sous-marin non nucléaire. Arnold vient de ressortir tout ça de son ordinateur. Le jour où il a reçu l'information, il a été suffisamment intrigué pour appeler Moscou. Mais ce qui l'intrigue maintenant, c'est ceci : Gibraltar est à un peu moins de mille six cents milles de Kithira. Il y a dix semaines, quand le médecin légiste a dit que le marin russe s'était noyé, il a parlé du 26 ou du 28 mai. Selon Arnold, si ce médecin grec sait de quoi il parle et si ce sous-marin couvrait deux cents milles par jour, le Russe qui est tombé d'un bateau serait tombé précisément de celui que notre équipe de surveillance a entendu huit jours plus tard dans le Détroit. Il est en train de vérifier tout ça et de contacter Moscou au plus vite.

— Nom de Dieu ! s'exclama Baldridge.

— Oui, c'est ce que j'aurais dit, répondit l'amiral en remplissant à nouveau leurs verres. Pour le moment, on ne peut rien conclure avant qu'Arnold rappelle demain matin. Maintenant, parle-moi de Faslane.

— Bien. Je suppose que vous savez où c'est — sur un loch écossais isolé, au nord-ouest de Glasgow, avec un accès à l'estuaire de la Clyde et, au-delà des Western Isles, vers l'Atlantique. Faslane n'est qu'un court bras de terre de l'autre côté de Holy Loch, où nous avons développé le programme américain Polaris pendant trente ans. Cette zone est le coin le plus adapté pour les sous-marins, le meilleur du monde, répondant aux normes les plus exigeantes. Et ceci inclut toutes nos bases ici, aux Etats-Unis. Bien sûr, il y avait une foule d'Anglais et d'Américains. Et beaucoup d'estime réciproque. Faslane est aussi l'endroit où l'on donne le meilleur enseignement du monde aux officiers qui souhaitent devenir commandants sous-mariniers. On l'appelle officiellement le « cours pour officiers commandants de sous-marins », mais officieusement « l'université Périscope ». Et les Anglais, eux, l'appellent le Perisher. Ce sont eux qui ont lancé le mot en disant : « Il a raté le Perisher » ou bien : « Il s'est rudement bien débrouillé au Perisher. » Le responsable est appelé « le Professeur » et, quand il parle d'un de ses élèves, il dit : « C'était un excellent Perisher. »

Baldridge fit une pause pour avaler avec délices une gorgée de haut-brion, prit une longue respiration et poursuivit :

— Papy, l'homme que nous cherchons a été un Perisher, et même un Perisher exceptionnel, en ce sens qu'il était à la fois étranger et brillant. J'en suis certain presque à cent pour cent. Et je voudrais que vous vous arrangiez pour que j'aille là-bas pour trouver de qui il s'agissait. Donnez-moi un congé de navigation et je serai prêt à partir dans quelques jours.

— Etant donné l'ampleur des dommages qu'on nous a infligés, je serais tenté de croire que les Anglais vont trouver un nouveau nom pour leur université Périscope, répondit le CNO.

— Cela sera inutile, tout le programme a été supprimé quand le gouvernement tory a sabré les dépenses militaires en 1994. Bien des gens pensent qu'il ne sera jamais remplacé par quelque chose qui en vaille la peine. Le taux d'échec était de vingt pour cent. C'était si difficile que des élèves en ont eu des dépressions nerveuses. Il n'existe aucun endroit au monde où notre commandant arabe aurait appris son métier comme la Royal Navy l'enseigne à Faslane.

L'amiral réfléchit un moment. Puis il dit :

— C'est d'accord. Je vais faire appeler la direction des sous-marins anglais à Londres pour t'assurer une bonne coopération. Je dois seulement éviter de taper trop haut dans cette histoire. Tu sais ce qui arrive : la bureaucratie anglaise est pire que la nôtre. Si j'appelle le Premier Lord de l'Amirauté [1], il passera la balle au ministre de la Défense, qui en parlera au Premier ministre, qui mettra les choses au point avec le roi, lequel, je suppose, en parlera à l'archevêque de Canterbury, qui en parlera à Dieu, dont chacun sait qu'il est britannique. Et avant que tu aies eu le temps de comprendre, tout Londres bruissera de commérages et tout le monde essaiera de savoir ce que nous faisons. Et puis quelqu'un saura. Donc, il vaut mieux garder ceci au plus bas niveau. Je leur dirai peu de choses, juste assez pour que tu puisses rencontrer le patron des sous-marins. Ce sera probablement un amiral « sir » Quelque chose. Toi, tu lui en diras le minimum, si c'est possible. Mais les Anglais sont enclins au cynisme et on essaiera de te tirer les vers du nez. Pourtant, en fin de compte, ils ont le cœur à la bonne place. Et ils sont toujours de notre côté. Ils nous aideront.

Les deux hommes continuèrent à bavarder, reprenant tous les points dont ils avaient déjà parlé. Il devait s'agir d'un Iranien, et celui qui avait commandé le sous-marin avait très probablement appris son métier en Ecosse.

Peu avant minuit, ils se servirent un verre de porto et Bill présenta une dernière requête :

— Papy, pensez-vous pouvoir me faire conduire à l'aéroport demain matin et me permettre de laisser ma voiture ici ? Je voudrais aller au Kansas voir maman, Ray et la famille. Ensuite, j'irai directement à Londres. Il ne servirait à rien de partir vendredi. J'irai dimanche

1. Ministre de la Marine de Grande-Bretagne.

soir, cela me permettra de passer toute une semaine avec la Royal Navy si besoin est.

— Pas de problème, Billy. Attends seulement de savoir ce qu'Arnold aura pour nous demain matin, ensuite tu pourras filer. Tu as ce qu'il faut pour partir ?

— Oui, ma valise est prête. Je m'attendais à être absent de chez moi un bout de temps en venant à Washington.

— Tu as assez d'argent ?

— Arnold va m'en envoyer au Kansas. J'ai prévenu son bureau avant de venir que j'aurais peut-être à faire un saut en Europe.

— Bien. Voyage sur une ligne régulière et fais-toi aussi invisible que possible. Je demanderai que quelqu'un de la Royal Navy t'attende à Heathrow — je ferai en sorte qu'ils sachent que tu travailles pour moi mais pas trop, pour ne pas éveiller de soupçons sur des secrets importants. Joue-la décontracté et mets la pédale douce. Ne leur dis rien que tu ne sois obligé de leur dire.

— C'est noté. Le bureau d'Arnold vous fera connaître le numéro de mon vol. Je partirai dimanche soir et j'arriverai à Heathrow lundi matin de bonne heure.

Les deux hommes retraversèrent le hall.

— Rendez-vous à 8 heures sur la terrasse, dit l'amiral.

Billy se prépara à monter le vieil escalier familier jusqu'à la grande chambre d'amis où il dormait toujours et dans laquelle Elizabeth et lui avaient passé tant de nuits ensemble. Il eut l'impression que tout cela remontait à très longtemps. Avant de monter, il se tourna encore une fois vers l'amiral et dit d'une voix pleine de respect :

— Monsieur, pour la dernière fois, êtes-vous absolument certain, tout au fond de vous-même, qu'aucun autre pays plus ou moins hostile du Moyen-Orient ne peut avoir fait ça ?

— J'en suis sûr. L'Egypte, la Syrie et la Libye ont tous désarmé leurs sous-marins soviétiques à la fin de 1995 à cause du manque chronique de pièces de rechange et d'aide technologique. Selon le Mossad, environ treize navires arabes ont été désarmés à cette époque. L'Egypte manquait d'argent. La plupart des engins ont perdu leur certification d'aptitude à la plongée. Et l'un des bateaux syriens a coulé dans son bassin ! Pour le moment, la Syrie essaie d'acheter trois Kilos, mais de nos jours ça coûte une fortune. Il n'y a pas de crédits militaires à Moscou. La situation des Libyens, en ce qui concerne les sous-marins, ressemble un peu à un feu d'artifice chinois. Ils n'ont pas plongé depuis huit ans, si l'on en croit Fort Meade, et pourtant ils possèdent six bateaux. En réalité, ils sont totalement inefficaces.

— Bonne nuit, amiral, dit Bill. Il n'y a vraiment aucun doute, n'est-ce pas ?

— Il y en a un tout petit, répondit Scott Dunsmore, mais pas assez important pour que tu te fasses du souci.

Le capitaine de corvette grimpa l'escalier d'un pas fatigué et alla se coucher tout seul dans sa ravissante chambre surplombant la grande rivière. Il fit cette nuit-là un terrible cauchemar. Un sous-marin noir géant le poursuivait au fond de la mer, essayant de l'attraper et de l'entraîner vers l'enfer. L'enfer sous-marin. Il s'éveilla en sueur, le souffle court. Ces cauchemars étaient chose commune au sein de la fraternité des sous-mariniers. D'après les psychiatres de la Marine, ils avaient pour origine la lutte contre la peur qui, pendant des années, leur interdisait d'imaginer jamais le sort terrible qui guette les marins du fond des mers. La mort en immersion, dans un navire qui ne répond plus aux commandes — la mort par suffocation ou par noyade. Il est presque impossible de repousser longtemps l'image de cette mort si proche que côtoie tout officier sous-marinier.

101000JUL02. 18 N, 59 E. Vitesse 7 nœuds. Cap au 224. Profondeur 150 m. Position : 260 milles au sud-ouest du point de référence, plein est de Suqrah Bay, Oman.

— Ben, nous rencontrons plein de petits problèmes mais la grosse fuite sur le chapeau de presse-étoupe de l'arbre principal devient inquiétante. L'ingénieur dit que les pompes ne tiennent pas le coup. Il veut qu'on s'arrête, qu'on fasse surface et qu'on répare. L'eau s'engouffre partout.

— Dis à ton ingénieur, Georgy, qu'il pense peut-être avoir des problèmes en plongée mais qu'il en aura dix fois plus s'il remonte.

— Ben, les pompes nous lâchent. Il y a trente centimètres d'eau dans la cale. Elle rentre partout. L'équipage est très inquiet. Les plus jeunes sont même terrifiés.

— Je me fous de savoir combien d'eau s'engouffre tant que vous ne coulez pas. Pour l'instant, j'essaie d'équilibrer les risques. Il faut que tu répondes à une question. Est-ce que les pompes évacuent autant d'eau qu'il en entre ?

— Elles donnent leur maximum, Ben. Mais les batteries en prennent un coup.

— Alors on reste en immersion, mais on remonte doucement à hauteur périscopique. Ça réduira de neuf dixièmes le taux de fuite. Si nous restons en petite profondeur, nous serons hors de vue sans tuer les batteries. J'aimerais qu'il y ait quatre cents milles entre nous et le point de référence. Parce que si nous faisons surface et qu'ils nous prennent, nous serons tous des hommes morts.

— Combien de temps, Ben ? Il faut que je leur dise quelque chose.

— Ecoute, Georgy, c'est un problème mathématique. A une heure du point de référence, il y a une zone de recherche d'environ cent cinquante milles carrés, en gros douze milles par douze, dans laquelle

nous pourrions nous cacher. Il y a là-dedans une douzaine de bateaux qui cherchent tous un sous-marin. Mais après six heures, en naviguant à 7 nœuds, ça fait cinq mille cinq cents milles carrés. Quand nous aurons parcouru quatre cents milles, le carré deviendra impossible et c'est à ce moment-là que nous serons sûrs de rester en vie, tu comprends ? Faire surface serait notre mort. La surveillance américaine est déjà bonne quand ils sont détendus. Mais s'ils soupçonnent quelque chose, leur échapper est presque impossible. Dis-le à l'équipage, Georgy. Nous restons en immersion périscopique et nous continuons à filer sept nœuds jusqu'à ce qu'on coule ou que les batteries nous lâchent.

— D'accord, Ben, tu as gagné. C'est encore ton Professeur Superman, pas vrai ?

— Tu l'as dit, Georgy. Mais cesse de parler de Superman.

Deux heures après que le soleil se fut levé sur les collines du Maryland, Bill Baldridge et Scott Dunsmore buvaient un jus d'orange et grignotaient des toasts. Le jeune officier écoutait en silence l'amiral le mettre au courant de ce qu'avait trouvé l'amiral Morgan.

— Il a contacté Moscou qui refuse d'admettre que le marin noyé faisait partie de l'équipage du Kilo qu'ils croyaient coulé en avril dans la mer Noire. Les hommes de Morgan estiment qu'une bouteille aurait pu traverser le Bosphore, la mer de Marmara et descendre jusqu'aux îles Grecques, mais pas un corps humain. Il aurait été dévoré par les poissons. Ça ne correspond à rien. Les Russes affirment qu'ils ont dit à l'amiral Morgan que le sous-marin avait coulé quand il les avait interrogés, au mois de mai, parce qu'ils croyaient honnêtement que c'était le cas. On a trouvé des débris, mais rien de très significatif, et ils ont fait des recherches pendant un mois. Pourtant ils n'ont jamais trouvé l'épave. Le corps de ce membre de l'équipage *devrait* confirmer ce qu'ils ont sûrement dû soupçonner : que le Kilo s'était échappé de la mer Noire avec son équipage et qu'on ne l'a jamais revu. Cependant, pour des raisons qu'ils sont seuls à connaître, les gens de Moscou ne semblent pas prêts à confirmer ce que Morgan considère maintenant comme une évidence.

— Putain ! s'exclama Baldridge.

— De plus, s'il a traversé la Méditerranée à 8 nœuds, ça pourrait très bien être le bateau qu'un des hommes d'Arnold a entendu dans le poste de surveillance de Gibraltar, très tôt le matin du 5 mai. Les dates correspondent aux affirmations du médecin légiste grec à propos de la date de la mort.

— Comment se fait-il que personne n'en ait jamais entendu parler ?

— Je suppose que tout s'est fait dans le plus grand silence, mais qu'ils ont commis une erreur. Arnold dit que notre homme ne l'a entendu que trente secondes — un arbre unique, cinq pales, une accélération soudaine. Puis le silence. Il était tout à fait certain qu'il s'agissait d'un sous-marin. C'est pour ça qu'il a rédigé un rapport. Il a même dit que l'engin n'était pas nucléaire. Il a *pensé* qu'il s'agissait d'un diesel. Et l'amiral Morgan pense, lui, qu'il avait absolument raison.

— Ça me paraît tout ce qu'il y a de concluant, dit Bill.

— C'est ce qu'on dit quand les choses s'emboîtent comme on veut qu'elles s'emboîtent, répondit l'amiral d'un ton pensif. Mais il y a une autre pièce à ce puzzle.

— Laquelle ?

— Les photos satellites ne montrent que DEUX des trois Kilos iraniens stationnant à Bandar Abbas. C'est comme ça depuis le vendredi 5 juillet.

— Eh bien, si l'un d'eux est parti, comment se fait-il que nous ne l'ayons pas vu tout de suite et que nous ne l'ayons pas suivi à la trace ?

— Bonne question. Le fait est que personne ne l'a vu partir. Personne n'a rien vu du tout.

— Croyez-vous qu'il ait pu partir en douce, sans que personne ne soit au courant et qu'ensuite il ait fait sauter le porte-avions ?

— Je n'en ai pas la moindre idée ! L'expert dit que c'est impossible. Mais il est toujours absent. Si tu veux mon avis, ça rend les Iraniens doublement suspects. Ils auraient pu bouger le sous-marin pour nous lancer sur une fausse piste et nous détourner de celle du bateau loué dans la mer Noire — le vrai coupable.

— C'est possible. Mais les hommes de l'amiral Morgan pensent qu'il leur aurait été impossible de sortir le Kilo du détroit d'Ormuz sans que nous le sachions. Nous avons la caméra du satellite KH-11 qui surveille jour et nuit ce bras de mer. Tous les jours. Je crois qu'ils l'ont simplement déplacé ou caché pour nous tromper. D'une façon ou d'une autre, ils commencent à avoir l'air très très coupables.

— Il n'y a aucun doute là-dessus. Va voir ta maman, Billy. Puis file très vite en Ecosse. Il faut qu'on se bouge.

Ils contournèrent la maison et montèrent dans la voiture de la Marine qui fila par Parkway jusqu'au Pentagone. L'amiral Dunsmore descendit dans le garage où un garde l'escorta jusqu'à l'ascenseur privé qui menait au bureau du général Paul.

La voiture fit demi-tour dans un crissement de pneus et se dirigea vers l'aéroport. Là, Bill Baldridge prit son sac de voyage sur le siège avant et alla chercher son billet.

Il n'attendit qu'une heure avant d'embarquer et dormit pendant presque tout le voyage jusqu'à la grande ville étalée sur le Missouri, une métropole à cheval sur deux Etats.

Il devrait prendre une navette jusqu'à Wichita, puis un petit Beechcraft local jusqu'à Great Bend. Bill appela son frère Ray de l'aéroport et lui demanda de venir le prendre car il y avait soixante kilomètres jusqu'au ranch.

L'aéroport international de Kansas City est situé à l'angle supérieur droit de l'Etat, au nord de la rivière. Bill ne s'y était jamais senti chez lui. En fait, il ne se sentait chez lui nulle part tant qu'il n'avait pas bouclé sa ceinture dans l'avion qui, vers le sud-ouest, l'amenait à Wichita où il commençait à retrouver le bon vieil accent de son enfance. Aujourd'hui, par cette belle journée claire de l'été du Middle West, avec un ciel bleu de cobalt, il pouvait admirer la grande table de billard que formait son pays, les milliers d'hectares de blé et, bientôt, les plaines frissonnantes de pâturin, les meilleurs pâturages du monde.

Parce qu'il n'aurait jamais osé prendre un petit déjeuner avec le chef de l'état-major de la Marine sans être en grand uniforme, il arrivait chez lui encore vêtu en officier de la Marine des Etats-Unis.

Mais plus l'avion approchait du cœur des Etats-Unis, plus il était impatient d'enfiler ses hautes bottes sellier, ses éperons et ses jambières, de retrouver son grand cheval bai entre ses jambes, son grand fouet et son stetson.

Il savait que, dans dix minutes, il verrait tout en bas un des plus beaux phénomènes géographiques des Etats-Unis — l'élévation soudaine des plaines en une série de collines arrondies en forme de dômes. Pour un étranger, cela pouvait ressembler à quelques anciennes tombes indiennes, un peu comme la vallée des Rois, en Égypte.

C'étaient les étranges collines de Flint, s'élevant les unes derrière les autres en une belle symétrie sculptée, vert foncé en ce mois de juillet mais, à l'horizon, d'une sorte de bleu brumeux et parfois presque violettes. Vues de là-haut, elles paraissaient désolées, comme un endroit où l'on pensait pouvoir trouver une vraie solitude.

Ils volaient franc est de Wichita maintenant, au-dessus de la route inter-Etats, à l'est de la frontière du Missouri, près de l'ancien poste de cavalerie, Fort Scott. Tout en bas, Bill savait que s'étendait l'immense ranch de Spring Creek appartenant à la famille Koch — le plus gros employeur du Kansas, les industries Koch de Wichita, le plus grand empire privé de pipelines de pétrole du monde.

Le vieux Fred Koch et Tom Baldridge avaient été de très bons amis dans les années 1960 mais Fred était mort jeune et Bill savait qu'une kyrielle de frères avaient hérité de la propriété. Le plus jeune et, d'après Jack, le plus sympathique et le plus intelligent, était Bill Koch, qui avait gagné l'America's Cup au large de San Diego, en 1992. Jack était allé le voir, invité plusieurs fois par son ami lorsqu'il était en permission. Jack disait depuis plusieurs années que Bill Koch devrait se présenter au poste de gouverneur de l'Etat.

L'avion perdait de l'altitude maintenant, et vint se poser sur l'aéroport de Wichita-Mid Continent qui accueillait journellement beaucoup de jets privés transportant des directeurs de grosses sociétés pétrolières et de construction aéronautique.

Quand Bill sortit de l'appareil, l'air des plaines, comme chaque fois, lui parut avoir meilleur goût. Trois fois, pendant qu'il se dirigeait vers la zone des bagages, il fut arrêté par des connaissances qui lui présentèrent leurs condoléances.

Le capitaine de corvette Baldridge fut aimable et poli avec chacun. Alors qu'il prenait son sac, il entendit une voix familière :

— Hé ! Billy !... Tu viens à Great Bend avec moi ?... Il n'y aura que nous trois. On m'a dit que tu allais probablement venir.

Ici, les courts trajets en avion n'avaient rien d'exceptionnel. Les grandes familles du Kansas ne se fatiguaient jamais à prendre des billets. Les Baldridge recevaient chaque mois la facture très raisonnable de leurs déplacements, que réglait le bureau du ranch.

A présent, Rick Varner, le pilote, prenait le sac de l'officier de marine et se dirigeait vers un Beechcraft.

— Je suis allé voir ta mère à Tribune hier, dit-il. Il y a un petit terrain d'aviation juste au sud-est de la ville. Elle voulait rendre visite à Jethro Carson. Elle m'a dit que la mort de Zack avait brisé le cœur du pauvre vieux. Il n'a pas dit une parole depuis qu'il a appris la disparition de l'amiral. Apparemment, tout le comté de Greely a pris le deuil. Jethro est très âgé, mais il était en excellente santé jusqu'alors. Ta mère pense que ça pourrait l'achever. Elle dit qu'il n'y a pas d'âge pour avoir le cœur brisé.

— J'en suis sûr, Rick. Je ne me sens pas tellement en forme moi-même. Maman allait bien ?

— Un étranger pourrait le croire. Mais je connais Mme Baldridge depuis très longtemps. Elle s'efforce de faire bonne figure. Je n'ai jamais vu autant de gens si tristes que mardi dernier, quand on a appris pour le porte-avions et qu'on a su que Jack était à bord. Au bureau, j'ai vu quatre personnes pleurer. Mon copilote était en larmes, et moi aussi. On n'avait pas vu Jack depuis un moment mais tout d'un coup cela nous a paru si réel... tu sais, on connaît quelqu'un depuis si longtemps... et soudain il s'en va.

— Il va laisser un vide immense dans notre famille, c'est vrai...

Ils restèrent silencieux pendant les vingt-cinq minutes du voyage à travers les plaines, puis Rick amorça la descente et traversa à basse altitude l'immense courbe couleur de jade de l'Arkansas River. C'est de ce grand coude qu'est née la cité de Great Bend, sur la rive nord, où le courant de l'eau dévie sa course vers le nord-est pour filer vers le sud-est à travers les basses plaines fertiles jusqu'à Wichita. Puis le fleuve poursuit sa large route, presque plein sud, et pénètre en Oklahoma. L'Arkansas est l'un des plus grands fleuves américains, sortant des Rocheuses au Colorado, roulant sur deux mille quatre cents kilomètres à travers les hautes plaines du Kansas puis les luxuriantes basses plaines du sud-est de l'Etat, traversant l'enclave de l'Oklahoma pour entrer en Arkansas. Il se heurte presque au Missouri, à quatre-vingts kilomètres de la frontière de la Louisiane.

Malgré son immense voyage entre divers Etats, les gens du Kansas le considèrent comme leur fleuve personnel et rien de ce qu'il a fait avant, rien de ce qu'il fait après avoir quitté leur Etat ne les intéresse vraiment. Pour Bill Baldridge aussi, ce fleuve était son fleuve.

Ils se posèrent sur le petit aérodrome commercial de Great Bend où la longue silhouette bronzée de Ray Baldridge se détachait, en chemisette de coton à manches courtes et stetson, attendant de ramener son jeune frère à la maison.

— C'est bon de te voir, gamin, dit-il en souriant.

Mais la mort de Jack était trop accablante et ils se dirigèrent en silence vers la Cherokee.

Ray brisa le silence.

— Maman n'a pas l'air trop mal mais je suppose qu'elle prend sur elle, dit-il. Je n'arrive pas à croire que nous ne le reverrons jamais. En tout cas, le ranch va très bien. On a fait un paquet de fric, cette année, et les bénéfices vont toujours au compte que papa a ouvert. J'espère seulement que tu quitteras bientôt la Marine et que tu reviendras prendre les choses en main. Moi, je suis bon pour m'occuper des bêtes, surveiller la production, engager ou virer les employés, faire rouler tout ça. Mais je suppose que nous pensions tous que Jack reprendrait le boulot le plus lourd... l'achat et la vente de terrains, le budget des réparations, l'investissement dans de nouveaux troupeaux, surveiller les marchés, décider quand il faut vendre et tout ça. Personne ne peut faire cela pour nous, en fait, sauf un membre de la famille. Nous avons des comptables qui font de leur mieux... mais ce n'est pas comme si c'était toi... ou papa... ou Jack. Je souhaite qu'un Baldridge pur sang prenne les choses en main.

— Oui, je sais, Ray. J'ai un dernier travail à faire pour la Navy. Après ça, je donnerai ma démission, surtout parce que je n'aurai plus de promotion importante. Je préfère rendre mes billes que de rester capitaine de corvette jusqu'à la fin de ma carrière. J'avais prévu de rentrer à la maison de toute façon, cette année ou l'année prochaine. Mais, merde, je n'avais pas prévu de reprendre l'affaire tout seul ! C'est une sacrée tâche. Le travail de toute une vie.

— Tu as pigé, Billy, mais c'est ta vie... et la mienne.

Déjà ils avaient traversé la frontière du pays pawnee et se dirigeaient vers l'ouest, à travers les anciens territoires indiens, le long d'une route plate presque déserte, droite comme le canon d'un fusil. A gauche et à droite, le paysage était identique, des kilomètres de terres cultivées sans relief, parfois du blé, moins souvent du maïs presque mûr, presque partout de grandes étendues de prairies, de l'herbe jusqu'à l'horizon, ondoyant au souffle léger mais permanent du vent du sud.

C'était le Big Country, la terre de Wyatt Earp, des frères Dalton, de Bat Materson, Wild Bill Hickok, des Comanches, des Pawnees et des Kanza de l'ancien temps, les Indiens des plaines qui chevauchaient autrefois par ici, derrière des troupeaux de bisons longs de quarante kilomètres.

Le ranch Baldridge, avec sa marque distincte B/B, gravée sur la grille de fer forgé devant la maison, s'étendait en réalité au-delà de la frontière pawnee jusqu'au comté de Hodgeman. Construit sur une riche plaine alluviale, il occupait le terrain où convergent la Pawnee River et Buckner Creek avant d'aller se jeter dans le large Arkansas. Mais les terres des Baldridge commençaient avant la frontière, à cheval sur les deux comtés, et Bill aperçut une partie du troupeau de la famille — des bœufs de race Hereford aux mufles blancs — longtemps avant de pouvoir distinguer la maison de sa mère.

Il leur jeta un coup d'œil d'expert.

— Ils ont l'air bien, Ray, dit-il. Ils te font honneur. Comme toujours.

— Merci, petit frère. On a eu de la chance, cette année. Beaucoup de pluie à la fin du printemps, ça fait pousser l'herbe — tu connais la chanson, plus la pâture est bonne, moins les bêtes se déplacent et plus elles prennent du poids.

— Ouais, dit Bill.

Il retomba dans le silence. Et une fois encore, il vit mentalement le sinistre Kilo russe, tout noir. Il savait exactement à quoi il ressemblait, comme il connaissait dans leurs moindres détails les bœufs du ranch. Pour le moment, il lui semblait vivre dans deux mondes à la fois, chacun à des milliers d'années-lumière de l'autre — ici les vents caressants et les troupeaux broutant sur ce qu'un poète du Kansas décrivit un jour comme les Prairies du Bon Dieu. Et, très loin, l'infâme, la menaçante arène du terrorisme militaire international au milieu de laquelle il allait se retrouver à la fin de la semaine.

Ray arrêta la Cherokee devant la porte de la vaste maison blanche à bardeaux, avec ses longues colonnes doriques, nichée au milieu des grands érables plantés par des générations de Baldridge.

A l'intérieur, à l'extrémité d'un immense hall lambrissé, on entrait par une arcade dans un salon baigné de soleil. C'est là qu'était assise Emily Baldridge, une grande femme aux cheveux blancs qui dirigeait la famille. Elle avait soixante-quinze ans. Tenant dans ses mains une tasse de thé anglais, elle parcourait *Kansas,* le magazine de l'Etat, et, Bill le devinait, tentait d'ignorer la grande peine qu'elle ressentait.

Elle se leva quand il passa la porte, sourit et prit dans ses bras le plus jeune de ses fils.

— Et comment va mon bel officier de marine, aujourd'hui ? demanda-t-elle en le regardant.

— Tout à fait bien, maman, dit-il en s'étonnant secrètement de sa maîtrise, si tôt après la mort affreuse du chef de famille. J'ai un tas de nouvelles diverses et variées. J'ai été désigné pour enquêter sur l'accident du porte-avions, et je suis pratiquement décidé à quitter la Marine dès que l'enquête sera close. Ray et moi en avons parlé. Je rentrerai dans moins d'un an.

— Oh ! Que Dieu te bénisse, Billy ! J'ai tant espéré que tu le fasses. C'est trop pour Ray et moi. Je craignais qu'il ne se passe des années avant que Jack ne revienne pour de bon... mais maintenant il ne reviendra plus... j'étais presque décidée à réduire la terre et le troupeau. C'est trop gros pour nous.

— Eh bien dis donc ! Je suis heureux que ni papa ni Jack ne t'aient entendue dire ça ! Tous les deux détestaient vendre quoi que ce fût. Et je n'aime pas trop ça non plus, alors n'en faisons rien. Et, maman... tu avais raison. Il se serait passé des années avant le retour de Jack. Ils allaient le nommer amiral, tu sais ? Il aurait fini sa carrière dans les plus hautes sphères. Au Pentagone. Il était le meilleur chef de guerre potentiel que j'aie jamais connu. Tout le monde le sait. Scott disait toujours qu'il gardait au chaud le fauteuil de CNO pour le commandant Baldridge. Et il ne parlait pas de moi, je t'assure !

— Ah ! mon chéri ! Mais il ne montait pas à cheval aussi bien que toi.

— Non, maman, sûrement pas ! Mais il aurait pu anéantir la flotte russe. Je l'ai entendu dire plus d'une fois qu'il serait ravi de le faire. C'était quelqu'un, n'est-ce pas ?

Bill savait qu'il devait très vite changer de sujet. Mais quelque chose le poussait à parler de Jack. Il regarda sa mère avec une affection profonde et vit que c'était trop tard. Elle essaya de lui dire que Margaret et ses deux petites-filles devaient arriver de San Diego la semaine suivante. Mais les larmes ruisselaient sur son visage — des larmes désespérées, incontrôlables, désolées pour la perte de son second fils si tendrement chéri, le seul des trois qui ait tant ressemblé à leur père. Celui qu'elle avait aimé plus que tout.

— Je le coincerai, maman, dit-il très vite sans qu'elle puisse comprendre de qui il parlait. Tu peux parier le ranch que je le coincerai !

Mais Emily Baldridge était trop occupée à se maîtriser pour s'inquiéter de l'agitation de Bill. Elle accepta avec reconnaissance le grand mouchoir de tissu blanc qu'il lui tendit et se dirigea rapidement vers la porte.

— Je vais rejoindre la civilisation, dit-elle. Va te reposer. Nous nous retrouverons à 7 heures sous la véranda.

Bill la regarda partir avec une profonde tristesse. Elle était si belle, toujours accrochée à ses manières un peu raides de la côte Est et au vieux tabou qui l'empêchait d'extérioriser ses émotions, portant toujours l'empreinte du Wellesley College, aussi visible que si on l'avait marquée au fer d'un « W » juste avant la fin de ses études. Tom Baldridge et elle avaient formé un couple un peu inhabituel aux yeux des étrangers. Elle était tellement plus policée que son rancher du Kansas aux larges épaules !

Bill suivit sa mère en haut du long escalier de chêne, passa l'arcade surmontée de grosses cornes de *longhorns* et décorée d'insignes indiens. Il se dirigea vers sa vieille chambre qui l'attendait toujours. Il y retrouva la lourde couverture sioux aux couleurs vives jetée sur son lit, les lances comanches croisées au-dessus du miroir, la grande image sépia de Crazy Horse qui regardait sévèrement la pièce. C'était le quartier général d'un jeune scout, d'un vétéran des centaines de batailles livrées dans ces plaines historiques du pays des Indiens. Au pied du lit l'attendaient deux paires de bottes de cow-boy, dont une avec des éperons. Dans la grande armoire de pin, il y avait quatre stetsons et tout un choix de chemises et de pantalons de cow-boy que se devait de porter le plus jeune fils d'un des principaux ranchers de la région.

Dix minutes plus tard, il traversait la véranda vêtu du seul costume dans lequel il se sentait vraiment à l'aise, un stetson blanc léger légèrement rejeté en arrière, juste assez pour protéger ses yeux de la vive lumière du soleil. Ce soir, il allait chevaucher un peu, tout seul, vers l'ouest, vers le gigantesque coucher de soleil du Kansas. Ses éperons résonnèrent légèrement quand il se dirigea vers les étables et vers Freddie qui l'attendait.

Il s'arrêta un instant pour parler au grand cheval bai que Ray et lui étaient les seuls à monter. Puis il installa la lourde selle de l'Ouest décorée de dessins indiens et d'une corne de selle sur le dos du cheval. Il serra les sangles, bougeant avec aisance autour de l'animal, caressa doucement la queue de Freddie sans craindre un coup de sabot capable d'envoyer un cavalier peu expérimenté valdinguer dix mètres plus loin.

Quand Bill passa près des abreuvoirs, saluant des ouvriers qui réparaient une clôture, personne n'aurait pu deviner qu'il avait vécu loin de cet endroit.

— Hé ! Billy ! Bienvenue... C'est terrible pour Jack. Tout le monde est très triste par ici.

Il chevaucha lentement vers l'ouest, là-bas entre les deux rivières. A quarante kilomètres vers le sud-ouest s'étendait Dodge City, la seule ville un peu importante du coin — sa mère était administratrice du musée de Dodge City. Plus loin, il n'y avait presque rien, des kilomètres de prairies sur lesquelles le vent dessinait des signes sur le pâturin. Dans la lumière de cette fin d'après-midi, les champs prenaient une teinte d'un vert doré. Mais quand le vent du sud lançait un de ses petits zéphyrs et que l'herbe se couchait sous leur souffle, les tiges bleues s'agitaient en longues vagues comme un frémissement sur l'eau. Bill contemplait les motifs bleus, comme quand il était petit et qu'il imaginait un océan qu'il n'avait jamais vu.

Les sabots de Freddie ne faisaient presque pas de bruit sur l'herbe haute et luxuriante de la prairie. Les seuls sons audibles étaient, de temps à autre, le froissement d'une tige et les stridulations ininterrompues des cigales. Baissant les yeux, Bill aperçut des taches terreuses là où l'herbe et les fleurs sauvages semblaient avoir été victimes d'une tondeuse géante et où le vent était impuissant.

Les grands troupeaux des Baldridge étaient passés par là très récemment. Si récemment qu'aucune fleur n'avait refait de pétales. Il se dit que le troupeau ne devait pas être loin, mais il devait rentrer pour retrouver sa mère et Ray. Dans un peu plus d'un kilomètre, il allait falloir faire demi-tour. Il laisserait peut-être Freddie pousser un petit galop puis souffler un peu, pour le garder en forme.

L'homme et sa monture continuèrent un moment leur chevauchée, à un petit galop léger à travers ces contrées solitaires que la nature a toujours voulues ouvertes au vent, à la pluie et au soleil.

Bill regarda devant lui un banc de hauts nuages s'empiler à l'horizon. Il plissa les yeux à la lumière du soleil couchant qui avait déjà pris la couleur d'un brasier qui s'éteint. Il ne distinguait pas encore les troupeaux. Il fit faire demi-tour à son cheval et prit le chemin du retour, le reste de la chaleur du jour lui chauffant les épaules. A un kilomètre et demi du ranch, près de la crique où le sol était le plus meuble, il éperonna Freddie qui prit le galop.

Il aperçut devant lui deux cow-boys ramenant de la rivière une demi-douzaine de bouvillons égarés. Ils les avaient pratiquement regroupés maintenant et chevauchaient l'un devant, l'autre à gauche des bêtes. Mais deux des bouvillons ne cessaient de retourner vers l'eau. Instinctivement, Bill poussa Freddie et tira son fouet du côté gauche de sa selle. Il arriva par la droite, en une foulée régulière, juste à côté du fuyard de tête. On distinguait nettement sur son flanc le célèbre B/B du ranch.

Bill poussa un cri, fit claquer son fouet au-dessus de sa tête et poussa Freddie vers le flanc droit du bouvillon puis fit dévier l'animal qui rejoignit très vite le troupeau. Bill ne put s'empêcher de sourire en voyant l'expression soulagée de son regard bovin.

Il chevaucha jusqu'au groupe, prenant tout naturellement sa place à droite pour éviter toute nouvelle échappée.

— Hé ! Merci, Bill, dit le plus âgé des deux hommes, un grand cow-boy à la joue déformée par une chique de tabac. T'as pas perdu la main, on dirait ?

Les deux hommes ne s'étaient pas parlé depuis au moins deux ans, mais il y a des endroits où le temps n'a pas de prise. Bill sourit.

— Pas de problème, Skip. Avec cette chaleur, les bêtes ont du mal à quitter la rivière.

— Sûr ! Tu restes longtemps ?

— Hé, hé ! Je pars dimanche.

— Tu nous manques. On pensait que tu reviendrais peut-être maintenant, avec... Jack et tout ça.

— Je reviendrai l'an prochain. Pour de bon.

Ils chevauchèrent en silence un moment puis Skip McGaughey reprit la parole :

— Tu sais ce que je déteste le plus dans la Marine, Bill ?

— Vas-y.

— C'est qu'il n'y a pas de tombes pour la plupart de ceux qui meurent sur un de ces gros navires de guerre. Tu sais, mon grand-père a été tué dans le Pacifique pendant la Seconde Guerre mondiale. Et ma grand-mère a toujours dit qu'elle aimerait bien avoir un endroit où elle pourrait lire son nom gravé.

— Ouais. Bien sûr, pour le *Jefferson,* il n'y a pas eu de cadavres, même pas un bout d'épave. Les explosions nucléaires ne laissent pas grand-chose derrière elles.

— Au moins ça a été instantané.

— Aucun doute là-dessus.

— Tu vas faire faire une stèle pour Jack ?

— Je suppose. Je n'y ai pas encore pensé. Maman est un peu retournée pour l'instant.

— Seigneur ! Oui ! Quand même, je pense qu'il faudrait faire quelque chose. Tu sais, depuis que ton père est mort, on a toujours appelé Jack « patron », même si on ne le voyait pas souvent.

— Oui, je le savais. Moi aussi, je l'appelais comme ça. Je suppose que tu sais qu'il servait comme officier d'opérations du groupe de combat sur le porte-avions. Il était le bras droit de l'amiral. Ils allaient le nommer contre-amiral, c'est sûr.

— Je suppose qu'on ne l'aurait presque jamais vu.

— Pas avant quelques années, sans doute.

— C'est une raison de plus pour lui faire une stèle, non ?

— Quel genre de stèle ? Il faudrait que ce soit discret. Jack aurait détesté un truc voyant.

— Eh bien, avec les gars on y a pensé. Tu sais comme Jack aimait aller pêcher, là-bas, au pied des rochers de la crique. A environ quatre cents mètres de la maison principale, un de ces rochers est assez gros, à peu près sept mètres de haut, en pur granit, comme la couche qui recouvre les collines de Flint. Qu'est-ce que tu dirais d'une plaque de bronze posée sur ce rocher par un tailleur de pierre ? Quelque chose de discret et d'impressionnant à la fois, comme lui.

Bill réfléchit un moment, repensant à Jack, au gros navire américain, au Kilo noir russe qui, il le savait, avait coulé les Américains. Alors, il parla :

— Skip, j'adore cette idée. Jack a pêché là toute sa vie. Il aimerait sûrement. J'en suis sûr. Tout près de l'eau. Je vais te dire, je ferai un brouillon de l'inscription, Ray cherchera une photo et fera faire de lui un portrait en relief en uniforme. La tête et les épaules. Environ trente centimètres de haut, au-dessus de la plaque. Je laisse la réalisation à Ray et toi, d'accord ? Tu t'occuperas de sa mise en place et on organisera un petit service au printemps. On fera la surprise à maman... Je ferai venir quelques huiles de la Navy. Cette petite crique sera pleine de marins et de cow-boys. Quand le prêtre bénira la pierre, je suis sûr que l'âme de Jack viendra là, même si elle doit traverser la moitié du monde... en tout cas, elle sera là pour nous tous.

— C'est magnifique, Bill. Ça sera superbe. Et on sera tous près du patron chaque fois qu'un de ces bouvillons de malheur s'égarera vers la rivière.

— Dis donc, je suis content qu'on se soit rencontrés. Est-ce que la grille est ouverte près des abreuvoirs ?

— Ouais. J'ai là le jeune Razor qui est prêt à la refermer dès qu'on sera passés.

Les trois cow-boys commencèrent à se resserrer autour des bouvillons, chacun avec un fouet de vacher. Les chevaux se rapprochèrent en se dirigeant vers la grille. Puis Skip se détacha du groupe, se porta à l'arrière des bêtes et, avec un grand cri, fit claquer son fouet. Les jeunes bœufs, sans regarder derrière eux, coururent chercher refuge dans le corral. Razor referma la grille derrière eux.

— Beau travail, Skip, dit Bill d'une voix traînante.

— J'ai le coup de main, depuis le temps !

Puis Bill dirigea sa monture vers l'écurie.

— Salut, les gars ! cria-t-il par-dessus son épaule. A la prochaine.

— Ouais, à bientôt, Bill — ne les laisse pas te démolir.

Alors, par espièglerie, le jeune patron du ranch remarqua :

— Le niveau de l'eau est un peu bas !

— Arrête ! Ça fait trente-cinq ans que je le remplis. Je ne crois pas que les bêtes mourront de soif ce soir.

— Je sais. Je voulais seulement t'aider à ouvrir l'œil, cria Bill en riant.

— Fiche le camp ! dit le vieux cow-boy en gloussant.

Bill le salua de la main, fit entrer Freddie dans l'écurie où le jeune Razor, rapide comme l'éclair, était déjà prêt à l'aider à desseller, nourrir et abreuver sa monture.

— Merci, mon vieux, dit Bill en lui glissant dans la main un billet de vingt dollars. Occupe-toi de lui quand je serai parti.

Dans l'autre écurie, il aperçut le vieux cheval de Jack. Il lui parut un peu triste, comme tout le monde au ranch. La tristesse était partout et Bill sortit dans le brillant coucher de soleil, pensant à Jack et la choquante stupidité de sa mort.

Avant de prendre une douche et de se changer pour le dîner avec sa mère et la famille de Ray, il s'assit un moment devant son bureau d'écolier et écrivit sur un vieux bloc les mots suivants :

CAPITAINE JACK ETHAN BALDRIDGE
(1959-2002)
Fils très chéri de feu Tom Baldridge
et d'Emily Henderson Baldridge
Perdu en mer dans l'accident
de l'USS *Thomas Jefferson* le 6 juillet.
Le commandant Baldridge,
officier des opérations du groupe de combat
à bord du porte-avions, périt dans le golfe d'Arabie
avec les six mille vingt et un marins servant sur le navire.
Bon éleveur, brillant officier de marine,
honneur du Kansas,
Il ne sera jamais oublié de tous ceux du B/B.

Le dîner avec sa famille fut trop triste pour qu'il plaisante et la discussion porta surtout sur l'avenir des vingt et un mille hectares de terre des Baldridge. Emily expliqua à son fils que, lorsqu'il reviendrait, il devrait occuper la grande maison, en tant que patron de l'exploitation. Ray, sa femme et les enfants préféraient rester à River House, la maison de six pièces, plus petite mais plus belle, à quatre cents mètres de là, après les paddocks des chevaux.

Si Bill revenait avec une épouse, alors Emily irait s'installer à « La Botte », une maisonnette de trois pièces de l'autre côté de la pelouse, construite par le grand-père de Bill et inoccupée depuis la mort de celui-ci. La Botte, dont le nom venait de sa forme, n'avait rien de particulier, à part une immense pièce avec un plafond à caissons, orné à chaque coin d'insignes indiens et d'un kayak peint suspendu aux chevrons.

Chaque mur était orné de têtes d'élans, de bisons et il y avait même un chat sauvage. Tous les sofas, fabriqués au ranch, étaient recouverts de couvertures indiennes. Trois épaisses peaux d'ours décoraient le plancher de bois. Une immense cheminée de pierre faisait de la pièce l'endroit le plus confortable de toute la propriété par les froides soirées d'hiver.

Bill avait toujours pensé qu'il était dommage de ne jamais l'utiliser sauf pour les réceptions. Il se dit que si sa mère s'y installait, le bison et le chat sauvage disparaîtraient dans les dix minutes pour être remplacés par des tableaux représentant ce qu'elle considérait comme « des décors plus agréables ». Emily pensait faire construire une belle maison neuve pour la veuve de Jack, Margaret, et ses deux filles.

Comme la plupart des épouses d'officiers de marine, Mme Jack Baldridge vivait soit sur la côte Est, soit sur la côte Ouest. Mais dès qu'elle avait appris la catastrophe du golfe Persique, elle avait exprimé le désir d'amener sa famille au cœur des Etats-Unis, au cœur de la famille Baldridge, l'endroit au monde le plus proche du souvenir de son mari perdu.

Emily avait été magnifique. Elle avait envoyé deux employés et son notaire à San Diego pour aider au déménagement de la famille de Jack. Elle avait essayé de faire comprendre à sa veuve que le rythme tranquille de la vie à Burdett n'était peut-être pas ce qu'elle imaginait. Mais Margaret lui avait assuré qu'elle voulait commencer une nouvelle vie là-bas.

Maintenant, Emily se préparait à les recevoir à bras ouverts, au cœur même de l'empire des Baldridge. Elles représentaient la nouvelle génération et venaient perpétuer une tradition. Emily ne pouvait réprimer un sentiment de joie malgré ses larmes. Elle adorait Margaret et ses petites-filles et avait souvent ressenti une certaine tristesse en pensant qu'elles seraient presque adultes quand leur père reviendrait vivre au ranch.

La mort de Jack les avait tous privés d'un meneur-né et d'un père aimant, mais, aux yeux d'Emily Baldridge, cette mort avait rapproché la famille. Tom aurait aimé cela, tous les jeunes Baldridge ensemble au B/B.

Les jours suivants s'écoulèrent très vite, et Bill en passa une grande partie enfermé avec les conseillers financiers de la famille à Dodge City, pour remettre à jour le fidéicommis après la mort de Jack. Il fit plusieurs visites du ranch avec Ray et laissa des instructions écrites aux comptables pour l'achat éventuel d'un hectare supplémentaire près de la crique, plus à l'ouest. Il y avait de la terre, au nord, que Ray voulait vendre mais le fidéicommis avait décrété qu'on ne pourrait vendre aucune terre sans la remplacer par une autre. De sorte que les terres des Baldridge n'avaient jamais diminué depuis trois générations.

Le dimanche matin, 14 juillet, reposé et revêtu de son uniforme fraîchement repassé, Bill se dirigea vers la Cherokee près de laquelle l'attendait Ray. Il ouvrait la portière lorsque sa mère descendit rapidement les marches de la véranda.

— Billy ! appela-t-elle. Une chose avant que tu partes... essaie de... de prendre soin de toi, dit-elle en se mettant sur la pointe des pieds pour l'embrasser.

— Ne t'inquiète pas, maman, la rassura-t-il.

Bill ne lui avait pas dit où il allait, mais elle ressentait un certain malaise. La dernière mission de son officier de marine avait, elle le sentait, des implications sinistres.

Emily Baldridge regarda, silencieuse, la Cherokee s'éloigner vers la prairie dans un nuage de poussière.

Chapitre VI

Le capitaine de corvette Baldridge arriva à Logan Airport, l'aéroport de Boston, le dimanche en fin d'après-midi. Dehors, la température était toujours de trente-huit degrés sous un ciel clair. Il prit sa valise et se dirigea vers le comptoir d'American Airlines, tendit son billet de classe économique et son passeport. Une petite brune mince, du service clientèle, s'approcha de lui.

— Monsieur Baldridge ?

— C'est moi.

— Venez par ici, je vous conduis à l'Admiral's Club. Je vous y apporterai votre billet et votre passeport.

Bill haussa les épaules et suivit un large couloir, passa le point de contrôle de sécurité sans faire retentir l'alarme du détecteur de métaux jusqu'à une lourde porte de chêne donnant sur le sanctuaire réservé aux passagers de première classe. La jeune femme l'ouvrit, appela d'un signe de tête impérieux l'employé qui le conduisit jusqu'à une table d'angle marquée « réservé ». Un téléphone privé était posé à côté d'un fauteuil profond. Quelqu'un lui demanda s'il voulait boire quelque chose, un café, peut-être ?

— Un café, s'il vous plaît, dit Bill. Noir. Deux sucres. Merci, madame.

Personne, à American Airlines, ni d'ailleurs au quartier général de la Royal Navy, n'avait la moindre idée de la mission du jeune officier américain. Quand on appela les passagers de son vol, Bill fut escorté jusqu'à un siège de première classe, sans personne à côté de lui. Il but un grand verre de jus d'orange, dîna d'un steak et d'une salade de fruits et dormit le reste de la nuit. Le voyage dura six heures mais lui parut court. L'hôtesse le réveilla avec une tasse de café. Il la but, puis s'éclipsa pour se raser et descendit la passerelle d'Heathrow, l'aéroport de Londres, à sept heures du matin, reposé mais d'humeur sombre.

On l'escorta au contrôle des passeports et on lui apporta son sac de voyage dans le hall de la douane. Après quoi, il emprunta la file « vert, rien à déclarer », et on le remit aux bons soins d'un chauffeur de la Royal Navy et d'un officier féminin.

Confortablement installé sur la banquette arrière, il laissa le chauffeur se faufiler dans la circulation, intense à cette heure d'affluence. Ils prirent la M 4 et, de là, par une route sinuant à travers les faubourgs de l'ouest de la ville, gagnèrent l'imposante base militaire de Northwood, bordée d'arbres, à quatre-vingts kilomètres du centre de Londres. C'est d'un bunker situé sous ces bâtiments modernes que Margaret Thatcher, entourée de ses généraux, amiraux et général de corps aérien, avait dirigé la guerre des Malouines. Seule la forêt de radars et d'antennes de communication par satellites surgissant d'une demi-douzaine de toits laissait deviner que cet endroit était une citadelle profonde, protégée et secrète, des défenses militaires de Grande-Bretagne.

Ils passèrent la grille gardée, descendirent une colline et s'arrêtèrent devant le bâtiment principal.

— J'ai cru comprendre que vous alliez passer ici une bonne partie de la journée, monsieur, dit le chauffeur. Laissez votre sac, je vous attendrai.

Bill, escorté, monta l'escalier, passa une porte de verre et grimpa deux étages jusqu'aux bureaux de l'amiral sir Peter Elliott, officier général des sous-marins de la Royal Navy — OGSM.

Il fut accueilli par l'officier d'ordonnance Andrew Waites qui lui serra la main et le conduisit dans le bureau d'à côté pour rencontrer le chef d'état-major de l'amiral, le commandant Dick Greenwood. L'ambiance était celle des bateaux de guerre, grisâtre, avec des bureaux métalliques en pagaille et des tapis un peu fatigués.

C'était le personnel qui en faisait un monde à part, comme au Pentagone. Ici, en Angleterre, chaque homme portait sa « tenue numéro deux », pantalon bleu marine, chemise blanche, cravate noire, veste de marin à col haut et revers. Un petit insigne sur l'épaule indiquait le grade.

Mais les visages, les manières, les attitudes étaient ceux d'hommes très entraînés, confiants et capables.

Bill eut l'impression qu'à la Royal Navy, on vivait comme dans un sous-marin, à en juger par les bribes de conversation qu'il saisit : « Oh ! Merde ! », « Jésus-Christ ! », « On va leur envoyer un autre putain de message »... Il sourit. C'était toujours comme ça dans un service de sous-mariniers. La difficulté des communications avec un navire en plongée qui, la plupart du temps, n'entendait rien de ce que l'on disait, était la partie la plus frustrante du métier.

Le chef d'état-major était un modèle de politesse et d'efficacité.

— Je ne vois pas de raison de s'éterniser ici. Dites-moi comment vous aimez votre café et nous irons voir le patron.

L'amiral Elliott se leva de son fauteuil pour serrer la main de l'Américain. Il n'était pas aussi grand que Bill, mais il était mince et se tenait très droit, de toute évidence une attitude militaire. Ses yeux bleus avaient un regard perçant. Ses cheveux sombres blanchissaient aux tempes, sa peau était bronzée et son expression ouverte bien que lasse. Bill se dit que cet homme avait probablement passé de longues années en mer. Ce qu'il ignorait, c'était que l'amiral Elliott avait été un grand commandant de sous-marins, qu'il avait commandé un Polaris dans les années 1970 et un sous-marin nucléaire pendant la guerre des Malouines. Lui aussi avait été professeur à Faslane. De même que le commandant Greenwood, autre commandant de sous-marins nucléaires.

Les trois hommes s'assirent et parlèrent brièvement de la chaleur estivale en Angleterre et aux Etats-Unis, puis l'officier général demanda à Bill Baldridge ce qu'il voulait exactement.

— L'Amirauté ne m'a pas mis au courant. Je n'ai reçu qu'un message me suggérant de coopérer avec vous. Il est également laissé à ma discrétion de rapporter notre conversation au ministre de la Défense et je pense que vous devez comprendre cela avant que nous poursuivions cette conversation.

— Je comprends parfaitement, monsieur. Cependant, le CNO m'a demandé de faire en sorte que mes recherches ici soient aussi discrètes que possible.

Le terrain ainsi dégagé de ses obstacles mineurs, le léger accent du Kansas de l'Américain lui chatouillant les oreilles, l'amiral anglais sourit et dit tranquillement, avec son impeccable accent :

— Alors, monsieur Baldridge, en quoi puis-je vous être utile ?

— Monsieur, j'aimerais avoir votre permission pour jeter un coup d'œil sur vos dossiers concernant les officiers étrangers qui ont suivi le cours de qualification de commandement à Faslane entre 1982 et 1992.

L'amiral Elliott jeta un coup d'œil au commandant Greenwood qui, imperceptiblement, hocha la tête — si discrètement que Bill fut heureux d'avoir saisi le geste.

— J'ai bien peur que ce ne soit impossible, pour diverses raisons, dont la plus évidente est que ces dossiers sont classés *secret absolu.*

— Heu... Est-ce que ça peut se contourner ?

— Peut-être, si vous me disiez pourquoi vous voulez les voir. Disons que cela pourrait être un début.

— Je ne crois pas, monsieur... je ne suis pas vraiment autorisé à vous le révéler, mentit Bill.

— Vous devez comprendre une chose : même si j'obtenais la permission de vous montrer ces documents, je devrais en informer chacune des ambassades des officiers concernés avant de vous en montrer une ligne.

Bill comprit qu'il était engagé dans une sérieuse partie de poker.

— Eh bien, monsieur, je vous rappelle seulement que je suis ici sur les instances de la plus haute autorité.

— Je n'ai aucune preuve tangible de cette affirmation. Je devrai donc vous prier de m'en donner une. Jusqu'où pouvez-vous remonter — je veux dire : quelle autorité américaine pouvons-nous contacter ?

— Vous pouvez aller très haut, monsieur. L'amiral-chef des opérations navales au Pentagone, si nécessaire. Et si cela ne suffit pas, le ministre de la Défense. Et au besoin, le Président des Etats-Unis. Même à cette heure très matinale.

— Je vois, dit lentement l'amiral. Vous souhaitez vraiment consulter ces dossiers, n'est-ce pas ?

— Oui, monsieur, en effet.

— Très bien, Bill. Je vais maintenant vous poser officiellement une question et je souhaite que vous répondiez franchement, autrement je n'aurai d'autre solution que d'informer Whitehall de votre enquête. Et vous savez qu'ils sont capables de faire traîner les choses des semaines... voire des années.

— Monsieur, répondit Bill, si j'y suis obligé, je demanderai au Président d'appeler votre Premier ministre...

— Je sais que vous pouvez le faire et je sais que vous le ferez. Mais tout cela ne sera peut-être pas nécessaire. Répondez-moi. Dites-moi *pourquoi* vous voulez voir ces dossiers.

— Parce que je cherche quelqu'un, monsieur.

— Oui ; ça, je l'avais compris. Qui cherchez-vous ?

— Je ne peux pas vous le dire, monsieur... pas vraiment.

L'amiral se leva, sourit à Bill et alla verser trois tasses de café en mettant deux sucres dans celle destinée à Bill.

— Très bien, dit-il. Permettez-moi de vous poser une autre question. Et promettez-moi d'y répondre honnêtement.

— D'accord, amiral, allez-y.

L'amiral sourit à nouveau puis se tourna et regarda Bill dans les yeux.

— Vous pensez qu'un salaud a fait sauter le *Jefferson,* c'est ça ?

— Oui, monsieur, je le crois.

— Nous aussi. En fait, nous vous attendions depuis plusieurs jours.

Le visage du capitaine de corvette exprima un véritable soulagement. Pour la première fois, il se sentit entouré d'amis.

— Dois-je supposer, commandant, que vous travaillez sur l'hypothèse que votre porte-avions a pu être frappé par une torpille lancée par un sous-marin ?

— Oui, monsieur.

— Quelle sorte de sous-marin ?

— Un petit, monsieur. Non nucléaire.

— Construit où ?

— Soit ici, soit en Russie, monsieur.

— Exactement.

— Vous ne nous soupçonnez pas, j'espère ? lança le commandant Greenwood d'un air indigné.

— Non, monsieur. C'est pour cela que je suis ici.

— Des suspects ? aboya l'amiral.

— Oh ! Le Moyen-Orient, je suppose. Toujours les mêmes. L'Iran, l'Irak, la Syrie, la Libye... peut-être le Pakistan.

— Hum... ! Eh bien, Bill, permettez-moi de jouer

cartes sur table. Je n'ai pas besoin de davantage de détails pour vous permettre de consulter ces dossiers. Mais on m'a demandé de vous faire dire exactement ce que vous cherchiez. J'avais deviné, évidemment. Ainsi, nous avons tous les deux ce que nous voulions — et j'aimerais que vous informiez votre CNO et votre gouvernement que vous aurez, comme toujours, la totale coopération de la Royal Navy ainsi que celle, j'en suis certain, du gouvernement de Sa Majesté.

— Merci, monsieur. Puis-je à mon tour vous poser une question ?

— Allez-y.

— Quand avez-vous compris que le *Jefferson* avait probablement été coulé ?

— Eh bien, j'ai appris l'accident au cours du journal télévisé de 22 heures, le soir même du désastre. Ils ont montré Scott Dunsmore en train d'annoncer la nouvelle. Je suppose qu'il était à peu près 22 h 35. J'ai tout de suite su qu'il ne s'agissait pas d'un accident. J'ai toujours pensé que la théorie d'un sabotage était idiote. J'ai parlé au ministre de la Marine à 22 h 45. Il était d'accord avec moi. J'ai aussi parlé à Dick, ici présent. Nous étions trois à être pratiquement certains qu'il y avait une entourloupe. Et depuis, nous vous avons attendu.

— Vous avez été plus rapides que nous, monsieur.

— Oh ! N'en soyez pas froissé, Bill. C'est quelquefois plus facile d'y voir clair quand on est extérieur aux événements. On a l'esprit plus ouvert. De toute façon, nous y réfléchissons depuis plus longtemps. L'amiral Nelson, à notre place, aurait déjà bombardé Bagdad s'il avait pu faire remonter la rivière au *Victory*.

Bill le regarda avec un certain étonnement. Il songea à exposer la théorie des Irakiens à ce chef sous-marinier britannique au regard d'acier, mais décida de ne pas en dire plus qu'il n'était nécessaire. Pour le moment.

— Oui, je suppose qu'il aurait fait ça. En attendant, pour revenir à ma mission, je pourrais peut-être passer quelques heures à lire ces dossiers puis revenir ici pour déterminer avec vous la meilleure façon de procéder.

— Parfait. Dick, conduisez le commandant dans le bureau d'Andrew et trouvez-lui un endroit où il pourra travailler tranquille. Il serait bon qu'Andrew reste avec lui et avec les dossiers, pour respecter les consignes de sécurité.

L'amiral lui serra la main, sourit et assura qu'il était ravi de leur bref entretien.

Puis, lorsque l'Américain atteignit la porte, l'amiral lui lança :

— Oh ! Bill, bonne chance, mon vieux. On le trouvera. J'ai su que votre frère était à bord. Je suis vraiment désolé.

— Merci, monsieur, merci beaucoup.

En partant, Bill entendit l'amiral dire sans cérémonie :

— Est-ce qu'on a déjà retrouvé cette saloperie de sous-marin ?... Bon... Qu'est-ce que c'était ?... Une antenne radio ?... Ces saletés ne fonctionnent jamais !

Bill suivit l'officier d'ordonnance au rez-de-chaussée. Ils entrèrent dans un bureau privé, sans fenêtre, avec une longue table, de nombreux téléphones, une télévision et des fauteuils capitonnés autour de la table, suggérant que cette pièce était parfois occupée par des personnages importants.

— Asseyez-vous ici, monsieur, dit le lieutenant en respectant le grade de l'Américain. Je remonte chercher les dossiers. Il s'agit des Perishers étrangers, n'est-ce pas ?

— Exact, dit Bill avec un sourire. Les Perishers étrangers.

— Etes-vous intéressé par ceux qui ont raté l'examen ? Il y en a quelques-uns.

— Non, lieutenant. Mon Perisher à moi a réussi. Et avec brio, je suppose.

— Je comprends, monsieur, dit le lieutenant avec un sourire entendu avant de remonter à l'étage.

Il revint très rapidement avec un dossier assez mince.

— Je pense que la plupart sont là, dit-il. Mais il se peut qu'il y en ait un ou deux autres. Je vais étudier encore une fois la liste. Je reviens dans dix minutes. Il n'y a pas le feu. L'amiral souhaite que vous déjeuniez avec lui — à 15 heures.

Bill Baldridge ouvrit le dossier. Il semblait y avoir quatre feuillets pour chaque candidat, attachés ensemble dans une chemise de carton rouge marquée des lettres « MOD ». Il jeta un coup d'œil au fichier sans se préoccuper de lire les détails. En haut de la première page figuraient le nom de l'homme, son grade et sa nationalité. Etaient également mentionnés sa base nationale et un bref résumé de son expérience d'officier de marine. On trouvait ensuite une succession de rapports indiquant ses progrès, ses notes d'examen avec quelques commentaires. Puis une évaluation détaillée de sa personnalité et de son caractère, ses points forts et ses faiblesses, que suivait ce qui paraissait être un rapport officiel selon des critères établis. La dernière page portait la signature du Professeur.

Sur la table en face de lui, Bill trouva un gros bloc-notes de la Navy avec des feuilles jaunes lignées. Il en détacha une page qu'il plia en deux. Il décida d'ouvrir chaque dossier et d'accrocher son papier plié sur chaque première page, en haut, couvrant ainsi la partie donnant les détails indiquant le milieu sociologique du candidat. De cette façon, il pourrait lire soigneusement le rapport sans a priori. Aucune idée préconçue, aucun préjugé. Si le rapport faisait état d'un officier sous-marinier potentiellement hors classe, alors seulement il lirait les détails personnels. Et la nationalité.

Le dossier numéro un avait l'air d'une blague. Un jeune commandant d'Arabie Saoudite. Il avait réussi l'examen de justesse mais l'avis du Professeur était qu'il n'avait « aucun flair, aucune inspiration, peu d'imagination ».

— Cet homme, murmura Bill, n'est certainement pas celui qui a fait sauter le porte-avions.

Les trois dossiers suivants semblaient plus prometteurs. Mais là encore, il n'y avait aucune preuve de flair ni d'inspiration, même pas d'audace. Leurs notes n'étaient pas mauvaises et, après avoir lu quatre rapports, il comprit que les passages clés étaient ceux rédigés par le Professeur à propos de chacun. Jusqu'à présent, il avait lu des rapports écrits par trois professeurs mais deux d'entre eux avaient été rédigés par le même homme, en 1987. La signature était celle du commandant Iain MacLean.

— Eh bien, tu parles d'un sacré fils de pute ! murmura Bill. Lui arracher un compliment doit être aussi dur que d'escalader les montagnes du pays pawnee. Peut-être n'aime-t-il pas les étrangers.

Il lut deux autres rapports. Le lieutenant de vaisseau Waites était maintenant revenu et lisait avec lui.

— Andrew, dit Bill, pouvez-vous me trouver quelques dossiers concernant de bons officiers anglais ayant réussi l'examen ? J'aimerais comparer ce que les Professeurs écrivent par rapport à la façon dont ils jugent les étrangers.

— Bien sûr. Je vais juste demander au patron et je vous les descends. Il y a encore deux rapports à propos d'étrangers qui arriveront dans une minute. Ils étaient dans un dossier à part.

— Très bien. Je voudrais seulement me faire une idée de la sévérité des Professeurs. Mais je peux vous dire que ce type, MacLean, était un tyran. Je suis content qu'il n'ait pas contrôlé mon travail au MIT. J'y serais encore !

— Je ne l'ai jamais rencontré, monsieur. Mais c'est vrai qu'il ne prenait pas de gants.

Les deux derniers rapports étrangers arrivèrent. Le jeune officier d'ordonnance les posa sur le bureau et remonta chercher deux dossiers anglais. Pendant ce temps, Bill Baldridge ouvrit le premier et plaça soigneusement une feuille pliée sur la première page, à l'endroit de l'identification. Il étudia les résultats, remarquant que les notes étaient les plus hautes qu'il ait trouvées dans les dossiers étrangers. Il alla rapidement aux commentaires du Professeur et son cœur fit un bond en lisant ces simples mots : « Le meilleur Perisher que j'aie jamais formé. »

Dans sa hâte de découvrir de qui était la signature, il tourna la page, fit tomber le dossier en même temps que tout ce qui était sur le bureau. Reculant sa chaise, il se mit à quatre pattes sous la grande table. C'est alors que revint Andrew Waites.

— Qu'est-ce que vous fichez là-dessous ? demanda-t-il. Est-ce que vous creusez un tunnel pour sortir ?

— Non, j'ai seulement fait tomber tout ce bazar. J'étais très excité. Je crois avoir trouvé quelque chose.

Bill se releva et rouvrit le dossier en question. Lentement, soigneusement, il chercha la dernière page. La signature était claire. « Commandant Iain MacLean ».

— Merde, alors ! dit Bill. Je me demandais si ça pouvait être lui.

Ils se rassirent pour lire le rapport en entier. « Cet homme est tout à fait exceptionnel à tous égards. Il aurait pu être encore meilleur s'il avait mieux écouté mes conseils de perfectionnement. Cependant, il est de nature non conformiste. Quand je lui disais quelque chose, il essayait toujours de l'améliorer avant de l'essayer. Un esprit tout à fait remarquable. Le plus capable de mémoriser une image de périscope que j'aie *jamais* rencontré. Des nerfs d'acier face aux frégates qui arrivent, un calme glacial en période de tension, un instinct de conservation étonnant. Mais une tendance innée à l'audace. Si je devais nommer un officier avec lequel je doive affronter une situation dangereuse dans un sous-marin, je désignerais sans hésiter ce capitaine de corvette. »

Bill regarda à nouveau la signature. Elle était identique aux trois autres. L'écriture était sans conteste celle du commandant MacLean.

Il revint à la première page, ôta le cache et essaya de rester calme et méthodique en lisant les détails personnels. Il espérait que le candidat serait un musulman fondamentaliste. Mais l'officier était israélien et juif.

— Merde !

Et pourtant quelque chose comme un sixième sens disait à Bill qu'il ne fallait pas chercher ailleurs. Ce brillant officier israélien, qui avait passé l'examen en 1988, qui devait avoir maintenant quarante-deux ans, était son homme. C'était le capitaine de corvette Adnam... Benjamin Adnam.

Le lieutenant de vaisseau Waites et lui jetèrent un coup d'œil au dernier dossier, celui d'un Saoudien. Pas du tout du même tonneau. Le Professeur avait noté, à côté de son nom : « Aucun instinct guerrier. »

— Hé ! Il faut y aller. Je vais prendre le dossier principal et je demanderai à l'amiral si je peux vous donner une copie des passages qui vous intéressent. Je lui dirai que je les ai lus avec vous.

Ils retournèrent en hâte au bureau de l'officier général. Bill raconta ses trouvailles au commandant Greenwood qui lui conseilla d'aller tout de suite en parler à l'amiral.

Le grand homme l'écouta attentivement et l'autorisa à emporter une copie du document.

— C'est un peu irrégulier, dit-il, mais quand notre allié le plus proche a pris le coup mortel que vous avez pris... nous contournons volontiers quelques règlements pour l'aider... Maintenant, allons déjeuner et célébrer le travail satisfaisant de ce matin. M. Adnam, hein ? Une sacrée petite fripouille, d'après ce que j'ai compris.

L'amiral et son officier d'ordonnance accompagnèrent Bill au rez-de-chaussée où ils pénétrèrent dans le grand mess des officiers. Les tables étaient prévues

Personnes concernées

Rapport confidentiel de l'officier (Voir BR8373 Chap. 12) Formulaire RN 5206 rev. 6/86

1. Info. personnelles Date du rapport : 28 juillet 1988 Destiné à :

Date de naissance	Grade	Ancienneté	Prénom	Nom
4/4/60	Capit. de corvette	1/1/88	Benjamin	Adnam

Age	Liste	Commission	Spec/ Subspec	Marine	Commandement
28	n/a	n/a	SM	Israélienne	n/a

Période du rapport	Date Inscription	Rang	Décorations/ Qualifications
du 2/2/1988 au 28/7/1988	4/4/1988	n/a	Néant

Études : cours de qualification au commandement des sous-marins

2. Spécialisation/rapport **Habilité professionnelle**

Adnam est doué de la plus exceptionnelle mémoire d'image de surface au périscope que j'aie jamais rencontrée. Il semble assimiler le moindre détail après l'inspection la plus brève. Son jugement sur toutes les situations critiques est sans faille, son timing parfait et son estimation du cours et de la portée de la cible est excellente, même par mauvaise visibilité. Sa compréhension des sujets techniques est la meilleure que j'aie rencontrée. Elle indique un solide entraînement dans ces domaines ainsi qu'un savoir-faire opérationnel. Professionnellement, Adnam est le meilleur Perisher que j'aie formé à ce jour.

Signature IBR Maclean Nom : I.B.R. MacLean Grade : Commandant Royal Navy

3. Rapport général

Sur le plan moral, Adnam est un exemple remarquable de foi israélite sans manifestation bruyante ni ostentation. Capable et rapide mais d'un abord difficile, Adnam est sérieux, réservé et calme, parfois énigmatique mais toujours prêt à faire des commentaires perspicaces. Il a un courage et une détermination extraordinaires. De toute évidence très intelligent, il s'attaque avec zèle et diligence à tout problème et toute difficulté rencontrés, trouvant toujours les bonnes réponses sans effort apparent. Il compense son manque d'humour par une intelligence aiguë. Courageux, des nerfs d'acier, un jugement très précis, notamment lorsque les frégates reviennent sur le sous-marin mais de toute façon chaque fois qu'il doit faire face à un problème. Il a un sens glacial du commandement et de la tension qui s'y rattache et cependant on a le sentiment d'un très fort instinct de conservation. Ces deux qualités pourraient paraître contradictoires pourtant il semble naturellement téméraire, ce qui le pousse à continuer quand les autres renoncent. Bien qu'il soit plein de contradictions et difficile à connaître personnellement, si je devais désigner un officier pour faire face avec moi à n'importe quelle situation dangereuse en temps de guerre, ce serait sans hésitation le capitaine de corvette Adnam.

4. Caractéristiques	**Notes**	**5. Avenir potentiel pour promotion sélective**	
		Dans le secteur	
a. Zèle	8	**Maintenant**	n/a
b. Fiabilité	8	**Pas encore**	n/a
c. Bon sens	9	**Non**	n/a
d. Intelligence	9	**IK**	n/a
e. Initiative	8	**Hors secteur**	
f. Qualités de chef	7	**Prochainement**	oui
g. Expression	7	**Cours normal**	
h. Habileté à organiser	8	**Plus tard**	
i. Tact/Coopération	6	**IK**	
j. Qualités personnelles	7	**Pas du tout**	
Total	77		

Signature IBR Maclean Nom : I.B.R. MacLean Grade : Commandant Royal Navy

6. Remarques des officiers supérieurs **Date** **n/a**

Du peu sur j'ai vu Adnam, je pense que son professeur a tout à fait raison. Sa dernière attaque du jour « rapide » a été un tour de force. Je ne pourrais que souhaiter qu'il y ait davantage d'officiers comme lui dans la Royal Navy.

J.S. Breckenridge J.S. Breckenridge – Capitaine de vaisseau Royal Navy.

Dossier confidentiel

pour douze couverts et les amiraux s'y mêlaient sans complexe aux capitaines, aux commandants, aux lieutenants de vaisseau et aux capitaines de frégate. La Marine est probablement le plus démocratique de tous les services — peut-être parce que, lorsque le clairon sonne l'ordre de bataille, les officiers supérieurs *n'envoient personne* nulle part. Ils y vont tous ensemble.

Bill s'assit entre l'amiral et Andrew. Il passa un excellent moment à bavarder avec ses collègues de la Royal Navy dont il apprécia l'esprit et l'humour.

A la fin du repas, il demanda à l'amiral Elliott s'il lui serait possible d'aller voir le commandant MacLean.

— Il est à la retraite, maintenant, répondit Elliott. Je l'ai déchargé moi-même. L'amiral MacLean vit en Ecosse, pas très loin de Faslane. Mais oui, bien sûr, vous pouvez aller le voir... Vous pourriez prendre le vol British Airways de 15 h 40 pour Glasgow et je m'arrangerai pour que quelqu'un vous y attende. Andrew s'occupera de votre billet. Tout ce que je vous demande en échange, c'est de nous tenir au courant des résultats.

— Merci, monsieur. Je suis certain que nous resterons en étroite coopération. Je vous suis très reconnaissant de votre aide.

Bill Baldridge prit le dossier et le billet pour Glasgow qui apparut comme par miracle. Il dit ensuite au revoir à ses nouveaux amis puis un chauffeur de la Marine royale le conduisit à l'aéroport où il arriva avec une demi-heure d'avance. Une fois de plus, on conduisit l'Américain jusqu'à un siège double, sans passager près de lui, pour un vol de quatre-vingts minutes jusqu'à la grande cité de chantiers navals sur la Clyde.

Ils atterrirent à l'aéroport de Glasgow un peu après cinq heures. Le temps était plutôt frais. Une fois encore, un chauffeur de la Royal Navy l'attendait. L'homme se révéla être un sous-officier sous-marinier, Reginald White, originaire des quartiers est de

Londres. Le voyage fut lent, à cette heure de grande circulation. Ils traversèrent la Clyde pour emprunter l'autoroute A 82 vers les Highlands. Des panneaux indiquaient un endroit nommé Dumbarton quand soudain l'allure urbaine et très fréquentée de l'A 82 fit place à un paysage totalement différent. Alors que, quelques kilomètres plus tôt, les rives de la Clyde étaient bordées de chantiers navals et la rivière, de toute évidence, un estuaire commercial, quoique un peu abandonné, on ne voyait plus maintenant qu'une vaste et glorieuse étendue d'eau déserte.

A sa gauche, Bill nota que la Clyde s'élargissait. A sa droite, des collines s'élevaient, et il devinait qu'elles ne cesseraient de monter à mesure qu'on avancerait. Il sentit bientôt que la voiture tournait vers le nord. Il eut la surprise de constater que le soleil était encore très haut quand soudain les nuages disparurent.

— Qu'est-ce que c'est que ce grand bâtiment blanc, sur la côte, là-bas ? demanda-t-il. Celui qui est juste à la pointe.

— C'est le phare de Cloch, répondit le chauffeur. Il est au-dessus de Gourock. C'est un point de repère pour les sous-marins qui rentrent à la base. Juste après, on tourne sur tribord vers Helensburg — dans quelques minutes, je vous montrerai nos jalons aux Rhu Narrows. Faslane est à environ six kilomètres de l'entrée du chenal.

Ils traversèrent une petite ville près de la côte et Bill se rendit compte combien l'entrée du grand loch des sous-marins était étroite. Il y avait plusieurs jalons et des bouées de navigation autour mais, sans la carte, il en aurait manqué plusieurs. Il se dit que ramener là-dedans un grand sous-marin devait représenter un sacré défi.

— Seigneur ! s'exclama Bill, c'est rudement étroit ! Vous passez là à n'importe quelle heure ?

— Affirmatif, dit le chauffeur. C'est bien plus facile

maintenant. Ils l'ont élargi pour y faire passer le Trident — un sacré gros engin ! Vous l'avez déjà vu ?

— Ouais, dit Bill. J'ai même servi sur un des nôtres. Vous avez raison, c'est un sacré gros engin. Où est Faslane ?

— Un peu plus haut à droite, monsieur. Vous pourrez voir la base après la prochaine colline.

Bill ne pouvait détacher le regard du sombre chenal. Il se disait qu'il devait être rudement profond. Et il imagina un diesel électrique de la Royal Navy jouant les anguilles là-dedans avec seulement son périscope visible à la surface.

« Trop étroit, se dit-il. Il ne fait sûrement pas plus de trente-cinq mètres de large. »

Et, dans ces eaux noires, il crut voir le visage sombre, anonyme et pourtant cruel du capitaine de corvette Benjamin Adnam.

— Il doit falloir être rudement calé pour commander un sous-marin dans ces eaux-là, dit-il d'un ton songeur.

— J'crois bien, monsieur, rudement calé ! Mais il n'y a personne ici qui ne soit pas excellent. En tout cas parmi ceux qui commandent les sous-marins, grâce à Dieu ! Et les meilleurs ici sont les meilleurs du monde, c'est sûr !

— Je vous crois, dit Bill en plongeant à nouveau son regard dans les eaux sombres des Rhu Narrows.

Il resta un moment silencieux puis dit, sans y penser :

— Je me demande à quoi il ressemble...

— Qui ? L'amiral MacLean ? demanda White.

Il poursuivit avant que son passager puisse reprendre ses esprits :

— Il vous glace les sangs, pour sûr. C'est le Professeur le plus dur qui ait jamais servi ici. Tout le monde le sait. Il a recalé plus de Perishers que n'importe qui. Avant lui, on en recalait un sur cinq. Il paraît que le vieux MacLean en virait un sur deux. Pour certains, il n'était qu'un vieux schnock. Cependant, il était le meilleur sous-marinier de tous les temps.

Déjà on apercevait la base sous-marine, droit devant. Elle paraissait nichée sur la côte, au pied des montagnes. On aurait pu la prendre pour une grande usine. Mais un sous-marinier ne s'y serait pas trompé. C'était indubitablement une base de la Navy. Derrière, vers le nord, s'élevait une montagne écossaise accidentée, la plus haute qu'ils aient vue, s'élançant dans le ciel bleu clair, ses taches vertes soulignées par le soleil tardif du mois de juillet.

— Elle s'appelle « Le Cordonnier », dit White. C'est notre principal point de repère quand on rentre à la maison. On la voit de loin — on s'habitue à sa forme — quand on entre dans le Gareloch. Son sommet est enneigé environ cinq mois par an. Il doit faire sacrément froid, là-haut, même en été.

Bill leva les yeux vers cette toile de fond de la plus sinistre base de sous-marins d'Europe. Elle paraissait grandir à mesure qu'on s'en approchait. Mais soudain ils arrivèrent devant une grille gardée. Une petite pancarte, à gauche, indiquait : BASE DE SOUS-MARINS DE LA ROYAL NAVY — FASLANE. Et, au-dessous : « Entrée interdite aux personnes non autorisées. »

Bill se dit qu'on aurait aussi bien pu écrire : « Tir à vue sur les personnes non autorisées » si l'on en jugeait par la vigilance des deux gardes armés de la police maritime. Ils avaient dû reconnaître la voiture de service et White également. Cependant, les gardes le traitèrent comme un étranger. L'un d'eux lui demanda poliment son laissez-passer et le lui rendit avec un autre document pour le capitaine de corvette Baldridge. Ensuite seulement le second garde s'éloigna de la voiture.

White passa la grille.

— Ces sacrés gardes sont partout, dit-il. Je me demande bien qui serait assez dingue pour chercher à entrer ici par effraction. Il n'y a rien que des vieux cordonniers, de toute façon !

Bill supposa qu'il s'agissait d'une marque de respect vis-à-vis de la montagne que Faslane considérait comme sa propriété.

Ils se garèrent devant un des bâtiments bas en contrebas du bord de mer. Bill aperçut un gigantesque sous-marin nucléaire près de la jetée et un autre, plus petit, environ cinquante mètres plus loin, le long d'un quai. Il s'étonna à nouveau de la hauteur du soleil et plus encore de la fraîcheur humide de l'air. White le conduisit vers l'aire de réception et annonça au garde qu'il escortait le capitaine de corvette Baldridge, des Etats-Unis, qui était là pour rencontrer l'amiral Sir Iain MacLean.

Il dit à Bill combien il avait été ravi de le connaître et qu'il laisserait sa valise au garde car il savait qu'on n'avait plus besoin de lui.

Bill haussa les épaules et suivit un garde le long d'un petit couloir menant à ce qu'il devina être une salle réservée aux officiers supérieurs. De très belles marines ornaient les murs et, sur deux longues tables, sous des cloches de verre, étaient alignés des modèles réduits de sous-marins de la Royal Navy. Le mobilier était confortable, comme dans un club masculin : fauteuils de cuir, tables bien cirées et un pare-feu de cuivre devant la grande cheminée dans laquelle un gros radiateur électrique un peu voyant imitait un feu de bois.

A gauche de la cheminée, il y avait un autre fauteuil de cuir au dossier un peu plus haut que les autres, une sorte de trône dans lequel on aurait pu s'attendre à voir l'amiral Nelson en personne. Mais il ne s'agissait que du vice-amiral sir Iain MacLean, vêtu d'un costume gris sombre de Saville Row[1], buvant du thé de Chine et lisant le *Financial Times*.

---

1. Rue des tailleurs de luxe à Londres.

— Capitaine de corvette Baldridge, monsieur, annonça le garde.

L'amiral regarda par-dessus ses lunettes en demi-lune et se leva lentement. Il était grand, environ un mètre quatre-vingt-huit, avec des yeux bleu clair et un visage marqué par les rides de ceux qui ont passé toute leur vie en mer.

Il paraissait vaguement amusé et serra la main de Bill d'une poigne vigoureuse. Bill lui donna environ soixante ans.

— Bonjour, monsieur Baldridge, dit-il. J'ai cru comprendre que vous vous intéressiez à l'un de mes Perishers.

Bill lui adressa son sourire le plus désarmant.

— Bonjour, amiral. C'est très aimable à vous d'être venu m'accueillir.

— Ça n'a rien à voir avec de l'amabilité, répondit l'Ecossais avec un peu de brusquerie. J'en ai reçu l'ordre. De la plus haute autorité, je pense. Je croyais en avoir fini avec tout ça. Maintenant, asseyez-vous et prenez une tasse de thé. Je vais vous résumer ce que vous pourriez appeler mon plan de chasse.

Bill s'assit et but son thé dont il apprécia le goût parfumé de Lapsang Souchong. Ambiance policée. Détendue. Il commençait à bien aimer certains aspects des traditions britanniques.

— Bien, dit l'amiral MacLean. Je vous signale qu'il me sera difficile de rester très longtemps à la base. Ma fille et ses enfants viennent d'Edimbourg ce soir pour dîner avec nous, alors je vous propose de finir votre thé, de prendre ma voiture et de m'accompagner chez moi à Inveraray. A vol d'oiseau, ça ne fait que vingt-sept kilomètres mais il faut faire le tour des lochs, ce qui en fait bien cinquante-cinq. La route n'est pas mauvaise. Ça nous prendra un peu plus d'une heure. Nous irons directement jusqu'à la rive ouest du loch Lomond, qui devrait vous intéresser. Là, le soleil se couche vers 22 heures, mais il fait jour une heure de plus. Vous pourriez passer deux nuits chez nous. Je pense que nous pourrions revenir à la base demain pour que je vous la fasse visiter.

— Ça me paraît parfait, dit Bill. En fait, c'est même super.

— Bon. Il est presque 18 h 30. Alors, en route !

L'amiral conduisait une Range Rover vert foncé presque neuve dont le siège arrière était occupé par un grand sac de golf et trois cannes à pêche. Derrière la banquette, une grille métallique empêchait trois grands labradors, aboyant avec exubérance, de se précipiter sur le siège du conducteur pour lui proclamer leur amour.

— Fergus ! Samson ! Muffin ! SILENCE ! ordonna l'amiral.

Ils prirent la route du sud, tournèrent à gauche au centre d'Helensburg, parcoururent une demi-douzaine de kilomètres sur l'A 82 et filèrent vers le nord. Sur leur droite s'étalait le paysage majestueux du loch Lomond, le plus grand lac de Grande-Bretagne, long de trente-huit kilomètres d'Ardlui, au nord, à Balloch Castle. L'amiral désigna une grande île au milieu de la partie sud du lac, large de huit kilomètres.

— C'est Inch Murrin, expliqua-t-il. Il y a un château en ruine au milieu. La duchesse d'Albany s'y est retirée au quinzième siècle, après que le roi Jacques Ier eut fait massacrer toute sa famille. J'ai toujours pensé que c'était une action abominable, vous savez !

Bill se fit la réflexion que le loch Lomond — avec au loin son décor de montagnes rondes comme la côte du Maine au large de Camden — était sans doute la plus belle étendue d'eau qu'il ait jamais vue.

Au sud, le loch géant est semé d'îles boisées pittoresques. L'une d'elles, Inch Cailleach, abrite les très anciennes tombes du féroce clan des MacGregor dont l'un des fils les plus célèbres n'était autre que Rob Roy, le Robin des Bois écossais. L'amiral MacLean passionna son passager, tout au long du voyage, avec l'histoire locale. Ce n'est que lorsqu'ils atteignirent les eaux étroites du nord, à l'ombre des neuf cents mètres du Ben Lomond, que l'officier écossais aborda le sujet de son meilleur Perisher.

— C'est Adnam qui vous intéresse, n'est-ce pas ? demanda-t-il. On ne m'a pas dit pourquoi, mais les autorités de la Royal Navy m'ont prié de vous offrir une coopération sans réserve. Que voulez-vous savoir ? Et, si ce n'est pas trop demander, pourquoi ?

— Ma foi, monsieur, nous pensons qu'il est possible que le *Thomas Jefferson* ait été coulé par une puissance étrangère.

— Oui, l'idée m'en est venue. Et vous croyez qu'Adnam pourrait avoir être impliqué dans l'affaire ?

— Je pense que nous devons envisager que quelqu'un l'a fait, puisqu'il n'y avait pas d'autre moyen de frapper le porte-avions qu'une torpille à tête nucléaire lancée depuis un sous-marin.

— Oui, je comprends. Mais pourquoi Adnam ?

— Qui sont nos ennemis autour du golfe d'Arabie ? La liste est courte. L'Iran, l'Irak, la Libye. Peut-être la Syrie. Quelques factions pas très solides en Egypte et au Pakistan. La Russie n'est plus dans le coup, ni même la Chine. Vous me direz que la Libye et la Syrie n'auraient pas les capacités nécessaires pour réussir. Les Egyptiens et les Pakistanais non plus. Ce qui nous laisse les suspects habituels. L'Iran et l'Irak.

— Et en quoi cela concerne-t-il Adnam ?

— J'espérais que vous nous aideriez à répondre à cette question, dit Bill.

— C'est facile !

— Vraiment ?

— Oui. Vous avez oublié l'un de vos principaux suspects.

— Ah oui ? Lequel ?

— Israël.

— ISRAEL ? Seigneur ! Nous les finançons, non ?

— La gratitude, mon cher Bill, c'est comme la

beauté. Elle n'est que dans l'œil de celui qui la regarde. Il y a une faction de droite très puissante dans ce pays. C'est la branche la plus extrémiste qui a abattu le Premier ministre, il y a sept ans. Ils n'ont jamais pardonné aux Américains d'avoir laissé Saddam Hussein les bombarder avec les missiles Scud pendant la guerre du Golfe. L'Amérique, rappelez-vous, avait fait une promesse à Israël. Bush leur avait dit que, s'ils ne se vengeaient pas des Scuds, il s'occuperait de Saddam une fois pour toutes. Bref, je sais qu'en fin de compte, les Américains ont décidé, peut-être avec sagesse, de laisser Saddam tranquille. Mais il y a des gens très en colère en Israël. Des gens qui croient, avec ferveur, qu'aucun ennemi ne peut être autorisé à s'attaquer à Israël, de quelque façon que ce soit, sans en payer le prix fort. Ce sont des gens qui croient, comme Margaret Thatcher, que l'équipement militaire de Saddam aurait dû au minimum lui être confisqué, détruit *et* que son armée aurait dû être obligée de se rendre dans la plus totale humiliation. Or le Président Bush a eu la trouille de le faire. Et Saddam s'est déclaré vainqueur... aucune somme d'argent, aussi énorme soit-elle, ne pourra jamais effacer ces événements de l'esprit d'un vrai Israélien.

— Oui, je sais tout cela, monsieur. Mais qu'auraient-ils à gagner en coulant un porte-avions américain ?

— Oh ! Là encore la réponse est facile ! Ils savent qu'on en blâmerait l'Irak et que l'Amérique ne manquerait pas d'exercer une revanche militaire prévisible et terrible. Et si le blâme ne retombait pas sur l'Irak, ce serait sur l'Iran avec les conséquences que ça implique, ce qui satisferait encore davantage les Israéliens parce que l'Iran, pour l'instant, est plus dangereux encore. Mieux, nous savons tous les deux que l'actuel Président des Etats-Unis ne verrait aucun inconvénient à taper sur les deux pour être sûr que le coupable, quel qu'il soit, paie pour ce qu'il a fait.

— Seigneur ! C'est plutôt tordu !

— Il y a beaucoup de régimes tordus, Bill Baldridge. Mais il n'y a pas de gens plus tordus sur cette terre que ceux qui travaillent dans l'immeuble du Hadar Dafna.

— Le quoi ?

— L'immeuble du Hadar Dafna. Une grande tour située sur le boulevard du Roi-David, au centre de Tel-Aviv. C'est là que loge le Service israélien des renseignements et des opérations spéciales. On le connaît mieux sous le nom de Mossad.

— Vous pensez que ces gens oseraient faire sauter un porte-avions américain avec six mille hommes à bord rien que pour mettre l'Irak ou l'Iran dans la merde ?

— Oh ! Sans le moindre doute, dit l'amiral. Vous devez d'abord comprendre la haine profonde et éternelle qui existe entre Israël et l'Irak pour bien saisir la suite. Rappelez-vous que Saddam Hussein a possédé une seule fois un réacteur nucléaire vraiment sérieux — c'était en 1981. Il se l'était procuré en France... c'était sa possession la plus précieuse : Osirak Un. Il travaillait en harmonie avec deux autres usines nucléaires très chères au cœur de Saddam. Bien sûr, il a prétendu que cela ne lui servait qu'à faire de l'électricité, mais ce qu'il voulait vraiment, c'était le résidu du processus, le produit final, le plutonium, avec lequel il pourrait fabriquer des ogives nucléaires.

— Est-ce que les Israéliens n'ont pas attaqué une de ses usines ?

— Attaqué ? dit l'amiral. Six de leurs bombardiers sont entrés par le nord et ont réduit toute l'opération en cendres. En moins de cinq minutes, Osirak Un n'était plus qu'un souvenir. Le Mossad ne laisse rien au hasard.

— Oui, je me rappelle avoir lu quelque chose là-dessus.

— Le Mossad est plein de gens qui pensent qu'Israël n'a pas d'amis. Pour eux, il y a les ennemis, et ceux qui restent neutres. Je suppose que vous avez lu qu'il y a quelques mois, on a craint que l'Irak ne remette au point un programme de guerre bactériologique. Eh bien, à mon avis, c'est tout à fait dans le style des Israéliens de faire sauter en douce un porte-avions américain en espérant bien fort qu'on en accusera les Irakiens et que les Américains feront le sale boulot à leur place.

— Oui, mais nous penchons plutôt pour l'Iran.

— Comme je vous l'ai dit, cela ravirait le Mossad que l'Amérique décide de démolir les sous-marins iraniens de Bandar Abbas. Ils pensent depuis longtemps que Téhéran devient un peu trop gros et trop agressif à leur goût et que les Iraniens sont même capables de frapper sérieusement l'Irak... S'ils réussissaient, les ayatollahs auraient pratiquement le contrôle du Golfe. Les Israéliens n'aimeraient pas ça, mais alors pas du tout !

— Je ne suis pas sûr que nous-mêmes apprécierions.

— Nous non plus.

La Range Rover venait de tourner à gauche pour traverser la partie nord du loch Long et la forêt d'Argyll. Sur leur droite s'élevaient les huit cent dix mètres du pic du Cordonnier, la montagne que Bill avait aperçue en s'approchant de la base de Faslane.

— Dans une quinzaine de kilomètres, nous serons arrivés, annonça l'amiral. Nous allons bientôt contourner la partie la plus étroite d'un des grands lochs marins, le loch Fyne, qui s'étend presque à notre porte, mais qui nous oblige à faire un immense détour quand nous voulons aller quelque part. Les lochs et les montagnes, par ici, ont une beauté bouleversante mais ajoutent des kilomètres et des kilomètres au moindre déplacement. Parce qu'il faut toujours les contourner. En bas, à la base, les gens avaient la trouille d'aller rendre visite aux Américains à Holy Loch. Par mer, ça fait à peine onze kilomètres, vingt minutes avec un bateau rapide. Par la route, ça fait un peu plus de soixante bornes, il faut contourner deux lochs, en longer un autre et traverser une petite chaîne de montagnes.

— Monsieur, demanda soudain Bill, avez-vous développé la théorie israélienne simplement parce que vous savez que je m'intéresse au commandant Adnam, ou bien avez-vous toujours considéré que c'était une réelle possibilité ?

— Bill, quand vous aurez mon âge, vous aurez appris que, lorsqu'il se passe quelque chose de vraiment choquant au Moyen-Orient, il faut regarder de très près les Israéliens. Considérez toujours leurs motivations, comment les événements peuvent les affecter et rappelez-vous toujours qu'ils sont bien plus futés, bien plus solides et bien plus efficaces que n'importe quelle autre nation du monde. Ne fermez jamais les yeux sur le fait que leur gouvernement aussi bien que leurs services secrets sont bourrés de gens qui ont une excellente mémoire. Rien que dans le gouvernement, il y a des femmes secrétaires et des femmes chefs de service qui se battaient, il y a trente-cinq ans, sur les pentes du Golan, sous le feu nourri des chars syriens... Elles se sont battues au cours d'une nuit de terreur totale, bataillons de femmes soldats effrayées qui passaient des bombes aux tireurs, qui aidaient la septième brigade blindée israélienne à reprendre la terre, avec un courage incroyablement émouvant, mètre par mètre, en haut de ces montagnes. Prenez Benyamin Nétanyahou, le politicien israélien le plus éloquent de ces dernières années. Rappelez-vous que son frère Jonathan a été le seul Israélien tué quand les commandos israéliens ont pris d'assaut l'aéroport d'Entebbe pour sauver les passagers pris en otage. Benyamin ne s'en est jamais remis et c'est pourquoi il est un si ardent nationaliste. Il y a au Mossad des chefs départementaux qui ont combattu coude à coude avec le général Avraham

Yoffe, passant courageusement la Mitla et faisant preuve d'une incroyable bravoure pendant la guerre des Six-Jours, en 1967 — six jours pendant lesquels les Israéliens ont détruit quatre armées et trois cent soixante-dix avions de chasse appartenant aux quatre nations attaquantes. Il y a, au Mossad, des hommes qui étaient aux côtés de mon grand ami le général Sharon en 1973, des hommes blessés et dont les camarades luttaient et mouraient dans le désert, en essayant de repousser les armées d'Egypte. Aucun d'eux n'a oublié la réponse écrite de l'Ouest après une victoire qui leur avait coûté très cher — qui les accusait de brutalités — de BRUTALITÉS ! —, alors que les Egyptiens leur étaient tombés dessus en traversant le canal avec cinq cents chars pendant que la nation israélienne tout entière était en prière durant la journée la plus sainte de l'année ! Je ne voudrais pas avoir l'air d'un général israélien à la retraite, mais je vous conseille, à vous et à vos collègues, de regarder de très près tout ce qui pourrait concerner les Israéliens. Je crois parfaitement possible qu'ils aient attaqué votre porte-avions — rien que pour voir les Etats-Unis exercer de sévères représailles sur l'Irak ou sur l'Iran, ou même sur les deux, ce qui ne m'étonnerait pas de la part de votre Président. Demandez-moi qui commandait ce sous-marin. Je répondrai sans hésiter Benjamin Adnam. Il n'y a guère de commandants assez talentueux pour réussir une telle opération. Lui si ! C'est le moins qu'on puisse dire !

— Il était si doué que ça, amiral ? demanda Bill.

— Je crois qu'il était mû par une sorte de fanatisme. Quelque chose le poussait. Il ne voulait pas seulement être le meilleur de sa promotion, il voulait être le meilleur qui eût jamais existé. Il avait une mémoire phénoménale... La première fois que je l'ai testé sur le périscope — vous savez, on a sept secondes pour regarder toute la surface —, eh bien, il se rappelait chaque détail. Une pareille habileté à mémoriser une photographie comme ça, dans sa tête, est une bénédiction pour un commandant de sous-marin ! Ben Adnam pouvait retenir une image mieux qu'aucun des élèves à qui j'aie jamais enseigné. Il savait d'instinct ce que les sous-marins peuvent et ne peuvent pas faire. Nous avions un exercice consistant à envoyer trois frégates puis à leur faire faire demi-tour et revenir vers nous. Souvent, les frégates venaient droit sur les Perishers, qui devaient alors plonger pour se mettre à l'abri. On leur apprend à ne faire cela qu'une minute avant la collision. Même alors, le bruit des hélices des frégates tournant au-dessus de leurs têtes suffit à mettre les gens au bord de la crise de nerfs. Il y en a qui ratent le cours sur ce point-là. On les reconnaît facilement : les yeux fermés, ils prient pour que le navire de guerre au-dessus n'écorne pas le kiosque de leur sous-marin. Adnam ignorait la peur. Volontairement. Il connaissait les distances, faisait les calculs de tête, rapidement et sans effort. Il n'aurait jamais imaginé qu'une frégate puisse heurter *son* navire. Il s'assurait auparavant de cette impossibilité. Il avait aussi un sixième sens. Je me rappelle avoir déjeuné près de lui, un jour, pendant que les frégates s'éloignaient. Soudain, sans raison, il dit : « Je crois que les frégates ont fait demi-tour, monsieur. » Moi, je savais qu'elles avaient tourné. J'avais reconnu le très faible changement du Doppler au sonar. Cela s'acquiert par vingt ans de travail comme officier sous-marinier et comme commandant. Bref, je savais qu'elles avaient fait demi-tour, mais comment le savait-il lui ? Mystère ! Il le savait, c'est tout. C'était un génie des sous-marins. Il n'y a aucun doute là-dessus. Il avait une très bonne connaissance de tous les travaux du navire en plongée... les systèmes hydrauliques, la mécanique, l'électronique, les armes, les missiles, les torpilles et les canons. Et il savait aussi naviguer. Un jour, j'ai fait un cours sur l'art de l'attaque sous-marine en piqué et en dérivé. A la fin du cours, il est venu bavarder avec moi à propos des points les plus délicats. De toute mon expérience, je ne me rappelle pas un Perisher qui eût une meilleure connaissance du sujet. Bien que relativement jeune — il avait vingt-huit ans —, il était mûr, et capable de manier sa machine comme une arme de guerre. Il avait un instinct véritable pour la guerre sous-marine. Et techniquement, il maîtrisait son sujet. Mais il avait quelque chose de plus. Il avait un don. J'ai toujours su, de surcroît, qu'il était impitoyable. Je peux vous assurer d'une chose : s'il avait été anglais et qu'il eût travaillé dans les sous-marins, il aurait fini officier général, et si nous avions dû envoyer une flottille de sous-marins au combat, Ben Adnam aurait été le plus qualifié pour la commander.

— A part ça, je suppose qu'il était très moyen pour tout le reste ? dit Bill en riant. Avait-il une faiblesse quelconque ?

— Une seule.

— Oh ! Laquelle ?

— Il était amoureux de ma fille.

Bill se tourna brusquement vers l'amiral, perdant d'un seul coup son calme d'homme des plaines.

— A-t-elle encore des contacts avec lui ?

— A vrai dire, Bill, ma fille est maintenant une dame très respectable, mariée à un riche banquier d'Edimbourg. Et elle a deux enfants.

— D'accord, mais a-t-elle encore des contacts avec Adnam ? insista Bill.

— Je crains que oui, répondit l'amiral MacLean. Vous pourrez le lui demander vous-même dans une minute. Elle devrait arriver avec les enfants à peu près en même temps que nous. Je me suis toujours demandé si leur romance avait continué après son mariage, longtemps après le retour d'Adnam en Israël. Une fois, elle est partie pour un court voyage mystérieux et ma femme a trouvé un visa d'entrée au Caire sur son ancien passeport. Cependant, je nierai avoir prononcé ces dernières phrases, je vous préviens. Il vous faudra le lui demander vous-même.

— Et ça ne vous ennuierait pas que je lui pose la question ?

— Sûrement pas ! Si ma fille a un quelconque rapport avec l'un des tueurs les plus cruels de ces dernières années, j'insisterai même pour qu'elle reconnaisse où est son devoir.

La voiture emprunta une grande allée menant à une demeure du temps des rois George à la sortie d'Inveraray. Bill devina que l'amiral ne l'avait sans doute pas achetée avec sa solde de marin, pas plus que lui-même n'aurait pu acheter le ranch des Baldridge, là-bas, en pays pawnee. « Soit il en a hérité, soit lady MacLean est extrêmement riche », se dit-il en descendant de la Range Rover.

L'amiral parut lire dans ses pensées. Il relâcha les trois labradors qui firent en courant le tour de la maison vers le loch et il saisit la valise de Bill.

— J'en ai hérité, dit-il. Elle appartenait à mon père et à mon grand-père. Ma famille vit ici depuis des générations. J'ai pris ma retraite il y a deux ans — ils ne voulaient pas me nommer grand amiral de la flotte mais semblaient prêts à m'offrir un poste de commandant en chef au ministère de la Marine. J'y ai réfléchi puis je me suis dit que je ne voulais pas d'un travail de bureau dans ces bon sang de chantiers navals à Portsmouth. J'ai préféré rentrer chez moi pour de bon, et passer le reste de mes jours à jouer au golf, aller à la pêche et faire de la voile sur le loch en chassant un peu. Une retraite d'amiral permet de vivre très convenablement, en Ecosse. Annie et moi avons des tas d'amis, par ici. Puisqu'on ne me donnait pas le poste le plus élevé, je me suis dit qu'il était temps de partir. Et je suis parti.

Ils franchirent la porte d'entrée, accueillis par les trois labradors qui glissaient maintenant sur le grand tapis persan du vestibule. Une dame blonde, soignée et élégante en jupe écossaise, chemisier blanc et gilet camel, cria pour les arrêter.

— Je te serais extrêmement reconnaissante de maîtriser un peu ces sales bêtes, dit-elle à son mari tandis que lesdites bêtes sautaient maintenant sur le visiteur américain.

Puis, se tournant vers Bill, elle se présenta.

— Commandant Baldridge ? Bonsoir. Je suis Annie MacLean. Ravie de vous connaître. Posez votre valise ici. Je la ferai monter par Angus dans une minute.

Bill pensa qu'elle devait être une épouse parfaite pour un amiral. Elle avait la même allure que Grace Dunsmore. Débrouillarde, confiante, amicale. Les officiers de marine de haut rang se doivent d'avoir ce genre d'épouse, équilibrée et sachant mettre à l'aise leurs invités, cela fait partie de leurs obligations. Elles passent des années à épauler les jeunes officiers et leurs femmes dans toutes sortes de circonstances intimidantes, n'ignorant pas que la simple présence de leur mari suffit à les terrifier.

Bill, de son côté, se pencha et se débrouilla pour calmer Fergus, Samson et Muffin, les caressant avec la brusquerie amicale que lui avait donnée une longue habitude, exactement ce que les chiens attendaient de lui.

— Etes-vous un homme de la campagne, Bill ? demanda l'amiral en observant son savoir-faire avec les chiens turbulents.

— Oui, monsieur. Je viens du Middle West. Ma famille élève du bétail dans ce coin-là.

— Sans blague ? Alors, vous êtes un vrai paysan ?

Ils bavardèrent un moment des Hautes Plaines, puis l'amiral proposa :

— Que diriez-vous de monter vous installer dans votre chambre et de venir me retrouver ici dans un quart d'heure ?

Il montra une porte peinte en blanc à gauche du hall.

— Je vais préparer un bon verre de whisky pur malt. Inutile de vous habiller pour le dîner.

Bill traduisit par « inutile de mettre votre uniforme

pour le dîner ». Il grimpa à l'étage en espérant que l'invisible Angus avait défait sa valise. Pas de problème sur ce plan-là. Tout son linge était rangé dans une grande armoire et ses affaires de toilette étaient dans la salle de bains.

La chambre donnait sur le loch Fyne. Bien qu'il fît encore jour, une fine brume dorée comme du miel commençait à s'étirer sur l'eau. La pièce était une symphonie de chintz anglais dans des tons de bleu et de rose. Devant la fenêtre en saillie, un petit bureau ancien et une chaise.

Il n'y avait pas de douche dans la salle de bains, aussi versa-t-il la moitié d'un flacon de sels bleus parfumés dans la baignoire sabot, la remplit et s'y plongea. Quand il en ressortit, cinq minutes plus tard, il enfila un pantalon gris foncé, une chemise blanche, mit une cravate et un blazer bleu marine. En bas, l'amiral avait versé le whisky promis.

— Un peu d'eau ? demanda-t-il quand Bill entra.

— Oui, merci, monsieur.

— Attendez ! Je ne suis plus dans l'active. Je vous en prie, appelez-moi Iain. Ma femme s'attend à ce que vous l'appeliez Annie. Quant à ma fille, qui ne saurait tarder, c'est Laura.

Bill Baldridge avait été élevé avec une certaine idée de son rang, en tant que fils de l'un des plus riches propriétaires du centre du Kansas et, plus tard, en tant que spécialiste très respecté des armes sous-marines — sans parler du fait qu'il avait droit au titre de « docteur Baldridge » : en tout cas dans l'enceinte sacro-sainte du MIT. Aussi ne s'étonna-t-il pas de l'intimité immédiate qui s'établit entre lui et cette grande famille écossaise.

Il n'avait aucune idée de la rigidité du système de classes britannique ni comment une sorte d'instinct mystérieux avait permis à sir Iain et à lady MacLean de sentir que, malgré l'immense distance qui séparait leurs mondes, il était « l'un d'eux ».

Mais avant que n'arrivent la femme et la fille de l'amiral, il y avait une question que Bill souhaitait lui poser. Il but son whisky, appréciant sa saveur profonde et fumée.

— Amiral, dites-moi une chose. A votre avis, quelle nation a frappé le *Jefferson* ?

Iain MacLean sourit et répondit d'une voix calme :

— Je n'aime pas répondre à une question par une autre question. Mais vous avez bien dû vérifier que les trois Kilos russes des Iraniens étaient bien ancrés à Bandar Abbas, n'est-ce pas ?

— Oui, en effet. Tous les trois y étaient le jeudi avant l'explosion. Mais il n'y en avait plus que deux le mardi suivant.

— Alors, je ferais de l'Iran mon suspect numéro un. Il est possible de cacher un Kilo. Et si c'est ce qu'ils ont fait, je dirais qu'ils ont fait lancer la torpille par un autre bâtiment. Peut-être un quatrième Kilo que nous ne connaissons pas encore. D'une façon ou d'une autre, je considère que leur conduite est extrêmement suspecte. Il ne faut pas oublier non plus l'activité sans précédent qu'il y a eu, ces dernières années, dans la Marine iranienne. En 1993, ils ont fait plus de trente-six exercices dans le Golfe. Depuis, ce nombre est passé à cinquante puis à soixante et plus. Ils ont organisé des manœuvres communes avec le Pakistan. Et ils ont tissé des liens de plus en plus étroits avec Oman, avec qui ils contrôlent le détroit d'Ormuz. C'est le seul Etat du Golfe ayant la capacité de faire fonctionner un sous-marin. Je suppose que vous vous rappelez qu'il y a trois ans, alors qu'il y avait eu un certain retard dans l'arrivée en mer d'Arabie du groupe de combat américain, les Etats-Unis ont envoyé dix-huit chasseurs F-16 sur Bahreïn par mesure de précaution. Rappelez-vous aussi que la Marine iranienne n'a qu'un seul commandement — celui des Gardiens de la Révolution islamique. Voilà. Ce n'est que l'opinion personnelle d'un vieux commandant de sous-marins sans grande importance. Mais si j'étais votre Président, je considérerais que le moment est venu de leur ficher la trouille de leur vie. Et je le ferais très très vite.

Baldridge, qui depuis qu'il avait quitté Faslane prenait la meilleure leçon de guerre moderne qu'il ait jamais reçue, adorait sa façon de parler. Mais il ne lâchait pas son idée fixe. Il sourit et hocha la tête pour montrer son approbation.

— Qui choisiriez-vous ensuite, monsieur ?

— Eh bien, je ne sais pas trop où l'Irak pourrait acquérir la science nécessaire pour se servir d'un sous-marin, ni où il pourrait le cacher après la mission. Personne ne l'a vu et il est évident qu'ils ne l'ont pas coulé, autrement on aurait retrouvé l'épave. Alors, je dirais qu'Israël figure en deuxième sur ma liste. Dans l'état actuel des choses, j'imagine que les Américains sont impatients de se débarrasser de Bandar Abbas en tant que base de sous-marins, ce qui ferait, bien entendu, l'affaire du Mossad.

— Encore une chose, monsieur. D'où pensez-vous qu'est venu ce sous-marin — celui qui a perpétré le crime ?

— Je suis certain qu'il n'est pas anglais. Donc, il doit être russe. Je dirais qu'il venait de la mer Noire.

— Mais comment l'ont-ils eu ? L'ont-ils acheté ? Loué ? Et comment l'en ont-ils sorti ?

— Je ne suis pas sûr de la façon dont ils se le sont procuré mais ces ports navals sont pleins de personnels de l'ancienne Marine soviétique qui sont rarement payés. Des hommes du Moyen-Orient arrivant avec des cadeaux, disons quelques millions de dollars, seraient bien accueillis dans des communautés aussi pauvres que celles-là.

— Mais comment l'ont-ils sorti ?

— Oh ! Directement par le Bosphore, dit l'amiral avec assurance. Un pacte avec les Turcs.

— L'amiral Morgan dit que les Turcs auraient catégoriquement refusé.

— Hum...

— Amiral, est-il possible de sortir du Bosphore en plongée ?

— J'en doute. Personne ne l'a encore fait.

— Est-ce que Ben Adnam aurait pu réussir ?

L'amiral n'eut pas le temps de répondre. La porte s'ouvrit brusquement et une voix douce se fit entendre.

— Bonsoir, papa... Commandant Baldridge...

Bill tourna la tête. Devant lui se tenait une jeune femme mince, d'environ trente-cinq ans. Ses longs cheveux sombres lui tombaient sur les épaules. Elle avait un visage aimable et d'une beauté saisissante. Elle regardait Bill avec une expression amusée.

— Je n'ai pas rencontré beaucoup d'Américains, dit-elle.

Le jeune cow-boy semblait avoir perdu sa langue. Il se contenta d'admirer ses yeux verts et calmes. « Ces yeux, pensa-t-il, appartiennent peut-être à la maîtresse de l'homme qui a assassiné mon frère Jack. »

Chapitre VII

Lundi 15 juillet, 20 h 30.

Bill se dit que le dîner dans la grande maison du bord du loch de sir Iain et lady MacLean était tout à fait acceptable. Il fut servi par Angus, barbu roux, impeccable dans sa veste blanche, dans une salle à manger de quinze mètres de long donnant sur Strachur et les collines de Cowall. Annie avait installé ses invités autour d'une longue table ancienne, brillante de cire, Bill et Laura en face d'elle-même et de son mari. Derrière l'Américain se trouvait un magnifique buffet du temps des rois George sur lequel étaient posés un saumon écossais de belle taille, cuit à point, un plat de pommes de terre et un autre de pois frais. Au centre de la table, deux plats d'argent contenaient de la mayonnaise.

Bill devina que l'amiral avait évidemment pêché lui-même le saumon.

— Voulez-vous que je serve, monsieur ? demanda Angus.

— Oh ! Oui ! un peu de tout pour chacun. Je ne fais jamais servir d'entrée quand il y a du saumon, ajouta l'amiral à l'intention de Bill. Je sais qu'on préfère reprendre du poisson si l'on a encore faim. J'ai attrapé celui-ci dans le Tay il y a deux jours.

— Une sacrée belle bête, dit Bill. Mon frère pêchait

beaucoup, mais il n'a jamais rien pris d'aussi gros dans nos rivières du Kansas.

L'amiral leva vivement les yeux.

— Vous avez dit « pêchait ». Est-ce qu'il a abandonné le plus beau sport du monde ?

— Non, amiral. Je pensais que vous étiez au courant. Mon frère Jack était l'officier des opérations du groupe de combat à bord du *Thomas Jefferson*.

— Mon Dieu ! Je suis désolé, Bill. Personne ne me l'a dit. On aurait dû.

— C'est épouvantable, dit Laura, parlant pour la première fois. Cela a-t-il quelque chose à voir avec votre présence ici ? Est-ce que vous faites une sorte d'enquête ?

— Heu... dans un sens, oui. Mais ça n'a rien à voir avec Jack. Des centaines de gens, dans la Marine, avaient des parents sur le porte-avions et des milliers dans tout le pays.

— Je suppose que ça ne rend pas les choses plus faciles, dit-elle. Partager un chagrin ne le rend pas moins lourd.

— Non, madame, en effet.

Laura vit la tristesse peinte sur son visage. Elle se dit qu'il était un homme tout à fait captivant, apparemment célibataire, avec cette allure un peu désinvolte, un peu entêtée, des sous-mariniers. Et d'un sous-marinier en particulier.

Mariée, mère de deux enfants, Laura sentit que le capitaine de corvette Baldridge pourrait être une présence dangereuse dans sa vie. Elle n'avait rencontré qu'une seule autre personne dotée d'un tel charme. Elle fut surprise de le voir lui sourire.

— Vous savez, je commence à me faire à l'idée de cette tragédie, depuis une semaine. Mais je ne peux me faire à l'idée de ne plus jamais revoir Jack... plus jamais ! C'était un officier fabuleux.

— Je suppose que cela vous amènera à reprendre le flambeau des traditions familiales, maintenant ?

— Pas vraiment. J'ai décidé de quitter la Navy après cette enquête. Je rentrerai au Kansas.

— Mais est-ce que toute l'excitation de ce métier ne vous manquera pas ?

— Non, je ne crois pas. J'ai atteint mes limites sous l'uniforme. On ne me confiera jamais de commandement.

— Vous avez dû déranger trop de vieux amiraux, dit-elle en riant. C'est comme ça qu'on met un terme à une carrière prometteuse. En tout cas ici, en Angleterre.

— Vous avez probablement raison.

— Bill, dit l'amiral, si vous voulez poser quelques questions à Laura, il va falloir que nous la mettions au courant. Mais ne vous faites pas de souci. Elle a passé une bonne partie de son existence dans le milieu de la Marine et sait parfaitement ce qui peut être répété et ce qui ne le peut pas.

Bill essaya de mettre la conversation sur d'autres sujets. Il la regarda et sourit.

— On m'a dit que vous aviez deux enfants, où sont-ils ?

— Oh ! Ils sont avec Brigitte, de l'autre côté de la maison. Ils sont très jeunes, trois et cinq ans. Après ce long voyage en voiture depuis Edimbourg, je les ai suffisamment entendus pour la journée. Je leur ai dit bonsoir avant le dîner. Leur grand-mère va aller les voir dans une minute — j'espère.

— Je suppose que Brigitte est leur nurse, non ? dit Bill. Je n'ai jamais rencontré de vraie nurse britannique.

— Et vous n'en verrez pas ici non plus, répondit Laura. Brigitte est suédoise. Elle est chez nous au pair.

Son expression se voila et elle dit soudain :

— Il s'agit de Ben, n'est-ce pas ? C'est pour lui que vous êtes ici ?

Bill jeta un regard à l'amiral qui s'empressa de changer de sujet.

— Qu'aimeriez-vous boire ? Il y a une bouteille de meursault bien fraîche et j'ai ouvert une bouteille de bordeaux il y a un moment... Annie boit toujours du vin blanc avec le saumon, donc je sais ce qu'elle va choisir. Mais je prétends que le vin blanc n'est pas obligatoire avec le poisson. En fait, je préfère le bordeaux et c'est ce que je vais prendre.

Bill aimait de plus en plus l'amiral.

— Si vous prenez du bordeaux, j'en prendrai aussi, dit-il en souriant.

— Moi aussi, dit Laura.

— Et maintenant, que puis-je vous dire sur Ben Adnam ? demanda Laura quand son père eut servi le vin.

Mais l'amiral l'interrompit :

— Laura, si ça ne t'ennuie pas, j'ai l'intention de te laisser seule une demi-heure avec Bill après dîner pour que tu puisses répondre à ses questions — ou ne pas y répondre, comme tu le voudras. Je pense que ta mère et moi préférerions ne pas... disons... ranimer certains souvenirs.

— Mais, amiral, il y a quelque chose que je voulais vous demander auparavant. Pourquoi tout le monde est-il au bord de la crise cardiaque rien qu'à la pensée de traverser le Bosphore en immersion ? Je ne comprends pas. Ça ne doit pas être si dangereux que ça ?

— C'est très dangereux, au contraire, dit l'amiral. Ce qui est sans doute la raison pour laquelle personne n'a jamais osé essayer.

— Mais pourquoi ? C'est assez large, n'est-ce pas ? C'est une sorte de baie, il me semble ?

L'amiral sourit avec patience.

— D'une certaine façon, vous vous adressez à l'homme le plus apte à vous répondre. J'ai suivi pendant quelques années divers rapports de Russes qui ont exporté des bateaux aux nations du Moyen-Orient pendant deux ans. Ils n'ont eu que des ennuis pour les ventes de sous-marins, surtout vers l'Iran. Aussi, il y a quelques mois, j'ai demandé à Droggy de m'envoyer les derniers relevés du Bosphore. Juste pour me familiariser avec les difficultés que rencontrerait *quiconque* entrerait ou sortirait par là, dans un sous-marin, en plongée... rien qu'un exercice académique pour un vieil officier qui a du temps à perdre.

— Alors, j'ai deux questions à vous poser, dit Bill. D'abord, qui diable est Droggy ? Ensuite, que pouvez-vous me dire du Bosphore ?

— Droggy est, dans notre jargon, le nom de l'hydrographe de la Royal Navy. En ce qui concerne le Bosphore, il y a plusieurs mois que ce problème m'intéresse... je me demandais si quelqu'un m'interrogerait jamais sur mon sujet de prédilection... J'espère que vous avez un mois ou deux à perdre !

— Bien sûr, mais je crains que le Pentagone ne veuille entendre parler de moi avant septembre, amiral.

Tous deux rirent, mais l'amiral était sérieux.

— L'ennui, avec les sous-mariniers modernes comme vous, dit-il, c'est que vous croyez que le monde entier fonctionne par ordinateur, que vos capteurs de recherche et votre technologie électronique vous donneront tout ce dont vous avez besoin. Mais vous, Bill, et vos compatriotes sous-mariniers, travaillez essentiellement sur de gros navires, vous êtes des hommes des grandes profondeurs. Et tout votre équipement est fait pour cela. S'attaquer au Bosphore exige une connaissance de la navigation côtière que votre marine a cessé de développer. Vous ne vous êtes pas entraînés à l'acquérir pendant des années, et si nous ne faisons pas sacrément attention, il nous arrivera la même chose. Le travail en eaux peu profondes nécessite un changement complet de culture parce qu'il y a des tas de choses qui sont complètement différentes. Pour commencer, vos palpeurs à long rayon d'action sont inutiles, de sorte que souvent rien ne vous avertit du danger qui approche. Comme vous le savez, les cartes et les relevés se démodent. Il faut avoir les meilleurs et les plus récents et savoir les utiliser. Parce que, lorsque vous opérez près de la côte, vous ne vous déplacez pas comme la cavalerie sur une plaine immense et sans obstacles. Au contraire, vous tâtonnez dans une forêt obscure comme un malheureux artilleur. Alors, il vaut mieux savoir où vous êtes. Ce qui suppose une navigation très précise — cinq mètres en vertical, cinquante mètres en horizontal. Près des côtes, il faut avoir les yeux ouverts. Et se rappeler par-dessus tout que l'on n'a plus l'avantage de la grande vitesse, en particulier pour s'échapper. Vous ne pouvez pas aller vite, si près du fond. Et il y a autre chose que vous ignorez peut-être, jeune Bill... Si vous faites vingt nœuds à deux cents pieds, vous laissez un sillage très clair en surface, visible de tous. Il faut de la discrétion. La discrétion et la ruse sont les seules façons de vous mettre à l'abri, mieux que tout ce qu'on a pu vous apprendre avant.

L'officier américain n'avait jamais entendu personne parler ainsi. L'amiral qui lui faisait face avait bien une autre culture. Il venait d'un monde différent, un monde qui pourrait le mener, en fin de compte, au meilleur élève du maître, peut-être à l'homme qui avait trouvé un moyen pour couler le *Thomas Jefferson*.

L'amiral MacLean avait appris sans aucun doute au jeune Adnam à garder les yeux ouverts. Mais, pensa Baldridge, ce diable d'homme avait aussi appris à écouter.

Laura soupira doucement. Sa mère lui adressa un sourire requérant un peu de tolérance. Contrairement au jeune Américain, les deux femmes connaissaient ce discours par cœur. Et l'amiral, enfourchant son sujet favori, insista sur l'obscurité et les eaux tourbillonnantes du Bosphore.

— C'est un sale petit chenal, murmura-t-il. Assez étroit sur une bonne partie. Et pas très profond. Il y a même des endroits à la limite de la profondeur nécessaire à un sous-marin, avec des cargos à tirants d'eau importants, se déplaçant dans les deux sens. Le chenal est divisé en deux voies et, bien sûr, on circule à droite. Il est interdit de doubler. Et, en direction du sud, il est souvent extrêmement difficile de stopper. Imaginez un courant de sept nœuds dans le passage le plus étroit ! Déportez-vous sur tribord, et vous aurez toutes les chances de vous cogner tête la première contre un bateau. Dans la partie la plus dangereuse, il n'y a pas assez de fond pour descendre beaucoup et passer sous un cargo qui arrive sur vous. Ajoutez à cela quelques épaves et le fait que, je le crains, la carte du fond n'est sûrement pas très exacte. Les sondages sonores sont un peu trop irréguliers pour mon goût.

L'amiral commença à disposer les cuillers à dessert et les fourchettes en zigzag près des plats à mayonnaise.

— Rappelez-vous, poursuivit-il en montrant la nappe avec son couteau. Vous naviguez sous l'eau, dans le noir complet, et il y a un grand virage en « S » à environ un tiers du chemin qui vient de la mer Noire... juste ici... dont une partie est extrêmement étroite. Des deux côtés, il y a des bas-fonds à moins de quinze mètres de profondeur. (Il frappa sèchement un plat à mayonnaise avec son couteau à poisson.) Si vous vous écartez de votre route, qui mesure moins de cent mètres de large, vous heurterez la rive et vous vous retrouverez coincé en surface, dans la terre dure, visible de tous. Ce qui n'est sûrement pas le but de la manœuvre. En supposant que vous ayez pu négocier le virage en « S », tout de suite après il y a un chenal qui va vers le sud. Dans sa partie la plus étroite, il a moins de deux cents mètres de large. Et c'est précisément là que le courant est le plus violent car l'eau doit passer dans ce goulot de bouteille. Sous le second pont, il y a un grand banc de sable, juste au milieu du chenal. Le fond remonte à vingt-cinq mètres, de sorte qu'il est impossible de se faufiler sous une embarcation plus grosse qu'un canot à moteur. Et, pour tout arranger, il y a déjà deux saloperies d'épaves sur cette rive, dont l'une n'est qu'à treize mètres de profondeur. Au vu de la carte marine, je préférerais choisir mon moment, me hâter de descendre le chenal plus profond qui va vers le nord, à condition de pouvoir me glisser entre les cargos et les pétroliers qui l'empruntent. Mais c'est fichtrement dangereux, comme vous le savez. Et en plus, c'est illégal. Au nom de la convention de Montreux, les Turcs l'interdisent à tous les navires de guerre de toutes les nations. Ils ont tout à fait le droit d'arrêter n'importe quel navire de guerre, quelle que soit sa nationalité, qui n'aurait pas prévenu des semaines à l'avance de son intention de transiter par le Bosphore. Voulez-vous toujours savoir pourquoi des gens sont au bord de la crise cardiaque rien qu'à l'idée de passer le Bosphore en plongée ? Parce que cela n'est pas seulement affreusement difficile et affreusement dangereux. Mais en plus, parce que si les copains turcs vous attrapent, le moins qu'on puisse dire c'est qu'ils ne se montreront pas accommodants.

— Essayez-vous de me dire que c'est vraiment impossible ?

— Pas exactement, Bill. Mais il faudrait un super-sous-marinier pour réussir. De ma génération, j'en compte trois : l'amiral Elliott, que vous avez rencontré, moi, et peut-être le commandant Greenwood, qui serait probablement très nerveux mais capable de réussir.

— Et votre meilleur Perisher de tous les temps ?

— Oui, bien sûr.

— Tu parles de Ben, n'est-ce pas ? demanda Laura.

— Oui, de Ben.

— Mais pourquoi enquêtez-vous sur lui ?

— Plus tard, Laura, dit son père. Bill t'expliquera.

Laura sourit. Elle ne considérait pas, c'était évident, cette perspective comme quelque chose de désagréable.

— Très bien, dit-elle. Mme Laura Anderson, mère

de Flora et de Mary, réservera ses réponses à l'interrogatoire privé de la Marine des Etats-Unis d'Amérique après 22 heures, dans le bureau de l'amiral.

— Je vous signale que ceci signifie que ma fille entend s'asseoir près du feu et boire mon meilleur porto, plaisanta l'amiral. Comme les Turcs avec le Bosphore, j'aimerais garder la haute main sur le bouchon.

— Je le crois volontiers, dit Bill. On pourrait se faire voler son bétail en un rien de temps ici, d'après ce que je vois.

Laura parut sur le point d'administrer une tape à l'Américain mais changea d'avis, se disant que sa mère pourrait prendre ça comme un appel au flirt de la part d'une jeune femme mariée.

Pour l'heure, l'amiral lui-même poursuivit la conversation en demandant à Bill s'il aurait le temps de passer une journée en mer.

— C'est l'une des meilleures zones de formation de sous-mariniers du monde, particulièrement en eaux peu profondes.

— Amiral, je serais ravi d'en profiter. C'est curieux à quel point notre profession peut être insulaire... nous partageons tous le même but... mais nous sommes si loin les uns des autres !

— Bien. J'ai retenu la date hier. Il faudra partir de bonne heure et être à bord à 9 heures.

Le dîner s'acheva et Bill jeta un coup d'œil à sa montre. Il était un peu plus de 22 heures. Laura saisit le geste.

— Je crains que la Navy ne soit un peu fatiguée, dit-elle en repoussant sa chaise. Je vais aider un peu maman et je reviens subir mon contre-interrogatoire. Il y a une carafe sur la table roulante. Versez-nous deux verres de ce porto avant que papa ne le confisque.

Bill fit ce qu'on lui demandait. Il remercia l'amiral et sa femme pour ce délicieux dîner et leur souhaita une bonne nuit. Les deux marins décidèrent de se retrouver à 7 h 15 le lendemain matin pour le petit déjeuner.

Dans le bureau aux murs couverts de livres, Bill trouva le porto, en servit deux verres et s'assit près de la cheminée. Laura arriva dix minutes plus tard. Elle s'était repeignée et avait remis du rouge à lèvres. Elle s'assit avec grâce dans le fauteuil d'en face, croisa ses longues jambes et dit, un peu trop doucement :

— Voilà, commandant. Je suis tout à vous.

Bill ne put s'empêcher de souhaiter que cela fût vrai. Mais il avait en face de lui la femme qui pourrait peut-être l'aider à trouver le responsable de la disparition du *Thomas Jefferson*. Laura était peut-être, il le savait, le seul lien existant avec le plus cruel terroriste du monde. Il décida de lui expliquer, en gros, la raison de sa visite et commença prudemment :

— Laura, comme vous le savez, il s'est produit un accident épouvantable sur l'un de nos porte-avions, la semaine dernière. Cependant, nous sommes un certain nombre à ne pas croire que les choses aient été aussi simples. Nous pensons qu'une puissance du Moyen-Orient a fait sauter le navire. Nous pensons que le missile qui l'a détruit était une torpille munie d'une ogive nucléaire et qu'elle a été lancée depuis un sous-marin. Il existe très peu d'hommes capables d'accomplir cela. Je pense que le capitaine de corvette Benjamin Adnam peut avoir été cet homme-là.

— Ben ? Mais il est israélien ! Il habite Tel-Aviv. L'Amérique est le meilleur soutien d'Israël. Pourquoi quelqu'un voudrait-il attaquer son allié le plus loyal ?

Bill secoua la tête d'un air désabusé.

— Parlez-moi de lui, Laura, dit-il. Quel type d'homme est-ce ?

— Eh bien... il mesure un mètre soixante-quinze. Il est plus large que vous, avec des cheveux frisés noir de jais coupés assez court. Des yeux très sombres, presque noirs. Il n'a pas ce teint un peu basané du Moyen-Orient, mais une peau mate, douce, donnant l'impression de n'avoir jamais besoin du rasoir. Quand j'ai rencontré Ben pour la première fois, je me suis dit qu'il était le plus bel homme que j'aie jamais vu. J'étais amoureuse de lui, vous savez. C'était mon premier amour... mon seul amour, en réalité.

Bill but une gorgée de porto.

— Mais M. Anderson ? demanda-t-il.

— Une erreur. Une grosse erreur. (Laura parlait avec une franchise renversante, aidée peut-être en cela par le vieux porto rouge et chaleureux venu du Portugal.) Quand Ben a quitté Faslane pour Israël après avoir passé deux années ici, j'ai pensé que je ne le reverrais jamais, quoi qu'il en dise. Et j'étais sûre de mourir de chagrin. Je ne suis pas sortie pendant dix-huit mois. Ma mère pensait que je faisais une dépression nerveuse. Elle détestait Ben pour ce qu'il avait fait à sa chère petite fille. Elle avait été rudement contente qu'il s'en aille et, s'il m'avait épousée, elle en serait morte. Mais il n'en a jamais été question. Nous n'en avions même pas parlé. Enfin bref, j'allais souvent chasser avec papa et j'ai rencontré Douglas dans le Nord, près de Jedburg, sur la frontière. C'était le fils d'un propriétaire terrien du coin et nous allions souvent déjeuner ensemble. Tous les autres étaient beaucoup plus âgés. Il m'a plusieurs fois demandé de l'épouser et, comme je n'avais pas de petits amis intéressants, après un an ou deux j'ai accepté. Tout le monde en a été ravi et ma mère a organisé un très grand mariage. Et puis c'est arrivé. Ben m'a appelée la veille de mon mariage. Il m'a dit qu'il m'aimait toujours et qu'il voulait me voir. Bien entendu, je ne pouvais pas faire ça et je le lui ai dit. Mais ça m'a brisé le cœur encore une fois et, au moment où je suis devenue Mme Douglas Anderson, je me serais moquée qu'on m'annonce que je ne verrais plus jamais mon mari. Il est pourtant doux et gentil. Et riche, aussi. Mais je n'aurais jamais dû accepter de l'épouser parce que je ne ressentais rien pour lui.

Laura Anderson ne savait pas pourquoi elle vidait ainsi son cœur devant cet étranger venu du lointain Kansas. Elle n'aurait même pas pu se justifier en prétendant qu'elle agissait dans l'intérêt de son pays.

Bill Baldridge secoua la tête d'étonnement et remit la conversation sur Ben, ce qui n'était pas de sa part une grande preuve d'ingéniosité.

— Est-ce que vous avez revu l'Israélien ?

— Deux fois. La première, nous nous sommes rencontrés au Caire pendant que Douglas était allé suivre une conférence financière pour sa banque. Et une autre fois, il y a environ un an, quand Ben est revenu à Faslane avec trois officiers israéliens qui voulaient suivre un cours sur les sous-marins de soutien que leur Marine venait d'acheter. C'était irrésistible comme peut l'être parfois le mensonge... nous sommes allés dans un hôtel des Highlands... ça nous a beaucoup affectés tous les deux. Je mourais de peur que ma mère, mon père ou même mon mari n'ouvre la porte et ne nous surprenne. Quand nous nous sommes séparés, j'ai eu la curieuse impression que je ne le reverrais jamais. Et, à ce jour, je ne l'ai pas revu. Il m'a appelée une fois ou deux. Mais je ne crois pas que l'un ou l'autre ayons ressenti la même chose qu'autrefois. La très longue séparation et la duplicité de notre relation ont été trop pour chacun de nous. Il sert dans la Marine, Dieu seul sait où et il ne me reste que le pauvre Douglas... un charmant banquier quadragénaire, très respecté, qui me laisse de marbre. Il le sait, d'ailleurs, j'en ai bien peur. Je ne le blâmerais pas s'il filait avec sa secrétaire.

— Avez-vous une adresse ou un numéro de téléphone pour joindre Ben ?

— Non, je n'en ai jamais eu depuis qu'il a quitté Faslane, après son cours de Perisher. En fait, il a toujours été un peu secret. Je lui ai demandé plusieurs fois s'il y avait un endroit où je pourrais lui envoyer une lettre ou une carte postale. Mais il répondait toujours que c'était un peu trop compliqué.

— Laura, êtes-vous sûre qu'il soit israélien ?

— Je n'ai jamais pensé qu'il puisse être autre chose. Il était ici en tant que membre de la Marine d'Israël. Comment aurait-il pu être autre chose ?

— Je ne sais pas, dit Bill. Mais le Moyen-Orient est un endroit bizarre. Quelques jours avant le début de la guerre du Golfe, Saddam Hussein a juré à son copain arabe, son proche voisin, apparemment ami et allié, le Président Moubarak d'Egypte, qu'il *n'attaquerait pas* le Koweit. La vérité est une denrée rare dès qu'on dépasse les îles Grecques et qu'on va vers l'est. Avez-vous remarqué quelque chose, tout au long de votre relation avec Ben, qui pourrait suggérer qu'il soit originaire d'un autre pays ?

— Non, pas vraiment. La seule chose qui m'ait toujours étonnée, c'était sa sympathie pour les nations arabes, même à propos du terrorisme. On n'aurait jamais pu le qualifier de fanatiquement anti-arabe — et il n'était pas du tout religieux. Mais maintenant que j'y repense... il y a autre chose... Je ne l'ai vu que cette fois-là, au Caire, mais nous avons souvent parlé de nous rencontrer et, chaque fois, il voulait que ce soit au Caire. Jamais en Israël. N'est-ce pas un peu curieux ? Je ne sais pas... je n'ai jamais imaginé qu'il puisse être égyptien.

— Vous a-t-il parlé de sa jeunesse ?

— Oui. Il est allé à l'école en Angleterre — une pension, quelque part dans le Kent. J'en ai conclu que ses parents devaient avoir de l'argent. Mais il n'est pas allé à l'université ici. Il est retourné en Israël à dix-huit ans, une fois le lycée terminé. Ensuite, je suppose qu'il s'est tout de suite engagé dans la Marine. Quand il est arrivé à Faslane, il m'a dit qu'il n'était pas revenu en Angleterre depuis qu'il avait quitté l'école.

— Y avait-il quelque chose d'autre, en dehors de sa

nationalité israélienne, qui le rendait différent du reste de la classe des Perishers ?

— Pas grand-chose, si ce n'est qu'il est arrivé avec une très belle voiture neuve. Une petite BMW rouge.

— Etait-il très aimé ? Après tout, il était plus doué que les autres.

— Non, pas vraiment. Ben ne s'intéressait à rien de ce qu'il jugeait futile. Il était incapable de parler poliment de la pluie et du beau temps, ce qui agaçait ma mère. S'il y avait une réunion, pour un anniversaire ou autre chose, il venait, apportait un cadeau de prix et bien choisi, mais il restait toujours en retrait. Vaguement préoccupé.

— Pourquoi l'aimiez-vous autant ?

— Parce que, à mes yeux de gamine, il avait l'air d'un dieu. Je n'avais que dix-neuf ans. Il en avait vingt-sept, c'était l'image même du jeune commandant assez riche pour m'emmener dans des endroits chic, le seul à avoir une voiture neuve. Cet homme me fascinait avec ses longues histoires sur les pays du Moyen-Orient que je n'avais jamais visités. Il émanait de lui une sorte de charme naturel. Il ne lui manquait que d'être vulnérable. Je pense que c'est un défaut aux yeux d'une femme. Mais pour une jeune fille de dix-neuf ans, à peine sortie d'une école londonienne de secrétariat, il était très très spécial. Je suppose que je ne réagirais pas du tout comme ça si je le rencontrais pour la première fois maintenant.

— Croyez-vous qu'il soit assez cruel pour faire sauter un porte-avions avec six mille hommes à bord ?

Laura hésita.

— Non, Bill. Pas quand vous présentez les choses comme ça. Pourtant il y avait en lui une certaine froideur, une efficacité, une détermination. Ben avait une sorte de force innée... S'il avait pensé qu'il était de son devoir de couler un porte-avions américain... il l'aurait fait. D'un autre côté, il avait un sourire très engageant. Et avait parfois de l'humour. On aurait même pu le croire détendu et confiant. Mais quand je l'ai vraiment connu, j'ai remarqué que ses yeux étaient rarement calmes. Ils reflétaient une sorte de méfiance. Quelquefois, je le surprenais à balayer du regard les alentours de certains restaurants de luxe. Il m'adressait alors son sourire le plus charmeur et une plaisanterie. Je n'ai jamais pensé qu'il pouvait s'intéresser à d'autres femmes. Il était seulement attentif à tout. Je le chinais en lui disant que c'était une manie venant du périscope qui l'obligeait à tout regarder très vite. Même un génie naval comme Ben doit s'entraîner sans cesse, je suppose.

— A-t-il jamais parlé de ses parents ?

— Non, pas directement. Il a simplement dit qu'ils vivaient quelque part à la campagne, en Israël. Je crois qu'ils cultivaient des fruits, des melons, entre autres... mais il m'a dit une fois qu'il avait affaire avec la banque de sa famille, à Londres. Il y allait une fois par mois, généralement par le train de Glasgow.

— Avait-il des amis proches en Angleterre ou en Ecosse ?

— Ici, personne. Il n'était pas très populaire. Et il n'a jamais parlé d'une quelconque connaissance à Londres ou ailleurs. Je ne me rappelle pas qu'il m'ait jamais présentée à quelqu'un.

— Quand avez-vous eu de ses nouvelles pour la dernière fois ?

— J'ai reçu un coup de fil environ deux mois après le cours de soutien sur les sous-marins. Je n'étais pas là. J'étais partie avec Douglas et les filles pour le week-end. Comme personne n'a répondu à Edimbourg, il m'a appelée ici. Maman était furieuse, mais elle m'a assurée qu'elle s'était montrée polie. Bref, je n'ai plus eu aucune nouvelle depuis, ce qui est un peu inhabituel... C'est le plus long silence de sa part depuis longtemps... Maman a dû lui dire qu'il était le plus beau salaud qu'elle ait jamais connu ou quelque chose d'aussi subtil. Elle prétend que non. Je pense que Ben est peut-être enfin sorti de ma vie.

— Voulez-vous me parler de l'Egypte ?

— C'était quatre ans après mon mariage — quatorze mois avant la naissance de Flora. Douglas devait aller à Montréal pour un séminaire de banquiers. J'avais six jours devant moi. Nous avions prévu ce voyage depuis trois mois. J'ai pris l'avion à Glasgow, puis un autre vol de Londres au Caire. Ben avait fait mettre le billet au bureau de la KLM.

Bill l'écoutait en se disant qu'on aurait dit une écolière revivant son aventure avec Ben Adnam, la grosse Mercedes avec laquelle il était venu la chercher à l'aéroport du Caire, le chauffeur en uniforme, la longue promenade, le soir, jusqu'au plateau de Gizeh, la suite dans le fabuleux hôtel Mena House dont le balcon donnait sur les plus belles réalisations humaines s'élevant à l'horizon du désert depuis l'aube de l'Histoire.

— Je n'oublierai jamais la première fois que j'ai vu les pyramides, poursuivit Laura. Je suis restée bouche bée, sur le balcon, à les regarder. J'étais seule, en train de contempler cinq mille ans d'Histoire, écoutant la voix du désert... Ben était descendu envoyer un fax ou je ne sais quoi. C'était l'endroit le plus romantique pour une petite Ecossaise pétrifiée d'admiration et un officier de marine assez froid et peu romanesque. Mais je suppose qu'il devait être un petit peu romanesque quand même, autrement il ne m'aurait pas emmenée là. De toute façon, quand une femme a eu une éducation aussi protégée que la mienne, son premier amant ne peut pas se tromper, et je suppose que j'ai passé un moment merveilleux.

— Essayez de vous rappeler, Laura. Est-il arrivé quelque chose en Egypte qui ait pu vous paraître bizarre ?

— Je ne vois pas... sauf que nous sommes allés un après-midi dans une mosquée.

— Vous êtes allés *où ?*

— Dans une mosquée. Nous visitions Le Caire et Ben avait demandé au chauffeur de nous emmener à la Citadelle, un château incroyable construit par Saladin, je crois. Ensuite, nous sommes allés à pied à la mosquée Mohammed-Ali — le plus beau bâtiment, l'une des plus belles choses à voir au Caire. On la voit de très loin, à cause de ses minarets jumeaux, si fins qu'on se demande s'ils ne vont pas se casser. Ils s'élèvent très haut au-dessus de l'immense dôme de la mosquée elle-même.

Bill écoutait, silencieux.

— Continuez, dit-il seulement.

— Eh bien, il n'y a rien eu d'extraordinaire. Je voulais y entrer, mais Ben a dit que ce ne serait pas décent, pour deux infidèles, de pénétrer dans un lieu saint de prière pour les musulmans. Il y avait une petite librairie à côté et j'ai dit que j'allais voir si je trouvais quelque chose à acheter, un souvenir de cet endroit pour quand je serais de nouveau en Ecosse. Il a dit qu'il était d'accord, qu'on se retrouverait à l'entrée parce qu'il voulait voir quelque chose en ville. Alors, je suis entrée dans la librairie, j'y ai passé au moins vingt minutes à discuter avec le vieil homme qui la dirigeait... Je me rappelle qu'il m'a dit avoir appartenu à l'aviation égyptienne pendant la guerre des Six-Jours contre Israël. Ensuite, je me suis promenée sur la place, attendant Ben. Je l'ai vu sortir de la mosquée par une porte latérale, un peu furtivement, à mon avis. Je suis restée sans voix quand je l'ai vu remettre ses chaussures. Je n'y ai jamais réfléchi, à vrai dire, mais je suppose qu'il n'y a pas beaucoup d'Israéliens qui vont prier dans une mosquée arabe.

— Non, je ne crois pas, dit Bill. A-t-il dit quelque chose... pour se justifier, peut-être ?

— Oui, il m'a dit qu'il avait cru voir quelqu'un qu'il connaissait mais qu'en fin de compte c'était une erreur.

— Je suppose qu'il a peut-être dit la vérité, pourtant

ça ne colle pas avec le reste — un officier israélien dans une mosquée, même s'il a vu quelqu'un qu'il connaît, tout ça paraît un peu invraisemblable. Et aussi un séjour, même bref, au Mena House — c'est un peu cher pour le fils d'un marchand de melons, surtout quand il ne touche que la solde minable, tout le monde le sait, que paie Israël à ses militaires.

— Oui, c'était un hôtel très luxueux. Et Ben avait l'air d'être un habitué, comme s'il connaissait les membres du personnel. A l'époque, j'ai pensé qu'il s'y était installé un jour ou deux avant mon arrivée mais un soir, nous avons bu un verre au jardin avec le directeur qui semblait être un homme très important.

— Laura, tout compte fait, c'est un endroit vraiment bizarre pour un Israélien... Seigneur ! C'est là que Jimmy Carter a rencontré le Président Anouar el-Sadate ! C'est là que Kissinger a rencontré les Egyptiens. J'ai lu un magazine, il y a quelques jours, qui parlait de la politique de Nixon au Moyen-Orient. Il a habité le Mena House et on y disait que c'était l'hôtel préféré du Président Roosevelt. Dieu sait combien de souverains étrangers y sont descendus. C'est une institution arabe. Que pouvait y faire Benjamin Adnam ?... A moins qu'en réalité il ne soit arabe.

— Je ne peux pas répondre à cela. Mais vous me faites repenser à une étrange conversation que nous avons eue, un jour, au Mena House. Je ne me souviens pas des termes exacts, mais il a dit en substance : « Mes patrons n'approuveraient sûrement pas ma présence ici, avec la fille d'un amiral britannique, aux yeux de tous. Ils trouveraient que je manque un peu de discrétion. » Je lui ai demandé pourquoi, mais il est resté silencieux. Il a dit ensuite quelque chose comme : « Mais mes patrons peuvent changer à tout moment tandis que moi, on ne peut pas me remplacer. » Ce n'était pas son arrogance qui m'a surprise. Ben a toujours fait preuve d'arrogance, de bravade. J'ai un peu honte d'avouer à quel point je trouvais ça bien, à l'époque. Mais le mot « patrons » aurait dû me mettre la puce à l'oreille. Je n'ai jamais entendu un officier de marine utiliser ce terme, en tout cas pas dans ce contexte. Je n'ai jamais oublié que Ben avait dit cela.

— C'est curieux, Laura. Je n'ai jamais entendu non plus un officier de marine américain dire ça. Je continue à me demander qui peut bien être ce Ben.

— Vous croyez vraiment qu'il n'est pas ce qu'il prétend être ?

— En effet. Surtout parce que votre père pense qu'il y a moins d'une demi-douzaine d'hommes au monde capables d'avoir fait sauter notre porte-avions. Et parce qu'il pense que Ben aurait pu être l'un de ceux-là. Et parce que moi, je crois qu'il est plus probable qu'il s'agisse d'un Arabe que d'un Israélien.

— Juste après mon mariage, Ben m'a téléphoné pour me demander d'aller le voir, mais c'était impossible. Il a parlé du Caire cette fois-là aussi.

— Bizarre. Je me demande où il peut bien être maintenant.

— Là, je ne peux pas vous aider. Il y a plusieurs mois que je n'ai eu de ses nouvelles. Peut-être n'en aurai-je jamais plus.

— Seriez-vous d'accord pour me prévenir si jamais il vous contactait de nouveau ?

— Oui. Oui, bien sûr. Je suis la fille d'un officier supérieur et je comprends tout ce que cela implique... et à quel point c'est sérieux. Je vous contacterai si j'apprends quelque chose.

Laura se leva et passa une main dans ses cheveux. En revenant s'asseoir, elle mit un disque sur la platine.

— Aimeriez-vous écouter de la musique ? demanda-t-elle.

Les violons de l'Orchestre philharmonique de Vienne jouant l'ouverture d'un des plus fameux opéras de Giuseppe Verdi emplirent la pièce.

— *Rigoletto,* dit Bill.

Ils restèrent silencieux un moment, écoutant les airs

divins, émouvants, que chantaient Ileana Cortrubas dans le rôle de Gilda et Placido Domingo dans celui du duc de Mantoue.

Quand la soprano entonna le *Caro nome,* Laura fut surprise d'entendre l'officier américain murmurer :

— C'est presque douloureux tellement c'est beau, vous ne trouvez pas ?

Elle baissa un peu le son et demanda :

— Vous aimez vraiment l'opéra ?

— Je l'adore, répondit-il. Le frère de ma mère faisait partie du conseil d'administration du Metropolitan Opera de New York. Il lui donnait souvent des places. Elle m'y a emmené plusieurs fois quand j'étais à Annapolis. Elle m'offrait le billet d'avion jusqu'à Washington, ce qui m'a permis d'entendre les plus grands chanteurs. Je n'ai jamais dépassé le stade des plus faciles, comme *La Bohème, Figaro, Rigoletto, Madame Butterfly, Carmen, Aïda, Les Pêcheurs de perles...,* mais j'ai toujours adoré la musique. C'est comme si on me jetait un sort. Je préfère aller écouter un opéra qu'assister à un rodéo. C'est la vérité.

Il jeta un coup d'œil à sa montre.

— Hé ! Il est minuit et je n'ai pas dormi depuis que j'ai quitté le Kansas, dimanche matin. Je dois retrouver votre père très tôt demain matin. Je ferais bien de monter avant de m'écrouler sur le tapis.

— Très bien. Je vais ranger les verres et m'occuper du feu. Bonne nuit, Bill. J'espère vous avoir été utile.

— Oui, madame, et je vous en remercie infiniment.

Il se demanda s'il serait décent de poser un rapide baiser sur sa joue mais décida de ne pas le faire. Mme Laura Anderson en fut plus attristée qu'elle n'aurait dû.

Bill alla se coucher et dormit comme une masse. Il savait que ce second jour à Inveraray n'était pas absolument nécessaire, mais il souhaitait visiter la Mecque des sous-marins avec l'amiral MacLean. Et puis il voulait lui poser quelques questions supplémentaires à propos d'Israël et de sa Marine. Il se justifia en se disant que cet amiral britannique était sans aucun doute le sous-marinier le plus savant qu'il eût jamais rencontré... Il était également l'homme qui avait personnellement formé le commandant Ben Adnam, avec tout ce que cela pouvait impliquer de grave.

152357JUL02. 11 N 53 E. Vitesse 7 nœuds. Cap au 192. Immersion périscopique. Position : 1 070 milles du point de référence, 170 milles franc est du cap Guardafui, Somalie.

— OK, Georgy, nous sommes plus près des routes maritimes que je ne l'aurais souhaité, mais refais surface et bloque l'arbre principal aussi vite que possible. Et fais en sorte que ce presse-étoupe de la coque soit fixé une fois pour toutes. Maintenant. Pendant que nous sommes immobiles. Il a posé un problème intermittent depuis une semaine.

160124JUL02.

— Officier de quart au commandant, officier de quart au commandant... Ce boucan sur le mât ESM, il y a trente minutes... Je dirais qu'il s'agit sans doute d'un gros navire marchand venant du sud-ouest. 15 milles, trois-cinq-zéro. 20 nœuds. Niveau du danger dans cinq minutes.

— Commandant à l'officier de quart, à combien de nous va-t-il passer ?

— Une allure stable pendant quarante minutes.

— SEIGNEUR ! L'arbre est bloqué ! BEN ! BEN ! IL RISQUE DE NOUS PASSER DESSUS ET NOUS NE POUVONS PAS MANŒUVRER !

— Du calme, Georgy. Tu vas faire un « plongeon arrêté ».

— Doux Jésus ! Je n'ai encore jamais fait ça !

— Moi, j'en ai fait des dizaines. On n'a pas le choix. Il faut plonger. Je ne veux être vu de personne. *Et je ne tiens pas non plus à une collision. Je pensais*

bien que cela pouvait arriver. C'est pour ça que je voulais que tu attrapes un « arrimage immobile » avant de refaire surface. Maintenant, fais exactement ce que je te dis... Ouvre les ballasts principaux et les kingstons... surveille les angles... Nous penchons vers l'arrière de 10 degrés, juste maintenant, mais ça va bien. C'est toujours un peu irrégulier... Où en sommes-nous ? Trente mètres ?

— Seigneur, Ben ! On glisse en arrière vers le fond !

— La ferme, Georgy, tu veux ? Garde les ballasts ouverts, ce ne sont que des bulles d'air. Nous avons des tonnes d'air comprimé. Remets-toi, pour l'amour du ciel. Je sais que l'angle est mauvais... Où en sommes-nous ? Soixante mètres ? La poupe à quarante. Bon.

— Seigneur ! L'équipage va paniquer !

— Dis-leur de ne pas paniquer, *tu veux ? Ferme cinq ballasts... Evacue les cinq ballasts principaux... Très bien... Arrête l'évacuation... Georgy, nous sommes trop lourds à l'arrière. Fais passer dix hommes à l'avant. Dis-leur de grimper sur le massif... C'est bon, Georgy, l'angle s'écrase... Ouvre cinq ballasts... C'est bien... c'est mieux... Ferme cinq ballasts... Où en sommes-nous ? Quatre-vingts mètres ?... Reprenons de l'assiette sur la couche de cent mètres... Ouvre cinq ballasts... Ferme cinq ballasts... C'est bien.*

— Cent mètres, monsieur.

160154JUL02.

— Tu vois, Georgy, on flotte doucement à cent mètres de profondeur. Il va passer au-dessus de nous dans dix minutes sans se rendre compte de rien. Et quand il sera passé, nous remonterons tranquillement à la surface dans l'obscurité et nous achèverons nos réparations. Sans problème. Oh ! Georgy ! Désolé pour les angles, c'est toujours un peu comme ça en « plongée immobile ».

— *Tu m'as humilié. Si jamais nous nous en sortons, j'irai faire la peau à ton salaud de Professeur, Ben. Mais je te remercie.*

Le matin suivant, Bill Baldridge et l'amiral partirent alors que la grande maison sur le loch était encore endormie. Ils traversèrent la forêt et tournèrent à droite, avant la route principale, vers les rives du loch Lomond. Ils empruntèrent une route plus courte qui suivait les rives découpées de l'est et atteignirent Faslane par l'autre côté.

— Pensez-vous que quelqu'un pourrait pénétrer les forces armées israéliennes et travailler en leur sein pendant plusieurs années ? demanda Bill.

— J'y ai réfléchi hier soir et curieusement, Bill, oui, je crois que c'est possible. C'est un pays habitué aux mélanges raciaux. Quand Israël a été fondé, il est arrivé tant d'étrangers dans ce vaste exode, venant des pays européens économiquement faibles, que je suis surpris qu'ils aient réussi à trier tout ça. Mais ils ont pourtant créé une nation, avec des juifs venus de Russie, de Pologne, d'Allemagne, de toute l'Europe de l'Est et de l'Ouest et même des Etats-Unis. De sorte que des millions de juifs fraîchement installés ont pu se faire passer pour des Moscovites, des Londoniens, des New-Yorkais, des Berlinois. L'immigration depuis les pays arabes n'a pas été moindre — ils sont venus d'Egypte, de Libye, de Syrie, d'Algérie, du Yémen et, bien sûr, d'Irak et d'Iran. Nul n'a jamais pu être totalement certain de la loyauté totale de ces familles envers Israël. D'ailleurs, certains en sont partis depuis. Mais Israël a toujours très facilement recruté des espions pour travailler dans n'importe quel pays d'Europe ou du Moyen-Orient. Parce qu'ils peuvent choisir parmi tant d'étrangers venus de ces pays mêmes. Ce qui implique que le contraire est vrai aussi, n'est-ce pas ? Que dans le grand flux humain qui est *entré* en Israël entre 1948 et, disons, 1968, il s'est trouvé des gens ayant d'autres intérêts pour d'autres gouvernements, des gouvernements qui ont trouvé très utile d'avoir des ressortissants déjà « insérés » dans les forces armées d'une nation nouvelle, susceptible de devenir un jour un ennemi. Pensez-vous que tout cela soit un peu tiré par les cheveux ?

— Amiral, je ne trouve pas du tout cela tiré par les cheveux. Pour moi, c'est très sensé.

— Alors, tout en pensant que le commandant Ben Adnam était probablement israélien, je reconnais la possibilité qu'il ait pu ne pas l'être — surtout sachant qu'il a fait ses études en Angleterre : un solide gaillard de dix-huit ans, bien élevé dans une bonne école anglaise, avec des parents apparemment israéliens... très facile à insérer dans presque toutes les situations en Terre sainte. Je ne dis pas qu'il ait été iranien ou irakien... mais que c'est cependant tout à fait possible.

— Bien, dit Bill d'une voix pensive. Je suppose que ce que j'ai de mieux à faire pour le moment, c'est de rester vigilant, de garder à l'esprit l'homme qui peut avoir fait ça, d'être conscient du fait qu'il n'est peut-être pas israélien et du fait qu'il travaillait peut-être pour quelqu'un d'autre.

— C'est ça. Je pense que les théoriciens modernes appelleraient cela de la pensée latérale. Moi, j'appelle ça de la recherche logique avec une pointe de bon sens.

Maintenant, Bill distinguait de l'autre côté du lac le point où la forêt d'Argyll se perdait entre les deux grands fjords du loch Goil et du loch Long. L'automobile s'éloigna du bord de l'eau, passa le sommet de la colline et plongea vers la petite ville de Garelochhead, un nom qui traduit sa situation géographique[1].

— Faslane est juste en face, annonça l'amiral.

Et de nouveau, Bill Baldridge plongea le regard dans les eaux sombres et noires du loch.

Les deux gardes armés se montrèrent aussi froide-

1. La tête du loch.

ment efficaces que d'habitude, malgré la présence du grand sous-marinier de la Navy. On regarda leurs laissez-passer puis on les confia à un capitaine de corvette portant sur la poitrine le badge des sous-mariniers. Il leur indiqua où garer la Land Rover et demanda si l'amiral MacLean et son hôte étaient prêts à embarquer.

— Oui, merci, répondit sir Iain. J'ai l'intention de vous montrer certains des endroits où j'ai appris à votre homme à mener un de ces engins, poursuivit-il à l'adresse de Bill. Par chance, il y a un bateau-école qui sort ce matin. En fait, il part pour un mois mais on nous ramènera par avion de l'île d'Arran. Nous serons de retour vers 16 heures.

Ils longèrent le quai où un sous-marin « hunter-killer[1] » de 90 mètres, de 5 000 tonnes, le HMS *Thermopylae,* les attendait. Rangée au fond des entrailles de cet instrument menaçant de la guerre sous-marine, reposait une batterie de nouveaux missiles d'attaque mer/sol Tomahawk, d'une portée mortelle de quatre mille kilomètres. Pour compenser sa charge armée, rangées le long des tubes de poupe, il y avait des torpilles filoguidées Spearfish Marconi dont chacune pouvait parcourir vingt-sept kilomètres sous l'eau à près de cinquante nœuds avant de faire exploser la colonne vertébrale de n'importe quel navire ennemi.

L'amiral avait enseigné tout cela à Ben, aucun doute là-dessus. Comme Bill l'avait expliqué au Président des Etats-Unis, une torpille à tête nucléaire n'a pas besoin de se planter dans la coque de sa cible mais elle doit filer rapidement, tout droit et dans le minutage précis prévu pour sa course. Les océans modernes, pacifiques, n'offrent pas souvent l'occasion de tels travaux pratiques.

Bill fut surpris de constater qu'on salua son arrivée à bord avec le cérémonial traditionnel de la Royal

1. Sous-marin de chasse armé de missiles.

Navy, mais pas celle de l'amiral. On échangea des saluts raides et le capitaine les conduisit, par une écoutille, vers les échelles de cabine entre des panneaux de formica à vous rendre claustrophobe, jusqu'au carré des officiers où les six Perishers attendaient d'entamer leur premier jour en mer. Il était étrange de constater combien le nom de « Perisher » s'était maintenu alors que le vieux « Cours de périscope » était devenu le « Cours de qualification pour officiers commandants ». Le folklore avait décidé que ces futurs commandants sous-mariniers seraient à jamais des Perishers.

Le commandant Rob Garside, le « Professeur » de cette année 2002, salua l'amiral d'un « bonjour, monsieur » avec toute la courtoisie réservée à l'homme qui, treize ans auparavant, avait été son professeur.

— Bonjour, Rob. Je vous présente un officier américain qui sera notre hôte aujourd'hui, le capitaine de corvette Bill Baldridge. Il nous arrive du Kansas via le Pentagone, je crois — capitaine de frégate Rob Garside.

— C'est un honneur de vous recevoir tous les deux à bord, dit en souriant le Professeur.

Il se tourna vers Bill et lui dit :

— Vous verrez que je ne suis pas l'ogre qu'était votre hôte dans les années 1980.

— Il est seulement modeste. Rob est l'un de mes meilleurs Perishers.

L'amiral MacLean sourit. Il tapota l'épaule de son ancien élève.

— Que diriez-vous d'une tasse de café pendant qu'on amène ce rafiot jusqu'à la mer ?

— On n'a pas vraiment le temps, monsieur. Pas si vous voulez être sur le pont pendant qu'on descend le Gareloch.

— Exact. Venez, Bill. Je vais vous montrer le chemin.

— Permission demandée pour l'amiral et son hôte d'aller sur le pont, monsieur.

— Permission accordée.

— OK, Bill. Allons-y.

Deux minutes plus tard, le chasseur des mers était en route. Du haut de l'aileron, la vue du loch et du paysage environnant était si magnifique que l'Américain resta silencieux de longues minutes. Naviguant vers le sud, avec la grande montagne en toile de fond, quelques écharpes de brume encore accrochées aux rives des deux côtés et le long des flancs des collines de Glen Fruin tachés de bruyères sur la gauche, il aurait presque oublié le but véritable de sa mission.

C'était une matinée typique de juillet en Ecosse : aucun rayon de soleil n'avait encore illuminé les flancs est du Cobbler lorsque le HMS *Thermopylae* glissa silencieusement au milieu plus profond du loch, à environ 8 nœuds, vers les Rhu Narrows. Le ciel était chargé. Il allait probablement pleuvoir.

— Y a-t-il suffisamment de profondeur pour naviguer en immersion périscopique ? demanda Bill.

— Affirmatif, dit l'amiral. Mais on ne le fait plus beaucoup, et sûrement pas avec un navire nucléaire. On considère cela comme un risque inutile... Je veux dire que si quelque chose clochait, on ne nous féliciterait pas d'avoir coincé un réacteur nucléaire au fond d'un loch écossais où il pourrait rester actif cent ans et plus.

— Non, je suppose que non. Y a-t-il déjà eu des incidents dans ce loch ?

— Pas depuis longtemps. Et rien de sérieux depuis la Première Guerre mondiale. Quelqu'un, à cette époque, avait oublié de fermer une écoutille de cheminée dans un vieux sous-marin de classe K. L'eau s'est engouffrée dans la chaufferie et le rafiot a coulé à pic, tuant trente-deux hommes. Ils sont enterrés dans le cimetière de Faslane.

— C'est un des gros problèmes de ces machins... une seule erreur et vous n'avez pas de seconde chance, dit Bill. Je suppose que c'est pour cela que nous pensons tous que les commandants de sous-marins sont supérieurs à tous les autres.

— Comment cela, nous PENSONS ? dit le commandant Garside. Nous le SAVONS !

Tout le monde rit de cette plaisanterie du pacha. Mais le sérieux de la mission les rendait tous un peu nerveux. Ils partaient vers le nord, en eaux profondes, à l'ouest des îles Britanniques. Ils allaient mener ce sous-marin dans les profondeurs de l'Atlantique, travaillant à trois cents mètres dans une partie de l'océan dont les fonds atteignent plus de trois mille mètres, au-delà de Rockall Rise, à cinq cents milles de toute côte, au large du plateau continental.

Cette zone est connue dans la Marine sous le nom de GIUK GAP. C'est là que patrouillent presque tous les puissants sous-marins nucléaires du monde occidental. C'est le « point d'étranglement » formé par les côtes du Groenland, de l'Islande et de la Grande-Bretagne par lequel doivent passer tous les sous-marins russes venant de leurs principales bases du Nord, sur la côte de Mourmansk qui forme la côte sud de la mer de Barents. C'était l'ancienne voie sous-marine soviétique pour atteindre les routes de commerce transatlantiques en cas de guerre.

A cette époque, ils n'avaient aucune autre voie pour traverser le GIUK GAP sans que les Américains ou les Britanniques sachent précisément qui ils étaient, combien ils étaient et quelle direction ils prenaient. A partir de là, aucun sous-marin soviétique n'était seul bien longtemps. C'est à cause de l'importance stratégique de ces eaux profondes que les bases sous-marines des lochs écossais étaient essentielles et si efficaces. Il était facile de bloquer les Russes dans la mer Noire, d'autant que les Turcs étaient responsables de la seule voie de sortie par le Bosphore. Et, plus loin, le détroit de Gibraltar constituait un autre « point d'étranglement ».

La zone difficile est le GIUK GAP et, sur ce théâtre

d'opérations des éventuelles guerres sous-marines, le Pentagone et la Royal Navy ont toujours envoyé leurs meilleurs équipages et leurs plus modernes équipements.

L'amiral MacLean expliqua à Bill le programme qui attendait les Perishers pendant que le *Thermopylae* se frayait un chemin dans les Rhu Narrows, vers le sud, au-delà de la Tail of The Bank. Ils naviguèrent quinze milles en surface puis, à trois milles au sud du Cumberland, le commandant fit mettre le sous-marin en immersion périscopique.

L'amiral commenta les manœuvres pour Bill pendant qu'ils poursuivaient sud-ouest vers la côte sud de l'île d'Arran qui se dresse sous le vent du cap de Kintyre.

Passé Arran, ils refirent surface et l'amiral remonta sur le pont avec Bill pour assister à la parfaite traversée du chenal de vingt-quatre kilomètres, inondé de soleil, jusqu'à Campbeltown où un hélicoptère de la Royal Navy les attendait pour les ramener à Faslane.

Tout au long du trajet jusqu'à Kintyre, Bill pensa aux Perishers qui, en bas, étudiaient leurs notes et leurs diagrammes, écoutaient les sonars, consultaient la liste de compilation des images de surface, parlaient avec l'officier d'armement — l'AWO — et discutaient des systèmes gouvernant les missiles et les torpilles.

C'était dans cette zone exactement que le capitaine de frégate Ben Adnam avait appris les techniques spécialisées de la guerre sous-marine moderne. Il n'y avait plus le moindre doute dans l'esprit de Bill : pour tout terroriste en puissance, c'était le lieu rêvé pour apprendre les ficelles du métier. Il devinait aussi que, s'il mettait la main sur Adnam, la Royal Navy ne formerait plus jamais de sous-mariniers du Moyen-Orient.

On entendait maintenant le lointain ronronnement des pales de l'hélicoptère passant au-dessus de Kilbrennan Sound, entre Kintyre et l'île d'Arran. Il resta un moment une vingtaine de pieds au-dessus de la proue tandis que le pilote tirait sans cérémonie Bill et l'amiral jusqu'à la cabine avant de regagner Faslane.

Quand ils atterrirent, un message attendait Bill : « Appeler d'urgence l'amiral Arnold Morgan sur sa ligne privée à Fort Meade. »

Un lieutenant de vaisseau conduisit Bill jusqu'à un petit bureau où il trouva un téléphone indépendant du standard.

— On va vous passer directement le Pentagone — sur une ligne protégée. Je suppose qu'on vous passera Fort Meade.

Bill composa le numéro de la ligne privée. En quelques secondes, il obtint le grognement irrité de l'amiral Morgan.

— Ici Morgan. Parlez.

Bill réprima un petit rire.

— Capitaine de corvette Baldridge. Prêt à parler.

Il entendit l'amiral rire.

— Salut, Bill. Je suis content de vous entendre. Quoi de neuf ?

— Comment m'avez-vous trouvé ?

— Par un vieux copain, l'amiral Elliott. Un nouvel ami pour vous, hein ?

— Oui, monsieur. Un type très bien. Il a levé tous les obstacles de ma route.

— J'ai appris que vous aviez peut-être une piste.

— Absolument exact, monsieur. J'en suis presque aussi sûr qu'on puisse l'être : si quelqu'un a canardé notre porte-avions, j'ai trouvé le type qui l'a fait.

— Eclairez-moi.

— Un officier israélien, le capitaine de corvette Benjamin Adnam. A.D.N.A.M. Le meilleur élève qu'ils aient jamais instruit ici. Je viens de passer la journée avec son professeur, l'amiral sir Iain MacLean. Il pense qu'il n'y a que cinq personnes au monde capables de passer le Bosphore en immersion. Lui et Elliott... un ou deux autres possibles. Et Adnam.

— Merde, alors ! C'est sûr ? Qui est ce fils de pute ?

— Je n'en suis pas certain. Mais je suppose qu'il est soit à la base navale de Haïfa, soit sur un de leurs sous-marins. Il était encore ici il y a moins d'un an, avec une mission de formation de sous-marins de soutien que la Marine de son pays avait achetés.

— Aucune chance qu'il soit arabe ?

— Si, monsieur. Je crois qu'il y en a une. Plusieurs aspects tout à fait suspects de sa vie. J'en ai parlé à... un de ses très bons amis... Il ne l'a pas vu depuis des mois et des mois, ce qui est, à ses yeux, inhabituel.

— Vous avez tout ce qu'il vous faut ?

— Oui, monsieur, j'envisage de rentrer ce soir ou demain matin. J'ai une tonne de choses à vous dire.

— Faites-moi savoir quand vous arriverez à Washington. J'enverrai quelqu'un vous chercher. Vous viendrez directement à Fort Meade. Entre nous, le Président a la gâchette facile en ce moment. Il est décidé à rentrer dans le chou de la marine responsable aussitôt que possible. Dépêchez-vous de revenir.

La ligne fut coupée sans le moindre au revoir, ce qui était une habitude déconcertante de l'amiral. Les salutations n'étaient pas son fort. Il n'avait pas le temps. Scott Dunsmore prétendait que le vieux Morgan avait un jour fait de même au Président. Pas celui-ci, le précédent.

Bill regarda sa montre. Il était 17 h 45. Il décida de prendre le Concorde du lendemain matin jusqu'à Washington. Cela impliquait qu'il parte pour Londres le soir même. Il quitta le bureau, expliqua la situation à l'amiral qui saisit un téléphone et appela quelqu'un à Northwood, puis quelqu'un d'autre à la base.

— Voilà, c'est arrangé, Bill. Vous rentrez avec moi tout de suite. L'hélicoptère vous prendra chez moi à 20 heures et vous emmènera à Glasgow à temps pour le vol de 21 h 30 vers Londres. Votre billet vous attend au comptoir de la British Airways. Si j'étais vous, je mangerais quelque chose à l'aéroport et je dormirais un peu dans le salon du Concorde. Il est très confortable, et ce nouveau vol pour Washington décolle à 7 heures du matin.

Le retour à Inveraray fut rapide. En arrivant, Bill grimpa dans sa chambre, fit sa valise, prit un bain, se rasa, enfila des vêtements civils, mit une cravate puis redescendit. L'amiral était au téléphone, lady MacLean sortie avec les enfants et Laura l'attendait dans le vestibule.

— Déjà ? dit-elle. J'aurais apprécié un autre dîner et un autre bavardage.

— Le devoir m'appelle, hélas, dit Bill d'un ton embarrassé.

— Si j'ai des nouvelles de Ben, comment puis-je vous trouver ?

Bill lui tendit un morceau de papier sur lequel il avait noté le numéro de son appartement à Suitland, dans le Maryland, où il avait un répondeur, et le numéro de son bureau au service des renseignements de la Marine. Pour faire bonne mesure, il avait aussi inscrit le numéro du ranch, dans le Kansas. Le numéro de Ray, pas celui de sa mère, c'était plus sûr. Il y avait ajouté ses adresses personnelles.

— J'espérais que vous souhaiteriez ne pas perdre ma trace, dit-il.

Laura rit en voyant la liste de ses informations, écrite à la main sur du papier à en-tête d'Inveraray Court. Ils entendirent en même temps le rugissement de l'hélicoptère de la Marine qui se posait sur la pelouse, devant la maison. Tous deux réalisèrent qu'il leur restait à peine cinq secondes avant que l'amiral ait terminé sa conversation téléphonique.

— Je regrette que vous partiez, dit Laura d'une voix triste.

— Je regrette de partir, dit Bill, mais je le dois. Pourrai-je vous parler quelque part, un jour ?

Laura lui glissa un papier dans la main. Elle y avait écrit un numéro de téléphone et diverses plages horaires. L'amiral MacLean sortit de son bureau.

— Allez, Bill, venez. J'espère que nous nous reverrons. Venez...

Le bruit de l'hélicoptère noya toute possibilité de conversation. Laura les suivit dehors et Bill baissa instinctivement la tête en se dirigeant vers la porte de l'appareil. Le pilote était déjà descendu et l'aida à s'installer et à boucler sa ceinture. Bill ferma la porte et, en levant le pouce, fit signe au pilote qu'il était prêt. Celui-ci décolla aussitôt, comme s'il avait à faire une évacuation sur un champ de bataille.

Bill regarda par la vitre les deux silhouettes, debout sur la pelouse, qui lui faisaient un geste d'adieu. Il pensa à l'incroyable gentillesse de l'amiral et à sa remarquable appréciation de la situation. Il se reprocha de ne pas l'avoir suffisamment remercié. Puis il sourit, fit à son tour un signe de la main, à quatre cents pieds déjà au-dessus du loch. Mais il ne put réprimer un petit pincement de culpabilité en réalisant que ce geste n'était pas vraiment destiné à l'amiral sir Iain MacLean.

Chapitre VIII

Mercredi 17 juillet, 10 h 30.

L'amiral Morgan marchait de long en large dans son bureau, au cœur de Fort Meade. Le bout rougeoyant de son cigare serré entre ses dents comme une cartouche de 40 millimètres trahissait son impatience. Il était 10 h 30 du matin et l'amiral ne fumait jamais avant le coucher du soleil, sauf lorsqu'il était profondément irrité.

Devant lui se tenait un jeune lieutenant de vaisseau qu'il avait chargé d'une tâche relativement simple.

— Appelez le commandant Carl Lessard au quartier général de la Marine israélienne à Haïfa et dites-lui que je voudrais savoir s'il est possible de parler à un commandant de sous-marin israélien du nom de Benjamin Adnam.

Le lieutenant était revenu pour dire qu'on n'avait pas répondu à sa requête.

— Avez-vous parlé au commandant Lessard ?

— Oui, monsieur.

— Lui avez-vous dit que c'était de ma part ?

— Oui, monsieur.

— Lui avez-vous dit qu'il s'agissait d'une question de routine, sans gravité ?

— Oui, monsieur.

— Et qu'a-t-il répondu ?

— Il a dit qu'il ne pensait pas être en mesure de

vous aider. Mais qu'il allait me passer quelqu'un qui pourrait le faire.

— Qu'est-ce que ça veut dire « il ne pouvait pas nous aider » ? Ils ne possèdent que quatre sous-marins en état de marche ! Il doit savoir où sont ses putains d'officiers commandants, non ? Qu'est-ce que c'est que ce foutoir ?

— Je ne sais pas, monsieur.

— Je sais bien que vous ne savez pas ! Essayez de ne pas souligner sans cesse ce que tout le monde sait !

— Non, monsieur... euh... oui, monsieur.

— Ensuite, que s'est-il passé ? A qui avez-vous parlé ?

— A un officier du service du personnel.

— Du QUOI ?

— Du service du personnel. Il a dit qu'il n'avait pas la liste des coordonnées des commandants de sous-marins.

— Et alors ?

— Eh bien, j'ai rappelé et j'ai réussi à joindre le centre d'opérations des sous-marins. Ils ont dit qu'ils n'étaient pas autorisés à communiquer les adresses de leurs commandants.

— Nom de Dieu ! C'est nous qui avons payé leur putain de marine !

— Vous ne m'avez pas donné d'instructions pour déclencher la bagarre, monsieur. Vous m'avez seulement dit de parler au commandant Lessard.

— Je sais ce que j'ai dit, pour l'amour du ciel ! Rappelez Lessard. Je veux lui parler personnellement.

Tout cela s'était passé trente minutes auparavant. Mais trois minutes plus tard, une secrétaire israélienne tout à fait charmante avait pris l'appareil et avait annoncé qu'à son grand regret, le commandant Lessard venait d'embarquer sur un navire de guerre et qu'il ne serait pas possible de le joindre avant trois semaines.

— Sale putain de menteuse ! avait-il hurlé.

Et le bout de son cigare avait rougi d'une juste fureur.

— Très bien, lieutenant, je pense que je vais passer au plan B.

— Puis-je vous demander en quoi consiste le plan B, monsieur ?

— Evidemment que vous le pouvez ! Je travaille encore sur le plan A.

Morgan rit tout seul, ce qui ne fit pas disparaître l'indignation de son expression. Il décida de garder l'affaire sous le coude un moment, jusqu'à ce que Bill Baldridge arrive.

Il renvoya le lieutenant et se remit à arpenter son bureau. Puis il composa le numéro de la très secrète Agence de renseignements, le Shin Bet, à Tel-Aviv, le service des renseignements internes d'Israël, l'équivalent du FBI américain et du MI 5 britannique. C'était un organisme auquel Morgan avait souvent eu recours depuis la nomination, trois ans auparavant, de l'ancien chef de la Marine, le contre-amiral Ami Ayalon. Ils étaient de vieux amis, et l'ancien membre des commandos israéliens s'était toujours montré très coopératif avec les Américains. Arnold Morgan savait qu'Ami serait absent, mais il faisait confiance à son assistant pour lui passer quelqu'un de plus obligeant que le commandant Lessard.

Le conversation fut brève. Un haut fonctionnaire des renseignements lui promit d'arranger un contact par l'intermédiaire de leur ambassade à Washington. Cela suffit pour faire comprendre à l'amiral qu'il se tramait bien quelque chose. Il demanda la CIA à Langley et obtint Jeff Zepeda, qui fut à la fois surpris et ravi de l'entendre.

Zepeda accepta de contacter l'ambassade d'Israël et de trouver quelqu'un qui puisse parler à l'amiral sans utiliser la langue de bois. Il passa quelques minutes à expliquer que, pour le moment, il avait fait chou blanc dans son enquête en Iran mais que ça bougeait un peu en Irak. En attendant, Morgan devait attendre que l'un des représentants du Mossad à Washington se manifeste. Lui, Jeff, l'en informerait aussitôt.

L'amiral Morgan regarda sa montre. Il ne voulait pas être occupé quand Baldridge arriverait. Il reprit sa marche, se demanda s'il allumerait un nouveau cigare mais, au même moment, le téléphone sonna.

— Amiral Morgan ?... Bonjour, ici David Gavron, attaché militaire de l'ambassade d'Israël. J'ai été avisé par Tel-Aviv et par votre CIA qu'il serait bon que nous nous rencontrions...

— Eh bien, général, je suis un peu surpris du branle-bas qu'a déclenché ma très simple enquête.

— Amiral, si vous me permettez de le dire, des hommes de votre envergure ne font pas de simples enquêtes.

— Je vous répondrai, général, que des hommes de votre envergure ne passent sûrement pas leur temps à y collaborer...

— Alors peut-être devrions-nous poser comme préalable que notre sujet est loin d'être simple ?

— Cela va sans dire, général.

— Bon... J'ai parlé au commandant Lessard il y a une heure...

— Sur son navire de guerre ? interrompit l'amiral d'un ton un peu sceptique.

— Evidemment. C'est là qu'il est. Il m'a dit que vous étiez un homme direct et sympathique avec qui on pouvait traiter à long terme.

— Pouvons-nous nous rencontrer ce soir, aux environs de 19 heures ?

— Ce sera à votre convenance.

L'amiral Morgan expliqua qu'il y avait un petit bar-restaurant très discret sur le front de mer, à Alexandria, en Virginie. Il lui indiqua précisément comment s'y rendre et pria le général d'y venir seul, comme il le serait lui-même.

Il abandonna son second cigare et attendit Bill Baldridge. Le capitaine de corvette fut extrêmement ponctuel. Il portait des vêtements civils.

— Bill, je suis ravi de vous voir. Prenons un café.

Il appuya sur un bouton et commanda le café.

— Bon, nous pouvons bavarder jusqu'à 14 heures. Ensuite, nous devrons rencontrer l'amiral Dunsmore au Pentagone. Avant de commencer, regardez ça...

Il montra à Bill une table au fond de son bureau où étaient étalés les numéros de toute la semaine du *Washington Post.* Bill n'avait jamais vu un reportage aussi complet que celui qui décrivait en détail l'anéantissement du *Thomas Jefferson* et ceux qui y avaient perdu la vie. Evidemment, il était né trois ans après l'assassinat du Président Kennedy. L'histoire du porte-avions faisait encore la une, neuf jours après l'événement. Bill jeta un coup d'œil aux titres de la semaine et fut vraiment surpris de constater que *personne* n'avait posé la seule qui s'imposait. La question à laquelle l'amiral et lui-même essayaient de trouver une réponse. Il n'y avait aucune allusion sérieuse à la possibilité que l'explosion nucléaire qui avait anéanti le gros vaisseau de guerre ait pu ne pas être accidentelle. L'accident avait fait de la Navy la cible de toutes les attaques, il n'y avait aucun doute là-dessus. Les journalistes grouillaient dans tout le pays à l'affût des services religieux en mémoire des disparus. Ils sillonnaient les Etats, prenant des photos des familles éplorées, tirant des « interviews » des mères, des épouses et des enfants dont les vies étaient brisées à jamais par le chagrin.

La presse s'était déchaînée. Elle s'en prenait au Pentagone, aux chefs des divers services, au Président et à la politique consistant à armer les gros navires de guerre américains d'armes nucléaires.

— Vous avez vu cette feuille de merde qui voudrait empêcher la Navy de prendre la mer armée comme il faut pour faire face à *toute éventualité* qui pourrait menacer notre pays ? aboya Morgan en regardant Bill lire un article avec de gros titres.

— Oui, monsieur.

— Mais vous vous rendez compte que ces salopards nous demandent d'aller au-devant de nos ennemis en ayant la gentillesse de laisser nos armes au port pour éviter que quelqu'un soit blessé ? Ce journal de merde devrait être interdit !

— Oui, monsieur, je suis d'accord avec vous. Mais ce Président ne sera jamais d'accord pour ces conneries. Voulez-vous entendre mon rapport, monsieur ?

— Allez-y.

Le capitaine de corvette avait rempli la moitié d'un carnet pendant son vol de Heathrow à Washington. Il informa l'amiral de tout ce qu'il avait appris sur Ben Adnam, expliquant tout ce que cet officier avait accompli pendant six mois d'entraînement au cours des Perishers de Faslane. Il raconta ses longues conversations avec sir Iain MacLean. Il avait retenu chaque mot qu'avait prononcé l'amiral pour expliquer comment et pourquoi si peu d'hommes au monde auraient pu réussir à passer le Bosphore en immersion.

Il cita également avec précision l'opinion qu'avait exprimée l'amiral : ce commandant Adnam *aurait été capable* de le faire. Là-dessus, l'amiral n'avait émis aucun doute.

Bill surprit Morgan en lui disant qu'il fallait compter les Israéliens parmi les vrais suspects parce que, quoi qu'ils aient pu perpétrer contre les Etats-Unis, ils pourraient être certains que l'on accuserait l'Irak et l'Iran. Il informa Morgan de l'opinion de l'amiral MacLean, à savoir que la position d'Israël — et plus précisément la position de son aile droite extrémiste — devait *toujours* être examinée quand il se passait quelque chose d'inhabituel au Moyen-Orient. Il souligna les raisons de MacLean, son évaluation historique de certains officiers supérieurs du Mossad et des factions conservatrices au sein du gouvernement d'Israël.

L'amiral Morgan, qui savait déjà une bonne partie de ce que lui disait le jeune officier, l'écouta en silence. Il ne l'interrompit qu'une fois pour remarquer :

— Vous avez fait un travail superbe, Bill. Ça, c'est une vraie information. Une vraie recherche. Un excellent jugement. Je dirais que vous vous êtes trouvé une sorte de cours intensif d'histoire moderne... Certains de ces officiers de la Royal Navy sont sacrément impressionnants, vous ne trouvez pas ? Je les adore. Il ne faut jamais sous-estimer un officier de marine anglais de haut rang sous prétexte qu'il s'exprime bizarrement. Il ne pense pas bizarrement. Excusez-moi, Bill, continuez.

Bill décida alors de parler des renseignements qu'il avait appris de Laura. Il présenta ses arguments. Ben n'était pas un Arabe déguisé. Mais il était *peut-être* musulman. Il ne révéla pas sa source mais raconta à l'amiral américain l'histoire de la mosquée en Egypte, la préférence du commandant Adnam pour la ville du Caire. Sa sympathie occasionnelle pour la cause arabe, quelles que soient les atrocités commises. Il parla aussi de la prudence d'Adnam, de sa froideur, de sa voiture neuve et de ses voyages mensuels à Londres. L'amiral Morgan l'interrompit à nouveau :

— Elle est jolie ?

— Qui ?

— La dame qui vous a raconté tout cela ?

Bill sourit de la perspicacité du chef des renseignements et répondit d'une voix un peu tendue :

— Oui, monsieur. Il s'agit de Laura MacLean, la fille de l'amiral.

— Et la petite amie d'Adnam ?

— Oui, monsieur, quand il était à Faslane.

— Est-elle de notre côté, maintenant ?

— Oui, monsieur.

— Pense-t-elle qu'Adnam aurait été capable de commettre un acte d'une telle barbarie ?

— Oui, monsieur, elle le croit. Pas aussi fermement

que vous venez de l'exprimer... elle me l'a décrit comme un professionnel décidé, un homme prêt à accomplir sa mission, quelle qu'elle soit.

— Eh bien, si c'est là l'opinion de la fille de Iain MacLean, il vaut mieux la considérer sérieusement... parce que je vais vous dire quelque chose que vous ignorez sur cet officier écossais et dont je suis sûr qu'il ne vous a pas parlé.

— Dites, monsieur.

— Vous vous rappelez que la Royal Navy a fait la guerre à l'Argentine aux Malouines, en 1982 ?

— Oui, monsieur.

— Que vous rappelez-vous en priorité ?

— La nuit où ils ont fait sauter l'énorme croiseur argentin et noyé quatre cents personnes... Comment s'appelait-il, déjà ? Oui, le *Général Belgrano*.

— C'est ça, Bill. Ça a changé le cours de la guerre. Du coup, le flotte argentine s'est repliée pour de bon. Iain MacLean était l'officier sonar du sous-marin qui a aidé le capitaine de frégate Wreford-Brown à traquer ce croiseur pendant deux jours puis à le faire sauter avec trois vieilles torpilles Mark 8**. Deux l'ont touché, juste sous la proue et dans la salle des machines. C'est un exemple parfait de traque ininterrompue suivie d'une attaque logique et bien préparée. Rappelez-vous aussi que le *Belgrano* était accompagné de deux escorteurs lance-missiles joliment bien équipés, de fabrication américaine, comme le croiseur, très rapides et pleins de grenades sous-marines. Après avoir réussi une attaque sous-marine d'école, la Royal Navy a réussi une sortie d'école. Personne n'a soupçonné sa présence. Ils ont disparu dans le sud de l'Atlantique et on ne les a revus que lorsqu'ils ont remonté la Clyde, là où vous êtes allé, arborant un grand crâne avec deux tibias croisés au-dessus de leur kiosque — ce qui est le signe traditionnel de la Royal Navy quand elle a coulé un navire. Je pense que c'est à ce moment-là que la carrière de MacLean a vraiment démarré.

Mais en tant que Professeur puis en tant qu'officier général de sous-marin, il est devenu une légende. Il a pratiquement récrit tout ce qu'on sait sur la guerre sous-marine. Je l'ai rencontré plusieurs fois à Washington et si je n'avais pas su qu'il avait pris sa retraite, il aurait été mon suspect numéro un le 8 juillet.

— Seigneur Dieu ! Il ne m'a pas dit un mot du sud de l'Atlantique !

— Modeste, hein ? Ils sont comme ça, les Britanniques. Alors, quand un type comme ça vous crie « attention » — et c'est valable pour la fille d'un type comme ça —, on écoute respectueusement. Je ne veux pas dire qu'il y aurait lieu de faire de Miss Laura un amiral honoraire ou quoi que ce soit de ce genre, mais dites-vous bien que les chiens ne font pas des chats... Et maintenant, cherchons un peu où diable peut se trouver le capitaine de corvette Benjamin Adnam, d'accord ?

— Oui, monsieur. Et j'aimerais étudier de près les activités et les motivations d'Israël. Pour l'instant, la seule chose dont nous soyons sûrs, c'est qu'Adnam est un commandant de sous-marin israélien.

— Oui, mais nous avons pris en compte les sous-marins d'Israël. Et également les sous-marins iraniens. Quant aux Irakiens, ils n'en ont aucun.

— A moins que l'un de ces pays n'en possède un dont nous ignorons l'existence, dit Bill. Un bateau inconnu qui a filé en douce de la mer Noire avec un commandant inconnu. Parce que nous savons avec une quasi-certitude qui pourrait être ce commandant. Surtout maintenant que vous connaissez l'homme qui l'a formé.

— Bill, vous ne tirerez de moi aucun commentaire sur tout ceci... Buvez votre café et je vous raconterai ce que j'ai appris.

L'amiral cessa enfin d'arpenter son bureau. Il s'assit et énuméra pour Bill les points les plus saillants de son enquête.

— D'abord, en ce qui concerne cette saloperie de sous-marin, nous avons deux faits. D'une part, nous croyons l'avoir entendu dans le Détroit et ensuite, un sous-marinier russe est tombé à la baille et s'est noyé au large des îles Grecques. Les dates des deux incidents concordent, ce qui signifie presque certainement qu'il s'agit du même bateau. D'ailleurs, les Russes ne nient pas que le noyé soit un sous-marinier. Cependant, ils ne veulent pas se mouiller à propos d'un détail. Quand je les ai contactés, le lendemain du jour où nous avons relevé le contact radar dans le Détroit, ils ont admis avoir perdu un sous-marin de classe Kilo au cours des trois semaines précédentes dans la mer Noire et prétendu chercher l'épave. Mais quand je leur ai demandé si le noyé faisait partie de l'équipage de ce bateau-là, ils se sont refermés comme des huîtres et ont refusé de confirmer s'ils avaient ou non retrouvé l'épave de ce Kilo. Je travaille là-dessus en ce moment. Mais je vais parler à Rankov quand il rentrera, vendredi. D'un autre côté, les Turcs confirment qu'ils n'ont reçu aucune demande d'autorisation de la part des Russes de faire traverser le Bosphore en surface à un sous-marin, ni en mars, ni en avril, ni en mai. Alors qu'est-ce que le corps de ce putain de sous-marinier russe faisait sur une plage grecque ?

— Il n'a pas pu traverser la mer Noire puis les Dardanelles, c'est un trop long trajet, dit Bill. Alors tout ça colle parfaitement pour nous. Et Israël ? Est-ce qu'ils nous diront où est Adnam ?

— Je pensais qu'ils le feraient, Bill. J'ai essayé de leur parler depuis notre conversation téléphonique mais ils sont encore plus discrets que les Russes. Je dois rencontrer quelqu'un de chez eux ce soir, après notre rendez-vous avec Scott Dunsmore.

— Quelles sont les dernières nouvelles d'Iran ?

— Seigneur ! Le même panier de crabes et d'intrigues. *Nous croyons* qu'un de leurs sous-marins a disparu de son mouillage à Bandar Abbas trois jours avant que le *Jefferson* soit frappé. Mais il est peut-être dans le grand bassin de radoub iranien. L'eau est très peu profonde tout autour du port principal de leur Marine. Je ne vois pas comment ils auraient pu y amener un sous-marin en surface sans se faire remarquer par les satellites. Cependant, s'ils l'ont fait et si, d'une façon ou d'une autre, ils l'ont ramené pour le parquer dans un dock couvert, cela signifie qu'ils sont à la fois très malins et très dangereux. Oui, sacrément dangereux !

— Je vais vous dire ce qu'en pense Iain MacLean... Il pense que les Iraniens sont nos suspects numéro un, et de loin. Il dit que si leurs trois Kilos sont toujours à Bandar Abbas, cela signifie soit qu'ils en possèdent un autre — toujours au large —, soit qu'ils en ont sorti un de Bandar Abbas et qu'ils l'y ont ramené. D'une façon ou d'une autre, il pense que les Iraniens sont les coupables les plus probables.

— Il a raison. Ils ont le motif le plus puissant et ils se fichent autant de la vie humaine que les Irakiens. Et ils possèdent trois Kilos russes que nous connaissons. Je vous le dis, Bill, le Président est très inquiet à leur propos, comme à propos de leur saloperie de flotte de sous-marins et des exercices incessants qu'ils font dans le Golfe. Pour le moment, sans groupe de combat dans cette zone, nous nous préparons à installer au moins vingt-quatre F-18 sur l'aéroport de Bahreïn, comme nous l'avons déjà fait dans le passé, jusqu'à l'arrivée du nouveau porte-avions en octobre. L'émir de Bahreïn est un très chic type et nous devrions recevoir son autorisation cette semaine. Je ne sais pas exactement comment le CNO et le Président voient les choses mais, pour l'instant, il faut que ce soit l'Iran ou Israël. Probablement pas l'Irak. Vos renseignements sur Adnam sont de toute évidence cruciaux, mais il faut que nous obligions les Israéliens à nous dire la vérité. S'ils l'ont fait, ils nous diront qu'Adnam a disparu. S'ils ne l'ont pas fait, Adnam a probablement disparu pour de bon. Il faut que les services de renseignements d'Israël nous disent la vérité. Alors, nous saurons quoi faire.

Les deux hommes réfléchirent au problème pendant encore une heure avant de partir pour le Pentagone. Là, ils mirent l'amiral Dunsmore au courant de leurs enquêtes respectives. Ils lui parlèrent du commandant Adnam, et l'amiral Morgan lui promit de le contacter dès qu'il en aurait fini avec le général israélien, tard dans la soirée. L'amiral Dunsmore appela le général Paul et proposa de le rencontrer, ainsi que le Président, dès que Morgan « aurait fait cracher la vérité au Mossad ».

Morgan accompagna Bill jusqu'à la propriété des Dunsmore, sur le Potomac, pour reprendre sa voiture. Cela laissait au chef des Renseignements plus de temps qu'il ne lui en fallait pour gagner Alexandria et se préparer à rencontrer le général Gavron.

Avant de partir, il demanda à ses secrétaires de chercher tout ce qu'ils pourraient trouver sur l'homme qui, il en était sûr, pourrait lui communiquer les coordonnées du commandant Adnam. Il précisa qu'il appellerait vers 18 h 30 pour noter ce qu'ils auraient découvert.

Après, le temps passa très vite. L'amiral Morgan, conduisant lui-même sa voiture, comme d'habitude, se coula dans le flot des voitures longeant la rive ouest du Potomac et, suivant les indications de Bill, entra dans la résidence du CNO. Bill savait que Grace Dunsmore était absente. Il était impatient de prendre sa voiture et de rentrer chez lui dans le Maryland. Il remercia l'amiral Morgan de l'avoir amené et promit de l'appeler tard dans la soirée ou le lendemain de bonne heure.

L'amiral reprit le chemin du nord et se dirigea vers le petit port pittoresque d'Alexandria. Il n'y avait cependant rien de pittoresque dans l'affaire dont il devait s'occuper. Les Israéliens commenceraient par se montrer intraitables et peu coopératifs. L'amiral américain n'excluait pas la possibilité de devoir, avec le temps, assener quelques bonnes vérités à cet opposant particulier.

Il alla au bar bavarder un moment avec le propriétaire et lui demanda de faire porter une cafetière pleine à sa table habituelle. Puis il poussa la porte menant au bureau personnel du restaurateur et appela Fort Meade où l'attendait son lieutenant. Il était 18 h 30 pile.

Les propos du général Gavron s'avérèrent incomplets mais intéressants. C'était un pur Israélien, un sabra, élevé dans la vallée fertile de Jezreel, au sud-ouest de la mer de Galilée, entre Nazareth et Megiddo. Comme son ancien collègue, le général Moshe Dayan, il venait d'une famille qui cultivait des fruits et des légumes, mais il avait passé presque toute sa vie d'adulte dans l'armée. Sa famille était composée de pionniers originaires d'Allemagne venus aider au développement d'Israël. Ils avaient planté des forêts dans le nord du pays. Les Gavron faisaient de leur mieux pour aider le jeune Etat à se nourrir. Leur fils aîné, David, né six mois après leur arrivée, en avril 1947, avait été choisi dès son enfance pour suivre un cours crucial pour un sabra : aider à établir et à défendre les frontières d'Israël.

Il avait fait son service militaire, comme tous les Israéliens, à dix-huit ans. En 1973, il était un jeune capitaine plein d'avenir au sein d'une brigade de blindés. La guerre du Kippour, cette année-là, lui avait permis de devenir un officier très apprécié. Il avait combattu en première ligne avec le général Abraham « Bren » Adan et sa division blindée avait été rassemblée à la hâte pour faire face à l'armée d'Egypte encore éparpillée au milieu du Canal, ce terrible matin du 8 octobre. Face à l'ennemi dans le désert, largement inférieurs en nombre, mal préparés, encore ahuris par la soudaineté de cette attaque surprise, Bren Adan et ses hommes avaient participé aux combats avec un courage indomptable. La deuxième armée égyptienne s'était d'abord retranchée, puis, soutenue par des centaines de chars, avait presque perdu courage devant la férocité de la charge des Israéliens. Mais, après quatre heures de lutte, ils avaient obligé les Israéliens à reculer.

A ce moment du combat, le pays tout entier dépendait d'une armée de gamins qui luttaient en première ligne et dont la tâche était de retenir les Egyptiens quarante-huit heures, jusqu'à l'arrivée des renforts. Le nombre de morts parmi les jeunes Israéliens fut épouvantable. Même les hommes les plus expérimentés conduisant les chars d'assaut d'Adan moururent par centaines dans les sables au nord du Sinaï. David Gavron, qui se battait à dix mètres du général, fut blessé au bras gauche en essayant de tirer un homme blessé hors de son tank en flammes. C'est alors que l'explosion d'un obus l'envoya rouler vingt mètres plus loin dans le sable. Mais Gavron s'était relevé, un chirurgien l'avait pansé, lui avait collé quelques sparadraps sur le visage et, malheureusement pour l'Egypte, toute l'armée israélienne en sang fit de même. Et quand, finalement, la division blindée de Bren Adan se regroupa et se remit en marche, huit jours plus tard, le capitaine Gavron, un bras en écharpe, le visage tailladé et brûlé par le sable sur tout le côté gauche, s'était porté à la tête des blindés, d'où il avait dirigé le feu avec un grand calme et une efficacité dévastatrice. Il avait entendu distinctement le cri du général Adan à son armée cernée : « SUIVEZ-MOI ! »... Et les armes israéliennes avaient, une fois encore, ouvert le feu. David Gavron ne devait jamais oublier cela, la profonde noblesse de cet homme, debout dans la tourelle de son char, le poing droit dressé, conduisant sa division blindée en avant, se frayant un chemin sous les balles, jusqu'au cœur de la deuxième armée égyptienne, qui craqua et se laissa aller à la panique.

A minuit le 17 octobre, Bren Adan et les officiers survivants atteignirent le canal de Suez et y établirent une tête de pont. A cinq heures du matin, le 18 octobre, ils traversaient le Canal, entraient en Egypte et filaient vers le sud jusqu'au golfe de Suez, anéantissant les défenses arabes partout où ils passaient et isolant la troisième armée d'Anouar el-Sadate dans le désert.

Après cela, les Israéliens ne laissèrent plus jamais David Gavron cultiver des fruits. Il fut décoré pour sa bravoure et promu colonel, l'un des plus jeunes colonels de l'histoire des armées israéliennes. Il devint un ami apprécié de Bren Adan et d'Ariel Sharon jusqu'à la fin de leurs jours. Son avancement au sein de la branche militaire très secrète et très sensible des services de renseignements indiquait nettement qu'il avait été choisi pour la plus haute fonction accordée à un officier combattant. David Gavron serait un jour à la tête du Mossad.

En attendant le général israélien dans le bar du front de mer, l'amiral Arnold Morgan savait que l'homme qu'il allait rencontrer était sûrement un héros de premier plan dans son pays, où les officiers supérieurs sont tenus en très haute estime. Il ne fut pas déçu.

Le général Gavron, âgé de cinquante-cinq ans, était un homme grand et mince, aux cheveux coupés encore plus court que ceux de l'amiral. Il avait des yeux d'un bleu profond, le nez aquilin et une bouche large et mince aux lèvres régulières. Une cicatrice sur sa joue gauche témoignait de la lointaine bataille de chars dans le Sinaï. Il était bronzé malgré sa peau claire, avec des taches de rousseur sur le nez et autour des yeux. Il ne portait pas de cravate mais un léger costume civil gris qui ne réussissait pas à dissimuler son allure militaire. Il semblait retenir sa force, comme s'il pouvait casser le cou de quiconque d'un seul geste. Il se tint debout et souriant, tandis qu'Arnold Morgan se levait pour l'accueillir.

Il lui tendit la main et dit d'une voix posée :

— Amiral Morgan ? Je suis David Gavron... *Shalom...* c'est le message de paix venu du pays où Abraham a scellé la paix avec Dieu.

— Bonsoir, général, répondit Morgan. C'est très aimable à vous d'être venu. Il s'agit d'une enquête très simple.

Les deux hommes rirent et se serrèrent la main. L'amiral versa deux tasses de café, sachant que l'Israélien n'accepterait sans doute pas de toucher à une goutte d'alcool. Puis il ne perdit pas une seconde.

— Ma question n'est peut-être pas facile mais je pense qu'elle est assez simple cependant, dit-il en souriant. Pouvez-vous me dire où je peux trouver l'un de vos meilleurs commandants de sous-marins, M. Benjamin Adnam ?

Le général Gavron était prêt.

— Eh bien, nous faisons en ce moment des exercices et des manœuvres en Méditerranée. Je suppose qu'il y est aussi. Je crois que nos hommes travaillent sur le nouveau sous-marin de soutien que nous avons acheté à la Royal Navy. Si je me rappelle bien, le commandant Adnam devait le conduire jusqu'à l'Atlantique.

— Je n'en doute pas une seconde, répondit Morgan. Mais je n'ai pas besoin de savoir ce qu'il avait prévu de faire. Ce que je veux savoir avec certitude, c'est s'il est ou s'il n'est pas dans ce sous-marin en ce moment même, au moment où nous parlons. Ne me racontez pas de craques.

L'Israélien fut un peu interloqué du franc-parler de l'amiral.

— Heu... Je suppose que vous savez que, pour des raisons de sécurité, nous ne donnons jamais aucune indication sur nos commandants d'unités, ni sur leurs supérieurs, quelle que soit la branche dans laquelle ils travaillent. Nous avons beaucoup d'ennemis, certains évidents, d'autres plus cachés... Ma carrière ne pèserait pas lourd dans la balance si j'informais quiconque de ces détails.

— David, reprit l'amiral d'une voix plus conciliante, je vous demande de m'aider. Je comprends parfaitement les contraintes auxquelles vous êtes soumis, bien que je doute que votre gouvernement soit prêt à se passer des services d'un officier tel que vous. Mais si vous ne pouvez pas me dire exactement où il travaille en ce moment, peut-être pourrez-vous répondre à cette question : Est-ce que le commandant Adnam est toujours en service dans la Marine israélienne comme il l'était, nous le savons, il y a dix mois ?

— Eh bien, je suppose qu'il l'est. Je n'appartiens pas moi-même à la Marine mais je connais sa réputation. Il faudrait que je mène l'enquête, ce qui risque de prendre du temps. Il est 2 h 30 là-bas, maintenant, et c'est demain.

— Général Gavron, vous êtes venu me voir ce soir en sachant parfaitement quelle question j'allais vous poser. Plusieurs personnes, à la base navale de Haïfa, savent également quelle question j'allais vous poser. Il y en a d'autres, au bureau de renseignements du Shin Bet, à Tel-Aviv, qui la connaissent également. Ce qui signifie que le Mossad est aussi au courant. Je dois maintenant supposer qu'on vous a envoyé ici pour gagner du temps. Et, si c'est le cas, il faudra peut-être que mon gouvernement éclaircisse un ou deux points de détail avec le vôtre.

— Votre gouvernement, amiral, sait très bien faire ce genre de choses, répondit le général en souriant.

— Le vôtre ne s'en tire pas mal non plus.

Les deux officiers se faisaient face, tous deux coriaces, peu habitués aux compromis, tous deux formés à traiter les problèmes de leurs pays respectifs comme s'il s'agissait des leurs. Coincés dans ce bar de Virginie, ils buvaient tranquillement leur café, l'Américain se demandant jusqu'où il pouvait avancer ses pions, l'Israélien jusqu'où il pouvait répondre, et quand poser la question qu'il savait devoir poser.

— Général, insista l'amiral, je dois trouver le commandant Adnam et il est peut-être de notre intérêt commun que vous me disiez où il se trouve.

— Amiral, je ne peux pas vous le dire. Personne ne m'en a informé. Je suppose que c'était délibéré. Mais moi aussi, j'ai une question à vous poser. Pourquoi voulez-vous trouver le commandant Adnam ?

L'amiral Morgan avait espéré qu'il n'aurait pas été nécessaire de répondre à cette question. Mais il y était prêt. Il resta trente secondes silencieux puis dit :

— Général, nous envisageons *la possibilité* — ce n'est qu'une possibilité, bien sûr — que l'accident du *Thomas Jefferson* n'ait pas été un accident.

— Hum... Vous voulez dire que quelqu'un a pu le faire sauter ?

— Oui, quelqu'un a pu. Avec une torpille lancée par un petit sous-marin silencieux.

— Avec ogive nucléaire ?

— Probablement.

— Et pourquoi pensez-vous qu'elle ait pu être lancée par le commandant Benjamin Adnam ?

— Ce qui devrait vous intéresser davantage, général, c'est que nous pensions que, peut-être, le sous-marin était israélien.

— ISRAÉLIEN ? NOUS ? Faire sauter un porte-avions des Etats-Unis ? Non ! Non ! Non ! Pas nous ! Nous sommes amis !

L'amiral Morgan trouva amusant de voir la mine désemparée de cet officier imperturbable venu de Terre sainte. Mais il savait reconnaître l'incrédulité quand elle était sincère.

— Général, nous savons qu'il y a des gens dans votre gouvernement qui ne nous ont jamais pardonné d'avoir laissé Saddam Hussein bombarder Israël avec des missiles Scud et de l'avoir ensuite laissé au pouvoir. Nous avons nos ennemis à Tel-Aviv, comme nous en avons presque partout au Moyen-Orient. Et le gouvernement israélien doit savoir que, s'il avait commis une chose aussi abominable que de faire sauter un porte-avions américain, nous en aurions aussitôt blâmé l'Iran ou l'Irak. Alors, vous voyez, général, votre nation est très suspecte à nos yeux.

— Mais dites-moi, amiral, quel est le rôle d'Adnam dans tout ceci ?

— Voyons ! Qui serait assez fou pour ouvrir le feu contre les Etats-Unis avec un sous-marin en sachant qu'il est sur la liste des bateaux connus ? Alors, nous pensons que quelqu'un en a acquis un auprès des Russes et qu'il lui a fait traverser le Bosphore. Nous avons la liste des commandants sous-mariniers les plus capables du monde entier — de vrais experts, les meilleurs de la profession. Nous savons où chacun se trouve. Tous sauf Adnam. Et vous, les Israéliens, vous êtes vraiment, vraiment peu communicatifs. Il se peut que nous décidions, dans les prochaines vingt-quatre heures, que vous nous mentez délibérément et, dans ce cas, nous deviendrions très, très désagréables. J'espère que vous avez bien profité de votre marine ces dernières années ?

Morgan savait qu'il avait secoué l'Israélien. David Gavron ne montra aucune peur. Mais il ne répondit pas. Il but une gorgée de café et se dit que si son gouvernement ne coopérait pas avec l'amiral Arnold Morgan, il allait y avoir du grabuge, un tel grabuge que personne ne pourrait en sortir indemne.

— Arnold, dit-il enfin, il faut que je parle à mes supérieurs. Je suis désolé que notre rencontre ait été si brève. Pouvez-vous me laisser un numéro de téléphone auquel je puisse vous joindre n'importe quand dans la nuit ?

L'amiral lui tendit une carte portant les numéros de téléphone et de fax de son bureau, sur laquelle il avait noté son numéro personnel.

— J'attendrai votre coup de fil, dit-il.

Le général Gavron rejoignit son ambassade et Morgan retourna directement à Fort Meade. Il commanda un sandwich et encore du café — un café arrosé, cria-t-il —, puis il appela l'amiral Dunsmore au Pentagone.

Il lui conseilla de reporter toute réunion éventuelle à la Maison-Blanche jusqu'au matin. Puis il s'installa devant son ordinateur et entama de nouvelles recherches. Il devait trouver un sous-marin, n'importe lequel, n'importe où dans le monde, qui aurait pu, de façon concevable, se faufiler jusqu'au *Thomas Jefferson*. Deux heures plus tard, il arrivait à la même conclusion que d'habitude. Le seul sous-marin qu'on n'eût pas encore retrouvé était le Kilo russe supposé avoir disparu dans la mer Noire.

Il repassa le programme de la CIA donnant la liste de tous les commandants de sous-marins du monde. C'était la sixième fois en deux jours. Aucun de ceux figurant sur cette liste n'avait été proche de la mer Noire au moment des faits. L'arrivée de Bill Baldridge ne lui avait laissé qu'un suspect possible : l'Israélien Adnam.

Morgan savait qu'il n'avait aucun dossier solide ayant trait aux capacités remarquables et évidentes de cet homme. Tout ce qui le concernait était vague. Pour un homme à l'esprit aussi sceptique que le sien, ça ne rimait à rien. Et il y avait eu conspiration chez les Israéliens pour protéger leur homme de toute enquête. Morgan croyait volontiers que le général Gavron ne savait pas où se trouvait Adnam, mais il était certain que beaucoup de personnes à Tel-Aviv le savaient.

Au mur, la pendule digitale indiquait presque minuit. Il s'installa dans son fauteuil, alluma la télévision, regarda un moment un match de base-ball retransmis de la côte Ouest et zappa de temps en temps sur CNN. A une heure, il dormait.

A 2 h 10, le téléphone sonna. Il décrocha aussi vite que frappe un cobra, tout de suite éveillé.

— Amiral, ici David Gavron.

— *Shalom,* David.

— Il a fallu un moment à mes supérieurs pour rassembler les renseignements que vous m'avez demandés.

Désolé de vous appeler si tard. Il est à peine 21 heures en Israël.

— A dire vrai, David, je n'ai rien de plus urgent à faire.

— Je vous crois volontiers. De toute façon, on m'a dit de vous informer que l'homme que vous cherchez a quitté son service dans la Marine israélienne en novembre 2001, il y a huit mois. Nous ignorons où il se trouve en ce moment.

— Comment ça, « quitté son service » ? Est-ce qu'il a démissionné, déserté ou est-ce qu'on l'a fichu dehors ?

— Je crois qu'il vaudrait mieux nous rencontrer pour en parler. Pouvez-vous venir ici tout de suite ? Je suis à l'ambassade. Je vous attendrai devant les grilles.

— Je vais faire aussi vite que possible.

Morgan enfila sa veste d'uniforme, fonça à la porte, longea le couloir et sauta dans sa voiture. Alors, ça y était ! Les Israéliens étaient sur le point de se dédouaner. Adnam avait tout simplement filé. La question était maintenant de savoir pour qui il travaillait. « Et, grogna Morgan pour lui-même, où est ce salopard ! »

Deux minutes plus tard, l'amiral roulait vers le sud en empruntant le Baltimore-Washington Parkway sans se soucier le moins du monde de l'aiguille du compteur qui oscillait autour de 135 kilomètres à l'heure. Il n'avait jamais essayé mais il était sûr qu'entre la police du Maryland et le directeur de l'Agence nationale de sécurité en mission urgente, il ne pourrait y avoir qu'un gagnant — et ça ne serait pas les poulets.

Cinq minutes plus tard, les pneus de sa voiture de service hurlèrent en atteignant Capitol Beltway par la sortie 22. Il tourna vers la gauche en direction de l'ouest en traversant le nord de la cité endormie. Il lui fallut dix minutes pour couvrir les dix-neuf kilomètres jusqu'à la sortie 33, au croisement de Connecticut Avenue. Il tourna vers le sud en direction de Washington et, quelques kilomètres plus loin, s'arrêta devant les hautes grilles qui gardaient l'entrée de l'ambassade d'Israël, à cinq kilomètres de la ville.

Scrutant l'obscurité, il regarda l'imposant bâtiment de pierre avec ses grandes arches et son architecture moyen-orientale. L'amiral se dit qu'il aurait très bien pu se trouver au cœur de Jérusalem.

Silencieusement, le général Gavron apparut près de la voiture dès que les grilles se furent ouvertes. Morgan le suivit dans une allée rectiligne. Il gara sa voiture et se retrouva en territoire israélien. Des gardes silencieux le surveillaient dans l'ombre. Aux côtés du général, il traversa une grande cour. Au plus profond de lui-même, il ressentit l'atmosphère de ce petit pays rude et brave, à peine plus grand que l'Etat du New Jersey, si souvent attaqué et, même ici, à Washington, complètement entouré d'une grille protectrice. Celle-ci était en fer forgé, dans le style de son pays. Une menace invisible semblait planer sur les lieux, mais partout régnaient le courage et la détermination.

Ils se faufilèrent discrètement par une porte et pénétrèrent dans le vaste bâtiment bien aéré, du style qu'affectionnent les cheikhs arabes modernes, alliant les traditions millénaires des nomades à la technologie du monde occidental. Ils longèrent un couloir, passèrent devant un portrait de David Ben Gourion, un autre du général Moshe Dayan et entrèrent dans une petite antichambre confortablement meublée de deux sofas et de trois gros fauteuils recouverts de tissu bordeaux. Le très vieux tapis persan étendu sur le sol de marbre était probablement sans prix. Un serviteur en uniforme blanc de l'armée israélienne leur apporta du café. David Gavron pria l'amiral de s'asseoir et répondit aux trois questions que Morgan lui avait posées au téléphone.

— Nous ignorons ce qu'est devenu le commandant Adnam. Il a tout simplement... heu... disparu sans laisser de trace. Il était à un poste et puis, le lendemain, il n'y était plus.

— David, est-ce que vous me dites la vérité absolue ? Parce que, si ce n'est pas le cas, les conséquences pourraient être gravissimes.

— Nous n'en sommes plus à raconter des mensonges, amiral. Je vous jure — et, croyez-moi, ceci est la parole solennelle d'un officier israélien et d'un ami de votre pays — que le commandant Adnam a disparu. Il est évident que je n'aurais pas pu vous le dire sans l'autorisation des plus hautes autorités. En fait, je me doutais de quelque chose de ce genre quand nous nous sommes rencontrés. Mais j'avais reçu l'ordre de ne rien révéler.

L'amiral Arnold Morgan se maudit en silence d'avoir supposé que, la veille au soir, ce membre du Mossad lui avait dit toute la vérité. Mais il comprenait la situation délicate de l'Israélien. Et il lui pardonnait. D'autant plus que, pour l'heure, les Américains avaient tous les atouts en main.

— Quelqu'un a-t-il lancé une enquête quand on a découvert qu'Adnam avait disparu ?

— Bien évidemment. Il était notre meilleur commandant sous-marinier. La Marine a été extrêmement choquée. On a pensé un moment qu'il avait peut-être été assassiné. Mais on n'en a plus jamais entendu parler. Les services de renseignements ont fouillé partout. Je leur ai parlé il y a deux heures. Toute cette affaire demeure mystérieuse. Les parents du commandant Adnam ont tous les deux trouvé la mort lors du bombardement de leur village, pendant la guerre d'octobre 1973. Comme vous le savez, notre talon d'Achille, c'est la mauvaise tenue des dossiers des immigrants. On n'a rien trouvé concernant les parents d'Adnam avant 1965. Mais il n'y a là rien de suspect. Sauf qu'il est un peu inhabituel pour un homme aussi important qui occupe une place de premier plan dans un domaine très sensible de notre défense nationale d'avoir des origines aussi peu claires. Mais c'est comme ça pour le moment.

— Vos services de renseignements vont-ils reprendre l'enquête ?

— A la lumière de ce que vous m'avez dit, nous considérons cette affaire comme très sérieuse. Nous sommes pratiquement certains qu'Adnam n'est plus en Israël. S'il y était, nous l'aurions trouvé.

— Me tiendrez-vous au courant ?

— Bien entendu. Croyez à toute notre sympathie pour les hommes qui sont morts sur le porte-avions. Comme vous le savez, nous n'approuvons pas les attaques sans raison valable.

Morgan sourit. Il se leva, disant qu'il devait partir immédiatement.

Le général Gavron dit qu'il comprenait, et escorta l'Américain jusqu'à sa voiture. Il était 3 h 20 quand Morgan repassa la grille, les fenêtres baissées. Il entendit le général Gavron dire d'un ton ferme :

— Amiral, *nous n'avons pas tiré sur votre porte-avions*. Et vous pouvez compter sur notre soutien pour tout ce dont vous aurez besoin.

L'amiral le salua de la main et partit. Il vit l'Israélien debout près de la grille. Il se dit que ce brave type faisait un travail énorme et dangereux. « Et de plus, je pense que c'est un homme franc, ce qui devrait lui faire plaisir. »

Il roula moins vite qu'à l'aller pour regagner l'avenue et sa maison de Montpelier, quelques kilomètres avant l'embranchement de Fort Meade. Il habitait maintenant une résidence officielle du gouvernement, près du complexe de son bureau, mais il possédait toujours cette petite maison isolée d'un étage où il venait souvent et dans laquelle il vivait du temps de son mariage. Maintenant, une femme de ménage venait s'en occuper cinq matinées par semaine. L'endroit était impeccable, mais ressemblait au carré d'un officier de marine. L'amiral Morgan n'avait guère de goût pour le chintz et les divans profonds.

Il se servit un grand verre de bourbon, appela le

Pentagone et demanda à l'officier de garde de faire passer un message au CNO après 6 heures du matin pour le prier de passer à son bureau à 7 heures : il avait des informations de la plus haute importance. Puis il appela le quartier général de la flotte de la mer Noire pour voir si le vice-amiral Rankov était de retour. Il fut agréablement surpris d'apprendre qu'il serait à Novorossisk un peu plus tard dans la journée.

Il toucha à peine au bourbon et, à 4 h 20, Arnold Morgan se coucha en réglant son réveil sur 5 h 30. La nuit avait été longue mais son taux d'adrénaline tenait le coup, de sorte que les soixante-dix minutes de repos qu'il s'était accordées en furent gâchées. Son esprit ne cessait de ressasser les mêmes questions. Combien de temps faudrait-il au Mossad et aux Etats-Unis pour retrouver le commandant Adnam ? Où était-il en cet instant et, pis encore, où était cette saloperie de sous-marin ? Le jeune Baldridge avait-il eu raison en suggérant que l'ennemi inconnu pouvait frapper encore ?

L'amiral se leva bien avant que le réveil ne le lui ordonne. Il avait pris sa douche, s'était rasé et habillé puis avait appelé Baldridge avant 5 h 40. Ensuite, il avait demandé à son nouvel officier d'ordonnance d'être au Pentagone à 6 h 30 pour un briefing.

Au Pentagone, il réfléchit avec Bill aux révélations du général Gavron.

— Ça change un peu les données, n'est-ce pas, monsieur ? dit le jeune officier. Cela peut signifier qu'Adnam a aidé les Iraniens à sortir en douce un de leurs Kilos. Bandar Abbas est très proche de l'endroit où patrouillait le groupe de combat. Ou alors il les a aidés à sortir un Kilo neuf de la mer Noire. Et, si nous admettons qu'il puisse avoir aidé les ayatollahs, je suppose qu'il a pu aider n'importe qui d'autre à faire la même chose. Ça remet l'Irak au rang de suspect... et la Libye, la Syrie, l'Egypte, le Pakistan... n'importe quel pays. Parce que si l'un d'eux dispose de l'aide d'Adnam, tout ce qu'il lui faut en plus c'est de l'argent.

— Oui, pour louer ou acheter un bateau russe et son équipage. Mais nous devons encore trouver le motif. Et les pays dont le motif est le plus puissant sont, je suppose, l'Iran et l'Irak. Les autres ne font pas le poids dans une action de cette importance. Je ne pense pas que ça soit la peine de chercher plus loin.

— Je ne le pense pas non plus, en effet. Est-ce que vous rayez Israël de la liste des suspects, maintenant ?

— Pratiquement. Je vais passer un ou deux autres coups de fil ce matin. Pour voir si je peux joindre Lessard. Ensuite, il faudra voir s'ils retrouvent leur capitaine perdu. Ou du moins s'ils trouvent qui il est en réalité. En attendant, nous devons nous préparer au fait que le Président veut de l'ACTION. Tout de suite. Je me demande ce qu'il convient de lui conseiller. Quand on est aussi grand et aussi fort que nous le sommes, il est sacrément difficile de punir sur une grande échelle sans déclencher la Troisième Guerre mondiale.

A 7 h 10, le CNO entra dans la pièce. L'amiral Dunsmore demanda aux deux hommes de le suivre dans son bureau, commanda du café (ce qui paraissait être, ce matin, la base du régime d'Arnold Morgan) puis demanda à l'amiral de l'ANS de tout lui raconter.

La conversation dura cinq minutes. L'amiral Dunsmore parla peu, écoutant attentivement les détails. Puis il appela le général Josh Paul et dit qu'à son avis, ils devaient parler le plus vite possible au Président. A peine avait-il raccroché que le téléphone sonna.

Le CNO se contenta de dire :

— Je pars tout de suite. Nous serons trois.

Morgan, pour sa part, appela le bureau de l'agence de renseignements de la Marine. Il laissa un message pour l'amiral Schnider annonçant que le capitaine de corvette Baldridge travaillerait hors de Fort Meade jusqu'à la fin de la semaine. Bill haussa les épaules et les deux hommes se dirigèrent vers le garage. Le temps qu'ils y arrivent, le général Paul et l'amiral Dunsmore étaient déjà sur l'autoroute pour gagner la Maison-Blanche.

Sur la banquette arrière de la limousine, Scott Dunsmore reconsidéra la situation par le menu avec le président des états-majors interarmes. Il lui avoua qu'il était presque certain que Benjamin Adnam était le mystérieux commandant du sous-marin responsable de la destruction du *Thomas Jefferson*. Il lui apprit que l'homme avait disparu de la Marine israélienne et que le Mossad, très inquiet, avait promis son aide et son soutien. Il lui confirma également qu'à ses yeux, l'Iran était le suspect numéro un.

Le général Paul ne posa qu'une question :

— Croyez-vous que cet Adnam ait pu faire sortir un des Kilos iraniens du détroit d'Ormuz, frapper le *Jefferson* et rentrer à Bandar Abbas sans que nous le sachions ?

— Non, pas vraiment. Mais étant donné que nous croyions le porte-avions imprenable et que nous nous sommes trompés sur ce point, je suppose que nous devons admettre que ce type a réussi à pénétrer le groupe de combat et à sortir du port sans se faire repérer par les satellites. Surtout pendant la mousson.

— Ouais... c'est possible. On ne voit toujours que deux sous-marins à Bandar Abbas, c'est ça ?

— En effet. Mais le troisième est peut-être toujours caché dans le grand dock couvert. Et nous ne pouvons pas aller vérifier.

La voiture arriva devant l'entrée de l'aile ouest. Les hommes des services secrets les accueillirent, leur donnèrent des badges et les escortèrent immédiatement dans la salle de conférences où ils avaient pris leur petit déjeuner avec le Président huit jours auparavant. Quand ils arrivèrent, le ministre de la Défense, Robert MacPherson, et le secrétaire d'Etat, Harcourt Travis, les attendaient déjà. Sam Haynes, le conseiller de la Sécurité nationale, arriva peu après, puis, cinq minutes plus tard, le Président lui-même, accompagné de Dick

Stafford, le secrétaire à la Communication de la Maison-Blanche. Les portes se refermèrent et des gardes de la Marine prirent leur faction devant.

Cinq personnes étaient assises autour de la table. Cinq hommes qui, s'ils travaillaient en bonne harmonie, avaient le pouvoir de faire pratiquement tout ce qu'ils voulaient sur le front international. Cinq hommes dont les décisions communes pouvaient déchaîner la terrible puissance de la Marine des Etats-Unis sur leurs ennemis. Le sixième, Harcourt Travis, était là pour dispenser quelque sagesse à cette assemblée. Le septième, Dick Stafford, pour s'assurer, professionnellement, que leurs actions seraient toujours perçues comme irréprochables par la nation américaine.

Le Président avait pris place au bout de la table, flanqué de MacPherson et de Travis. Le général Paul et l'amiral Dunsmore se faisaient face avec, à leurs côtés, Sam Haynes et Dick Stafford.

Le Président les salua tous et les remercia d'être venus. Puis il demanda à l'amiral Dunsmore de leur communiquer les dernières informations concernant la liste des suspects.

Il fallut à l'amiral dix minutes pour s'acquitter de cette tâche car ni le Président ni les membres de son cabinet n'avaient encore bien saisi la situation concernant le marin russe noyé, l'importance du commandant Adnam et les graves conséquences découlant de sa disparition, admise par les autorités israéliennes.

— Scott, demanda le Président, nous avons un sous-marin, bien étanche, qui file au fond de l'eau en essayant de rester silencieux et invisible. Alors, étant donné que tout l'équipage est enfermé à l'intérieur, comment quelqu'un peut-il en tomber et se noyer ?

Le CNO sourit.

— Pardonnez-moi, monsieur, nous aurions dû mieux nous exprimer... Si quelqu'un laisse tomber un marteau sur le pont de métal à l'intérieur d'un sous-marin, le bruit peut être entendu à plus de quatre-vingts kilomètres sous l'eau. L'ennemi numéro un d'un sous-marin furtif est le bruit... N'importe quel bruit... Chaque membre de son équipage le considère comme son problème majeur. Rappelez-vous que toutes les pièces d'un sous-marin, sauf l'hélice, sont fixées sur de gros supports de caoutchouc qui en absorbent le bruit et les vibrations et permettent aux centaines de pièces qui tournent dans tout le bateau de ne pas faire plus de bruit que le ronronnement de votre ordinateur. En tout cas à l'extérieur de la coque. Maintenant, supposez que quelque chose, un gousset, un câble, même un vieux bidon d'huile, se détache de son support et commence à vibrer. Dès que ce genre de bruit se fait entendre, il faut agir rapidement. A tous les coups, le sous-marin doit refaire surface dès qu'il peut le faire sans danger. Et éliminer le bruit. Un groupe d'hommes doit se rendre sur le pont et faire cesser la nuisance, quelle qu'elle soit. En haute mer, c'est extrêmement dangereux. Chaque fois qu'un homme d'équipage d'un sous-marin passe par-dessus bord, nous supposons qu'il s'agit de la conséquence d'une manœuvre de ce genre. S'ils n'avaient pas pris la peine de supprimer la source du bruit, ce fracas aurait servi de signal à quiconque aurait été à l'écoute, à quatre-vingts kilomètres à la ronde. Aucun commandant de sous-marin compétent ne ferait une pareille erreur, même au prix de la vie d'un des membres de son équipage.

— Ça leur a coûté plus que cela, répondit le Président. Mais je vous remercie de me l'avoir expliqué.

Puis il posa la même question que le général Paul avait posée avant lui :

— Est-ce que le commandant Adnam aurait pu faire sortir un de ces Kilos russes de Bandar Abbas et l'y reconduire sans être vu par un de nos satellites de reconnaissance ?

Scott lui fit la même réponse qu'au général. C'était fort improbable, mais pas absolument impossible.

Après tout, ce type avait bien réalisé l'impossible en s'introduisant au cœur de l'escadre.

Personne ne posa d'autre question ensuite, parce qu'il était clair que le Président réfléchissait intensément. Il s'écoula une longue minute avant qu'il ne reprenne la parole et, quand il le fit, un silence tendu tomba sur l'assistance.

— Ce que je propose, messieurs, dit-il, c'est de rayer des cadres les trois Kilos iraniens une fois pour toutes. Je veux qu'on les détruise, militairement. Et je veux qu'on le fasse très vite. Quand ce sera fait, nous saurons peut-être si nous avons frappé le vrai coupable. Sinon, nous pourrons encore frapper le pays responsable, parce qu'il est possible qu'ils aient utilisé un autre sous-marin dont nous ne savons rien. Commençons par nous débarrasser de ces trois Kilos. Je suppose que vous n'avez pas oublié que mon prédécesseur a essayé d'en empêcher la livraison, mais que les Russes se sont montrés plus malins que tout le monde. Ces sous-marins nous enquiquinent depuis cette époque-là. C'est à cause d'eux que nous avons dû installer des escadrilles d'avions de combat à Bahreïn deux fois en cinq ans. Et nous savons maintenant qu'ils ont attaqué un navire de guerre américain. J'en ai ras le bol de ces conneries ! Ces Kilos représentent une menace permanente, un problème sans issue pour tout le monde. Détruisez-les. Tous les trois — si tous les trois sont là-bas. Sinon, détruisez-en deux, et nous aurons le troisième quand ce salopard rentrera au port.

Robert MacPherson fut le premier à répondre :

— Monsieur le Président, je souhaite clarifier un point. Est-ce que vous nous proposez de faire décoller une escadrille de bombardiers et d'aller détruire toute la base navale par la grande porte, en l'effaçant purement et simplement de la carte ? Non que cela représente le moindre problème...

— Tout ce que je veux, c'est qu'on dégage ces trois

sous-marins, répondit le Président. De façon permanente.

— Monsieur, intervint Dick Stafford, pouvons-nous supposer que vous souhaitez éviter de déclencher la Troisième Guerre mondiale ?

— Evidemment. Mais je ne veux pas que cette attaque militaire soit compromise pour cette raison.

— Monsieur, dit le général Paul, je crois qu'il serait préférable de les faire disparaître dans ce qui apparaîtrait comme des circonstances mystérieuses, afin que personne — surtout les Iraniens — ne puisse être sûr de qui l'a fait.

— Je suis d'accord sur ce point, dit Stafford.

— Est-il possible de faire en sorte que cela paraisse être un accident ? demanda Harcourt Travis.

— C'est possible, dit le général. Ils pourraient se retrouver dans la situation où nous sommes. Ils seraient obligés de déclarer un accident pour ne pas alarmer la population. Et puis, ils ne voudraient pas perdre la face auprès de leurs voisins arabes. Mais ils sauraient que la destruction de leurs sous-marins russes ne pourrait être due qu'à une très puissante force militaire.

— Ne souhaitez-vous pas être absolument certain que l'Iran est bien le pays qui a détruit notre porte-avions ? demanda Stafford.

— Non. Je pense que nous en sommes suffisamment sûrs. Et dans tous les cas, je serai heureux d'être débarrassé de leurs engins. ET je serai très heureux de les couler, et n'importe qui avec eux si c'est le moyen de donner une bonne leçon au pays responsable. J'y ai beaucoup réfléchi et, en ce qui me concerne, ces trois Kilos sont désormais de l'histoire ancienne. Maintenant, dites-moi comment nous allons procéder.

— C'est facile, dit le général Paul. C'est un boulot pour les Forces spéciales.

— A question facile, réponse facile, confirma l'amiral Dunsmore. Mais la mission le sera moins. Les eaux sont très peu profondes devant les trois ports de Bandar

Abbas. Il nous faudrait amener une équipe de SEALs avec un sous-marin nucléaire et ils devraient accomplir la dernière partie du voyage en sous-marin miniature, le SDV. A vue de nez, je dirais qu'ils devraient couvrir quinze milles à l'aller et quinze au retour dans un véhicule sous-marin actionné par batteries. C'est un boulot de neuf heures, très dangereux et impossible à mettre sur pied du jour au lendemain.

— Peut-être devrions-nous envoyer les bombardiers ? suggéra MacPherson. C'est moins dangereux, plus efficace et ça comporte moins de risques de tuer quelqu'un.

— Mais cela aurait l'immense désavantage de nous faire passer pour une bande de dangereux maniaques par la communauté internationale, dit Stafford. Tout le monde commencerait à se poser des questions : pourquoi les Etats-Unis attaquent-ils la Marine iranienne ? Qu'a donc fait l'Iran pour mériter cela ? Et alors... on se demandera si le *Thomas Jefferson* a vraiment subi un accident. Est-ce un coup porté de façon infamante à l'Iran, parce que le Pentagone est persuadé que le sort de son porte-avions n'a pas été accidentel ? Parce que le Pentagone croit que le *Jefferson* a été frappé par un ARABE dans un de ces Kilos ?

— Oui, murmura le secrétaire d'Etat, je pense en effet que ce serait du plus mauvais effet.

— Ce serait irrémédiable, admit le Président. Messieurs, je pense que j'ai tout intérêt à quitter cette réunion maintenant. Vous pouvez bien entendu rester là autant que vous le souhaitez et Dick pourra peut-être me tenir au courant des conclusions les plus pertinentes. De toute façon, moins j'en sais sur le plan technique et mieux je me porte. J'espère seulement lire dans les journaux qui paraîtront d'ici deux semaines qu'un accident tout à fait regrettable a fait disparaître trois sous-marins iraniens dans leur base navale de Bandar Abbas.

— Dans combien de temps avez-vous dit, monsieur ? demanda Scott Dunsmore.

— Une quinzaine de jours, Scott. Ça vous va ?

— Monsieur, j'aurais tendance à demander un mois. Parce qu'il nous faudra peut-être ça pour envoyer un spécialiste des sous-marins dans cette zone, un rafiot que nous pourrons équiper du nouveau SDV qu'il faudra également transporter. Il y a plus de douze mille milles depuis notre base de San Diego. Et puis il nous faudra entraîner les SEALs pour cette mission.

— Oui, je comprends. Mais essayez d'agir en deux semaines. En fait, j'aimerais que ça puisse se faire demain...

Le Président secoua la tête en souriant.

— Eh bien, messieurs, dit l'amiral Dunsmore d'un ton très officiel, puisque je parais être la personne désignée pour réaliser les souhaits du chef, je serais heureux de répondre à toutes vos questions. Mais je pense que le mieux serait que je retourne à l'usine mettre la machine en marche. Nous pourrons nous rencontrer quelque part demain afin que je vous explique mieux les choses. A propos, la Navy est très favorable au projet. Nous sommes impatients de débarrasser les ayatollahs de leurs sous-marins. Je trouve que le Président a eu là une grande idée.

— Sans aucun doute. Mes hommes en seront soulagés, dit le général Paul. Alors, je pense que Scott et moi devrions rentrer ensemble le plus vite possible pour mettre les choses en branle.

La réunion prit fin. Les deux chefs de service quittèrent aussitôt la Maison-Blanche. En moins d'une heure, l'amiral Dunsmore était en relation téléphonique avec l'élite des forces combattantes de tous les services armés, les SEALs de la Marine américaine.

Chaque homme est un mélange presque unique de force physique, intellectuelle et émotionnelle. Outre sa rapidité et sa force, son agilité naturelle dans l'eau, on exige d'un SEAL une mémoire exceptionnelle et une connaissance approfondie de dizaines d'armes, de systèmes et de techniques de démolition.

Les Etats-Unis possèdent six équipes de SEALs. Trois sont basées à Little Creek, en Virginie, équipes baptisées Deux, Quatre et Huit. Les équipes Un, Trois et Cinq travaillent à Coronado, en Californie, où se trouve le siège du Commandement d'actions spéciales de la Marine américaine, communément appelé SPECWARCOM, qui supervise toutes les missions des SEALs dans le monde entier.

John Bergstrom, l'amiral commandant le SPECWARCOM, décrocha son téléphone sur l'île de Coronado à 8 h 35 ce jeudi matin. A l'autre bout de la ligne, le commandant de la Septième Flotte, le vice-amiral Archie Carter, de passage à San Diego, le salua et exigea sa présence immédiate à la base navale principale.

Quand il arriva, Bergstrom trouva l'amiral Carter derrière un grand bureau avec deux lieutenants de vaisseau dont l'un manipulait un compas de marine, l'autre une règle métallique. Devant eux était dépliée une carte marine de la zone nord de Jazireh-Ye Qeshm, une longue île aride dans le détroit d'Ormuz. Ils mesuraient en particulier la gouttière qui reliait la partie orientale de l'île au port se trouvant juste en face. Il s'agissait d'un des trois ports — le plus à droite — situés dans une langue de terre de trente-deux kilomètres s'étendant le long de la côte sud-est de l'Iran.

L'amiral Bergstrom jeta un coup d'œil par-dessus leurs épaules pour déchiffrer le nom écrit en haut de la carte. Il lut : « Port de Bandar Abbas ». Il nota mentalement les gros dômes des radars, clairement indiqués derrière le port. Il nota l'étroit chenal de seulement huit mètres cinquante de profondeur s'ouvrant entre les jetées en forme de pinces enserrant le port. Il nota la longueur du môle.

Il ne pouvait y avoir qu'une seule raison à sa convocation dans ce bureau où l'amiral Carter étudiait la carte d'une base navale étrangère potentiellement hostile : organiser sa destruction. La spécialité des SEALs.

Il imagina la base telle que ses hommes la verraient depuis les eaux sombres dans lesquelles ils navigueraient... avec une lumière clignotante verte sur la droite, illuminant peut-être une sentinelle armée à l'entrée du port. Il nota les biefs protégés à l'intérieur du port, nichés autour de la partie arrière du promontoire sablonneux sur la droite. Un piège mortel si on les découvrait. Il se demanda si les lieux étaient bien gardés et si ses hommes avaient une chance de survivre. Ou, si ce n'était pas le cas, combien se feraient tuer en essayant de s'en sortir.

— Bonjour tout le monde, dit-il. Que voulez-vous de nous ? Que nous fassions sauter tout ce machin ou simplement que nous détruisions les navires de guerre ?

L'intuition du chef du SPECWARCOM fit sourire l'amiral Carter.

— Pas tous, John, répondit-il. Rien que trois, des sous-marins. Ordre du CNO. Nous avons quatorze jours pour y aller et les faire disparaître. J'ai cru comprendre que la décision avait été prise il y a moins de deux heures dans le Bureau ovale.

— Jusqu'à quelle distance pouvons-nous approcher un SNA ? demanda Bergstrom.

— John, j'ai bien peur qu'on ne puisse l'approcher à moins de treize milles.

— Bigre ! Cela signifie qu'ils devront entrer avec le nouveau SDV Mark IX. On ne l'a encore jamais essayé. Et il ne fait que 5 nœuds. Mais il peut contenir dix personnes et il a une grosse batterie qui doit tenir douze heures.

En regardant la carte, il chercha à nouveau à évaluer l'étroitesse de l'entrée du port.

— Les sous-marins sont-ils tous à l'eau ? demanda-t-il.

— Non, malheureusement. Nous pensons qu'il y en

a un dans un dock flottant couvert, sur cales et probablement gardé.

— Voulez-vous que nous nous occupions des gardes avant de commencer ?

— Non, je préférerais que vous ne touchiez à personne, si possible. Ceci est une opération totalement clandestine et, dans l'idéal, j'aimerais que la Marine iranienne se demande le plus longtemps possible ce qui s'est passé. Un maximum de dommages, un minimum de bruit, pas de traces. Rien que trois sous-marins de fabrication russe, assez gros, très abîmés, désormais incapables de reprendre la mer.

— Oui, monsieur, je comprends. Vous serait-il possible de nous faire parvenir les cartes les plus récentes et les dernières photos des satellites ? Et autre chose... Si nous étions poursuivis par une patrouille iranienne armée de grenades sous-marines, serions-nous autorisés à couler l'ennemi ?

— Mon cher John, avec ce Président, nous jouissons toujours de ce genre de permission. Tirez pour tuer si vos vies sont en danger. Mais en gros, je crois que la Maison-Blanche préférerait de loin ne pas déclencher la Troisième Guerre mondiale.

— J'essaierai d'éviter ça, monsieur, répondit l'amiral Bergstrom.

Chapitre IX

Jeudi 18 juillet, 9 h 30.

Il fallut quatre-vingt-dix minutes à l'amiral Bergstrom pour mettre au point un premier plan d'action, dans le petit immeuble des SEALs entouré de barbelés, derrière la plage de Coronado.

L'amiral avait déjà convoqué tous les commandants concernés à une séance de brainstorming. Il avait fait son choix parmi la liste assez restreinte de l'équipe d'attaque qui frapperait les sous-marins des ayatollahs.

Chaque équipe de SEALs était composée de deux cent vingt-cinq hommes, dont cent soixante seulement étaient membres actifs des pelotons d'attaque. Vingt-cinq s'occupaient du support et de la logistique, parmi lesquels des techniciens et des spécialistes de l'électronique. Quarante étaient responsables de l'entraînement du commandement et des contrôles. Chaque commando d'attaque des SEALs exigeait un énorme soutien.

Les officiers supérieurs avaient décrété que le travail serait confié à l'équipe numéro trois. Ils avaient alors sélectionné l'un des dix pelotons de seize SEALs qui forment une l'équipe. C'est parmi ces seize hommes qu'ils choisiraient le commando final, composé vraisemblablement de huit hommes qui exécuteraient la « sortie » au fond du port de Bandar Abbas. Leur chef serait le lieutenant de vaisseau Russell Bennett, un vétéran de la guerre du Golfe âgé de trente-quatre ans, lauréat de l'Académie navale des Etats-Unis à Annapolis, un crack des cours d'endoctrinement meurtrier des SEALs, le BUD/S. Baptisé par ses copains le Broyeur, il était le fils d'un pêcheur de homards du Maine.

C'était un homme de taille moyenne, aux épaules larges et épaisses, aux yeux d'un bleu profond, portant une moustache fournie mais soignée. Ses avant-bras et ses poings semblaient en acier trempé. Il était expert en explosifs, tireur d'élite, extrêmement dangereux avec un couteau, surtout dans l'eau. Il était capable d'escalader les flancs les plus lisses de n'importe quel bateau, de nager dans les eaux les plus froides et d'escalader n'importe quoi. Tout ennemi qui tombait sur lui vivait probablement les cinq dernières secondes de sa vie.

Ses subordonnés l'adoraient. Ils l'appelaient « Rusty » à cause de ses cheveux roux coupés très court. Comme la plupart des SEALs, il ignorait volontairement ce qu'était un uniforme réglementaire et allait au combat avec, sur la tête, au lieu d'un béret, un foulard qu'il appelait son « chiffon de route ». Ses amis juraient qu'il portait le badge doré en forme de trident très convoité des SEALs sur son pyjama, tous les soirs à Coronado. En fait, il n'allait jamais se battre sans ce badge, qu'il noircissait soigneusement avant de partir et qu'il frottait tout aussi soigneusement pour lui redonner son éclat au retour. Le lieutenant de vaisseau Bennett était un membre type des SEALs de la Navy et le SPECWARCOM le considérait comme le plus apte à diriger un peloton.

Il avait déjà travaillé deux fois comme instructeur du BUD/S, pilonnant sans relâche les plages brûlantes du Pacifique à la tête de sa classe, menant les hommes en haut des dunes de sable puis les entraînant dans les eaux glacées, les poussant jusqu'aux limites de l'épuisement, les obligeant à aller toujours plus loin. Il utilisait les punitions traditionnelles des SEALs en les envoyant, tremblants mais indomptables, traverser une fois encore le « tunnel » sous-marin puis rouler sur la plage en un épuisant parcours du combattant dans le sable humide, collant, qui les écorchait de partout. Douze ans auparavant, d'autres instructeurs l'avaient soumis aux mêmes tortures, le poussant jusqu'à ce qu'il croyait être ses limites. Mais il allait toujours plus loin. Grâce à eux. Ils le forçaient à continuer, encore et encore, au cours d'assauts fictifs, tout au long de l'entraînement brutal de la « semaine infernale » qui brisait cinquante pour cent des recrues, jusqu'à ce qu'il soit persuadé que personne au monde ne pourrait plus jamais le blesser. Du moins, plus que ce qu'il avait déjà encaissé.

Ensuite, il avait été élu meilleur élève du cours et, en grand uniforme, avait fait sonner la grande cloche d'argent à la fin du stage. Ce jour-là, Rusty Bennett avait été l'homme le plus fier de toute la Marine des Etats-Unis. Aujourd'hui, au cœur de l'été 2002, il était mieux entraîné et plus imperméable à la douleur qu'aucun être humain ne pouvait l'être.

Le père de Rusty, qui posait toujours ses nasses à homards dans les eaux paisibles et glacées de la côte rocheuse du Maine, au sud du mont Désert, pensait depuis longtemps que son célibataire de fils aîné était complètement dingue.

Aujourd'hui, Rusty participait au brainstorming dans la salle des opérations. Lui aussi étudiait la carte. Il s'agissait de la réunion initiale, réunissant le haut commandement des SEALs et le dirigeant de l'équipe. Pour l'heure, ils s'occupaient de l'essentiel : quel sous-marin ? Où était-il en ce moment ? Combien de temps fallait-il pour aller à Diego Garcia ? L'amiral Carter, de la Septième Flotte, commanderait le théâtre des opérations dès qu'ils atteindraient cette zone.

Rusty posait lui aussi des questions élémentaires — force du courant, marées et profondeurs, état du fond. Les gardes, les navires de patrouille, les projecteurs, les alarmes possibles. A quelles conditions climatiques pouvait-on s'attendre ? À quelle phase de la lune ? Quelle était la visibilité dans l'eau ? De combien de SEALs aurait-on besoin pour entrer ? Dès que ces points essentiels seraient connus, il appellerait son adjoint qui, dans ce cas, dirigerait le SDV.

Il fit un croquis des deux Kilos iraniens dans leurs positions précises, telles que les avaient communiquées les photographies satellites. Il dessina le grand bassin de radoub selon la dernière position donnée. Il marqua l'endroit où ils laisseraient le SNA. Il nota d'une croix supplémentaire le lieu où le SDV attendrait, un peu au large du port, tandis que tous seraient dans l'eau.

Il discuta avec les officiers d'armement et les experts en explosifs, formulant les charges précises nécessaires pour les mines « adhésives » qu'ils emporteraient puis qu'ils poseraient sur la partie la plus basse de la quille de chaque Kilo. L'explosion se ferait vers le haut, à travers le revêtement du bateau, juste au-dessous de l'énorme batterie.

La charge devrait être assez puissante pour creuser un gros trou dans la coque pressurisée et pour allumer un important incendie interne. Le plan général de bataille est toujours le même : la chaleur intense et les flammes fulgurantes ont raison de l'équipage pendant qu'un flot d'eau de mer coule le sous-marin. Une autre mine adhésive, elle aussi explosant vers le haut, sous la poupe, et tordant l'arbre d'hélice, offrirait la certitude que le Kilo ne quitterait plus jamais le port.

Ils n'eurent pas besoin de discuter pour savoir qu'il faudrait deux SEALs pour détruire chacun des deux bateaux iraniens à flot. Le troisième, celui qui était peut-être à l'intérieur du dock flottant, présentait sans aucun doute plus de difficultés. Mais il fallait y aller. Après tout, c'était peut-être celui qui avait coulé le *Jefferson*.

Chacun avait conscience du fait que le dock flottant pouvait être vide, ce qui confirmerait au moins qu'ils frappaient bien la bonne nation. Mais ils devaient élaborer leurs plans et se comporter comme si le sous-marin était bien là — même si ce sous-marin-là allait se révéler quatre fois plus difficile à démolir que les autres. Les officiers en charge savaient bien qu'ils avaient affaire au problème permanent d'un gros coup — ils allaient appliquer quatre-vingts pour cent de leur effort sur trente-trois pour cent du problème ; et ces quatre-vingts pour cent d'effort seraient inutiles si le Kilo n'était pas dans le bassin couvert.

L'action nécessaire à la destruction des deux premiers était relativement facile, d'après les normes des SEALs. Celle visant le dock nécessiterait beaucoup d'intuition, mais le principe consistant à installer un sous-marin de 2 356 tonnes dans un bassin flottant est toujours le même. Les immenses réservoirs à ballast situés sous le dock flottent selon le même principe que le sous-marin lui-même et le bassin s'enfonce suffisamment dans l'eau pour qu'on y fasse pénétrer le bateau. On le place juste au milieu du bassin, sur une série d'énormes blocs de bois calculés pour recevoir exactement la quille du sous-marin et pour supporter son énorme poids. Les réservoirs à ballast sous le bassin sont ensuite pompés jusqu'à ce que le bassin remonte de quelques mètres et le sous-marin s'y ajuste.

Des câbles et des amarres, contrôlés par les puissants treuils situés sur les bords du bassin, servent à positionner le bateau exactement sur les blocs, à quelques centimètres près. Ensuite, on place contre la coque huit béquilles de bois géantes — d'environ quarante-deux centimètres et demi de section, deux fois plus épaisses qu'un poteau télégraphique, et d'environ neuf mètres de long —, certaines à mi-hauteur, quatre de chaque côté. Ces grosses poutres, assez fortes pour supporter le poids de plusieurs hommes, sont mises en place en force avec des marteaux-piqueurs pour empêcher le sous-marin de basculer sur le côté. C'est après cette mise en place qu'on vide une partie des réservoirs à ballast. L'énorme édifice commence alors à flotter en remontant très lentement, à peu près à la vitesse de la marée. A la fin, bien sûr, quand le bassin est à la surface, le sous-marin est bien installé au sec à l'intérieur, prêt à subir le travail des ingénieurs et des charpentiers de marine. C'est un procédé long et difficile dans tous les chantiers navals du monde. Si un sous-marin est placé dans un bassin de radoub, c'est parce qu'il a un problème important nécessitant des réparations sous la ligne de flottaison.

Le bassin flottant de Bandar Abbas était protégé sur toute sa surface par un toit, qui le faisait ressembler à un hangar d'aviation, dont il avait la taille. De monstrueuses amarres d'acier et de béton l'ancraient au fond du port. Personne, au Pentagone, n'aurait le cœur brisé si les SEALs le faisaient disparaître pendant qu'ils y étaient. Mais cela dépendait du volume de matériel de démolition que les nageurs pourraient transporter.

L'amiral Bergstrom, lui-même un ancien des commandos, leur fit une recommandation essentielle.

— Je ne crois pas que nous devrions faire sauter le troisième Kilo, dit-il. Si nous pouvions, d'une façon ou d'une autre, mettre en pièces les quatre béquilles qui le soutiennent à tribord, il basculerait tout seul, démolirait tout le mur du dock et s'enfoncerait probablement jusqu'au fond. Deux mille cinq cents tonnes, c'est sans doute assez lourd pour couler ! Et en plus, cela écraserait la coque sans exiger beaucoup d'explosifs de votre part.

— En effet, répondit le capitaine de frégate Ray Banford. Mais ces machins sont sacrément bien équilibrés. Il ne tombera peut-être pas immédiatement, et le bruit que nous ferons en faisant sauter les béquilles risque d'alerter tout le monde. Ça leur donnera peut-être même le temps d'installer d'autres béquilles s'il y en a de disponibles. Il suffirait d'une pour empêcher la chute.

— Il coulera si je creuse un grand trou dans le réservoir de soutien bâbord au moment exact où nous démolirons les béquilles, dit Bennett. Je suis certain que la plus petite secousse suffira. Et ce gros bassin flottant, plein d'eau de mer, penchera d'au moins un demi-degré en tout juste une minute. Alors, il coulera.

— Oui, ça me paraît possible, admit Banford. En réalité, je pense que notre problème majeur reste le nombre de gars qui nous seront nécessaires pour virer ces béquilles.

— Un homme par béquille, déclara Rusty. Ça fait quatre. J'irai le premier sous le bassin et j'attacherai une mine au réservoir. Ensuite, je monterai la garde pendant que les gars feront sauter les béquilles. Nous utiliserons des cordons explosifs. Nous attacherons les explosifs à ces détonateurs, nous prendrons le temps de filer et tout l'ensemble sautera en même temps. Il coulera. Aucun doute là-dessus. Il coulera.

— En ce moment, nous parlons beaucoup des garçons, dit Banford, l'ancien commandant de sous-marin qui allait superviser la mission. Il nous faut quatre hommes pour les Kilos à flot et quatre hommes pour les béquilles. Est-ce que deux types ne pourraient pas faire sauter deux béquilles chacun ?

— C'est trop dangereux, monsieur. N'oubliez pas que nous travaillerons tout près du garde placé sur le pont du sous-marin, juste en dehors de son angle de vue. S'il entend un seul bruit, il fera des recherches, et alors il faudra que je l'élimine. Quelqu'un d'autre entendra peut-être autre chose et il faudra en éliminer une douzaine pendant que l'enfer se déchaînera dans le coin. Non, monsieur. Je pense que nous agirons deux fois plus vite avec quatre hommes, un pour chaque béquille, agissant simultanément.

— D'accord, Rusty. Je vois ce que vous voulez dire. C'est juste le nombre qui m'inquiète. Avec quatre hommes sur les deux Kilos à flot, quatre hommes pour les béquilles, vous qui ferez sauter le réservoir à ballast plus le conducteur du SDV, ça fait dix, et le SDV ne peut en transporter que huit.

L'amiral Bergstrom l'interrompit :

— Vous savez, Ray, que nous avons touché il y a quelques semaines un nouveau SDV. Celui-là peut contenir dix personnes. On l'appelle un SPTN, Système poussé de transport de nageurs. Il est mû électriquement et fabriqué par Westinghouse. Il a plus d'autonomie que le vieux Mark VIII, probablement douze heures, et il peut vraiment transporter dix personnes. Si vous comptez trois heures pour aller et trois heures pour revenir, plus quatre heures d'attente, ça nous donne dix heures, à condition que tout se passe bien. Il ne fait que 5 nœuds mais il semble parfait pour notre affaire. Le seul problème, c'est que je ne sais pas s'il est déjà opérationnel. Et je crois que nous n'avons que deux SNA capables de le transporter... Tommy !

Il fit signe au lieutenant de vaisseau Tommy Schwab, lui demanda de vérifier l'état du sous-marin à la SUBPAC[1], auprès du vice-amiral Johnny Barry, capitaine de corvette chargé des forces sous-marines au sein de la flotte du Pacifique.

En attendant, ils tombèrent d'accord sur le principe d'une équipe de dix hommes. Mais Rusty Bennett leur réservait encore une surprise.

— Je pense que nous devrions faire sauter le bateau qui est dans le bassin le plus vite possible, dit-il. Il se peut très bien qu'ils aient placé une sentinelle en patrouille sur la passerelle surmontant le bassin flottant. Si nous laissons ce cordon de détonateur en place une heure et demie pendant que nous quittons les lieux, elle a toutes les chances de le voir pour peu qu'elle soit maligne. Il suffit qu'elle le remarque sur l'une des béquilles. Je propose que nous réglions le cordon de détonation pour qu'il saute dix minutes après que nous aurons sauté dans l'eau. A ce moment-là, nous serons

---

1. *Sub Pacific* : bureau du Pacifique Sud.

à cent mètres, et il ne s'agit pas d'une grosse explosion sous-marine, juste d'un coup mineur sur le réservoir du flotteur. Cela ne devrait pas affecter nos tympans. Le reste des explosifs sera tout en haut du dock et le naufrage se fera au ralenti, sans explosion sous-marine, tout au même endroit. Si nous laissons le sous-marin dégringoler à travers le bassin, ils ne soupçonneront même pas qu'il a été touché par quelque chose de militaire. Et ils seront toujours en plein chaos quand les deux autres Kilos sauteront. Nous pouvons régler leur explosion deux heures après notre départ, et à ce moment-là, nous serons remontés dans le SDV et bien loin dans la baie. Je suppose qu'il leur faudra au moins une heure pour coordonner leur action et nous chercher avec un patrouilleur. Nous serons dans le SNA bien avant qu'ils nous reniflent.

— Bon raisonnement, dit l'amiral. C'est vrai, ce serait râlant d'avoir tout mis au point et qu'ils trouvent le cordon avant qu'on ait fait sauter les béquilles. Une question, cependant. Avez-vous pensé comment vous allez travailler en hauteur sur le flanc du sous-marin ? Je veux dire, premièrement, comment allez-vous grimper là-haut, deuxièmement, comment éviterez-vous d'être repéré et troisièmement, quelle protection aurez-vous ?

L'un des chefs instructeurs, un officier marinier, s'approcha.

— Selon les croquis que vous avez là, dit-il, les béquilles sont positionnées à environ neuf mètres au-dessus de la surface du bassin. Je prétends que nous ne pouvons pas escalader les flancs incurvés du sous-marin et que nous ne pouvons pas non plus passer par la passerelle qui entoure le sommet du dock. Il faudra donc grimper le long d'une corde jusqu'à chaque béquille. Nous pourrons utiliser du nylon noir assez épais avec des nœuds tous les soixante centimètres et un petit grappin d'acier noirci rembourré à une extrémité. Les gars les feront tournoyer et les lanceront depuis le sol, par-dessus les poutres. Quand les grappins s'accrocheront dans le bois, ils grimperont pour aller se mettre à califourchon sur les poutres. Ils travailleront très près, à peut-être un mètre cinquante ou un mètre quatre-vingts de la coque du sous-marin. De cette façon, la sentinelle ne pourra pas les voir à moins de se mettre à plat ventre au-dessus du bord et, si elle fait ça, elle se cassera la figure. Il est plus probable qu'elle sera assise sur une chaise — peut-être même qu'elle dormira — au milieu du pont, sous la passerelle, tournée vers l'arrière. La plupart de ces gros bassins de radoub ont des échelles d'acier à chaque bout, plus une à mi-chemin, le long du mur qui va du sol à la passerelle. Rusty se mettra aussi loin qu'il le pourra là-haut, juste assez près pour apercevoir la tête de la sentinelle. Et, bien sûr, son pistolet sera muni d'un silencieux. Les gars enrouleront le cordon de détonation environ six fois autour des poutres, ce qui fait qu'il leur en faudra environ douze mètres là-haut, plus douze autres qui pendront. Notre cordon est vert foncé et assez léger. Il est mince et on peut l'enrouler serré. Il ne sera pas très facile de nager avec ça mais nous avons fait pire. J'estime que les nageurs ne resteront pas plus de quatre minutes sur les poutres de bois. Rusty pourra faire les assemblages et fixer le détonateur et les mécanismes de déclenchement dès qu'il sera redescendu de l'échelle. Il dit qu'il lui faut dix minutes au maximum.

— Merci, chef, dit l'amiral. Vous commencerez l'entraînement aujourd'hui ?

— Non, monsieur. Je vais me débrouiller pour que nous puissions utiliser l'AFDM-14, le gros bassin de radoub qui est ici, à San Diego. Ils ont un sous-marin dedans en ce moment même, sur béquilles. J'ai pensé que nous pourrions y passer deux jours, après quoi cette équipe sera la championne du monde du lancer de corde avec grappin. La plupart l'ont déjà fait, mais nous devons éliminer toute possibilité d'erreur. Il ne faudrait pas, par exemple, qu'une de ces cordes loupe la poutre, parce que alors cette saloperie de grappin tomberait avec un raffut énorme sur le plancher métallique du bassin, de sorte que Rusty serait obligé de tuer cette saloperie de sentinelle.

— En effet, chef.

A ce moment précis, la porte s'ouvrit et le lieutenant de vaisseau Tommy Schwab entra en hâte.

— Monsieur, dit-il, j'ai eu de la chance. Vraiment de la chance ! Le SNA dont nous avons besoin est un de ces vieux bateaux de classe Sturgeon, le *L. Mendel Rivers* et on vient de le transformer récemment pour qu'il puisse prendre le nouveau SPTN. C'était l'un des sous-marins du groupe de combat du *Thomas Jefferson* et il est à Diego Garcia en ce moment même.

— Parfait, dit l'amiral. Et le SPTN ?

— Il est prêt à opérer, mais il est encore ici, à San Diego. Il faudra le transporter par avion, dans un C 5 A, avec l'équipe des SEALs. Mais le *L. Mendel Rivers* est prêt et nous attend. Tout est arrangé.

— Voilà une excellente nouvelle, répondit l'amiral Bergstrom.

Il se tourna vers l'officier marinier chargé de l'entraînement.

— Nous pouvons familiariser les SEALs avec le nouveau véhicule dès maintenant, dit-il. Quand pensez-vous qu'ils seront prêts à partir ?

— Eh bien, il y a des tests de nage avec poids plus l'entraînement avec les cordes, les essais d'armes, deux jours d'instruction sur le fonctionnement d'un SPTN. Plus une journée pour tout coordonner. Ils seront prêts à partir jeudi soir prochain sur le vol régulier de la Marine en direction de Diego Garcia. Vous savez, le vieux C 5 A Galaxy qui part de San Diego ?

— C'est parfait, chef. Cela ne pourrait pas être mieux... Oh ! Tommy, appelez le bureau du CNO et assurez-vous qu'on lui rapporte tout ceci dans le détail, voulez-vous ? Secret absolu ! Il attend.

— Oui, monsieur. Le vol de jeudi soir, c'est bien ça ?

Le plan général de la mission était donc maintenant établi et approuvé par le capitaine Banford. Rusty Bennett informa ses hommes qu'ils étaient désormais tenus à l'isolement. Pas de communications téléphoniques, même aux épouses et aux enfants. Interdiction d'écrire des lettres ou des cartes postales. Pas de fax, pas de relation avec *quiconque* n'était pas concerné par le planning et l'entraînement. De cette façon, il n'y aurait pas de risque que quelqu'un, même involontairement, puisse compromettre la mission.

Les hommes étaient cependant autorisés à mettre à jour ou à rédiger leurs testaments, qui seraient enfermés dans les archives des SEALs jusqu'à leur retour. S'ils ne rentraient pas, la Marine en confirmerait la validité.

Rusty Bennett passa la première soirée à conférer avec son équipe au grand complet, réfléchissant à tout, mesurant avec soin les distances sur les cartes. En particulier le plan de navigation du SPTN — depuis le *L. Mendel Rivers* jusqu'à son point d'attente en dehors du port de Bandar Abbas. Son second, dont le nom de code était 2 IC, le jeune enseigne de vaisseau David Mills, originaire du Massachusetts, participait à la réunion puisqu'il devrait conduire le sous-marin miniature dont Rusty assurerait la navigation. Les huit autres participants seraient assis derrière eux, dans l'air sec et froid, respirant par des tubes reliés au système central d'aération du SPTN, pendant son trajet lent et silencieux dans l'océan, à quatre mètres cinquante sous la surface.

Chaque mille marin fut noté avec soin. Rusty Bennett donna lui-même les informations.

— Distance totale entre le SNA et la position d'attente du SPTN à 56,12 E 27,07 N... 12,93 milles... Cap au trois-trois-huit... Deux heures et trente-cinq minutes à 5 nœuds... Ajoutez trente minutes pour le lancement... A 10,5 milles, il y a un feu clignotant toutes les sept secondes, marquant une longue bande de hauts-fonds au large de notre bau bâbord... Là, l'eau n'a que vingt pieds de profondeur... Si nous voyons la lumière, nous serons suffisamment proches... Il faut garder à peu près sept cent cinquante mètres jusqu'à notre bau bâbord... Il ne faut pas non plus être trop loin sur la droite parce qu'on indique une épave dans ce coin-là — dans environ neuf mètres d'eau, très près du chenal entrant.

Rusty Bennett n'était en fait jamais pris au dépourvu car son père l'avait habitué dès l'enfance à naviguer sur son bateau de pêche au homard, à se faufiler dans le brouillard qui recouvre souvent ces îles enchantées couvertes de pins, au large des côtes du Maine. Rusty lisait des cartes marines à l'âge où la plupart des enfants en étaient encore à lire les histoires de Mickey. Son père était originaire de l'île de Monhegan et le nom de jeune fille de sa mère était Lunt, comme la célèbre famille qui dirigeait le chantier naval et la flotte de bateaux de pêche au homard au port de Lunt, à Frenchborough.

La mer était toute la vie de Rusty. Il venait d'une mer froide, dangereuse, septentrionale, sur laquelle les grosses bouées avec leurs cloches de navigation et leurs feux clignotants étaient souvent les seuls moyens d'éviter de perdre ses repères et son sens de l'orientation. En manquer une par mauvais temps, c'était la mort assurée. Pas étonnant, dans ce cas, que Rusty Bennett fût l'un des meilleurs navigateurs que les SEALs aient jamais connus.

Tandis qu'il parlait, chacune de ses paroles était notée. Quand il porta son attention sur la base des sous-marins iraniens, deux personnes prirent des notes : un officier marinier, qui vérifiait chaque chiffre, et un autre, qui suivait la progression de son discours sur une carte marine... Vérifier, vérifier, vérifier encore. Un autre homme, devant un clavier d'ordinateur, entrait le plan de navigation dans un fichier baptisé « Opération Vengeance ».

Rusty Bennett ne cessait de parler :

— Distance probable de l'ancrage du SPTN au mur de droite du port... quatre cent cinquante mètres... angle de marche : deux-huit-quatre... Il y a un feu de navigation vert sur ce mur-là... Il est même possible que nous le voyions... Juste là, nous tournons à droite... Angle de marche zéro-zéro... direction le port intérieur... mille deux cents mètres. Ceci exige un compte très soigneux, parce que là nous faisons un virage à droite... C'est cent quatre-vingts mètres en deçà d'un second feu vert... Celui-là clignote vite. Après ce second virage à droite, nous nageons sur neuf cent cinquante mètres sur un angle neuf-zéro... A ce moment-là, nous devons être juste devant le dock flottant... cinq d'entre nous vont y grimper... Ça représente sans doute une escalade d'un mètre vingt ou un mètre cinquante. Les quatre autres continuent sous cet angle... Les deux Kilos sont de part et d'autre de la jetée, à cinquante mètres... La distance totale que nous couvrirons à la nage est donc de deux mille sept cent cinquante mètres... Il nous faudra une heure pour la parcourir, puis nous aurons encore cent soixante mètres à faire... en comptant les arrêts... disons dix minutes... Ça fera donc soixante-dix minutes entre la sortie du SPTN et le dock.

Ils achevèrent enfin la préparation juste avant 23 heures et allèrent se coucher avec soulagement. Le chef qui dirigeait le programme d'entraînement exigea que les cinq hommes de l'équipe du dock soient prêts à partir pour la base de San Diego à 6 h 30 le lendemain matin. Rusty dit que, puisqu'il ne devait pas lancer de grappin sur les béquilles, sa présence n'était peut-être pas nécessaire. La réponse du chef fut cassante :

— Et si quelqu'un était blessé et que vous ne soyez

pas sûr de lancer correctement le grappin du premier coup, monsieur ?

— Oui, vous avez raison. Mais qui couvrirait les gars, dans ce cas ?

— C'est tout simple, monsieur. Ou votre blessé peut monter l'échelle et le faire, ou vous tuez le putain de garde iranien proprement et sans bruit avant de commencer.

— Ou...ais, d'accord, chef.

Peu avant 7 heures le lendemain matin, une Jeep de la Navy s'arrêtait sur la jetée devant l'immense bassin de radoub flottant, le *Steadfast,* positionné au cœur de la base de San Diego. Six hommes sautèrent du véhicule et le chef prit la parole :

— Maintenant, vous voyez tous quelle taille il a, d'accord ? Les murs latéraux ont vingt-quatre mètres de haut et près de soixante-dix-huit mètres de long. Je suppose que celui de Bandar Abbas a à peu près les mêmes dimensions, parce qu'un Kilo russe mesure soixante-douze mètres de long. Vous voyez ces deux grues, en haut, au-dessus du mur ? Eh bien, elles peuvent lever 30 tonnes et vous en trouverez des semblables sur tous les bassins de radoub. Vous verrez aussi là une tour de contrôle et dedans, un garde et un grutier, ou peut-être juste un grutier qui monte aussi la garde. Devant lui, il y a des vannes hydrauliques et des systèmes de remplissage et également un tas de cadrans lumineux qui lui montrent tous les angles du dock dans l'eau. Ils fonctionnent en fait exactement comme des niveaux à bulle. Théoriquement, quand Rusty aura fait un trou dans le réservoir à ballast de tribord, le bassin commencera à s'incliner. Il ne faut pas que le type de la tour le remarque trop vite, ni qu'il puisse compenser la gîte du bassin en déchargeant aussi le réservoir opposé. Mais je ne pense pas qu'il en aura le temps. Dans un petit moment, nous réfléchirons à ce problème et nous monterons pour mimer le scénario plusieurs fois nous-mêmes, juste pour voir ce qui peut se passer et calculer le temps exact. En attendant, entrons dans le bassin pour voir si nous sommes doués pour lancer cordes et grappins par-dessus les béquilles.

Les cinq hommes prirent les cordes roulées dans la Jeep et se dirigèrent vers la plate-forme des ingénieurs, ancrée à l'arrière du *Steadfast*. Ils traversèrent depuis la jetée et pénétrèrent dans le bassin de radoub. Pour chacun d'eux, c'était la première fois. Vu du niveau de la mer, il paraissait massif, de même que le sous-marin étayé à l'intérieur. Ils se placèrent le long du bateau et virent, au-dessus de leurs têtes, les grosses poutres de bois, alignées par quatre, à environ neuf mètres au-dessus du pont d'acier.

L'entraîneur leur révéla son secret pour se tenir à au moins six mètres devant la ligne perpendiculaire invisible allant du barrot au sol.

— De cette façon, vous calculez votre angle et vous lancez la corde par en dessous, en ligne droite, tout en vous assurant qu'elle passe bien par-dessus la poutre. Ainsi, en retombant, elle doit passer sur le côté opposé et il ne vous reste plus qu'à tirer. Le grappin ira se planter dans le bois. Vous tirerez ensuite d'un coup sec mais pas trop fort. Le truc, c'est d'apprendre à faire tournoyer le crochet en un large cercle, dans le sens des aiguilles d'une montre, en regardant votre main droite. Vous devez repérer le moment exact où il faut laisser aller. Ce n'est qu'une question de pratique. OK, lieutenant, montrez-leur comment on fait.

Rusty se mit en position et commença à faire tourner le crochet jusqu'à ce que le son ressemble à un bourdonnement. Il leva les yeux et laissa aller. Trop bas. Le grappin monta à six mètres au-dessus du sol comme une fusée, trois mètres au-dessous de la poutre, et vint s'écraser sur le pont avec un bruit sourd, décourageant, qui se répercuta avec fracas.

— Eh bien, monsieur, je dirais que vous venez de nous montrer la bonne méthode pour vous faire tuer tous les cinq, dit le chef. J'ai dit que vous aviez besoin de pratique et, par Dieu, je vais vous la faire acquérir !

L'un après l'autre, les SEALs lancèrent leur crochet par-dessus la poutre. Un seul réussit du premier coup mais rata le second. Sept heures plus tard, ils étaient toujours là et leurs résultats presque parfaits.

— En fin de compte, c'est comme de faire du vélo, dit le chef. Une fois que vous savez, vous n'oubliez jamais. Je suis content de vous, mais je veux que chacun réussisse six bons passages à la suite au-dessus de la poutre. Un ratage, et vous recommencez tout jusqu'à ce que nous obtenions trente passages réussis. Pas d'échec !

— Avez-vous jamais envisagé d'entraîner une équipe de basket ? demanda l'un des hommes.

— Bien sûr, mais pour de l'argent. Je ne voudrais pas avoir sauvé tant de vies... Raté !... Comme vous avez raté depuis ce matin... trop bas... parce que vous lâchez une fraction de seconde trop tôt... Maintenant, allez-y... centrez-vous... Trois tournoiements... un rythme ferme comme un roc et lâchez... Un... deux... trois... LÂCHEZ ! Vous y êtes... Tout droit... en l'air... Restez centré. Allez, encore une fois.

De retour à Fort Meade, l'amiral Morgan, qui étudiait encore la thèse de la mer Noire, avait reçu un nouveau rapport de l'amiral Sadowski à Pearl Harbor. A l'origine, il avait été classé à Diego Garcia par un pilote de la Marine, le lieutenant de vaisseau Joe Farrell. Celui-ci souhaitait attirer l'attention d'un enquêteur éventuel sur le fait qu'il avait repéré ce qu'il pensait être la « plume » d'un sous-marin, à 11 h 30, le 28 juin, à mille milles plein sud du groupe de combat. Il avait vu clairement la trace blanche dans l'eau et avait bien noté une absence totale de bateau. Le lieutenant de vaisseau Farrell avait apponté sur le porte-avions et immédiatement fait un rapport au commandant Baldridge. A la demande expresse de l'officier du groupe de combat, il avait rédigé un rapport officiel pour le PC-OBS [1], indiquant l'heure et la position exactes du sous-marin suspect.

Malheureusement, il n'en était rien resté mais Farrell avait noté tous les détails dans son rapport de vol, y compris le fait qu'il n'avait rien vu d'autre en revenant à Diego Garcia.

C'est une copie de ce rapport qu'examinait en ce moment Arnold Morgan, l'esprit soupçonneux, dans son PC de commandement. Il se pencha sur une grande carte epinglée sur une haute table inclinée, éclairée par une lampe accrochée au-dessus. Il tenait un compas et mesurait la distance entre le détroit de Gibraltar et un point situé mille milles au sud de la position du groupe de combat, à 11 h 30, le 28 juin. Ce point donna 9 N, 67 E.

Il mesura la distance — treize centimètres sur la carte —, vérifia l'échelle. La distance entre le détroit de Gibraltar et le point où Farrell pensait avoir vu un sous-marin lui donna dix mille huit cents milles exactement. Tout le monde était d'accord pour affirmer que le sous-marin avait fait 8 nœuds en immersion périscopique sur presque tout son trajet, un peu plus, peut-être, lorsqu'il était en eaux peu fréquentées. Il s'était arrêté deux fois pour refaire le plein. Cela signifiait qu'il devait couvrir en moyenne deux cents milles par jour.

L'amiral divisa 10 800 par 200 et arriva à 54 jours. Puis il chercha dans ses notes le moment précis où son opérateur avait repéré le mystérieux cinq-pales dans le détroit de Gibraltar : le 5 mai à 4 h 38. Du 5 mai au 31 mai, il y a 26 jours. Les 28 jours restants du mois de juin l'amenèrent à la date et à l'heure précises du relevé du lieutenant de vaisseau Farrell : 28 juin, 11 h 30, 9 N, 67 E.

---

1. Poste central d'observation.

— Comme coïncidence, celle-ci n'est pas mal, grogna l'amiral.

Il ne prit pas la peine de prendre son téléphone et hurla pour appeler son officier d'ordonnance.

— RAPPELEZ-MOI RANKOV... ET NE VOUS LAISSEZ PAS DÉMONTER PAR LEUR BARATIN !

Ce que l'officier ignorait, c'est que tout cela deviendrait plus difficile à mesure que les heures passeraient. Parce que, tandis que l'amiral Morgan rageait contre le monde entier, l'amiral Vitaly Rankov, le chef des renseignements navals russes, un géant d'un mètre quatre-vingt-dix-huit, était à bord d'un vieil avion militaire remis à neuf, mais bruyant et brinquebalant, qui essayait de couvrir les huit cents milles d'un fastidieux voyage de Moscou vers le sud.

L'amiral Rankov détestait l'avion presque autant que les mystères de la Marine. Et, pour l'heure, il incluait dans cette haine ce chef des Renseignements américains têtu, malgracieux et puissant : Arnold Morgan. Ce qui, en gros, rendait le Russe trois fois plus crispé qu'il ne l'était d'habitude lors d'un vol privé en Russie.

L'amiral Morgan était le *seul* officier étranger qui se fût jamais permis de lui parler avec hargne et de le menacer.

— Rankov, il y a toujours deux façons de faire les choses, la facile et la difficile, avait menacé Morgan. Si vous ne faites pas ce que je demande dans l'heure qui suit, j'appellerai mon Président et je lui demanderai d'appeler le vôtre. Nous verrons comment vous vous sortirez de cette petite confrontation.

L'amiral Rankov avait raccroché rageusement et réfléchi au bluff de l'Américain. Deux heures plus tard, il s'était en fait retrouvé au Kremlin en face du Président russe et avait bien failli se faire virer.

Et maintenant, pour la seconde fois en deux ans, Morgan ne lui laissait aucun répit. Il avait appelé le bureau de Rankov au moins huit fois en vingt-quatre heures. Il avait engueulé quatre de ses subordonnés et l'amiral russe savait exactement ce qu'il demandait. La même question n'avait cessé de lui être posée depuis dix jours : avez-vous retrouvé ce putain de Kilo que vous aviez affirmé avoir perdu dans la mer Noire il y a dix semaines ? Sauf que, maintenant, il voulait savoir, en plus, si un marin noyé retrouvé sur une île grecque avait fait partie de l'équipage de ce même sous-marin.

Le dernier message de l'amiral Morgan disait : « Est-ce que son nom figurait sur la liste des "proches parents" ? » Il s'agit d'un dossier que toutes les Marines du monde gardent en cas de naufrage en mer. Le problème était qu'apparemment, il n'y avait pas eu de dossier de proches parents à prévenir pour le Kilo disparu. Ce qui était, au mieux, embêtant, au pire, extrêmement embarrassant.

En fait, le Haut Commandement de la flotte de la mer Noire était plus qu'inefficace. D'abord, il s'était montré incapable de retrouver le Kilo disparu. Ensuite, il n'avait même pas été capable de découvrir le nom du noyé. Et enfin, il y avait ce problème de la liste des proches parents.

Le livre était bien à la base et contenait apparemment la liste complète de l'équipage, mais il semblait que personne n'ait reçu le dernier signal standard du sous-marin pour la mettre à jour avant le départ, avec les noms des hommes — deux ou trois peut-être — n'ayant pas participé au voyage et ceux des deux ou trois autres qui avaient pris leur place mais qu'on n'avait pas inscrits sur la fameuse liste des proches parents. Ainsi, tout le système se révélait inutile parce que chaque nom pouvait être à présent sujet à caution. Pour autant que l'amiral Rankov le sût, l'homme noyé avait peut-être déserté.

Et maintenant, ce salopard d'Américain téléphonait sans cesse et l'amiral Vitaly Rankov savait qu'il allait se retrouver une fois de plus au Kremlin, à essayer de s'expliquer devant le Président et Dieu sait qui encore.

Ce qui expliquait, en gros, sa présence dans ce tas de ferraille volant qui l'emmènerait, avec un peu de chance, jusqu'au terminal de l'Aeroflot, dans la ville russe de Krasnodar, au sud, au cœur des plaines du Caucase et de ses fameux Cosaques de Kuban.

C'était également l'aéroport commercial le plus proche du port de Novorossisk où la Marine tenait ses interminables réunions pour discuter de la possibilité de réinstaller là un nouveau quartier général russe pour la flotte de la mer Noire. Le long et laborieux processus consistant à quitter la ville historique de Sébastopol, à quatre cents kilomètres à l'ouest, sur la rive d'en face, en pleine Ukraine nouvellement indépendante, rendait fou tout le monde depuis maintenant huit ans. Rien n'avait encore été fait et, de l'avis de l'amiral, rien ne serait jamais fait. L'ennui, c'est que personne ne savait ce qu'on y faisait, ni même ce qu'on était supposé y faire. De sorte qu'on n'y trouvait jamais un chat. Chaque fois qu'on voulait voir un officier de haut rang appartenant à cette flotte, soit il était à Sébastopol ou dans les chantiers navals de Nikolaïev en train de contempler un porte-avions qui ne serait jamais terminé, soit il se promenait dans Novorossisk, racontant des âneries à propos de constructions que personne ne pouvait se permettre.

Et maintenant, l'amiral devait encore parcourir en voiture cent dix kilomètres depuis l'aéroport de Krasnodar.

Il fallait trouver ce qui était arrivé à ce fichu Kilo disparu avant que Morgan ne déclenche un scandale. La colère persistante de Morgan était de mauvais augure. Il se passait quelque chose, il le sentait, mais il ne voulait pas se faire prendre au téléphone — probablement sur écoute — avec Washington tant qu'il serait en position d'infériorité. Une balade de quatre heures dans cet avion de malheur était encore préférable.

L'amiral Rankov s'installa sur le siège arrière confortable et profond de la limousine qui était venue le chercher, juste à l'heure. Il profita avec satisfaction de la traversée des plaines puis du chantier naval civil sur la côte est de la grande mer intérieure. Il était né à quelques kilomètres de là, au sud de la charmante cité touristique de Sotchi, au climat tempéré et aux plages parfaites. Les montagnes, spectaculaires avec leurs neiges éternelles, s'étendaient tout au nord.

Pour l'instant, dans sa luxueuse voiture qui arrivait à Novorossisk avec la chaude brise du sud-ouest venant de la Turquie, en face de la côte sud de la Russie, l'amiral Rankov ne souhaitait de mal à personne. Sauf à l'amiral Morgan qui avait encore laissé deux messages à son intention, à la réception du chantier naval.

— Seigneur ! grogna Vitaly, ne pourrai-je échapper un instant à ce foutu maniaque ?

Les SEALs étaient assis tous ensemble à l'arrière de l'énorme Galaxy à grand rayon d'action qui se frayait lentement un chemin à 25 000 pieds au-dessus de l'océan Pacifique.

Le SPTN de douze mètres de long, hissé par un treuil dans l'avion militaire, était installé dans un conteneur situé dans la soute. Les SEALs partageaient la camaraderie silencieuse des combattants qui n'ont pas grand-chose à dire aux autres et ne parlent qu'entre eux. Ils portaient, pour une fois, leurs uniformes de la Marine. Dans la soute, avec le sous-marin miniature, se trouvaient aussi les caisses contenant les équipements de combat qu'ils utiliseraient pendant leur mission pour anéantir le service des sous-marins iraniens.

Chaque homme possédait une combinaison de plongée extrêmement souple en néoprène, faite sur mesure, qui leur assurerait une excellente protection thermique, car même une eau à vingt-huit degrés finit par éliminer la chaleur du corps d'un plongeur s'il y reste assez longtemps. Même leurs palmes qui leur permettraient de nager plus vite étaient faites sur mesure. Sur la cambrure de ces palmes était inscrit le numéro attribué à chaque étudiant quand il avait réussi l'examen final du BUD/S. Ce numéro d'identification, ils le gardaient toute leur vie et le portaient avec fierté. Car il y avait au moins cinquante pour cent d'échecs dans chaque promotion.

Tous les hommes de Rusty Bennett travaillaient avec deux masques de plongée modernes, de couleurs vives, orange et rouge, soigneusement assombries par du ruban adhésif noir imperméable. Aucun des neuf nageurs ne porterait de montre pendant la mission, à cause du danger, minime mais certain, qu'une sentinelle puisse repérer leurs cadrans lumineux. Les SEALs nagent sous l'eau avec une « planchette d'attaque » spécialement conçue, munie de deux poignées, comprenant une boussole, une jauge de profondeur et une horloge beaucoup plus discrète que les montres. Le nageur de tête frappe l'eau les deux mains accrochées à sa planchette d'attaque, sans avoir jamais besoin de se détourner de son cap pour vérifier l'heure ou la direction. Il a ces indications en permanence sous les yeux, sur la planchette.

Celui qui nage derrière lui avance en posant légèrement une main sur l'épaule du chef de file et tous deux agitent leurs palmes en comptant les battements. Les SEALs ont en effet une technique spéciale pour évaluer la distance. Si, par exemple, l'un d'eux doit parcourir trois cents mètres et qu'il avance, disons, de trois mètres à chaque battement, il sait qu'il doit compter cent battements pour atteindre exactement son objectif. D'après les instructeurs, un nageur sous-marin bien entraîné finit par évaluer de manière presque surnaturelle ses déplacements relativement courts.

Les SEALs devaient nager vers Bandar Abbas derrière quatre planchettes d'attaque : trois couples réguliers et le leader de tout le commando, le lieutenant de vaisseau Rusty Bennett, lequel emmènerait deux hommes derrière lui. Chaque nageur serait armé du gros poignard de combat de son choix. Pour cette mission, on avait choisi comme arme à feu de petites mitraillettes sous-marines, modèle MP-5, fabriquées par la firme allemande Heckler & Koch, très efficaces de près, très précises à vingt-cinq mètres. On leur en confierait trois, une pour Rusty et deux pour ceux qui grimperaient à la corde. Leur protection principale serait l'obscurité des eaux du port. Les Américains n'ouvriraient le feu dans le bassin de radoub qu'en cas d'absolue nécessité.

Rangés à part dans la soute se trouvaient tous les équipements de destruction des SEALs : cinq mines-ventouses plus une de rechange, spécialement conçues pour exploser vers le haut et des rouleaux de cordon explosif, par longueurs de vingt-cinq mètres. Les cordes d'escalade, préparées pour l'occasion, avec leurs grappins, reposaient à part dans une caisse de bois. Rusty Bennett avait également emporté deux petites radios Motorola MX 300 et deux systèmes compacts digitaux de positionnement universel, indiquant la position exacte à la surface de la terre, précis à un mètre près. Les gadgets électroniques reliés aux satellites sont considérés comme des aubaines par tous les commandos de SEALs en maraude, mais ne fonctionnent malheureusement pas très bien sous l'eau.

Le lieutenant Bennett savait que leurs armes principales dans cette mission précise étaient la discrétion, la surprise, la ruse et le talent. Il espérait ne pas avoir besoin de secours plus extraordinaire que la force, l'intelligence et le silence.

Les SEALs de Coronado atterrirent sur la base américaine de Diego Garcia à 21 heures le samedi 27 juillet. Le vol de treize mille milles avait duré trente-quatre heures, dont une courte escale pour refaire le plein à Pearl Harbor.

Après un dîner léger, on les envoya directement se coucher car ils devaient partir à 6 heures le lendemain matin, à bord de l'USS *L. Mandel Rivers*. Le sous-marin d'attaque, après un voyage de deux mille six cents milles, les emmènerait au nord, jusqu'au golfe d'Ormuz. Cinq jours et demi de mer, à une vitesse de 20 nœuds.

Ils savaient qu'ils seraient à l'étroit car le bateau nucléaire de 4 500 tonnes avait besoin de ses cent sept hommes d'équipage et des douze officiers qui le dirigeaient, puisqu'une mission comme celle-là exigeait un état d'alerte maximale permanent. Mais du moins le *L. Mendel Rivers* avait-il été spécialement réaménagé pour transporter un commando de SEALs. Chaque homme disposerait d'une couchette, et le commandant Banford était déjà à bord.

Après six heures de sommeil, ils s'éveillèrent par un temps chaud et ensoleillé, le dimanche matin. Ce serait la dernière lumière du jour qu'ils verraient pendant plus d'une semaine. Leur équipement était déjà transbordé et mis à l'abri quand le soleil se leva à l'horizon de l'océan Indien. Les dix hommes, debout sur le dock, regardèrent le renflement sur le pont, derrière le massif. Là, à l'intérieur, le sous-marin miniature qui les emporterait était déjà en place. Pendant qu'ils dormaient, une équipe avait travaillé toute la nuit à tout décharger, déballer et transporter à bord avec une grue. Tout était prêt pour l'inspection finale. Dave Mills aurait cinq jours pour se familiariser avec les commandes, mais il était déjà entraîné pour conduire ce nouveau système de transport sous-marin.

Tous connaissaient la procédure. Au moment voulu, ils grimperaient à l'échelle du sous-marin principal et entreraient dans le pont-abri. Là, ils passeraient à bord de la minuscule embarcation et on refermerait l'écoutille. On vérifierait l'arrivée d'oxygène et l'abri serait mis à l'eau. Quatre plongeurs devraient le mettre de force dans l'océan, à environ neuf mètres sous la surface. L'enseigne de vaisseau Mills mettrait le moteur en marche et ils devraient se préparer à la traversée inconfortable du détroit de treize milles qui sépare Qeshm de Bandar Abbas.

Les SEALs trouvent toujours qu'il fait froid dans un SDV parce que l'air qu'ils respirent vient directement d'une bouteille d'air sous haute pression, de sorte que la température tombe sensiblement dans les conditions atmosphériques artificielles mais normales d'un petit sous-marin. Ce froid faisait partie de chacun de leurs voyages et les hommes savaient que celui-ci ne serait pas différent.

Les trois premiers jours du trajet jusqu'à la mer d'Arabie se passèrent dans la bonne humeur. Les sous-mariniers savaient qu'ils transportaient l'élite des combattants de la Marine américaine, et les SEALs étaient conscients du fait que les hommes qui les emmenaient appartenaient à l'un des équipages les mieux entraînés du monde. Les officiers aussi étaient des spécialistes nucléaires, certains avaient une connaissance incomparable des engins téléguidés, d'autres étaient capables de diagnostiquer le moindre son de l'océan, de flairer le danger sous toutes ses formes, parfois à des milles et des milles de distance.

Dans la nuit du jeudi, à l'approche du petit matin, la tension monta. Le commandant Banford leur faisait réviser sans arrêt les plans jusqu'à ce que chaque SEAL les ait gravés dans sa tête. On leur conseilla de dormir après le repas, servi très tôt le vendredi, et de commencer à se préparer dès 17 h 30. Tout le monde devait être prêt à 18 h 45, le système d'aération Draeger bouclé, les mines-ventouses, le cordon explosif, les cordes à grappins, les poignards, les mitraillettes et les outils en ordre, protégés de l'humidité autant que possible pendant qu'ils nageraient. L'heure officielle du début de la mission fut fixée à 19 heures précises. A cette minute même, juste avant la tombée de la nuit, les dix hommes entreraient dans le SPTN.

Pendant les quatre-vingt-dix dernières minutes, les instructeurs et le chef marinier qui les avaient entraînés ne les quittèrent pas d'une semelle. Ils parlèrent peu, les encouragèrent comme si la défaite était hors de question. Le petit coin réservé au commando dans le SNA ressemblait au vestiaire d'un champion du monde des poids lourds où chacun se préparait mentalement à sa façon. L'atmosphère était tendue, concentrée, comme si les hommes ignoraient délibérément la peur sous-jacente à l'inconnu et peut-être à la mort.

Le reste des hommes du sous-marin restaient silencieux mais concentrés tandis que l'officier de navigation menait l'engin vers le lieu où il attendrait, là où l'eau était encore assez profonde... cent cinquante pieds, d'après la sonde. Position 26,57 N, 56,19 E. Vitesse 5 nœuds.

Le commandant ordonna de se mettre en immersion périscopique et saisit les poignées du périscope dès qu'il arriva au niveau de la surface. Un message de trois secondes, codé électroniquement, fut envoyé au satellite pour transmission aux opérateurs de Diego Garcia et on nota la position du feu clignotant qui gardait l'une des rives au large du port de Qeshm, à cinq cents mètres de leur barrot bâbord. Puis le périscope du *L. Mendel Rivers* redescendit en douze secondes.

A présent, sur le bateau silencieux et anxieux, les SEALs, le visage noirci d'huile insoluble dans l'eau, commencèrent à grimper dans le pont-abri. Ils avaient répété cet exercice trois fois par jour depuis leur départ de Diego Garcia. Ils se faufilèrent par l'écoutille avec aisance puis passèrent la seconde écoutille pour pénétrer dans le SPTN. Rusty et Mills occupèrent les deux compartiments séparés à l'avant où étaient installés les sièges de conduite et de navigation. Le pont-abri s'immergea rapidement, mais le véritable départ prit plus longtemps que prévu. En fin de compte, les plongeurs

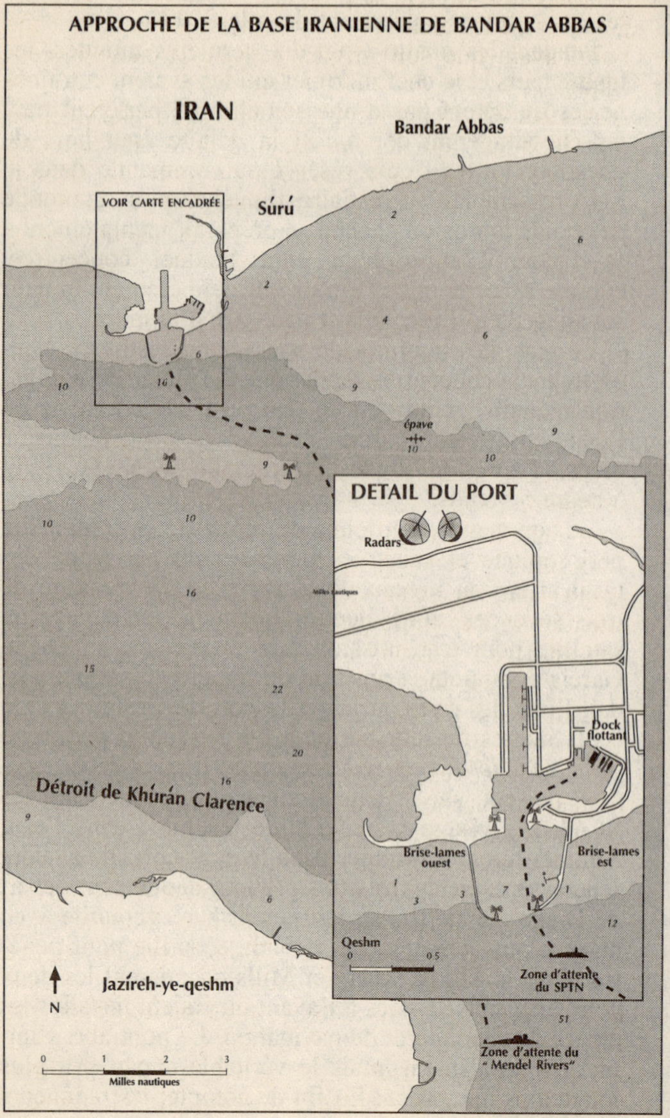

APPROCHE DE LA BASE IRANIENNE DE BANDAR ABBAS
IRAN
Bandar Abbas
VOIR CARTE ENCADRÉE
Súrú
épave
DETAIL DU PORT
Radars
Dock flottant
Brise-lames ouest
Brise-lames est
Qeshm
Zone d'attente du SPTN
Zone d'attente du "Mendel Rivers"
Détroit de Khúrán Clarence
Jazíreh-ye-qeshm
N
Milles nautiques

poussèrent et tirèrent le petit sous-marin hors du gros, détachèrent les amarres et retournèrent à la nage dans l'abri avant que soit mis en marche le moteur électrique.

A 19 h 37, l'engin commença son voyage, cap au trois-trois-huit, qui les emmènerait en droite ligne au point de largage, à l'extérieur du port de Bandar Abbas. Rusty mit l'enseigne Mills sur un cap qui rasait les hauts-fonds de la partie orientale de l'île de Qeshm et ils gardèrent le bateau à quinze pieds au-dessous de la surface.

On ne distinguait rien dans l'eau sombre et tout le trajet se fit aux instruments. Derrière les deux leaders, les huit SEALs pouvaient parler et s'entendre, mais la conversation fut réduite au strict minimum. Le bruit, quel qu'il soit, est démultiplié sous l'eau.

Les deux premières heures passèrent vite mais tous se raidirent lorsque Dave Mills se hissa à la surface pour faire le point puis dirigea le petit bateau sur les deux milles restants jusqu'au port. Ils firent le tour du grand banc de sable qui s'étend devant l'entrée et attendirent. Les minutes passèrent. Enfin Rusty Bennett dit à voix basse :

— Ça y est, les gars ! On y est !

Leur position était 56,12 E et 27,07 N.

— Nous descendons au fond, dit Dave Mills. Ça fait douze mètres. Restez près des compartiments des flotteurs. Branchez les lignes d'air, activez vos Draegers, mettez vos palmes et attachez-les.

Les hommes sentirent le petit bateau se stabiliser sur le fond de sable. A l'arrière, ils réglèrent les valves, passèrent leurs palmes et les attachèrent. Puis ils signalèrent que tout était prêt. Dave Mills ouvrit la soupape électronique et l'eau de mer commença à pénétrer dans le plus gros sas, puis dans le plus petit occupé par Rusty Bennett.

On ne pouvait rien vider avant que les hommes soient revenus à bord après la mission. Mais l'enseigne de vaisseau Mills, dans son petit cockpit, resterait au sec pendant la longue attente du retour de ses passagers. Maintenant que la pression était équilibrée à l'intérieur et à l'extérieur du SPTN, les SEALs flottaient comme des poissons rouges dans un bocal rempli d'eau. Alors, on ouvrit les trois écoutilles et, un par un, les hommes sortirent. Rusty fut le premier, tenant sa « planchette d'attaque » solidement devant lui. Il « sentit » l'eau, stabilisa sa respiration et se mit à la profondeur opérationnelle de trois mètres soixante environ sous la surface. Si l'oxygène de son Draeger devait durer quatre heures, chacune de ses actions devait être détendue et ferme. Les mouvements de panique peuvent vider un réservoir en soixante minutes.

Rusty sentit ses deux compagnons lui toucher chacun une épaule. Il vit les six autres hommes se mettre en position juste derrière. Avec de longs battements réguliers, le lieutenant roux de la côte du Maine commença son voyage vers les sous-marins des ayatollahs.

Il régla sa boussole sur le cap 284. Il y avait cinq cents mètres à parcourir avant le premier virage. Il espéra qu'il évaluerait correctement la distance en comptant trois mètres par battement et qu'il apercevrait le reflet des feux verts du mur du port au-dessus de lui. Si ce n'était pas le cas, il devrait se risquer à sortir la tête à la surface et lever son petit système de positionnement global imperméable au-dessus de lui pendant une demi-minute. Il sut, par une certaine luminosité dans l'eau, que la lune s'était levée et qu'il pourrait distinguer le chenal du port.

Ils couvrirent les cinq cents mètres en moins de quinze minutes et Rusty aperçut la lumière verte à travers l'eau, étonnamment claire. Elle semblait briller juste au-dessus d'eux, mais il savait qu'elle était en fait quinze mètres plus loin, à cause de l'effet de réfraction dans l'eau. Il prit alors un virage à soixante-seize degrés vers le nord, fixa le cap de la boussole sur zéro-zéro degré et fila vers le port. Onze cents mètres à parcourir. Il devait se concentrer. Il était précisément 22 h 30. Ils devaient passer le prochain feu à 23 heures et rester dans le chenal, loin des fonds très bas, pendant les deux cents mètres suivants.

Ils nageaient, battant régulièrement des palmes, respirant comme ils étaient entraînés à le faire. Chacun comprenait maintenant la raison de l'entraînement brutal qu'il avait subi, les années de courses de natation, les cours d'assaut meurtriers qui avaient épuisé tant de leurs camarades. Cet entraînement se révélait payant tandis que les neuf SEALs poursuivaient leur avancée dans ces eaux étrangères.

Ces hommes-là n'étaient pas épuisés. Si la douleur de cette longue nage devenait trop pénible à supporter, chacun ferait appel à toute sa volonté pour puiser des forces au plus profond de lui-même. Tous étaient trop fiers pour abandonner ou s'avouer battus.

Ils dépassèrent la lumière, battant des pieds jusqu'à l'endroit où Rusty put prendre un tournant à quatre-vingt-dix degrés vers le port intérieur. Même lui commençait à sentir la fatigue mais il savait qu'il devait faire encore trois cents battements et garder une respiration régulière. Les yeux baissés et l'esprit clair, il battit et compta... battit et compta... Une petite douleur insidieuse commença à le titiller en haut des cuisses.

Il passa deux cent cinquante et sentit qu'ils étaient bien tous ensemble, en groupe serré.

La dernière minute leur parut interminable mais là-bas, devant, Rusty distingua une longue ligne confuse dans l'eau. Il se dirigea vers elle puis s'arrêta. C'était une énorme chaîne d'arsenal. Il monta à la surface et regarda autour de lui. Il semblait ne pas y avoir de lumière car il pataugeait à l'ombre d'un gigantesque bassin de radoub. La chaîne courait jusqu'à l'arrière du bassin. Le côté le plus près de la jetée était plongé dans le noir. Il aperçut la plate-forme de l'ingénieur, là-bas. Elle devait avoir une échelle pour descendre jusqu'à l'eau. Bien au-dessus de sa tête, Rusty distingua les lames de dix mètres de long, en forme de cimeterre, d'une hélice... Cinq pales en bronze... c'était une hélice de sous-marin russe de la classe Kilo.

Rusty replongea, nagea à l'arrière du bassin et grimpa sur la plate-forme déserte et non éclairée. Là, il attendit ses quatre camarades en combinaison noire. Ils n'échangèrent pas un mot. Ils se défirent de leurs palmes et pénétrèrent dans l'obscurité du bassin. Chacun nota l'unique projecteur orienté directement au-dessus du sous-marin, à environ seize mètres du plancher. Le bateau lui-même faisait une ombre ovale géante sur le pont. Il se dressait au-dessus de l'eau, bien équilibré, et semblait aussi gros qu'un immeuble new-yorkais.

Les quatre SEALs choisirent un coin sombre pour se défaire de leurs Draegers qui pesaient dix-sept kilos hors de l'eau. Ils les posèrent dans l'ombre avec les palmes. Si une sentinelle venait regarder dans ce coin en passant, ils lui feraient sauter la cervelle avec le MP-5 muni d'un silencieux. Sans Draeger et sans palmes, les SEALs seraient coincés sur cette terre hostile et dangereuse.

Ils discutèrent brièvement à voix basse. Les quatre hommes allaient faire une rapide reconnaissance, préparer leurs cordes d'escalade et placer leurs cordons explosifs dans un endroit plus pratique. Rusty retourna en courant jusqu'à la droite du bassin, remit ses palmes et replongea silencieusement, portant maintenant une mine-ventouse au lieu de sa planchette d'attaque. La zone à atteindre n'était pas facile à localiser. La mine se colla facilement sur la coque. Il enfonça une longueur de cordon dans le mécanisme d'amorçage et remonta vers la surface en déroulant le cordon.

Il émergea juste à l'angle, attacha son cordon à une autre pièce tenue un mètre cinquante au-dessus de lui par un autre SEAL et se dirigea vers la plate-forme gauche. Revenu à l'intérieur du bassin, il enleva ses palmes et son Draeger et vérifia le crochet de son MP-5.

Les quelques renseignements à communiquer furent murmurés de façon presque inaudible.

— Il y a un garde avec une mitraillette sur le sous-marin... Une chaise juste derrière le massif, tournée vers l'arrière... et il y a quelqu'un dans cette tour, au-dessus du coin bâbord... Il ne bouge pas, mais il bougera peut-être quand le détonateur sautera et coupera ces poutres en deux...

Les cinq hommes avaient repéré leurs quatre cibles de bois, neuf mètres au-dessus de leurs têtes, tenant en place le grand sous-marin, rigides dans la lumière froide du projecteur.

— C'est trop éclairé... il va falloir travailler tout près de la coque... C'est ça ou tuer ces deux salauds avant de commencer... Il y a une échelle le long du bassin, exactement où nous le pensions... au milieu... La visibilité sera bonne, lieutenant... surveillez bien le garde avec sa mitraillette, voulez-vous ?... Si ce type se réveille et qu'il fait un geste, même pour se gratter les couilles, envoyez-le *ad patres*...

Rusty Bennett se dirigea vers l'échelle. Ils avaient raison. Il faisait clair mais l'ombre du Kilo le protégeait. En restant à couvert, il apercevait la tête de la sentinelle. Il s'accrocha par un bras et une jambe à l'échelle pour tenir sans problème et utiliser ses mains. Il vérifia son pistolet et visa soigneusement le front du garde endormi, dix-huit mètres plus loin. Puis il enleva sa main gauche de l'arme et plaça son index et son majeur en « V » au-dessus de son nez pour indiquer à ses camarades qu'il avait l'ennemi en joue. Il leva ensuite le bras gauche et agita son index en l'air. Cela signifiait : « Allez-y. » Il entendit immédiatement le léger frottement des cordes et des grappins qui tournoyaient dans le sens des aiguilles d'une montre. Chacune s'éleva sereinement et passa par-dessus une des cales. Elles retombèrent tranquillement comme des fusées éteintes et il regarda une seconde les quatre SEALs tirer sur leurs cordes. Son cœur battit plus vite tandis que les crochets d'acier noirci heurtaient puis mordaient profondément le bois. Pas un son. Pas de danger. Pour l'instant.

Rusty se concentra sur sa tâche, surveillant la sentinelle mais, du coin de l'œil, il voyait la confusion des tuyaux et l'équipement du coffrage. Il y avait d'énormes trous dans la coque du sous-marin, dont plusieurs plaques d'acier avaient été enlevées ainsi qu'une grosse partie de l'intérieur. Ce sous-marin allait demander au moins six mois de réparations. Pour lui, il était inconcevable qu'il ait pu être opérationnel et ait pu faire tout le chemin depuis le golfe d'Arabie vingt-quatre jours auparavant.

Tout en bas dans l'obscurité, il apercevait ses compagnons d'armes, escaladant leurs cordes à nœuds, silencieux et implacables. Ils atteignirent les poutres en même temps et Rusty les vit passer la jambe droite par-dessus les cales en un grotesque ballet aérien.

Maintenant, tous se penchaient en avant, bien à l'ombre du Kilo, serrant leurs genoux sur les poutres comme des jockeys de plat, sortant les cordons explosifs de leurs poches. C'était la partie difficile de la manœuvre. Il fallait enrouler les lignes de détonateurs six fois autour des poutres et lancer les douze mètres restants sur le sol sans faire le moindre bruit.

Le SEAL sur la poutre numéro deux fit *la* faute. Pendant une fraction de seconde, il faillit perdre l'équilibre. Avec une grande présence d'esprit, il saisit la corde avec sa bouche, la retint entre ses dents, attrapa la poutre à deux mains pour éviter d'aller s'écraser neuf mètres plus bas. La pensée qu'on ne laisse jamais un SEAL mort sur le champ de bataille ne l'empêcha pas de s'assurer de sa sécurité, plutôt deux fois qu'une.

Mais le bout de la corde lui échappa et les vingt-quatre mètres tombèrent sur le sol métallique avec un grand bruit, qui, brisant le silence, les terrifia tous.

Rusty Bennett leva le bras gauche, le poing serré, puis étendit cinq doigts. C'était le signal pour : « Gelez tout. » Sur le pont du sous-marin, le garde armé commença à se lever. Dirigeant son arme à peu près dans la direction des SEALs immobiles, il cria :

— Hé ! Qui va là ?

Ce furent ses dernières paroles. Le lieutenant Bennett lui envoya une balle entre les deux yeux. Il tomba en arrière sur sa chaise, avec un bruit sec, contre la tour.

Le silencieux de l'arme allemande avait fait son office. Les SEALs debout sur les poutres n'entendirent qu'un minuscule « pfitt » familier suivi d'un son mat. Il n'y eut pas d'autre bruit pendant que les quatre hommes achevaient leur tâche, entourant les poutres de leurs cordons. Six tours de ce matériau étaient capables de couper en deux le tronc d'un gros chêne.

Rusty les regarda descendre le long de la corde de nylon. Puis il descendit à son tour par l'échelle et tendit la mitraillette à l'un d'eux pendant qu'il se remettait au travail. Il réunit les quatre extrémités des cordons pendants et les noua ensemble. Puis il prit le bout du cordon relié à la mine-ventouse sous le bassin et l'attacha en « queue de cheval ». Prenant une nouvelle longueur de cordon dans sa poche, il l'ajouta aux autres, liant le tout solidement. Le dernier morceau de cordon fut ensuite fixé au mécanisme de déclenchement que Rusty amorça et régla soigneusement sur vingt minutes. Pas d'erreur. Pas de risque. Ce truc brûlait à *six kilomètres par seconde* et, quand on en avait un paquet noué ensemble, comme dans le cas présent, l'explosion faisait de sérieux dégâts. Les SEALs entendirent l'horloge presque silencieuse commencer à tictaquer.

— Nous avons maintenant dix minutes pour tirer nos fesses d'ici, murmura le leader. Allons-y !

Ils marchèrent en file indienne jusqu'au coin sombre du bassin et remirent leurs palmes. Ils replacèrent leurs Draegers, ouvrirent les valves, respirèrent doucement, attachèrent les trois mitraillettes sur leur dos, remirent leurs masques et se laissèrent tomber dans l'eau. C'était un saut d'un mètre cinquante. Rusty, tenant d'une main la planchette d'attaque, garda la main droite sur le bord du bassin jusqu'à la dernière seconde pour limiter son poids. Il fit à peine une vague. Les autres le suivirent immédiatement et ils plongèrent ensemble.

Rusty Bennett prit un cap au deux-sept-zéro et commença le premier de ses trois cents battements jusqu'au point où ils devaient tourner pour sortir du port intérieur. Il supposa, à juste titre, que les quatre autres SEALs, qui avaient miné les deux sous-marins à flot, étaient quelque part devant eux. Ils avaient collé leurs quatre mines, les avaient amorcées et réglées, puis ils étaient repartis par le même chemin. Ils avaient dû passer devant le bassin de radoub pendant que Rusty amorçait le cordon explosif.

Le leader renforça ses battements pour tenter de mettre autant de distance que possible entre son équipe et le dock flottant avant que le cordon explose. Il se dit que le mieux qu'il pouvait espérer, c'était un quart de mille.

Pendant ce temps, tout en haut de la tour donnant sur la mer, dans le coin bâbord du bassin de radoub, le marin de première classe Karim Aila, âgé de vingt-quatre ans, lisait un livre. Toutes les demi-heures environ, il allait jusqu'à son petit balcon et faisait un signe de la main ou criait quelque chose à son collègue Ali, assis sous le massif du sous-marin. Il ne le voyait pas, du moins pas tant qu'Ali était assis dans l'ombre, mais ils partageaient en général un café toutes les deux heures pendant ces longues nuits de garde qui duraient de 20 heures à 6 heures du matin.

Personne d'autre n'était de service sur le dock, bien

qu'il y eût à l'extérieur une salle de garde pleine de sentinelles qui devaient effectuer des rondes. De temps à autre, ils recevaient la visite d'un officier supérieur. La Marine iranienne, forte de dix-huit mille hommes et très bien organisée, tendait à se montrer un peu molle pendant les heures d'obscurité.

Il était exactement minuit dix quand Karim entendit le bruit à travers la porte close. Ça ressemblait à un craquement court, aigu et intense. Comme si quelqu'un avait laissé tomber violemment une lourde règle d'acier sur une table cirée. Il crut entendre ensuite deux vibrations sourdes, très loin, en bas, des sons mats dans la nuit. Karim leva les yeux, étonné, alla vers la porte et cria :

— ALI ?

Silence. Il regarda le gros sous-marin russe. Tout semblait normal. Malgré tout, il décida de faire l'une de ses rares tournées autour du portique du bassin.

Il retourna à l'intérieur prendre sa mitraillette, parcourut les soixante-seize mètres du côté bâbord en passant sous la grosse grue de levage. Il ne vit pas la silhouette affaissée de son ami appuyée contre la tour du massif. Au bout de la passerelle, il tourna, traversa lentement l'étroit passage du dock et regarda au-dessous de lui la proue immobile du sous-marin. Il avait parcouru environ quinze mètres le long du côté tribord quand il se rendit compte qu'il manquait la première béquille. Jetant un coup d'œil par-dessus le bord, il aperçut un morceau de la poutre de bois écrasé dans la lumière crue du projecteur, tout en bas sur le pont d'acier.

C'était ça ! C'était le craquement qu'il avait entendu. La béquille était tombée. Karim ne perdit pas une seconde. Il reprit en courant la passerelle, grimpa l'escalier circulaire jusqu'à la salle de contrôle et saisit le téléphone. Alors il vit... un feu clignotant rouge indiquant que l'un des réservoirs tribord fonctionnait mal ou se remplissait d'eau de mer. Il reposa vivement l'appareil et s'approcha de l'écran qui montrait le niveau horizontal du bassin.

— Mon Dieu !

Le bassin gîtait d'un quart de degré sur tribord et continuait à pencher. Karim savait ce qu'il fallait faire. Il devait immédiatement remplir le réservoir bâbord pour stabiliser le bassin, le remettre droit. Il saisit les contrôles des soupapes... mais il était trop tard.

Il se passait quelque chose de terriblement anormal. Là-bas, il y avait de nouveaux bruits, une sorte de halètement, de craquement.

Il sortit de la pièce. Sous ses yeux, l'énorme sous-marin commençait à bouger. Karim resta cloué sur place, horrifié, tandis que le Kilo prenait de la vitesse et basculait sur tribord. Les deux mille tonnes et demie se tordaient en tombant comme au ralenti. Le massif s'écrasa contre le flanc d'acier du bassin, le déformant à son tour, puis la tour s'arracha net de sa base. Ensuite, la coque du sous-marin alla s'écraser sur le plancher du bassin dans un nuage de poussière étouffant en forme de champignon, au milieu d'un grondement assourdissant de métal déchiré. Tout le côté tribord disparut, tandis que le plancher se creusait complètement.

Karim Aila sentit frémir puis vaciller tout le dock tandis que la mer s'engouffrait dans le trou béant sous le bateau échoué. Il eut peur de courir, peur de rester où il était parce que tout le bassin pouvait basculer. Le sous-marin, sa coque irréparable, son arrière cassé, sa tour écrasée sur le côté tribord du mur, était déjà à demi submergé. Karim se demanda s'il devait sauter dans le port, vingt-quatre mètres plus bas, ou essayer de parcourir en sens inverse la passerelle grotesquement penchée. Il regarda en bas, se retourna et choisit la passerelle qu'il parcourut à petits pas prudents. Il avait couvert quinze mètres quand, juste devant lui, l'immense grue de levage fut soudain arrachée de ses boulons de vingt-cinq centimètres et tomba à pic tel un missile qui s'écrase. La pointe d'acier massif de la grue fit une chute de vingt-cinq mètres et transperça l'épaisse coque pressurisée du Kilo dévasté, comme une baleine déjà morte recevant son dernier harpon.

Karim serrait toujours la lisse de la balustrade, maintenant à neuf mètres du sol seulement, tandis que le bassin se stabilisait sur le fond du port. La tour de contrôle penchait comme un beaupré et, n'ayant plus aucun moyen d'atteindre la jetée, le jeune Iranien s'assit dans une position précaire, mais sain et sauf. De là, son regard embrassa la scène de la catastrophe.

Rusty Bennett continua à nager et à compter. Les cinq SEALs atteignirent le premier point où ils devaient tourner et filèrent plein sud en sortant du port. Ils étaient dans l'eau depuis une heure quand Rusty prit à gauche le virage vers le SPTN. Cinq cents mètres à parcourir. Maintenant, il tendait l'oreille, attendant le « pip-da-pip-pip » de la fréquence régulière du signal émis par l'engin qui les guidait vers lui. Quand il entendrait le premier, les autres suivraient toutes les trente secondes. Le signal arriva alors qu'ils étaient encore dans l'ombre du mur du port.

La suite n'était que de la routine. L'enseigne Mills les aperçut depuis son cockpit alors qu'ils tournaient autour de la coque et grimpaient dans le compartiment plein d'eau. Les quatre autres SEALs étaient déjà là et levèrent le pouce en souriant pour les accueillir. Rusty se hissa dans son compartiment de navigation et chacun se brancha sur le système central d'aération. Dave Mills ferma toutes les écoutilles et ils entendirent le bourdonnement des pompes qui drainaient l'eau vers l'extérieur et la remplaçaient par de l'air. Le compartiment fut rapidement asséché et le petit SPTN reprit sa route à 5 nœuds, sa vitesse maximale.

— Beau travail, les gars, dit Rusty. Dans combien de temps doivent sauter les deux autres mines ?

— A 1 h 45, répondit brièvement l'un des SEALs. Dans trente minutes.

Rusty fit un rapide calcul mental. Il se dit que, jusqu'à présent, les Iraniens ne devaient même pas envisager que leur Kilo perdu ait pu être détruit par une action militaire. Le sous-marin était tombé pour une raison inconnue, voilà tout. Mais quand les deux autres sauteraient, brûleraient et couleraient, la Marine iranienne arriverait fatalement à une conclusion différente. Ce qu'il fallait savoir, c'est dans combien de temps elle y arriverait.

Le commandant Banford et Rusty avaient plusieurs fois étudié la force principale de la Marine iranienne. En plus des trois Kilos, elle possédait deux escorteurs à engins téléguidés, trois frégates construites sur des modèles de la Royal Navy, deux corvettes et neuf sous-marins de poche. Elle avait en plus quantité de patrouilleurs côtiers et beaucoup de bateaux auxiliaires de soutien.

Rusty savait que les problèmes viendraient des frégates. Construites vers la fin des années 1960 par la Vickers Corporation, une société britannique spécialisée, à Newcastle et à Barrow, ces Vosper MK-5 aérodynamiques, de quatre-vingt-dix mètres de long, pouvaient naviguer à près de 35 nœuds. Pis, elles transportaient un mortier anti-sous-marin, un gros Limbo Mark 10 qui contenait deux cents livres de TNT. Tirés depuis la poupe, ces engins avaient une portée de plus d'un kilomètre et explosaient à une profondeur préréglée. S'ils avaient de la chance, ils pouvaient faire sauter un sous-marin. Mais ils pouvaient surtout tuer un plongeur à cinq cents mètres. Rusty craignait ces frégates rapides, aussi ordonna-t-il à Dave Mills de parcourir la dernière demi-heure du trajet en profondeur maximale.

Les frégates iraniennes pouvaient traverser le Détroit depuis Bandar Abbas jusqu'à la pointe est de Qeshm en vingt minutes à peine. Il estima qu'il leur faudrait une heure pour rassembler l'équipage et se mettre en route — une heure à partir de l'explosion des deux derniers Kilos, une heure à partir de 1 h 45. Il pensa qu'ils pourraient ainsi, théoriquement, lancer une bombe puissante dans l'eau près du point où attendait le *L. Mendel Rivers,* vers 3 h 10.

Pour l'instant, il était 1 h 30 et ils disposaient de deux heures et demie. Le SPTN devait atteindre son but à 4 heures. Rusty jongla avec les chiffres, essaya d'imaginer le tumulte à la base navale. Il se demanda combien de temps l'amiral responsable mettrait pour réagir.

— Je suppose qu'il leur faudra soixante minutes, à cette heure de la nuit, pour faire estimer les dommages par des experts. Comptons encore une heure pour mettre les frégates à la mer. Mais, Seigneur, n'importe quel crétin qui perd sa flotte sous-marine tout entière est capable de comprendre que l'attaquant DOIT être venu en sous-marin. Et où se trouve ce sous-marin ? Juste là, dans les premières eaux profondes, au large de la côte de Qeshm. C'est là qu'il est ! Et il attend que son équipe de démolisseurs soit de retour, à bord d'un quelconque sous-marin de poche. Moi, je sais bien ce que je ferais. Je foncerais là-bas et je bombarderais toute la zone au mortier. Si je disposais de ces trois frégates, je les enverrais toutes les trois. J'attraperais les plongeurs et je pourrais peut-être aussi avoir le sous-marin. Si l'Iranien est malin, il passera au-dessus de nous une heure avant que nous n'atteignions le *L. Mendel Rivers*. S'il l'est moins, il est possible qu'il n'arrive dans le coin que vers 4 h 10. Dans ce cas, il sera un peu en retard, mais toujours dangereux. Dans un cas comme dans l'autre, nous sommes dans la merde... Grouille-toi, Dave, tu veux ?

Les mines-ventouses sous les Kilos sautèrent pile à l'heure prévue. Les deux sous-marins furent pratiquement coupés en deux. Leurs batteries explosèrent. L'incendie déclenché à l'intérieur faisait encore rage quand ils coulèrent à la verticale dans les eaux sombres du port.

L'amiral iranien ordonna de son lit qu'on inspecte le bassin de radoub et le Kilo détruit. Il manqua avoir une attaque quand on lui apprit que les deux autres aussi avaient coulé.

On avait allumé toutes les lumières du port. L'amiral voulut savoir si le radar avait relevé quelque chose pendant la nuit. Personne n'avait rien vu, rien entendu, rien fait, personne ne savait rien.

Il convoqua le Haut Commandement, appela au téléphone la base navale irakienne à Basra où l'on considéra que cet appel ne pouvait être que celui d'un fou.

Lentement, les commandants arrivèrent à la base. Mais ce ne fut qu'à 3 h 15 que quelqu'un posa les trois questions essentielles, un jeune capitaine qui demanda :

— Qui a fait ça ? Comment sont-ils entrés ? Et où sont-ils maintenant ?

Ce ne fut qu'à 4 h 05 que l'une des frégates fut prête à partir vers les eaux profondes où l'amiral avait fini par comprendre que les saboteurs devaient se trouver.

Les Américains venaient de ranger le SPTN lorsque le navire iranien prit la mer. Trop tard.

Le commandant Banford et le capitaine prenaient déjà la direction du sud, naviguant en profondeur à vingt nœuds, avec le *L. Mendel Rivers* et ses puissants moteurs nucléaires. Ils avaient douze milles d'avance.

Le détroit s'élargissait et sa profondeur augmentait à chaque tour d'hélice. Et les Iraniens ne savaient pas ce qu'ils cherchaient ni, du reste, quoi faire s'ils trouvaient quelque chose.

Vingt minutes après avoir amorcé le voyage de retour, l'équipage du *L. Mendel Rivers* entendit les premières explosions de mortier, loin derrière et très profond. Mais les Iraniens avaient beaucoup trop de retard.

Les SEALs étaient sains et saufs. La mission était terminée.

— Beau travail, les gars, dit le commandant Banford.

Chapitre X

Samedi 3 août, 5 h 20.

Le *L. Mendel Rivers* navigua aussi profond qu'il pouvait se le permettre dans les eaux sombres, au-dessus des bancs de sable ondulants du détroit d'Ormuz. Il était à environ 20 mètres sous la surface, filant à vingt nœuds vers les grandes profondeurs du golfe Persique. Les neuf SEALs, épuisés, dormaient, tandis que le gros sous-marin américain fonçait vers le sud, loin du chaos qu'ils avaient déclenché dans la base navale iranienne.

Le lieutenant de vaisseau Bennett, assis dans un petit bureau avec le commandant Banford, travaillait sur le rapport préliminaire de l'opération du port de Bandar Abbas. Le commandant envoya sa première demi-page, semi-codée, par satellite, au COMSUBPAC [1] un peu avant l'aube.

« 030530AOU02. 59,9 E, 25,5 N. Cap au un-trois-cinq. Vengeance Bravo.

« Tous objectifs atteints. Equipage sain et sauf. Aucun dommage. Leader SEAL affirme que Kilo dans bassin subissait importante remise en état. Peu vraisemblable qu'il ait été opérationnel pendant mois de juillet. »

Le message atteignit rapidement Pearl Harbor puis,

1. Commandement des sous-marins du Pacifique.

via le CINCPAC[1], le SPECWARCOM à Coronado et enfin le bureau du CNO au Pentagone, où il était 19 h 45, la veille, vendredi 2 août. Le capitaine de corvette Jay Bamberg attendait le message dans son bureau en souhaitant pouvoir passer le week-end chez lui avec sa famille.

Quand un officier de garde lui apporta le communiqué, Jay cria presque de joie. L'officier de garde, un jeune enseigne de vaisseau, sourit.

— C'est le signal du départ, hein, monsieur ?

— En effet, lieutenant, c'est le signal du départ.

Jay Bamberg appela le CNO chez lui, puis Arnold Morgan à son bureau de Fort Meade. Son premier appel avait déclenché quelque chose comme de la jubilation sur le visage de l'amiral Dunsmore mais l'amiral Morgan avait seulement aboyé :

— Ouais ! Merci, Jay. Je suis déjà au courant.

Le capitaine de corvette trouva cela suffisamment curieux pour se risquer à demander :

— Si vite, monsieur ?

— J'ai appris par le Mossad à Tel-Aviv il y a une demi-heure que quelque chose avait explosé à la base navale de Bandar Abbas. Ils m'ont demandé si j'étais au courant. Je leur ai dit que je n'avais pas quitté mon bureau depuis l'heure du déjeuner, ha ! ha ! ha !

— Ils en savent beaucoup, monsieur ?

— Non, très peu. Sauf que les Iraniens ont probablement une marine plus faible aujourd'hui qu'elle ne l'était avant minuit. J'ai deviné le reste ! Mais merci d'avoir appelé, Jay. Je suis content qu'ils soient tous sains et saufs.

— Oui, monsieur. Bonne nuit, monsieur.

Mais l'amiral avait déjà raccroché, comme d'habitude.

Jay Bamberg venait à peine de raccrocher que l'amiral Morgan se dirigeait vers sa voiture. Il devait souper

1. Commandement en chef du Pacifique.

à l'ambassade israélienne avec le général Gavron, un rendez-vous qu'il avait attendu avec une grande impatience. Quand l'officier israélien avait appelé, demandant avec son habituelle politesse si l'amiral américain aimerait se joindre à lui, il avait insinué qu'il avait des choses intéressantes à lui dire...

Morgan avait décidé d'attendre jusqu'à 2 heures du matin la confirmation officielle du succès des SEALs avant de se rendre à l'invitation du général. L'appel qu'il avait reçu trente minutes auparavant lui avait appris deux choses. D'abord, qu'il n'avait pas besoin d'attendre jusqu'à 2 heures et aussi que ce bon sang de Mossad était quatre fois plus rapide sur un coup que n'importe qui d'autre. Sur presque tous les coups, d'ailleurs, n'importe où dans le monde. Seigneur ! Il était 2 h 30 là-bas !

Il attaqua l'autoroute à grande vitesse comme d'habitude, son esprit tournant autour de ce signal que Bamberg avait noté... le dernier paragraphe... le passage à propos du Kilo dans le bassin de radoub en pleine réparation... « Peu vraisemblable qu'il ait été opérationnel pendant le mois de juillet... »

Les mots ne cessaient de tourner dans sa tête. Cela voulait dire que Baldridge et lui avaient eu raison depuis le début. Les Iraniens n'avaient pas utilisé l'un des sous-marins répertoriés à Bandar Abbas pour frapper le *Jefferson*. Ils avaient dû se servir d'un quatrième sous-marin. Pire encore, ce quatrième sous-marin devait être encore là-bas, à attendre, à surveiller. Peut-être prêt à frapper à nouveau.

Plus Arnold Morgan réfléchissait à cette affaire, plus il était sûr que le bateau qu'il cherchait était le Kilo perdu de la mer Noire. Celui duquel était tombé le marin russe noyé, celui-là même que ses propres agents avaient entendu dans le détroit de Gibraltar, tôt le matin du 5 mai, et que le lieutenant Joe Farrell avait vu se diriger vers le nord de la mer d'Arabie, le 28 juin. Celui pour lequel *toutes les données correspondaient*.

Celui dont ce crétin de Rankov ne voulait pas parler.

Arnold Morgan eut une montée d'adrénaline, il regarda son compteur de vitesse. L'aiguille oscillait autour de 160 kilomètres à l'heure.

— Et merde ! dit-il en ralentissant à 130. Si David Gavron a trouvé ce Benjamin Adnam, nous aurons rapidement la réponse à un tas de questions. Et s'il ne l'a pas trouvé, nous allons tordre un peu le bras au Président russe. Un peu... ouais !

Les gardes, à la grille de l'ambassade israélienne, lui firent signe d'entrer et l'escortèrent jusqu'au parking puis dans l'ambassade jusqu'à une petite salle à manger au deuxième étage où l'attendait le général Gavron. Les deux hommes se saluèrent avec cordialité. Gavron offrit à Morgan un verre d'un délicieux vin blanc sec d'Israël, venant de la ville de Rishon Le Zion où le baron Edmond de Rothschild avait planté un vignoble grandiose à la fin du dix-neuvième siècle.

Puisqu'il était là pour au moins deux heures, l'amiral Morgan ne se hâta pas d'interroger son hôte, malgré l'impatience qui le tenaillait. Il bavarda aimablement d'Israël et de ses ambitions, de l'éternel problème que présentaient les Palestiniens et de l'endroit où, en fin de compte, ils allaient vivre. Ils firent un dîner très sabra, commençant par une de ces délicieuses salades d'aubergines au *tachina,* puis un chachlik d'agneau épicé accompagné de pain frit croustillant appelé *mallawah.*

Cette entorse à son programme de travail habituel, fait de café et de sandwichs au rosbif, détendit Arnold Morgan. En dégustant une assiette de *baklava,* il entra dans le vif du sujet : Benjamin Adnam. Il but une grande gorgée du vin versé par le général et provenant d'une seconde bouteille, un de ces vins blancs doux exceptionnels que les Israéliens servent dans les grandes occasions. Puis il dit, d'une voix exceptionnellement douce :

— Alors, David, l'avez-vous retrouvé ?

Le général israélien sourit puis pencha la tête de côté.

— Pas tout à fait, amiral, mais nous en savons plus que la dernière fois que nous nous sommes rencontrés. Voulez-vous que je vous donne les renseignements que j'ai obtenus ?

Morgan sourit.

— David, je vais rester sagement assis là avec ce verre de merveilleux vin pendant que vous me raconterez tout.

— Très bien. Le jour où je les ai contactés pour leur communiquer l'inquiétude de votre gouvernement, nos agents ont confirmé avoir fouillé l'appartement et les affaires personnelles du commandant Adnam. A leur surprise, il n'avait rien emporté. Tous ses documents, passeport, papiers de la Marine, rapports et diplômes d'études, étaient dans son bureau. Ce qui fit craindre soit qu'il ait été assassiné, soit qu'il ait pris la fuite.

« Le lendemain, ils ont lancé une nouvelle enquête très serrée dans tout le pays. Ils n'ont rien trouvé. Alors, nous avons envoyé une dizaine d'agents dans le village où avaient vécu ses parents. Là non plus, ils n'ont rien trouvé. Mais dans les environs, nous avons découvert des amis de la famille qui ne se souvenaient d'aucun fils né autour de 1960. Ces gens avaient très bien connu les Adnam et ils ont été apparemment très inquiets quand ils ont disparu après le bombardement du village, pendant la guerre de 1973. Mais ils ne savaient RIEN d'un Ben Adnam qu'on aurait envoyé à l'école en Angleterre entre 1976 et 1978, alors qu'il aurait eu entre seize et dix-huit ans. Après cette date, bien sûr, nous savions qu'il était revenu d'Angleterre, de l'école de Sutton Valence, au sud-est du comté de Kent, puisqu'il était entré dans la Marine. Il n'est jamais retourné chez lui, soit parce qu'il n'avait pas de chez-lui, soit parce qu'il n'avait pas de parents chez qui aller. Il est resté dans la Marine, tout simplement.

— Vous voulez dire que personne ne sait vraiment d'où il vient ni, maintenant, où diable il peut être ?

— Arnold, vous venez de résumer parfaitement la situation.

— Hum ! Je suppose qu'il s'est contenté de remplir des formulaires à sa façon, probablement pendant qu'il était en Angleterre, et que la Marine israélienne a été heureuse d'incorporer ce sabra bien élevé, né de parents fermiers très comme il faut, recommandé personnellement par un éminent directeur d'école anglaise...

— ET par un attaché militaire très sérieux de l'ambassade d'Israël à Londres qui, nous venons de le découvrir, avait lui aussi un fils à Sutton Valence à l'époque.

— Seigneur ! Vous voyez comment ces choses arrivent, hein ?

— Je ne le vois que trop, amiral. Pour couronner le tout, il n'existe aucun certificat de décès concernant la famille Adnam. Le village a été bombardé. Ils ont pu être tués. Ou ils ont pu tout simplement partir, retourner, comme vous dites, là où ils étaient nés. D'une façon ou d'une autre, ils ont disparu, tout comme leur « fils », sans laisser de trace... et nous sommes parfaitement conscients du fait que les parents aient pu être des espions « en place » au profit d'un autre pays. Le jeune Adnam de dix-huit ans, peut-être un fanatique fondamentaliste, a-t-il été confié à leurs soins pour une période indéterminée ? C'est le scénario pour lequel penche mon organisation. Ce qui m'amène à la deuxième partie de mon récit.

— Ce qu'il est advenu du commandant Adnam, j'espère ? dit Arnold Morgan.

— Eh bien, amiral, quand nous avons trouvé ces documents, il est devenu évident qu'il avait quitté Israël sous une identité différente. Nous avons épluché à fond les registres de nos aéroports pendant deux jours. Rien. Alors, comment est-il parti ? Nos agents se sont dit qu'il avait pu sortir de Jérusalem-Est en autobus ou en taxi jusqu'au pont d'Allenby. C'est le seul qui traverse le fleuve pour aller en Jordanie. Plus loin, il porte le nom de pont du Roi-Hussein. Là, sur ce pont, il a dû changer de taxi ou de bus et prendre un moyen de transport jordanien. A notre avis, un de ces minibus JETT. Maintenant, je suppose que vous le savez, il y a toutes sortes de barrages sur ce pont. Donc, il a dû présenter un passeport jordanien. Mais aussi un visa. ET une autorisation pour traverser le pont. Rappelez-vous que vous ne pouvez pas avoir de documents arabes en Israël, ni d'ailleurs sur le pont. Il y a donc quelqu'un qui s'est occupé de lui. Pourtant, nous procédons à des fouilles très minutieuses sur le pont. Nous fouillons quiconque quitte Israël et entre en Jordanie. Par exemple, il est illégal de posséder un appareil photo avec un film à l'intérieur et, une fois que vous êtes parti, vous ne pouvez plus revenir. Personne ne peut obtenir un visa pour Israël dans un quelconque pays arabe, sauf en Egypte. Et là, précisément sur le pont Allenby, la chance nous a souri. Certaines personnes sont isolées par nos agents des douanes et soigneusement fouillées. Et, dans cette zone, nous avons une caméra de surveillance. Nous avons donc visionné ces films pendant les trois jours qui ont suivi la disparition soudaine du commandant Adnam. Nous les avons emportés à Haïfa et nous avons fait venir tous les officiers de marine disponibles qui le connaissaient peu ou prou. Nous avons même fait rentrer par avion des hommes actuellement en manœuvres en Méditerranée, là où il aurait dû se trouver. Nous l'avons repéré sur la première pellicule prise le premier matin, le 25 novembre. L'heure indiquée dans le coin était 9 h 24. Il portait un vêtement arabe et notre caméra l'a très bien pris, très nettement. Il répondait aux questions de la douane. Quatre hommes l'ont reconnu. Séparément. Trois d'entre eux étaient des officiers sous-mariniers. Aucun doute. Le commandant Adnam a quitté

Israël déguisé en Arabe. Je vous ai apporté une photo de lui. Elle n'est pas de très bonne qualité mais... la voici.

Le général Gavron se pencha et tendit un fax à l'Américain. Quelqu'un avait fait un tirage de la photo pour la passer par télécopie. Les détails étaient un peu brouillés mais avec son keffieh, le commandant Adnam ressemblait davantage à un commerçant de quelque casbah locale qu'au commandant d'un sous-marin israélien. Malgré tout, c'était Benjamin Adnam. La photo montrait un visage sombre, fin, assez élégant, avec des yeux durs, un peu enfoncés dans leurs orbites. L'amiral Morgan se dit qu'il aurait pu être irakien, jordanien, syrien, voire même égyptien... Qui diable pouvait être ce type ?

L'esprit de Morgan tournait à toute vitesse. Il ferait bien de demander une copie de cette photo et de la faxer à l'amiral MacLean pour confirmation à cent pour cent. Il essaya de ne pas montrer son impatience. Il dit, avec un calme exagéré :

— Qu'est-il arrivé ensuite, David ? Avez-vous perdu sa piste ?

— Certainement pas ! Nous avons plusieurs très bons agents en Jordanie. Ils ont retrouvé sa trace il y a quatre jours. Le premier matin, il a très très vite trouvé le moyen d'aller à l'aéroport de la Reine-Allia et s'est immédiatement embarqué à bord d'un avion des Royal Jordanian Airlines pour Le Caire. Il a payé son billet comptant, en dinars jordaniens. Dieu seul sait où il se les est procurés. Il voyageait avec un passeport jordanien quand il est parti et il l'a utilisé pour passer la douane au Caire. Nos agents ont retrouvé la trace de son passage. Puis, parce que nous ne croyons pas qu'il soit égyptien, nous avons vérifié les principaux hôtels du coin. Mais nous n'avons rien trouvé. Il n'était enregistré nulle part.

— Avez-vous essayé le Mena House, près des Pyramides ?

— Bien sûr. Et ils le connaissent. Mais ils disent ne pas l'avoir vu depuis deux ans. Un de nos agents a bavardé avec le directeur, qui ne sait pas exactement d'où il vient. Il a certainement séjourné dans cet hôtel sous son vrai nom. Nos agents ont ensuite dépouillé tous les documents que les autorités égyptiennes ont bien voulu nous prêter. A la fin, ils ont conclu qu'il n'avait jamais quitté l'aéroport international du Caire, qu'il avait dû y rester, puis qu'il en avait décollé plus tard. Mais ce soir-là, nous n'avons trouvé qu'un Adnam ayant quitté l'Egypte sur un vol international. Il avait payé comptant, en monnaie égyptienne, et pris un billet pour Istanbul. Mais j'ai le regret de vous dire qu'il était russe. Un vieux passeport soviétique. Un visa pour des entrées multiples en Turquie. Cela ne nous aide guère, n'est-ce pas ?

Arnold Morgan n'en croyait pas ses oreilles.

— Est-ce que les Egyptiens ont des caméras de surveillance qui auraient pu filmer les passagers de ce vol ?

— Ils disent que oui, mais elles ne fonctionnaient pas. De toute façon, nos agents considèrent que cette piste ne mène nulle part, maintenant. Ils ne pensent pas que ce Russe ait pu être le commandant Adnam.

— Mais enfin, s'il n'a pas quitté l'aéroport, où diable est-il allé ? Vos agents pensent-ils qu'il s'est fait embaucher comme douanier ?

Le général Gavron se mit à rire.

— Non, nous pensons que ses patrons lui ont fourni un nouveau passeport et de nouveaux papiers et qu'il est parti. Il peut avoir n'importe quel nom et être dans n'importe quel pays.

— Alors, pourquoi pas la Russie ?

— Nos agents ne croient pas que ce soit faisable. Nous ne croyons pas que Ben soit russe. Pas plus qu'il n'est turc. Nous croyons qu'il est arabe et nous avons fait des tas de recherches. Pourquoi pensez-vous qu'il puisse être russe ?

— David, je ne pense pas non plus qu'il soit russe. Mais je pense qu'il a pu aller en Russie. Et puisqu'il est capable de se procurer n'importe quels papiers et de l'argent de n'importe quel pays partout où il va, pourquoi ne serait-il pas ce type avec un passeport russe ?

David Gavron ignora la question mais en posa une autre :

— Pourquoi croyez-vous qu'il puisse être allé en Russie ?

— Parce que, David, nous croyons que le sous-marin qui a tiré sur le *Jefferson* était un Kilo soviétique, un bateau de patrouille diesel électrique qu'Adnam et ses patrons auraient acheté, loué ou volé à la flotte moribonde de la mer Noire. Je dis la flotte de la mer Noire parce qu'il n'y a aucun autre endroit où il aurait pu en trouver un. J'ai vérifié tous les sous-marins diesels du monde, j'ai vérifié où ils se trouvaient, tous, cette nuit-là. On les a tous localisés — même les vôtres. Sauf un. Et celui-là est russe.

— Je vois. Nous continuerons à faire tout ce que nous pourrons pour vous aider. En tant que nation, nous n'aimons pas ces attaques furtives, et mes collègues sont extrêmement choqués par l'attaque de votre porte-avions. D'autant plus choqués que vous avez même envisagé de nous mettre ça sur le dos.

— David, dans notre situation, nous devions suspecter tout le monde.

Le général Gavron parut pensif.

Morgan but une gorgée de son vin doux et sucré. Le silence s'installa, grandit entre les deux hommes. Finalement, le général Gavron le rompit.

— Nous avons un renseignement précis, dit-il. Si ce Russe, à l'aéroport du Caire, était le commandant Adnam, alors il est arrivé à Istanbul tard dans la soirée du 25 novembre. Il a utilisé son vrai nom quand il a quitté Le Caire et je crois qu'il l'utilisait aussi en quittant Istanbul. Nous devrions vérifier les listes des passagers — des lignes aériennes, peut-être même maritimes — qui ont quitté la ville le lendemain matin. Nous avons trois ou quatre excellents agents sur place à Istanbul. Je suggère que notre organisation commence une enquête... ensuite, si ça ne mène à rien dans, disons, trois jours... peut-être votre gouvernement pourra-t-il persuader les Turcs de coopérer.

— Bonne idée, David. Pour l'instant, nous ne voulons pas faire savoir que nous cherchons quelque chose. Enfin, pas plus qu'il n'est nécessaire.

— Vous êtes très discret, amiral... pour un homme qui a, ces dernières heures, détruit la flotte sous-marine des ayatollahs en Iran.

— Hé ! Minute, général. J'ai dit à vos collègues que je n'avais pas quitté mon bureau. De toute façon, comment savez-vous ce que nous avons ou n'avons pas fait ?

— Je sais que seules trois ou quatre nations pourraient l'avoir fait aussi parfaitement. Pas nous, car nous aurions causé un chaos international et réduit le port en miettes à coups de bombes. Les Anglais pourraient l'avoir fait. Peut-être les Russes. Mais vous êtes les seuls à avoir la capacité de réussir ce coup de maître quand vous voulez. Le résultat indique le motif. Qui souhaite frapper l'Iran ? Pas nous particulièrement. Ni les Anglais. Ni les Russes. Beau travail, amiral. En tant que nation, nous sommes ravis.

L'amiral Morgan se contenta de sourire au charmant officier israélien. Et il se dit, comme il l'avait déjà fait une fois ou deux auparavant, qu'il avait sans doute devant lui le prochain chef du Mossad.

Le lendemain matin, le 3 août, vingt-six jours après la catastrophe, les journaux du samedi tempêtaient toujours à propos de l'histoire du porte-avions perdu. Mais ni le *Washington Post* ni le *New York Times* ne firent paraître une ligne sur l'accident survenu à la base navale iranienne de Bandar Abbas.

L'amiral Morgan, l'amiral Schnider, le capitaine de corvette Bill Baldridge et l'amiral Dunsmore étaient rassemblés dans le bureau du général Paul pour préparer une réunion avec le Président, à la Maison-Blanche, à 11 heures. L'amiral Morgan les mit au courant de tout ce qu'il avait appris du général Gavron. Maintenant, le sujet était plus finement ciblé. Scott Dunsmore pensait que le Président s'adresserait à la nation le soir, à 21 heures, pour annoncer un projet de pension sans précédent pour les familles des disparus du porte-avions. Le choix de ce samedi soir n'était pas inhabituel pour ce genre de discours et le CNO savait que le bureau de la communication de la Maison-Blanche l'avait approuvé comme ayant le meilleur impact.

Les deux chefs de service craignaient maintenant que le Président souhaite admettre que la revanche américaine était consommée et qu'aucune autre action ne serait entreprise, sauf en cas de nouvelle preuve formelle. Cependant, la quasi-certitude qu'avait l'amiral Morgan du fait que le maudit sous-marin était toujours sur les lieux du drame hantait l'esprit de chacun. Le général Paul pria le CNO de s'occuper de cet aspect des choses et de persuader le Président que la chasse aux sorcières que menaient les Etats-Unis pour découvrir l'Etat responsable du naufrage du *Jefferson* devait continuer à tout prix.

— Si nécessaire, demandez à Arnold de lui lire un rapport peu détaillé concernant la possibilité que la même chose se reproduise sur un autre de nos navires de guerre.

Ils quittèrent le Pentagone ensemble, mais dans deux voitures de service distinctes. Et ils rencontrèrent le Président, accompagné de ses deux principaux ministres, de son conseiller à la Sécurité et de son secrétaire à la Communication, dans le bureau du rez-de-chaussée qu'ils avaient déjà occupé.

Le Président les accueillit chaleureusement.

— Je ne vous dirai qu'une chose, commença-t-il,

c'est que vos gars savent suivre les instructions à la lettre. Oserai-je vous demander ce qui s'est passé à Bandar Abbas, en dehors de ce que raconte le message de la Navy que Bob ici présent m'a remis ce matin ?

— Monsieur, dit l'amiral Dunsmore, vous avez bien dit que vous ne vouliez pas connaître les détails de l'opération ? Je dirai que nous avons suivi cela aussi à la lettre.

— Quelle était l'importance du commando, Scott ?

— Neuf nageurs, monsieur, plus le conducteur du SPTN.

— C'est tout ? Beaucoup de blessés ?

— Aucun chez nous, monsieur. Nous ignorons combien il y avait d'Iraniens à bord des sous-marins à flot. Mais nous avons dû nous occuper d'un garde armé dans le bassin de radoub.

— Vous occuper ?

— Oui, monsieur, le retirer de la zone des opérations.

— Le tuer ?

— Précisément, monsieur.

— Voilà une litote délicate, amiral, dit le Président. Surtout si l'on considère que vous dirigez les escadrons les plus impitoyables du monde.

— Merci, monsieur.

Le Président secoua la tête, s'étonnant du professionnalisme des hommes qui l'entouraient. Puis il prit son agenda personnel et, comme il fallait s'y attendre, dit qu'il prononcerait l'un de ses rares discours du samedi soir à la nation et annoncerait son projet de pensions spéciales pour les veuves et les enfants des hommes ayant trouvé la mort sur le porte-avions.

— Je sais déjà qu'il y aura des objections de la part de certaines branches des forces armées, dit-il. Mais aucun membre du Congrès ne s'y opposera s'il tient à rester au Capitole. Les journaux seront obligés de nous applaudir et le public nous approuvera. Je compte aussi sur le fait que je suis un trop bon ami des militaires pour qu'ils osent me contredire.

Le général Paul s'aventura à dire qu'il y aurait des objections aux pensions spéciales de la part de ceux qui avaient perdu un père ou un mari au cours d'autres conflits et qui n'avaient pas reçu d'allocations spéciales. C'est pour cette raison que les militaires s'étaient opposés régulièrement à ce genre de projets tout au long du vingtième siècle.

Le Président l'interrompit.

— Le pire, dit-il, le pire de tout ce qui pourrait vous arriver à vous, messieurs, serait que je sois renvoyé de ce Bureau à la suite de ce désastre. Vous auriez un nouveau Président démocrate, et peut-être même un Sénat démocrate. Et ils seraient tous ravis de démanteler la Navy, de bannir les armes nucléaires, de sabrer nos programmes de construction navale et, par-dessus tout, de mettre un point final à la fabrication des porte-avions dans un futur prévisible. Ensuite, ils prendraient tout cet argent pour faire ce qu'ils font toujours, le donner aux pauvres, aux faibles, aux malades, aux incompétents, aux idiots, aux paresseux et pis, aux malhonnêtes.

« Les milliards de dollars que nous dépensons chaque année pour construire un porte-avions donnent aux meilleurs ingénieurs, aux constructeurs, aux scientifiques, aux syndicats des aciéries, un travail, un savoir-faire de pointe qui leur assure une place prépondérante... avec, au bout du compte, un produit concret qui, à lui seul, aidera à garder sains et saufs tous les hommes de ce pays. Quand vous construisez un porte-avions, vous faites VIVRE ce pays. Et vous récupérez la moitié de ce que vous avez dépensé grâce aux impôts. Je vous demande pardon, messieurs... vous connaissez tous mon point de vue et j'espère que vous le partagez. Mais vous devez m'aider à rester dans ce Bureau. Et je sais qu'une attention particulière de ce gouvernement envers les veuves des morts du *Jefferson* touchera vraiment le cœur du public. De plus, *je tiens vraiment à faire quelque chose pour ces gens.*

Maintenant, nous pouvons peut-être faire le point à propos de l'inconnu qui a frappé notre bateau. Pensons-nous toujours qu'il s'agit de l'Iran et l'avons-nous suffisamment puni ? Josh ? Scott ?

Le président des forces interarmes hocha la tête et l'amiral Dunsmore prit la parole.

— Monsieur, dit-il, nous sommes pratiquement sûrs que l'Iran est le coupable mais nous ne croyons pas que les Iraniens aient frappé le *Jefferson* avec un de leurs sous-marins répertoriés à Bandar Abbas.

— D'accord, dit le Président. Rappelez-moi seulement pourquoi nous ne croyons pas qu'il s'agisse d'un des sous-marins de Bandar Abbas.

— Parce que les deux Kilos à flot n'ont pas bougé depuis plusieurs semaines. Et parce que le leader de nos forces spéciales a vu le troisième soumis, à son avis, à une réparation de six mois. Il dit qu'on avait enlevé une grande partie de la coque ainsi qu'une pièce essentielle à l'intérieur. Il pense qu'il est très invraisemblable que ce sous-marin-là ait pu être opérationnel pendant le mois de juillet.

— Oui, j'ai lu ça. Devons-nous attacher de l'importance à son opinion ?

— Absolument, monsieur. Ce lieutenant de vaisseau est dans la Marine depuis qu'il est sorti d'Annapolis. Son père est pêcheur sur la côte du Maine. Il connaît les bateaux depuis sa plus tendre enfance et les travaux qu'il a vus sur le Kilo ne lui ont laissé aucun doute. Personnellement, je pense que les ingénieurs ont commencé à réparer ce sous-marin en juin, quelques semaines avant de le hisser dans le bassin de radoub, le 2 juillet, pour achever les travaux sous la ligne de flottaison.

— Amiral Morgan, dit le Président d'un ton officiel, quel est votre avis là-dessus ?

Le Texan paraissait pensif.

— Eh bien, monsieur, au regard de mon expérience, quand un officier chevronné de la Marine des Etats-Unis porte un jugement sur un point technique, il a généralement raison. Personnellement, j'accepte à cent pour cent les observations de l'officier des SEALs. Ce qui me préoccupe le plus, c'est que je suis maintenant absolument certain que le sous-marin qui a frappé le porte-avions est toujours là-bas. Nous ne l'avons pas trouvé. Personne d'autre ne l'a trouvé, d'ailleurs. Nos satellites ne l'ont pas vu et nos services de surveillance non plus. Et je suis extrêmement inquiet parce qu'il peut frapper à nouveau. Ces Kilos ont probablement deux torpilles à tête nucléaire à bord et personne ne peut nous dire si celui-ci en a tiré plus d'une.

— Vous voulez dire qu'il s'agit réellement d'un sous-marin fabriqué en Russie ?

— Il n'y a plus aucun doute là-dessus, monsieur. Le SEUL sous-marin du monde dont on ne sait où il était la nuit du 8 juillet est le Kilo qu'ils CROIENT échoué dans la mer Noire. Eh bien, ils se sont trompés. Ce Kilo est sorti de la mer Noire. Je crois fermement qu'il a tiré sur le *Jefferson* et je crois aussi qu'il est toujours dans le même coin, qu'il se cache peut-être, mais peut-être aussi qu'il attend une autre occasion. Monsieur le Président, il faut que nous trouvions et que nous coulions ce sous-marin-là.

— Oui, amiral, je comprends. Mais *comment* est-il sorti ? Tous les experts à qui je parle me disent qu'il est impossible de franchir le Bosphore en immersion. Personne ne l'a jamais fait. Et vous me dites que les Turcs affirment qu'aucun diesel russe n'est sorti de la mer Noire en surface depuis cinq mois.

— C'est exact, monsieur. Pourtant il est sorti. Nous devons miser là-dessus. Quelqu'un l'a fait sortir. Un génie des sous-marins lui a fait passer, en immersion, le Bosphore. Nous sommes sur la piste de l'homme qui, à notre avis, a réussi à le faire. Et nous devons supposer qu'il a réussi l'impossible et qu'il a fait faire à un sous-marin ce que personne n'a jamais réussi à faire avant lui.

— Ça va un peu loin pour moi, amiral. Et avant que je lâche Dieu sait quelles sommes pour de nouvelles représailles militaires, je vais vous proposer quelque chose : je veux que vous me prouviez que c'est faisable. Je veux que vous choisissiez deux de nos meilleurs sous-mariniers et que vous vous débrouilliez pour qu'ils traversent, en immersion, le Bosphore en venant de la mer Noire avec un bateau diesel électrique. S'ils réussissent, je serai d'accord pour déclencher une chasse à l'échelle mondiale du Kilo manquant, jusqu'à ce que nous le trouvions et que nous le coulions, quelles que soient les sommes à débourser. Si, en revanche, ils ne réussissent pas à traverser le détroit, pour quelque raison que ce soit, ou s'ils se font prendre par les Turcs, je jugerai que la destruction du *Jefferson* a été accidentelle et les choses en resteront là.

Il n'était pas fréquent qu'Arnold Morgan ait le souffle coupé. Mais cette fois, ce fut le cas.

— Monsieur, nous ne possédons plus, pour le moment, le moindre petit diesel électrique. Nous devrons en emprunter un à la Royal Navy.

— Excellent. Faites-le.

— Monsieur, pouvons-nous utiliser votre autorité pour mettre cette opération en route ?

— Bien entendu.

— Monsieur, si nos hommes, anglais ou américains, sont obligés de faire surface et s'ils finissent dans une prison turque, puis-je compter que vous ferez le maximum pour récupérer le sous-marin et les faire sortir ?

— Amiral, vous pouvez être sûr que *je les ferai sortir*. Et que je récupérerai le sous-marin. Mais je ne veux pas que les Turcs sachent ce que nous préparons ni qu'ils fassent semblant de ne rien voir. Autrement, ça ne comptera pas, n'est-ce pas ? Je veux que notre sous-marin affronte les mêmes difficultés que ce commandant Adnam. Pas de conneries.

— Très bien, monsieur, dit l'amiral Dunsmore. Nous procéderons selon vos règles précises. Si nos meilleurs hommes ne peuvent pas le faire, aidés par les meilleurs de la Royal Navy, nous admettrons que toute cette théorie est impossible, un point c'est tout. Le naufrage du *Thomas Jefferson* deviendra officiellement un accident de la Marine des Etats-Unis.

— C'est parfait, amiral. Maintenant, à moins que quelqu'un n'ait autre chose à dire, j'aimerais retourner à mon bureau pour préparer mon allocution de ce soir. Merci à tous. Et, à propos, je pense que cette saloperie de sous-marin est effectivement toujours là-bas et je souhaite que votre mission dans le Bosphore soit une réussite. Alors, allons-y !

Au milieu de l'après-midi, l'amiral Morgan et Bill Baldridge étaient de retour à Fort Meade, discutant et planifiant la traversée du Bosphore. Baldridge y participerait en tant qu'observateur officiel pour le compte du Pentagone. Et il reprendrait contact avec l'amiral Elliott ainsi que, probablement, avec l'amiral MacLean. Arnold Morgan lui fit réserver une place sur le vol du dimanche soir Washington-Heathrow. Il téléphona à l'officier de service au quartier général de la Marine, à Northwood, pour s'assurer que l'officier général des sous-marins britanniques serait prêt à le recevoir. Les arrangements furent confirmés en douze minutes.

— Ça vous va, Bill ?

— Oui, monsieur, mais je vais vous dire une chose : je serais rudement plus tranquille si je traversais le Bosphore avec l'amiral MacLean sous le périscope.

— Eh bien, bavardez avec l'amiral Elliott lundi matin. Je crois que le CNO va parler au Premier Lord de l'Amirauté demain et que la Royal Navy fera tout ce qui est en son pouvoir. J'espère seulement qu'ils possèdent un de ces bateaux de soutien en bon état pour que nous le leur empruntions.

Bill Baldridge quitta le bureau de Fort Meade en

début de soirée, tandis que l'amiral Morgan se préparait à y passer ce qu'il appelait « une longue nuit ». Il écouterait le discours du Président à 21 heures mais son vrai travail se ferait dans son bureau à 2 heures du matin.

A des endroits différents, le fer de lance des enquêtes de la Marine, l'amiral Scott Dunsmore, l'amiral Arnold Morgan et le capitaine de corvette Baldridge, écoutèrent le Président des Etats-Unis parler à la télévision. Ils le virent s'approcher du podium dans la salle de conférences de la Maison-Blanche et boire une gorgée d'eau avant de commencer.

Mes chers compatriotes, me voici à nouveau devant vous pour partager mes pensées et mon inquiétude pour les familles des hommes qui sont morts sur le grand porte-avions Thomas Jefferson *le mois dernier.*

Je suppose que beaucoup d'entre vous savent que, depuis des générations, la politique des gouvernements américains est de ne pas faire d'exception pour certains cas particuliers concernant nos soldats et nos marins morts au service de leur pays. Le point de vue officiel a toujours été que, même chez les militaires, une vie est une vie et qu'aucune n'est plus précieuse qu'une autre au regard de Dieu. Par conséquent, aucun Président, aucun Congrès des Etats-Unis n'a jamais accordé de bénéfices financiers à ces familles qui se retrouvaient soudain sans soutien, abandonnées dans les circonstances les plus cruelles.

Eh bien, ce soir, j'entends rompre cette tradition. J'entends la rompre après des jours et des jours de réflexion avec les chefs de mon gouvernement, sachant que les organisations de vétérans, dans tout le pays, me soutiendront. La vérité est celle-ci : je ne crois pas en ces politiques que nous avons parfois utilisées pour ne pas donner leur dû aux familles de ceux qui sont morts au combat sous le drapeau de cette grande nation. Je crois que ceux qui sont morts avec bravoure et honneur en portant l'uniforme des marines, *de la Navy, de l'Armée de terre ou de l'Air Force représentent l'élite de nos hommes et que leur sacrifice est le plus grand de tous. Mais je n'ai pas le pouvoir de remonter le temps.*

J'entends me laisser guider par ma conscience. Et je ne tolérerai pas que ceux qui ont œuvré pour notre société pendant que leurs maris et leurs pères étaient en mer sur leur grand navire de guerre, pour faire régner l'ordre dans ce monde au nom des Etats-Unis d'Amérique, connaissent la pauvreté. Il faut du temps pour comprendre tout à fait ce que nous devons à ces hommes, à leur dévouement, à leur talent, à leur courage, à leur total patriotisme. Je parle des hommes qui ont fait hurler les moteurs de leurs bombardiers de quarante tonnes, qui les ont posés à pleine vitesse sur les ponts des porte-avions, risquant leur vie jour après jour. Je parle des hommes qui ont aidé leurs manœuvres, des navigateurs, des ingénieurs qui ont composé les équipages de pont... des hommes qui se tenaient dans le vent et dans la pluie, qui côtoyaient le danger au quotidien pour assurer la paix de nos existences.

Mes chers compatriotes, je vous parle d'humanité, de bienveillance, de décence. Pas d'équité. La plupart des choses ne sont pas équitables. Plus de six mille hommes sont morts sur ce porte-avions du groupe de combat, sans avoir fait d'erreur, sans avoir fait preuve de faiblesse, dans des circonstances qu'aucun d'eux n'aurait pu prévoir ni empêcher.

Et derrière eux, ils ont laissé des épouses et des mères dévouées, des enfants qui ont le droit de recevoir la meilleure éducation que nous puissions leur donner, parce que la plupart d'entre eux deviendront des Américains aussi braves, aussi honorables et aussi accomplis que leurs pères.

Mes chers compatriotes, moi aussi, très souvent, j'ai

le cœur brisé... brisé par les injustices que je vois autour de moi. Et souvent, comme la plupart des Présidents, je ne peux pas faire grand-chose pour y remédier. Mais cette fois-ci, OUI, JE PEUX Y REMÉDIER. ET, OUI, JE LE FERAI.

Je soumettrai la semaine prochaine au Congrès un projet de loi spécial proposant que chaque épouse ayant perdu son mari sur le Jefferson *et ayant des enfants reçoive du gouvernement une pension additionnelle annuelle de vingt mille dollars jusqu'à ce que ses enfants aient terminé leurs études. Ceci concerne quatre mille familles. Total : huit cents millions de dollars... infiniment moins que ce que coûte la fabrication d'un seul porte-avions, environ trois dollars vingt-cinq pour chaque Américain, sur une décennie. Y a-t-il une personne, une seule, qui oserait prétendre que c'est un prix trop élevé ?*

De plus, nous augmenterons les pensions militaires de tous ceux qui sont concernés. Je crains de ne pas avoir le pouvoir de rendre cette loi rétroactive pour que les familles qui furent endeuillées par d'autres guerres en bénéficient, mais je PEUX *le faire pour ceux qui ont souffert du terrible accident qui s'est produit sur le* Thomas Jefferson.

Une fois encore, j'aimerais vous assurer que mes prières et celles de ma famille vous accompagnent et qu'il en ira ainsi tous les jours que je passerai ici. Bonne nuit à tous, et que Dieu vous bénisse.

L'amiral se retrouva debout, les poings serrés. Il regarda Dick Stafford s'avancer vers le podium pour annoncer que le Président ne répondrait à aucune question. Et il vit le grand homme s'éloigner tout seul.

L'amiral secoua la tête.

— Sacré Président ! murmura-t-il. C'est quelqu'un, tout de même ! Il les a eus jusqu'au trognon ! Il a fait un discours difficile, il leur a mis huit cents millions de dollars dans la vue, il a stigmatisé cent cinquante ans de tradition militaire, il a prévenu le Congrès qu'il n'avait pas intérêt à broncher, et il n'y a pas un journaliste, pas un politicien dans ce pays qui oserait critiquer ce qu'il a dit. Seigneur ! Je suis content qu'il soit de notre côté !

Il décrocha le téléphone et demanda qu'on lui apporte son souper habituel à 22 heures. Puis il se remit devant son ordinateur et fit apparaître une carte du Bosphore qu'il étudia soigneusement pendant une demi-heure.

— Merde ! dit-il. Je suis content que ce voyage soit pour Baldridge, et pas pour moi ! Cette petite langue d'eau est vraiment dangereuse et j'espère que quelqu'un réussira à persuader Iain MacLean de faire le trajet avec eux. Si lui ne réussit pas, ajouta-t-il plus haut, personne d'autre ne réussira.

Il ne savait pas, bien sûr, que Iain MacLean avait dit la même chose en parlant de Benjamin Adnam.

Il essaya de trouver un match de base-ball à la télévision et s'installa pour attendre 2 heures du matin, dimanche. Il appela le standardiste, lui demanda de le réveiller à cette heure-là, de lui apporter du café et de le mettre en relation téléphonique avec un numéro en Russie, sur la péninsule de Crimée, une grande base navale, qu'il avait bien l'intention, comme les Anglais en 1854, d'assiéger.

Le quartier général de la flotte de la mer Noire, à Sébastopol, était la cible de l'amiral, et il en aboya le numéro au standardiste : 011-7-692-366204.

— Ne parlez à personne. Passez-moi la ligne avant qu'ils répondent.

— A vos ordres. A 2 heures.

L'amiral Morgan était fatigué. Il mangea son sandwich et s'endormit, le dos appuyé au dossier de son grand fauteuil de cuir pivotant. Il lui sembla que quelques minutes seulement s'étaient écoulées quand le téléphone sonna sur son bureau. Il décrocha immédiatement, entendit une sonnerie à onze mille kilomètres de là, au standard de la principale base russe de la mer Noire. Il savait que le bâtiment où résonnait cette sonnerie était très calme, presque désert le dimanche matin. Il était 9 heures là-bas. Il savait aussi que le vice-amiral Vitaly Rankov y résidait ce week-end et que l'officier russe des services de renseignements avait l'habitude de travailler le dimanche matin plutôt que le samedi.

Il entendit quelqu'un décrocher et une voix mâle annoncer en russe qu'on était au quartier général de la flotte de Sébastopol. L'amiral Morgan aboya en anglais, espérant intimider le standardiste :

— Passez-moi l'amiral Rankov TOUT DE SUITE... Il attend mon appel et je téléphone des Etats-Unis d'Amérique. Dépêchez-vous !

Ça marcha. Il y eut un seul déclic, puis la voix profonde, calme, de l'ancien commandant du croiseur soviétique annonçant :

— Ici Rankov. Et il vaut mieux pour vous que cet appel soit important parce que je suis très occupé !

— Vitaly, espèce de salopard, vous m'avez évité ! dit l'amiral Morgan sans pouvoir s'empêcher de rire en entendant Rankov pousser un grognement d'homme mis K-O.

— Seigneur Jésus, Arnold ! Ne reste-t-il pas un peu de paix dans ce monde ?

Mais il rit à son tour. Les deux hommes des services de renseignements de la Marine partageaient de nombreux secrets.

— Savez-vous, dit le Russe, que je croyais bien être à l'abri de vos griffes à cette heure-ci ? Quelle heure est-il ?... Deux heures du matin à Washington ?... Où diable êtes-vous et pourquoi ne pouvez-vous pas dormir comme tout le monde ?

— Le travail, Vitaly, mon dévouement au travail ! Mes journées sont très longues en ce moment.

— Je le suppose. A propos, c'est vous qui avez fait sauter la moitié de la Marine iranienne ?

— Qui ? Moi ? répondit Morgan, maintenant habitué à répondre à cette accusation. Certainement pas ! C'est à peine si j'ai quitté mon bureau.

— Ce que je veux dire, continua le Russe avec patience, se résume à une simple question : est-ce que vos forces spéciales ont démoli les sous-marins des ayatollahs à Bandar Abbas ?

— Personne ne m'en a parlé, mentit Morgan sans se démonter. Pourquoi ? Il s'est passé quelque chose ?

Mais l'innocence du ton était assez révélatrice pour un membre de sa profession.

— Vous me racontez d'énormes bobards, Arnold. Vous êtes au courant aussi vite que moi quand il se produit quelque chose d'aussi monumental. Vous n'êtes qu'un salopard d'Américain ! Le Saint Homme iranien lancera une fatwa contre vous si vous ne faites pas bigrement attention, ha ! ha ! ha ! Alors, vous ne pourrez plus m'embêter. Ces enturbannés vous trancheront les couilles !

— Ils feraient bien de faire gaffe que je ne tranche pas les leurs ! grogna Morgan.

— Vous êtes un homme terrible, Arnold Morgan ! Comme si je ne le savais pas ! Il s'agit du Kilo, hein ?

— Allez-vous me donner de ses nouvelles, Vitaly ? insista Morgan d'une voix plus calme. En tant qu'ami, j'ai besoin de savoir.

— Voulez-vous me dire pourquoi ?

— D'accord. Ceci est officiel et je compte sur vous pour le faire savoir à vos supérieurs. Vitaly, poursuivit-il d'un ton nettement plus sérieux, nous pensons que quelqu'un s'est emparé de votre Kilo, l'a fait sortir de la mer Noire et a fait sauter le *Thomas Jefferson* avec une torpille à tête nucléaire.

L'amiral Morgan entendit l'exclamation étouffée du Russe à l'autre bout de la ligne. Le choc éprouvé par l'amiral était évident.

— SEIGNEUR JÉSUS ! dit la voix de Sébastopol. Vous vous fichez de moi ?

— Non, mon vieux. Pas le moins du monde. Et vous avez à peu près cinq minutes pour me convaincre qu'un porte-avions des Etats-Unis avec six mille hommes à bord n'a pas été transformé en fumée sans aucune raison par votre bon Dieu de Marine. Et si nous arrivons à la conclusion que c'est ce qui s'est passé, vous n'aurez plus à vous préoccuper de réduire votre flotte de la mer Noire. Nous ferons ce petit travail pour vous — et très vite ! Est-ce que vous voulez acheter des casques de protection bon marché pour vos marins ?

— Arnold, JE VOUS EN PRIE ! Ne soyez pas ridicule. Bien sûr que nous n'y sommes pour rien ! Il faut me croire. Pourquoi aurions-nous fait cela ? Nous sommes amis, non ? Vous devez me croire. Regardez notre histoire... nous n'avons jamais été stupides à ce point ! Nous ne sommes pas sous le contrôle de fanatiques !

— En réalité, Vitaly, je ne crois pas que vous ayez quoi que ce soit à y voir. Surtout parce que je n'ai jamais cru que vous ayez quelqu'un d'assez intelligent pour réussir ça. Je veux que vous m'aidiez et je veux que vous me disiez toute la vérité sur ce Kilo. Tout de suite. Ensuite, je vous demanderai probablement de faire quelque chose pour moi. Vous dites que vous êtes nos amis comme nous sommes les vôtres. Et c'est ce que je vous demande de prouver tout de suite. Mon pays n'oubliera jamais votre réponse, quelle qu'elle soit.

— Très bien, Arnold. Je vous dirai ce que je sais et vous jugerez vous-même. Nos recherches à propos du Kilo coulé n'ont rien donné. Nous avons fouillé sous l'eau pendant trois semaines. Nous avons utilisé tous les moyens électroniques dont nous disposons pour balayer le fond de la mer. Rien. Nous croyons maintenant qu'il n'est pas là et qu'il n'y a jamais été. Ensuite, le marin noyé de l'île grecque... c'était un membre de l'équipage du Kilo 630. Son nom était très clairement inscrit sur la liste des proches parents. Mais là, nous avons un problème. Quand ce Kilo est parti, il n'a pas envoyé le signal à porter sur cette liste. Par conséquent, toute la liste est maintenant suspecte. Comme vous le savez, il y a toujours trois ou quatre changements de dernière heure, des hommes qui partent en remplacement de deux ou trois hommes qui ne peuvent prendre la mer. De sorte que je n'ai pas pu vous rappeler et jurer que l'homme faisait bien partie de l'équipage, même s'il existe de fortes chances pour ça. Nous pensons que le sous-marin s'est échappé et a pris la fuite avec un équipage d'environ cinquante hommes. Nous ne savons rien d'eux depuis que le bateau a quitté le port. Il y a eu beaucoup de problèmes financiers au sein de la flotte de la mer Noire et je crois comprendre que ces types ont décidé de faire une pause, je crois qu'ils ont probablement emmené leurs épouses et qu'ils sont partis vers une île du Pacifique ou d'Amérique du Sud. Mais le fait est que le Kilo 630 a disparu sans laisser de trace. Alors, vous comprenez pourquoi j'étais trop embarrassé pour vous rappeler.

— Oui, je comprends. Il n'y a pas beaucoup de Marines aussi importantes que la vôtre qui perdent leurs sous-marins. Ce genre de chose n'arrive que dans les pays du tiers-monde, n'est-ce pas ?

— Oui, Arnold, comme l'Iran.

L'Américain ignora délibérément la pique.

— Vous ne pensez pas qu'un autre pays ait pu acheter le sous-marin, hein ? A une agence maritime d'Ukraine, par exemple ?

— Seigneur, non ! Nous avons peut-être besoin d'argent, mais pas à ce point ! Nous honorons les commandes officielles de sous-marins de presque tout le monde, les Arabes, la Chine, les nations du Pacte de Varsovie. Mais nous ne braderions pas un sous-marin diesel électrique avec un équipage opérationnel à n'importe quel gus habillé d'un drap et portant sous le bras une valise d'argent liquide. Accordez-nous cela. Nous devons vivre dans la communauté internationale comme n'importe qui.

— Eh bien, Vitaly, si vous êtes innocents et si le Kilo 630 a disparu, il n'y a que deux possibilités : ou bien quelqu'un l'a loué, ou alors quelqu'un l'a volé ou l'a détourné.

— Arnold, je sais que vous pensez que nous ne faisons pas le poids, comparés aux puissants Etats-Unis. Mais nos recherches ici, à Sébastopol, n'ont rien montré d'inhabituel au cours des trois jours précédant son départ. Les préparatifs ont été normaux. Le capitaine a rempli les bons documents avant de partir en manœuvres dans la mer Noire, après une révision du navire. Les membres de l'équipage ont passé les appels habituels à leurs femmes, trois marins remplaçants éventuels n'ont quitté leur maison que le matin du départ. Notre service de sécurité autour des jetées réservées aux sous-marins est toujours important et personne n'a rien vu qui puisse suggérer que le capitaine partait contraint et forcé avec un gang de terroristes à bord. La seule chose qui m'ait surpris a été l'absence du signal aux proches parents. Et, bien sûr, personne n'en a fait état pendant trois jours. On s'est juste dit que les communications du bord avaient oublié. Il s'est passé encore douze heures avant que nous nous inquiétions de n'avoir reçu aucune communication du Kilo 630. Puis nous avons trouvé des morceaux d'épave dont nous pensons maintenant qu'ils avaient été mis là pour nous berner.

— Alors, où cela nous mène-t-il, mon vieux ? Je suis d'accord avec vous, il n'y a pas eu de vol, c'est hors de question. Votre sous-marin n'a pas été détourné. Il y aurait des indices si ce Kilo 630 était parti sous la menace. Et il y aurait sûrement un signal du satellite de communications. Non, je pense que votre sous-marin a été loué.

— Par qui ? Le Président ?

— Non, Vitaly. Le commandant.

— Amiral, il se contente de le faire naviguer. Il ne le possède pas.

— Mais qu'aurait-il pu dire si quelqu'un l'avait approché et lui avait demandé d'accomplir une mission ? D'amener son sous-marin et de mentir à son équipage pour qu'il y participe ? En échange de quoi, il recevrait dix millions de dollars américains ?

— Mais il aurait su qu'il ne pourrait jamais plus rentrer ! Pas s'il avait volé un sous-marin russe !

— Rentrer ? Rentrer où ? Dans un appartement minable, dans une ville de dockers sur la mer Noire où tout le monde est fauché ? Nom de Dieu, Vitaly, je pourrais acheter un commandant de sous-marin russe. Et tout le monde pourrait en faire autant avec une grosse somme d'argent. Et cet argent achèterait aussi l'équipage et le bateau.

— Mais, Arnold, ces hommes ont des femmes et des enfants ! Nous nous sommes renseignés. Personne ne sait rien. Toutes les épouses croient que leurs maris sont morts. Nous n'avons pas fait savoir que ce n'était peut-être pas le cas.

— Permettez-moi de vous demander une chose. Pour quelle sorte de torpilles ce Kilo était-il équipé ?

— L'inventaire de base du navire prévoit des SAET-60, vous savez, des 533 millimètres – 7,8 mètres de long. Elles filent à 40 nœuds environ et ont une portée de quinze kilomètres. Les armes anti-vaisseaux de surface habituelles. Il était assez neuf, un classe Ganay, type 877 M... Il était chargé d'une vingtaine de ces torpilles avec des lance-torpilles spéciaux de filoguidage.

— Combien pèse une tête nucléaire classique ?

— Quatre cents kilos, je crois.

— Peuvent-elles accepter une variante nucléaire ?

— Euh... oui.

— Est-ce que le bateau avait des variantes de ce type à bord ?

— Euh... oui.

— Combien ?

— Deux.
— Comment le savez-vous ?
— Parce que tous ceux qui ont participé à l'enquête interne à propos du sort du Kilo 630 savent tout ce qu'il y a à savoir sur le Kilo 630.
— Puis-je donc compter sur vous pour faire tout ce qui est en votre pouvoir pour nous aider ?
— Arnold, vous pouvez compter sur notre aide pour le retrouver et partager toutes nos informations. Je dis bien toutes. Et j'espère que vous nous tiendrez au courant si vous le trouvez avant nous.
— Nous le trouverons avant vous.
— Comment le savez-vous ?
— Comme on dit aux Etats-Unis, parce que nous le souhaitons plus que vous.
— Vous êtes un homme terrible, amiral Morgan !
— Je vais vous dire ce que je veux vraiment. Je veux que vous surveilliez de près les familles de l'équipage du Kilo 630. Voir si quelque chose sort de l'ordinaire... par exemple des gens qui dépensent beaucoup d'argent, ou quelque chose de ce genre.
— Vous voulez dire qu'à votre avis, quelqu'un a payé chaque membre de l'équipage pour aller faire sauter le porte-avions ?
— Non, je ne crois pas que cela aurait été nécessaire. Je pense seulement qu'on a proposé une fortune en liquide au commandant. Qu'on l'a prié de faire croire à l'équipage qu'il participait à quelque mission secrète pour le compte de la Marine russe. Que fera l'équipage ? Il recevra une énorme paie — peut-être un demi-million de dollars pour chaque marin. Et on conseille aux hommes de filer s'ils sont malins. De commencer une nouvelle vie quelque part. Alors, surveillez les veuves et les orphelins pour moi, d'accord ?
— Bien sûr. Quoi d'autre ?
— Pas grand-chose. Sauf que j'aimerais envoyer un homme à moi à Sébastopol quand vous y serez, disons pour deux semaines. Vous lui montrerez la ville et ses

environs, vous lui donnerez les dernières nouvelles et il vous dira personnellement où nous en sommes de notre enquête.

— Ça me paraît bien. Mais essayons de trouver le Kilo 630, d'accord ?

L'amiral Morgan jeta ses tasses à café sales avec les assiettes en papier de ses sandwichs dans la corbeille à papier, enfila sa veste et regarda l'heure : 2 h 56. Il allait éteindre les lumières et son ordinateur quand la sonnerie du téléphone le fit sursauter.

— Ici Morgan... Parlez.

La voix à l'autre bout du fil était étrangère et butait sur les mots anglais.

— Amiral Morgan, je suis des services de renseignements israéliens. Le général Gavron m'a demandé de vous parler. Je suis à Istanbul et j'ai trouvé votre homme. Il est parti d'ici sur un bateau pour la mer Noire le 26 novembre. Il a acheté un billet payé cash, en livres turques, pour Odessa. Son nom, Adnam, est sur la liste des passagers. Le bateau est arrivé le 27 novembre à 13 heures. Il n'a pas sauté par-dessus bord. Il est resté sur le bateau. Le général Gavron a passé la main à son collègue d'Odessa maintenant. Je ne crois pas que votre homme revienne ici. Au revoir, amiral. Je raccroche, maintenant.

La ligne de Turquie fut coupée. Contrairement à son habitude, l'amiral Morgan n'avait pas raccroché le premier.

— Non, il n'est pas retourné là-bas, dit-il à voix haute. Il a traversé le port, en immersion périscopique.

Il alla jusqu'à sa table à dessin sur laquelle il étala ses cartes. Il ralluma la lumière, tira une des cartes montrant les côtes de la mer Noire et se mit au travail, compas en main, tout en marmonnant :

— Istanbul à Odessa... trois cent soixante-quinze milles. A 15 ou 20 nœuds, il y est le lendemain.

L'amiral mesura ensuite la distance entre Odessa et Sébastopol.

— Deux cents milles jusqu'au sud de la péninsule de Crimée... Est-ce que Benjamin Adnam a fait ce voyage pour rencontrer le capitaine du Kilo 630 ?

Il revint à son bureau, s'assit et réfléchit profondément.

— Je dois me mettre à sa place. Je suis à Sébastopol, le quartier général de la flotte de la mer Noire. J'ai l'intention d'honorer un rendez-vous ou de trouver le capitaine d'un sous-marin russe diesel électrique. De quoi ai-je besoin ? D'argent liquide, de tonnes d'argent, c'est tout ce dont j'ai besoin. Et je ne peux pas en prendre à Odessa ni dans aucune autre ville russe sans attirer l'attention sur moi. La même chose au Caire. Mais j'aurais pu l'avoir à Istanbul.

L'amiral décrocha le téléphone et demanda qu'on lui passe immédiatement la CIA. Il demanda à parler à l'officier supérieur de service. Il lui demanda de joindre le major Ted Lynch sur une ligne sûre pour le directeur de l'Agence nationale de sécurité.

Il raccrocha rageusement avant que quiconque soit à nouveau tenté de lui rappeler l'heure tardive.

Il se rassit et attendit, pas trop longtemps. La major de la CIA fut en ligne en moins de cinq minutes.

— Bonjour, amiral, ici Ted Lynch.

— Salut. Désolé de vous réveiller, mais j'ai une piste sur laquelle vous pourriez m'aider. Je crois que notre homme a dû retirer une très grosse somme d'argent liquide, probablement des dollars américains, plus de cinq millions, voire dix millions, à Istanbul, le 26 novembre de l'an dernier. Avez-vous un moyen de trouver ça ?

— Istanbul est une ville très cosmopolite, mais ils apprécient le business avec les Etats-Unis. Ils coopéreront sans doute. Nous cherchons très probablement quelqu'un dans Buyukdere Street. Cet endroit est plein de banques internationales — Bankapital, Iktisat Bankari, Garanti Bank... Ils sont discrets mais nous avons des liaisons ici. Et la plupart ont des agences à New

York. Je doute qu'ils nous donnent des noms mais si je demande si une somme inhabituelle de dollars américains a été retirée ce jour-là, disons une pleine valise, ils me diront sans doute oui ou non. Nous déciderons ensuite de la façon de poursuivre l'enquête. Je commencerai demain à 2 heures. On sera lundi, n'est-ce pas ?

— Oui. Merci, Ted. Bonne chance. J'attends de vos nouvelles de bonne heure demain matin. Je serai là dès 6 heures. Bonne nuit, mon vieux.

— Hé ! Arnold ! Une minute.

L'homme de la CIA éleva la voix pour empêcher l'amiral de raccrocher.

— Encore un détail... Vous êtes toujours là ?

— Oui, j'écoute.

— Amiral, si je devais payer un capitaine de sous-marin russe avec une énorme somme d'argent pour sortir son bateau de la mer Noire début ou fin avril, je ne lui donnerais certainement pas son fric fin novembre.

— Bien pensé, Ted. Bien sûr que non. Vous lui donneriez probablement deux cents sacs en bon argent en novembre. Puis vous vous débrouilleriez pour lui donner le gros paquet... peut-être cinq millions pour lui, à emporter dans le sous-marin plus cinq millions pour l'équipage.

— Ça me paraît plus logique, amiral. Mais je n'ai aucun moyen de trouver la trace d'une petite somme comme vingt mille dollars le 26 novembre. Ce que nous cherchons, c'est environ dix millions de dollars, disons entre le 7 et le 13 avril. Il doit bien y avoir un relevé de ça quelque part.

— C'est ça, Ted. La deuxième semaine d'avril me paraît vraisemblable. Faites ce que vous pourrez. Je vous en suis reconnaissant.

L'amiral raccrocha, reprit le combiné et composa le numéro de Bill Baldridge dans le Maryland. La pendule murale indiquait 3 h 38. Pourtant, le jeune scientifique du Kansas répondit très vite, par un réflexe qu'il avait acquis pendant les longues heures de garde. Apparemment, il était seul.

— Oui, monsieur, c'est moi. Bonjour. Que se passe-t-il ?

— Bill, nous faisons des progrès. Les Russes reconnaissent que leur Kilo a probablement été loué par quelqu'un représentant un riche Etat arabe. Ils sont de notre côté et vous allez rendre visite à l'un de mes copains qui dirige le Service des renseignements de la Marine, le vice-amiral Vitaly Rankov. Mais vous n'irez qu'après en avoir terminé à Londres et en Ecosse. Ensuite seulement, je vous enverrai sur la mer Noire. Alors, prenez ce qui sera nécessaire pour aller en Russie. Il est possible que vous soyez absent plusieurs semaines. Entre-temps, le Mossad a une piste sérieuse pour Adnam. Ils ont suivi sa trace jusqu'à Odessa. Il est parti d'Istanbul par mer avec un passeport russe. Il avait aussi un visa turc. Je peux vous garantir que ce type n'a pas de problème pour se procurer des papiers. Pour l'instant, on peut penser qu'il est allé à Sébastopol, probablement avec une somme d'argent pas trop importante. Il a dû payer un capitaine russe pour préparer la mission avec un sous-marin et son équipage.

— Du calme, amiral. Personne ne peut arriver comme ça et commencer à payer des officiers de marine russes pour les convaincre de faucher un sous-marin, raconter n'importe quoi à un équipage pour lui faire accomplir quelque chose d'absolument diabolique qui va faire d'eux le groupe d'hommes le plus recherché du monde !

— Mais si, Bill, on peut. Trouvez-moi un capitaine russe un peu fauché et je lui offrirai assez d'argent liquide pour lui faire faire une chose pareille. Juste trouver le bateau, dire à l'équipage qu'ils vont accomplir une manœuvre secrète en mer et filer. J'aurais besoin de peu de mots : « Faites le boulot, voici une partie du fric. Le reste vous attendra dans une banque d'Amérique du Sud, d'où on ne peut vous extrader. Ni même vous trouver, si vous avez un peu de chance. »

— Combien leur donneriez-vous ?

— Que diriez-vous d'un demi-million de dollars ?

— Aucune chance. Le type devra vivre avec ça le restant de ses jours, avec toute sa famille.

— OK. Trois millions ?

— Ce n'est pas suffisant pour couler un gros porte-avions et quitter sa patrie pour toujours.

— Cinq ?

— C'est possible.

— Dix millions de dollars ?

— Ça me paraît acceptable.

— J'irai jusqu'à vingt millions, si vous voulez. Mais je l'aurai. Parce que l'argent du pétrole de mon gouvernement n'est rien pour moi mais que c'est énorme pour lui. Et pour sa famille. Je crois que nous avons la réponse, Bill. C'est comme ça qu'ils ont procédé. Et je vais vous dire autre chose : ces nouveaux Kilos de la mer Noire ont déjà à bord un complément permanent de torpilles. Probablement vingt. Et deux d'entre elles ont des têtes nucléaires.

— Seigneur Dieu ! Comment le savez-vous ?

— Rankov me l'a confirmé.

— Vous voulez dire que lorsque ce Kilo a pris la mer, Ben Adnam était à bord et les missiles meurtriers étaient déjà en place ?

— Non. Je crois qu'ils ont embarqué Ben quelque part dans les eaux turques. Ils n'auraient pas risqué une visite des services de sécurité à l'intérieur de la base navale russe. Mais le capitaine savait que Ben avait accès à une colossale somme d'argent liquide. Et il savait que ce fric lui était destiné. Avec l'autre partie de la somme quand la mission serait terminée. Payable dans un pays étranger. Les torpilles étaient prêtes, cependant. Le capitaine russe y a veillé. Ça faisait partie du marché, d'accord ?

— Est-ce que les Russes sont sûrs que le Kilo a traversé le Bosphore en plongée ?

— Non, ils savent seulement qu'il a disparu et ils savent qu'il y a eu un coup fourré quelque part. Mais ils reconnaissent qu'il a très bien pu passer le Bosphore. Surtout à cause du marin noyé retrouvé près de l'île grecque. Ce type faisait bien partie de l'équipage du Kilo 630.

— Rankov a confirmé ça ?

— En effet.

— Vous verrai-je demain avant de partir pour Londres ?

— Oui. Venez à mon bureau en début d'après-midi. Nous aurons un dernier briefing avec le CNO. Ensuite, vous pourrez aller directement à l'aéroport. J'aimerais aussi que vous emportiez un brouilleur de téléphone portable. Vous savez faire fonctionner ça ?

— Oui, monsieur, mais on ferait bien de revoir le mode d'emploi. Pourrai-je vous joindre depuis l'étranger ?

— Oui, ça fonctionne de n'importe où. Et c'est sacrément important. Nous ne pouvons risquer que qui que ce soit nous entende.

— Très bien, monsieur.

L'amiral Morgan avait déjà raccroché. Il était de nouveau penché sur une carte étalée sur sa planche à dessin et éclairée par sa grosse lampe. Cette fois, l'échelle était plus grande. La carte représentait la côte nord de la Turquie, depuis la frontière bulgare, à cent milles à l'ouest du Bosphore, et le long des sept cents milles du littoral qui s'étire à l'est du Bosphore jusqu'à l'ancienne frontière soviétique et la ville géorgienne de Batoumi.

La question qu'il ne cessait de se poser lui revint une fois encore à l'esprit :

— Comment procéderais-je, à leur place ?

La pendule indiquait 4 heures du matin. La ville de Washington dormait profondément. Mais Arnold Morgan, lui, ne dormait pas. Il alluma un cigare, ouvrit sa porte et demanda d'une voix forte une tasse de café.

Le temps ne signifiait rien pour l'amiral qui avait l'habitude, comme beaucoup d'anciens sous-mariniers au cours de leurs années de formation dans le cocon des grands vaisseaux du fond des mers, de ne pas faire de différence entre le jour et la nuit. Il y a des bateaux sur lesquels seules les cloches de changement de quart marquent le passage des heures.

Il brandit son cigare d'un geste théâtral.

— Bon, je résume, dit-il à la pièce vide. J'arrive en secret à Sébastopol pour la seconde fois. Je porte avec moi deux grosses valises pleines de dollars américains. J'en ai déjà donné une au capitaine. L'autre lui sera remise quand je mettrai moi-même le pied à bord. Alors, maintenant, à quel moment embarquerais-je ?

L'amiral pria les murs vides d'attendre un instant pendant qu'il réfléchissait.

— Bien. Attendez une seconde. Disons cela autrement... Qu'est-ce que *je ne devrais pas faire* ? Qu'est-ce que je ne ferais surtout pas si j'étais sur le point d'embarquer illégalement sur un sous-marin russe pour le faucher ? Réponse : je prendrais ma seconde valise pleine de fric, je ficherais le camp loin de la Russie et j'embarquerais ailleurs.

L'amiral fut ravi de son implacable logique. Il jeta un regard perçant à la carte, écartant mentalement les ports de mer de la côte ouest — ceux qui étaient proches de l'embouchure du Danube en Roumanie et d'autres, le long de la côte bulgare, jusqu'à la frontière turque.

— Et j'éviterais aussi tout ce coin-là, ajouta-t-il. Ces pays ont été trop longtemps sous la férule des Soviétiques. Trop de soupçons, trop de barbouzes.

Il regarda l'océan au nord-est de la côte de Turquie, du côté de l'Europe.

— Rien de bon ici non plus. Les eaux vraiment profondes sont trop loin. Il faudrait parcourir au moins soixante milles depuis la côte pour rencontrer le sous-marin. C'est trop loin. Il y a trop de risques de voir arriver un quelconque bateau de patrouille. Ces eaux sont turques. Ils pourraient me trouver avec tout ce fric et probablement une arme. Ils pourraient peut-être même apercevoir le sous-marin russe, là où il n'a rien à faire et en surface. Trop mauvais.

Il porta son regard de l'autre côté du Bosphore, côté est. Il étudia la côte à la loupe et s'arrêta soudain sur un port de mer sur une péninsule. Le port s'appelait Sinop et l'amiral fouilla dans les piles de cartes rangées dans les tiroirs. Il en sortit une, y piqua la pointe de son compas, lut un résultat sur sa règle d'acier et constata avec satisfaction que la péninsule avançait jusqu'à des eaux très profondes. C'était de loin le point le plus logique de toute la côte pour faire attendre un sous-marin. Un voyage tranquille de vingt-cinq minutes jusqu'à la pleine mer.

Il vérifia à nouveau puis prit une sorte de guide qui lui indiqua que Sinop était un port voué aux chantiers navals et à la pêche, avec de belles plages, un port isolé et de nombreux hôtels très abordables. Il y apprit aussi que des autobus reliaient le port à Istanbul, un trajet d'environ quatre cent cinquante kilomètres. Et que Diogène, le philosophe cynique, y était né. Voilà qui réglait les choses. L'amiral Morgan se sentait à l'aise parmi les cyniques.

— Voilà ce que je ferais, annonça-t-il solennellement. Je ferais mon affaire avec le capitaine russe, j'irais en voiture jusqu'à la côte de Géorgie puis, en bateau, jusqu'à Trabzon. Là, je prendrais le bus jusqu'à Sinop. Je me planquerais dans l'un de ces petits hôtels, avec ma petite radio, et j'attendrais le signal de mon capitaine russe. Ensuite, je me glisserais jusqu'au port, j'embarquerais sur le yacht désert de trente mètres que j'aurais soigneusement préparé et je filerais tranquillement, en longeant le mur du port, faire une petite promenade de quatorze milles, en utilisant mon petit GPS [1] pour me positionner à 35,3 E et 42,1 N. Etant un sous-marinier expérimenté, je n'aurais aucun mal à faire un trou dans la cale du yacht, saisir ma valise et embarquer en vitesse à bord du Kilo. Après quoi, je prendrais le commandement du sous-marin russe.

L'amiral Morgan réalisa que cela n'avait peut-être rien à voir avec la réalité, mais il avait un point de départ. Le petit port de Sinop avait frappé son œil averti « comme le nez au milieu de la figure ». C'était ça qu'il aimait : un bon point de départ. Pour le moment, il supposerait que c'était de Sinop qu'avait embarqué le commandant Ben Adnam.

L'amiral ne saurait jamais à quel point il avait approché de la vérité.

Ce qui l'intéressait vraiment, tandis qu'il se dirigeait vers sa voiture, c'était ce qu'il était advenu du sous-marin APRÈS son départ secret. Etait-il reparti vers l'ouest en naviguant discrètement à mille brasses de profondeur jusqu'à l'entrée béante du nord du Bosphore ? Le commandant Adnam avait-il alors calmement ordonné à son capitaine russe de virer à gauche, cap au deux-un-zéro, et de plonger dans les profondeurs obscures et inconnues du passage étroit entre les falaises sous-marines où aucun sous-marin ne s'était encore jamais aventuré ?

---

1. Global Positioning System : sert à se positionner par satellite.

Chapitre XI

Lundi 5 août, 7 heures.

Bill Baldridge se répétait la demande très inhabituelle qu'il allait présenter à la Royal Navy lorsque le Boeing 747 de la British Airways, venant du sud-ouest, survola Londres et vira plein est pour atterrir à Heathrow.

— Bonjour, amiral. Je me demandais si vous accepteriez de me prêter un sous-marin diesel électrique de soutien tout neuf qui sera probablement réduit en miettes au milieu du port d'Istanbul ?

Non. Trop direct. Il fallait trouver quelque chose de plus subtil.

— Bonjour, amiral. Je me demandais si vous seriez assez aimable pour nous prêter un de vos sous-marins pendant quelques semaines. Nous en prendrions bien soin... A propos, avez-vous une équipe de sauvetage à Istanbul ?

Il espérait que Scott Dunsmore avait préparé le terrain avant son arrivée à Northwood pour présenter ce qui était, quoi qu'on en dise, une demande choquante pour la Royal Navy. Le capitaine de corvette Baldridge avait beaucoup à apprendre sur la complexité de la politique intermarines. Le CNO américain et le Premier Lord de l'Amirauté britannique pouvaient presque agir par télépathie, chacun étant parfaitement préparé à être plus ou moins obligé de faire des choses qu'il n'avait pas envie de faire. Du moins, tant qu'on renvoyait l'ascenseur. Et de préférence avec intérêts.

Baldridge arriva à Northwood juste avant 9 heures dans la voiture personnelle de l'officier général des sous-marins, qu'on avait envoyée le chercher. Le terrain lui était maintenant familier et il salua le jeune Andrew Waites comme un vieux camarade.

— Bonjour, monsieur, dit l'officier d'ordonnance. Alors, avez-vous trouvé votre Perisher ?

— Pas encore, mais on le cerne.

Bill fut immédiatement conduit dans le bureau de l'officier général et le vice-amiral sir Peter Elliott se leva pour l'accueillir.

— Commandant, je suis heureux de vous revoir. Avez-vous fait un bon voyage ?

— Sans problème, monsieur, répondit-il.

Il ajouta, avec une certaine désinvolture pour un jeune officier s'adressant à un amiral :

— Tout s'est bien passé depuis que je suis parti ?

L'amiral britannique eut un petit rire, mit la demande sur le compte de la spontanéité américaine et répondit sur le même ton :

— Eh bien, personne, dans ma flottille, n'a heurté d'autre bateau, ne s'est échoué, n'a brûlé, ne s'est perdu ni mutiné ces derniers temps, de sorte que je peux dire que tout va bien.

La porte s'ouvrit et le commandant Dick Greenwood entra, en retard mais décontracté.

— Bonjour, monsieur. Bonjour, commandant. J'ai les notes que vous m'avez demandées.

— Barrow ?

— Oui, monsieur.

— Très bien. Maintenant, si Andrew nous apporte du café, nous allons nous mettre au travail, parce que le problème est plutôt compliqué et, de toute évidence, très très important pour les Etats-Unis.

Il regarda Bill et ajouta :

— J'ai parlé au ministre de la Marine, hier soir. Il

avait eu une longue conversation avec votre CNO. En gros, j'ai cru comprendre que vous souhaitiez nous emprunter un de nos sous-marins diesels électriques pour traverser le Bosphore en immersion, ce qui, nous le savons tous, est illégal. Ai-je résumé l'essentiel de la manœuvre ?

Bill fut soulagé de ne pas avoir à faire le petit discours pour lequel il s'était préparé pendant le voyage.

— Oui, monsieur, parfaitement, dit-il simplement.

— Donc, étant donné que j'ai mon point de vue sur la question et que je connais celui de la Royal Navy, que diriez-vous de m'expliquer le point de vue des Etats-Unis, que je n'ai pas tout à fait compris.

— Certainement, monsieur. Comme vous le savez, nous avons passé près d'un mois à chercher ce qui avait pu arriver au *Thomas Jefferson.* Et toutes les pistes que nous avons suivies aboutissent à la même conclusion, à savoir que le porte-avions a été frappé par une torpille tirée d'un sous-marin non nucléaire appartenant presque certainement à une des nations hostiles du Golfe. Nous ne croyons pas qu'ils aient utilisé un de leurs sous-marins répertoriés mais, malgré ça, le bateau était un Kilo russe. Par conséquent, si nos déductions sont exactes, il DOIT être venu de la mer Noire par le Bosphore. Et les Turcs assurent qu'ils n'ont rien vu. Il ne peut donc avoir traversé qu'en plongée.

— Oui... tout cela me paraît évident. Mais pourquoi voulez-vous faire la même chose maintenant ? Est-ce qu'une de vos chaînes de télévision a organisé un concours ?

Bill se mit à rire.

— Pas encore, monsieur. Mais ça viendra sûrement. Non, la vérité est que notre Président est tout à fait décidé à traquer ce bateau à travers le monde entier si quelqu'un lui prouve qu'il est possible de traverser le Bosphore du nord au sud en immersion. Le gros problème, c'est qu'une bonne dizaine de personnes lui ont déjà dit que c'était *infaisable*. Par quiconque.

— Oui, ce genre de traque peut devenir obsessionnelle, dit l'amiral Elliott. Et quand on a commencé, elle engloutit des sommes considérables, des quantités de gens, et prend des proportions énormes. Votre Président a raison d'être prudent.

— Oui, monsieur. Presque tous ses conseillers politiques le pressent de ne pas s'écarter publiquement de la thèse de l'accident. Et si nous entreprenons le voyage par le Bosphore et que nous rencontrons quelque problème que ce soit, il s'en tiendra à la seule théorie dont il dispose, la seule qu'il admettra jamais.

— Bien sûr, dit l'amiral. Bien que tout cela risque de ne pas être très efficace si votre ennemi musulman frappe encore. Vous avez perdu un porte-avions mais c'est mieux que d'en perdre deux.

— C'est l'avis de la plupart de nos officiers des renseignements, ainsi que des sous-mariniers, monsieur. Mais je suppose que vous comprenez le point de vue de notre Président. D'une certaine façon, nous le trouvons assez raisonnable étant donné les circonstances. Il dit seulement que si nous devons déclencher une vaste opération de recherche, qui coûtera probablement au moins deux milliards de dollars, il vaut mieux être sûrs que nous travaillons sur des bases au moins réalistes.

— C'est un raisonnement de Président, répondit l'amiral. S'ils frappent à nouveau, c'est lui qu'on blâmera et ses ennemis le mettront en pièces pour n'avoir pas écouté les avertissements de ses conseillers militaires.

— Exactement, monsieur, dit Baldridge. Je suppose que c'est en effet ce qui arrivera. Et nous sommes plusieurs à penser qu'ils se préparent peut-être à frapper encore.

— Dans ce genre de situation, Bill, comme dans les contrats officiels, on ne discute JAMAIS de ce qui VA

ARRIVER. On doit toujours considérer ce qui POURRAIT arriver. Même si c'est improbable. En matière militaire, quand on a affaire à une catastrophe potentielle, on DOIT travailler sur le scénario le plus catastrophique. Il n'y a pas d'autre solution. Et, d'après mon expérience, les politiciens ont les plus grandes difficultés à saisir cela.

Le commandant Greenwood prit alors part à la conversation.

— Pouvez-vous me dire, capitaine, pourquoi vous êtes sûr qu'il s'agit d'un Kilo russe ?

— Bien sûr, monsieur. Nous avons vérifié la position de tous les autres sous-marins de toutes les marines du monde, y compris celles du tiers-monde. Ils étaient soit en réparation, soit hors service, ou même coulés au fond de leurs ports en ce qui concerne ceux de la Syrie et de la Libye...

— Désolé de vous interrompre, dit l'amiral en regardant Bill avec un petit sourire et un sourcil levé, mais les Iraniens n'ont-ils pas eu le même problème il y a deux jours ?

— Je ne suis pas vraiment au courant de ça, répondit l'Américain.

— Bien sûr que non, dit l'amiral sans cesser de sourire. Continuez, je vous en prie.

— Oui, monsieur. Donc, après toutes ces vérifications, nous avons conclu à l'unique possibilité. Un Kilo russe a quitté Sébastopol en avril et a été porté manquant, coulé dans la mer Noire deux semaines plus tard. Les Russes admettent qu'ils n'ont pu le retrouver malgré de longues recherches et ils ont de bonnes raisons de croire qu'il s'est échappé. En tout cas, ils admettent maintenant qu'il a tout simplement disparu.

— Eh bien, je suppose qu'il a pu couler dans un endroit peu fréquenté et qu'ils n'ont pas été capables de le trouver. Ça arrive, dit le commandant Greenwood.

— Bien sûr, monsieur, mais, à notre place, que croiriez-vous ?

— Je croirais qu'il a pu attaquer mon porte-avions.

— Oui, monsieur. C'est le seul sous-marin qui ait pu le faire. Ce qui nous amène au désir pressant du Président qu'on lui prouve qu'il est possible de traverser le Bosphore en immersion.

— Avant que vous ne sortiez la grosse artillerie, c'est ça ? demanda Greenwood.

— Je ne serais pas surpris d'apprendre que quelques officiers supérieurs iraniens considèrent que c'est déjà fait, dit l'amiral Elliott.

Le capitaine de corvette ne répondit pas. Mais il remarqua que le sourire de l'amiral n'avait pas disparu.

— Il me semble, dit Greenwood, que vous proposez quelque chose de tout à fait inutile. Pourquoi risquer un bateau et son équipage pour établir une possibilité aussi bizarre ? Même si nous le faisions et que nous réussissions, cela nous prouverait seulement qu'un bateau de première classe, dirigé par le meilleur équipage possible, peut sortir de la mer Noire en plongée. Vous pourriez admettre cela, très honorablement, dans cette pièce, éviter un tas d'ennuis et une mission extrêmement dangereuse. Dans tous les cas, je doute des avantages. Sans parler du fait que c'est contraire aux lois internationales et que nous pourrions perdre un bateau dans une bonne trentaine d'accidents possibles, ainsi que la vie de plusieurs dizaines de bons marins.

— J'ai oublié de vous dire, Bill, dit l'amiral, que le commandant Greenwood joue pour moi l'avocat du diable. J'en ai besoin parce qu'il y a des tas de gens qui pensent que je serais trop heureux de m'attaquer à quelque chose qui ne peut pas ou ne doit pas être fait. Ce n'est pas vrai, bien sûr, mais c'est un aspect de ma réputation avec lequel je dois vivre.

— Absolument, monsieur, dit Bill Baldridge. Mais les réponses aux inquiétudes du commandant Greenwood sont simples. Le Président des Etats-Unis a parlé.

Il veut que ce voyage se fasse afin de justifier la dépense de millions et de millions de fonds secrets pour tenter de trouver un ennemi qui n'existe peut-être pas. Ce Président est l'un des meilleurs que nous ayons jamais eus. Il est particulièrement amical envers les militaires, il essaie vraiment de comprendre de quoi il retourne. Il est très dur. Il est brillant, et toujours de notre côté. Il essaie d'éviter qu'un quelconque imbécile du Congrès le relance à propos de la traversée du Bosphore en plongée et de sa décision de dépenser des milliards de dollars sur le dos des contribuables.

— Oui, dit pensivement l'amiral. Je comprends qu'il veuille prouver que c'est possible.

Le commandant Greenwood laissa paraître un certain découragement en voyant son patron s'enflammer de la sorte. Il reprit la parole.

— Pourquoi n'utilisez-vous pas un de vos bateaux ? demanda-t-il.

— Tout simplement parce que nous n'en avons pas, répondit Baldridge. Cela fait vingt ans que nous n'en avons plus.

Il faisait évidemment allusion aux vieux diesels électriques qu'on avait abandonnés à la suite de plusieurs coupes sombres dans le budget de la Défense. Les politiciens américains pensaient depuis longtemps que l'Amérique avait seulement besoin de puissants sous-marins nucléaires à longue portée puisque ses opérations se faisaient toujours très loin, dans les divers océans du globe.

— A mon sens, les Américains ont fait preuve de beaucoup de bon sens, dit l'amiral Elliott. Ils ont vraiment besoin de leurs SNA à longue portée et n'ont qu'un usage restreint de bateaux côtiers furtifs, rarement utilisés. Ici, en Grande-Bretagne, les politiciens pensent qu'ils peuvent faire la même chose et ils ont tort, parce que notre situation géographique est différente. Nous devons parfois nous faufiler autour des côtes européennes avec, aux commandes, des sous-mariniers expérimentés dans ce genre de navigation. Ces petits bâtiments peuvent se révéler mortels contre un ennemi, et c'est pour cela que les Russes les fabriquent encore. Et qu'ils les vendent, nom de Dieu ! Notre propre situation frise l'absurde !

— Que voulez-vous dire, amiral ? demanda Bill.

— Que ces dernières années nous avons dépensé deux milliards de livres pour quatre sous-marins de soutien qui sont, en gros, l'équivalent des Kilos russes. Ceci comprend tous les frais de mise au point et, à partir de là, il est évident qu'ils deviennent progressivement moins onéreux. Et puis, tout à coup, sans qu'on sache pourquoi, les politiciens ont décidé qu'on n'en avait plus besoin, même pas en réserve pour le jour où nous en aurions, malgré tout, l'utilité. Alors, pour éviter des frais d'entretien quels qu'ils soient, même mineurs, ils ont décidé de les vendre à bas prix à tous ceux qui souhaitaient les acheter. Les Israéliens en ont déjà en service. Les Brésiliens commencent à en acquérir. Et ils seront suivis par Dieu sait qui. On les vend au prix des cacahuètes. De l'avis du service des sous-marins, il s'agit d'un gâchis criminel de l'argent des contribuables. Et il s'avère que c'est aussi une imprévoyance militaire tout aussi criminelle de notre gouvernement. Commandant Baldridge, pour moi, vous n'êtes pas un importun, comme certains pourraient le penser. Vous représentez au contraire une occasion particulièrement intéressante.

— Je comprends, monsieur. Parce que nous avons maintenant une bonne raison de remettre en état un de ces bateaux et de mener à bien une importante opération commune à nos deux pays ?

— Précisément. Et nous savons tous qu'il peut s'agir d'une urgence navale essentielle à l'échelle mondiale. Et la seule façon dont nous pouvons aider notre principal allié militaire, c'est d'utiliser notre pernicieux petit sous-marin de soutien pour lequel nous plaidons sans grand succès depuis très longtemps.

— Eh bien, monsieur, de notre côté, il n'y avait qu'un pays auquel nous puissions nous adresser. Pas seulement pour qu'il nous aide, mais pour sa discrétion et sa loyauté.

— A vrai dire, j'aimerais y aller moi-même, ajouta l'amiral, comme s'y attendait son adjoint.

— C'est absolument hors de question, monsieur ! intervint rapidement Greenwood. Il est impossible que vous restiez aussi longtemps intouchable. Sans compter le scandale si vous aviez un quelconque accident ! Personne ne pourrait raisonnablement expliquer ce que vous pouviez bien faire dans une mission aussi dingue et aussi dangereuse.

— Si c'était le cas, ça ne me toucherait guère, n'est-ce pas ? répondit l'amiral. Mais je suppose que vous avez raison. Toutefois, il faudra que le sous-marin soit sous commandement britannique.

— Nous avons envisagé un commandement britannique, avoua Bill. Mais mon Président exige que je participe à l'opération.

— Très bien. Ça ne présente pas de difficulté. Le seul problème, c'est le bref délai de la mission. Les commandants qualifiés de mes sous-mariniers doivent recevoir un entraînement spécial. Et nous n'avons pas le temps de les y préparer. Qui que nous désignions comme capitaine, il devra pouvoir compter sur un homme de premier plan auprès de lui — un sous-marinier conventionnel très expérimenté.

Le commandant Greenwood intervint :

— Que diriez-vous de l'amiral MacLean, monsieur ? Si lui ne peut pas réussir, personne ne le pourra.

— Ça, c'est une idée géniale ! dit l'amiral. Mais il va falloir le persuader. Il chasse la grouse pendant toute la fin du mois d'août. Néanmoins, je pense qu'il le ferait. Le vieux crabe a un sens très développé de l'Histoire — ça pourrait lui plaire.

— Il n'est pas si vieux que ça, monsieur. Quel âge peut-il avoir ? Cinquante-six ans ?

— Il se considérera sans doute comme assez jeune pour tenter d'être le premier homme à traverser le Bosphore en immersion, répondit l'amiral Elliott. Ou le second.

— Puis-je considérer que vous penchez pour une possible réalisation de toute l'opération, monsieur ? Je veux dire, bien sûr, les étapes préliminaires...

— Voyez-vous, Dick, j'envisage quelques possibilités très intéressantes. De notre point de vue, il est évident que c'est excellent — d'abord vis-à-vis du gouvernement, qui essaye de se débarrasser de nos précieuses coques pour quelque menue monnaie. Si nous réussissons la mission, ça pourrait même le persuader de garder un ou deux sous-marins de soutien dans la flotte pour le jour où nous en aurons besoin. Vis-à-vis des Turcs aussi, à qui cela donnera quelques informations très valables, à condition qu'on prenne la peine de les partager avec eux. Et, à long terme, vis-à-vis des Américains qui apprécieront de voir que les Turcs améliorent la sécurité autour du Bosphore. On ne sait jamais quand les Russes décideront de relever la tête. En résumé, je dirais qu'il y a beaucoup à gagner et peu à perdre. Pour tout le monde, et surtout pour nous.

— En effet, monsieur, dit le commandant Greenwood avec un humour glacé. Nous pourrions perdre un sous-marin tout neuf et pas mal de monde !

— Oh, je ne sais pas, Dick, répondit l'officier général. Je crois que nous survivrions à un éperonnage avec un de ces ferries d'eaux peu profondes. Ça pourrait démolir notre mât, peut-être une ailette. C'est cher mais pas catastrophique. Et la plupart des gars pourraient sortir. L'eau n'est pas profonde à ce point.

— Monsieur, ils ne survivraient pas à une mauvaise collision sous-marine dans l'obscurité avec une épave ou un rocher. Ils ne survivraient pas non plus à une collision avec un de ces gros cargos qui naviguent dans ces eaux.

— C'est vrai. Mais nous perdrons nos sous-marins

de toute façon, même si nous restons assis là sans rien faire.

— En réalité, monsieur, je pensais surtout à nos marins.

— Je n'en doute pas, commandant. Mais je refuse de tourner le dos à l'occasion qui m'est donnée de garder deux ou trois sous-marins de soutien dans la Royal Navy. Et sans cette mission, on peut leur dire adieu.

— Oui, mais n'oubliez pas, monsieur, la question des Turcs, reprit le commandant Greenwood. Est-ce qu'on va les mettre au courant ?

— Je ne crois pas que le Président le souhaite, dit Bill. Mais puisque c'est votre bateau, je suppose que c'est à vous de décider. Nous préférerions ne rien dire.

— Permettez-moi de vous rappeler l'un des scénarios possibles, intervint Greenwood. C'est le milieu de la nuit. Pour une raison quelconque, nous sommes conduits à la surface soit par une collision, soit parce que l'eau est trop peu profonde. Le radar des Turcs nous repère. On retourne en immersion périscopique et ils arrivent avec un patrouilleur, ils paniquent et nous lancent une demi-douzaine de grenades sous-marines qui cassent le sous-marin en deux et tuent la plupart de nos gars. Ne devrions-nous pas essayer d'éviter ça ?

— Ça me paraîtrait raisonnable. Nous ne sommes en guerre contre personne et nous ne devons pas nous exposer à ce genre de représailles. Les Turcs ne seront pas ravis de cette affaire, croyez-moi. Alors, nous allons devoir trouver un moyen pour protéger l'intégrité de notre mission en les prévenant tout en ne les prévenant pas, si vous voyez ce que je veux dire. Et là, je pourrai peut-être vous aider.

Le commandant Greenwood détourna les yeux. Il devinait toujours quand son chef allait balancer un atout. Et c'était le cas.

— Il y a quelques années, commença le patron, j'ai eu le privilège d'être choisi parmi une foule de gens, qui n'en demandaient pas tant, pour escorter un important officier turc en visite et lui faire faire une balade touristique sur la Tamise. Apparemment, tout était réuni pour faire de cette promenade un désastre. Il ne parlait pas un mot d'anglais et moi, pas un mot de turc. On m'avait dit de lui parler français mais je le parle à peine. Je suis resté toute la nuit à étudier un ou deux guides touristiques au point de devenir un véritable expert des monuments londoniens, d'un bout à l'autre du fleuve. Le Turc et moi avons passé la journée ensemble. On s'est bien amusés et, après un dîner au club, je lui ai fait rencontrer une hôtesse du Stork Room. Si je me le rappelle bien, Al, le directeur, ne lui a rien fait payer. Ce Turc-là a une dette envers moi. Or il se trouve qu'il est maintenant à la tête de la Marine turque. Qu'est-ce que vous en dites ?

— Super, monsieur ! dit Bill. On pourrait peut-être lui envoyer une invitation pour le Stork Room ?

— Inutile, j'en ai peur. Il est fermé depuis quelques années. Trop de petites faveurs, je suppose.

Le commandant Greenwood ricana et Bill Baldridge éclata de rire. Mais l'officier général garda son sérieux.

— Voilà ce que je propose, dit-il. Je vais avoir une petite discussion rapide avec mon vieux copain turc, en français. Bill va partir immédiatement pour l'Ecosse et bavarder avec son nouvel ami l'amiral MacLean. Je lui parlerai d'abord. Pendant ce temps-là, Dick ira au chantier naval de Barrow-in-Furness voir où en sont les travaux de ce bateau qu'on doit vendre aux Brésiliens. *L'Invisible,* n'est-ce pas ? ANDREW ! Appelez le ministre de la Marine. Je vais passer au-dessus de la tête du ministre de la Défense. Je suppose que le Premier ministre a été prévenu. Les politiciens ne devraient pas faire d'objection car ils souhaitent aider nos amis américains s'ils le peuvent. On ne peut tout de même pas laisser un crétin enturbanné faire sauter la Marine américaine, non ?

L'amiral se leva et proposa à Bill d'aller téléphoner dans le bureau d'à côté aux MacLean pour leur demander s'il pouvait passer chez eux, et peut-être aller le lendemain avec sir Iain à Barrow pour jeter un coup d'œil à *L'Invisible*.

— Nous enverrons un hélicoptère de la Royal Navy vous chercher à votre descente d'avion pour vous emmener à Inveraray, si cela convient aux MacLean, dit-il. Sinon, vous pourrez passer la nuit à la base de Faslane et voir Iain demain. Vous feriez bien de vous remuer, maintenant. On se téléphonera ce soir pour vérifier que tout cela s'emboîte, ce qui sera sûrement le cas. En règle générale, nous n'aimons pas décevoir le Pentagone. Surtout quand ils paient et que nous avons quelque chose à y gagner.

Bill Baldridge descendit rapidement l'escalier et monta dans la voiture de service de l'amiral. Le chauffeur savait déjà que l'Américain partait pour l'Ecosse, aussi se dirigea-t-il immédiatement vers Heathrow. Il pleuvait sur Northwood cet après-midi-là et la circulation était épouvantable sur la M 25. Mais ils roulèrent assez vite sous le tunnel et arrivèrent à temps à l'aéroport pour attraper le vol de 14 h 40 pour Glasgow.

051835AOÛ02. 19,55 S, 64,31 E. Vitesse zéro. Position océan Indien. 300 milles franc est de l'île Maurice.

— Les provisions sont bonnes. Encore quatre mille cinq cents litres de carburant, Georgy. Tu te mettras en route dans une demi-heure.

— Tu ne nous accompagneras vraiment pas, Ben ?

— Je ne peux pas. Je dois descendre ici et embarquer sur le pétrolier. Et je dois partir pour notre point de rendez-vous parce que tu ne peux pas débarquer comme ça cinquante marins russes en fuite et les laisser dans n'importe quel village d'Amérique du Sud avec un demi-million de dollars chacun. Il faut que je nous trouve un bateau. Il faut que nous transbordions ces hommes du sous-marin, deux ou trois à la fois. Nous avons trois semaines pour ça. On s'est mis d'ac-

cord là-dessus. Lentement, soigneusement et sans risques, comme nous avons tout fait jusqu'à présent.

— Mais, Ben, que se passera-t-il si nous allons où nous devons et que tu ne viens pas ? Si tu ne te montres pas ? Qu'est-ce que je ferai, moi ?

— Georgy, tu sais où se trouve le dernier point de ravitaillement. Jusqu'ici, tout s'est bien passé. Et tu as une Samsonite sous ta couchette avec quatre millions de dollars américains dedans. Tu as aussi tous les documents du compte en banque au Chili. Tu as un fax de leur part confirmant ton droit d'utiliser ce compte. Tu as même une lettre de crédit pour toucher cinq autres millions dans cette banque. Ton argent est à l'abri. Le seul problème que tu aies à résoudre, c'est de quitter le sous-marin sans te faire remarquer. Et c'est ça que je prépare en ce moment. Il faut que je parte.

— Ben, je ne peux pas te laisser partir. L'équipage veut que tu restes.

— Georgy, vous ne pourrez pas quitter ce bateau si je ne suis pas où il faut pour vous accueillir avec une chaloupe.

— Je peux accoster sur une de ces îles. Ensuite, je partagerai l'argent de l'autre valise entre les marins et je partirai, dans un petit canot de sauvetage, dans les eaux peu profondes avec ma valise et mes documents.

— Georgy, vous êtes trop nombreux. On trouvera le sous-marin en quelques heures. Il faut le cacher pendant que vous évacuez. J'insiste pour que tu te conformes à nos plans.

— Si tu pars, Ben, je serai sans doute un homme mort. Tandis que si tu restes, je suis sûr de m'en tirer.

— Si je reste, Georgy, nous serons tous les deux des hommes morts. Tu dois faire ce que je te dis.

— Ben, si c'est nécessaire, je t'obligerai à rester ici sous la contrainte. L'équipage ne te laissera pas partir. Ils me l'ont dit il y a deux jours. Dès que je

leur ai dit ce que nous avions vraiment fait. Certains sont vraiment inquiets. Même si nous n'avons pas fait de tort à la Russie.

— Georgy, ne sois pas ridicule. Amène-moi les quatre officiers supérieurs de ton équipage, je vais leur parler. Je vais leur expliquer l'importance de mon plan. Tout ce que je cherche, c'est que personne ne se fasse prendre. Si tu accostes sur une île, nous serons tous pris. Si les Américains sont sur nos traces, ils nous feront peut-être tous extrader aux Etats-Unis et nous serons condamnés à mort pour l'assassinat massif de l'équipage du Thomas Jefferson.

— OK, Ben, je te les amène. Mais ils ne changeront pas d'avis. Ils veulent que tu nous accompagnes jusqu'au bout du voyage. Et moi aussi. Tu restes.

— Georgy, avant même que tu envisages de me mettre une Kalachnikov sous le nez, rappelle-toi une chose : j'étais tout à fait prêt à mourir pour mon pays dans cette mission. Je le suis toujours.

De l'hélicoptère, Bill Baldridge regarda les eaux brillantes du loch Fyne. Au nord-est de la maison des MacLean, il apercevait la petite ville d'Inveraray. De là-haut, on voyait une sorte de château qui la dominait, peut-être un beau manoir, avec quatre tours rondes, entouré de grandes pelouses et de jardins. C'était le château d'Inveraray, la résidence des ducs d'Argyll.

L'hélicoptère se posa bruyamment sur la pelouse de sir Iain baignée par la lumière de fin d'après-midi et Bill mit pied à terre. Il porta sa valise jusqu'à la porte et fut accueilli par lady MacLean qui lui serra chaleureusement la main et annonça que son mari serait de retour dans deux heures car il avait été retenu à Edimbourg.

Ils entrèrent dans le hall, où le fidèle Angus souhaita à Bill un bon après-midi avant de porter sa valise au premier étage. Lady MacLean le précéda dans le grand salon surplombant le loch et lui dit qu'on allait leur servir le thé dans quelques minutes. Assis l'un en face de l'autre sur des sofas, ils échangèrent quelques banalités. L'épouse de l'amiral l'implora de l'appeler Annie. Puis il lui fallut un moment avant d'oser dire :

— Je crois que vous avez l'intention d'emmener mon retraité de mari faire un petit voyage d'agrément en Turquie ?

— Personne ne m'a dit s'il avait ou non accepté, dit Bill. Je participais à la réunion au cours de laquelle on a fait savoir à l'amiral Elliott qu'il ne pourrait pas y aller. Tout ce que je sais, c'est qu'il se préparait à contacter l'amiral MacLean. Ils devaient discuter pendant que j'étais dans l'avion.

— Oui, je crois qu'ils ont bien discuté. Et je crois aussi qu'ils réfléchissent à l'affaire mais que chacun sait comment ça va se terminer. Iain va prendre part à ce voyage en tant qu'officier supérieur à bord et finira par prendre l'entière responsabilité de l'affaire, comme il l'a fait toute sa vie.

— Annie, dit Bill doucement en utilisant pour la première fois son prénom, souhaitez-vous qu'il n'y aille pas ?

— Bien sûr que non ! J'ai été l'épouse d'un officier de marine pendant presque toute ma vie d'adulte. Je l'ai attendu pendant toutes ces années. Parfois pendant des mois d'affilée quand il naviguait dans l'Atlantique ou dans la mer de Barents, risquant sa vie chaque jour, à chaque instant, à des centaines de mètres sous la surface. Juste derrière les Russes. Toutes ces semaines seule, sans nouvelles, à me demander ce qui se passait... Je pense aux longues heures innombrables dans cette maison, la nuit, allant d'une pièce à l'autre, toujours seule, priant pour avoir de ses nouvelles. N'importe quelles nouvelles. Et pareil pendant la guerre froide, pareil pendant la guerre des Malouines. Jusqu'à l'année dernière, quand je l'ai enfin récupéré. Et maintenant ceci ! Une sorte de mission-suicide dans un sous-marin, dans un chenal à peine plus large qu'un grand fossé.

Bill parut songeur.

— Je suppose que si vous lui parliez, il pourrait décider de ne pas le faire. Moi, je dois y participer, ce sont les ordres.

— Mais, Bill, vous êtes tellement plus jeune ! Et je crois que vous n'êtes pas marié, n'est-ce pas ?

— Non, madame, en effet. Mais j'ai un tas de très proches parents, là-bas, au Kansas, et nous venons juste de perdre mon frère Jack. Jack était en réalité le chef de famille. Je suppose que ma mère tiendrait un discours semblable au vôtre.

— Les épouses et les mères de marins ont des vies très solitaires et pleines d'inquiétude. Et ça dure des années. Je pense que je suis juste un peu sous le choc. J'avais cru tout cela terminé.

— En tout cas, personne ne nous tirera dessus. Nous allons seulement faire le trajet. Ça ne fait que seize milles. Ça ne nous prendra pas plus de quatre heures à partir du moment où nous plongerons. Je ne crois pas que vous ayez de raison d'inquiétude. Tout ira bien. Et si sir Iain décide de nous accompagner, tout ira encore mieux. Parce qu'il est certain que c'est réalisable. Et parce qu'il est le meilleur.

— Oh ! Il n'y a pas de problème, il sera dans ce sous-marin, dit lady MacLean. Quoi que je pense et quoi que je dise. Et il sera ravi d'y être parce que ça le ramènera à ses jours les plus heureux et les plus excitants, à l'époque où il était aux commandes. A faire des choses qu'à son avis lui seul pouvait réussir.

— Quantité de gens paraissent d'accord pour affirmer qu'il a été le meilleur commandant de sous-marins que la Navy ait jamais eu. Ça fait peut-être partie de son destin. Croyez-vous au destin, Annie ?

— Oui, Bill. Après toutes ces années, j'ai bien peur d'y croire encore.

Angus apporta le thé. Après son départ, l'Américain et lady MacLean le burent en silence.

— Combien de temps faut-il pour aller à Edimbourg en voiture, d'ici ? demanda enfin Bill.

— Environ une heure et demie jusqu'à Glasgow puis une heure jusqu'à Edimbourg si la circulation est fluide. Il y a à peine soixante-quinze kilomètres entre les deux villes en prenant la M 8.

— Ça fait tout de même cinq heures au volant, remarqua Bill. Ça ne doit pas être drôle quand on fait ça tous les jours.

— Oh ! non. Mais il ne le fait pas tous les jours. En réalité, c'est juste en face, complètement à l'est. Enfin, ça ne sera pas trop désagréable aujourd'hui. Laura est avec lui.

Bill leva vivement les yeux, souriant pour cacher les battements soudains de son cœur. Ils ne s'étaient pas parlé depuis qu'ils s'étaient séparés sur la pelouse de la maison, trois semaines plus tôt.

Il essaya de faire durer la conversation et y réussit presque.

— Oh ! J'ignorais que j'allais rencontrer à nouveau l'une de mes meilleures informatrices, dit-il avec un grand sourire.

— Et, d'après ce que je sais, quelqu'un qui partage votre amour de l'opéra, répondit Annie MacLean.

Mais elle ne lui laissa pas deviner ce qu'elle savait ni ce qu'elle devinait.

— Ma fille vous aime beaucoup, ajouta-t-elle seulement.

— Est-elle venue avec ses petites filles que je n'ai jamais rencontrées ?

— Non, Bill. Elles sont parties quelques jours avec leur père chasser la grouse chez leur oncle. La saison ouvre la semaine prochaine et tout le monde est très occupé pendant les quelques jours précédant le premier coup de fusil. Laura déteste tout ce rituel.

— Alors elle vient passer quelques jours ici, sur ce loch merveilleux, dit Bill.

— Oui. En fait, nous l'avons vue souvent, ces derniers temps. Elle n'est jamais contente à Edimbourg. Pourtant son mari est charmant. Bien sûr, elle ne s'est jamais tout à fait remise de son aventure avec cet horrible Adnam. Elle m'a dit que vous saviez tout ça.

— Oui, elle m'a beaucoup aidé à propos de ce type. Si nous l'attrapons, elle ne saura probablement jamais la part importante qu'elle aura prise dans sa capture.

— Croyez-vous vraiment que ce soit lui qui ait fait sauter votre porte-avions ?

— La dernière fois que je suis venu, je pensais que c'était possible. Maintenant, je suis sûr qu'il l'a fait.

— Puis-je savoir pourquoi ?

— Pas en détail, j'en ai peur, dit Bill. Mais il n'est pas israélien. Nous pensons qu'il est iranien. Mais il pourrait être libyen, syrien ou irakien. Son identité a dérouté même le Mossad.

— Iain pense qu'il est probablement iranien. Surtout depuis que Laura lui a raconté l'étrange visite qu'ils ont faite à la mosquée du Caire.

Le téléphone sonna. Lady MacLean se hâta d'aller répondre.

— Oui... Oui... Il est ici... Je vous le passe.

Elle fit signe à Bill et lui dit de prendre l'appel dans le bureau de l'amiral, de l'autre côté du hall.

— C'est probablement ultra-secret, dit-elle en souriant. Ça vient de l'ancien bureau de mon mari.

Bill reconnut la voix du lieutenant de vaisseau Waites.

— Bonjour, monsieur. Ne quittez pas, je vous passe le commandant Greenwood.

— Bonjour, Bill.

La voix profonde et maussade de l'adjoint de l'officier général était reconnaissable.

— Je veux juste vous tenir au courant de nos progrès. D'abord, nous sommes couverts politiquement.

La mission doit commencer immédiatement. Le patron a déniché l'amiral MacLean dans un bureau d'Edimbourg et sir Iain arrive. En somme, tout baigne ! Le sous-marin que nous voulions, *L'Invisible,* est à Barrow. Il était presque prêt à partir pour le Brésil. Nous avons annulé son départ pour le moment et l'amiral y rassemble un équipage. Ça prendra une semaine. Ensuite, il nous faudra deux semaines pour que tout le monde se familiarise avec le nouveau SNA. Sauf incident, *L'Invisible* quittera Barrow le 25 août et arrivera dans la zone le 7 septembre. Il y a trois mille sept cents milles à couvrir et nous les couvrirons à 12 nœuds pendant tout le trajet.

— Comment ça se passe avec les propriétaires des lieux ? demanda Bill en évitant de nommer les Turcs au téléphone. Est-ce qu'on leur a craché le morceau ?

— Non. Je crois que l'amiral va appeler leur patron sans trop lui en dire. Il a déjà parlé à l'amiral Dunsmore au Pentagone et, d'après ce que je sais, vous serez le seul Américain à bord. L'amiral Elliott nommera le commandant demain. Je suppose que ce sera l'ancien commandant du soutien XO, Jeremy Shaw. Son équipe et lui forment les Brésiliens, de sorte qu'il sera parfait pour cette mission.

— Ça me paraît parfait.

— Bien. Deux choses encore. Demain, nous envoyons l'hélico pour vous ramener à Barrow, vous et sir Iain, afin de jeter un coup d'œil au bateau. Et puis, d'ici une demi-heure, vous devriez avoir un appel de l'amiral Morgan. Ça va ?

— Très bien, monsieur. Je serai là. Je profite au mieux de ces petites vacances en Ecosse.

— D'après ce que je sais, ça ne va pas durer. L'amiral Morgan a dit qu'il vous enverrait jeudi en Russie. Vous devez obtenir un visa spécial à leur ambassade de Londres avant de partir.

— Seigneur ! s'écria Bill. Pas moyen d'avoir la paix, hein ?

— Pas si vous voulez mettre la main sur votre bonhomme, mon vieux.

Une demi-heure plus tard, l'Américain, fatigué, venait de se plonger dans un bon bain chaud où il avait versé l'autre moitié du flacon de sels bleus quand il entendit frapper à sa porte.

— Monsieur, un appel pour vous. Je l'ai passé sur le poste qui est près de votre lit.

— Merci, Angus, j'arrive.

Maudissant Arnold Morgan qui savait toujours choisir le plus mauvais moment, il se drapa dans une serviette et décrocha.

— Amiral, dit-il chaleureusement, cette ligne n'est pas codée.

— OK, Bill, j'ai saisi. J'ai appris que tout était arrangé. J'ai eu Scott Dunsmore ce matin, il m'a dit que le Président était tout à fait décidé. Dès qu'il saura que vous avez passé le goulet, il donnera le feu vert pour une recherche du Kilo tous azimuts. En attendant, je veux que vous alliez à Sébastopol passer un moment avec l'amiral Rankov. Il est aussi impatient que nous de retrouver ses concitoyens. Il vous fera visiter les environs pour que vous vous fassiez une idée du coin et que vous rencontriez les familles de l'équipage. Désolé de vous faire jouer les détectives mais tout le monde souhaite restreindre le nombre de gens au courant de cette affaire. Alors, je préfère que vous en fassiez le maximum.

— Et pour mon voyage en Russie, qui s'occupe de l'intendance ?

— Le bureau de l'amiral Elliott s'occupe de tout. Vous aurez juste à prendre vos billets, votre visa et de l'argent à Londres avant de partir, jeudi ou vendredi, après avoir visité le sous-marin. De toute façon, appelez l'officier d'ordonnance de l'amiral à Northwood. Ils ont tout sous contrôle.

— Très bien, amiral. Dois-je rentrer aux Etats-Unis après Sébastopol ?

— Je suppose. Vous quitterez Rankov aux alentours du 13 août. Après ça, vous aurez sans doute besoin de rencontrer les gars qui préparent le sous-marin. A ce moment-là, il y aura peut-être quelque chose d'autre pour vous. Si ce n'est pas le cas, vous pourrez aussi bien rentrer et nous continuerons à jouer aux détectives tous les deux. N'importe comment, vous serez prêt à embarquer le 8 septembre, d'après ce que m'a dit l'amiral MacLean.

— Bien, monsieur.

— Bon, à bientôt, Bill.

De nouveau dans l'eau chaude et parfumée de son bain, Bill réfléchit à la situation. Le point important, c'était que l'opération « recherche et destruction » dépendait du succès de la traversée du Bosphore. Ensuite seulement le Président américain ordonnerait, il le savait, que l'on poursuive sans merci le commandant Adnam. Bill s'étonna d'être aussi certain du fait que l'officier félon avait fait ce voyage. Et le plus curieux était que l'ancien Professeur de Ben se lançât à sa poursuite.

En bas, à peine dans le hall, il entendit la Range Rover s'arrêter devant la maison. Il ouvrit la porte d'entrée et vit l'amiral descendre de la voiture poursuivi par les encombrants Fergus, Muffin et Samson. Dieu sait ce que les labradors avaient pu faire à Edimbourg !

Il remarqua la démarche légère de l'amiral qui venait vers lui le sourire aux lèvres. Il nota aussi le signe joyeux de la conductrice à travers le pare-brise. Elle prit son manteau et son sac.

— Hello ! Bill ! Ravi de vous voir ici. J'ai cru comprendre que nous allions faire une petite balade ensemble ?

Bill serra la main de l'amiral et résista à l'assaut des chiens qui lui faisaient une fête bruyante.

— Deux jours au large d'Istanbul aux frais de l'Oncle Sam, ça ne devrait pas être désagréable, monsieur.

— Sûrement pas. Pour vous dire la vérité, je suis impatient d'y être.

Laura était maintenant descendue de la voiture et venait vers eux.

« Mon Dieu, qu'elle est belle », pensa Bill.

Il lui adressa un sourire charmeur et elle lui tendit la main.

— Salut ! dit-elle. Je ne m'attendais pas à revoir si vite mon inquisiteur.

Lady MacLean parut sur le seuil de la grande porte.

— Bonjour, ma chérie. Bon voyage ?

— Oui, très bon sauf que papa a lâché les chiens dans la forêt à une heure d'ici. Ce sacré Fergus ne voulait pas revenir. Il avait dû trouver un lapin ou quelque chose comme ça. Ça nous a pris vingt minutes. Je ne sais pas pourquoi il les a emmenés, d'ailleurs. Ils sont restés deux heures devant le bureau du notaire et cinq heures dans la voiture avec seulement deux petites récréations.

— Tu sais comment est ton père avec ses chiens. Il les emmène partout sauf à Londres. Et la plupart du temps, ils se conduisent comme des fous.

Bill aperçut de loin le trio bruyant qui courait, aboyait et se roulait dans l'herbe avec énergie. Deux avaient déjà atteint le loch.

— Ne laisse pas rentrer les labradors mouillés dans la maison ! cria lady MacLean à son mari.

Laura prit Bill par le bras.

— Entrez, monsieur l'Inquisiteur, allons prendre un verre, dit-elle. Il est presque sept heures et demie.

C'était un bon départ pour une longue soirée. Angus avait préparé un autre saumon du Tay, servi avec les mêmes vins. L'amiral MacLean s'expliqua encore sur le Bosphore. Il avait bien l'intention, maintenant, de le traverser avec *L'Invisible*.

Bill pensa qu'il parlait surtout pour rassurer sa femme. Tout le monde se retira à 23 h 30 car on devait venir prendre Bill et l'amiral le lendemain à 8 h 30.

Retenus par les convenances, le jeune capitaine de corvette et la fille de l'amiral gagnèrent leurs chambres respectives, distantes de dix mètres mais pourtant à des milliers de kilomètres l'une de l'autre. Bill se demandait s'il reverrait Laura. Dans deux jours il serait parti, peut-être sans espoir de retour. Il ne pourrait jamais lui téléphoner ici et n'oserait jamais l'appeler chez son mari, à Edimbourg. Il savait qu'il lui faudrait attendre, voir si elle lui téléphonait aux Etats-Unis. Si elle le faisait, ne serait-ce pas de sa part une sorte d'engagement ? Où cela la mènerait-il ? Nulle part, sauf au Kansas. Il la connaissait à peine. Seigneur ! Il ne savait même pas s'il y avait des jeunes filles au pair au Kansas !

Comme d'habitude, l'hélicoptère de la Marine arriva pile à l'heure. Bill et l'amiral attachèrent leur ceinture pour ce trajet d'une demi-heure vers le sud, jusqu'au terrain de Vickers Shipbuilding and Engineering Ltd, le grand constructeur britannique qui avait fabriqué tous les bateaux nucléaires de la Royal Navy, du Polaris au Trident. La plupart des chantiers navals d'Europe du Nord sont installés dans des zones désolées et battues par les vents. Celui-ci ne faisait pas exception. Les chantiers Vickers occupaient la partie la plus au sud de la péninsule de Cumbria, la plus au nord de la baie de Morecambe, juste en face de la côte du Lancashire. Techniquement, ils s'avançaient dans la mer d'Irlande, sans protection contre les pluies et les tempêtes venant de l'ouest sinon par leurs bâtiments énormes. De l'autre côté du goulet s'étend l'île de Walney, avec ses douze kilomètres de côtes plates et sablonneuses, qui ne modère en rien les ravages météorologiques.

Un petit groupe d'officiers vint accueillir l'amiral et son hôte et les conduisit immédiatement au dock

Buccleuch où étaient mouillés les sous-marins de soutien dont les autorités ne voulaient plus. C'est là que stationnait *L'Invisible,* un bateau à arbre unique, noir, de 2 500 tonnes, 70 mètres de long. Il pouvait parcourir huit mille milles avec, en plongée, une vitesse de 20 nœuds quand il le fallait. Un gros moteur générateur diesel Paxman animait la batterie géante du sous-marin qui, à son tour, actionnait un moteur de 6 500 CV GEC. Il était prévu pour transporter un complément de missiles téléguidés tueurs de sous-marins et vingt et une torpilles Marconi Spearfish. *L'Invisible,* qui portait bien son nom, était silencieux comme une tombe. L'équipage savait que le gouvernement britannique était sur le point de l'abandonner. Il savait aussi que la Royal Navy en était atterrée. Autant qu'elle l'avait été, en 1981, quand les politiciens avaient décidé de vendre les deux seuls porte-avions que possédait la Navy. C'est ce qui avait été à l'origine de la guerre des Malouines car les Argentins avaient cru alors que la Grande-Bretagne ne pouvait plus défendre les îles contre une attaque importante. Une erreur de jugement qui dura six mois. Les porte-avions appartenaient encore à la Royal Navy.

En cheminant près des officiers jusqu'au sous-marin inutilisé, Bill Baldridge se rendit compte de l'animosité de la Marine envers le gouvernement. Personne ne souhaitait qu'il soit vendu et tous les officiers supérieurs avaient compris que sa possible sauvegarde dépendait de ce capitaine de corvette américain. On traita Bill comme un héros.

A bord de *L'Invisible,* pendant que Bill visitait l'armurerie, l'amiral MacLean passa deux heures au PC sonar, inspectant les systèmes Thompson Sintra et les Paramax 2041 passifs.

Après le déjeuner, ils visitèrent les chantiers, traversèrent le pont Michaelson séparant les docks de Buccleugh des docks Devonshire. Le pont se levait quand il fallait faire passer un navire de l'un à l'autre. A côté des docks Devonshire, il vit les gigantesques hangars de construction des Tridents. Le ciel s'était couvert, gris et lugubre au-dessus de l'eau. Iain MacLean s'était toujours demandé comment on avait pu donner à ces docks tristes de l'industrie navale le nom d'un des plus célèbres ducs d'Angleterre.

Il montra à Bill l'étroit chenal, ouvert à la drague, qui partait du bassin intérieur et s'étirait vers la droite, traversant les eaux peu profondes de la baie, longeait les caps jumeaux des îles Roa et Foulney et poursuivait sa route malgré les assauts de la mer d'Irlande pour se perdre au-delà de la pointe de Hilpsford.

— Des centaines de sous-marins neufs ont suivi cette route jusqu'à l'Atlantique, expliqua-t-il. Et pendant la Seconde Guerre mondiale, un grand nombre d'entre eux ne sont jamais revenus. Ce chantier naval et les hommes qui y travaillent représentent l'âme du service des sous-marins de la Royal Navy. Des générations d'hommes de talent, que divers gouvernements britanniques ont trop souvent méprisés.

— *L'Invisible* m'a vraiment plu, dit Bill. On le sent bien, silencieux, fin, solide. Je suis vraiment impatient d'embarquer.

— Moi aussi, répondit l'amiral. Il est aussi fiable que les meilleurs bateaux du monde et se manie aisément. Tout se passera bien.

A 16 heures précises, ils repartirent pour Inveraray et survolèrent à nouveau les rues grises et mélancoliques de Barrow, où la vie des ingénieurs et des ouvriers des chantiers était bien incertaine en ces temps de commandes annulées et de programmes maritimes abandonnés.

Tout en bas, par le hublot de droite, Bill aperçut les docks et il écrasa le nez sur la vitre pour voir d'en haut le sous-marin qui l'emmènerait dans le Bosphore. Mais les nuages étaient trop bas.

Pendant le vol du retour, le temps maussade glissa

derrière eux. Mais un sentiment de tristesse planait sur les deux hommes qui pensaient à la vie difficile de ces gens qui travaillaient pour les chantiers navals d'une ville comme Barrow. Cependant, lorsqu'il aperçut Laura qui leur faisait des signes de bienvenue sur la pelouse tandis qu'ils survolaient le loch et tournaient pour se poser, Bill se sentit plus léger.

— Il y a longtemps que vous nous attendez là ? lui demanda-t-il.

— Non, quelques minutes. Cet hélicoptère quitte toujours Barrow à quatre heures quand papa est à bord. Cela veut dire qu'il atterrit un peu après cinq heures. Avez-vous passé une bonne journée ?

— Fabuleuse ! Et l'amiral est à l'heure pour le thé. Epatant, non ?

Laura regarda Bill. Elle ne l'avait jamais vu en uniforme et se dit que cela lui donnait une allure impressionnante. Alors, pourquoi personne ne l'avait-il encore harponné ?

— Laura, demanda-t-il, pourquoi me dévisagez-vous comme ça ?

— Oh ! je suis désolée. Je ne vous avais encore jamais vu en uniforme. J'essayais seulement de m'habituer à votre allure officielle.

— Ça, pour être officiel, je suis officiel ! dit-il en riant. En mission pour le gouvernement des Etats-Unis d'Amérique ! Et habillé pour le rôle — col dur et médailles au vent.

— Vous avez aussi des médailles ?

— Oui, mais je ne les ai pas gagnées sur un champ de bataille, plaisanta-t-il. Pourtant, je dois dire que j'ai eu quelques moments de gloire.

« En plus, c'est un tombeur ! pensa Laura. Mais il est sympa. »

Ils regardèrent l'hélicoptère disparaître au-dessus du loch pour rentrer à Faslane. Lady MacLean leur cria, depuis la porte d'entrée, que le thé était servi dans le salon et qu'on n'attendait plus qu'eux.

— Iain, ajouta-t-elle, veux-tu laisser ces chiens dehors ?

La soirée, apparemment, était déjà organisée. Ils iraient dîner au pub du village d'Inveraray, le George.

— Pull-over et pas de cravate, prévint lady MacLean. Vous aurez droit à un bon steak d'Aberdeen, Bill, délicieux même comparé à ce qu'aime un rancher américain.

— Mais tu ne sais pas ce qu'il aime, maman, dit Laura.

— Toi non plus, répondit sa mère.

Il y avait une sorte de sous-entendu dans cette remarque. Bill le sentit et Laura aussi. Ils ne se regardèrent pas. Mais leurs pensées étaient les mêmes. Et tous deux le devinèrent.

L'amiral but son thé, lut son journal et rouspéta pour la forme.

— Saleté de Bourse américaine ! Elle monte de cinquante ou soixante points un jour et descend d'autant le lendemain. Et ça fait deux semaines que c'est la même chose. Je me demande pourquoi elle ouvre. Si elle restait fermée, ça éviterait bien des emmerdements à tout le monde !

Ils partirent pour le George à 19 heures. Laura conduisit la Range Rover jusqu'au village et dépassa l'église. L'amiral MacLean l'obligea à faire un petit détour pour montrer à Bill la jetée de la ville et l'endroit où avait été ancré son ancien sous-marin.

— On s'arrêtait là pour passer la nuit et pour aller boire quelques verres au pub quand on manœuvrait dans le loch, dit-il. C'est un drôle de petit village pour un sous-marinier parce que la première chose qu'on voit, c'est une barque à rames dans laquelle se tiennent Sa Grâce le duc d'Argyll et son serviteur. Il se présente à tous les sous-marins au titre d'amiral des Antilles. Autrefois, c'était une sacrée cérémonie. Nous accueillions le duc à bord et nous lui offrions un verre de whisky, après quoi il nous racontait ce qui se passait dans les environs. Un jour, il m'a dit que sa femme était connétable d'Ecosse. Je suppose que ce titre peut s'appliquer à toutes les femmes de tous les ducs d'Argyll. Ç'aurait été amusant que l'un d'eux ait épousé une chanteuse de cabaret, vous ne croyez pas ?

Le George avait un plafond bas barré de poutres. Il était presque vide. Les steaks étaient excellents et les deux bouteilles de vin rouge qui les accompagnaient du meilleur cru. Bill insista pour payer et affirma que le Président des Etats-Unis serait furieux d'apprendre qu'il avait profité un soir de plus de l'hospitalité des MacLean. C'était sa dernière soirée. Le lendemain, il entamerait son voyage en Russie.

De retour à Inveraray Court, lady MacLean prit les choses en main.

— J'emmène mon mari se coucher immédiatement, dit-elle en riant. Barrow aujourd'hui, Edimbourg hier et un dîner de huit personnes dimanche soir. Il a pêché toute la journée de samedi dans le Tay, il a joué au golf vendredi matin. Il sera trop fatigué pour le Bosphore. Bonne nuit, vous deux. Je suppose que vous trouverez quelque chose pour vous divertir encore une petite heure.

— Et ne buvez pas tout mon porto de luxe ! lança l'amiral en montant l'escalier. A demain, Bill. De bonne heure. Je vous conduirai à la base. De là, quelqu'un vous emmènera à l'aéroport.

Bill et Laura s'installèrent dans le bureau et le jeune Américain plaça deux bûches dans le feu qui brûlait encore. Laura mit un disque de *La Bohème.*

— Rien de trop moderne pour vous, monsieur l'Inquisiteur, dit-elle. Ne dit-on pas que cet opéra convient aux débutants ?

— En effet. Et c'est pourtant toujours mon préféré alors que j'aurais dû évoluer depuis.

— C'est aussi le mien, affirma Laura en versant deux verres de taylor 47.

Elle en tendit un à son hôte. Tandis qu'Herbert von

Karajan et le Philharmonique de Berlin jouaient derrière eux, ils s'assirent dans les fauteuils profonds de part et d'autre de la cheminée en dégustant le grand porto de l'amiral. La voix de Pavarotti chantant Rodolphe et celle de Mirella Freni dans le rôle de Mimi ajoutèrent au charme créé près de cent ans plus tôt, dans le nord de l'Italie, par Giacomo Puccini.

Le temps passa très vite. Ils parlèrent de musique, du Kansas et de Ben Adnam. De temps en temps, Laura secouait la tête, encore étonnée que son ancien petit ami soit devenu l'homme le plus recherché du monde.

— Et maintenant, dit-elle doucement, comme sans y penser, les deux hommes qui comptent le plus pour moi vont s'embarquer pour une mission spéciale en Turquie... Tout ça à cause de cet affreux Ben ! Je ne veux pas que vous mouriez. Et je ne veux pas non plus que vous partiez pour la Russie demain.

— Laura, vous devez rentrer à Edimbourg. Et moi, il faut que j'attrape le sous-marin de Ben.

Laura le fixa pour la seconde fois de la journée. Ses yeux verts semblèrent s'agrandir encore et elle répéta, très fermement :

— Je ne veux pas que vous partiez pour la Russie demain.

Bill resta silencieux un moment, comme pour laisser le temps à ces paroles de le pénétrer. Puis il lui demanda :

— Est-ce que ça ferait une différence si je vous disais que je préférerais aller en Russie avec vous que sans vous ?

— Oui, dit-elle, ça ferait une différence. Cela rendrait une situation que je trouve déjà difficile carrément impossible.

— Laura, je sais reconnaître un danger quand j'en vois un. J'ai pris pas mal de risques dans ma carrière, mais être assis ici en train d'envisager la possibilité d'enlever la fille mariée d'un amiral britannique pendant que je travaille officiellement pour le Président des Etats-Unis, ça ne dépasse pas seulement mes propres limites... c'est au-delà des vôtres aussi.

Pendant que Rodolphe et Mimi se déclaraient leur amour, le capitaine de corvette Baldridge s'entendit prononcer les mots, il le sentait, les plus importants de toute sa vie.

— Laura, dit-il, je vais quitter la Navy quand cette mission sera terminée. Alors, je rentrerai au Kansas, comme un homme libre qui ne doit rien à personne. Voudriez-vous, autant que faire se peut, rester en contact avec moi jusqu'à ce moment-là ?

— Oui, je le souhaite.

Laura se leva, prit la carafe de porto et en versa un peu dans leurs verres. En même temps, elle se pencha et l'embrassa pour la première fois. Ce fut une seconde rapide et électrisante. Puis elle se releva et le regarda. Elle retint son souffle, repoussa ses cheveux et dit :

— Vous êtes très séduisant mais, pour le moment en tout cas, je vais rester très fermement sur les hautes terres de la morale.

Ils finirent leur porto presque en silence, échangeant des sourires affectueux. Un lien indéfectible venait de naître entre eux. Laura envoya Bill se coucher pendant qu'elle portait les verres à la cuisine. Elle se retira un quart d'heure plus tard et, bien qu'elle eût du mal à trouver le sommeil, elle renonça à tenter le périlleux trajet le long du couloir au parquet grinçant qui, en passant devant la chambre de ses parents, aurait pu la conduire jusqu'à celle de l'officier de marine américain.

Le lendemain matin, l'amiral emmena Bill avant même que Laura soit réveillée. Les deux hommes supposèrent qu'ils se retrouveraient à Istanbul le 6 septembre. En attendant, Bill resterait en contact avec lui par l'intermédiaire du bureau de Northwood vers lequel ils se dirigeaient maintenant.

A Londres, il lui fallut quelques heures pour rassembler ses visas, ses billets et de l'argent. L'amiral Elliott avait mis à sa disposition une voiture et un chauffeur et, l'après-midi, il se révéla une source fertile d'informations.

Il avait parlé à l'amiral turc et l'avait prévenu qu'il avait l'intention de faire passer par le Bosphore, en surface, un sous-marin de soutien pour effectuer une visite de courtoisie à un ou deux ports russes. Cela ne posait pas de problème. Mais le Turc manqua avaler son dentier quand l'officier général des sous-marins osa suggérer que le bateau britannique souhaitait faire le voyage de retour en immersion. Et qu'il ne voyait pas en quoi cela pourrait présenter un problème pour la nation turque. Que risquaient-ils ? Une collision, peut-être, pour laquelle la Turquie serait, le cas échéant, amplement remboursée. Mais il ne devait s'inquiéter de rien d'autre. Il n'y aurait pas d'armes nucléaires à bord, et il ne ferait que nouer des liens d'amitié solides avec les Marines américaine et britannique. De plus, on lui communiquerait toutes les informations inhérentes à la réussite de cette mission.

Sur l'un des aspects de celle-ci, l'officier général fut on ne peut plus clair :

— Nous ne voulons pas que vous en parliez à quiconque. Nous voulons faire ce voyage dans des conditions absolument normales, juste pour voir si cela est réalisable. Nous ferons le voyage, aller et retour, entre le 12 et le 20 septembre et je vous demande instamment de ne pas faire de zèle en essayant de faire sauter ce bateau anglais, SI vous le trouvez pendant le cours de votre inspection normale.

L'amiral turc avait ri.

— Non, Peter, nous ne le ferons pas. Je trouve l'idée très intéressante. Je saurai que vous le faites, mais personne d'autre ne sera au courant. Et si tout se passe comme vous l'avez prévu, je pourrai probablement améliorer la sécurité du Bosphore. Mais promis, je ne ferai pas de zèle pour vous trouver. En revanche, je serai ravi d'avoir de vos nouvelles.

L'amiral Elliott le crut... sans trop le croire. Le Turc ne manquerait sûrement pas d'aiguiser sa surveillance dans l'espoir, au moins, de piquer le sous-marin anglais. Il autoriserait ses hommes à les attaquer et à les arrêter, mais ne lui enverrait pas de grenades. Et il ne préviendrait personne. De cette façon, si les Britanniques ne se faisaient pas prendre, seul le chef de la Sécurité saurait ce qui s'était passé et lui seul pourrait se faire mousser en réclamant « des améliorations nécessaires de la sécurité nationale ».

Pendant ce temps, l'amiral MacLean et le capitaine de corvette Jeremy Shaw passeraient traîtreusement du nord au sud dans des circonstances à peu près identiques à celles qu'avait dû rencontrer le commandant Adnam. Le plus gros danger serait, comme pour celui-ci, le risque de collision et de noyade dans les eaux sombres, étroites et rapides.

Il fut également décidé que le capitaine de corvette Baldridge entrerait en Russie comme le Mossad pensait que l'avait fait Adnam. Par un vol régulier de la British Airways jusqu'à Istanbul, puis par bateau en remontant la mer Noire jusqu'à Odessa et Sébastopol. Il était possible de se rendre par avion de Londres à Kiev, la cité ukrainienne qui s'étend à six cent soixante-quinze kilomètres au nord de la péninsule de Crimée. Mais à partir de là, il était difficile de rejoindre Sébastopol parce que le grand et discret port naval russe était depuis longtemps une ville presque fermée. Des mesures de sécurité démodées, des délais interminables, des transports irréguliers, des vols peu nombreux, sauf pour les militaires, faisaient de ce périple un cauchemar pour les voyageurs. Il valait donc mieux que Bill arrive tranquillement par mer, avec des papiers en règle. Il serait accueilli par l'équipe de l'amiral Rankov.

Bill passa la nuit dans un hôtel en bordure de l'aéroport de Londres et prit le vol pour Istanbul le lendemain matin. Il arriva dans l'ancienne capitale de l'Empire ottoman à 18 heures. La circulation était encore dense quand un taxi lui fit traverser le vieux quartier de Sultanahmet et le déposa devant son hôtel situé dans un vieil immeuble entre la mosquée Bleue et la mer de Marmara.

Il se demanda s'il devait appeler Laura à Inveraray Court, qui lui semblait être à des millions de kilomètres, mais y renonça parce que sa mère pourrait répondre.

Le téléphone sonna quand Bill entra dans sa chambre.

« En tout cas, ce n'est sûrement pas Laura, se dit-il d'un air sombre. Elle ne sait même pas où je suis. »

Il avait raison, ce n'était pas Laura mais le major Ted Lynch, de la CIA. Il était à Istanbul et souhaitait le voir tout de suite. Ils pourraient peut-être dîner ensemble. Ils devaient parler d'un tas de choses.

Le gros officier, ancien ranger, plaisait beaucoup à Bill qui était ravi qu'il fût en ville. De plus, le major Lynch était le genre d'homme à savoir exactement où et quoi manger et boire. Bill lui demanda de venir le chercher à son hôtel dans Amiral Tafdil Sokak.

Ted arriva un quart d'heure plus tard, garda le taxi et pria Bill de descendre immédiatement à la réception. Ils se serrèrent la main et montèrent tout de suite dans la voiture qui fit aussitôt demi-tour et s'éloigna vers l'ouest, se faufilant dans les rues encombrées vers Kumkapi, le front de mer d'Istanbul où se succédaient des dizaines de restaurants réputés pour leurs poissons.

Par de chaudes nuits d'été comme celle-ci, l'endroit donnait l'impression d'une immense fête se déroulant dans les rues, avec le rythme obsédant de la musique du Moyen-Orient, moitié grecque moitié indienne pour l'oreille d'un Occidental. Le parfum d'un million d'épices emplissait l'air et se mêlait aux arômes du poisson grillé, des piments frits et du café turc, noir comme la nuit.

Bill remarqua la foule des hommes aux manières onctueuses qu'accompagnaient des femmes magnifiques, brunes, luxueusement vêtues.

Ted Lynch avait réservé une table à une terrasse. Il commanda à boire dès qu'ils furent assis : deux verres d'un liquide anisé affreusement fort appelé *raki* dans lequel, comme les Turcs, il versa une égale quantité d'eau.

Bill sentit le souffle lui manquer à la première gorgée de cette eau de feu locale.

— Nom de Dieu ! s'exclama-t-il. On pourrait faire décoller un Concorde avec ce truc !

L'agent de la CIA éclata de rire.

— J'ai pensé que nous pourrions bavarder une petite heure ici puis dîner vers neuf heures. Le serveur sera là dans une minute. Je nous commanderai du *meze* turc puis un peu de poisson qui est délicieux ici. Je suppose que vous savez que la Turquie, sur le plan de la cuisine, vaut la France.

— Ce n'est pas le genre d'informations qu'on dispense au Kansas. Ni du reste, maintenant que vous m'y faites penser, au Maryland. Mais je vous suis, allons-y pour ce bon vieux *meze*. Au fait, de quoi s'agit-il ?

— Un grand choix de hors-d'œuvre — des trucs comme les *borek*, des *kabak dolmasi*, du *patlican tava*, du *yaprak dolmasi*. Vous allez adorer ça.

— Banco, dit Bill. Amenez-moi les danseuses du ventre ! Je vais jouer à l'indigène, ce soir.

Il avala une grande gorgée de *raki* qui lui pulvérisa presque la gorge.

Cela fit rire Ted Lynch qui, soudain, reprit son sérieux.

— Bill, dit-il, je me fiche complètement de savoir si nous avons ou non démoli les sous-marins des ayatollahs samedi dernier. Je n'ai pas demandé, mais j'ai deviné, comme tout le monde. Ces Kilos étaient pour le moins une sacrée plaie et une sérieuse menace pour la sécurité du Golfe. Alors, qu'ils aillent se faire foutre. Mais je dois avouer que, plus j'approfondis cette enquête, moins je crois que les Iraniens sont coupables.

— Vous ne le croyez pas ?

— Ecoutez. Personne n'a rien à dire nulle part. Zepeda était ici cette semaine encore. Il partait pour Téhéran par le train. Il était assis là où vous êtes. Il a quitté Istanbul hier soir et il entrera en Iran à la station-frontière, Razi. Après, il filera à Tabriz puis à Téhéran. Il parle la langue du pays, ce qui lui permet d'avancer et il a une foule de contacts. Mais il assure qu'il n'a rien entendu qui puisse laisser croire que les ayatollahs aient eu quelque chose à voir avec la perte du *Jefferson*. Il n'a rien appris non plus sur un quelconque transfert d'argent. S'ils couvrent quelque chose, ils font un sacré bon boulot. Jeff dit qu'il serait surpris que ce soit eux.

— Je suppose que nous devons en prendre bonne note, dit Bill.

— Bien sûr que nous le devons. Et puis il y a autre chose.

— Ouais ?

— De deux sources tout à fait séparées, Jeff et moi avons eu vent d'une rumeur.

— Ah ! oui ? Qui ?

— L'Irak.

— Seigneur ! Rien de certain, je suppose ?

— Non, mais rien n'est jamais certain, au Moyen-Orient. Ils font un tas de courbettes, des sourires et des hochements de tête. C'est le pays des sous-entendus, et ces sous-entendus, c'est à vous d'essayer d'en tirer la bonne hypothèse. Mes sous-entendus à moi émanent d'un membre des services secrets syriens opérant au Caire. Un type que je connais depuis des années. Il m'avait déjà dit un jour : « Dis donc, Ted, il y a quelques mois que j'ai entendu dire que l'Irak voulait acheter un sous-marin aux Russes. Ça changerait bien des choses pour eux s'ils avaient une arme comme celle-là. » Puis, en plusieurs occasions, dans un café d'un quartier minable de la ville, le même bonhomme, très bien informé, m'a dit :

« Ils ne sont pas aussi ignorants des structures militaires du Moyen-Orient que tu le penses. Le plus grand ennemi de l'Irak est Israël, et c'est fou ce qu'ils savent des habitudes et des capacités de la Marine israélienne ! Je me suis souvent demandé s'ils n'avaient pas une taupe chez eux. » En Arabie, c'est plus qu'un sous-entendu. Et une semaine plus tard, Zepeda a appris en douce qu'une très grosse somme d'argent avait été retirée en liquide — plusieurs millions de dollars — d'une banque de Genève où l'Irak a des comptes. Rien de plus. Mais si on met tout ça bout à bout, c'est autrement plus suggestif que tout ce qu'on a pu trouver en Iran.

— Pouvons-nous avoir des certitudes ?

— Je travaille là-dessus avec le correspondant local du Mossad. C'est une de leurs vedettes. Il bosse avec le général Gavron. Ils sont très au courant de la situation monétaire irakienne. Dieu sait comment ! La dernière fois que je l'ai vu, il prévoyait d'avoir quelque chose de sérieux dans deux semaines.

— Que pensez-vous qu'il arrivera si nous accusons l'Irak d'avoir coulé le *Jefferson* ?

— Je tremble rien que d'y penser. Notre Président est tout à fait capable de lancer une attaque militaire de semonce sur Bagdad. Il est comme Reagan, et il n'hésiterait pas s'il pensait que ce pays de malheur a tué six mille Américains.

— Vous avez raison, il le ferait.

— Et, Bill, il y a encore une chose dont je n'ai jamais parlé à personne... Mon copain israélien d'ici m'a dit que le Mossad a enregistré une conversation téléphonique internationale très mystérieuse, à Genève, en mars dernier... Un appel entre la Suisse et Le Caire... et qui parlait de dix millions de dollars. La conversation a eu lieu en arabe et le numéro était celui du type qui s'occupe de l'argent irakien en Suisse. D'après les spécialistes des écoutes du Mossad, les deux correspondants venaient de la même ville.

— C'est important ?

— Ça l'est quand il s'agit de Tikrit, le lieu de naissance de Saddam Hussein et de la plupart des membres de son gouvernement !

Chapitre XII

Vendredi 9 août, 7 h 30.

Bill Baldridge regrettait amèrement d'avoir passé la moitié de la nuit dehors, à Istanbul, avec l'agent de la CIA de Washington. Il se pencha par-dessus la rambarde du bateau qui l'emmenait vers le nord et se promit de ne plus jamais s'approcher d'une bouteille de *raki*. Il avait mal à la tête, mal au cœur et était secoué de tremblements. Il resta deux heures près de la rambarde mais le roulis causé par les eaux bleu sombre de la mer Noire ne fit qu'empirer son état.

Deux questions tentaient de s'imposer à son esprit embrumé : qu'allait-il trouver à Sébastopol lui permettant de prouver que Benjamin Adnam y avait séjourné ? Et est-ce que Benjamin Adnam était en réalité un Irakien ayant travaillé pendant des années, sous une couverture, au sein de la Marine israélienne ?

Ces questions étaient essentielles. Il regretta de ne pas se sentir en état de les creuser. Ted Lynch attendait un nouveau rapport du Mossad sur la conversation enregistrée à Genève. Maintenant, Bill était persuadé qu'il devait y avoir des preuves dans le port sous-marinier russe, preuves qui permettraient de savoir si quelqu'un, d'une façon ou d'une autre, avait payé une énorme quantité d'argent.

Il espérait que l'amiral Rankov se montrerait coopératif et qu'il pénétrerait en Russie aussi facilement que l'avait affirmé l'amiral Morgan. Vingt-quatre heures plus tard, tôt le samedi matin du 10 août, avant l'aube, sa foi en l'amiral Morgan fut renforcée. Un jeune officier de marine russe, le lieutenant de vaisseau Youri Sapronov, l'accueillit au bas de la passerelle. Le lieutenant parlait très bien l'anglais. Il lui fit passer sans encombre le bureau mal éclairé de la douane et de l'immigration. Il porta la valise de l'Américain, mais non la mallette qui contenait le brouilleur téléphonique. Il lui expliqua qu'ils allaient embarquer immédiatement sur un bateau de la Marine russe qui les mènerait à Sébastopol en moins de six heures. Ils devaient arriver vers 13 heures.

Le bateau était un Babochka type 1141 qui naviguait à 45 nœuds. C'était le plus rapide de leurs patrouilleurs équipés pour la lutte anti-sous-marine. Le lieutenant Sapronov expliqua que cet engin devait effectuer, ce matin-là, la traversée d'Odessa à Sébastopol, son port d'attache, et que l'amiral Rankov lui avait demandé d'accueillir le capitaine de corvette Baldridge.

Remis de ses agapes de la veille, Bill apprécia le voyage et ne cessa de bavarder avec le jeune lieutenant de vaisseau qui expliqua qu'il était originaire de la côte de Crimée, de la ville de Feodossia, une ville de chantiers navals où l'on avait construit le Babochka.

— Tout le monde est inquiet, ici, à cause du Kilo disparu, admit le lieutenant. Ça fait deux semaines que l'amiral Rankov crie et tempête à cause de ça. Et il est assez haut placé pour se permettre de gueuler très fort. C'est mon patron. Je suis son officier d'ordonnance. Pour l'instant, nous occupons un bureau temporaire, aux murs minces comme du papier. Tout le bâtiment tremble sur ses bases chaque fois que quelqu'un prononce le nom de ce Kilo. Il ne comprend pas comment un sous-marin peut disparaître comme ça. Pour vous dire la vérité, je ne comprends pas non plus. Tous les jours, je m'occupe des messages et du courrier qu'il envoie à Moscou. Il a très peur que les Américains pensent que nous mentons. La semaine dernière, il a envoyé un long communiqué à l'amiral Zubko, à Moscou — c'est le commandant en chef et il est vice-ministre de la Défense. Il lui a dit que les Américains soupçonnaient ce Kilo d'avoir eu quelque chose à voir avec le porte-avions qui a sauté dans le Golfe. Il a dit qu'il était essentiel d'aider les Américains de notre mieux. Zubko a répondu par télécopie qu'il était d'accord sur toute la ligne. Je suppose que c'est pour cela que vous êtes ici ?

Bill se dit que ce petit discours avait été trop bien débité pour n'avoir pas été préparé. Mais, d'après l'amiral Morgan, on pouvait se fier à Rankov. Selon lui, les Russes étaient vraiment prêts à coopérer de leur mieux.

— Il est vrai que c'est un mystère, dit-il au lieutenant. Est-ce que vous avez enquêté sur les familles de l'équipage ?

— Oh ! Bien sûr ! On a envoyé des gens leur rendre visite et d'autres surveillent leurs maisons. Des types de l'ancien KGB. Mais ils n'ont rien trouvé de bizarre. Pas d'argent, personne qui ait l'air d'avoir été acheté. Tout a l'air triste mais normal. L'amiral Rankov est un peu plus énervé tous les jours. Hier, je l'ai entendu enguirlander quelqu'un au téléphone.

Le lieutenant Sapronov improvisa une imitation de son patron, avec la voix d'un ogre de conte de fées : IL N'Y A RIEN DE NORMAL LÀ-DEDANS, NOM DE DIEU ! RIEN ! VOUS M'ENTENDEZ ? Je suppose que le type auquel il s'adressait a frôlé la crise cardiaque. En attendant, on n'a rien obtenu de nouveau.

Bill se mit à rire. Il aimait bien les Russes, comme presque tous ceux qui les rencontrent. Ils sont généralement francs et ouverts, ils ont le sens de l'humour et, quand ils se laissent aller, ils font preuve d'irrévérence envers les autorités. Bill partagea avec le lieutenant un solide petit déjeuner composé de *kolbassy*, les saucisses fumées d'Ukraine, d'œufs brouillés sur des toasts de pain *lavash* et de café russe que Bill ne trouva pas très différent du café américain.

Après quoi, ils s'assirent sur le pont dans le soleil matinal et burent de la *voda lagidze,* l'eau minérale russe glacée, mélangée à divers sirops, en regardant se rapprocher rapidement la côte de la péninsule de Crimée. Vers 12 h 30, le Babochka coupa ses moteurs pour le trajet dans la petite baie de Sébastopol. Bill sauta sur le quai à 13 heures. Là, il fut accueilli par la haute silhouette du vice-amiral Vitaly Rankov, l'ancien rameur international de l'équipe soviétique, dont les yeux avaient le gris de la mer Baltique et la poignée de main la force d'une pelleteuse.

— Bienvenue, commandant, dit-il d'une voix grave et profonde qui, pensa Bill, aurait fait merveille dans le rôle de Sparafucile de *Rigoletto*. Je sais que vous faites partie de l'équipe de l'amiral Morgan. Je connais bien Arnold et je ne vous envie pas. C'est un homme terrible ! plaisanta l'amiral Rankov en éclatant d'un rire caverneux.

Ils arrivèrent à un ensemble de bureaux nouvellement construits ressemblant à ceux des chantiers de New York. L'amiral et son équipe occupaient six de ces bâtiments pendant les quelques semaines où ils travaillaient avec le Haut Commandement de la flotte de la mer Noire. A chacun de ses pas, la pièce tremblait, chaque porte qu'il fermait semblait menacer de faire s'écrouler le plafond. Quand il frappait de son poing énorme sur la table de travail pour souligner ses paroles, Bill pensait que le plancher allait céder.

« Cet homme-là, se dit-il, finira un jour dans l'énorme bâtisse du Kremlin. D'ailleurs, l'amiral Morgan n'en doute pas une seconde. »

— Bien, commandant, dit-il quand il en eut fini avec les messages les plus urgents qui l'attendaient, j'ai demandé à Youri de vous mettre au courant des progrès de notre enquête, mais s'il y a des choses que vous souhaitez savoir en plus, n'hésitez pas à me questionner. A propos, nous n'avons encore aucune preuve tangible de ce qui est arrivé au Kilo.

— En fait, monsieur, je pense que la raison essentielle de ma visite est d'essayer de découvrir si un personnage suspect venant du Moyen-Orient a été aperçu dans le coin. Voyez-vous, nous croyons que quelqu'un a soudoyé votre commandant avec une somme d'argent colossale. Et quelqu'un a dû voir ce type.

— Oui, répondit Rankov. Arnold Morgan m'a raconté tout ce que vous aviez découvert et je commence à croire que vous avez raison. Quelle autre explication peut-il y avoir ? Nous ne trouvons l'épave nulle part. Le marin noyé était membre de l'équipage de ce bateau. Pourquoi l'a-t-on trouvé près d'une île grecque ? Il a fallu que le bateau sorte ! Cet endroit grouille de gens venus du Moyen-Orient. Les Iraniens ont même un bureau ici !

— Et les Irakiens ?

— Pas de bureau. Mais ils ne sont pas absents pour autant. Ils veulent acheter deux ou trois Kilos mais, pour l'instant, ils n'ont pas d'argent et nous, on ne fait crédit à personne, même à ceux qui ont l'air d'avoir du répondant. Pour le moment, c'est... comment dites-vous ?... rubis sur le doigt ?

— Rubis sur l'ongle, corrigea Bill.

— Exact, rubis sur l'ongle. Les Irakiens nous achètent des armes depuis longtemps, comme vous le savez. Mais s'ils ne peuvent pas payer, nous ne livrons pas. Les choses vont très mal, ici, financièrement. Et nous n'avons pas les moyens de fournir des sous-marins à des gens qui nous paieront peut-être, s'ils ont le temps. Et puis c'est vous, les Américains, qui tenez les rênes maintenant. On a intérêt à être vos amis, aussi ne tenons-nous pas à faire quoi que ce soit qui puisse mettre cette amitié en danger.

— Donc, pas de sous-marins pour des requins comme les Irakiens ?

— Commandant, je tiens à mettre les choses au

point. Si quelqu'un arrive avec un milliard de dollars pour acheter des sous-marins, nous les fournissons. On se fiche de savoir si les acheteurs sont des Chinois, des Arabes, des Persans ou même des Esquimaux.

— En effet, dit Bill en souriant, nous l'avons remarqué.

— Vous ne savez pas ce que c'est que d'avoir le dos au mur, répondit Rankov. Pour une grande nation comme la nôtre, c'est une horreur. Ç'a été notre problème pendant tout le vingtième siècle. Et ça continue, maintenant que nous sommes au vingt et unième.

— Oui, je comprends. Mais auriez-vous remarqué un étranger, un type qui aurait l'air d'un Arabe, se baladant par ici début avril ?

— Moi, sûrement pas, parce que je n'étais pas ici à l'époque. Mais je ne crois pas que quiconque l'ait remarqué. Trop de gens répondent à cette description. De toute façon, je ne crois pas que votre bonhomme se soit beaucoup promené par ici. Il n'a pas pu entrer par la grande porte, à moins d'avoir été accompagné par un officier d'active. Honnêtement, j'ai tendance à être d'accord avec Arnold Morgan. Je pense que son rendez-vous a été arrangé. Il a acheté le commandant avec une énorme somme d'argent, ensuite de quoi le commandant a raconté des craques à l'équipage en prétendant qu'ils allaient faire une manœuvre secrète pour la Marine russe. Rien d'autre ne colle aussi bien.

— Qui était le commandant ?

— Un officier russe très respecté, né par ici, en Ukraine, comme beaucoup de nos commandants sous-mariniers. Il s'appelle Georgy Kokoshin. Il a beaucoup d'expérience, sans être vraiment brillant. Un type d'environ quarante-deux ans, marié à une femme beaucoup plus jeune que lui, Nathalia. Ils ont deux jeunes enfants, six et huit ans, des garçons. La famille habite à l'orée de la ville, dans l'une de ces nouvelles constructions. On a vérifié plusieurs fois ces trois derniers mois. Depuis qu'on a signalé la disparition du sous-marin. Mais tout paraît normal. Mme Kokoshin est extrêmement bouleversée par la mort de son mari.

— De quand date votre dernière vérification ?

— Je crois avoir reçu un rapport mardi matin. Les enfants étaient à l'école comme d'habitude.

— Pas de nouvelle voiture, pas de nouveaux vêtements, rien sortant de l'ordinaire ?

— Rien.

— Avez-vous fouillé leur appartement ? Je veux dire de fond en comble ?

— Non. Le commandant Kokoshin était un officier supérieur russe, présumé mort. Il était très populaire. Personne n'a voulu traiter sa veuve en criminelle. Dans un certain sens, nous sommes dans la même situation que vous. Vous ne voulez pas admettre publiquement qu'un ennemi a coulé votre porte-avions. Nous ne voulons pas admettre que nous avons égaré un sous-marin et son équipage. Si nous commençons à harceler les femmes des officiers, cela donnera très vite naissance à une rumeur suggérant qu'il s'est passé quelque chose d'anormal.

— Oui, je suppose. Avez-vous surveillé également les familles des autres officiers ?

— Toutes, et nous n'avons rien trouvé.

— Et le Kilo n'a envoyé aucun signal après avoir quitté le port de Sébastopol, c'est bien ça ?

— Rien.

— Alors, me permettez-vous de jeter un coup d'œil dans le coin ? Je voudrais visiter l'endroit où le sous-marin était mouillé. J'aimerais voir aussi où vivaient le commandant et certains de ses officiers. Je dois faire un rapport de cette visite pour l'amiral Morgan.

— Bien sûr, je vous montrerai ce que vous voulez voir, comme je l'ai promis à Arnold.

Le lieu de mouillage du sous-marin n'était guère éloigné et, quand ils y arrivèrent, le lieutenant de vaisseau Sapronov les attendait, debout devant un Kilo identique, supposa Bill, à celui qui, il en était certain, avait coulé le *Jefferson*.

— C'est là qu'il a mouillé, emplacement 630. C'est là qu'on l'a vu pour la dernière fois. C'est de là qu'il est parti, aux premières heures de l'aube du 12 avril.

L'amiral Rankov parlait d'un ton résigné, comme un homme qui avait trop souvent récapitulé les événements.

Bill vit un autre sous-marin, peint en noir, d'allure un peu misérable, de la même taille que *L'Invisible,* le sous-marin qu'il avait visité quatre jours auparavant. Le Kilo semblait un peu rudimentaire comparé à certains modèles américains, mais il savait qu'il pouvait être mortellement silencieux sous la surface, probablement plus silencieux que la plupart des bateaux américains. Et il savait que ses torpilles étaient aussi mortelles que précises.

Il observa attentivement les trois mâts se dressant au-dessus de l'aileron long et effilé. Et il imagina le claquement sourd et familier du gros SAET-60 sortant du lance-torpilles, le chuintement du moteur tandis que le missile se précipitait vers la cible, sa tête nucléaire réglée pour exploser et incendier. Et le regard froid de Ben Adnam, quelque part sous le périscope.

Bill frissonna. Il regarda autour de lui le personnel de la Marine russe, en uniforme, circulant près d'eux. Il y avait beaucoup de monde autour des sous-marins. Pendant les quelques minutes qu'il y passa, quatre membres d'équipage quittèrent le Kilo, dont deux officiers. Il réalisa soudain qu'il aurait été impossible à un commando arabe de pénétrer sur ce dock et de s'emparer du sous-marin par la force.

Non. Quelqu'un avait *acheté* le commandant Kokoshin. Et ce quelqu'un ne pouvait être que Benjamin Adnam. Il était assez intelligent, il avait le soutien nécessaire, assez de savoir-faire en tant que commandant sous-marinier et il avait les fonds. Et aussi l'arrogance.

« Seigneur ! pensa Bill, ce type est même venu ici pour la première fois sous son propre nom, bien qu'il fût pourchassé par le Mossad pour avoir déserté la Marine israélienne. C'est un mec relax, il n'y a pas de doute ! »

— Voulez-vous monter à bord ? proposa l'amiral Rankov.

— Puis-je voir l'armurerie, les lance-torpilles et les têtes nucléaires ?

— J'ai bien peur que non. Personne n'a le droit de s'en approcher, sauf le commandant, l'officier d'armement et son équipe.

— Je suis officier d'armement, dit Bill en souriant.

— Oui, mais pas de la bonne Marine, répondit Rankov en riant.

Bill présenta alors sa première requête officielle :

— Je voudrais bavarder avec Mme Kokoshin, s'il vous plaît.

— Bien sûr, c'est possible. Mais je préférerais que nous y allions demain matin. J'ai des gens à voir cet après-midi, aussi ai-je pensé que quelqu'un pourrait vous raccompagner à votre hôtel. Cela vous permettra de défaire votre valise et de boire un café. Je vous y retrouverai vers 19 heures pour dîner. J'habite le même hôtel quand je suis ici.

— Cela me paraît parfait, dit Bill. D'accord, je file. J'appellerai l'amiral Morgan de l'hôtel et je vous verrai plus tard.

Les deux officiers se serrèrent la main puis le lieutenant de vaisseau Saporov conduisit Bill jusqu'à la Mercedes noire garée juste devant la jetée. Le moteur tournait déjà et le lieutenant donna des instructions sèches au chauffeur qui quitta prestement son siège pour venir ouvrir la portière arrière à l'Américain. Ils roulèrent lentement, s'arrêtant au poste de garde situé à côté des grilles du chantier. Bill compta au moins huit gardes armés et se dit à nouveau qu'il devait être impossible de pénétrer sur les lieux avec une patrouille armée. Il était beaucoup plus efficace de « louer » un sous-marin.

La Mercedes traversa des rues grises et désolées. On voyait peu de passants et peu de voitures. L'état de la chaussée était abominable pour un Occidental. Partout se voyaient des signes de délabrement. En comparaison des rues tristes, ponctuées de hautes bâtisses d'habitations situées tout autour des chantiers navals de Sébastopol, Barrow-in-Furness ressemblait à la Cinquième Avenue.

Au-delà du centre-ville, Bill trouva l'environnement plus riant. Mais Sébastopol, entourée d'acier par la marine soviétique pendant des générations, n'était pas un lieu touristique. La ville avait été l'une des dernières de toute l'Ukraine à posséder un hôtel construit par une société étrangère. Jusqu'en 1995, il n'y en avait pas un seul dans tout le pays, même pas à Kiev.

A la fin du siècle, cependant, une société hôtelière finlandaise avait fait bouger les choses. Elle avait édifié un hôtel dans les faubourgs de la ville qui avaient abrité la flotte soviétique de la mer Noire. Baptisé le Krasnaya, il recevait la clientèle de très nombreux chefs d'entreprise étrangers qui venaient à Sébastopol pour acheter les anciens navires de guerre soviétiques et parfois même les nouveaux. Entre autres, des Kilos.

L'endroit était plein de gens venus du Moyen-Orient, d'Extrême-Orient, d'Amérique du Sud et de toutes sortes de républiques bananières essayant d'acheter des bateaux de guerre pour effrayer leurs voisins ou pour protéger leurs transports de drogue. Certains des plus riches, originaires des Etats du Golfe, avaient en tête des projets plus sinistres. C'était l'endroit rêvé pour le grand et en apparence jovial officier des services de renseignements de la Marine russe qu'était l'amiral Rankov. Et Bill Baldridge comprit cette petite mise en scène avant même d'avoir rempli sa fiche d'hôtel.

Dans sa chambre, il se prépara à appeler Arnold

Morgan. Il sortit de la mallette le brouilleur portatif, le posa sur son lit et ouvrit le couvercle. Il plaça l'appareil de l'hôtel dans le compartiment approprié et alluma le système électronique de brouillage qui rendrait leur conversation incompréhensible pour quiconque tenterait de l'écouter. Il composa le numéro sur la ligne régulière. Quand l'amiral répondrait, ils se mettraient tous deux en même temps en mode de brouillage. Le procédé était délicat mais très efficace.

— Ici, Morgan, parlez.

— Baldridge, prêt à parler. Message du 10 août, préparez-vous à crypter.

— Bien compris, je me prépare.

— Crypto trois, deux, un, prêt. Comment ça marche, amiral ?

— C'est bruyant, Bill, mais j'entends suffisamment.

Arnold Morgan expliqua qu'il avait eu des nouvelles du major Lynch et que le faisceau de soupçons qui avait été longtemps dirigé vers l'Iran l'était maintenant sur l'Irak. Le Mossad avait reçu l'ordre de mettre sur écoute la ligne téléphonique d'une maison au bord du lac appartenant à Barzan-al-Tikriti, l'un des demi-frères de Saddam Hussein, ambassadeur d'Irak auprès des Nations unies à Genève. Le Mossad savait mieux que quiconque retrouver de l'argent, surtout celui du contre-espionnage. Barzan était l'un des principaux financiers de l'Irak. Il avait aidé à mettre au point le plan permettant au tyran irakien de prélever entre trois et cinq pour cent sur chaque baril de pétrole exporté. Ce pactole avait rapidement été transformé en plusieurs milliards de dollars, en liquide et en or, à Genève. L'argent avait ensuite été transféré efficacement du Trésor irakien sur un compte numéroté 473 et baptisé « Garde révolutionnaire des Patriotes », à la Banque centrale d'Irak. De là, il partait vers une banque privée de Vienne où l'on utilisait encore des comptes numérotés. Et de là encore, sur un compte de la Swiss Corporation à Genève, administrée par Barzan-al-Tikriti. Sur ce dernier compte s'entassaient plus de deux milliards de dollars, et c'est grâce à cet argent que Saddam Hussein, au mépris de toutes les lois internationales, achetait des armes.

Une opération aussi minime que d'en retirer dix millions en liquide afin de frapper secrètement et vicieusement le « Satan de l'Ouest » était un jeu d'enfant pour un homme comme Saddam. Pourvu qu'il ait trouvé l'homme qu'il fallait pour faire le sale boulot.

Les agents du Mossad avaient été très affirmatifs dans leurs rapports au général Gavron. Les Irakiens n'auraient fait confiance à aucune banque, à aucun courtier, à aucun transfert bancaire pour envoyer l'argent de Genève à Istanbul. C'est pourquoi Ted Lynch avait fait chou blanc auprès des banques turques. L'énorme somme d'argent liquide nécessaire à la « location » d'un sous-marin russe avait dû être entassée dans deux valises spécialement renforcées qui avaient probablement pris un vol commercial direct, dans les soutes de première classe d'un Boeing de la Swissair... sous l'œil attentif d'une assistante de Barzan à qui le voyage avait été très bien payé. Il s'agissait d'une blonde Autrichienne sculpturale nommée Ingrid Jaschke. Elle était accompagnée en permanence par un garde du corps irakien, porteur de valises et tueur à gages professionnel qui avait voyagé avec elle, mais en classe affaires, avec probablement un passeport égyptien tout à fait respectable au nom de Kamel Rasheed.

Ingrid ne se déplaçait jamais sans un petit pistolet allemand qui tirait des balles explosives destinées à faire, quand elles transperçaient leur cible, un trou tout petit à l'entrée mais énorme à la sortie. Elle avait, bien sûr, un permis de port d'armes en règle pour ce pistolet, le présentait quand elle prenait un avion et le récupérait à l'arrivée. On se fait des idées très loufoques sur le trafic d'armes international. Par exemple, celle d'essayer de voler Ingrid Jaschke la porte d'arrivée de l'aéroport franchie.

Pour l'heure, quatre agents du Mossad passaient au peigne fin les principaux hôtels d'Istanbul en utilisant tour à tour le charme, l'argent et la persuasion, pour essayer de savoir si Miss Jaschke et/ou Mr. Rasheed étaient en ville entre le 7 et le 13 avril. C'était probablement entre ces deux dates qu'avait dû y arriver aussi le commandant Benjamin Adnam.

L'amiral expliqua à Bill que ça n'avait pas dû être un travail de titan car Miss Jaschke n'était pas le genre de femme à se planquer dans une auberge de jeunesse. Si elle était à Istanbul un de ces jours-là, c'était probablement dans l'un des meilleurs hôtels de la ville. Après tout, aucune loi n'interdit de se balader avec deux valises pleines de billets. Tant que ces valises et leur contenu vous appartiennent.

Le Mossad tentait également de vérifier les lignes aériennes mais la Swissair est encore plus discrète que les banques suisses. Cependant, l'un des agents israéliens croyait pouvoir mettre la main sur la liste des passagers ayant quitté Istanbul pour la Suisse pendant la première quinzaine d'avril. L'amiral Morgan expliqua tranquillement tout ceci à son jeune officier du Kansas grâce au brouillage, cette merveilleuse invention.

— Je me demande comment ces Israéliens peuvent être aussi efficaces, grogna-t-il. La moitié du temps, j'ignore d'où ils tirent leurs informations. Mais chaque fois que j'appelle l'ambassade, ils ont avancé dans leur enquête. Et chaque fois que je parle à la CIA, ils n'ont rien de plus à nous dire que le Mossad. Quand je pense qu'ils sont vingt-cinq mille à Langley ! Dieu seul sait ce qu'ils fichent !

— Je suppose que c'est parce que, au Mossad, ils sont moins nombreux et très étroitement surveillés, dit Bill. Ils ne sont pas plus de douze cents, avec seulement trente-cinq officiers, c'est ça ? Comment les appelle-t-on, déjà ? Les *Katsas* ?

— Ouais, mais il y a autre chose, Bill. Il y a des milliers de gens un peu partout qui sont des sympathisants d'Israël et partagent ses souffrances et ses peurs. C'est comme une armée invisible, avec des milliers de membres dans presque tous les pays. Ils sont toujours là pour aider les agents du Mossad. Les Israéliens les appellent les *Sayanim* et ils sont tous répertoriés sur ordinateur. C'est comme ça qu'ils ont des tuyaux de premier ordre. Et je suppose que c'est comme ça qu'ils ont mis sur écoute la ligne téléphonique de Barzan-al-Tikriti. Grâce à un juif suisse travaillant aux Télécoms de Genève. C'est une faveur faite par un honorable membre des *Sayanim* à sa patrie spirituelle du Moyen-Orient. Ça marche comme ça.

— Alors maintenant, ils cherchent un juif turc de bonne volonté travaillant dans l'hôtellerie d'Istanbul ! répondit Bill. Un type qui les mettra sur la bonne piste, qui appellera quelques copains et leur fera fouiller les listes des clients des hôtels.

— C'est ça, Bill, c'est exactement ça. Restez près de Rankov. Lui aussi veut retrouver ce Kilo. Et restez en contact. Appelez-moi si vous trouvez quelque chose.

La ligne fut coupée alors que Bill tenait encore le récepteur, comme d'habitude.

— Oh ! Merci beaucoup ! dit-il d'un ton moqueur. Quel plaisir de vous entendre ! Bonne journée, connard !

Bill prit une douche et se changea. Il regarda par la fenêtre l'étendue sans âme de Sébastopol. Il aperçut, pas très loin, les grues géantes du chantier naval. Il décida de descendre prendre un café puis d'aller au bar attendre l'amiral Rankov.

Le café se révéla plutôt imbuvable. Bill jeta un coup d'œil à l'édition en anglais d'un journal arabe qu'il trouva sur le siège à côté du sien. Il y vit la photo d'un bassin de radoub coulé, émergeant de l'eau dans le port de Bandar Abbas. Mais l'article ne suggérait rien d'autre qu'un accident au chantier naval.

Il paya son café et décida de suivre un vague pressentiment. Il savait maintenant que le Kilo avait quitté le port le 12 avril, ce qu'il ignorait avant de parler à Rankov. Et il savait instinctivement que si Adnam avait séjourné à Sébastopol les jours précédant ce départ, il avait dû résider dans cet hôtel. Tous les hommes d'affaires ayant quelque chose à voir avec la navigation et les armes y descendaient. Mais, contrairement aux agents du Mossad, Bill ne pouvait pas passer des jours à essayer de jeter un coup d'œil à la liste des clients d'un hôtel russe pendant la première quinzaine d'avril. On ne la lui laisserait pas consulter. Pas ici.

Cependant, il y avait une chose qu'il pouvait vérifier tout de suite. Il sortit pour aller discuter avec les chauffeurs de limousines que l'on trouve toujours aux abords des hôtels de ce genre.

Le premier homme auquel il s'adressa portait un uniforme gris. Non, il n'avait jamais eu à parcourir la grande distance jusqu'à la frontière sud de la Géorgie et de la Turquie. Mais il croyait bien que Tomas l'avait fait, au printemps dernier. Et Tomas venait juste d'arriver devant l'hôtel.

Bill alla donc trouver Tomas, un jeune Russe blond et large d'épaules d'environ vingt-cinq ans. Oui, il avait bien eu ce genre de client, en avril. Ils avaient roulé toute la nuit, ne s'arrêtant que pour faire le plein. Il s'en souvenait bien parce que, pour lui, cela avait failli se terminer par un divorce.

— Ma femme n'était pas à la maison, alors je n'ai pas pu la prévenir et l'homme voulait partir tout de suite. Alors on est partis. J'ai fait le voyage en quatorze heures — neuf cents kilomètres jusqu'à la côte sud en passant par Sotchi. C'était un Arabe. Il m'a payé deux mille cinq cents dollars américains, cash. Le meilleur boulot que j'aie jamais eu.

— Comment se fait-il que vous ayez risqué le divorce ?

— J'avais oublié que c'était l'anniversaire de ma femme. Nous devions le fêter avec des amis. Ç'a été affreux ! Je lui ai téléphoné de Batoumi. Elle a dit qu'elle ne voulait plus jamais m'adresser la parole. Et elle a raccroché. J'ai fait toute la route du retour en me demandant si elle serait encore à la maison. Si je n'avais pas accepté de partager l'argent avec elle, je serais sans doute divorcé aujourd'hui.

— Vous rappelez-vous le nom de l'homme ?

— Il ne me l'a pas dit. Il parlait à peine.

— Et vous rappelez-vous à quoi il ressemblait ?

— Pas vraiment. C'était un Arabe, ça c'est sûr. Teint sombre, cheveux noirs. Pas très grand, ma taille environ. Mais bien bâti, musclé.

Bill sortit de son portefeuille le portrait un peu flou reçu par fax de Benjamin Adnam vêtu à la mode arabe — celui que les Israéliens avaient pris dans le bureau du pont Allenby. Il ne lui était d'aucune utilité sauf si la personne connaissait bien Adnam. Bill espérait quand même que le chauffeur russe le reconnaîtrait.

— Est-ce que ça aurait pu être cet homme-là ? demanda-t-il en montrant la photo à Tomas.

— Ça pourrait être lui, répondit-il. Mais l'homme que j'ai mené à la frontière ne portait pas le keffieh. Je ne peux pas être sûr de le reconnaître là-dessus et j'ai à peine vu son visage. Il était sur la banquette arrière. Cette photo pourrait être celle de n'importe lequel de la cinquantaine d'Arabes que j'ai conduits. Je ne peux pas affirmer que c'est l'homme que j'ai emmené en Géorgie. Mais je dois dire que je ne le reconnaîtrais pas s'il était là, à côté de vous.

— Où l'avez-vous déposé quand vous êtes arrivé en Géorgie ? demanda Bill.

— En ville. Une autre voiture l'attendait. Je crois qu'il allait en Turquie mais j'ignore s'il s'y rendait par la route ou en hydroscaphe jusqu'à Trabzon. Je ne l'ai jamais revu par ici.

— Merci, Tomas, dit Bill en glissant un billet de dix dollars dans la main du chauffeur... A propos, quand est l'anniversaire de votre femme ?

— Oh ! Ça, je ne l'oublierai jamais plus... Le 11 avril.

Il était maintenant 18 h 58. Bill dit bonsoir au chauffeur et rentra à l'hôtel où il chercha le bar. Il ne fut pas trop surpris de voir que l'amiral était déjà là. Sa casquette d'uniforme était posée sur le siège à côté de lui et il buvait un verre de *gorilka z pertsem :* de la vodka dans laquelle flottait un petit piment rouge. Mais la vodka était de fabrication ukrainienne et Bill, guéri par sa dernière expérience des alcools étrangers, commanda un whisky-soda qu'il trouva bien moins parfumé que celui d'Inveraray Court.

Tout en bavardant, l'amiral Rankov sirotait sa boisson. Bill se demandait s'il jetterait le verre par-dessus son épaule comme le font les Cosaques. Mais avant qu'il puisse avoir la réponse, un serveur vint annoncer à l'amiral qu'on le demandait au téléphone.

Quand il revint, le beau visage large de l'officier russe était empreint de gravité.

— Il va y avoir du grabuge, dit-il, je le sens. C'était le jeune Sapronov. Le rapport quotidien des observateurs du KGB dit que les enfants de Mme Kokoshin ne sont pas allés à l'école aujourd'hui. Et ils n'y sont pas allés hier non plus. Ils veulent savoir ce qu'ils doivent faire. A l'école, on ne sait rien, sauf qu'ils étaient absents.

— Je sais ce qu'il faut faire, dit Bill. Il faut aller tout de suite chez elle. Et sans alerter toutes les forces de la police secrète d'Ukraine !

— Vous voulez dire maintenant ?

— Mais bien sûr ! Vous avez l'adresse ?

— Bien entendu !

— Alors, allons-y. Je pourrai peut-être vous aider.

— Il est un peu irrégulier de faire une enquête chez un officier russe avec un officier de marine américain !

— Cela dépend si vous voulez travailler avec les Etats-Unis pour chercher le bateau.

— Non seulement je le veux, mais j'ai reçu des ordres du Kremlin pour travailler avec vous jusqu'au bout.

— Alors, nom de Dieu, filons d'ici et voyons ce que mijote Mme Kokoshin !

L'amiral paya les consommations et ils se dirigèrent vers la voiture de service. Rankov donna l'adresse au nouveau chauffeur et dit à Bill de monter.

La maison qu'habitait la famille Kokoshin n'était qu'à dix minutes. Elle avait dix étages, des portes de verre mais pas de portier. La famille du capitaine logeait au huitième étage, dans l'appartement 824. Bill se tint près de l'amiral quand celui-ci sonna deux fois. Ils aperçurent de la lumière à l'intérieur et entendirent le son d'une radio ou d'une télévision. Mais personne ne répondit. Rankov sonna encore trois fois. Ils attendirent. Personne ne vint.

— Elle est peut-être allée voir une voisine, dit l'amiral.

— Pourquoi ne pas vérifier ?

Ils allèrent au 826, du même côté du couloir central. Une fois de plus, l'amiral appuya sur une sonnette et une fois de plus, il n'obtint aucune réponse.

— Essayons le 822, proposa Bill.

Là, ils eurent plus de chance. La femme qui ouvrit la porte connaissait bien Mme Kokoshin, qui avait été absente toute la journée, ainsi que la veille. Quand ses propres enfants étaient rentrés de l'école, ils avaient tenté de savoir où étaient passés les petits Kokoshin. Elle suggéra à l'amiral d'interroger la locataire de l'appartement 827, qui était une bonne amie de Nathalia Kokoshin. Peut-être saurait-elle où elle se trouvait.

— Elle va parfois voir sa mère qui habite à quarante-cinq minutes d'ici, un village qui s'appelle Bachcisaraj.

Ils frappèrent à la porte car la sonnette ne fonctionnait pas. Une autre ménagère ukrainienne répondit, mais fut incapable de les aider.

— Je ne l'ai pas vue depuis deux jours, ce qui est inhabituel. Elle est rentrée en retard avant-hier. Je le sais parce que ses fils sont venus me demander la clé. Elle est arrivée vers cinq heures et m'a rendu la clé. Je ne l'ai pas revue depuis.

— Avez-vous toujours sa clé ? demanda l'amiral.

— Oui, mais je ne crois pas avoir le droit de vous la confier.

— Je vous assure que vous l'avez, s'énerva Rankov. J'étais le patron de son mari et ce que j'ai à faire est TRÈS URGENT !

Devant la colère de ce géant en uniforme, la voisine se hâta et revint avec la clé. L'amiral la remercia chaleureusement, s'inclina très bas devant elle et attendit qu'elle ait refermé sa porte. Puis il se dirigea tranquillement vers l'appartement des Kokoshin. La clé tourna sans bruit. Rankov poussa la porte. Les lumières étaient allumées et la télévision aussi, dans le salon. Les occupants avaient filé. Et depuis un bon moment.

L'endroit était propre, bien rangé, mais vide. Il n'y avait rien dans les placards, rien dans les tiroirs. On avait emporté les vêtements, les chaussures, les manteaux. Mais tous les meubles étaient à leur place et la cuisine immaculée, les fenêtres fermées. Les Kokoshin, observa Bill, ne remettraient plus les pieds ici.

— Est-ce qu'on retourne interroger les voisins d'en face ? demanda Rankov.

— Seigneur ! non ! répondit Bill. Cela équivaudrait à faire une demi-page de pub dans l'*Ukraine Times,* ou Dieu sait comment vous appelez votre journal. Puisque nous savons maintenant ce qui s'est passé, je pense qu'il faut couper la télé, éteindre les lumières, rendre la clé et filer sans faire de vagues. Ensuite, à votre place, j'enverrais les gars du KGB surveiller les aéroports, les postes-frontières, les compagnies de navigation et tous ces trucs de routine qu'on fait quand on cherche des personnes disparues.

— Vous avez raison. Retournons à l'hôtel. De là, j'appellerai Sapronov pour lui dire de déclencher l'enquête.

— Ça ne changera pas grand-chose, dit l'Américain.

— Pourquoi ?

— Parce que je pense que la dame transporte une valise remplie d'un demi-million de dollars. Avec ça, on peut couvrir n'importe quelle trace, contourner les règlements, parcourir des kilomètres. Ça aide ! Et puis, il y a deux jours qu'elle est partie. Elle est peut-être à l'autre bout du monde, maintenant. On aura du mal à retrouver sa trace.

— Je me demande comment elle est sortie de Russie, grommela Rankov.

— Avec une somme pareille, ce ne sont pas les moyens qui lui manquent ! Elle a pu louer une voiture avec chauffeur et se faire conduire à la frontière. Elle a pu louer un bateau et filer vers la côte, mais c'est probablement trop lent. Elle a pu louer un petit avion privé ou même un hélicoptère pour descendre en Géorgie puis entrer en Turquie. Le fric rend presque tout possible et si elle dispose des aides que nous imaginons, elle n'aura pas non plus de problèmes pour les papiers d'identité.

— Comment procéderiez-vous, Bill Baldridge ? demanda l'amiral, suivant l'habitude russe d'utiliser le prénom et le nom.

— Je filerais en Géorgie aussi vite que possible, je passerais en Turquie par le poste-frontière de Sarp ou alors je prendrais l'hydroscaphe qui emmène les citoyens non géorgiens de Batoumi à Trabzon. Cela dépendrait des papiers que j'aurais pour moi et pour les enfants. Je suppose que Nathalia a planqué les vêtements de ses enfants depuis plusieurs semaines chez sa mère et qu'elle a payé un chauffeur privé, disons cinq mille dollars, pour l'emmener, de nuit, à Batoumi. Ils ont dû quitter leur appartement les mains vides vers 18 heures, la veille. Il n'y a rien de louche à ça. Après quoi, ils ont pris la route. Première étape, la maison de maman. Deuxième étape, la station-service, et ensuite la frontière du sud. Je crois qu'il y a environ neuf cents kilomètres jusqu'à la côte est, mais s'ils ont fait soixante kilomètres à l'heure avec un arrêt, la nuit, pour refaire le plein, vers 23 heures, ils ont pu les faire en quinze heures. Cela les aurait amenés à Trabzon hier matin vers 9 heures.

— Et après Trabzon ?

— Oh ! Ça c'est facile. Elle n'a pas eu à se presser. Il y a des vols directs Trabzon-Istanbul et elle a eu quatre mois pour s'assurer qu'elle arriverait à temps pour prendre l'un de ces vols. Ensuite, elle aura pu emprunter le vol du soir de la British Airways pour Londres ou Dieu sait quelle autre destination. Probablement l'Amérique du Sud. Si vous voulez mon avis, je dirais qu'elle a quitté la Turquie hier soir pour Londres ou même Paris ou Madrid. Et n'oubliez pas qu'elle n'a violé aucune loi. Elle a seulement emmené ses enfants vivre ailleurs. Et alors ? Les Sud-Américains ne l'extraderont jamais, même si vous la retrouvez.

— Vous autres Américains acceptez un peu vite le comportement humain, dit l'amiral avec un sourire.

— C'est vrai. C'est pourquoi nous sommes riches et vous pas. Soyez plus relax, mon vieux. Cela vous épargnera bien du temps et bien des ennuis.

— Bon, je suppose que nous ferions mieux de rendre la clé et de retourner à l'hôtel. Il faut, bien sûr, que je fasse un rapport sur tout ceci.

— Bien entendu. Et surtout, *vous devez la retrou-*

ver. Parce que, là où elle est, le capitaine Kokoshin ne tardera pas à se pointer avec son équipage.

Le dimanche 11 août au matin, le capitaine de corvette américain embarqua avec l'amiral Rankov à bord d'un avion militaire jusqu'à Kiev où ils s'arrêtèrent pour la nuit avant que Bill ne rejoigne Londres. A l'hôtel Ukraine de Taras Schevchenko, Bill se prépara à appeler l'amiral Morgan chez lui, dans le Maryland. Il était 9 heures à Washington. Une fois encore, il déballa son matériel de brouillage et y plaça le téléphone de l'hôtel.

— Ici Morgan, parlez.

— Baldridge. Prêt à parler. Branchez le crypto, nous sommes le 11 août.

— Compris, ne quittez pas.

Le brouillage branché et leur conversation protégée des oreilles indiscrètes, Bill expliqua que la famille Kokoshin avait filé. Il le salua également de la part de l'amiral Rankov.

— Si vous voulez le joindre cette semaine, il sera à son bureau de Moscou.

L'amiral confirma que l'Irak était de plus en plus suspect, mais qu'il ne savait pas encore si l'on avait réussi à localiser Ingrid Jaschke. Il avait discuté la veille avec Scott Dunsmore. Le CNO lui avait confié que le Président n'avait pas changé d'avis. Il voulait organiser une chasse du sous-marin à l'échelle mondiale. « Passez le Bosphore en plongée, avait-il dit, et j'autoriserai tout ce que vous voulez. Mais je ne ferai rien si la mission capote. »

Les informations de Bill étaient, bien sûr, cruciales. Elles firent bondir l'amiral.

— Est-ce que Rankov souhaite que nous l'aidions à la retrouver ? Dans ce cas, nous mettrons toutes nos ressources à sa disposition.

— Il ne l'a pas dit, monsieur. Mais je pense qu'il est très inquiet pour sa place. Ils ont perdu un sous-marin qui risque de mettre toute la nation dans l'embarras et, en plus, ses agents ont laissé leurs témoins essentiels leur filer entre leurs doigts. Le vieux Vitaly est un peu déprimé, si vous voulez mon avis.

— J'imagine ! Et vous, Bill, où êtes-vous ? Vous rentrez ou vous allez voir MacLean ?

— Pour l'instant, je suis à Kiev. Je vais partir pour Londres, puis je suppose que je rentrerai. A moins que vous ne souhaitiez que je reste en Europe ?

— Je ne crois pas, Bill. Vous devez être à Istanbul le 8 septembre. Mais il n'est pas nécessaire de faire le voyage jusqu'en Turquie dans le sous-marin. Revenez, vous m'aiderez à préparer ce rapport. A mardi.

La ligne fut coupée mais, cette fois, Bill se contenta d'en rire.

Les trois semaines suivantes, qu'il passa aux Etats-Unis, défilèrent très vite. Le laborieux rapport détaillé des renseignements rédigé avec l'aide de l'amiral Morgan et qui établissait toutes les circonstances de la destruction de l'USS *Thomas Jefferson* devait constituer un document de référence pour les enquêtes navales à venir.

Au cours de la troisième semaine, les agents du Mossad firent une autre découverte essentielle. Le général Gavron appela l'amiral Morgan pour lui annoncer qu'on avait retrouvé la trace d'Ingrid. Elle et son garde du corps Kamel Rasheed avaient pris deux chambres séparées, le 7 avril, au Pera Palas Oteli, juste à côté de la grande avenue piétonnière d'Istiklal Caddesi. Ils y étaient restés deux nuits et l'avaient quitté le 9 avril au matin. Les chambres avaient été réservées avec une carte de l'American Express, que l'hôtel n'avait pas vérifiée. Ingrid avait déposé mille cinq cents dollars en liquide à son arrivée. Elle avait dîné seule, les deux soirs, au restaurant de l'hôtel. Mais les frais ne furent pas réglés par l'American Express, de sorte qu'on n'avait trouvé aucune trace de la facture ni du paiement. Quand le Mossad avait découvert le numéro de la carte, elle était déjà annulée. Et l'American Express ne donne jamais de détails.

En tout cas, Ingrid Jaschke, la messagère des Irakiens, avait bien été à Istanbul cinq jours avant que le Kilo 630 ne prenne la mer.

Arnold Morgan était satisfait de ce qu'il savait maintenant. Il était satisfait de la présence soudaine d'Ingrid à Istanbul. Il était satisfait du récit du chauffeur russe tendant à prouver qu'Adnam avait fait un voyage de nuit jusqu'à la frontière turque quelques heures avant le départ du Kilo.

— Il y a mille coïncidences, grogna-t-il à l'intention de Bill. Elles vont finir par donner un résultat. Et maintenant, on me dit que notre bonhomme est irakien. Ça ne m'étonne pas que Gavron soit bouleversé. Ces militaires israéliens détestent qu'on infiltre leurs organisations. Surtout un pays comme l'Irak ! Je ne serais pas étonné qu'ils finissent par faire le sale boulot à notre place.

Il retourna vers sa grande table et observa à nouveau la carte de la côte nord-est de la Turquie. Et, une fois de plus, il planta la pointe de son compas dans le trou déjà bien élargi du port turc de Trabzon. Il mit l'autre branche sur le petit port de plaisance de Sinop.

— Deux cent trente-cinq milles, murmura-t-il. Avec une route côtière qui relie les deux villes.

Il fixa des yeux la carte de navigation côtière, notant encore une fois la pointe saillante de Sinop, le point le plus au nord de cette langue de terre si proche, si commodément proche, de la zone d'eau assez profonde pour un sous-marin en attente.

— C'est là qu'ils ont embarqué Adnam.

— Pardon ? dit Bill.

— Oh ! Rien. J'imaginais juste d'où Adnam avait pu repartir. Si votre Tomas l'a conduit cette nuit-là, je parierais qu'il y avait un yacht mouillé au port de

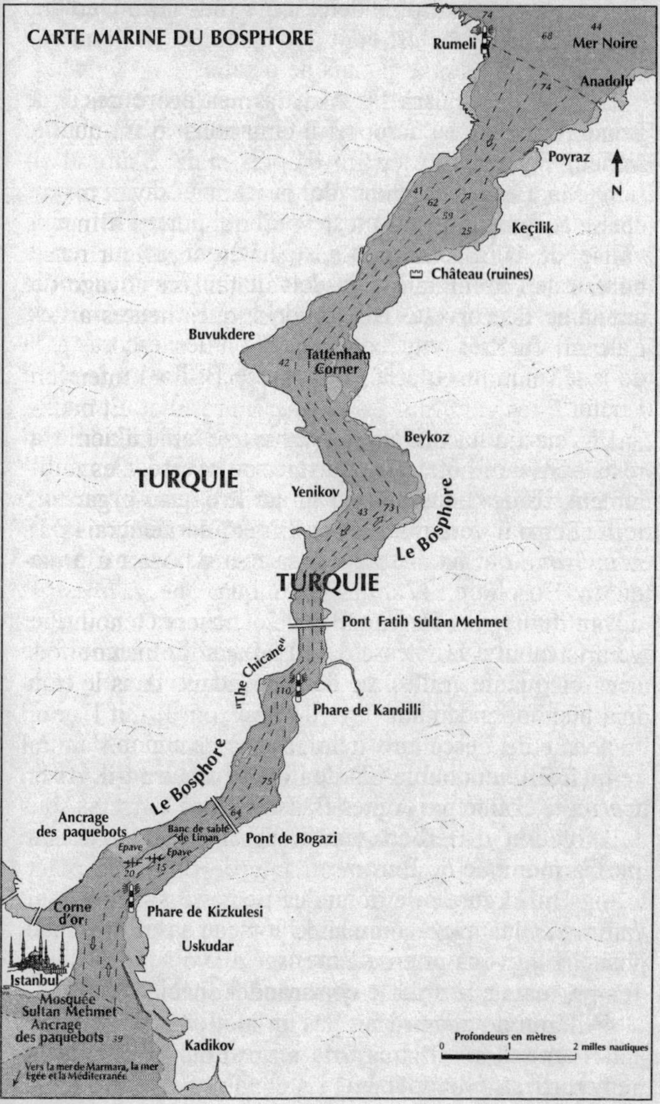

CARTE MARINE DU BOSPHORE
Rumeli
Mer Noire
Anadolu
Poyraz
N
Keçilik
Château (ruines)
Buvukdere
Tattenham Corner
Beykoz
TURQUIE
Yenikov
Le Bosphore
TURQUIE
Pont Fatih Sultan Mehmet
"The Chicane"
Phare de Kandilli
Le Bosphore
Ancrage des paquebots
Banc de sable de Liman
Pont de Bogazi
Epave
Epave
Corne d'or
Phare de Kizkulesi
Uskudar
Istanbul
Mosquée Sultan Mehmet
Ancrage des paquebots
Kadikov
Profondeurs en mètres
0
1
2 milles nautiques
Vers la mer de Marmara, la mer Egée et la Méditerranée

Sinop qui n'y était plus deux jours plus tard. Quelque chose me dit que c'est là.

Le vol de la British Airways en provenance de Londres atterrit à l'aéroport international d'Istanbul le samedi 7 septembre en fin d'après-midi. L'amiral sir Iain MacLean descendit de la cabine de première classe accompagné par un steward qui portait sa vieille valise de cuir sombre. Ils se hâtèrent de passer le bureau de l'immigration au-delà duquel les attendait le capitaine de corvette Bill Baldridge. Le passeport de l'amiral fut très vite contrôlé et on les escorta à la douane, puis jusqu'à la voiture que Bill avait louée à l'hôtel.

L'Américain avait aussi réservé une table d'angle au restaurant de l'hôtel. Ils pourraient y bavarder tranquillement. Ils devaient embarquer sur le bateau-pilote turc le lendemain vers midi. Puis ils rejoindraient le HMS *L'Invisible* qui ferait route de la mer de Marmara jusqu'au Bosphore. L'amiral expliqua que *L'Invisible* devait quitter les Dardanelles à 21 heures et se diriger vers Istanbul à la vitesse de 10 nœuds. Le parcours de cent cinquante milles se ferait pendant la nuit et la matinée du lendemain.

Avant de descendre à la salle à manger, l'amiral remit à Bill un double CD de l'opéra de Georges Bizet, *Carmen,* chanté par Agnes Baltsa et José Carreras sous la direction d'Herbert von Karajan avec l'orchestre philharmonique de Berlin.

— Bill, Laura m'a donné ça pour vous. C'est celui que vous lui avez commandé lors de votre première visite. Elle vous prie de l'excuser d'avoir mis si longtemps, mais elle a dû le commander spécialement.

Bill, qui ne comprenait pas un mot de ce que racontait l'amiral, reprit très vite ses esprits et le pria de remercier sa fille pour lui.

— Je n'ai pas pu trouver cet enregistrement aux

Etats-Unis, dit-il. C'est très gentil à elle d'avoir pris cette peine.

Il posa les CD sur sa table de nuit et suivit l'amiral jusqu'à l'ascenseur. En chemin, il posa la question qui l'obsédait depuis plusieurs semaines :

— Monsieur, si les Turcs balaient le Bosphore au radar d'un bout à l'autre, ainsi qu'ils le prétendent, est-ce que cela signifie que nous ne pourrons pas monter à hauteur périscopique sans courir le risque d'être vus ? Est-ce que le mât du sous-marin laisserait un gros sillage, de sorte qu'ils ne pourraient que nous repérer facilement, peut-être même sans radar s'ils sont alertés ?

— Oui, ils balaient assez sérieusement la surface du Bosphore. Et étant donné que je veux rester en position périscopique pendant la plus grande partie du trajet, il va falloir nous montrer plus malins qu'eux.

— Exactement, mais qu'est-ce qu'on va faire pour ça ? Qu'est-ce qu'Adnam a fait ?

— Il a presque certainement fait ce que j'ai l'intention de faire. Il s'est mis en position dans une zone sud-ouest de bonne tenue dans la mer Noire et il a attendu un cargo de bonne taille pour avoir une idée du genre de navires qui passent par là. Puis il a pris l'alignement sur ses feux arrière pour avoir l'angle et la distance corrects et il s'est collé dans son sillage, à environ cent mètres derrière. Il a réglé la vitesse de son moteur pour avoir une vitesse équivalente et a traversé derrière le gros navire.

— Pigé. Le sillage de son périscope s'est perdu dans celui, beaucoup plus important, du cargo.

— Exact.

— Et nous allons faire la même chose ?

— Exact.

— Seigneur ! Que se passera-t-il s'il stoppe brusquement ou s'il change de cap parce que la profondeur le lui permet, mais qu'elle est insuffisante pour nous ? On lui rentre dedans ou on se cogne au fond ?

— C'est ce qui arrivera si on ne fait pas attention. Mais nous ferons attention. C'est ce qu'a dû faire Ben Adnam. Et c'est ce que nous allons faire.

— Est-ce que Jeremy Shaw est à la hauteur ?

— Oh ! oui ! Il est très bien. Et il a l'habitude de faire très précisément ce qu'on lui dit. Je connais son professeur que j'ai moi-même formé. Il a été le patron du jeune Shaw pendant des années. Les vieilles habitudes de la Marine ont la peau dure, grâce à Dieu.

— A quelle heure voulez-vous que nous soyons en position ?

— Eh bien, j'aimerais qu'on disparaisse une heure avant d'atteindre le nord du Bosphore, pour que personne n'ait la moindre idée de l'endroit où nous nous trouvons. Les Turcs nous verront traverser en surface mais, quand la lumière commencera à baisser, nous disparaîtrons. A ce moment-là, j'aimerais que nous soyons à notre poste de la mer Noire, prêts à partir, en immersion périscopique, juste avant la nuit, vers 19 h 30, à environ trente-cinq milles au nord de l'entrée du Bosphore. Ainsi, nous aurons assez de lumière pour identifier un cargo correct, naviguant à dix nœuds dans la bonne direction et, avec de la chance, allant jusqu'à la Méditerranée. Nous nous placerons derrière lui. Nous pourrons plonger jusqu'à l'entrée, à hauteur périscopique, charger correctement les batteries et espérer que le navire marchand ne nous voie pas. Et il ne nous verra pas, parce que la lumière du jour aura complètement disparu une demi-heure après que nous aurons commencé à le suivre. Avec un peu de chance.

Bill hocha la tête et sourit.

— Je suppose que je m'adresse au von Karajan des profondeurs sous-marines.

— Qui est-ce ? grogna l'amiral. Un U-boat ?

— Non, monsieur. C'est le chef d'orchestre du CD que Laura m'a envoyé. L'un des meilleurs du monde. Le maestro Herbert von Karajan.

— Oh ! oui, je vois. Bien sûr. Je ne connais pas

grand-chose à l'opéra. Mais c'est gentil à vous de dire cela, même si ce n'est pas vrai. Je ne suis qu'un officier à la retraite, volontaire pour une mission dont personne ne voulait.

— Et le choix personnel de l'officier général de tout le service des sous-marins de la Royal Navy, monsieur.

— Oui, mais évidemment, j'ai été son professeur à lui aussi. Il essaie probablement de se venger.

Le dîner, pour les deux hommes, se passa sans entrain. La conversation fut tempérée par leurs craintes quant à la tâche périlleuse qui les attendait le lendemain. Bill n'avait jamais participé à un arrêt en catastrophe dans un sous-marin et il rassembla tout son courage pour demander à l'amiral comment ça se passerait. Il n'exprima pas la vraie question qu'il voulait poser : combien de chances avons-nous d'éviter une très grave collision et de nous écraser contre les énormes hélices du cargo ?

— Ce n'est dramatique que si vous n'êtes pas prêt, répondit l'amiral. Ce qui fait que notre équipe sonar est plus importante que jamais. Ils ont une tâche essentielle : avertir immédiatement de toute variation de vitesse, indiquer la plus minime information des révolutions de son moteur. Cela signifie qu'ils doivent observer de près, et sans relâche, les hélices du cargo. S'il ralentit, nous aurons quelques fractions de seconde, autrement nous irons nous jeter sur sa poupe, ce qui serait pour le moins assez inconfortable. Si l'eau est suffisamment profonde, nous ralentissons, nous plongeons et nous essayons de nous nicher sous sa quille. Dans le cas contraire, s'il y a un peu de place à côté de lui, nous nous y glissons. S'il n'y a pas assez d'eau et pas de place à côté de lui et si nous ralentissons trop lentement, je pense que nous finirons comme témoins de la cour martiale qui jugera Jeremy Shaw. Enfin, si nous survivons.

— Seigneur ! dit Bill. Y a-t-il des procédures que

je devrais connaître si nous devions nous arrêter très vite ?

— Oui, une ou deux. Tout le temps pendant lequel nous serons près du cargo, il nous faudra être en station d'écoute. Mais nous devrons être parés à descendre pour nous rabattre sur une position de collision spécialement modifiée. Personne ne sait grand-chose des changements de densité de l'eau et nous n'avons pas la moindre idée de la présence ou non de remous verticaux. Alors, il nous faudra peut-être louvoyer comme au bon vieux temps. Cela signifie que les portes étanches devront rester ouvertes tout le temps pour que les hommes puissent passer de l'avant à l'arrière à toute vitesse pour garder l'assiette du bateau. J'ai eu plusieurs entretiens avec Jeremy Shaw et je lui ai recommandé de poster des sentinelles tout au long de la cloison. Tout le monde sera en surveillance permanente. Cependant, quand nous crierons : « Arrêt collision », les portes ne seront ni fermées ni verrouillées. Elles seront ouvertes pour permettre de rétablir l'assiette.

Bill mangea pensivement son *kebab* et but une gorgée de son vin turc. Il n'avait jamais navigué dans un sous-marin diesel électrique, mais il connaissait les procédures de base habituelles en cas de collision. Dans toute situation délicate, les portes devaient être fermées et verrouillées pour arrêter un éventuel incendie ou une inondation si le sous-marin s'écrasait ou se cassait. Il connaissait aussi les dangers terrifiants qu'ils couraient, surtout en grande profondeur.

L'amiral, cependant, demeurait optimiste, racontant des scénarios à faire dresser les cheveux sur la tête se passant sous la surface du Bosphore.

— En vérité, Bill, j'espère que nous pourrons nous entraîner un peu tout au début si, par exemple, le cargo s'arrête pour prendre un pilote à l'extrémité nord du chenal. Nous serons à la hauteur de sa coque arrière, à ce moment-là, et le courant nous balaiera vers le fond du chenal. Là, nous saurons si nous sommes prompts à réagir et s'il est facile de garder l'assiette lorsque deux mille cinq cents tonnes d'acier, filant à 10 nœuds, se mettent soudain à ralentir.

Bill but une nouvelle gorgée de vin. Ils restèrent quelques minutes dans la salle à manger puis remontèrent dans leurs chambres.

« C'est peut-être ma dernière nuit », songea Bill en verrouillant la porte de la chambre 1045.

Il ouvrit le coffret des CD et en tira les deux disques et le livret en papier glacé. Il n'y trouva aucun message, aucune lettre de Laura. Il fouilla la boîte. Rien non plus. Alors, il feuilleta le livret. La lettre était glissée à la page 105. Elle disait simplement : « Je suis de retour à Edimbourg et je me sens un peu triste de ne pas pouvoir vous parler. Je vous en prie, Bill, veillez sur mon père et, pour l'amour du ciel, prenez soin de vous. Je crois que je ne pourrais pas supporter que quelque chose vous arrive à tous les deux. Laura. »

Sous la signature, elle avait tracé trois petites croix. Mais, sous la lettre, elle s'était laissée aller à quelque chose de plus profond. Elle avait surligné en rose trois phrases chantées par Carmen dans le duo sublime qu'elle partageait avec Carreras au premier acte : *Il n'est pas interdit de penser. Et je pense à un certain officier qui m'aime et qu'à mon tour, je pourrais bien aimer...*

— Ce Bizet ! dit Bill. Il comprenait les choses.

Après une nuit perturbée par des rêves épuisants pour les nerfs, il se réveilla étonnamment plein d'énergie. Il fit son sac et descendit retrouver l'amiral. Il paya leurs deux notes avec une carte de crédit et ils prirent un taxi pour se rendre aux docks.

La traversée du port, qui s'étirait au sud de la mer de Marmara, leur offrit une vue superbe d'Istanbul avec les hauts minarets de la mosquée Bleue, Sainte-Sophie et le palais de Topkapi. Le spectre du pont géant de Bogazi Road, qui enjambe le Bosphore sur quatre kilomètres et demi depuis la Corne d'Or, semblait trembler dans la légère brume de chaleur de cette matinée, comme les voitures passaient à deux cents pieds au-dessus de l'eau.

Le commandant du HMS *L'Invisible* avait amarré le bateau juste au nord de la rive orientale, dans le port de la Marine turque. Sur l'eau plate et calme, comme le nota Bill, l'amiral et le pilote transférèrent d'un bateau à l'autre les bagages de l'amiral, tirés par des marins avec des cordes munies de grappins. Les deux officiers et le pilote turc grimpèrent aisément l'échelle de corde. Deux jeunes lieutenants les aidèrent à prendre pied à bord. Les nouveaux venus rejoignirent Jeremy Shaw sur le pont. On allait traverser en surface le Bosphore vers le nord.

L'officier accueillit l'amiral avec la même déférence que Bill Baldridge avait notée au cours de ses voyages. Il se montra encore plus aimable avec Bill et souligna à leur intention les événements majeurs du long voyage accompli de Barrow-in-Furness jusqu'en Turquie. Le sous-marin lui convenait parfaitement et l'équipage s'était facilement adapté aux instruments pendant les deux semaines d'entraînement avant le départ d'Angleterre. Il fallait généralement plus longtemps mais, bien sûr, dans le cas présent, ils n'avaient pas eu à se préoccuper des armes.

Le trajet vers le nord se révéla très instructif. L'amiral MacLean évalua la largeur du chenal, les lumières des deux grands ponts, en particulier celles du plus étroit, à trois milles au nord de celui de Bogazi. Il s'appelait le Fatih Sultan Mehmet, mais l'équipage de *L'Invisible* l'avait déjà baptisé « Le Gros Sultan[1] ».

Il nota aussi les diverses profondeurs de l'eau dans les très étroites « chicanes » à droite et à gauche, juste après le pont, marquées par le poste de contrôle de la navigation de Kandilli, sur la rive orientale. Le premier

1. Jeu de mots entre Fatih et *Fatty :* le gros, en anglais.

grand virage qu'ils allaient rencontrer, très à gauche puis très à droite, était dangereux parce que à cet endroit les chenaux se rétrécissaient énormément. L'amiral nota, d'une petite écriture nette : *« Deux putains de longs petits fonds, de cinq mètres seulement, plein sud des pylônes, à Kavak. »*

Les eaux ensoleillées du Bosphore paraissaient larges en surface et pas du tout menaçantes. Seules les cartes révélaient la nature vraiment hasardeuse du fond et, pendant tout le trajet vers le nord, l'amiral MacLean essaya d'établir mentalement la traîtrise du fond sous-marin.

Deux heures après le départ, *L'Invisible* sortit du Bosphore et les hommes, sur le pont, dirent au revoir au pilote qui les quittait. Puis le commandant Shaw ordonna cap au nord, zéro-trois-zéro, traversant une mer calme jusqu'au point d'attente.

A 17 h 30, il décida qu'il était temps de disparaître.

— Officier de quart, parez à plonger.

— A vos ordres, monsieur.

— Dégagez le pont.

— Panneau supérieur fermé, verrouillé... Ouvrez les ballasts principaux... Hissez le tube d'air... En avant demi.

— Ballasts principaux ouverts, monsieur.... Mât radio hissé à moitié... Tube d'air hissé, monsieur.

— Assiette moins cinq. Dix-sept mètres et demi.

— Douze mètres, monsieur.

— Purgez les bulles, à la barre.

— Dix-huit mètres. Tout est purgé, monsieur.

— Très bien. Fermez les ballasts principaux. Baissez les tubes d'air.

— Levez le mât ESM... Cherchez particulièrement des ondes radar bande X commerciales venant du nord, disons de trois-un-cinq à zéro-quatre-cinq.

— L'assiette me paraît bonne. Je voudrais que vous gardiez cette position jusqu'à ce que nous trouvions un navire marchand se dirigeant vers le Bosphore. Il faut qu'il fasse un peu moins de 10 nœuds. Huit seraient parfait. Restez relativement discret, je sais bien qu'il ne cherchera pas de sous-marin de notre genre, mais quand même. Prévenez-moi si vous en repérez un.

— A vos ordres, monsieur... Veille bleue... immersion périscopique... patrouille en situation discrète.

— Je serai au carré des officiers avec l'amiral et notre hôte américain. A vous le soin, numéro un.

— A moi le soin, monsieur.

Le commandant, l'amiral et le capitaine de corvette Baldridge se retirèrent immédiatement au carré des officiers pour une conférence.

— La carte dit que c'est plein de galets, amiral, dit le commandant. Il ne faudrait pas que nous nous retrouvions la proue en bas si nous nous y cognons. Les équipements d'assiette vont être rudement importants. Mais je ne peux pas m'empêcher de penser que, dans les goulets, une bonne partie des galets seront en fait des rochers, ce qui pourrait être très désagréable. En conséquence, j'ai l'intention de rester à hauteur périscopique à tout prix, même si c'est contraire aux règles habituelles.

— Je pense que vous devez avoir mon approbation pour cela, Jeremy. Je le noterai sur le livre de bord. Mais je suis d'accord avec vous, il vaut bien mieux risquer d'abîmer un peu le périscope sur la quille d'un cargo que de se retrouver avec un gros rocher planté dans notre coque.

Les trois hommes étudièrent la carte. Jeremy Shaw fronçait les sourcils.

— Les passages délicats sont ici... ici... et ici, dit-il.

Il montra de l'index les grands virages serrés.

— Nous allons les appeler Tottenham Corner — du nom du grand virage de l'hippodrome où se court le Derby d'Angleterre — et La Chicane. Pour les raisons habituelles : des hommes très tendus réagissent mieux à des noms familiers. Ces endroits ont des noms turcs imprononçables, ce qui ne ferait qu'ajouter à la confusion.

— Bonne idée, dit l'amiral.

— Pour ceux qui tournent à gauche, je suppose que le navire que nous suivrons gardera bien sa droite et n'écornera pas les angles. Mais il pourrait être tenté de le faire si aucun bateau ne vient en face. S'il s'arrête ou s'il fait une manœuvre stupide et que je ne puisse pas m'arrêter ni passer en dessous, je m'évaderai vers bâbord. Ça, c'est au cas où nous devrions corriger l'assiette en vitesse.

— Oui, Jeremy. Mais si nous devons nous évader et qu'il y a une queue arrivant dans l'autre sens, je crois qu'il vaudrait mieux faire surface derrière lui, afin de mieux contrôler les choses. On ne sait jamais, il se peut qu'il ne le remarque même pas. C'est fou ce qu'on peut faire quand on a les nerfs solides !

— En effet, intervint Bill. J'ai entendu parler d'un insolent navire de guerre britannique qui s'est un jour approché d'un de nos porte-avions déguisé en bordel flottant.

Jeremy Shaw éclata de rire. L'amiral feignit de ne pas comprendre.

— Et pour les profondeurs, Jeremy ? dit-il.

— Eh bien, monsieur, nous aurons besoin de dix-sept mètres cinquante pour naviguer à hauteur périscopique, plus cinq mètres en dessous... environ vingt-deux mètres cinquante au minimum. Le pire est juste en dessous du pont, où la carte indique vingt-sept mètres. Mais il y a deux épaves juste au milieu du chenal, dont l'une à quinze mètres seulement de la surface. A cet endroit-là, je ne peux pas me déporter sur la droite à cause des bouées d'amarrage et de l'ancrage des navires marchands. Je ne peux pas passer au milieu à cause des épaves et je ne peux pas passer à gauche parce que, là, on ne voit pas au-delà du grand coude. Ce qui rend l'autre chemin très très dangereux. Parce qu'il ne fait que trente mètres de profondeur, ce qui nous empêche de nous faufiler sous un gros navire qui arriverait en face. Si notre lièvre fait mine de passer au-dessus des épaves, je pense que nous serons obligés de faire surface pendant quelques centaines de mètres, trois minutes seulement. L'ennui, c'est que je serai alors salement éclairé par toutes les lumières de la ville. C'est là que les Turcs pourraient nous repérer.

— Je suppose qu'il va falloir croiser les doigts, alors, dit sir Iain. Et souhaiter que tout se passe bien. A propos, avez-vous une liste personnelle des facteurs qui risquent de tout mettre par terre, Jeremy ? Comme la visibilité, par exemple.

— Seulement les choses habituelles, monsieur. Les pannes du système de navigation, la perte de notre navire-guide un peu trop tôt, en tout cas avant les derniers goulets. Que les Turcs en profitent pour nous repérer. Que l'assiette de ce bateau devienne trop difficile à maintenir dans les courants. En dehors de ça, tout ce qui est soudain, inattendu, tout ce qui peut être en dehors des limites de notre marge d'erreur, pourtant largement définie. En résumé, que l'imprévisible nous tombe dessus sans que nous puissions trouver une parade. J'espère pouvoir compter sur vous, Bill, pour garder tout ceci en mémoire pendant que je m'occuperai des détails minute après minute.

— Très bien. Nous resterons en retrait avec les dents qui grincent jusqu'à ce que nous ne puissions plus le supporter. Vous avez la responsabilité de ce navire, Jeremy, mais j'ai du mal à ne pas penser que c'est moi qui vous ai entraîné dans cette aventure. Rappelez-vous que vous pouvez toujours dire « pouce ! je veux arrêter » et que personne ne vous en voudra. Nous ne sommes ici que pour voir si c'est faisable. Pas pour démontrer concrètement que ça ne l'est pas.

— J'ai compris, monsieur. Je vais aller jeter un coup d'œil au PC. OBS. Nous dînerons à 20 heures. Pas de film ce soir au carré des officiers, hélas. Même pour les passagers de première classe.

092025SEP02. HMS *L'Invisible* 41,55 N, 29,37 E. Cap au 180. Vitesse 5 nœuds.

— Commandant, j'ai un lièvre possible... zéro-deux-zéro... environ un kilomètre trois cents... Je suis à vingt degrés sous sa proue tribord... Le radar donne 8,5 nœuds sur 180... Nous avons une forte trace radar de navigation commerciale à droite sur le relèvement... Pas d'autre circulation à cinq milles à la ronde... Je vais jeter un nouveau coup d'œil avant que la lumière baisse.

— Très bien. Je reprends le bateau.

— A vous le soin, monsieur. Le plus haut feu de mât se situe à vingt-huit mètres comparé au radar, monsieur.

— Parfait. Hissez le périscope. Un tour d'horizon.

— Objectif fixé. Bruiteur dans le zéro-deux-deux. Distance... quatorze mille cinq cents mètres... vingt-huit mètres, monsieur.... Mettez-moi à 25 degrés sur son tribord... Route de chasse à 185... Distance de chasse à six mille mètres.

— Sortez le tube... En avant demi. Révolution six-zéro... Assiette moins cinq... Quarante mètres... Venez par la droite au zéro-neuf-cinq.

— Equipage, je vais plonger pour effacer le sillage pendant quinze minutes. Nous devons bien l'observer pendant qu'il va vers le sud. Ensuite, on fait un demi-tour et on le suit. Faites une annonce, numéro un... Nous serons en station de plongée à partir de 20 h 30. Et ça va durer un bon moment, disons huit ou neuf heures. Préparez du chocolat et des sandwichs pour 23 heures et 3 heures du matin.

092040SEP02.

— Regardez, amiral. Je crois que celui-ci fera l'affaire. Je dirais qu'il fait environ six mille tonnes. Un petit navire de conteneurs, de nationalité russe, d'après ce que j'ai pu noter sur ses cheminées.

— Peut-être qu'il n'ira pas jusqu'au bout. Mais il

correspond bien en ce qui concerne l'heure et la vitesse. Je crois que je vais aller faire un tour en dessous pour vérifier son tirant pendant qu'il y a assez d'eau. Ensuite, je me faufilerai derrière à hauteur périscopique.

— Très bien, Jeremy. Il fera l'affaire.

L'Invisible continua à avancer à la même vitesse que le cargo, à 42 tours, 8,5 nœuds, dans le sillage des Russes vers l'entrée du Bosphore. Ils les suivirent pendant près de quatre heures et, peu après minuit, à minuit trente exactement, le commandant Jeremy Shaw attrapa son point visuel.

— Le satellite et le sondeur, tout concorde, amiral. Le fort de Rumineleteri à deux-quatre-zéro... deux milles. Le lièvre suit toujours un-huit-deux... 80 tours, 8,7 nœuds par rapport à la terre, 8,2 dans l'eau. Le courant est derrière nous, il devrait atteindre un nœud au cours des deux prochains milles. Je suppose que notre lièvre va appuyer sur sa droite, environ au deux-un-sept, n'importe quand maintenant...

— C'est ce qu'il fait, monsieur. Tribord trois. Signalez l'avant du bateau tous les deux degrés, s'il vous plaît.

— Un-huit-quatre... un-huit-six.

— On se rapproche, amiral. Notre avant est juste derrière sa proue. Nous nous alignons sur son feu arrière. Nous avons douze minutes sur ce cap avant qu'il fasse monter le pilote.

Comme attachés l'un à l'autre, avançant à la même vitesse exactement, le cargo russe et le sous-marin furtif de la Royal Navy se dirigeaient vers la sortie du Bosphore, séparés par une centaine de mètres d'écume blanche, phosphorescente, luisant sous un pâle clair de lune. Personne, sur le navire marchand, ne remarqua l'éclat du périscope glissant dans le sillon suivant le gros navire, ignorant qu'ils guidaient *L'Invisible,* le bien nommé, sur le chemin d'un épisode de l'histoire navale.

Aucun commandant de navire marchand, même le plus expérimenté, n'aurait pu réaliser le degré de précision dont faisaient preuve les officiers bien entraînés du sous-marin. Ils le suivaient à quelques mètres près, observant l'angle du barrot à la lumière du feu arrière du navire, sachant que s'il augmentait, cela signifiait qu'ils allaient trop vite et qu'ils se rapprochaient dangereusement. En revanche, s'il diminuait, ils perdaient du terrain et risquaient de glisser hors du sillage.

Ils avaient passé la limite nord du Bosphore, traversé la ligne invisible qui s'étend du fort à la pointe d'Anadolu, avec son phare clignotant à vingt secondes. Ils parcoururent encore deux milles et demi avant que le cargo commence à ralentir pour embarquer le pilote.

Jeremy Shaw était prêt. Ils avaient déjà relevé les révolutions du rapide diesel du bateau-pilote et quand le commandant du sous-marin cria « crash-stop », tout se passa avec le maximum d'efficacité, avec presque trente mètres d'eau sous la quille. En fait, *L'Invisible* s'arrêta plus vite que le cargo, ce qui n'était pas plus mal.

Ils s'enfoncèrent en direction du sud dans les eaux obscures, contournant les grands virages à gauche et à droite, toujours à profondeur périscopique, juste derrière le cargo. Ils glissèrent sous le pont du « Gros Sultan » à 1 h 30 et se préparèrent à négocier le virage serré droite et gauche de La Chicane à la hauteur de Kandilli, où le chenal était étroit mais profond, et le courant rapide et malaisé.

Mais le skipper du cargo avança régulièrement et tout droit en plein milieu du passage. Il garda une vitesse constante et les guetteurs invisibles, à cent mètres derrière sa proue, ne détectèrent aucun changement dans la vitesse de ses moteurs. Personne n'avait encore remarqué la présence du sous-marin anglo-américain furtif. Au-dessus de *L'Invisible*, les radars militaires turcs balayaient silencieusement la surface de l'eau mais aucun n'accrocha le périscope solitaire qui glissait le long de l'écume blanche turbulente marquant le sillage du cargo.

Jeremy Shaw avait ralenti, suivant un cap au deux-trois-deux tandis qu'ils arrivaient à une autre partie droite, où le chenal perdait de la profondeur en passant sous la large travée du pont de Bogazi, presque au-dessus. Ils avaient une chance incroyable.

Par le périscope, le commandant de *L'Invisible* apercevait maintenant le clignotement rapide des lumières jaunes du pont, sur tribord, et celui des feux blancs à bâbord. Ils passèrent sous le pont à 1 h 41. Un ferry traversa, d'ouest en est, devant eux, mais assez loin du cargo et de son suiveur.

Ils étaient à deux minutes du banc de sable du milieu de la voie sud — celle où se trouvaient les deux épaves — quand se déclencha le premier signal de danger. Juste en face, se dirigeant rapidement vers eux, presque au milieu de la voie centrale qu'empruntaient les navires, un contact se précisa. Il paraissait très large et très rapide et prenait l'angle de droite marqué par la tour Kizkulesi. Ce qu'ils ignoraient encore, c'est qu'il s'agissait d'un énorme navire marchand roumain de vingt milles tonnes.

Le sous-marin allait le percuter car lui aussi devait faire une embardée vers le centre pour éviter la seconde épave. Il n'y avait pas suffisamment d'eau à cet endroit pour plonger et passer sous le navire. Il n'y avait que trente mètres au mieux sur le bord du bas-fond. Le tanker tirait environ dix mètres. *L'Invisible* en aurait besoin d'au moins vingt de plus.

L'amiral MacLean et Jeremy Shaw disposaient de cinq minutes pour avoir une idée. Aucune des options qui leur venaient à l'esprit ne leur paraissait valable.

Le commandant regarda à nouveau dans le périscope, commentant de temps à autre ce qu'il voyait, et qui n'était guère réconfortant.

— Seigneur ! Ce machin est monstrueusement gros !

Puis, droit devant, pour corser les choses, il aperçut quelque chose ressemblant à un autre ferry traversant d'est en ouest, juste sur leur chemin. Alors se produisit l'impensable. L'officier sonar appela soudain :

— Ici PC sonar... La vitesse de notre lièvre diminue, monsieur !

Jeremy Shaw montra pour la première fois des signes de véritable tension.

— MERDE ! s'écria-t-il. On n'a vraiment pas besoin de ça ! Pas étonnant que tout ça soit illégal, nom de Dieu !

L'Invisible se préparait à une collision sous-marine avec les hélices du cargo russe, collision dans laquelle tous les membres du sous-marin risquaient de perdre la vie.

Le commandant Shaw retrouva son calme...

— Vingt tours... virage rapide tribord au deux-quatre-zéro.

Le cargo russe entama lui aussi un long déport tribord vers les docks du côté européen, mais du moins continua-t-il d'avancer. Le navigateur annonça que l'épave à quinze mètres était dépassée. Cependant, le tanker roumain avançait toujours, à cinq cents mètres maintenant, toujours trop large.

Jeremy Shaw et l'amiral MacLean savaient que le ferry, qui n'avait pas un gros tirant d'eau, pouvait passer au-dessus du sous-marin, en espérant qu'il ne heurte pas les barres de plongée et le périscope. Mais si le sous-marin passait très près du côté gauche de la voie descendante, il serait inévitablement écrasé par le bateau roumain, qui non seulement ignorait sa présence, mais naviguait trop large et trop vite.

L'Invisible ne pouvait aller en ligne droite à cause du bas-fond et de l'épave de vingt mètres. Il ne pouvait pas virer à gauche parce que cela l'amènerait sur la courbe de Kizkulesi et, même si le tanker pouvait les éviter, ils n'auraient aucun moyen de savoir si un autre gros navire marchand ne prenait pas en même temps qu'eux l'intérieur de la courbe. Tout ce que put faire l'amiral fut de proposer de faire un *dead pig*[1] : montrer aussi peu que possible le périscope, avancer juste au-dessous de la surface suivant le courant qui filait au sud, se couler sans forcer sur le banc de sable, à vitesse nulle, jusqu'à ce qu'ils puissent passer en plongeant plus profond le prochain tournant.

— Ceci devrait nous protéger légèrement de la ligne de collision avec le tanker et les opérateurs radar turcs nous prendront pour un morceau d'épave flottante, expliqua l'amiral.

— Si leur homme de barre commet la plus petite erreur, il cassera ce sous-marin en deux, murmura le commandant.

C'était une manœuvre passive, et d'autant plus courageuse. Mais c'était la seule option dont ils disposaient.

Presque aussitôt, ils entendirent l'hélice du gros tanker battre violemment contre leur coque à bâbord, les manquant non pas de soixante mètres, comme l'amiral l'avait estimé, mais de quarante mètres.

La turbulence tourbillonnante du sillon de la coque massive, vingt mille tonnes d'acier traversant ce boyau étroit, envoya presque valdinguer le sous-marin. Il pivota de quinze degrés sur bâbord avant de se stabiliser.

— Eh bien ! murmura l'amiral, nous filons droit vers l'Asie, maintenant. C'est une façon un peu inhabituelle d'y parvenir.

— Ce n'est pas si mal, monsieur, dit le navigateur. Nous sommes un peu en retard pour prendre le tournant sud de ce virage, de toute façon. Je préfère le côté occidental, l'eau y est plus profonde.

Soudain, un nouvel appel retentit dans le sous-marin de la Royal Navy qui était encore en *dead pig*, juste en

---

1. Cochon mort ; dans la Marine française, « baleine morte » (dérivante).

dessous de la surface, montrant seulement par intermittence le haut du périscope :

— Ici PC sonar... NOUVEAU CONTACT ! Sur l'itinéraire désigné quatre-trois. Relèvement un-huit-cinq.

— MERDE ! aboya à nouveau le commandant. C'est encore un énorme machin et nous sommes juste devant lui, en plein dans le mille ! Mettez à deux cents mètres. Donnez 12 nœuds. Putain, il est sur le mauvais côté du chenal !

— Il faut plonger ! cria l'amiral. JEREMY... En avant demi ! Descendez à 40 tours... Tour d'écoute renforcée... Annoncez la vitesse.

— À VOS ORDRES.

— Deux nœuds.

— Seigneur ! Il vire ! RENTREZ TOUT ! cria le commandant... TRENTE ET UN MÈTRES.

— Vingt-cinq, monsieur.

Puis le sondeur calcula la distance sous la quille.

— Sondage sonore dix mètres, monsieur.

— EN AVANT DOUCEMENT !

— Toujours un-huit-cinq. Il est plus bruyant. Tous les autres bruiteurs sont couverts.

— Trente et un mètres, monsieur, annonça le sondeur.

— Sonar cinq mètres, monsieur.

— Oui, dit l'amiral. La voilà, Jeremy. C'est la pression de sa proue qui nous pousse vers le fond. TOUTES LES BARRES À MONTER !

— Sonar deux mètres, monsieur.

— Bien de niveau, Jeremy. Il ne faut pas mettre l'hélice dans la boue.

— Oui, monsieur. Profondeur tenue... C'est la succion contre sa coque.

L'amiral cria ses derniers ordres :

— EN AVANT DEMI. QUARANTE TOURS. DIX-SEPT MÈTRES CINQUANTE... Mais gardez d'abord le niveau, Jeremy.

L'officier sonar cria : « Deux mètres, monsieur », mais ses paroles furent noyées par le rugissement des hélices du cargo qui passait au-dessus d'eux dans un bruit de tonnerre, fendant l'eau à 12 nœuds.

— Route quatre-trois, en arrière. Relèvement : zéro-zéro-quatre, monsieur. Très fort. Doppler bas. Mêmes révolutions, un-deux-quatre.

L'amiral MacLean s'écarta tandis que le sous-marin remontait vers la surface du port d'Istanbul, large d'un mille à cet endroit et beaucoup plus profond. Lentement, *L'Invisible* se mit à hauteur périscopique en pénétrant silencieusement dans ces eaux plus sûres.

Quinze minutes après avoir évité de justesse l'accident, le calme revint dans le PC-OBS. Le pire était passé. Le commandant Shaw laissa le commandement à son premier lieutenant et rejoignit l'amiral et Bill Baldridge pour boire un peu de café au carré des officiers.

— Désolé d'avoir été un peu brutal, là-bas, Jeremy, dit l'amiral MacLean. Mais je crois avoir vu beaucoup plus de ces bas-fonds et de ces situations difficiles que vous.

— Vous avez eu tout à fait raison, amiral. J'étais un peu hypnotisé, à force de regarder dans ce périscope. De toute façon, je crois que je n'ai pas assez tenu compte de l'information du navigateur quand il a dit que nous étions en eaux assez profondes pour passer sous le navire. Merci, monsieur.

L'Invisible sortit du large chenal qui s'étire le long de la côte orientale de la vieille ville d'Istanbul. Là, il y avait plus de cinq cents mètres d'eau et moins de trois milles à parcourir pour atteindre la mer de Marmara.

Jeremy Shaw demanda s'ils devaient envoyer un message par satellite à l'officier de garde à Northwood.

— Et un à Washington ?

— Je dirais même que nous allons le faire tout de suite, dit MacLean. Nous avons réussi. Et ça, c'est un fait certain.

— Avez-vous un nom de code pour une mission réussie, Bill ? demanda le commandant.

— Bien sûr : « ON RENTRE »... C'est ce qu'ils attendent. On l'envoie directement à l'amiral Morgan, Fort Meade, Maryland. Il est 21 heures là-bas, mais il sera dans son bureau à attendre la nouvelle.

Le commandant fit venir un planton pour prendre le message et le faire transmettre. Puis il quitta la pièce, laissant seuls Bill et l'amiral.

— Permettez-moi de vous demander quelque chose, monsieur. Est-ce que vous auriez fait tout ça si vous aviez su à l'avance ce qui allait se passer ?

— Non, Bill, sûrement pas. Je connaissais les risques mais je ne pensais pas que nous manquerions de chance à ce point-là. On a failli se faire tuer deux fois en dix minutes. Le premier cargo nous est presque rentré dedans et je ne me rappelle pas avoir jamais vu la mort d'aussi près. Et j'ai vraiment cru que le second allait nous réduire en bouillie.

— Sans vous, monsieur, il l'aurait probablement fait.

— Bah ! Je suppose que Jeremy aurait trouvé une solution à temps.

— Eh bien, je suis assez content que nous n'ayons pas eu à le vérifier, monsieur... Je pense que vous nous avez sauvé la vie... et c'est aussi l'avis de Jeremy. Et vous y gagnerez de rentrer dans l'Histoire... Le premier officier supérieur à avoir réussi à traverser le Bosphore en plongée.

— Ce n'est pas vrai, Bill. Nous avons été les seconds.

L'amiral Morgan reçut le message avec enthousiasme. « NOUS RENTRONS. » Ils avaient réussi ! Il appela Scott Dunsmore pour lui annoncer la nouvelle. Le CNO la relaya au général Josh Paul qui lui dit que le Président attendait son message et que l'amiral devait le lui annoncer personnellement. Une minute plus tard, le Président quitta un dîner officiel pour prendre l'appel de son CNO.

— Ils ont réussi ?... Bien !... Oui, vous avez mon autorisation illimitée. Faites le nécessaire pour trouver et détruire le Kilo russe. Utilisez tous les moyens que vous jugerez utiles... Je vous donne carte blanche.

— Merci, monsieur le Président, dit l'amiral Dunsmore.

— Attrapez-le, Scott, insista le chef de l'Exécutif.

Chapitre XIII

Lundi 9 septembre, 22 heures.

Le soir du 9 septembre, l'anxiété d'Arnold Morgan atteignait son paroxysme. Enfermé dans son bureau, attendant le signal satellite qui devait venir du sud du port d'Istanbul, il massacra son sandwich au bœuf, renversa son café sur son agenda et se montra très désagréable avec tous ceux qui travaillaient dans le bâtiment. Heureusement, il n'y avait pas grand monde, mais son exaspération suffit à convaincre l'équipe du soir de se tenir hors de son chemin quand c'était possible.

Le signal « ON RENTRE » lui rendit le sourire. En moins de quatre minutes, il avait communiqué la nouvelle à l'amiral Dunsmore et fait fumer le bitume dans sa hâte d'arriver au rendez-vous que lui avait fixé le général Gavron dans la fraîche intimité de l'ambassade d'Israël.

Le général avait personnellement téléphoné à Fort Meade. L'amiral s'était inquiété de l'attitude crispée de l'officier israélien, généralement aimable et poli. Il avait jusqu'alors fort apprécié leurs conversations, mais ce soir, David Gavron paraissait tendu. Derrière sa politesse raffinée, Arnold Morgan sentait la tension, derrière ses paroles, un gros souci. Et quelle que pût être cette inquiétude, elle avait un rapport évident avec

Benjamin Adnam. Autrement, David n'aurait pas provoqué cette rencontre.

Derrière les grilles de l'ambassade, un garde escorta Morgan en haut du même escalier jusqu'au bureau aux gros fauteuils bordeaux où, lors de sa première visite, ils étaient tombés d'accord. Le général était assis, un verre de vin blanc à la main, fumant une cigarette, ce qui était rare chez lui.

— Salut, David, dit Morgan. Désolé d'arriver si tard. J'ai de plus en plus de mal à sortir de mon usine, ces jours-ci.

— Bienvenue, Arnold, répondit Gavron. Je vous sers un verre de ce vin doux que vous aimez tant ? J'ai des choses à vous dire.

— Qu'est-ce qui vous tracasse ?

— Vous avez deviné, je suppose, qu'il s'agit du commandant Adnam ?

— Arnold, j'ai peur que les circonstances ne nous dépassent. Retournons un peu en arrière. Vous vous rappelez que vous m'avez dit, il y a une quinzaine de jours, que votre agent Jeff Zepeda travaillait autour d'une importante cellule de renseignements irakienne au Caire ?

— Oui, je me le rappelle.

— Eh bien, nous avons travaillé là-dessus pendant plusieurs années. En fait, nous avons un agent infiltré là-bas depuis 1998. C'est un Irakien dont les grands-parents étaient juifs. Il a commencé à travailler là-dessus juste après la guerre du Golfe, avec certains de nos meilleurs agents agissant à l'extérieur. Cela a toujours été pour nous une remarquable source d'informations concernant les travaux internes du gouvernement irakien. Je n'ai pas besoin de m'étendre sur l'extrême danger qu'encourt notre agent en permanence.

— Non, en effet.

— Arnold, il a disparu. Nous n'avons aucune nouvelle de lui depuis neuf jours. Il a toujours appliqué un cycle hebdomadaire de contact. Il n'a jamais omis de nous envoyer un rapport chaque samedi. Même quand il n'avait rien à dire.

— Que puis-je faire ?

— En réalité, pas grand-chose. Seulement, il y a deux semaines je lui ai fait savoir que s'il tombait sur quoi que ce soit concernant le commandant Adnam et, bien sûr, le Kilo disparu, je voulais en être informé immédiatement. Pour des raisons évidentes, il ne s'est jamais servi de l'électronique. Et je me demandais si vous aviez reçu quelque chose — anonymement, bien sûr — en provenance du Caire. Parce que, si c'est le cas, cela pourrait bien être le baroud d'honneur de notre agent.

— Non, je n'ai rien reçu. Mais si je reçois quelque chose, je vous le dirai tout de suite. Croyez-vous que sa disparition ait quelque chose à voir avec l'affaire du *Jefferson* ?

— Oui. Surtout parce que j'imagine que tout s'est accéléré, maintenant, dans les renseignements irakiens. Je suis sûr qu'ils ont deviné que c'est vous qui avez frappé les sous-marins iraniens pour des raisons de froides représailles. Ils doivent savoir qu'ils sont les prochains sur la liste. Je pense que quiconque pose des questions sur l'opération *Jefferson* se met en très grand danger. Les Irakiens paraissent peut-être irrationnels mais ils sont impitoyables.

— Oui, je suis tout à fait d'accord sur ce point.

— Si notre agent a vraiment trouvé quelque chose et s'il a, d'une façon ou d'une autre, réussi à tuyauter les Américains, il a probablement déjà été dénoncé. En tout cas, il n'a pas eu le temps de nous appeler à l'aide. Mais il sait avec quelle urgence nous voulons mettre le main sur Adnam. Ce type est un déserteur et, en tant qu'officier supérieur, il connaît tous les projets sensibles de la Marine israélienne. Nous souhaitons le prendre vivant pour savoir à quel point il nous a trahis. Alors seulement nous saurons ce que nous devons modifier.

— C'est peut-être un déserteur pour vous, général, mais pour moi, c'est un terroriste international. Et je veux l'avoir en premier. Mort ou vif.

— Nous nous fichons de savoir qui le tuera en fin de compte, mais nous aimerions lui mettre la main dessus les premiers.

Il était bien plus de minuit quand Arnold Morgan quitta l'ambassade. Il roula doucement jusque chez lui, dormit trois heures et demie puis prit une douche, s'habilla et se rendit à son bureau où une distribution spéciale de courrier venant de la poste principale de Washington lui était assurée quotidiennement.

Il le trouva à 5 h 15.

L'amiral Scott Dunsmore pensait être prêt à tout. Il avait quatre sous-marins nucléaires d'attaque, classe Los Angeles, en alerte pour des opérations spéciales, à Norfolk en Virginie, un à Diego Garcia et deux autres à Pearl. Pour le cas où le Kilo tenterait de fuir en Amérique du Sud par l'océan Atlantique, on avait multiplié les points d'observation des satellites qui auraient peut-être la chance de noter l'apparition soudaine en surface d'un Kilo russe dans des eaux étrangères.

Ce que l'amiral n'attendait sûrement pas, c'était un appel téléphonique à 5 h 20. Même de la part d'Arnold Morgan, pourtant connu pour son mépris insouciant de l'heure, y compris au sein des sous-mariniers. Le CNO décrocha l'appareil posé à la tête de son lit et n'eut pas le temps de se demander s'il devait se fâcher en entendant la voix bien éveillée du directeur de la Sécurité nationale ou s'il devait le féliciter pour son immense conscience professionnelle.

L'amiral Morgan, comme d'habitude, ne perdit pas de temps.

— Monsieur, dit-il, nous avons peut-être trouvé le Kilo. Un bon tuyau. Je pars immédiatement pour votre bureau. A tout de suite.

Avant même que Morgan ait raccroché, le CNO était

debout. Il ouvrit la porte de sa chambre et cria l'ordre de préparer sa voiture. Le chauffeur devait se tenir prêt à partir dans huit minutes.

Morgan le battit de peu à l'entrée du Pentagone. Il avait amélioré de vingt-trois secondes son record de Fort Meade au quartier général des Etats-Unis. Il était à peine plus de 6 heures.

Il avait déjà fait préparer des cafés arrosés pour l'amiral et lui-même. Il tenait à la main une feuille de papier à lettres crème, de luxe, qu'il tendit au patron.

— C'est arrivé ce matin, par avion, avec le cachet du Caire, en Egypte. Adressé au directeur du bureau de la Sécurité nationale, Fort Meade, Maryland, USA. Rien d'autre. C'est court, n'est-ce pas ?

Au centre de la page presque vide, il n'y avait que quatre courtes lignes, écrites par l'imprimante d'un ordinateur.

120630AVR02 4436 N 3332 E
050438MAI02 3557 N 0548 W
082103JUL02 1992 N 6395 E
251200SEP02 5440 S 6000 W

Rien de plus. Pas de date. Pas de signature. Pas d'adresse.

— Je prends le courrier avant tout le monde, expliqua l'amiral Morgan.

— Oui, j'ai vu ça, répondit le CNO. Qu'est-ce que c'est ? Des dates, des heures écrites dans le style de la Marine. Plus des positions sur des cartes.

— C'est exact, monsieur. C'est la seconde ligne qui m'a tout fait comprendre. 050438MAI02. C'est exactement la date et l'heure auxquelles nous avons entendu le sous-marin dans le détroit de Gibraltar. Ces chiffres sont gravés dans mon cœur. 050438. Je n'ai presque pas eu besoin de vérifier la position... 35,57 nord et 05,48 ouest. C'est dans la zone de probabilité donnée pour sa détection. Ensuite, j'ai vérifié la première ligne. C'est la date et l'heure précises auxquelles le Kilo a quitté son mouillage, selon le rapport de Baldridge qui s'est basé sur les informations de l'amiral Rankov le 12 avril à l'aube. La position, 44,36 nord et 33,32 est, c'est celle de Sébastopol. La troisième ligne représente la date et l'heure précises du naufrage du *Jefferson* : 8 juillet, 21 h 03. La référence géographique est légèrement plus précise que la nôtre, mais identique.

— Alors, Arnold, est-ce que la quatrième ligne, qui indique une date à quinze jours d'aujourd'hui, représente l'endroit où nous trouverons le Kilo ? Ou plutôt où l'auteur souhaite que nous pensions trouver le Kilo ?

— C'est exactement ça, monsieur. J'ai une vague idée de la provenance de cette note, mais malgré tout elle est anonyme. La partie intéressante, c'est la somme d'informations qu'elle contient parce qu'une bonne partie de ces mêmes informations n'ont été connues que de très peu d'entre nous. Première ligne : date et heure de départ. Quelques personnes les connaissaient mais pas nous, avant que Baldridge ne les découvre il y a trois semaines. Deuxième ligne : date, heure et position du Kilo dans le détroit. L'heure est exacte à la minute près. Là, quelques personnes de chez nous auraient pu savoir ce que nous avons entendu mais ça aurait pu être un canular. Et je ne vois pas un fonctionnaire américain blaguer là-dessus. Non, monsieur. Les SEULES personnes connaissant l'heure, la date ET la position du bateau quand ce bruit s'est produit, ce sont les gars qui ont produit ce bruit.

L'amiral Dunsmore hocha lentement la tête.

— Oui. Et ils connaissent aussi l'heure et la date du départ de Sébastopol.

— C'est juste. Aucun de nous ne savait ça avant que Baldridge nous le dise. Et depuis, seuls vous et moi et peut-être deux ou trois membres de mon équipe avons eu accès à son rapport. Il n'a jamais quitté Fort Meade, sauf dans mon portefeuille.

— C'est juste. Ça circonscrit un peu les choses.

— Et cela nous amène à la troisième ligne. La date, l'heure et la position du *Jefferson* au moment de sa destruction. La note est extrêmement précise, peut-être même plus que notre relevé. Maintenant, nos analyseurs ont travaillé là-dessus et ils connaissent la position qu'avait le porte-avions. Mais aucun de ces gars n'a d'information concernant le sonar du détroit de Gibraltar. Cela ne nous laisse pas beaucoup de suspects parmi nos agents — six au plus, vous, moi, Baldridge, votre lieutenant de vaisseau Jay Bamberg et son assistant. Plus mon ordonnance. Je les exclus tous catégoriquement.

— Moi aussi. Ce qui signifie que nous cherchons des gens de l'extérieur qui auraient pu connaître tous ces détails.

— Monsieur, je ne vois pas qui pourrait savoir. L'auteur doit connaître les doutes exprimés à propos du Kilo perdu. Il doit savoir qu'il a émis un bruit identifiable au large de Gibraltar. Et il doit connaître l'heure exacte, l'endroit précis où le *Jefferson* a été touché. J'en conclus que l'auteur de cette note était dans le sous-marin ou qu'il est en possession d'un rapport complet sur ce sous-marin.

— C'est la conclusion à laquelle j'arrive aussi, Arnie.

— En réalité, c'est évident. Ce qui veut dire *qu'il avait l'intention* d'être évident. L'auteur donne des preuves irréfutables dans les trois premières lignes, pour nous persuader que la quatrième émane d'une source inattaquable.

— A-t-il réussi ?

— Je crois que oui. Son intention est de nous faire croire que nous trouverons le Kilo le 25 septembre à l'heure et sur la position qu'il donne à la quatrième ligne.

— Je constate que ce sera dans l'Atlantique Sud. Où exactement ?

— A environ cent milles plein sud des Falkland. Quatre cents du cap Horn, est-nord-est. Maintenant, je n'ai pas la moindre idée de l'endroit vers lequel se dirige le Kilo, mais ça doit être quelque part en Amérique du Sud. Ce qui est logique, je suppose, quand on est l'équipage le plus recherché du monde.

— Oui, en effet. Et puisque tous nos témoignages suggèrent qu'ils travaillaient pour le compte de l'Irak, on peut se demander si les vieux accords entre l'Irak et le Chili n'auraient pas déterminé le chemin qu'ils ont pris pour disparaître.

— En fait, monsieur, j'exclurais une base navale argentine. Elles sont trop loin et trop au sud. Pour moi, il est patent que le sous-marin tentera d'aller à Punta Arenas, au Chili, à l'opposé nord-ouest de la Terre de Feu. Dans ce cas, sa route lui fera contourner le cap Horn pour entrer dans le Pacifique, puis prendre au nord jusqu'à la côte sud-américaine en virant vers l'est sur environ deux cent cinquante milles en passant par le canal Cockburn. Puis le détroit de Magellan. Punta Arenas est juste là, abrité, avec plein de hauts-fonds. C'est également bourré de petites îles désertes. Si vous cherchez un endroit super pour faire débarquer un équipage, disons quelques marins tous les deux jours, c'est l'endroit rêvé.

— C'est vrai, Arnie. Surtout si on a une tonne de fric pour chacun et un bateau pour les emmener à terre.

— N'avez-vous pas l'impression, monsieur, que cette fuite a été très bien préparée ?

— Vous pouvez le dire, Arnold !

— C'est ce que je pense aussi. La question est : est-ce qu'on nous tend un piège ou est-ce que l'auteur de cette note veut simplement nous faire aller là-bas pour faire sauter le Kilo ?

— Arnold, si cet Adnam est un musulman fondamentaliste, il était sans doute prêt à mourir avec le

Jefferson. Mais maintenant qu'il est libre comme l'air, apparemment dans le sud de l'Atlantique, aux commandes d'un sous-marin russe qui est toujours, ne l'oublions pas, armé jusqu'aux dents de torpilles dont une à tête nucléaire, il pourrait bien s'agir d'un piège. Peut-être est-il là-bas, en train d'attendre l'arrivée de nos SNA... exactement comme il a attendu le porte-avions. Pour une bataille de sous-marins, en dessous de la surface, l'avantage appartient, comme vous le savez, à celui qui arrive le premier et qui se prépare à attendre.

— Oui, et peut-être qu'il se fiche pas mal de mourir.

— Exact. Mais revoyons nos divers scénarios. D'abord, on considère cette note comme une blague idiote. C'est hors de question. Deuxièmement, on suppose que l'auteur de la note est dans le sous-marin et l'a envoyée à des collègues par satellite, ou alors qu'elle a été expédiée par quelqu'un qui n'est pas dans le sous-marin mais qui occupe une position clé. Jusque-là, nous sommes d'accord ?

— Oui, monsieur.

— Par conséquent, ou il s'agit d'un piège destiné à couler un ou deux autres navires de guerre américains très chers, ou c'est une mise en scène très bien montée pour nous faire abattre le Kilo.

— Ce raisonnement tient la route, monsieur. Mais à mon avis, il ne peut s'agir d'un piège. Il y a tellement de façons bien plus faciles de couler nos navires sans prendre rendez-vous !

— Alors, que faisons-nous ?

— On va là-bas avec tout ce qu'il faut pour réduire ce salaud en miettes. Voilà ce que nous faisons !

— A moins qu'il ne faille chercher s'il ne s'agit pas d'un nouvel ami inconnu.

— Monsieur, j'allais y venir. Je pense en effet que nous avons un nouvel ami. Et je crois que je sais qui c'est. Ou plutôt qui c'était. Mais je voulais passer en revue toute cette séquence pour que vous ayez bien en tête l'image complète et toutes ses ramifications.

Le moment était venu pour l'amiral Morgan de raconter en détail sa conversation avec le général Gavron.

— Il est possible, monsieur, que cette liste m'ait été envoyée, directement ou indirectement, par un agent du Mossad en très dangereuse posture au Caire. Et je crois qu'on doit en tenir compte, tout de suite.

— Je suis d'accord. Je vais immédiatement faire partir quatre SNA dans l'Atlantique Sud.

L'amiral Morgan arpenta nerveusement son bureau pendant que le CNO alertait ses officiers généraux pour l'Atlantique. Il parla au commandant de la seconde flotte, le vice-amiral Ray Mapleton. Et il parla avec plus d'urgence encore au commandant des forces sous-marines de l'Atlantique, le vice-amiral Joseph Mulligan.

Arnold Morgan l'entendit ordonner que les quatre sous-marins qu'il avait fait mettre en alerte pour une mission éventuelle quittent Norfolk aussitôt que possible. Il leur faudrait deux semaines pour aller jusqu'aux îles Falkland, à près de huit mille cinq cents milles. Les gros bateaux nucléaires fileraient à 25 nœuds au moins, nuit et jour, couvrant six cents milles par vingt-quatre heures. Cela en mettait trois au large de la côte sud de l'Argentine vers le 24 septembre. Le Kilo devait y être le lendemain, probablement en début de matinée.

Il était, Morgan le savait, essentiel qu'ils arrivent sur les lieux AVANT le Kilo du commandant Adnam. De cette façon, ils auraient le temps de s'installer dans la zone et de s'habituer aux bruits normaux de la jungle sous-marine.

L'officier des renseignements était ravi de voir et d'entendre le CNO en action. Concis, précis et incisif, il recommanda à l'amiral Mulligan d'envisager la possibilité d'organiser un piège à trois sous-marins, au nord et au sud, en coupant la route de l'entrée orientale du détroit de Magellan et celle du sud, vers le cap Horn. Joe Mulligan comprit très vite que le patron souhaitait qu'un seul des bateaux nucléaires américains soit déployé dans la zone des îles Falkland.

L'amiral Morgan entendit également Dunsmore terminer la conversation avec le tact et la diplomatie pour lesquels il était bien connu.

— Très bien, Joe. Ce ne sont là que des suggestions. Prenez-les pour ce qu'elles sont. Pour le reste, je compte sur vous. Tenez-moi au courant. Au revoir.

Le CNO se retourna.

— Ah oui, Arnold, j'ai oublié de vous dire que nous faisons prendre Bill Baldridge et l'amiral MacLean sur *L'Invisible* par un hélicoptère dans une heure ou deux. Nous avons un escorteur de la classe Spruance dans ce coin-là, le *Fletcher*. Il les emmènera à Athènes. De là, ils prendront un vol direct pour Londres.

— Vous n'avez pas pensé à envoyer Baldridge dans l'Atlantique Sud en tant qu'observateur officiel ?

— Je n'en suis pas encore là, Arnold, mais en effet, il serait bon qu'il soit là-bas. Qu'en pensez-vous ?

— Oh ! Je suis tout à fait pour. D'abord à cause du rapport officiel, ensuite parce qu'il pourrait se révéler sacrément utile. Il en sait plus que quiconque sur Adnam. Et il a passé un long moment avec son Professeur.

— C'est d'accord. Envoyons-le Roosevelt Roads. Là, il pourra prendre le *Columbia*. C'est à peu près sur le chemin du sous-marin. Bill devra prendre le vol Londres-Miami, puis un vol de l'American Airlines jusqu'à Porto Rico. Je vais demander à Jay de s'en occuper.

— Parfait. Avant de partir, monsieur, j'aimerais vous signaler deux autres choses... L'amiral MacLean était l'officier sonar du sous-marin de la Royal Navy qui a coulé le *Belgrano* pendant la guerre des Malouines. Ça s'est passé là-bas, quelque part au sud des îles, exactement où nous allons. Je crois qu'il serait bon de lui demander conseil. N'oubliez pas qu'il était instructeur de sous-mariniers.

— D'accord. Le commandant Baldridge peut s'occuper de ça tout de suite. Nous enverrons un rapport détaillé de notre plan d'action au *Fletcher* et Bill pourra débriefer sir Iain pendant qu'ils iront à Athènes. Nous expliquerons en détail au *Columbia* comment organiser la patrouille des Falkland et Bill fera profiter le commandant des connaissances de l'amiral en chemin.

— Une dernière chose, monsieur... Devons-nous mettre la CIA sur la situation de l'argent irakien au Chili ? Si ce Kilo se dirige vraiment là où nous en informe la note, il doit y avoir une grosse banque quelque part aux environs de Punta Arenas avec plein de fric irakien dans ses coffres. A moins que le sous-marin ne soit bourré de billets de cent dollars.

— Pour le moment, je dirais non. Concentrons-nous très calmement sur la destruction du bateau qui a coulé notre porte-avions. Et, entre-temps, je ferais bien de mettre le Président au courant.

A 14 heures, mardi après-midi 10 septembre, trois sous-marins nucléaires américains de 109 mètres de long, pesant 7 000 tonnes en plongée, avec un équipage de cent trente-trois hommes dont treize officiers, se mirent en marche dans le chantier naval de Norfolk, près des Hampton Roads. En l'espace de deux heures, ils avaient exécuté la sortie habituelle des navires de guerre, entrant dans la brèche ouvrant sur l'immensité de l'océan et sous laquelle le pont routier se transforme en tunnel, puis sous une autre brèche à peu près identique ouvrant sur le pont-tunnel de Chesapeake Bay.

Devant eux s'étendait l'Atlantique où, l'un après l'autre, ils virèrent sud-ouest... L'USS *Asheville,* l'USS *Springfield,* l'USS *Charlotte.* Tous trois étaient de classe Los Angeles, tous armés de torpilles et d'engins téléguidés Tomahawk et Harpoon. Tous trois pouvaient atteindre une vitesse de plus de 30 nœuds. Chacun était à peu près deux fois plus rapide et deux fois plus gros que le Kilo russe qu'ils chassaient.

L'USS *Columbia* était le plus récent des quatre navires chargés de la poursuite et devait partir cinq heures plus tard, à 19 heures, en direction de Porto Rico, puis redescendre vers les Falkland. Construit par General Dynamics à Groton, dans le Connecticut, il avait été lancé en 1994. Ce gros bateau à arbre unique était mû par deux turbines nucléaires développant 35 000 CV. Le sous-marin travaillait normalement à trois cents mètres sous la surface. L'US Navy possède soixante de ces bateaux nucléaires d'attaque ultramodernes. Ils sont les béliers de la force d'attaque sous-marine des Etats-Unis et d'une portée illimitée. Neuf d'entre eux avaient participé à la guerre du Golfe.

Le commandant du *Columbia* était Cale « Boomer » Dunning, quarante ans, originaire du cap Cod, dans le Massachusetts. Comme le suggérait son surnom, Boomer avait voué son existence aux sous-marins nucléaires. Il avait passé deux ans à Holy Loch, en Ecosse, sur le programme Polaris, à la fin des années 1980. En 1997, il avait été promu commandant.

Dunning avait la peau claire, une forte carrure et aurait été parfaitement à l'aise s'il avait pu se donner à fond à l'écoute de grand-voile sur un yacht de l'America's Cup. Il avait des épaules et des bras puissants, des jambes comme des troncs d'arbres. C'était un excellent marin dans les courses à la voile quand il en avait l'occasion. Il possédait d'ailleurs, chez ses parents au cap Cod, une magnifique yole en bois sur laquelle sa femme et lui prendraient très probablement leur retraite.

Boomer était marié à une ancienne actrice de télévision absolument ravissante appelée Jo, dont le père dirigeait un chantier de construction de bateaux dans le New Hampshire. Ils formaient une véritable famille de loups de mer. Dunning était un vrai génie à la barre de n'importe quel bateau, du plus petit au plus gros. Et sa réputation dans un sous-marin nucléaire était encore plus grande, si c'était possible.

Servir sous les ordres de Boomer Dunning, expert tactique, expert en sonars, expert en armement, en navigation et en ingénierie nucléaire, c'était servir sous le meilleur commandement du monde. Les cent trente-deux hommes qui travaillaient pour lui sur le *Columbia* avaient chaque jour davantage confiance en lui. D'ailleurs, ils prétendaient appartenir au meilleur sous-marin nucléaire de la Navy. Quand ils apprirent qu'ils avaient été choisis pour une mission secrète dans l'Atlantique Sud sous les ordres directs du Haut Commandement de la Marine, ils se dirent que ce Haut Commandement savait exactement ce qu'il faisait.

Comme toujours, le bateau du commandant Dunning était parfaitement en ordre. On avait vérifié et revérifié les systèmes électroniques de combat. Il transportait quatorze MK-48 Gould, des torpilles filoguidées du type ancien mais fiable ADCAP (capacité avancée) tirées par lance-torpilles. Ses flancs abritaient huit missiles Tomahawk d'une portée de mille quatre cents milles, plus quatre missiles Harpoon à têtes nucléaires guidées par radar.

Si le Kilo tentait contre lui un tir sous-marin, le *Columbia* possédait un arsenal comportant des MK-2 Emerson Electric plus un MK-48 MOSS avec système de leurre capable de détourner tout missile lancé contre le sous-marin. Ses sonars IBM étaient du type BQQ 5 D/E de recherche passif/actif et d'attaque. Sur place, le *Columbia* utiliserait un sonar remorqué, passif, à basse fréquence, capable de détecter le moindre battement de cœur d'un rôdeur — dont le commandant Dunning et son équipe sonar décideraient s'il était inoffensif ou hostile.

L'officier des systèmes de combat du *Columbia* était le capitaine de corvette Jerry Curran, un maigre personnage à lunettes, un peu voûté, originaire du Connecticut. Il avait une maîtrise d'électronique et des systèmes d'ordinateurs obtenue à l'université Fordham. Selon le commandant Dunning, Jerry était le meilleur bridgeur de la Navy.

Maintenant, à quatre heures du départ du *Columbia*, le capitaine de corvette Curran était en bas, bavardant avec le chef du sonar et le navigateur, le lieutenant de vaisseau David Wingate, âgé de vingt-neuf ans. Ils étaient penchés sur les cartes montrant les hauts-fonds de l'Atlantique Sud, près des îles Falkland.

Mais c'était dans l'enceinte des armes nucléaires que l'activité était le plus intense. Le capitaine de corvette Lee O'Brien et son équipe surveillaient depuis quelques heures le réacteur nucléaire ou « tiraient les ficelles », dans le langage du service. Il s'agissait d'un processus lent et méthodique destiné à régler la température et la pression des installations électriques pour qu'elles soient prêtes à fournir toute l'énergie dont le sous-marin aurait besoin — en gros, l'énergie nécessaire à une petite ville au cours de l'hiver.

Le commandant O'Brien, diplômé d'Annapolis et du MIT en science nucléaire, était l'homme le plus occupé du bateau. Le commandant Dunning était descendu le voir deux fois depuis l'heure du déjeuner mais, dans l'ensemble, il laissait cet Irlandais de Boston réfléchi faire son travail.

— Il n'a pas besoin que j'aille regarder par-dessus son épaule, dit-il au lieutenant de vaisseau Wingate. Il a besoin de tranquillité. Il a six gosses à la maison, dont cinq garçons. Il y a de quoi être tendu, non ?

A 18 h 30, on vérifia pour la dernière fois les systèmes de télégraphe du pont au PC-OBS. A 18 h 50, le commandant Dunning cria le signal aux ingénieurs mécaniciens : « OBÉISSANCE AU TÉLÉGRAPHE. »

Sur le coffrage, l'équipage de pont se préparait à larguer. L'officier de pont fit un signe à son adjoint qui cria : « LAISSEZ ALLER TOUTES LES AMARRES. »

— ENLEVEZ !

Le commandant Dunning, près du navigateur, tout en haut sur sa passerelle, dit fermement :

— Hissez les couleurs !

Sur la poupe, on hissa la bannière étoilée et, à l'avant, le Jack, le drapeau bleu semé de cinquante étoiles.

Puis les remorqueurs commencèrent à tirer le *Columbia* et à l'éloigner du quai. A treize mètres du quai, le drapeau des Etats-Unis fut levé au-dessus du pont. Dunning pria les remorqueurs de s'éloigner et indiqua par le télégraphe : « En avant... un tiers... »

Et la grande coque noire comme la nuit commença lentement à bouger dans les eaux du port par ses propres moyens, monstre sinistre, menaçant, même sous un beau soleil.

En cette fin d'après-midi, la lumière baissait déjà tandis que le *Columbia* quittait les Hampton Roads et prenait la direction de l'Atlantique. Le commandant Dunning resta sur sa passerelle avec le lieutenant de vaisseau Wingate. Ils faisaient 12 nœuds à la périphérie de l'approche de Norfolk. En bas, au PC-OBS, on faisait parvenir à terre les dernières retouches à apporter à la liste des proches parents.

Ils prirent un cap au un-trois-zéro en direction sud-est vers le Bermuda Rise, à cinq cents milles de là. Mais Boomer Dunning mettrait le sous-marin en plongée et prendrait une direction plus au sud bien avant de l'atteindre, dès que l'eau serait assez profonde, franc est du cap Hatteras.

Pour le moment, bien au milieu du chenal, Boomer ordonna :

— Vitesse standard ! (15-16 nœuds.)

102200SEP02. A bord de l'USS *Fletcher,* en mer Egée, au nord-est d'Athènes.

Les ordres pour Bill Baldridge avaient été reçus au PC communications — Athènes - Londres - Miami -

Porto Rico —, pour rencontrer le *Columbia* en route vers l'Atlantique Sud.

Il expliqua la situation à l'amiral MacLean que le mépris total des distances de la Marine américaine faisait sourire — avions, bateaux, pas de problème. Ils pouvaient envoyer n'importe qui n'importe où, n'importe quand.

Quand Bill l'informa de la position possible du Kilo le 25 septembre, le sous-marinier à la retraite parut pensif.

— Oui, il se dirige vers l'Amérique du Sud, n'est-ce pas ? dit-il. Je suppose que vous allez tenter de l'intercepter au sud des Falkland, hein ? Vous pouvez évidemment vous accrocher au seul renseignement solide que vous possédez. Mais ce n'est pas aussi facile que ça, là-bas.

— Quel est le problème principal ?

— Avez-vous entendu parler d'un endroit appelé le Burdwood Bank ?

— Non.

— Le Burdwood Bank est une zone assez large au bord du plateau continental sud-américain. Il s'étend sur deux cents milles, de l'est à l'ouest, passant à cent milles au sud de l'île est des Falkland. Là, il a environ soixante milles du nord au sud. Ensuite, plus au sud, l'Atlantique a deux milles de profondeur. Mais sur le Bank, le fond remonte à cent cinquante pieds seulement sous la surface. Les bancs de sable sont clairement notés sur les cartes. C'est un endroit mortel pour un gros sous-marin nucléaire qui a besoin d'être à deux cents pieds pour éviter de laisser une trace à la surface. En fait, tout ceci ne constitue pas vraiment un problème pour vous parce que vous n'avez pas un navire ennemi en surface. Votre problème, c'est le bruit. Et cette saleté de Bank est l'un des endroits les plus bruyants de tout l'océan. C'est plein de poissons, de crevettes, de baleines et Dieu sait quoi d'autre encore. Il est impossible d'écouter l'approche d'un bateau à cause du raffut général. Alors, vous pensez, un bateau aussi silencieux que ce Kilo !

— D'après ce que vous dites, monsieur, le Kilo ne va sans doute pas traverser le Bank. Il viendra probablement de la côte d'Afrique du Sud avec un cap presque franc ouest pour contourner le cap Horn.

— Je suis d'accord, Bill. Il est bon de se souvenir que le point le plus au sud de l'Afrique est à environ dix-sept degrés plus au nord que le cap Horn. Alors, il naviguera est-sud-est. Je pense qu'il évitera délibérément le Burdwood Bank, non seulement parce qu'il n'est pas assez profond, mais parce qu'il est sans cesse patrouillé par les avions militaires britanniques. Je suppose que votre ennemi viendra vers vous par l'est. Et, Bill, vous devez être en position avant qu'il n'arrive. A mon avis, il faut s'approcher très près du Bank, pointer les sonars en arc est et sud, vers les eaux beaucoup plus profondes. C'est de là qu'il viendra. Et là-bas, c'est très silencieux. En réalité, vous trouverez que c'est relativement silencieux dans ces eaux jusqu'à ce que Ben Adnam se pointe. Vous devrez rester en sonar passif jusqu'au tout dernier moment. Il sera alors très important de diriger les rayons sur la zone le plus vaste possible, qui est aussi silencieuse que possible.

— C'est exact, monsieur. Pensez-vous que ce soit dangereux ?

— Chaque fois que vous aurez affaire à un ennemi aussi rusé et brillant que Ben Adnam, ce sera extrêmement dangereux. Mais vous serez dans un sous-marin très supérieur au sien, avec un équipage de grande valeur, et c'est vous qui l'attendrez. Sa force principale, c'est qu'il peut se rendre invisible. Il est silencieux à moins de 5 nœuds, comme nous le savons. Mais il ne s'attendra pas à vous trouver là, ce qui est un gros avantage. Attention, il se battra si vous lui en laissez la plus petite occasion. N'en doutez pas, Benjamin Adnam se battra comme on l'a entraîné à le faire... comme, je dois l'avouer, je lui ai appris à le faire. A la seconde même où vous passerez en actif, il ouvrira le feu avec une de ses torpilles russes. Que vos sentinelles gardent en permanence les yeux ouverts et exercent une vigilance de tous les instants. Ça arrive très vite en bas. Et je ne tiens pas à ce que vous soyez tué. Je suppose que ma fille n'y tiendrait pas non plus, même si ma femme, qui pense que vous êtes à l'origine de mes petites vacances sous-marines en Turquie, serait peut-être d'un autre avis.

— Entre nous, monsieur, je n'ai pas non plus envie de mourir.

130700SEP02. USS *Columbia.* 18,22 N, 65,38 W. En attente au large des Roosevelt Roads, sur le point le plus oriental de l'île caraïbe de Porto Rico.

Le commandant Boomer Dunning était en bras de chemise sur le pont ensoleillé, en train de regarder un hélicoptère de la Marine américaine bourdonner en traversant la baie, avec à son bord le capitaine de corvette de Washington qui devait les accompagner au cours de leur long voyage vers le sud. L'officier qui arrivait avait, il le savait, été l'un des premiers enquêteurs de cette chasse, depuis le tout premier jour. Le commandant Dunning avait rencontré son frère, le commandant Jack Baldridge, dont il savait aussi qu'il avait trouvé la mort sur le *Thomas Jefferson.*

Bill Baldridge apparut dans le ciel bleu des Antilles et l'hélicoptère le déposa sur le pont du sous-marin. Son sac descendit séparément et Bill disparut par une écoutille en bas de laquelle un jeune officier l'attendait pour l'emmener à ses quartiers.

Le commandant passa le contrôle du bateau à son second, le capitaine de corvette Mike Krause, lui aussi originaire du Vermont. Il descendit bavarder avec son hôte officiel du Pentagone.

Pendant qu'ils parlaient, le capitaine de corvette Krause fit virer le *Columbia* vers le nord pour contourner largement les îles Vierges et Anguilla. A la tombée de la nuit, ils seraient à nouveau dans les eaux profondes de l'Atlantique. En grande profondeur, c'est-à-dire avec trois milles trois quarts d'eau sous la quille. Sur toute la longueur de la tranchée portoricaine, le sous-marin filerait à quatre cents pieds sous la surface.

Boomer Dunning et Bill Baldridge avaient bien des choses à discuter. Assis dans la minuscule cabine du commandant, le maître du sous-marin exprima certains doutes personnels sur la façon de descendre un ennemi que personne n'avait jamais vu et, à plus forte raison, dont la culpabilité n'était pas prouvée. Bill Baldridge le rassura en quelques mots.

— Ne doutez pas, monsieur, dit-il en reconnaissant volontiers l'ancienneté du commandant bien qu'il fréquentât les hautes sphères ces derniers temps. Nous avons passé des semaines et des semaines à nous assurer qu'il n'existait qu'un seul sous-marin au monde responsable du naufrage du *Thomas Jefferson*. Tous les autres bateaux capables de naviguer en dessous ou au-dessus de la surface ont été répertoriés et vérifiés de nombreuses fois. Le porte-avions a été coulé par le Kilo russe 630 — même le chef des services de renseignements navals russes reconnaît le fait. Il a été « loué » par les Irakiens contre une énorme somme d'argent liquide — environ dix millions de dollars payables au commandant. L'argent est probablement à bord, en ce moment. Nous avons même découvert de quel compte de ce bon vieux Saddam Hussein à Genève provient ce fric. Nous savons comment il est arrivé à Sébastopol deux jours avant le départ du Kilo. Nous avons mis toutes les pièces du puzzle en place, l'une après l'autre. L'information nous révélant où retrouver le Kilo émane d'une source tout à fait digne de foi. Nous n'avons pas l'intention de perdre nos forces à nous poser des questions sur la culpabilité du Kilo. Nous savons qu'il l'a fait, nous connaissons l'homme qui l'a commandé. Notre problème, c'est lui. Il est irakien mais il a travaillé des années comme officier sous-marinier dans la Marine israélienne. Il a été formé par la Royal Navy en Ecosse. Il a eu pour Professeur le plus grand sous-marinier de toute l'histoire de la Grande-Bretagne et il s'est révélé le meilleur commandant potentiel de sous-marins que ce Professeur ait jamais formé.

— Seigneur ! dit le commandant Boomer. Comment diable savez-vous tout ça ?

— Par une sorte de coup de pot, j'ai été dans le coup depuis le début. Au départ, on m'a consulté en tant qu'expert en armes nucléaires — et, à partir de là, je n'ai plus quitté l'enquête. Et je suis fier de l'avoir fait. Je suppose que vous savez que mon frère Jack a été tué sur le porte-avions.

— Oui, je le sais, Bill. Et j'ai été vraiment désolé de l'apprendre. J'ai rencontré Jack plusieurs fois, c'était un type super. Et un sacré bon officier, en plus.

— Il a laissé un grand vide dans nos vies, dit Bill.

— Avez-vous parlé au Professeur de ce salaud ?

— Et comment ! Des heures durant. Il m'a aussi donné quelques conseils sur la zone vers laquelle nous nous dirigeons. Il était lui-même officier sous-marinier responsable du sonar quand la Royal Navy a coulé le *General Belgrano,* au sud des Falkland, il y a vingt ans. Je sais bien que vous n'avez sûrement pas besoin de conseils, mais il a suggéré quelques petites choses que vous pourriez trouver utiles. J'ai essayé de les noter toutes, dans l'avion de Londres à Miami. Mais j'étais si fatigué que je me suis endormi. Je vais m'y remettre aujourd'hui et demain.

— Ce serait une bonne idée. Si nous devons combattre une sorte de génie des sous-marins, il vaut mieux être mis au parfum, je pense.

— Il est sans doute génial, en effet, admit Bill. La première chose qu'il ait faite après avoir quitté Sébastopol, c'est de passer le Bosphore en plongée.

— Vous vous fichez de moi ? Personne n'a jamais réussi à faire ça !

— Maintenant, si. En fait, ça va devenir une banalité. J'ai fait la même chose au début de cette semaine.

Bill expliqua l'insistance du Président qui voulait que quelqu'un réussisse ce passage avant de donner l'ordre à l'US Navy de commencer la chasse au sous-marin ennemi.

— Ça, c'était avant que nous recevions le tuyau du Mossad et, à ce moment-là, nous étions prêts à utiliser d'énormes moyens pour une chasse qui aurait pu durer des mois et des mois. Si, à la fin, nous n'avions rien trouvé, le Président tenait à ce qu'on ne puisse pas l'accuser d'avoir gâché des milliards au vu d'un scénario réputé irréalisable.

— Alors vous avez envoyé des gars faire le voyage depuis la mer Noire dans un sous-marin nucléaire ?

— Non, nous avons utilisé un diesel électrique de la Royal Navy avec un équipage britannique incluant l'amiral à la retraite qui a formé l'Irakien.

— Ç'a été facile ?

— Pendant un bon moment, oui. Et puis c'est devenu très épineux. On a failli mourir deux fois en dix minutes. Les deux fois, j'ai bien cru que tout était fini. J'ai remarqué que lorsqu'on a failli être réduits en bouillie par le navire de vingt mille tonnes, les mains de l'officier en second tremblaient si fort que, dix minutes après, il ne pouvait toujours pas allumer une cigarette.

— Mais cet Irakien a réussi ?

— Oui, monsieur, il a réussi. Après, il a perdu un homme, passé par-dessus bord près des îles Grecques. Or, ce noyé s'est avéré être un homme de l'équipage du Kilo 630. Ensuite, nous l'avons entendu accélérer dans le détroit de Gibraltar, à la date exacte pour un sous-marin traversant la Méditerranée à 8 nœuds. Puis, un de nos avions a relevé une « plume » dans l'océan Indien, une fois de plus à une heure compatible avec un sous-marin couvrant deux cents milles par jour. Enfin, nous les avons repérés brièvement au sonar près de l'escadre. Nous avons envoyé des hélicos, descendu une barrière sonore, mais le salopard ne l'a pas traversée. Deux jours plus tard, le *Thomas Jefferson* a été coulé.

— Seigneur ! C'est quelqu'un, ce type, hein ? Non seulement il a traversé le Bosphore en immersion mais il a pénétré les défenses d'un groupe de combat coûtant des milliards de dollars et, en plus, il a réduit en fumée un porte-avions !

— C'est exact, monsieur, c'est vraiment quelqu'un !

— Eh bien, Bill, je suppose qu'il est urgent que nous arrivions là-bas avant ce Kilo. Il faut que nous l'attendions sur cette position. Il n'y a aucun doute dans votre esprit, n'est-ce pas ? Si nous trouvons là-bas un Kilo de fabrication russe, ce sera forcément celui-là ?

— Commandant, je sais qu'il n'y a aucun Kilo de fabrication russe sur les plateaux SUBLANT [1] ou SUBPAC à trois mille milles des îles Falkland dans toutes les directions. Sauf celui que nous cherchons. Les Russes nous aident. Ils ont confirmé que tous les autres Kilos étaient au port. Le seul qui va passer par ici est le numéro 630, dirigé par un Irakien.

— Voilà qui me tranquillise. Je ne voudrais pas me trouver un jour devant mon Créateur avec sur la conscience la mort de soixante hommes innocents. En attendant, nos règles sont assez simples. On nous a donné l'ordre de tirer sur un Kilo parfaitement identifié. Quand nous aurons repéré ses moteurs et que nous serons tout à fait sûrs qu'il est équipé d'un arbre unique à cinq pales, nous aurons à vérifier la surface pour nous assurer qu'il ne s'agit pas d'un chalutier japonais ou quelque chose comme ça. A ce moment-là, nous considérerons que nous aurons une identification positive. Et juste après, une identification positive morte.

---

1. Bases de sous-marins de l'Antarctique.

— C'est ça, monsieur. Ç'a l'air facile, n'est-ce pas ? Et je pense que ça devrait l'être, si ce fou de tueur irakien n'était pas à la barre.

Le commandant Boomer se mit à rire.

— Je vais vous dire autre chose. Personne ne nous croira si nous racontons, dans les années à venir, que nous avons un jour mouillé au milieu de nulle part en attendant de tirer à armes réelles sur un sous-marin de passage qui n'existait pas, rien que parce qu'il figurait sur une lettre mystérieuse arrivée du Caire !

— Oui, ça paraît difficile à croire. Mais pourtant, nous avons raison. Et si vous y réfléchissez, c'est l'endroit le plus naturel, l'Amérique du Sud. En tout cas, si vous êtes en fuite. Les nazis, les voleurs de trains et Dieu sait qui d'autre, tous ont toujours filé là-bas après leurs crimes. Et si vous traversez l'Atlantique Sud en venant de l'océan Indien, il est normal de passer par les Malouines.

— Croyez-vous que nous trouverons ce Kilo, Bill ?

— Oui, monsieur, j'en suis sûr. Je pense que l'information reçue est en or massif. On m'a dit qu'elle avait peut-être coûté la vie à un agent israélien. Je n'ai pas posé de question. Il y a des choses qu'on préfère ignorer.

Pendant les cinq jours suivants, le *Columbia* se hâta le long de la côte nord du Brésil, en grande plongée, se dirigeant vers le sud-est, tout au long du bassin de Guyane. Chaque fois que le soleil se levait, le sous-marin avait parcouru six cents milles de plus. Ce soleil, l'équipage ne le vit jamais se lever ni se coucher. Plus il filait vers le sud, plus les rayons frappaient avec force les eaux tropicales aveuglantes au-dessus du bateau. Là où les Américains naviguaient, il n'y avait que l'obscurité, une eau noire que trouait la quille noire du sous-marin nucléaire d'attaque de Norfolk.

A 19 h 00 le mardi 17 septembre, le *Columbia* passa l'équateur. Trois cents milles plus loin, il était du côté du cap São Roque, sur l'immense promontoire qui s'avance à l'est. C'est là que le commandant Dunning et le lieutenant de vaisseau David Wingate virèrent franc sud pour parcourir les seize cents milles les séparant des eaux claires au large de Rio et de São Paulo, les grandes villes sud-américaines que le *Columbia* laisserait à huit cents milles de son bau tribord.

Le seul homme qui aperçut la lumière du jour pendant quelques brèves secondes fut le commandant lui-même. Toutes les douze heures, il ralentissait le sous-marin et se mettait à hauteur périscopique pour une rapide procédure de passage. Il vérifiait s'il n'y avait pas de message passé par satellite. Boomer Dunning faisait dresser le mât radio. Le PC communications « trayait le satellite » en quelques secondes puis le commandant ordonnait que le *Columbia* replonge vers l'obscurité infinie, gouvernant au sud à la rencontre du Kilo solitaire qui avait infligé tant de souffrances à la Marine des Etats-Unis.

Tout au long de ce voyage rapide jusqu'aux Falkland, les officiers profitaient de leur temps libre pour mettre tranquillement à jour leurs fiches administratives. Les marins, entre leurs gardes, jouaient aux cartes ou regardaient des cassettes vidéo. Bill Baldridge, lui, rédigea son long rapport détaillé sur la traversée du Bosphore. Il dîna quelques fois avec le commandant Dunning tandis que le capitaine de corvette Krause prenait en main le commandement du navire. Ils avaient beau essayer de changer de sujet, ils en revenaient toujours au Kilo, à la difficulté d'écouter les sonars près de Burdwood Bank et à la possibilité exaspérante que le commandant irakien Benjamin Adnam arrive le premier sur les lieux.

A 23 heures le soir du 20 septembre, ils changèrent de cap au large de São Paulo, se dirigeant au deux-un-cinq pour la dernière partie du voyage vers le sud-est en longeant la côte, ce qui les amènerait à passer l'Uruguay et la vaste étendue de l'Atlantique qui borde l'Argentine. Le commandant Dunning dirigea le *Columbia* sur encore cent milles plus à l'est, pour passer le récif de Rio Grande en profondeur. De là, il leur resterait une course de quatre jours, tout droit jusqu'aux îles Falkland.

Ils arrivèrent au large de la côte orientale des îles très tôt le matin du 24 septembre, avec un jour d'avance. Dunning resta à l'est en plongée profonde pour longer le territoire britannique dont les quelques ressortissants avaient déterminé Margaret Thatcher à mener une guerre à mort, en 1982.

— Il y a des tas de gens que je préfère ne pas inquiéter, expliqua Boomer Dunning. Je détesterais que les Anglais me fassent chier si jamais je tourne autour de leur île sans le leur dire. Ces types sont foutrement dangereux. Alors, je reste au large.

Bill Baldridge, qui partageait un café avec lui à ce moment-là, ne put s'empêcher de rire.

— Ils savent exactement où vous êtes, monsieur. Ils travaillent avec nous depuis le début. C'est eux qui ont identifié Adnam pour nous.

— Peut-être, mais je ne veux pas de malentendu, répliqua Boomer en riant aussi.

Alors, pour la première fois, il ordonna de ralentir la course rapide du *Columbia*. Ils firent route vers le sud, naviguant à seulement quinze nœuds, pour traverser l'étendue de soixante milles sur la pointe ouest du Burdwood Bank. Pour le PC sonar, le bruit dans ces eaux peu profondes augmenta tellement que chacun comprit l'impossibilité de trouver *quoi que ce soit* sur ces bancs de sable grouillants de poissons.

Il leur fallut quatre heures pour faire la traversée. Dunning se mit deux fois en périscopique, une fois pour jeter un coup d'œil au temps, qui était très mauvais, brumeux et venteux à la fois, avec ces gros rouleaux qui, dans l'Atlantique Sud, arrivent du turbulent sud-ouest, là où se rencontrent l'Atlantique et le Pacifique, juste en face des mornes rochers du cap Horn.

La seconde fois, pour accéder aux communications du satellite.

L'équipage déploya alors le sonar remorqué, grand empennage électronique qu'il traîne derrière lui, sans poids dans l'eau et qui en patrouille permet à ses sonars de « voir » tout dans toutes les directions, à l'exception du mince cône d'eau triangulaire juste devant sa proue.

Ce « point aveugle » fait l'objet d'un strict traitement de routine. Au moins une fois par heure, de façon irrégulière, le sous-marin dévie sur bâbord ou sur tribord pour avoir une vision claire de l'arc de la proue. Si quelque chose a l'air de le traquer, les sonars le détectent très vite. On appelle cela « nettoyer les déflecteurs ».

Avec son sonar, passif maintenant, déployé derrière lui, le *Columbia* vira tranquillement vers l'est, à 7 nœuds. Les falaises sous-marines géantes du Burdwood Bank s'étendaient sur bâbord. Le commandant Dunning, qui avait sur son bureau une copie des recommandations de l'amiral MacLean rédigées par Bill, envisagea de suivre toute la longueur du Bank puis d'établir sa surveillance dans l'ombre profonde de ces falaises et d'attendre l'arrivée du Kilo russe.

Le 24 septembre au milieu de l'après-midi, il se relia à nouveau au satellite pour indiquer sa position et recevoir de nouveaux ordres ou de nouveaux renseignements éventuels. Un signal lui apprit que le *Springfield* patrouillait à l'entrée du détroit de Magellan. Il était à cent vingt milles franc est du cap Virgenes, le promontoire irrégulier qui coupe les côtes de l'Argentine et permet un libre passage international par le détroit. Le *Charlotte* se trouvait juste sur le cinquante-quatrième parallèle, au nord du cap San Juan, gardant toute approche par le nord-est des eaux au large de la Terre de Feu. L'*Asheville* était en eaux profondes à vingt milles au sud-est du cap Horn. Les trois sous-marins

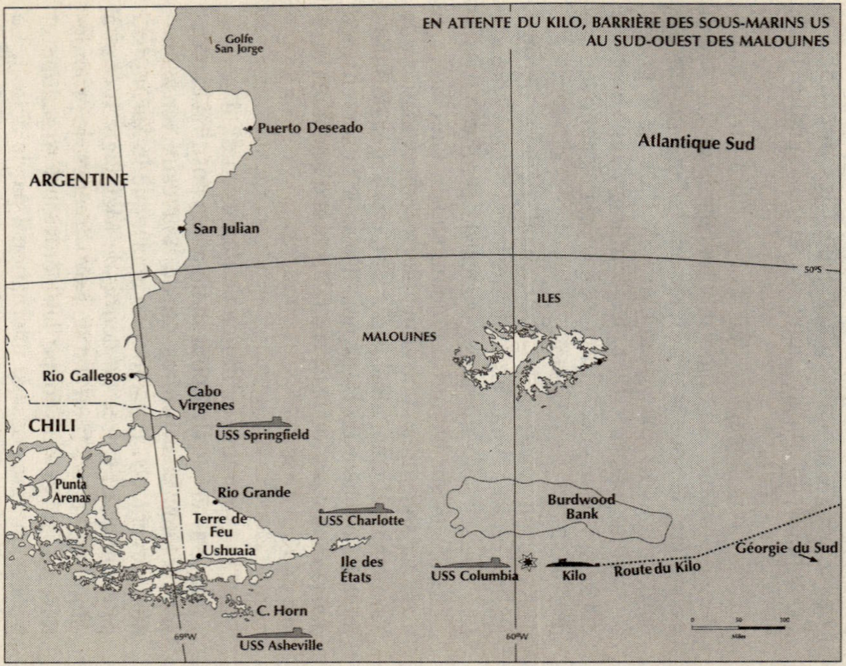
EN ATTENTE DU KILO, BARRIÈRE DES SOUS-MARINS US
AU SUD-OUEST DES MALOUINES
Golfe San Jorge
Puerto Deseado
Atlantique Sud
ARGENTINE
San Julian
50°S
ILES
MALOUINES
Rio Gallegos
Cabo Virgenes
CHILI
USS Springfield
Punta Arenas
Rio Grande
Terre de Feu
Ushuaia
USS Charlotte
Ile des États
Burdwood Bank
Géorgie du Sud
USS Columbia
Kilo
Route du Kilo
C. Horn
69°W
60°W
USS Asheville

américains étaient prêts à intervenir au cas où le *Columbia* manquerait son coup. Le Kilo 630 n'aurait aucune chance de contourner la pointe extrême de l'Amérique du Sud en un seul morceau.

Mais la vraie tension, à ce stade de l'opération, c'est sur le *Columbia* qu'on la ressentait. Le commandant pensait que le Kilo se trouvait probablement maintenant à une journée de navigation à l'est du Bank, rôdant sans doute à environ 7 nœuds, ne faisant surface que de temps en temps en immersion schnorchel pour recharger son énorme batterie, dont l'importance était vitale.

Le commandant Dunning et son équipage atteignirent la pointe est du Bank peu après minuit trente, le 25 septembre. Ils étaient à peu près sûrs de ne pas avoir croisé le Kilo et savaient que, s'ils arrivaient trop tard, le sous-marin russe serait presque certainement intercepté par l'un de leurs trois collègues. Dunning fit virer son bateau à l'ouest.

Bill Baldridge était intimement persuadé de la véracité des renseignements du Caire et ne s'attendait donc pas à ce que le Kilo arrive avant la date et l'heure indiquées, à savoir le 25 septembre à midi, à une latitude de 54,40 S et une longitude de 60,00 W. Précisément là où ils naviguaient en ce moment dans l'eau obscure.

Les cloches des quarts se succédaient. Toute cette nuit et toute la matinée suivante, la grande oreille électronique du sonar passif balaya, invisible, les profondeurs glaciales, toujours dirigée vers le silence des abysses, loin du raffut du Bank proprement dit. Un rapport quotidien du « contrôle des armes » allait et revenait.

Toutes les six heures, on vérifiait le bruit propre du sous-marin sur le sonar. Et le *Columbia* restait en attente avec, derrière lui, les bruits du Bank, gardant ce qu'au temps de la marine à voile on appelait « la jauge du temps ».

Chacun se demandait quand le Kilo solitaire émergerait, tel un fantôme, des profondeurs de l'océan du Sud. Quand il le ferait, les Américains auraient leur couverture. Le sous-marin, dans sa course vers l'ouest, serait obligé de diriger ses sonars vers la partie la plus bruyante de l'océan qui marque, éclipse et finalement camoufle le bruit émis par un autre sous-marin.

Boomer Dunning et Bill Baldridge partageaient maintenant la même aventure, comme de vieux compagnons d'armes, sachant que tous les avantages étaient de leur côté dans ce sinistre et mortel jeu de cache-cache.

Ce mercredi 25 septembre, midi arriva et passa. Arriva et passa également le 26. Toujours rien. L'après-midi s'étira sans qu'on entende le ronronnement d'un arbre unique à cinq pales dans le PC sonar. Toute la soirée, ils restèrent en alerte maximale. Les quarts changèrent à minuit. A 4 heures du matin le 27, Dunning se remit en profondeur périscopique pour interroger le satellite. Pas de message. Les quatre sous-marins américains, chacun à sa place, attendaient le Kilo disparu. Mais le *Columbia*, lui, était en plein milieu de la ligne d'attaque.

Les hommes du deuxième quart prenaient leurs fonctions de nuit quand Boomer ordonna de remettre le sous-marin en grande plongée, dans les eaux glacées où rien ne bougeait. En tout cas, rien qui fût mû mécaniquement.

A 6 heures, il y eut un soupçon d'activité au PC sonar. L'officier marinier en chef, Skip Gowans, dit à voix basse qu'il avait peut-être saisi une très faible augmentation du bruit de fond.

— Juste une augmentation de niveau, ça pourrait être une averse, juste un bruissement à la surface. Mais j'ai pensé que c'était peut-être quelque chose... attendez, donnez-moi une minute.

Le capitaine de corvette Jerry Curran était debout à côté de lui. A 6 h 04, le chef reprit la parole.

— J'entends le niveau monter, dit-il. C'est difficile à expliquer, à moins qu'il ne s'agisse d'un phénomène météo.

A 6 h 14, une décharge électrique traversa le sous-marin.

— PC sonar à commandant... J'ai un faible bruit de moteur électrique sur le sonar. Gisement 92. Passez au 135 pour résoudre l'ambiguïté, s'il vous plaît. Le bruit est compatible avec ce qu'on attend, monsieur.

— Sonar, ici le commandant... J'arrive.

Le commandant Curran traversa la pièce pour s'approcher de l'écran multicession sur lequel on voyait clairement des indices de moteur électrique. L'ordinateur les avait déjà comparés à ceux relevés sur le Kilo témoin intégré au système.

— Ça correspond, monsieur, aucun doute.

Boomer Dunning entra dans la pièce.

— Rien d'autre sur cette veille ? demanda-t-il.

— Non, monsieur, sauf ce zoo, là-haut, sur le Bank.

— Quelle distance ?

— Assez grande, monsieur. Ça pourrait même être la première convergence. Le relèvement n'a pas bougé. Je suppose qu'il arrive droit sur nous.

Dunning ressortit pour parler à Baldridge.

— Qu'est-ce que ferait votre amiral, Bill ?

— Il a dit que nous devions reculer hors de sa piste, vers le nord, pour essayer d'avoir le Bank derrière nous et mieux couvrir le bruit au cas où le Kilo arriverait sur nous dans le silence le plus total.

— Pour l'instant, il est en schnorchel, cap à l'ouest, et il fait beaucoup de bruit pour ce type de bateau. Mais nous allons filer vers le nord comme vous le suggérez.

Quarante minutes passèrent avec une lenteur angoissante. Bill entendit l'appel suivant du PC sonar.

— La solution a l'air bonne, monsieur. Il est toujours loin à l'est et se dirige toujours vers nous. Toujours en schnorchel, pas de cavitation. Il fait moins de 9 nœuds.

— Tubes un et deux prêts, monsieur... Nous sommes à environ deux mille sept cents mètres d'un des côtés de la route prévue du Kilo.

— Très bien, dit doucement Boomer comme si même le son de sa voix risquait de trahir leur présence. Je vais rester ici, à vitesse aussi réduite que possible. Puis je le laisserai passer et tirer depuis son arc arrière, de sorte qu'il n'aura aucune chance de contrer les missiles arrivant sur lui.

— Oui, monsieur.

— En attendant, je veux avoir la meilleure image possible de ses mâts au CPA [1]. Ils ont dit « identification positive », ils auront une « identification positive ».

Quinze minutes passèrent. Le Kilo était maintenant plus proche de sept milles qu'au premier contact, à deux milles au sud du *Columbia*.

— Levez le périscope... Tenez, Bill, vous êtes l'observateur officiel. Vous pourrez dire au CNO qu'il s'agissait d'un vrai Kilo. Jetez un coup d'œil.

Bill regarda dans les lentilles, à travers les eaux grises, les mâts minuscules s'élever et redescendre au gré des longues vagues.

— Ouais ! Il correspond assez à la description. C'est difficile d'être sûr mais en tout cas ce n'est pas un chalutier !

— Baissez le périscope. Tir dans cinq minutes. Sonar, assurez-vous que vous avez bien tous les enregistrements.

— Sonar, bien compris.

Trois minutes passèrent.

— Commandant ? Ici sonar... Cible en arrêt dynamique, monsieur. Il a cessé le schnorchel. J'ai des vues passagères sur le relèvement en large bande mais les suivis d'écho ont disparu. Il sera tout à fait immobile dans une minute.

---

1. Critical Path Analysis : méthode de vision informatique.

— MERDE !

Les sons et les signaux du Kilo s'évanouissaient. Une minute passa et Boomer Dunning prit sa décision : tirer à une portée de deux mille sept cents mètres en fonction des derniers relèvements connus, envoyer la torpille MK-48 tranquillement à 30 nœuds et rester en passif jusqu'à soixante secondes avant l'impact. Ensuite, l'officier de guidage des torpilles du *Columbia* fonctionnerait au sonar actif pour relever une direction précise en même temps qu'il accélérerait la vitesse du missile sans laisser le moindre espoir à son infortunée cible, ni même le temps de répliquer.

— Torpille numéro un, prête...

— Dernière vérification du relèvement...

— FEU !

Dans le PC sonar, on entendit le son mat et métallique de la grosse torpille filoguidée s'éjectant du lance-torpilles. Le *Columbia* frissonna légèrement.

— Torpille sous guidage, monsieur.

— Armez la torpille.

— Torpille armée, monsieur.

Une minute s'écoula.

— Torpille à mille huit cents mètres de la cible.

— Sonar, PASSEZ EN ACTIF, UN SEUL PING.

— A vos ordres, cria l'officier sonar en appuyant sur le bouton qui envoyait le puissant rayon révélateur directement sur l'angle de marche de la torpille puis l'écho en retour pour permettre de la contrôler à la dernière seconde.

270714SEP02. 54,40 S, 60,00 W. Cap au 255. Vitesse 5 nœuds. Est du Burdwood Bank. Profondeur seize mètres.

— Commandant, ici sonar... Une transmission active. FORT... *Relèvement Green 135... Un SNA américain, c'est sûr !* TRÈS PRÈS *!*

— Restez près du lance-torpilles numéro deux. Prenez pour cible relevé Green 135. Portée trois mille

mètres. Profondeur cent mètres. Tirez dès que vous serez prêt. BARRE À DROITE. *Gouvernez zéro-trois-cinq. Isolez-vous pour contre-attaque. En avant toute... dix en bas... deux cents mètres.*

— Lance-torpilles deux chargé, monsieur.

— Commandant, ici sonar. Torpille en transmission active... Probablement en contact... À DROITE... *Intervalle neuf cents* MÈTRES *!*

Tourné face à son ennemi, chargeant à la vitesse maximale, appliquant la manœuvre russe téméraire mais classique pour échapper à une torpille, le commandant Georgy Kokoshin aboya son dernier ordre :

— LEURRE... TRENTE EN BAS...

La torpille américaine frappa le haut de sa proue, éclata avec une force sauvage, ouvrant un trou énorme dans la coque pressurisée. L'eau s'engouffra avec violence, aplatissant les cloisons.

Le commandant Kokoshin leva les yeux vers l'épaisse porte d'acier de huit centimètres d'épaisseur et d'un mètre cinquante de haut qui le protégeait. Il eut juste le temps de la voir se catapulter vers lui, explosant sous la pression de quatre-vingt-six tonnes d'eau. Il mourut dans son uniforme de marin en service actif. Mais pas pour l'honneur de sa patrie, la Russie, qu'il avait servie toute sa vie moins cinq mois, les derniers de sa vie professionnelle.

Sur le *Columbia*, on avait déjà aperçu la torpille russe que, dans un baroud d'honneur, l'équipage du Kilo avait réussi à tirer.

— Commandant, ici sonar. TIR POSSIBLE VISIBLE SUR RELÈVEMENT.

Boomer Dunning resta calme.

— Ici commandant, bien compris... Déploiement avant. Gouvernail à droite toute... Baissez à trente... Neuf cents pieds... Leurres un et deux.

— TORPILLE - TORPILLE - TORPILLE... Relèvement 260...

Mode balayage... Venant à gauche... RAPIDE... Toujours en mode balayage.

— BARRE À ZÉRO ! cria le commandant.

— Elle est toujours à gauche... mais moins visible, monsieur. ELLE NOUS A LOUPÉS !

— En effet, répondit Dunning.

Se tournant vers Bill Baldridge, il ajouta, dans la langue riche et salée de leur métier :

— Je ne sais foutrement pas comment ils ont réussi à en tirer une !

Après quoi, il ordonna qu'on remonte en surface et fut très surpris de constater que les grosses vagues de l'océan s'étaient calmées. Vers l'ouest, à environ un mille, on apercevait une zone lisse à la surface de l'eau.

Seul maintenant dans le paysage austère et désolé du sud de l'Atlantique, le *Columbia* se dirigea vers elle, labourant les eaux grises et calmes pour identifier formellement les restes de sa « proie ».

Il n'y avait pas grand-chose à voir. Une grande tache d'huile, quelques petits morceaux de bois et des objets mouvants ressemblant à des gilets de sauvetage et des pièces de vêtements soufflés au moment de l'impact de la torpille. Le reste, la lourde structure d'acier, les armes, les moteurs et l'équipage du sous-marin, reposait maintenant au fond de l'océan, deux milles et demi sous la surface.

Le commandant Dunning, Bill Baldridge et le lieutenant de vaisseau Wingate regardaient du pont les maigres restes du Kilo.

En bas sur le kiosque, une dizaine de marins observaient de plus près pour voir s'il n'y avait pas de corps. Des corps de Russes, supposaient-ils. Mais ils n'en virent aucun.

Pendant quelques minutes, aucun des hommes ne parla, sans doute pour marquer son respect pour les morts inconnus. Mais soudain, un jeune marin cria :

— Hé ! Qu'est-ce que c'est que ça, là, juste en bas ? LÀ ! suivez mon doigt !

Mais personne ne remarqua rien. Le marin leva les yeux vers la passerelle, gêné d'avoir crié devant le commandant.

— Désolé, monsieur, dit-il, mais j'aurais juré avoir aperçu deux billets de cent dollars flottant là, dans l'huile !

Le capitaine de corvette Baldridge fut le seul à sourire.

Epilogue

Pentagone, jeudi 10 octobre, 11 heures,
Bureau du ministre de la Défense
Troisième étage, couloir E

Robert MacPherson présidait personnellement cette réunion particulière de débriefing. Assis autour de lui, dans la salle de conférences où il n'accueillait en général que des chefs d'état-major, se trouvaient le secrétaire d'Etat Harcourt Travis, le président des chefs interarmes Josh Paul, le CNO, l'amiral Scott Dunsmore, le directeur de l'Agence nationale de sécurité, l'amiral Arnold Morgan et l'homme qui avait traqué le Kilo russe, du premier jour à sa destruction finale, le capitaine de corvette Bill Baldridge. Le major Ted Lynch, de la CIA, avait également été invité pour avoir monté le dossier sur la responsabilité financière de l'Irak dans le désastre du *Jefferson*. On attendait, à 11 h 15, la visite du Président des Etats-Unis qui, cependant, ne présiderait pas la réunion.

Ils étaient là pour mettre au point le rapport officiel sur la destruction secrète du Kilo russe. Ici, dans cette pièce bien close et gardée, les hommes qui occupaient les trois plus importants ministères d'Amérique discuteraient avec les officiers supérieurs du Pentagone pour décider finalement que personne, jamais, ne parlerait de ce qui s'était réellement passé. Les Iraniens n'avaient rien révélé de la disparition de leurs sous-marins, les Russes avaient déjà accepté de ne pas parler de leur Kilo et les Israéliens n'avaient pas l'intention d'avouer quoi que ce fût à propos du commandant Benjamin Adnam. Ni, du reste, à propos de leur agent du Caire, probablement assassiné.

Les gouvernements aiment à jeter irrévocablement des histoires aux oubliettes. Les Etats-Unis d'Amérique s'apprêtaient à plonger dans l'obscurité de l'Histoire la fin du *Thomas Jefferson*. Le gouvernement présumait que le Président n'avait pas vraiment l'intention de démolir Bagdad aux yeux du monde entier.

La première intervention de Robert MacPherson, au début de la réunion, fut précisément pour assurer que le Président n'était plus dans le même état d'esprit. Plus maintenant, puisque le Kilo, son équipage ET Benjamin Adnam reposaient tous au fond de l'Atlantique Sud.

Autour de la table, chacun avait lu les rapports concernant la chasse et la destruction, dont la majeure partie avait été rédigée par le capitaine de corvette Bill Baldridge et revue par l'amiral Arnold Morgan. Le document financier du major Lynch avait fourni les pièces essentielles du puzzle, et l'additif à ce rapport, fourni à l'amiral Morgan par le général David Gavron, avait plus ou moins confirmé ce que tout le monde savait maintenant, à savoir que le commandant Adnam était bien un agent irakien infiltré en Israël dès l'âge de dix-huit ans.

Le Mossad avait pratiqué une série de tests rigoureux sur les voix enregistrées dans la maison de Barzan-al-Tikriti, au bord du lac Léman. Au début, ils avaient seulement déterminé que les deux interlocuteurs venaient de la même ville, Tikrit, sans erreur possible. Tikrit est une petite cité, au nord de Bagdad et du Tigre.

Mais les techniciens du Mossad avaient depuis identifié le second correspondant. Il s'agissait sans conteste de Benjamin Adnam en personne. Lui aussi était originaire de Tikrit, comme Saddam Hussein et la plupart des membres de son gouvernement. Le Mossad avait reconnu Adnam cinq jours après sa mort, en comparant la conversation de Genève avec une bande magnétique que Ben avait enregistrée pour l'instruction des officiers sous-mariniers israéliens.

Tous les détails étaient donc réglés, à la satisfaction générale, quand le Président arriva. Il salua chaleureusement tout le monde en utilisant les prénoms de chacun, comme à son habitude. Il confirma qu'il avait, bien sûr, lu très attentivement tous les rapports et qu'à son avis, on ne pouvait guère aller plus loin, sauf à déclarer la guerre à l'Irak, ce qui, à la réflexion, ne serait pas une bonne idée.

Il désirait discuter un moment des améliorations opérationnelles à apporter lors des futures missions de patrouille des groupes de combat. Il s'était particulièrement intéressé au rapport du commandant Dunning qui avait rédigé au fur et à mesure les diverses étapes de la destruction du Kilo. Mais il paraissait préoccupé, aujourd'hui, comme s'il voulait, une fois pour toutes, laisser le *Jefferson* reposer en paix. Pour l'instant, il semblait satisfait d'avoir acquis la certitude que les Irakiens étaient responsables de cette atrocité. Comme s'il attendait son heure pour une éventuelle revanche.

— Eh bien, messieurs, dit-il, j'aimerais remercier chacun d'entre vous pour le travail superbe que vous avez tous accompli. Et j'aimerais que quelqu'un exprime ma gratitude à l'amiral écossais. Nous lui devons beaucoup. Je serais ravi de le rencontrer, si quelqu'un pouvait arranger ça. En attendant, nous nous sommes mis d'accord sur une politique de silence. Et maintenant, à moins que quelqu'un n'ait quelque chose de capital à annoncer, je suppose que c'est tout pour le moment. Rien d'autre ? ajouta-t-il en regardant chacun avec un sourire.

— Monsieur, dit fermement le capitaine de corvette Baldridge, nous n'avons pas arrêté le commandant

Adnam. Il n'était pas dans le sous-marin. Il est toujours vivant et j'espère qu'il n'est pas en train de préparer une nouvelle action.

Les têtes se tournèrent vers lui d'un même mouvement. Le Président parut sidéré. Mais il reprit très vite son sang-froid.

— Bill, dit-il, feignant d'être choqué. N'avons-nous pas déjà eu ce genre de discussion dans le passé ?

— Si, monsieur.

— Eh bien, vous avez eu raison alors. Je pense donc que je ferais bien de vous écouter.

— Commandant, interrompit l'amiral Dunsmore, le Président est très occupé. N'auriez-vous pas pu m'expliquer votre nouvelle théorie il y a quelques jours ?

— Non, monsieur. Je viens juste d'y penser. L'idée m'est venue d'un seul coup. Cela ne m'avait même pas frappé pendant que je regardais démolir le Kilo.

— A quoi pensez-vous ? demanda le Président. Je suis peut-être très occupé, mais je ne le serai jamais trop pour ça.

— Très bien, messieurs, dit Bill. Si vous prenez la page 14 du rapport du commandant Dunning, vous constatez que nous avons lancé la torpille filoguidée et que nous l'avons laissée filer à 30 nœuds pendant mille huit cents mètres. Puis, quand elle n'avait plus que neuf cents mètres à parcourir, nous avons branché le sonar actif pour qu'elle repère bien sa cible et nous avons augmenté sa vitesse. Le rapport du PC sonar du *Columbia* dit qu'elle a FRAPPÉ trente secondes plus tard. Cela signifie que la défense du Kilo était du type classique « Crazy Ivan[1] ».

— Crazy quoi ? demanda le Président.

— Crazy Ivan. En jargon de sous-mariniers, cela désigne la méthode stupide des Soviétiques pour échapper à une torpille. Ces salopards font seulement demi-tour et filent droit en arrière VERS LE MISSILE qui

1. Ivan le Cinglé.

arrive, en plongeant profond et à toute vitesse. Ils pensent que cette tactique jette la confusion dans le sonar de la torpille et l'oblige donc à manquer sa cible. Et parfois ça marche. Mais, nom de Dieu, aucun commandant de sous-marin formé à l'Ouest ne songerait jamais à faire une chose pareille. Notre méthode à nous consiste normalement à accélérer en avant dans la même direction que la torpille. De sorte que si la torpille fait 40 nœuds et que nous en faisons 20, elle ne nous poursuit en réalité qu'à 20 nœuds environ et nous avons l'avantage d'être en tête. Cela nous donne quelques secondes supplémentaires essentielles pour penser à quelque chose... vous savez, des leurres, des tactiques d'évasion. Mais jamais nous ne nous précipiterons VERS cette saleté, ça, vous pouvez en être sûrs.

Autour de la table, chacun était silencieux. Baldridge prit sur lui d'ajouter :

— Le Kilo 630 a pris sa place au musée noir de la Marine parce qu'il était commandé par un maître. Il a coulé parce que ce maître n'était plus à bord. A sa place, il n'y avait qu'un Russe, le commandant Georgy Kokoshin. Pas Benjamin Adnam.

— Vous croyez que Ben a sauté par-dessus bord ? demanda le Président avec une ironie désabusée.

— Non, monsieur. Il est parti quand ils ont refait le plein. J'ai calculé que ça s'est passé quelque part dans l'océan Indien, avant qu'ils n'entament la traversée de l'Atlantique Sud. En fait, je dirais qu'ils ont fait une seconde fois le plein dans l'Atlantique, au large de l'Afrique occidentale. Ben les a quittés au cours d'une de ces deux escales. C'est pour ça qu'ils ont explosé à la première torpille qu'ils ont reçue.

Le Président se leva.

— Merci, Bill. C'est très intéressant. Arnold, je compte sur vous pour suivre la trace d'Adnam. Ne baissez pas votre garde. Mais, pour le moment, je pense que je vais prendre le temps de réfléchir à la question.

BURDETT, KANSAS, 30 octobre

Le capitaine de corvette Bill Baldridge démissionna de la Marine des Etats-Unis et revint au ranch familial. Deux jours après eut lieu le service funèbre à la mémoire de son frère, le capitaine de vaisseau Jack Baldridge. Un chapelain de la Marine conduisit la cérémonie près de la rivière, à côté de la stèle neuve de bronze et de granit. Le CNO Scott Dunsmore et sa femme Grace faisaient partie des trois cents personnes qui avaient tenu à être là.

CAMP DAVID, 11 h 30, le 12 novembre

L'amiral sir Iain MacLean et le Président des Etats-Unis marchaient lentement dans le glorieux automne des Blue Ridge Mountains. Le chemin qu'ils suivaient, profondément creusé dans les cinquante hectares de la retraite présidentielle, traversait un taillis d'érables, d'hickorys et de caroubiers dont les feuilles rouges et dorées brillaient dans le soleil matinal. Il était tellement sinueux qu'on apercevait à peine les agents des services secrets et les gardes de la Marine qui les suivaient.

— Monsieur le Président, dit l'amiral, vous m'avez invité dans un lieu tout à fait superbe !

— Si je le pouvais, je vous l'offrirais, amiral, répondit le Président. Après ce que vous avez fait pour nous, je suis ravi que vous ayez pu venir passer deux jours ici. J'ai invité Scott Dunsmore et sa femme pour dîner ce soir afin que nous puissions nous livrer à un de mes passe-temps favoris, parler de batailles navales.

— Eh bien, je suis impatient de le voir. Nous avons beaucoup de connaissances communes. J'ai passé quelques années à l'ambassade britannique à Washington en tant qu'attaché naval. J'ai connu le CNO précédent.

— Ah ! Oui, juste avant mon époque. Je crois que Scott vous plaira beaucoup. C'est un excellent officier, et bien plus amusant que vous ne pourriez le croire à première vue. Et sacrément intelligent... comme vous tous, les officiers supérieurs.

— Vous nous flattez, monsieur. Nous sommes surtout très entêtés.

— Un pack de défense aussi, répondit le Président, mais ce n'est pas la même chose que de commander un sous-marin nucléaire ou un porte-avions.

— Peut-être pas, monsieur, mais je dois dire qu'il y avait un type super qui jouait pour les Redskins quand j'étais ici.

Le Président éclata de rire.

— Avant que nous rentrions déjeuner, amiral, permettez-moi de vous poser une question à laquelle vous n'aurez aucun mal à répondre.

— Je vous en prie.

— Vous êtes dans un sous-marin nucléaire. Votre ennemi, positionné dans l'arc de votre proue, vous envoie une torpille filoguidée en sonar passif, d'une distance de deux mille huit cents mètres. Quand elle n'a plus que mille mètres à parcourir, elle passe en sonar actif, vous repère et accélère, juste en face de vous. Qu'est-ce que vous faites ?

— Je vais droit devant et je présente ma hanche à la torpille en essayant de garder mon kilomètre d'avance. Cela signifie qu'il lui faudra une minute de plus pour m'atteindre. En même temps, je tire trois ou même quatre leurres pour tenter de dévier la torpille. Je lève mon étrave et je me dirige vers la surface à vitesse maximale. La torpille est en pleine confusion, là-haut. Les échos des vagues interfèrent avec son sonar dès qu'elle arrive à trente pieds de la lumière. Elle peut aussi être trompée par les turbulences de l'eau, juste derrière mon hélice. Je pense que je m'en tirerais sans problème.

— Est-ce là ce que vous avez appris à Benjamin Adnam, amiral ?

— Oui, monsieur, c'est exactement ce que je lui ai appris.

— Merci, amiral, merci beaucoup.

Le dîner était prévu dans la maison du Président, Aspen Lodge, la plus somptueuse des nombreuses résidences éparpillées discrètement sur la surface boisée de la propriété. Toute une lignée de Présidents avaient adoré cet endroit, de Roosevelt, qui l'avait trouvé, à Jimmy Carter, qui y avait négocié le traité de paix du Moyen-Orient, en passant par Eisenhower, qui lui avait donné le nom de son petit-fils.

Sir Iain MacLean était installé à Dogwood Lodge, où Anouar el-Sadate avait séjourné en 1978. Il passa une grande partie de l'après-midi à lire les rapports sur l'affaire du *Jefferson* puis alla à pied jusqu'à Aspen un peu après 19 h 30. Il tomba sur le genre de discussion à laquelle il s'attendait. Le Président et l'amiral Dunsmore débattaient pour savoir si Adnam avait été dans le Kilo.

On fit les présentations mais le sujet de conversation resta le même : l'homme qui avait fait disparaître le porte-avions américain. Ils expliquèrent la vitesse à laquelle la torpille avait frappé le Kilo et ils entendirent tous les deux sir Iain murmurer :

— Hum ! Crazy Ivan !

Alors Scott Dunsmore demanda franchement à l'amiral écossais :

— Diriez-vous qu'Adnam était à bord quand nous avons torpillé le Kilo ?

— Absolument pas ! Et « Crazy Ivan » est pour moi une preuve suffisante. A mon avis, il n'y a qu'un homme au monde qui ait pu envoyer ces quatre lignes d'information. Et c'est Adnam. Je connais cet homme, messieurs. Il est glacial et sacrément malin. Il n'a en aucun cas pu rester dans ce sous-marin. Il aurait considéré cela comme un suicide. Ou bien il a persuadé les autres de le laisser partir, ou il les a menacés, ou encore il s'est battu. Mais il ne serait jamais resté. En plus, il devait partir pour achever son travail.

— Et c'est ce qu'il a fait ? demanda le Président.

— Oh ! Certainement ! Les Irakiens n'allaient pas permettre au Kilo de mouiller quelque part. J'ai toujours pensé qu'à la fin, ils le feraient sauter et que nous ne retrouverions que son épave. Cependant, Adnam est allé plus loin. Il ne l'a pas fait sauter. Il n'en a pas eu besoin. Vous étiez là pour le faire. Il a suffi pour cela d'une toute petite note toute simple, expédiée par avion du Caire à Fort Meade.

— Seigneur ! dit le Président. Quel salaud ! Il nous a toujours devancés d'un jeu depuis le début !

— Il n'avait pas seulement un jeu d'avance sur vous. Il a eu, depuis le début, un jeu d'avance sur tout le monde. Un jeu d'avance sur nous qui l'avons formé, un jeu d'avance sur le Mossad, un jeu d'avance sur les Russes... Et je dirais trois jeux d'avance sur les Iraniens, les ennemis jurés de son pays. Et un jeu d'avance sur les Etats-Unis. Un petit salaud retors, vous ne croyez pas ?

— Sacrément retors !

— Et ce qui est vraiment inquiétant, messieurs, c'est qu'une grande puissance ne peut pas faire grand-chose contre ces foutus terroristes. Bien sûr, vous pourriez déclarer la guerre ou même envoyer une bombe nucléaire contre l'Irak. Mais ça déclencherait une sacrée pagaille. La moitié de la communauté internationale hurlerait d'indignation. Les médias seraient pleins d'images d'hôpitaux et d'écoles irakiens détruits. Vous savez à quoi ça ressemble.

— Je crains que oui, amiral. Je ne le sais que trop. Je suppose que si nous devons agir comme la police du monde, avec une douzaine de groupes de combat, il faut se faire à l'idée qu'un jour, quelque part, on ne sait où, nous en perdrons un. C'est un prix terrible mais autrement, c'est le chaos mondial. Et j'ai bien peur que la malédiction du vingt et unième siècle ne soit que des armes de destruction massive tombent entre les mains de fanatiques et de fous.

— Oui, monsieur. Cependant, nous ne sommes pas impuissants. Nous pouvons persuader les Russes de coopérer en refusant de vendre ces maudits Kilos à des nations gouvernées par des gens instables. Mais je ne crois pas que vous, monsieur le Président, puissiez décider de faire systématiquement disparaître la flotte sous-marine de tous les petits pays que vous considéreriez comme une menace pour le monde libre ?

— Non, nous ne pouvons pas continuer à faire ça. Mais, comme vous l'avez sans doute deviné, nous nous sommes partiellement occupés de ce problème.

— Je l'avais deviné, monsieur. Plus ou moins à l'instant où j'en ai entendu parler.

— En attendant, il n'y a plus grand-chose que nous puissions faire, militairement, sans admettre ce qui est arrivé à notre porte-avions, ce que nous refusons de faire.

— Il reste, bien sûr, l'option des barrages, dit sir Iain.

— Quels barrages ? demanda Scott Dunsmore.

— Ceux du Tigre. Ceux que les Iraniens ont tenté de faire sauter pendant la guerre contre l'Irak.

— Je m'en souviens, dit le Président. L'un de ces barrages s'appelle le Samarra, n'est-ce pas ?

— C'est exact, répondit MacLean. Chez moi, j'ai tiré quelques grouses avec un type qui travaille au bureau de l'Irak au Foreign Office[1]. Il m'en a parlé très récemment.

L'amiral souligna, autant qu'il se le rappelait, ce qu'il avait appris sur les deux grands barrages irakiens. Le Samarra, à cent soixante-quinze kilomètres au nord de Bagdad, retient quatre-vingt-cinq milliards de mètres cubes d'eau. Le second, cinq fois plus grand,

1. Ministère des Affaires étrangères en Grande-Bretagne et aux Etats-Unis.

s'appelle le Darband-I-Khan et contient trois cents milliards de mètres cubes d'eau. Celui-là est situé sur un affluent du Tigre, à cent quatre-vingt-quinze kilomètres au nord-est de la cité, près de la ville montagnarde d'Halabja, à la frontière avec l'Iran, où convergent trois rivières.

— C'est cet énorme barrage de Darband que les Iraniens ont tenté de faire sauter. Mais les Irakiens ont été mis au courant je ne sais comment et ont contre-attaqué. Ce fut la bataille d'Halabja. On a su plus tard que les Iraniens avaient aussi décidé de s'en prendre au Samarra mais ils n'y sont jamais arrivés.

— Oui, dit le Président. Si je me rappelle bien, nous avons envisagé de prendre nous-mêmes un de ces barrages pendant la guerre du Golfe mais on a laissé tomber parce que personne n'a vraiment eu le courage de noyer plusieurs millions d'Irakiens. Et d'ailleurs, je n'en serais pas capable non plus.

— Je vous comprends, monsieur le Président, répondit sir Iain. Mais mon copain du Foreign Office dit qu'on a étudié ces choses bien plus scientifiquement, récemment. Ils ne considèrent pas qu'il y aurait autant de victimes que les Iraniens l'espéraient s'ils faisaient sauter les barrages. Peut-être même n'y en aurait-il qu'un minimum. Mais ça ficherait en l'air l'économie irakienne pour des années.

— Est-ce très difficile à faire ? demanda le Président.

— Pas trop. Pas plus, en tout cas, que de couler les sous-marins des ayatollahs. Le plus important, c'est le timing. Pour mettre Bagdad complètement hors jeu, mon ami assure qu'il faudrait que les deux barrages sautent à la même heure. Il faudrait que ça se fasse quand la neige fond dans les montagnes, au moment où il y a le plus d'eau. Alors vous pourriez rayer l'Irak des fauteurs de troubles mondiaux pour des années et des années. Financièrement, ils seraient salement estropiés, et probablement aussi émotionnellement.

— Ainsi, je pense que nous avons trois mois pour nous demander si les hommes du *Thomas Jefferson* doivent être vengés à fond.

— Oui, monsieur, c'est cela, mais je ne vous serai d'aucune aide, cette fois. Vous n'aurez pas besoin de sous-marins.

Le Président était pensif.

— Vous savez, monsieur, ajouta l'amiral MacLean, je repense souvent au processus d'un groupe de combat dans son ensemble. Ne nous voilons pas la face ; on vient de nous montrer de façon très convaincante qu'en ces jours dangereux, le Grand Policier américain, dans sa patrouille du monde, peut se faire tuer par un second couteau tout à fait quelconque. Parce que toutes les mesures de défense ont un défaut. Aucun système n'est sûr à cent pour cent. Peut-être devrions-nous mettre en avant des navires plus petits, moins chers, qui nous permettraient de maintenir des capacités militaires moins denses. Si un fanatique de la guérilla doit nous frapper, donnons-lui une cible moins importante... pas un porte-avions de plusieurs milliards de dollars avec six mille personnes à bord. Ce genre de navire, on le place plus loin en arrière, à l'abri et prêt pour le jour où nous déciderons de punir l'agresseur. Je suppose que vous avez lu qu'au bon vieux temps de l'Empire, nous autres Britanniques mettions toujours devant une canonnière remplaçable comme une « marque de notre intérêt ». Le navire de guerre ne se montrait que si la canonnière était attaquée. Monsieur, si vous avez un quartier difficile dans une ville, vous envoyez des patrouilles de policiers. Pas le chef de la police...

Le visage du Président s'éclaira en réfléchissant aux avantages politiques de cette nouvelle stratégie. L'amiral Dunsmore lui-même acquiesça :

— Oui, c'est une idée intéressante et souvent envisagée. Il y a quelques années, j'ai moi-même douté de la sagesse de placer un énorme porte-avions entre Taïwan et la Chine...

A cet instant, un garde en uniforme entra avec un message demandant à l'amiral MacLean d'appeler sa fille Laura à 10 heures le lendemain matin.

— C'est un appel relativement local, monsieur, dit-il, conditionné par des années du régime parcimonieux de la Royal Navy. Elle a pris quelques jours de vacances pour aller voir un ami à New York. Je crois qu'ils doivent aller à l'Opéra. Elle habite aux alentours de la ville chez des amis, dans le Connecticut ou dans le New Jersey, je suppose. Le code est 316.

— Eh bien, en effet, elle n'est pas en ville, amiral, dit le Président en souriant. 316 correspond à l'ouest de New York. A peu près à deux mille deux cent cinquante kilomètres, là-bas, près de chez moi, dans la moitié sud du grand Etat du Kansas.

— Hou ! la ! la ! dit l'amiral d'un air inquiet. C'est un peu ce que je craignais. Sa mère va être bouleversée !

FORT MEADE, MARYLAND, 14 décembre

L'amiral Morgan ouvrit délicatement le paquet qu'on venait de lui apporter dans son bureau. Il contenait un article découpé dans un journal, collé sur une feuille de papier à l'en-tête de l'ambassade d'Israël.

« Le Caire, lundi. Le corps d'un homme d'une quarantaine d'années, vêtu d'une djellaba, a été découvert par la police du Caire, aux alentours de la Citadelle, tôt ce matin. Selon le chef de la police Hamdi, l'homme a été tué d'un coup de pistolet dans la nuque. Ses officiers avaient été informés du crime par téléphone, peu après minuit. L'arme du crime n'a pas été retrouvée mais la police continue à fouiller le quartier de la mosquée Mohammed-Ali où le corps a été trouvé. Le chef Hamdi affirme que ce crime est l'œuvre de "tueurs professionnels et a été accompli par une ou des personnes inconnues". Selon lui, le cadavre a été dépouillé de tout document, papiers d'identité et cartes de crédit. On a cependant trouvé sur lui une somme considérable en liquide. La police poursuit son enquête. »

L'amiral retira également du paquet un mince étui à cigarettes en cuir. A l'intérieur, il trouva un petit insigne militaire, une ancre marine entrelacée à un arbre de vigne héraldique fixée sur un sous-marin en argent — l'insigne très prisé du service israélien des sous-mariniers. En y regardant de près, l'amiral distingua au fond de l'étui les initiales B.A., presque effacées.

La carte accompagnant l'objet le fit sourire. Il lut :

« Juste pour lui rappeler qu'il était toujours commandant. Quelle arrogante petite fripouille, ne trouvez-vous pas ? Meilleur souvenir, D.G. »

L'amiral Morgan s'assit pour réfléchir. Il décida de garder le porte-cigarettes pour son petit musée personnel qui contenait surtout des souvenirs des missions qu'il avait accomplies et réussies. Mais il donnerait le petit insigne au Président, en souvenir de la lutte menée pour punir comme il se devait l'assassin du *Thomas Jefferson*. En fin de compte, la torpille de Boomer Dunning et la balle du Mossad avaient rendu une forme extrême de justice brutale. Mais de justice malgré tout.

LA MAISON-BLANCHE, midi, le 20 décembre

Les deux gardes de la Marine fermèrent doucement la porte, laissant Bill Baldridge dans le Bureau ovale en face du Président.

— Bonjour, Bill, je suis heureux que vous ayez pu venir, dit celui-ci en contournant son bureau pour serrer la main du jeune officier démissionnaire. J'ai fait préparer un petit repas pour nous, auquel j'ai convié l'amiral Dunsmore et l'amiral Morgan. Je voulais avoir l'occasion de vous remercier tous les trois en privé pour le boulot sacrément difficile que vous avez accompli avec un professionnalisme si extraordinaire.

— Merci, monsieur, répondit Bill. Je vous suis très reconnaissant.

Le Président resta un moment silencieux.

— Comme vous le savez, dit-il enfin, l'opération ayant été secrète, je ne peux l'attribuer officiellement à personne, par conséquent je ne peux officiellement en récompenser personne. Je ne peux vous accorder de promotion puisque vous avez démissionné de la Marine et je ne peux décorer personne pour la part prise dans cette mission. Alors, ajouta-t-il avec un sourire, je suppose que vous allez devoir vous contenter de mes remerciements personnels, du fond du cœur.

— Cela sera plus que suffisant, monsieur.

Le Président fit signe à Bill de s'asseoir et retourna lui-même à son fauteuil.

— Bill, reprit-il, je ne suis pas aussi bête que le pensent certains. Je sais que c'est vous qui avez tiré le signal d'alarme quand on a émis la théorie de l'accident.

— Oui, monsieur. A l'époque, je me suis senti bien seul !

— Je sais. Et je sais aussi que c'est vous qui avez insisté sur le fait que ce commandant arabe avait bien dû laisser une trace quelque part. Et que c'est vous qui l'avez cherché, trouvé et identifié pour le Mossad. Si vous ne l'aviez pas trouvé, on en serait encore à se poser des questions.

— J'ai eu de la chance à Northwood, monsieur.

— Je n'oublie pas non plus que vous m'avez prévenu que cet Adnam n'était pas dans le Kilo quand nous l'avons coulé.

— Crazy Ivan, c'est ça ?

— Crazy Ivan. Les mots exacts qu'a utilisés ce merveilleux amiral écossais. Celui-là aussi, vous nous l'avez déniché. Et vous étiez sur le *Columbia* au moment où nous avons coulé le bateau russe. J'aurais aimé faire de vous le plus jeune amiral de la Navy, mais je ne peux pas.

— Ne vous inquiétez pas, monsieur. Il n'y a pas beaucoup de navires de guerre dans les prairies du Kansas.

Le Président sourit, puis sortit du tiroir de son bureau un petit paquet qu'il tendit au rancher.

— Ouvrez ça, voulez-vous ? Je vais un moment dans le bureau d'à côté et, quand je reviendrai, nous irons à la rencontre de Scott et d'Arnold.

Le Président sortit et Bill resta seul dans le Bureau ovale. Il retira l'emballage et trouva un petit écrin à bijoux, plat et noir. Quand il l'ouvrit, il ne vit d'abord qu'une lettre, sur papier à en-tête de la Maison-Blanche, où était rédigé à la main un mot que le Président avait signé de son seul prénom. Les mots étaient simples : *Pour Bill, parce que vous avez été assez courageux pour me mettre en garde. Et parce que vous êtes mon ami.*

Sous la lettre, épinglé à la doublure de velours rouge de la boîte, se trouvait un petit insigne militaire, une ancre marine entrelacée à un arbre de vigne héraldique fixée sur un sous-marin en argent.

Postface

Je devrais peut-être déclarer mon intérêt personnel pour ce livre, écrit par Patrick Robinson, qui m'a aidé à rédiger ma propre autobiographie, en 1991.

Pour Nimitz, *il m'a demandé un avis technique sur les opérations sous-marines — une demande qui m'a permis de reprendre ma casquette d'officier général des sous-marins, plutôt que celle de commandant du groupe de combat des Falkland.*

Il m'informe maintenant qu'un amiral à la retraite, occupant dans les pages de Nimitz *un rôle de premier plan, me sera peut-être assez familier, comme il le sera à ceux qui ont servi sous mes ordres. Je suis heureux de dire que son amiral de fiction ne correspond en rien à ce que je pense de moi ni, du reste, à ce qu'en pensent les autres. Du moins, je le crois.*

Cependant, mon but en écrivant ces lignes est d'exprimer ma totale approbation à ce livre et au très réel — je devrais dire terrible — problème qu'il soulève.

Patrick Robinson a consulté plusieurs personnes autorisées, tant en Grande-Bretagne qu'aux Etats-Unis, pendant les deux années qui lui ont été nécessaires pour préparer ce livre — et je sais que chacune d'elles a pleinement conscience de l'importance du sujet et des dangers en résultant, au milieu desquels doit opérer la Marine des Etats-Unis.

L'auteur a su transformer ce scénario « limite » en

un roman à suspense que l'on dévore page après page. Il ne s'est cependant pas éloigné de la terrible réalité du terrorisme à grande échelle : la vulnérabilité du commandement militaire moderne face à des assassins sournois et rusés.

Ce qui arrive dans Nimitz *pourrait arriver dans la réalité, avec des conséquences considérables pour nous tous. La Marine des Etats-Unis comme la Royal Navy ne sont que trop conscientes de cette menace. Mais même maintenant, certains politiciens des deux côtés de l'Atlantique semblent tout à fait disposés à réduire les budgets de la Défense, en dépit des sévères avertissements des militaires. Je devrais peut-être leur rappeler à tous que, lorsque des pays comme la Grande-Bretagne et les Etats-Unis baissent leur garde, de quelque façon que ce soit, ils risquent de le payer de leur sang, de leurs larmes et de leur désespoir.*

Margaret Thatcher, qui n'est plus au gouvernement maintenant mais à laquelle nous pensons souvent, demeure une politicienne avisée, qui voyait loin, d'une classe entièrement différente. Dans son discours historique au Westminster College, à Fulton, dans le Missouri, le 9 mars 1996, elle a dit à son auditoire américain :

« La chute de l'Union soviétique a aggravé la seule menace véritablement effrayante des temps modernes : la prolifération d'armes de destruction massive. Ces armes — et la capacité de les fabriquer et de les vendre — sont achetées aujourd'hui par des pays à revenus moyens, aux populations modestes, comme l'Irak, l'Iran, la Libye et la Syrie... achetées parfois à d'autres puissances comme la Chine et la Corée du Nord, mais viennent pour la plupart des sinistres arsenaux de l'ex-Union soviétique... »

Elle a rappelé à son auditoire qu'avant la fin de la décennie, plus de vingt pays auraient des missiles balistiques. Neuf auraient des armes nucléaires. Dix, des armes biologiques. Trente, des armes chimiques.

« Au train où vont les choses, a-t-elle dit, il est vraisemblable que les côtes américaines verront se matérialiser une menace directe au début du siècle prochain. Mettez des armes de destruction massive entre les mains de pays malhonnêtes, a ajouté Margaret Thatcher, et vous aurez un composé hautement toxique. »

Elle a fait remarquer que ce genre d'Etats sont souvent dirigés par « des mégalomanes, des hommes forts dont l'inhumanité est reconnue ou par des gouvernements faibles, instables ou sans légitimité ». Elle a ajouté que les capacités potentielles dont disposent ces personnages imprévisibles « peuvent se révéler plus destructrices que la menace que les Soviétiques ont fait régner sur l'Occident dans les années soixante ».

Le livre de Patrick Robinson illustre très précisément ce qu'a voulu dire Mme Thatcher. Il soulève aussi la question de savoir comment, dans un monde agité et dangereux, nous montrerons notre ferme résolution, sans qu'il en coûte trop cher en matériel et surtout en hommes.

Ma part dans la création de ce récit tout à fait remarquable fut d'essayer de garder l'auteur dans les limites du crédible.

Nimitz *fera comprendre, j'espère, à un public encore plus large, les pressions extrêmes sous lesquelles les services armés continuent à travailler. Je conseillerais sa lecture aux officiers de marine, particulièrement aux cadets de la Marine qui souhaitent intégrer les services des sous-marins des deux côtés de l'Atlantique.*

Sandy Woodward

Liste des principaux personnages

Commandement militaire en chef

Le Président des Etats-Unis (commandant des forces armées)

Le général Josh Paul (président des chefs militaires interarmes)

Le vice-amiral Arnold Morgan (directeur de l'Agence nationale de sécurité — ANS)

Le Groupe de combat aéronaval — GCA

Le contre-amiral Zack Carson (officier général)

Le capitaine de vaisseau Jack Baldridge (officier détecteur du GCA)

Le commandant Carl Rheinegen (commandant du *Jefferson*)

Le lieutenant de vaisseau William R. Howell (pilote de chasse)

Le lieutenant de vaisseau Freddie Larsen (officier d'interception radar — OIR)

Le lieutenant de vaisseau Rick Evans (officier d'appontage)

L'enseigne de vaisseau (officier subalterne) Jim Adams (responsable des dispositifs de freinage des avions à l'appontage)

Le capitaine de vaisseau Art Barry (commandant de l'USS *Arkansas*)

Le capitaine de corvette Chuck Freeburg (responsable

de la force de guerre anti-sous-marine sur l'USS *Hayler* — OASM)

Le lieutenant de vaisseau Joe Farrell (pilote de la Navy)

Officiers supérieurs de l'US Navy

L'amiral Scott F. Dunsmore (chef des opérations navales — CNO)

Le vice-amiral Freddie Roberts (vice-CNO)

L'amiral Gene Sadowski (commandant en chef de la flotte du Pacifique — CCFP)

L'amiral Albie Lambert (commandant en chef de la flotte du Pacifique)

Le vice-amiral Schnider (chef des services de renseignements de la Marine)

Le vice-amiral Archie Carter (commandant de la Septième Flotte)

Personnel de l'US Navy

Le capitaine de corvette Bill Baldridge (service de renseignements de la Marine)

Le capitaine de corvette Jay Bamberg (assistant du CNO)

USS *Columbia*

Le commandant Cale « Boomer » Dunning (commandant)

Le capitaine de corvette Jerry Curran (officier des systèmes de combat)

Le capitaine de corvette Lee O'Brian (chef mécanicien de la Marine)

Le capitaine de corvette Mike Krause (commandant en second)

Le lieutenant de vaisseau David Wingate (officier de navigation)

SEALs de l'US Navy (commandos d'élite de la Navy)

L'amiral John Bergstrom (commandant du Commandement d'actions spéciales de la Marine américaine — SPECWARCOM)

Le lieutenant de vaisseau Russell Bennett (leader du commando dans l'équipe n° 3 des SEALs)

Le capitaine de frégate Ray Banford (contrôleur de missions des SEALs)

L'enseigne de vaisseau David Mills (conducteur du SDV (sous-marin miniature) des SEALs)

Personnel politique et présidentiel

Robert MacPherson (ministre de la Défense)

Harcourt Travis (secrétaire d'Etat = ministre des Affaires étrangères)

Dick Stafford (secrétaire à la Communication de la Maison-Blanche)

Sam Haynes (conseiller de la Sécurité nationale)

Louis Fallon (chef du personnel de la Maison-Blanche)

Officiers de la CIA

Jeff Zepeda (spécialiste de l'Iran)

Le major Ted Lynch (expert financier pour le Moyen-Orient)

Membres des familles

Grace Dunsmore (épouse du CNO)

Elizabeth Dunsmore (fille du CNO)

Emily Baldridge (mère de Jack et de Bill)

Ray Baldridge (frère de Jack et de Bill)

Margaret Baldridge (épouse de Jack)

Personnel de la Royal Navy

L'amiral sir Peter Elliott (officier général des sous-marins — OGSM)

Le commandant Dick Greenwood (chef d'état-major de l'amiral)

Le lieutenant de vaisseau Andrew Waites (officier d'ordonnance)

L'amiral sir Iain MacLean (officier général des sous-marins, en retraite)

Le capitaine de corvette Jeremy Shaw (commandant du HMS *L'Invisible)*

Membres de la famille MacLean
Lady MacLean (« Annie », épouse de sir Iain)
Laura Anderson (fille de sir Iain et de lady MacLean)

Officiers supérieurs étrangers
Le général David Gavron (attaché militaire, ambassade d'Israël à Washington)
Le vice-amiral Vitaly Rankov (chef du service de renseignements naval russe)

Personnel des Marines étrangères
Le quartier-maître Karim Aila (sentinelle des docks, Marine iranienne)
Le lieutenant de vaisseau Youri Sapronov (Marine russe, Sébastopol)

Remerciements de l'auteur

Mon principal conseiller, au cours des longs mois qu'a nécessités la rédaction de ce roman, fut l'amiral sir John (Sandy) Woodward, ancien commandant de l'unité opérationnelle de la Royal Navy dans l'Atlantique Sud, pendant la guerre des Falkland[1] en 1982.

Bien des gens considèrent ce commandant en chef de la Marine à la retraite comme le meilleur stratège de notre époque. L'opinion la plus répandue est que l'amiral Woodward fut l'un des meilleurs spécialistes des sous-marins que la Royal Navy ait jamais eus. « Mon vrai travail, en ce qui concerne *Nimitz,* m'a-t-il dit un jour, consiste à m'assurer que l'histoire est vraisemblable, qu'elle demeure dans les limites du possible, où la fiction doit être moins étrange que la vérité. »

Ses conseils furent aussi attentifs que minutieux. Presque miraculeusement, l'amiral est toujours dans mon camp.

Les rares fois où Sandy n'était pas disponible, j'ai demandé des conseils techniques à mon ami le capitaine de vaisseau David Hart Dyke, lui aussi officier en retraite de la Royal Navy, lui aussi confronté aux canons et aux bombes de l'armée de l'air argentine dans l'Atlantique Sud en 1982.

Le capitaine de vaisseau Peter O'Connor, ancien commandant de croiseur-lanceur d'engins téléguidés, l'USS *Yorktown,* fut mon principal conseiller en ce qui concerne la Marine américaine. Qu'il trouve ici l'expression de mes remerciements pour le temps et la patience qu'il m'a

1. En France, on l'a appelée la guerre des Malouines.

accordés. Un autre Virginien, le vice-amiral retraité Robert F. Dunn, m'a fourni des données très précieuses concernant les opérations au jour le jour sur un porte-avions de l'US Navy.

De nombreux autres officiers d'active, officiers en second sur des navires de surface ou des sous-marins, des deux côtés de l'Atlantique, m'ont généreusement guidé dans les arcanes des techniques du commandement et je les en remercie. J'aimerais pouvoir les nommer tous personnellement.

Je remercie aussi Alan Friedman, auteur de *Spider's Web*[1], pour ses conseils éclairés dans le domaine des pratiques bancaires des régimes douteux du Moyen-Orient.

Enfin, j'aimerais remercier l'ami et le collègue de toute ma vie, Joe Farrell, de Chadds Fords, en Pennsylvanie, qui a lu méticuleusement mon manuscrit, faisant la part entre les phrases américaines et les phrases anglaises et le jargon militaire qui entre dans un livre comme celui-ci. Il m'a expliqué qu'on lui avait confié la tâche d'empêcher que les pilotes de chasse américains ne s'expriment comme Winston Churchill.

Etant donné qu'il s'est débrouillé pour me présenter le commandant O'Connor, j'oublierai son irrévérence.

1. *La Toile d'araignée.*

Composition réalisée par NORD COMPO

IMPRIMÉ EN FRANCE PAR BRODARD ET TAUPIN
La Flèche (Sarthe).
N° d'imprimeur : 4742D – Dépôt légal Édit. 211-02/2000
LIBRAIRIE GÉNÉRALE FRANÇAISE - 43, quai de Grenelle - 75015 Paris.
ISBN : 2 - 253 - 17113 - 1

31/7113/9